AUDEN DAR

Maestro

Traduzido por Ana Flavia L. de Almeida

1ª Edição

2023

Direção Editorial: Anastacia Cabo
Tradução: Ana Flavia L. de Almeida
Revisão Final: Equipe The Gift Box
Arte de capa: Hart & Bailey
Fotógrafa: Michelle Lancaster, @lanefotograph
Modelo: Chad Hurst
Adaptação de capa: Bianca Santana
Preparação de texto e diagramação: Carol Dias

Esta é uma obra de ficção. Nomes, personagens, lugares e acontecimentos descritos são produtos da imaginação da autora. Qualquer semelhança com nomes, datas ou acontecimentos reais é mera coincidência.

Este livro segue as regras da Nova Ortografia da Língua Portuguesa.

CIP-BRASIL. CATALOGAÇÃO NA PUBLICAÇÃO
SINDICATO NACIONAL DOS EDITORES DE LIVROS, RJ
Meri Gleice Rodrigues de Souza - Bibliotecária - CRB-7/6439

D224m

Dar, Auden
Maestro / Auden Dar ; tradução Ana Flavia. L. de Almeida. - 1. ed. - Rio de Janeiro : The Gift Box, 2023.
652 p.

Tradução de: Maestro
ISBN 978-65-5636-317-2

1. Romance americano. I. Almeida, Ana Flavia. L. de. II. Título.

23-87180 CDD: 813
CDU: 82-31(73)

um mestre normalmente em uma arte; *especialmente*: um compositor exímio, regente, ou professor de música

AURELIA

— O amor é uma sinfonia — minha professora de violoncelo, Sra. Luz, uma vez disse. — Os movimentos espelham a progressão de um caso de amor. Desde a abertura da forma sonata, algo inesperado lhe atinge. É novo, bruto, emocionante. Repleto de esperança e promessas. No segundo e terceiro movimento, vocês estão consumidos um pelo outro. É apaixonante e arrasador. Uma montanha-russa de emoções nos preparando para o quarto movimento. O final, o que aguardamos segurando o fôlego, pode ser glorioso ou… trágico.

A Sra. Luz estava certa.

A sinfonia *é* como um caso de amor. É uma jornada que leva seu coração a muitos lugares.

A Sra. Luz também estava errada.

Dois corações não são musicistas esperando orientações do regente. Duas almas apaixonadas não param de amar com o mover de uma batuta.

Deito-me na cama da suíte do hotel em Boston onde Chad e eu fizemos amor pela última vez. Neste quarto. Nesta cama de dossel. Ao lado da lareira. No tapete de lã bege-claro que arranhou e queimou meus joelhos enquanto eu o cavalgava. Contra a parede gelada a alguns metros de distância da escrivaninha, onde ele me tomou por trás.

Cada superfície disponível nesta suíte foi agraciada pelo nosso desespero de nos reconectarmos e consertarmos o dano que criamos.

Deslizando para fora da cama, coloco o roupão do hotel e caminho até a sala de estar em busca de algo para beber. Não bebi nada desde esta manhã, quando um camareiro entregou uma garrafa de *Armand de Brignac Brut* e suco de laranja, junto com um bilhete de Chad:

Você sempre será minha.

Quatro palavras que permaneceram verdadeiras desde que Chad e eu nos conhecemos. Quatro palavras que neguei por anos.

Exaustão pelas semanas viajando sem parar — Xangai, Dubai, Manila, São Paulo, Londres — me fizeram cambalear de volta para a cama, com um copo d'água na mão. Quase tropeço em uma pilha de livros que ele deixou para trás e uma cópia da revista *Time* cai no chão.

"Salvador da Música" está escrito na manchete acima de seu rosto devastadoramente lindo. O cabelo loiro está mais escuro, mas ainda espesso e levemente bagunçado. Seus claros olhos azuis brilham mesmo após meses de turnê, com pequenas rugas nas laterais. Uma barba por fazer sombreia sua mandíbula forte, uma característica da qual ele se orgulha.

Meus dedos coçam, lembrando como traçaram a barba em seu rosto ao raiar do sol. Seus lábios rosados são igualmente carnudos e toco os meus instintivamente, recordando a forma como me levaram ao delírio. A expressão facial dele é séria, mas sei que por trás há um sorriso malicioso, um que lançava a mim com frequência enquanto crescíamos na cidade de Nova York.

Abro a revista, procurando o artigo.

Chadwick David.

Salvador da Música. *O* Maestro. O Adonis mundialmente famoso da música clássica. A antítese de um musicista clássico tradicional, nunca seguindo regras. Ele está sempre vestido de modo casual, mesmo ao se apresentar em um auditório na frente de milhares de pessoas. A imagem o mostra descalço, usando jeans escuro e camisa branca aberta, as mangas dobradas, exibindo seu mural de tatuagens.

James Dean com um Stradivarius.

O viril e exímio violinista é o portador de dois BRITs, três Ivor Novellos, e quatro Grammys. Ele é o maestro mais jovem a conduzir a principal Filarmônica de Berlim. Herdeiro aparente da dinastia musical de von Paradis. A velha geração o elogia como o "Messias da Música" — a antiga criança prodígio que coloca tanto homens quanto mulheres de joelhos.

Ele me colocou de joelhos ontem à noite.

Todas essas honrarias, e ainda assim só me lembro dele como o garoto de treze anos que conheci na LaGuardia High School of Music and Art and Performing Arts.

O garoto cujos lábios macios foram os primeiros a tomarem os meus.

O garoto a quem entreguei todas as minhas primeiras vezes.

O garoto que não apenas capturou meu coração, mas também se tornou um mestre em despedaçá-lo.

O artigo cita o Maestro: *"Eu tinha treze anos quando conheci minha primeira e única musa. Todas as minhas composições e todas as músicas que apresento são inspiradas por ela. Ela está em cada nota, melodia e frase".*

Colocando a revista de volta na pilha de livros, observo as paredes brancas do quarto. Os lençóis brancos frios. Os móveis dourados. As pinturas em tom pastel. Tudo é leve e arejado, diferente da minha luta interna. Alguns podem achar que é descuido da minha parte estar aqui, mas me recuso a fugir outra vez.

Eu o mereço.

Nós merecemos o final perfeito para a nossa sinfonia.

Adormeço com a TV ligada e acordo com a CNN. O rosto de Chad está na tela, mas leva alguns segundos para eu entender as palavras que saem da boca do âncora. Pego o controle remoto e passo para os outros canais. A estação de notícias local de Boston. Fox News. MSNBC. MTV News. Todas as manchetes são iguais:

Célebre Maestro Chadwick David se envolve em um acidente de carro

Imagens do carro de Chad após o impacto com um poste, o exterior dianteiro do Porsche prata irreconhecível. A fumaça cinza preenche a cena do acidente. Policiais bloqueiam o acesso à Washington Street, que fica no final da rua da casa de Chad em Greenwich Village.

O telefone do hotel me assusta. Cinco toques antes de parar. Então meu celular toca, seguido por uma batida urgente na porta.

— Srta. Preston? Srta. Preston, é o gerente do hotel.

Preciso de toda a minha força para ir até o saguão, onde fico olhando para a porta, recusando-me a abrir a barreira entre mim e as notícias que não estou preparada para ouvir.

Toc. Toc. Desta vez, ouço os nós dos dedos batendo.

Minhas mãos alcançam a maçaneta, mas estou em outro lugar.

Abro a porta do apartamento. Nas mãos de Chad estão minhas peônias cor-de-rosa favoritas embrulhadas em papel pardo. Fones de ouvido Bose pendurados em seus ombros. Calça jeans preta e uma camiseta da mesma cor de manga comprida dos Misfits completam o conjunto. As mangas arregaçadas revelam sua primeira tatuagem, um grande símbolo do infinito no braço direito. Seu cabelo, geralmente bagunçado, está penteado para trás. Um sorriso, brilhante e esperançoso, surge em seu rosto, espelhando o meu. Ele tem dezessete anos e estamos indo para o nosso primeiro encontro.

O celular em minha mão vibra, interrompendo a lembrança. As mensagens de texto estão chegando agora. Cada nome que aparece na tela me aproxima mais da verdade. Pai. Mãe. Sra. David. Sr. David. Minha melhor amiga, Agnes.

Então o nome de Sera David aparece na tela.

A esposa de Chad.

Com as mãos trêmulas, deslizo o dedo sobre a tela e aceito a ligação.

— Aurelia — ela diz. Sua voz é arrepiante.

— Por favor — falo, segurando o celular com força. — Por favor, me diga que não é verdade.

— Um avião está esperando por você no Logan International — responde.

A linha fica muda.

"Nunca esquecerei o tempo que passei contigo.
Te peço que sigas sendo meu amigo, da mesma maneira que eu sempre serei o teu."

- Ludwig van Beethoven.

AURELIA

Novembro de 1997, Forest Hills, Nova York.

— Bom dia, *mahal ko*, meu amor, é hora de se levantar. — Mamãe coloca a cabeça para dentro do quarto que dividimos.

— Okay — murmuro, esfregando meus olhos sonolentos. Viro para o lado, ligando o relógio. As luzes piscam indicando 5h30min, o que significa que tenho quarenta minutos para me arrumar. Levanto-me da cama e corro para o único banheiro do apartamento de 83 metros quadrados. Em poucas horas, estarei fazendo uma audição na LaGuardia High School of Music and Art and Performing Arts. Todas as horas que passei acordada nos últimos anos giraram em torno da escola e da prática. Estudo. E. Prática.

Esfrego meu corpo com água gelada enquanto o prelúdio da primeira suíte de violoncelo de Bach toca repetidamente na minha cabeça. Minha mão direita escova os dentes e cantarolo em meio à espuma mentolada, minha mão esquerda fazendo acordes na escala de um violoncelo imaginário. A voz da Sra. Luz soa em minha cabeça: *Aqueça o arco inferior. É mais suave mudar depois do legato. Cuidado com a articulação. É uma peça edificante. Toque-a com o coração.*

— Aurelia — minha mãe chama. — Você precisa comer. Estamos saindo em trinta minutos.

— Eu já estou indo.

De volta ao quarto, vasculho o pequeno armário em busca de uma saia preta esvoaçante e uma camisa de manga comprida. Adoraria usar a camiseta da minha boy band favorita, mas não causaria uma boa impressão.

Aplico hidratante na pele cor de oliva que herdei da minha mãe e penteio os nós do meu cabelo castanho-claro. Olheiras circundam meus amendoados olhos azuis. *São os olhos mais bonitos e incomuns que existem*, dizia mamãe, antes de beijar minha bochecha.

Meu rosto permanece descoberto, pois minha mãe não permite que eu use maquiagem.

— *Você tem uma pele linda e só tem treze anos. Além disso, não temos dinheiro para luxos como maquiagem.*

Minha mãe, Isabel Ramirez, nasceu nas Filipinas. Há dezessete anos, ela chegou ao JFK com apenas uma mala e o nome e o endereço de seu novo empregador. Ela pretendia voltar para sua terra natal depois de alguns anos, mas um caso com um homem americano mais velho e o nascimento de uma filha fora do casamento alteraram seus planos.

Mamãe era de uma das famílias mais antigas e proeminentes de Manila, onde as ruas e os shoppings tinham seu nome. Eles se recusaram a reconhecer o "erro" de minha mãe e, em vez de me abandonar, ela desistiu de sua família e de sua vida antiga.

Seu irmão, tio Jay, usa palavras como "jovem", "despreocupada" e "aventureira" ao se lembrar da infância da mamãe. Raramente vejo esse lado dela. Todos os dias da semana, ela se prepara para o trabalho, faz o café da manhã, prepara meu almoço e vai para o hospital, onde passa de seis a doze horas de pé como enfermeira. Cada centavo que ela ganha vai para as necessidades e para aulas adicionais de música.

Tio Jay senta-se à mesa redonda da pequena cozinha, lendo o *New York Times*. Ele tem apenas oito anos a mais do que eu, e é mais como um irmão mais velho do que como um tio. Ele veio morar conosco quando terminou o ensino médio nas Filipinas, aos dezesseis anos. Entrou em Columbia, mas esqueceu de enviar o formulário de aceitação, então foi para a NYU. Isso foi há cinco anos, e ele ainda não se formou. Acho que ele adia a formatura para evitar ser adulto, conseguir um emprego de verdade e pagar aluguel em outro lugar. Em vez de voltar para as Filipinas e supervisionar os negócios da família, vive de uma mesada escassa de sua irmã mais velha. Desde que possa comprar sua cerveja San Miguel, ele está satisfeito.

— Você está pronta, *babae*, garota? — ele pergunta quando me sento.

Tio Jay fala *taglish*, inglês misturado com tagalo, um dos idiomas do país onde nasceu, em um sotaque que ele acha que imita o de um nova-iorquino, mas falha consideravelmente.

— Acho que sim — digo, nervosa.

— Vamos lá, Aurelia. Você consegue essa merda.

— O que eu te disse sobre esse tipo de linguajar? — Mamãe coloca um prato na minha frente. Ovos ao ponto com arroz frito e *tocino* de porco.

Além disso, meu pão *pandesal* favorito da loja filipina na 14th Street. Ela me dá um copo de suco de abacaxi e laranja. — Beba devagar. Você não vai querer vomitar.

Surpreendentemente, devoro a refeição inteira e leio a papelada da audição pela milionésima vez, sem saber o que as próximas horas me trarão.

Mamãe me abraça por trás.

— Sei que vai tocar muito bem. E não importa o que aconteça hoje, sempre terei orgulho de você.

A viagem de trem até o Upper West Side leva quase setenta e cinco minutos. A hora do rush de Forest Hills para Manhattan em uma manhã de sexta-feira está longe de ser apressada. É lenta, estreita e tediosa. As estações de metrô são a única salvação do viajante por causa da música. Ela toca em todas as horas do dia. Guitarristas dedilhando Eric Clapton, violinistas tocando Mozart, vocalistas cantando Aretha Franklin e percussionistas tocando bongôs ou latas de lixo.

Descobri o violoncelo em uma estação de metrô, cativada pela mais bela melodia que já havia ouvido. Escutei e observei o músico de rua tocar a peça assombrosa com admiração. Eu tinha nove anos de idade, mas a convicção em minha alma era puramente adulta. Ela dizia: *Isso. É isso que eu quero. Quero tocar lindamente como ele. Eu quero a música.*

Nunca fui boa em nada até tocar violoncelo.

Mamãe me mantinha alimentada e vestida. O dinheiro para assuntos extracurriculares era departamento do meu pai. Se eu quisesse realizar atividades ou interesses, tinha de pedir a ele. Eu lhe implorei por aulas de violoncelo, que ele providenciou, achando que não durariam muito porque, francamente, eu não era boa em nada. Era péssima em esportes, me machuquei no tênis, fui atingida no rosto no softball e quase me afoguei durante uma competição de natação no clube esportivo. O balé e o sapateado eram difíceis quando eu parecia ter dois pés esquerdos. Quanto à aula de artes, bem, eu mal conseguia desenhar um círculo.

Mas na primeira aula com a Sra. Luz, quando o violoncelo se acomodou entre minhas pernas, encontrei alegria. As cordas pareciam naturais, e o arco se tornou uma extensão do meu braço. Ler música foi fácil.

— Ela tem um dom — a Sra. Luz disse.

Quatro anos e meio depois, a música é minha vida. Assim que acordo, meus dedos se coçam para tocar meu violoncelo. Logo antes de dormir, ouço as melodias que toquei naquele dia.

Não sei se todos os violoncelistas dão nomes aos seus instrumentos, mas eu chamo o meu de Pablo.

Pablo é meu melhor amigo e minha tábua de salvação. Ele é o destinatário de todas as minhas lágrimas e segredos. Ele sabe quando meu pai e eu discutimos. Sabe o quanto estou desesperada para entrar na LaGuardia, praticando mais de três horas por dia, todos os dias. Sabe que sonho em tocar com as melhores orquestras do mundo.

Pablo também sabe que hoje é o dia mais importante da minha vida. Nossa vida. Estamos nisso juntos. Pablo sabe que adoro a suíte em sol maior de Bach, mas prefiro tocar a *Élégie,* de Rachmaninoff. Se eu der tudo de mim, Pablo não me deixará na mão. Somos uma equipe. Temos um acordo: se eu me dedicar ao máximo, ele me trará alegria.

Há conforto em ouvir uma melodia que fala comigo. As melodias expressam tudo o que não consigo dizer em voz alta. *Gostaria que meu pai tivesse mais tempo para mim. Gostaria que mamãe não trabalhasse tanto. Gostaria de ter um amigo com quem pudesse conversar.*

Na 42nd Street, mamãe e eu pegamos o trem número 1 para o centro da cidade.

— É assim que você vai para a escola no outono — ela diz, sorrindo com confiança, certa de um futuro para o qual estou indo, parada por parada, terminando na 66th Street e na LaGuardia High School. A instituição icônica no centro do filme de Alan Parker, *Fama*, de 1980. O filme era minha religião e eu o adorava pelo menos uma vez por semana. Estava no céu assim que ouvia a trilha sonora familiar.

— Você conhecerá crianças como você — ela afirma, esperançosa. — Vai fazer amigos.

O vagão do metrô para. Estamos na estação Lincoln Center. Meu coração dispara. Gotas de suor escorrem pela minha testa. É agora. Vou tocar Pablo com tudo o que tenho. Eles se lembrarão da minha apresentação porque será uma das melhores que já ouviram.

E se eu não conseguir entrar, minha vida estará acabada… porque essa é a única coisa na qual sou boa.

AURELIA

A LaGuardia High School of Music and Art and Performing Arts fica entre o conjunto habitacional e a Martin Luther King High School. Estrategicamente localizada a duas quadras do Lincoln Center e da Juilliard, foi construída para reunir os alunos de Artes Performáticas, no centro de Manhattan, com os alunos da Music and Arts High School, no Bronx. Nenhuma despesa foi poupada nas salas de música à prova de som e nos armários de instrumentos individuais. Os palcos para apresentações, as salas de dança e os estúdios de arte repletos de luz rivalizam com os melhores que existem.

A parte externa do prédio de nove andares ficou com as sobras do orçamento. Com suas paredes de concreto indefinidas e janelas largas e simples, o número 100 da Amsterdam Avenue poderia passar por um prédio de escritórios, em vez de um lugar onde crianças de toda a cidade de Nova York vêm para ter seus sonhos abraçados, incentivados e, às vezes, destruídos.

Mamãe e eu ficamos em frente à entrada da 65th Street. Os futuros alunos passam com seus instrumentos, portfólios de arte e bolsas de dança. Candidatos famintos fazem fila do lado de fora das portas, ansiosos para conhecer a Escola Fama.

— Tem certeza de que vai dar conta das aulas com todas as instruções de música? — minha mãe pergunta, enquanto entramos na fila. — Você deve ter três horas de música na escola, além das aulas acadêmicas.

Eu sorrio para ela.

— Prometo que consigo lidar com isso.

Ao contrário da escola católica que frequento no Queens, o saguão da LaGuardia tem detectores de metal e vários guardas uniformizados.

Mamãe e eu esperamos meu pai no saguão. A cada segundo que passa, uma dor profunda se forma em meu coração.

— Prometo que estarei em sua audição — ele disse na última vez em que nos falamos. *Por favor, pai, não quebre sua promessa.*

Quinze minutos se passaram quando uma funcionária da escola nos diz para continuarmos andando.

— Meu pai está chegando — respondo para a senhora, que está usando um vestido verde e brilhante.

— Vocês não podem esperar aqui. Candidatos ao teatro — informa. — Vocês podem encontrar seus pais na cafeteria do quinto andar depois da audição.

— Mas… — falo, praticamente implorando.

— Ele estará aqui — minha mãe afirma, enquanto nos dirigimos para a sala de música principal. — Você vai se sair muito bem. Basta dar o seu melhor.

O Little Flower Theatre, com 500 lugares, está lotado. Candidatos de todas as classes sociais estão aqui. Crianças descoladas do Upper East Side. Crianças latinas de Washington Heights, South Bronx e Sunset Park, no Brooklyn. Crianças asiáticas de Chinatown, Koreatown, em Flushing, e Little India, em Jackson Heights. Muitos pegaram a balsa de Staten Island antes de entrar no trem nº 1 do World Trade Center — facilmente uma viagem de ida de duas horas.

Uma garota atrás de mim diz:

— Eu menti na minha inscrição. Se eu entrar, não vou mais morar com meus pais em Tarrytown. Terei de morar com minha avó em Hell's Kitchen.

— Vou morrer se não entrar para dança — um garoto acrescenta.

Embora todas essas crianças sejam estranhas, sinto uma conexão — estamos todos aqui com um propósito. Todos nós sentiremos vontade de morrer se não conseguirmos entrar.

Com o ingresso para a audição e o boletim escolar do ano passado em mãos, percorro os corredores largos em busca de um lugar que possa acomodar Pablo. Um assento de canto chama minha atenção e corro para pegá-lo, colocando meu violoncelo de lado. Com sorte, ninguém tropeçará nele. Eu me ajoelho e pego *Grandes Esperanças* na mochila. É difícil de ler enquanto as conversas se agitam ao meu redor, nervosas, impressionadas e competitivas.

— É verdade que cerca de nove mil crianças estão se inscrevendo este ano?

— Ai, meu Deus, a Jennifer Aniston andava por esses corredores.

— Você deve ter visto meu mural em Houston.

— Já estou na NY Youth Symphony.

— Recebi uma ligação de *Buffy, a Vampira*. Meu agente acha que sou um candidato fácil.

— Ai, meu Deus! A Buffy também esteve aqui!

— Eu não deveria ter comido aquela torrada. Eu pareço gorda?

— Olá. Este assento está ocupado?

Meus ouvidos se aguçam com esse último trecho, falado em um sotaque indistinguível e desconhecido. Definitivamente não é de Nova York ou Nova Jersey. Talvez britânico?

— Com licença? — diz a voz com sotaque.

Olho para cima e vejo o garoto mais lindo de todos.

Minha respiração fica presa na garganta, e minhas palavras grudam na boca quando sacudo a cabeça, negando.

Ele se senta ao lado do meu. Eu o observo pelo canto do olho por treze segundos. Eu conto. Então, minha cabeça gira em sua direção. Meus olhos estão desesperados para confirmar se o estou imaginando.

Ouvi dizer que basta um momento para que algo mude sua vida. Mais cedo, no metrô, meu coração acelerou como se eu estivesse correndo uma maratona. Agora, ele está correndo em círculos.

Meninos nunca me interessaram. Nunca prestei atenção nos que frequentavam a Collegiate, a escola só para homens perto da casa do meu pai. Mas estou admirando esse garoto. O garoto mais bonito de todos.

— Ei, você está bem? — O sotaque dele lembra o de Hugh Grant.

— Só estou nervosa — respondo.

Seu cabelo loiro dourado bagunçado cai ligeiramente sobre a testa, enquanto as maçãs do rosto salientes destacam seu rosto perfeitamente simétrico. Cílios castanhos grossos cercam os olhos azuis mais claros que já vi. Longos e curvados, eles são do tipo que toda garota deseja. Inclusive eu. Uma pequena cicatriz em ziguezague acima de sua sobrancelha esquerda acrescenta personalidade.

Ninguém deveria ser tão bonito assim.

Fico olhando com admiração, perguntando-me por que esse lindo rapaz está falando comigo. Muitas outras garotas ocupam esse vasto espaço. Meninas lindas, magras, divertidas e alegres. Suas conversas animadas e risadas nos cercam. Para cada menino, há cinco meninas. Vários pares de olhos delas estão voltados para esse garoto bonito, mas a atenção dele está em mim.

— Então — ele diz, acenando com a cabeça para o estojo do meu violoncelo. — Você vai fazer uma audição para música. — Seu sorriso revela dentes perfeitamente retos, ao contrário dos meus, que serão revestidos de metal prateado em alguns meses.

Assinto com os lábios fechados, incapaz de responder. Sorrio por dentro porque ele está usando jeans preto, uma camiseta preta com a frase

"What the Bach?" estampada em branco e um blazer preto. Um estojo de violino preto coberto com uma série de adesivos está em seu colo. *The Clash. The Waterboys. Rakim. Bob Marley & The Wailers.*

— Estou exausto — fala. Ele enfia a mão no bolso e tira um chiclete Big Red. — Você quer um?

Balanço a cabeça, ainda incapaz de dizer uma palavra. Até mesmo a maneira como ele desembrulha o papel é interessante — devagar e com cuidado.

— Qual é o seu nome?

— Aurelia Preston.

— Aurelia. — Sua voz tem uma leve melodia. — O que significa?

— Dourado. Eu nasci com cabelos loiros.

— Ah! — Ele estende a mão. — Sou Chadwick David, mas pode me chamar de Chad. — Sua mão grande engole a minha. É levemente bronzeada, com dedos longos e bonitos. As unhas estão cortadas e limpas. Mamãe sempre diz que se pode saber muito sobre uma pessoa pela maneira como ela mantém suas mãos. Ela certamente o aprovaria.

Ele boceja alto.

— Me desculpe. Minha família e eu acabamos de chegar de Londres ontem. — Ele boceja novamente. — A diferença de fuso horário é de matar.

Arregalo os olhos.

— Jet lag — afirma, inexpressivo.

— Você é inglês? — Finalmente, minha conversa dá as caras. — Como as Spice Girls?

— Spice Girls? — Ele balança a cabeça e se inclina. — Pense mais como Robbie Williams. Sou inglês, mas agora sou nova-iorquino. Minha irmã ainda mora em Londres. Ela acabou de ter um bebê. Segura meu estojo?

Antes que eu possa responder, ele está colocando o que imagino ser seu bem mais precioso em meu colo e se abaixa para pegar uma mochila azul--escura com vários remendos. Seus olhos nunca deixam os meus ao tirar um caderno de um bolso externo. Ele morde o canto do lábio inferior e passa as páginas, depois vira uma para mim e mostra uma foto dele com um bebê.

— Eu sou tio — comenta. — Louco, não é? Esta é minha sobrinha, Layla.

— Layla?

— É, Layla. Um dos meus irmãos venceu a batalha, batizando-a com o nome de sua música favorita do Eric Clapton. — Ele ri. — Acho que ela não gostou do nome. Ela chorou o tempo todo em que eu estava lá.

Isso é atraente, penso, analisando a foto. Ergo o rosto e ele ainda está me encarando.

Meu Deus, por que você é tão bonito?

— Eu apreciaria mais uma hora de sono — comenta, bocejando pela terceira vez. É então que noto que seu nariz tem uma leve protuberância.

Assinto.

— Você não gosta muito de conversar, não é? — ele provoca.

A maneira como seus olhos claros me observam gera algo em mim. Fico tonta e confusa ao mesmo tempo.

— Não sou muito de falar. — Devolvo a ele o estojo do violino. — Também estou nervosa.

— Que tal jogarmos um jogo?

— Um jogo?

— Para ajudar a controlar o nervosismo.

— Tudo bem.

— Diga-me três coisas de que você gosta além de música.

— Humm.

— Que tal se eu começar?

— Está bem — respondo, com um meio-sorriso. — Vá.

— Eu amo livros, videogames e canela.

— Canela?

— Qualquer coisa com canela. Rabanada. Chiclete Big Red. Torrada com açúcar. Cereal Cinnamon Toast Crunch. Pudim de pão. Sua vez.

— Amo torta de creme de banana. Especialmente com muito chantilly. Também amo livros. E amo o Pablo. Mas ele quebra as regras, porque não deveria ser relacionado à música. — Gesticulo para o estojo aos meus pés. — Pablo é o meu violoncelo.

— Como em Pablo Casals, o violoncelista? Que legal.

Você é legal.

E conhece música.

Continuamos a jogar nosso jogo, conhecendo um ao outro, três coisas de cada vez.

— Quais são seus três livros favoritos? — Chad pergunta.

— Deixe-me pensar — digo, batendo no lábio inferior com o dedo indicador. — *Mulherzinhas, Jane Eyre* e *Emma*. E você?

— *O senhor dos anéis* é o meu favorito. Também adoro a *Eneida* e *O apanhador no campo de centeio*. Você joga videogame?

— Claro que sim.

— Sério?

— Sim, sério.

— Bem, qual é o seu jogo favorito? — Chad pergunta, com a cabeça ligeiramente inclinada.

— *Final Fantasy IV* e *VII*.

— Não pode ser! Olhe para você, uma garota que pensa como eu. — Ele coloca dramaticamente as mãos cruzadas sobre o coração.

— Está tirando sarro de mim?

— Não. Juro que não estou. Eu também adoro.

— Eles são fantásticos. — Suspiro. — Não jogo há semanas por causa da audição.

— Eu também. Além das Spice Girls, que outros grupos você ouve?

— NSYNC. — Sorrio.

— NSYNC? — Ele escancara a boca.

— Está brincando comigo? Eles são incríveis.

Chad levanta a sobrancelha.

— Eu discordo. Espere um pouco — pede, inclinando-se outra vez em direção à mochila. — Preciso anotar isso antes que eu me esqueça.

— Esquecer o quê?

— Música.

Um caderno diferente sai da mochila. Um Moleskine preto, semelhante ao que meu pai carrega. Só que as páginas do caderno de Chad têm oito pautas pré-impressas. Chad franze o cenho enquanto escreve. Como eu, ele é canhoto.

— Você compõe? — pergunto.

Ele pensa por um segundo.

— Agora sim. — Sua voz é confiante, mas não arrogante. É uma declaração de quem ele é e não do que faz. — Ouvi uma melodia na minha cabeça e tive que anotá-la. Quem sabe quando isso vai acontecer de novo?

Ele olha para cima com um sorriso que aquece meu rosto. Seu sorriso é um absurdo. Ofuscante. Lindo. E eu poderia ficar feliz o dia todo com ele sorrindo para mim desse jeito.

— E quanto a você? Você escreve? — Ele guarda o caderno.

— Não, eu só toco.

— Você não pode simplesmente tocar. Você está aqui.

Sei que ele está certo, mas não tenho uma resposta.

— Há quanto tempo você toca violoncelo?

— Há alguns anos. E você?

— Desde que eu tinha quatro anos.

— O que o fez começar tão jovem?

— Meu avô é violinista. No meu aniversário de quatro anos, ele me deu meu primeiro violino. Não consigo me lembrar de um momento em que não o tenha tocado. Minha mãe também toca, mas não profissionalmente.

— Ninguém na minha família toca um instrumento.

— Então, o que te fez decidir escolher o violoncelo?

— Quer mesmo saber? — Somente meus pais e meu professor de violoncelo já me fizeram essa pergunta antes.

— Eu não perguntaria se não quisesse. — Seus olhos estão repletos de curiosidade.

— Quando eu tinha nove anos, vi um cara tocando violoncelo na estação da 34th Street. Ele parecia um cientista maluco. Cabelo por toda parte. Seu corpo enorme mal cabia no banco. Segurava entre as pernas a coisa mais linda que eu já tinha visto. Parecia um grande violino. Foi a primeira vez que ouvi uma apresentação de violoncelo, e foi inesquecível. Nunca vi os olhos dele. Ele os mantinha fechados o tempo todo em que tocava. Estava no momento, sabe? O mundo poderia ter acabado, mas ele não se importaria.

— O que ele tocou?

— Soube depois que foi a *Élégie*, de Rachmaninoff. Ainda é a peça musical mais bonita que já ouvi. Eu queria ser ele. Queria fechar meus olhos e me perder na música. Eu me sentia tão livre. Cheia de emoções estranhas. Como se meu coração doesse, mas também estivesse repleto de alegria.

Ele assente, seus olhos se concentrando apenas em mim. Nenhum garoto jamais me deu tanta atenção antes.

— Foi o dia em que aprendi a beleza de sentir dor. Minha mãe e eu choramos durante a apresentação dele. Eu queria me apegar a esse sentimento pelo resto da minha vida. Ai, meu Deus, pareço mórbida.

— Fico feliz que tenha compartilhado isso comigo. — O sorriso dele é suave. Reconfortante. Como se nos conhecêssemos há anos. — Sua mãe está aqui?

— Sim, ela está na cafeteria — murmuro.

— O que há de errado?

— Ela trabalha muito para que eu possa ter aulas adicionais de violoncelo. — *Aulas que meu pai pode pagar, mas não quer.* — Eu me preocupo em não conseguir entrar.

— Você não pode pensar assim — opina, em um tom sério. — Você tem que ir lá e detonar.

— É, provavelmente você está certo.

— Eu estou. — Sua confiança pode encher o auditório inteiro. — O que sua mãe faz?

— Ela é *a* melhor enfermeira do mundo — afirmo, com o estômago revirando de culpa. Não consigo me lembrar de uma época em que minha mãe não chegasse em casa depois de um turno de doze horas. Ela imediatamente desmaiava na cama por uma hora e depois acordava para me ouvir praticar. — E minha maior fã.

— Ela parece incrível.

— E é. E seus pais? O que eles fazem?

Ele pigarreia.

— Meu pai é advogado especializado em entretenimento e minha mãe trabalha com A&R em uma gravadora não muito longe daqui.

— A&R?

— Significa Artistas e Repertório. O trabalho dela é encontrar e contratar artistas para a gravadora, ajudando-os a gravar seus álbuns. Ela foi promovida há alguns meses, e é por isso que estamos morando aqui. — Ele se inclina, dá um pequeno sorriso e sussurra: — Ela é babá de artistas.

Dou uma risadinha. Ele se move, virando o corpo para mim, com os olhos ainda curiosos.

— O que você vai tocar na sua audição?

— Bach, prelúdio da suíte em sol maior. — Meu pai insistiu muito para que eu tocasse essa peça e passei meses praticando.

Chad revira os olhos. Pela primeira vez desde que o conheci, seu sorriso diminui.

— Com licença. Você acabou de revirar os olhos?

— Você disse que a *Élégie,* de Rachmaninoff, é sua peça favorita.

— E daí?

— Você sabe tocá-la?

— Sim. — Levanto o queixo. — Mas o prelúdio é *a* peça a ser tocada em uma audição para violoncelo.

Ele suspira.

— É, mas mesmo assim. Eu esperava algo diferente de você.

— O que quer dizer com isso? Você não me conhece.

— Você é diferente. — Ele examina o teatro e sigo seu olhar. Várias garotas estão nos encarando. Todas são bonitas e estão vestidas para impressionar.

Estudo minha roupa, envergonhada. Minha saia de poliéster é da prateleira de liquidação do Exército da Salvação. Minha camiseta é uma peça de segunda mão que pertencia a uma das namoradas do tio Jay. Meus sapatos de couro falso estão um pouco apertados demais — posso ver a linha que meus dedos fizeram. Eu não queria dizer à minha mãe que precisava de sapatos novos quando ela tinha acabado de pagar por mais aulas de violoncelo. Meu pai pode facilmente comprar sapatos de couro, mas odeio pedir qualquer coisa a ele.

Chad tem razão. Eu *sou* diferente das meninas desta sala. Meninas bonitas em suas roupas bonitas aqui. Garotas com sorrisos perfeitos. Garotas que um garoto como Chad acabaria namorando.

Como se ele pudesse ler minha mente, ou talvez ver isso em meu rosto...

O braço de Chad toca o meu.

— Ei — chama, suavemente. — Você lê clássicos. Joga *Final Fantasy*. — Uma pequena pausa. — Você deu ao seu violoncelo o nome de Pablo e... você adora a beleza de sentir dor.

Fico quieta, surpresa. Ele se lembra de tudo!

— Então, sim, estou falando no bom sentido — afirma. — Você é diferente de uma maneira muito, muito boa.

Seu sotaque digno de desmaio me dá vontade de me abanar, mas me incomoda o fato de ele não ter pensado muito na minha seleção de músicas. Passei os últimos meses aperfeiçoando o prelúdio em sol maior para a audição.

— Toque o que você ama — Chad fala, interrompendo meus pensamentos, com uma pitada de canela no ar entre nós. — Toque o que quer que a deixe confortável. Deixe sua mente em branco e toque algo que você queira ouvir. Não pense nisso como uma audição. — Ele faz uma pausa antes de repetir: — Toque para você mesma. Acho que, se você tocar algo que ama, vai arrasar.

— Quantos anos você tem? — perguntei, com uma voz provocante. Ele não pode ter a minha idade. Parece tão sábio.

— Treze — responde, tirando partituras de sua mochila sem fundo.

— Ai, meu Deus, você vai fazer a audição com Piazzolla?

— Ele é um dos meus compositores favoritos. Você o conhece?

— Os tangos dele são lindos — digo, dando uma olhada no título de sua partitura, *Otoño Porteño* (Outono de Buenos Aires). — Mas não conheço esse.

— Vamos mudar isso agora mesmo.

Chad coloca sua mochila abarrotada em seu colo. Facilmente, considerando o quanto está lotada; alguns dos zíperes externos mal conseguem fechar. Enquanto ele remexe, várias capas de CD e dois livros de bolso caem no chão. *The Watchmen* e *Eneida*. Eu os pego enquanto ele segura um CD player portátil, dois conjuntos de fones de ouvido e um adaptador. Entregando-me um par de fones de ouvido, diz:

— Você vai pirar.

Ele coloca o outro par em seus ouvidos. Nossos corpos estão muito próximos, os cotovelos se tocam, nossas cabeças estão a poucos centímetros de distância. Ele cheira a sabonete Irish Spring.

Os primeiros compassos da música *Verão*, de Vivaldi, tocam. Inclino a cabeça levemente, confusa. Chad aperta o botão de pausa em seu Discman, depois tira os fones de ouvido e faz um gesto para que eu faça o mesmo.

Ele se vira para mim.

— A gravação começa com Vivaldi e depois Piazzolla. O arranjo da suíte de Piazzolla tem citações da suíte de Vivaldi. É uma loucura. Você conhece bem as *Quatro Estações*?

— Você está brincando comigo, certo?

— Incrível — Chad diz. — Então, vamos pular Vivaldi.

— Tudo bem.

Colocamos os fones de ouvido, retomando nossa posição, com os cotovelos se tocando, e inspiro o cheiro dele de novo.

Otoño Porteño começa com ruídos de arranhões que me surpreendem. Hmm. Uma intensa conversa entre o violino solo e a orquestra de câmara me faz lembrar o jogo que Chad e eu estávamos jogando antes. Como o baixo continua a bater durante todo esse movimento, sinto que estou passeando junto com a música, embora esteja sentada o tempo todo.

Ouvir a peça de audição de Chad sacode algo dentro de mim. Fogos de artifício irrompem em minha barriga.

Invierno Porteño (Inverno de Buenos Aires) é imediatamente a minha favorita, com o violoncelo quente conduzindo o segundo movimento. A frase lírica assombrosa desse violoncelo é inspiradora. Exatamente como o garoto ao meu lado. Com os olhos fechados, sua cabeça balança para frente e para trás no ritmo da música, como um metrônomo. Sua mão esquerda acompanha a música, inicialmente tocando em seu colo, antes de agitar lentamente a mão no ar, conduzindo.

No terceiro movimento, *Primavera Porteña* (Primavera de Buenos Aires), tenho três coisas novas que adoro: Piazzolla, *Quatro Estações* de Buenos Aires e a expressão no rosto de Chad David quando ele está ouvindo música.

O último movimento, *Verano Porteño* (Verão de Buenos Aires), é diferente. É mais cru e agitado. Meu coração dispara como uma onda gigante. Quero fazer algo novo. Inesperado. Quero beijar o garoto ao meu lado. Quero dar meu primeiro beijo em Chad, porque ele compartilhou algo extraordinário comigo — algo que ouvirei em minha cabeça para sempre.

A música termina e não consigo parar de sorrir por dentro. É isso que ouvir uma música bonita pode fazer. Ela traz uma sensação de felicidade indescritível.

Chad tira os fones de ouvido.

— O que você achou?

Acho que seu sorriso é a coisa mais linda que já vi.

— Isso foi épico, né?

Seu sorriso é épico. Você o exibe sem hesitação. É contagiante.

— O que você achou? — insiste.

Acho que você acabou de se tornar minha primeira paixão.

— Aurelia — ele diz. — Imagine só, nós aqui juntos. Tocando na mesma orquestra.

Aceno com a cabeça, enquanto por dentro estou saltitando. *Imagine nós. Na mesma orquestra.* Esse garoto lindo com um sorriso épico quer que estejamos na mesma orquestra. Meu coração está batendo para fora do peito.

— Algo me diz que você gosta de músicas tristes. — Seu rosto se aproxima. — Você gosta?

Assinto novamente. *Eu vivo pelas músicas tristes.*

— Número 187 — uma voz estrondosa grita.

Minhas entranhas estremecem e tiro meu bilhete de audição do bolso.

— Sou eu.

— Quebre a perna.

Respiro fundo e me levanto. Chad faz o mesmo, seus olhos claros agora me encarando, hipnóticos e tranquilizadores.

— Se eu não estiver aqui depois da sua audição, foi um prazer conhecê-la — fala. — Não se esqueça de mim. Chad David. O lindo garoto inglês com dois nomes próprios.

Dou uma risadinha, porque eu esqueceria como tocar a suíte antes de esquecer Chad David.

— Você consegue. — A mão grande de Chad toca meu braço. — E eu vou te procurar mais tarde, Aurelia Preston.

AURELIA

Etudes de piano, escalas de violino e arpejos de trompa ecoam pelo porão onde ocorrem as audições.

Um aluno veterano me conduz a uma pequena sala à prova de som, com uma janela de vidro na frente.

— Você pode afinar e se aquecer aqui.

Afino Pablo em quintas perfeitas antes de passar breu no meu arco. Inspiro profundamente. Expiro. Abaixo meu arco, pronta para tocar minhas escalas.

Quando termino de me aquecer, o veterano bate à porta e coloca a cabeça para dentro.

— Eles estão prontos para você.

Cada passo que dou em direção à sala de audição aumenta o mal-estar em meu estômago. Nunca fiz um teste para nada antes. Nem mesmo em uma peça da escola. Solto outro suspiro nervoso, me parabenizando por não ter vomitado.

Ainda.

Você consegue.

Repito as palavras mais três vezes antes de abrir a porta. A pequena sala tem um piano vertical, três cadeiras, um banquinho e uma estante de partituras. Dois homens que parecem ter quarenta e poucos anos se voltam na minha direção. Um deles se dirige a mim e estende a mão.

— Bom dia, Srta. Preston. Bem-vinda a LaGuardia.

Dou uma risada nervosa porque parece que ele está me dando as boas-vindas ao aeroporto.

Duas xícaras de café estão sobre uma cadeira, junto com um pãozinho meio comido. Meu estômago ronca alto.

— Desculpe.

— Tudo bem, foi uma longa manhã para você. Quando estiver pronta.

Eles entram em uma discussão sobre como os CDs são caros, enquanto me sento e ajusto meu alargador endpin. *Por favor, não falhe comigo agora.*

Luzes fluorescentes fortes incidem sobre as curvas generosas de Pablo. Como se ele estivesse piscando para mim. *Garota, a gente consegue.*

Tusso para chamar a atenção dos homens.

Um deles acena com a mão e acena com a cabeça.

— Por favor.

Minha partitura está na minha frente, embaçada. Não consigo distinguir as notas. A página fica em branco. Tudo o que vejo são os olhos fechados de Chad enquanto ele dá lugar ao tango sinfônico de Piazzolla.

Quero a mesma intensidade que Chad tinha quando fingia tocar o tango enérgico que me prendeu.

Quero me sentir perdida na música; quero que os dois jurados me acompanhem em uma jornada.

Pratiquei o prelúdio durante meses, mas não me sinto mais à vontade para tocá-lo. Chad tem razão. Se eu posso tocar minha peça favorita, por que não a tocar hoje? Esses dois homens precisam se lembrar de mim. Eles precisam se lembrar da maneira como vou tocar Pablo. Assim como na música *Fame*, eles precisam se lembrar do meu nome. Precisam se lembrar de Aurelia Preston.

Se você tocar algo que ama, vai arrasar.

— Com licença — digo, colocando a partitura de volta na bolsa.

Sem nenhuma partitura na minha frente, toco *Élégie* e sou transportada para outro lugar pelos próximos minutos. Estou livre. Meus olhos estão fechados, e uma lágrima lenta cai enquanto toco minha peça favorita. Chad disse para tocar para mim, mas estou tocando para a minha mãe, que também adora essa composição de cortar o coração. Estou tocando para a mulher que abriu mão de sua família, seu passado, sua terra natal, por mim. A mulher que trabalha incansavelmente para que eu possa perseguir meus sonhos.

Estou tocando com Pablo, o guardião de todos os meus segredos.

Estou tocando música que me faz sentir beleza na dor.

A última nota se apaga. Acabou. Não cometi erros. Dei tudo de mim.

Abro os olhos e os dois juízes estão sorrindo. Sem fazer nenhum comentário sobre meu desempenho, eles me testam quanto ao ritmo e à memória tonal. Em seguida, me dão um manuscrito para ler à primeira vista. É uma peça obscura e desconhecida. Eu a estudo por alguns segundos e solto um suspiro. *Você pode tocar isso. Você consegue.* Toco uma única página até que o homem levanta a mão.

— Está bem, Srta. Preston. Seu orientador irá informá-la de nossa decisão. Obrigado por fazer o teste conosco.

Solto o que parece ser meu centésimo suspiro do dia e guardo meu violoncelo e meu arco no estojo.

Por favor, deixe-me entrar nessa escola.

Vou morrer se não entrar.

Você deu o seu melhor.

Carregando meu estojo de violoncelo, corro para o Little Flower Theatre, na esperança de compartilhar minha experiência de audição com Chad. O auditório ainda está lotado, e o lugar onde ele e eu estávamos sentados está vazio.

— Ele não está aqui — sussurro para Pablo. Não sei para onde ele foi. Não sei onde ele mora. Não sei onde encontrá-lo. Não sei muito sobre Chad, exceto que ele é inglês, bonitinho, opinativo e toca violino.

E ele é definitivamente minha primeira paixão.

Empolgação toma conta da cafeteria. Um trio de jazz toca *Fly Me to the Moon* e duas vocalistas os acompanham, balançando os quadris ao cantar a música favorita do meu pai. Os candidatos e seus pais estão todos animados. Um deles está saltitando, gritando: "Foi incrível!" Outro está chorando no canto, de cabeça baixa. Um garoto perto da porta de saída chuta o estojo do violão. Gestos com as mãos se espalham por toda parte. Vozes agudas ecoam pelas paredes. Um pai grita: *"Como diabos você pode ter se engasgado durante a audição?"*.

E há também a mulher que trabalhou em um turno de doze horas, com a intenção de me apoiar durante minha audição. Mamãe está sentada em uma mesa, sem meu pai, lendo seu exemplar envelhecido de *Eugenie Grandet*. Ao erguer o rosto, seus olhos brilham.

— Como foi? — minha mãe pergunta, correndo para me abraçar.

— Acho que fui bem.

— *Mahal ko*, aposto que você tocou lindamente. — Sua fé me aquece e o cheiro de seu perfume *Truest*, um presente do meu pai, acalma meu nervosismo.

— Aurelia.

Eu me viro.

É ele!

— Como você se saiu? — Chad pergunta, exibindo um sorriso perfeito que quero engarrafar e guardar no meu quarto.

— Uh…

— Vamos lá.

Respiro fundo.

— Eu toquei.

— *Élégie*?

Assinto e sorrio.

Seus olhos se iluminam.

— Isso é fantástico. Não foi uma sensação ótima?

— Sim, foi. E quanto a você?

— Eu arrasei — responde, com um sorriso brincalhão. — Estou tão feliz agora. Meus pais e eu estamos indo comer alguma coisa. — Ele faz um gesto para minha mãe. — Você e sua mãe querem se juntar a nós?

Os olhos da minha mãe mal estão abertos. Ela trabalhou no turno da noite no hospital e chegou em casa cedo hoje. Ela me preparou um café da manhã enorme, voltou para a cidade para a audição e ficou esperando pacientemente todo esse tempo.

— Sinto muito — falo, percebendo que minha mãe mal consegue ficar de pé. — Minha mãe está exausta.

Ele olha para mamãe, acena e retribui o sorriso caloroso dela.

— Na próxima vez, então. — Seu olhar está sobre mim. Curioso. Como se eu fosse um quebra-cabeça que ele está tentando resolver. — Você mora por aqui?

Nego com a cabeça.

— Forest Hills.

— Forest Hills?

— Fica no Queens.

— Legal.

Ergo a sobrancelha. Eu não chamaria o Queens de legal.

— Sei que nós dois entramos — afirma. Eu realmente preciso que ele me dê um pouco de sua confiança. — E não quero esperar até o ano que vem para ver você.

— Sério?

Ele assente.

— Tudo bem se eu te ligar?

— Acho que sim. — *Nenhum garoto me ligou antes.*

— Podemos sair, talvez aprender um dueto de violino e violoncelo juntos. Algo de Ravel ou Beethoven. Ou até mesmo jogar videogame. — Ele faz uma pausa por um segundo e então seu rosto fica sério. — Aurelia, estou aqui há alguns minutos e sua mãe está bem ali. Eu realmente gostaria de conhecê-la.

Isso é estranho. Não lembro se já apresentei um garoto à mamãe antes. Não converso com meninos. Se posso trocar de música no meio de uma audição, posso apresentar minha mãe ao Chad.

Você consegue.

— Mãe — chamo. — Este é o Chad. Nós nos conhecemos enquanto esperávamos para fazer o teste.

Chad estende a mão.

— Olá — ele cumprimenta, endireitando a postura. — É um prazer conhecê-la.

— Prazer em conhecê-lo também. — Ela aponta para o estojo do violino. — Vejo que faz parte da seção de cordas.

— Faço.

— Você veio sozinho? — minha mãe pergunta, preocupada.

— Na verdade, aí vem meus pais. — Ele agita o braço sobre a cabeça. — Mãe! Aqui.

Os pais de Chad são bonitos, ambos sorridentes, e parecem orgulhosos enquanto caminham de mãos dadas em nossa direção.

— Olá, eu sou Renna, a mãe de Chad. Esta é minha cara-metade, Oliver. — Renna tem sotaque alemão, não britânico, e Chad definitivamente herdou seu cabelo loiro e olhos azul-claros dela. Quanto ao pai dele, uau, se é assim que Chad vai envelhecer, eu me caso com ele agora mesmo. Oliver tem mais de 1,80 de altura, olhos cor de avelã e cabelo castanho-escuro mesclado com mechas grisalhas.

— Isso tudo é tão emocionante para eles, não é? — Renna comenta.

Minha mãe assente e sorri. Ela e eu não somos pessoas sociáveis, porque mamãe está sempre trabalhando. Ela olha de relance para Oliver, que tem um braço envolvendo Renna e uma expressão calorosa no rosto ao fitar a esposa. É assim que é estar apaixonado? É isso que minha mãe deseja? É por isso que ela lê tantos romances? Para absorver todas as palavras e os abraços entre os personagens como se eles fossem lhe trazer o "felizes para sempre" que ela está esperando?

— Aurelia — Chad me chama, interrompendo meus pensamentos. — Qual é o número do seu celular?

Celular? Ele está brincando, certo?

Alguns dos meus colegas ricos têm um, mas o meu é um telefone público. Mamãe carrega um Nokia, mas só para poder ser encontrada quando estiver de plantão.

— Eu não tenho celular — respondo incisivamente.

— Qual é o número da sua casa, então? — Chad pergunta, imperturbável.

— 718-555-6889.

— Obrigado — diz, sorrindo o tempo todo ao escrever o número da minha casa em seu caderno Moleskine.

— Sra. Preston, espero que não se importe se eu ligar para ela — ele fala.

Mamãe me surpreende quando diz:

— Não tem problema. Aurelia precisa de um amigo músico. — *Eu realmente preciso de um amigo, ponto final.*

— Antes que eu me esqueça, quero que fique com isso — Chad afirma, pegando o CD que ouvimos antes.

— Não, não posso aceitar isso. O CD é *seu.*

— Quero que ouça o CD inteiro. — Ele está praticamente empurrando-o para mim.

— Não posso.

— Por favor, meu avô o conduziu.

Meus olhos se arregalam.

— Sério?

— Legal, né? — Ele fecha a mochila. — Tenho outra cópia em casa.

— Obrigada — digo, segurando o presente do garoto mais fofo de todos os tempos.

Chad e eu estamos nos encarando sem jeito quando Renna convida a mim e a minha mãe para almoçar.

— Não, obrigada — mamãe responde. — Temos que ir para casa. — Ela tem que trabalhar hoje à noite.

— Então, outra hora. — Os lábios de Renna se curvam em um sorriso generoso. — Chadwick estava certo. Aurelia é um lindo nome para uma linda garota.

Ai, meu Deus. Chad falou de mim para a mãe dele. Disse que sou linda? Ele acha que sou linda?

Meus braços estão prontos para abraçar a Sra. David e... Chad. Até agora, a única pessoa que já me chamou de "linda" foi a minha mãe.

Ele me entrega um pedaço de papel.

— Aqui está o meu e-mail e os números de telefone. Qual é o seu e-mail?

— AureliaP0214@aol.com.

— Brilhante. Vou te mandar um e-mail assim que chegar em casa.

— Okay. Eu realmente preciso ir agora.

Ele está prestes a dar um passo para frente, mas se impede. Ele iria beijar a minha bochecha?

— Obrigado, Sra. Preston — Chad diz, antes de nos desejar um bom-dia.

Minha mãe, cujo sobrenome é Ramirez, não o corrige.

— Por nada — responde.

Em uma pequena cafeteria, mamãe pede uma variedade de bagels, dois tipos de cream cheese e se delicia com salmão defumado e alcaparras.

— Precisamos viver um pouco. Além disso, precisamos comemorar sua audição e o fato de você ter feito um novo amigo. Tenho um bom pressentimento sobre ele.

Durante toda a viagem de metrô de volta de Manhattan, eu não conseguia parar de sorrir. Ainda não consigo. E a maneira como os vizinhos sorriem de volta para mim enquanto caminhamos para casa me faz pensar se a paixonite está estampada em meu rosto.

— Conseguiu entrar? — tio Jay pergunta, sentado na escada da frente do nosso prédio. — Você está sorrindo tanto.

— Espero que sim — respondo, ainda sorrindo, embora meus batimentos cardíacos se acelerem com os pensamentos de "e se". — Vou saber em março.

Só sei que meu estojo de violoncelo está pesado, minha barriga está roncando e estou exausta. Quero comer bagels com salmão, verificar meu e-mail e me deitar. Uma vez lá dentro, eu me acomodo à mesa enquanto mamãe desempacota as sacolas de compras no balcão.

— O papai não apareceu hoje — comento, olhando para o meu colo.

— Sinto muito. Sei que ele prometeu vir, mas ficou preso no trabalho.

Minha mãe é uma especialista em dar desculpas pelo meu pai.

Para esconder meus olhos lacrimejantes, levanto-me e começo a colocar os produtos perecíveis na geladeira.

— Estou tão orgulhosa de você. — Ela aperta meu ombro. — Vou descansar antes do meu turno hoje à noite.

Ela beija minha testa e oferece um sorriso que não chega aos olhos. Com os ombros caídos, mamãe vai para o quarto ao lado e fecha a porta.

Conheço muito bem a dor.

Ela acha que não a ouço. Acha que não posso senti-la. Acha que não sei o quanto seu coração dói quando ela pensa no meu pai e em como ele continua a nos decepcionar.

É preciso tudo de mim para não a seguir e a abraçar. Minha mãe tem seu orgulho e a deixo mantê-lo intacto. Mas seu orgulho não pode esconder o som da dor em meu coração. O orgulho não pode confortar a criança solitária no outro cômodo, rezando para que o coração de sua mãe se cure, esperando que ela finalmente siga em frente. Já se passaram quinze anos e minha mãe se recusa a deixar para lá.

Ela se apega ao meu pai. Um homem que pertence a outra mulher.

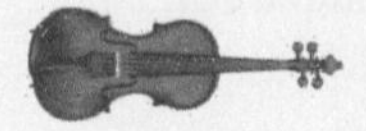

Um computador de mesa é um dos poucos presentes que aceitei de graça de meu pai. É mais fácil conversar com ele por e-mail do que por telefone. Nunca tenho que ouvir a tristeza ou a decepção em sua voz.

Ainda estou aprendendo a navegar na Internet. Minha mãe não tem interesse, diz que é tudo muito confuso. Há cinco meses, tio Jay convenceu mamãe a comprar algumas ações de uma empresa de computadores cujo logotipo é uma maçã.

Eu me conecto à AOL. Tenho duas mensagens de e-mail, uma do meu pai dizendo:

> Boa sorte, me diga como foi. Vejo você no fim de semana.

Olá, pai, minha audição foi ótima. Ouvi um garoto britânico bonitinho que me deu confiança para tocar Rach em vez de Bach. Pena que você não estava lá.

Acho que vou esperar para responder à mensagem do meu pai.

A segunda mensagem é de JustChadDavid0214.

Meus dedos não conseguem abrir a caixa de entrada com rapidez suficiente.

DATA: 15 de novembro de 1997
PARA: AureliaP0214@aol.com
DE: JustChadDavid0214@aol.com
ASSUNTO: OLÁ
Oi, Aurelia,
Eu não perdi tempo, não é? Estou tão feliz que nos conhecemos hoje. Nós dois temos 0214 nos nossos e-mails. Eu nasci no Dia dos Namorados. Qual é o motivo de você incluir 0214?
É demais que você tenha apresentado sua música favorita. Aposto que você detonou!
A Tower Records fica a alguns quarteirões da minha casa. Já esteve lá? Talvez a sua mãe te deixe vir à cidade e nós possamos ir juntos. Minha mãe também convidou você e sua família para o jantar. Sendo supersincero: minha mãe não sabe cozinhar nem se sua própria vida dependesse disso.
Eu adoraria que você viesse. Podemos espiar uma das minhas vizinhas, Yoko Ono.
Olhei o mapa do metrô até Forest Hills, e posso ir sempre até você. De qualquer maneira, me avisa. Mal posso esperar para passarmos um tempo juntos.

Dando um gritinho, giro a cadeira da escrivaninha em círculos vertiginosos. Compartilhamos o aniversário. Ele disse à mãe dele que eu era linda.

Mamãe entra correndo, com a espátula na mão e um olhar desesperado no rosto.

— Você está bem? — ela pergunta.

— Chad me mandou um e-mail — compartilho, espantada com o fato de Chad ter dedicado tempo para escrever para mim. Ele também olhou o mapa do metrô, tentando localizar onde eu moro. Esse pensamento me faz sorrir.

— Isso é maravilhoso. Ele cumpriu sua promessa. — *Cumpriu. Não foi?* — Ao contrário do seu pai — completa, em tagalo. *Sim, ao contrário do meu pai.* Mamãe volta para a cozinha, me deixando sem saber o que fazer em seguida. Devo responder agora? Ou espero por algumas horas? Alguns dias? O que devo escrever?

Ouço uma batida suave e mamãe volta a espreitar para dentro do quarto.

— Seu pai está ao telefone.

— Já vou. — Meus dedos pairam por alguns segundos sobre o teclado, então decido enviar uma mensagem ao Chad mais tarde. Não quero parecer muito ansiosa. *A quem estou enganando? Estou nervosa demais para escrever.*

Pego o telefone de parede da cozinha. Todo mundo que conheço tem um telefone sem fio, mas não há nenhum na casa dos Ramirez. Mamãe é da velha guarda.

— Oi, pai. — Ele consegue ouvir a decepção em minha voz?

— Aurelia, meu amor — saúda. — Como foi sua audição?

— Foi bem.

— Aposto que você tocou o prelúdio perfeitamente.

Eu hesito.

— Bem, na verdade eu toquei outra coisa.

— O quê? — A surpresa em sua voz me assusta. — Por que você faria isso?

— Eu realmente queria tocar *Élégie*.

— Aurelia — fala, com uma voz severa. — Espero que saiba o que está fazendo e não tenha arruinado suas chances de entrar na LaGuardia.

— Eu dei tudo de mim — sussurro, querendo confrontá-lo. Por que ele não poderia estar lá hoje? *Você me prometeu que estaria lá.* Mamãe trabalha doze horas por dia no hospital, mas veio comigo. Foi de Forest Hills para Manhattan e voltou. Papai não só trabalha em casa como escritor, mas mora a *quarteirões* da escola.

Eu não o confronto. Fico em silêncio, esperando que nossa conversa termine.

Mamãe coloca um bagel com cream cheese e salmão na minha frente, depois levanta meu queixo com o dedo indicador. Ela me olha nos olhos e diz sem som:

— Por favor, desligue... agora.

— Papai, preciso comer alguma coisa. Ligo para você mais tarde.

— Tudo bem, meu amor. Me desculpe se a chateei. Vejo você em breve.

— Okay, pai. Eu te amo.

Ele desliga o telefone.

Papai sempre me chama de "meu amor", mas não me lembro da última vez que ele disse "eu te amo".

AURELIA

Janeiro de 1998.

Meu pai, Peter Preston IV, é o mais americano que se pode ser. Ele tem 1,88 de altura e cabelo loiro-claro que usa penteado para trás. Seus olhos são azul-violetas. Mamãe diz que são como os de Elizabeth Taylor.

As mulheres estão sempre descrevendo meu pai como classicamente bonito. Não sei o que isso significa, mas ouço com frequência. Os turistas se aproximam dele, pensando que ele é um astro de cinema, e pedem autógrafos. Papai detesta atenção, por isso, os momentos de fã, reais ou equivocados, nunca são bem recebidos. Ele geralmente vai embora e fico pedindo desculpas por seu comportamento.

Sou a combinação perfeita dos meus pais. Da minha mãe, herdei a pele cor de oliva, os olhos amendoados e as maçãs do rosto altas que tio Jay diz que um dia chamarão a atenção.

Mamãe sempre fica com esse brilho nos olhos quando vê meu pai. É de partir o coração. E eu me pergunto se apaixonar-se por alguém que você nunca poderá ter é melhor do que não se apaixonar de jeito nenhum.

Estou me perguntando especialmente esta noite, quando estou com meus pais no New Amsterdam Theatre.

Papai me surpreendeu com ingressos para *O Rei Leão* como presente de aniversário de 14 anos. O mais surpreendente é que ele comprou um ingresso para minha mãe também. Eles são cordiais um com o outro enquanto esperamos o início do musical. Na verdade, a expressão normalmente estoica do meu pai relaxa na companhia da minha mãe. Ele fica mais despreocupado. Eu o vejo olhando para ela com saudade, e isso me entristece.

As luzes se apagam.

— *Nants ingonyama bagithu Baba!*

Ofegos suaves ecoam quando Rafiki canta a letra em zulu que abre *O ciclo da vida*. Arquejos mais altos enchem a sala quando uma procissão de figuras de animais — atores em fantoches ou fantasias em tamanho real — se move pelos corredores. Cada figura é adornada com um belo traje. Os aplausos espontâneos abafam a música. As crianças se levantam em seus assentos, tentando ter uma visão melhor. Os dedos no corredor tentam tocar as gazelas que saltam, os homens em pernas de pau como girafas e dois homens-elefantes. Mamãe está com as duas mãos sobre a boca e o nariz. Até mesmo os olhos do meu pai estão arregalados e a boca ligeiramente aberta ao observar o espetáculo.

Por quase três horas, fui transportada para uma experiência mágica e musical. Depois de assistir ao filme várias vezes, fico surpresa quando o musical tem canções originais que não conheço. Uma delas é *Noite sem fim*, cantada por Simba no segundo ato.

A música mexe comigo. Simba canta sobre a solidão, incapaz de encontrar seu caminho sem a orientação do pai. Enquanto Simba canta sobre promessas não cumpridas e saudades do pai, o meu pega minha mão e a segura. Olho para cima, agradecida. Não há palavras entre nós, apenas um pedido de desculpas silencioso por todos os momentos importantes da minha vida que ele perdeu. Todas as suas promessas não cumpridas.

— Esse foi o melhor presente de todos — digo a ele, enquanto saímos do teatro. Todos ao nosso redor estão delirando com os figurinos complexos, as apresentações espetaculares e a notável transformação do New Amsterdam Theater, que estava em ruínas há anos.

Estamos perto da saída quando acho que ouvi alguém chamar meu nome. Eu me viro, procurando enquanto somos bombardeados por convidados tentando sair.

— Aurelia. *Aurelia.* — Está mais alto. Não estou imaginando. Meus pais também se viram.

Então vejo Chad.

Ele vem correndo em nossa direção, chamando meu nome, seguido por uma mulher mais velha que se parece um pouco com a mãe dele.

— Você o conhece? — meu pai pergunta.

— Ei — Chad chama, um pouco sem fôlego. — Eu sabia que era você.

O garoto por quem eu estava caidinha nos últimos dois meses está aqui. O garoto que me envia mensagens algumas vezes por semana. Ele não é mais o garoto por trás da tela do computador ou as imagens sonhadoras que eu tinha na minha cabeça desde que o conheci. Ele é real. Está na minha frente.

Está vestido com uma calça jeans preta e uma camisa de botões da mesma cor, com um casaco de lã combinando pendurado em seu braço. Sua mão livre alcança a minha para apertá-la.

— Oi — ele diz. — Olá, Sra. Preston. Esta é minha avó.

Meus pais não corrigem Chad. Minha mãe aperta as mãos deles e apresenta meu pai.

— O que você achou do show?

— Brilhante — a avó dele responde. — Muito original.

— Os figurinos e o cenário são excelentes — meu pai comenta.

— Não é? — Mamãe se junta a ele, me surpreendendo. Ela geralmente fica em silêncio. — Aquela sequência de abertura, eu não sabia para onde olhar primeiro...

Enquanto eles continuam conversando, Chad se inclina, me pegando desprevenida.

— Você está bonita.

Ele disse que estou bonita? Um garoto nunca havia dito essas três palavras para mim antes.

— Obrigada. Não acredito que você está aqui — deixo escapar, me balançando para frente e para trás sobre os calcanhares.

— Quer vir aos bastidores e conhecer o Jason?

— Jason?

— Ele faz o papel do Simba mais velho — responde. — É amigo da minha mãe.

— Ai, meu Deus, está brincando comigo? O ator que cantou *Noite sem fim*? — *Como posso me esquecer dessa cena?*

Ele assente e sorri. Não está brincando. Ele se vira para meus pais.

— Com licença, vocês se importam se a Aurelia for aos bastidores para conhecer o amigo da minha mãe?

— Claro que não — minha mãe afirma.

Papai não diz nada. Do jeito que está olhando para nós, é como se eu fosse a Chapeuzinho Vermelho e Chad fosse o Lobo Mau, pronto para me engolir.

— Eu quero ir — falo. — Por favor.

Meu pai olha para seu relógio Rolex antigo.

— Quinze minutos.

— Sim, senhor — Chad confirma, batendo continência. Papai balança a cabeça, indiferente.

Chad agarra minha mão. É a primeira vez que um menino segura minha mão. A mão dele é grande, quente e parece muito certa. Saímos correndo para o ar gelado, disparando para a porta de saída lateral. Uma vez lá dentro, atravessamos um labirinto de corredores, indo para os bastidores, onde somos recebidos por vários seguranças. Todos eles são intimidadores. Embora Chad e eu tenhamos a mesma idade, ele parece tão mundano, conhecendo bem o teatro. Algumas pessoas até o cumprimentam pelo nome.

— Com que frequência você vem aqui? — pergunto, praticamente correndo para acompanhá-lo.

— Mais vezes do que quero admitir.

— Como sua mãe conhece o Jason?

— Ele é um artista da gravadora dela.

— Então você já viu esse show mais de uma vez?

Ele ri.

— Só umas cinco vezes.

— Qual é a sua cena favorita?

— Sem dúvida, a cena de abertura!

— Eu também! — respondo, com minha voz alta o suficiente para que várias pessoas virem a cabeça em nossa direção.

Estou ofegante quando paramos em frente à porta de um camarim. Chad está com uma expressão séria no rosto.

— Você não vai pirar completamente, certo?

Reviro os olhos.

— Claro que não.

Aurelia, não grite.

Chad bate na porta, *Dah-dah-dah Duh*, imitando a abertura da quinta sinfonia de Beethoven. Três batidas rápidas e suaves e uma quarta alta.

Dou uma risada leve, nervosa e animada.

A porta se abre para um homem de rosto redondo e cabelos castanho-claros cortados curtos.

— Ai, meu Deus, é ele! — grito.

Jason ri.

— Entrem.

O camarim é simples. Há um pequeno sofá e duas cadeiras. Uma penteadeira com fotos de Jason e do elenco. Dois buquês de flores. Uma grande cesta de doces e vários CDs estão dispostos em uma mesa lateral. Minha atenção foi imediatamente atraída pela máscara da fantasia de Simba pendurada em um cabideiro, admirando os detalhes. Nosso anfitrião nos oferece garrafas d'água e alguns petiscos. Estou muito nervosa e atônita para comer e beber, embora Jason seja caloroso, engraçado e amigável.

— Como vocês se conheceram? — Jason pergunta.

— Conheci Aurelia nas audições da LaGuardia Arts — Chad responde.

— É mesmo? Você também toca violino?

— Violoncelo.

— Quando vocês saberão se conseguiram entrar?

— Em março.

— Nervosa?

— Não — digo, depois finjo que estou vomitando.

Jason ri.

— Muitos membros do elenco estudaram na LaGuardia. É uma ótima escola, mas a concorrência é acirrada.

— É. Eu sei que nós dois entramos — Chad afirma. — Como está indo o álbum?

— Está indo muito bem. É um pouco insano voar de um lado para o outro entre Nova York e Miami, mas o cara com quem estou trabalhando produziu *Livin' La Vida Loca*, do Ricky Martin. Vale a pena a viagem.

Eu poderia ficar aqui sentada a noite toda, ouvindo Chad e Jason conversarem sobre música.

Chad olha para o relógio.

— Aurelia, temos de ir. Não quero que seu pai fique bravo comigo.

Jason Raize me abraça.

— Foi um prazer conhecê-la.

Eu o abraço de volta, sem querer soltá-lo.

Estou prestes a morrer e cair.

Esta é a melhor noite da minha vida.

Que fique registrado que, quando eu morrer, quero minhas cinzas espalhadas no saguão do New Amsterdam Theatre, e Jason Raize cantando uma de suas músicas.

A porta se fecha. Eu suspiro.

— Ai. Meu. Deus. Jason me abraçou.

— Ele não é legal?

— Ele é *o* mais legal de todos. Me desculpe por gritar alto. Não acredito que acabei de passar um tempo com o Simba.

Chad ri.

— *Hakuna matata*... não se preocupe.

DATA: 24 de janeiro de 1998
PARA: AureliaP0214@aol.com
DE: JustChadDavid0214@aol.com
ASSUNTO: Musicais
Eu assisti O Rei Leão algumas vezes, mas a apresentação de hoje foi a melhor por sua causa. Eu te senti antes mesmo de vê-la. Amo a forma como você não esconde sua empolgação. Nunca perca isso. É fofo pra caramba.
Espero que seu pai não tenha brigado com você por causa de alguns minutos de atraso. Ele não é nem um pouco o que eu esperava. Tem certeza de que ele é seu pai? Estou brincando.
Apenas mais algumas semanas e teremos notícias da LaGuardia. Feche os olhos. Veja a si mesma tocando em uma orquestra, apresentando sua música favorita. É isso o que faço antes de ir dormir.

Durante semanas, Chad e eu apenas trocamos e-mails. Então, um dia, ele liga.

— Au-re-li-a — começa, cantando.

— O que está fazendo?

— Ligando para você. Minha mãe teve que levar meu computador para o conserto hoje de manhã. Pensei: por que não conversar como as pessoas faziam antes da AOL? O que *você* está fazendo?

— Acabei de terminar minha última tarefa de estudos sociais. Depois, vou atrás do especial para madrugadores. Mamãe está trabalhando até tarde.

— O que há de especial para os madrugadores? — pergunta.

— Comer com idosos e receber um desconto é a melhor opção. Os idosos têm as melhores histórias.

— A que horas termina?

Olho para o relógio.

— Em cerca de meia hora. Por quê?

— Minha aula de violino foi cancelada, então pensei em ir com você.

— Ir comigo?

— É.

— Sério?

— Sério? — ele zomba do meu tom.

— Você viria para Forest Hills? — Forest Hills não é o lugar mais empolgante da cidade de Nova York. Na verdade, parece ser o centro geriátrico de Nova York.

— Claro. Você ainda não me convidou, então terei que me convidar em outra ocasião. E Aurelia — ele diz, meu nome saindo como uma melodia.

— Ai, meu Deus. Você acabou de cantar meu nome ao som de *Angels*, do Robbie Williams?

— Sim.

— Isso foi legal. — Pego um copo d'água porque estou com calor por toda parte. Chad cantou meu nome.

— O que você está comendo? — Chad pergunta.

— Nada. Estou mastigando os cubos de gelo da minha água.

— Meu Deus, pensei que estivesse comendo pedras.

Encho a boca de água e cubos e dou um estalo deliberadamente alto em seu ouvido.

Ele ri.

— Aurelia.

— O quê?

— Eu iria para onde você estivesse.

Cuspo minha bebida.

DATA: 11 de fevereiro de 1998
PARA: AureliaP0214@aol.com
DE: JustChadDavid0214@aol.com
ASSUNTO: Devaneios
Já que você gosta tanto daqueles especiais para madrugadores, eu gostaria de ir com você um dia. Talvez possamos visitar um dos asilos que você gosta de ir. Pense em quando estivermos velhos, iremos passar tempo juntos e tocar nossos instrumentos? Meu avô materno, a quem você conhecerá em breve, pode vencer qualquer um.

Você fica estranha toda vez que eu menciono te visitar. Está com medo que eu veja todos os seus pôsteres do NSYNC?
Aliás, o JFK fica no Queens, então tecnicamente já estive aí.
Eu participo do programa pré-universitário da Juilliard. É todo sábado das 9h às 18h. Já considerou fazer?

DATA: 11 de fevereiro de 1998
PARA: JustChadDavid0214@aol.com
DE: AureliaP0214@aol.com
ASSUNTO: Re: Devaneios
Vou te oferecer meu especial de madrugador favorito!
Toquei para os idosos hoje. Depois da minha apresentação, a Sra. Brubaker me disse que Joe DiMaggio foi o primeiro beijo dela. E então o Sr. Leonard, que tem um bronzeado eterno e parece uma estrela de cinema, me disse que iria pedir a garota dele em casamento amanhã. Acho que ele está brincando. Ele tem muitas "garotas" em casa. É incrível ver que a idade não impediu um octogenário de ser um Casanova.
Amo tocar para os idosos porque eles são tão agradecidos. Muitos são tão solitários.
Seria incrível se você se juntasse a mim um dia.
Ainda não acredito que o Maestro von Paradis é seu avô. Minha mãe comprou mais dos CDs dele. Sua gravação do Réquiem de Mozart é a coisa mais linda que já ouvi. Mal posso esperar para conhecê-lo.
Eu não tenho pôsteres do NSYNC. Meu aniversário está chegando, então se estiver pensando em me dar um presente, adoraria ter um do Justin Timberlake.
O programa na Juilliard é caro demais. Talvez no ano que vem.
As cartas da LaGuardia devem chegar em breve. Prometo ler a minha com você ao telefone. A espera está me matando.

AURELIA

Março de 1998.

Minhas mãos tremem enquanto olho para o envelope branco que meu orientador educacional me entregou esta tarde. Em vez de abri-lo imediatamente, esperei. E esperei, mesmo quando o envelope gritava da minha mochila: me abra!

— Vamos abrir nossas cartas da LaGuardia ao mesmo tempo — Chad disse todas as noites ao telefone nas últimas duas semanas.

— Okay, eu prometo — falei, enquanto mamãe me pedia para desligar o telefone, pois já passava das 23h. Ela tinha que me afastar do telefone e do computador desde que Chad e eu nos tornamos amigos.

Minha mochila parecia estar sendo perfurada por um buraco. A cada hora que passava, o nó em meu estômago se apertava. Eu não conseguia comer durante o almoço. Ondas de adrenalina inundavam meu peito, ameaçando atacar a cada quinze minutos.

Graças a Deus, mamãe está de folga hoje. Acho que não conseguiria esperar nem mais um minuto para abrir a carta.

— Eu sei que você entrou — minha mãe afirma, sentando-se ao meu lado enquanto eu me preparava para ligar para Chad.

Ao discar o número dele agora, acho que vou desmaiar...

Chad atende no primeiro toque.

— Estou com a minha — digo, olhando para minha mãe; ela está calma.

— Eu também. Estava me preparando para ligar para você. Sei que nós dois entramos.

— *Você* entrou. Você estudou com os melhores. Está no programa pré-universitário da Juilliard e se apresentou com uma das melhores orquestras de câmara da cidade no mês passado.

— Estou te dizendo, você entrou.

— Se eu não tiver entrado, ainda seremos amigos?

— Você está brincando comigo, certo?

— Não.

— Escute — ele disse em voz baixa. — Se você não entrou, então a LaGuardia cometeu um grande erro. Mas não importa o que aconteça, onde quer que estejamos na vida, sempre seremos amigos. Entendeu?

— Okay.

— Amigos para sempre. Diga.

— Amigos para sempre.

— Ótimo. Agora já superamos isso. Quando eu contar até três, vamos abri-las. Um. Dois. Três.

Nervosa e impaciente, desdobro a carta rapidamente. Meus olhos se concentram em uma única linha. Ai, meu Deus, não consegui entrar. Haveria mais palavras se eu tivesse entrado, mas tudo o que vejo é um espaço em branco. Meu pior pesadelo se tornou realidade. Não consigo mais ler. Minha vida acabou.

— Desculpe, vou te ligar já, já — digo e desligo. — Não consigo ler — falo à mamãe, entregando a carta a ela.

Observo como seus olhos se arregalam e um sorriso enorme se forma. Ela ergue o rosto, com os olhos úmidos:

— Olhe — diz, mostrando-me a carta.

Eu pisco e de repente vejo *a* palavra…

Parabéns!

O quê? Continuo lendo a carta.

Foi oferecida a você uma vaga em uma das Escolas Especializadas para a qual fez um teste e/ou audição.

— Eu entrei — sussurro. Estou um passo mais perto de realizar meus sonhos. — Obrigada.

— Pelo quê?

— Por todas as aulas. Por sempre encontrar tempo para me ouvir tocar.

— Eu sabia que você conseguiria — minha mãe afirma, me puxando para um abraço apertado. — Estou muito orgulhosa de você.

A adrenalina de hoje cedo aumenta. Afastando-me da minha mãe, grito tão alto que meu vizinho de cima bate no chão com uma vassoura.

Mamãe ri.

Meus olhos se dirigem ao canto do meu quarto, onde está meu violoncelo. *Conseguimos, Pablo.*

— Obrigada por sempre acreditar em mim — agradeço à mamãe e as lágrimas escorrem pelo meu rosto. Todos os anos de prática tornaram realidade um dos meus sonhos. Choro feio com minha mãe por mais alguns minutos antes de ir ao banheiro e jogar água fria no rosto.

— Você deveria ligar para Chad — minha mãe aconselha, entregando-me uma toalha para limpar o rosto. — Ele provavelmente está esperando sua ligação. Você também deveria parabenizá-lo.

Estou discando o número do Chad novamente, mas dessa vez como uma garota que vai estudar na LaGuardia.

— Eu entrei!

— Claro que sim. Sabe por quê?

— Porque não cometi nenhum erro?

— Não, porque você é incrível pra caramba — declara, com convicção. — Muito incrível.

— Eu também acho que você é incrível. — *Você é a pessoa mais incrível que eu conheço.*

— Gostaria que morássemos mais perto um do outro para que pudéssemos comemorar agora mesmo.

— O que faríamos?

— Humm, sairíamos juntos, é claro.

— Sair?

— É. Acho que sair com minha melhor amiga para sempre mais legal de todas é a melhor maneira de comemorar. Não consigo pensar em nada melhor — responde, e posso ouvir o sorriso em sua voz.

Ai, meu Deus. Não só entrei na escola dos meus sonhos, como vou ver o garoto dos meus sonhos todos os dias. Podemos ter aulas juntos. Estudar. Tocar. Ensaiar.

LaGuardia vai ser *fantástica.*

Nós trocamos e-mails e conversamos ao telefone todos os dias.

Chad está sempre fora de casa, indo das aulas para os ensaios, com um celular na mão. Ele está sempre fazendo algo divertido e interessante.

Como mamãe não gosta que eu pegue o metrô para Manhattan sozinha, estou sempre em casa.

Enquanto estou fazendo a lição de casa na cozinha ou no quarto, Chad me liga do celular ou de um telefone público com algo muito interessante para contar.

— *Antes da minha aula, comi* dim sum. *Não sei o que tinha lá dentro.*

— *Um cara parecia estar fazendo algo inapropriado no vagão do metrô. Eles o prenderam.*

— *Fui à livraria Strand, vi uma primeira edição de* Jane Eyre *e pensei em você. Eu queria comprá-lo para você, mas custa uma fortuna. Talvez um dia.*

Esta tarde, Chad liga de uma estação de metrô.

— Você tem alguns minutos?

— Estou de saída. Estou com vontade de comer um cheeseburger e batatas fritas. O que está acontecendo?

— Queria que você estivesse aqui.

— Onde você está?

— Estou em um telefone público na Times Square, assistindo a um violinista incrível. Consegue ouvi-lo? Espere um pouco. Ouça...

Por cima do ruído de fundo, consigo ouvir o concerto para violino duplo de Bach.

— Ele é incrível — Chad diz —, e sem-teto.

— Sem-teto?

— Bem, ele tem uma sacola com seus pertences, além de um cobertor e um travesseiro. Ouça novamente, adoro essa parte...

Fecho os olhos para ouvir melhor.

— Linda, não é?

— Sim. — *A maneira como você compartilha música comigo é linda.*

— Como alguém tão talentoso pode ser um sem-teto? Ele poderia tocar no Lincoln Center com os melhores. É uma farsa. Ele está se preparando para tocar de novo. Ei, ele se importa se eu tocar com ele? Talvez eu possa ajudá-lo a ganhar mais dinheiro.

— Você deveria.

Sei que Chad adoraria participar e tocar. Sua necessidade de compartilhar música está além de qualquer coisa que eu já tenha conhecido. É uma das razões pelas quais sou tão louca por ele.

Adoro o fato de ele se apresentar com qualquer pessoa. Em qualquer lugar. A qualquer momento.

Eu sou reservada, curtindo Pablo sozinha, no conforto da minha sala de estar.

— Meu irmão está ao meu lado — Chad comenta. — Mercer concordou em segurar o telefone para que você possa ouvir.

Um minuto depois, estou no concerto mais estranho de todos: ouvindo por um telefone público dois violinistas executando o segundo movimento do concerto. Esqueço meu estômago roncando.

Em vez disso, sinto uma leve inveja. Quero estar lá com eles, tocando. Quero compartilhar a beleza da música, assim como Chad.

A conexão é péssima, na melhor das hipóteses. A apresentação é interrompida pelo som estridente do PA e pelo guincho das rodas do vagão do metrô contra os trilhos. Ainda assim, é mágico. É uma das experiências mais incríveis de minha vida. Chad simplesmente faz isso. Ele transforma momentos comuns em uma experiência de concerto. Ele transforma *dim sum*, pervertidos e livrarias em algo extraordinário. Ele pode transformar cada momento de sua vida em uma história, ou até mesmo em uma sinfonia.

E é comigo que ele os compartilha.

Chad retorna na outra linha.

— Ganhamos cerca de quarenta dólares nesse período. É claro que eu mesmo dei cinco. Obrigado, Aurelia.

— Pelo quê?

— Por estar comigo.

AURELIA

Julho de 1998.

Eu nunca quis beijar um garoto até conhecer Chad.

Já presenciei muitos beijos. Não apenas nos filmes, mas na estação de metrô ou no parque. Meu tio e sua namorada coreana-americana, Joi, ficavam se beijando por horas, mesmo comigo na sala. Bocas abertas, línguas enroladas e pequenos sons estranhos. Minha impressão sempre foi de que beijar era fascinante, mas meio *nojento*.

Até agora.

Tenho um beijo de filme ininterrupto na minha cabeça e Chad David é a estrela.

No início de uma tarde de quinta-feira, estou esperando o astro dos meus sonhos na estação de trem de Forest Hills. Não consigo acreditar que minha mãe esteja realmente permitindo que um garoto venha até mim.

— Eu confio em você — ela disse. — Desde que Jay também esteja em casa.

Hoje está tão úmido que meu cabelo gruda sobre a minha cabeça. Há uma sala de espera com ar-condicionado na estação, mas optei por ficar do lado de fora, na plataforma. Quero que Chad me veja assim que as portas do trem se abrirem. Andando para frente e para trás, sentimentos estranhos e desconhecidos me consomem. Minha garganta se fecha e meu coração dispara. Fico esfregando as mãos úmidas na parte da frente da minha saia, dizendo a mim mesma: "É só o calor, não é nervosismo". Estou pulando um pouco por causa da empolgação, sem perceber que o trem chegou. Giro em círculos, consciente de não me aproximar demais da borda.

Quando penso que vou cair de tontura, mãos grandes seguram meu cotovelo. Um leve aroma de limpeza me atinge e eu imediatamente desmaio por dentro.

— Olá — ele diz atrás de mim.

Ele está aqui!

Embora nos falemos todos os dias, já se passaram seis meses desde a última vez que o vi na noite de *O Rei Leão*. Eu me viro, dando um passo para trás. Meu queixo se inclina lentamente para cima porque ele cresceu. Ele é todo alto, olhos azuis e um sorriso largo. Sorrio de volta ainda mais, meu aparelho brilhando.

— Você não me disse que tinha colocado aparelho. — Sua voz soa mais baixa ao vivo.

— Eu queria que fosse uma surpresa.

— Como você vai fazer com que um cara a beije? — provoca.

Fazer um cara me beijar?

Balanço a cabeça levemente, me sentindo desanimada. O beijo ininterrupto do filme na minha cabeça é interrompido, como se o diretor gritasse: "Corta!". Chad sai e o substituto é trazido. Porque Chad não quer o papel do cara que está me beijando.

Ele se inclina.

— Gosto do seu aparelho.

Um sorriso lento surge em seus lábios e, caramba, é um daqueles sorrisos que dizem: "estou feliz por estar aqui com você".

Sinto uma vibração desconhecida dentro de mim, e fico corada.

Sem pensar, coloco meus braços em volta de sua estrutura alta e o aperto como se fosse um bicho de pelúcia. Seu corpo está longe de ser macio. É duro, musculoso e mais másculo do que eu pensava.

— Não acredito que você está aqui — comento. — Meu Deus, você realmente está aqui.

— Eu disse que viria. — Ele me abraça com um dos braços e com o outro segura o estojo do violino. No meio da plataforma da estação ferroviária de Forest Hills, somos dois jovens adolescentes, sem nenhuma preocupação no mundo, impedindo os passageiros de pegarem seus trens.

— Crianças estúpidas, vão levar isso para outro lugar! — alguém grita.

Chad e eu olhamos um para o outro e rimos.

Rimos até nossos corpos doerem.

— É bonito aqui — Chad comenta, observando as grandes casas Tudor em estilo inglês ao longo de Forest Hills Gardens. Algumas têm entradas de garagem privativas, cercadas por jardins de rosas. A rua é de paralelepípedos e, enquanto passeamos, Chad diz: — Este lugar me lembra muito uma vila inglesa. Você nunca me disse que morava em um bairro tão bonito.

— Na verdade, eu não moro nessa parte de Forest Hills.

— Então, mal posso esperar para conhecer sua casa. Pablo está pronto para nosso dueto?

— Sim — murmuro, olhando para o chão.

— O que há de errado?

— Minha casa é pequena.

— Pequena não significa nada para mim. Eu vim para ver você. E para ver onde você mora, porque quero saber mais sobre você. Quero ver suas partituras. Quais livros você gosta de ler. Se há pôsteres do NSYNC em todas as suas paredes. — Ele me lança um olhar assustado.

Dou um soquinho leve em seu ombro.

— É, você sabe que eu ouço NSYNC.

— Você não apenas os ouve. Você os ama. Toda vez que ligo para você, eles estão tocando ao fundo. Nossa, você parece muito nervosa.

Ele para e me segura pelos ombros, me girando para ficar de frente para ele.

— Somos amigos, Aurelia. Não me importa se sua casa é pequena.

Quando dobramos a esquina do meu prédio, meu ritmo diminui. Minha vizinhança não tem jardins de rosas ou entradas de garagem particulares, mas você ainda vê aquelas casas Tudor. Meu quarteirão é repleto delas, além de um arranha-céu solitário e discreto onde moro.

Um grupo de crianças está aglomerado na calçada em frente ao meu prédio. Elas se viram ao me ver, a esquisita solitária do quarteirão que, estranhamente, não está carregando seu estojo de violoncelo hoje. Em vez disso, está caminhando com um garoto alto e bonito de jeans e camiseta branca.

O modo como as meninas se separam do grupo e se aproximam de nós me lembra leoas organizando um ataque a uma gazela. Elas estão lançando sorrisos lindos e brilhantes que nunca haviam me dado antes. Os quadris balançam em vestidos justos que mal cobrem suas bundas magras.

Libby March lidera o grupo. Ela tem lindos cabelos ruivos e olhos verdes, lábios brilhantes e cor-de-rosa, sorrindo de uma forma incomum.

— Oi, garota — ela me cumprimenta como se eu fosse uma de suas amigas. Mas eu conheço o esquema. Tio Jay me avisou que algumas pessoas usam você para conseguir o que querem. Isso está acontecendo agora. Eu tenho algo que a Libby quer. Sozinha na rua, sou invisível. Ao lado de um garoto bonito, eu tenho valor.

Ela estende a mão para Chad.

— Oi, eu sou a Libby.

Chad a encara. E eu quero morrer. Ela é bonita. Vestida com roupas que sua mãe provavelmente comprou na Bloomingdales ou na Saks, enquanto estou com uma roupa que já viu dias melhores. Usei o dinheiro da minha formatura para comprar partituras, breu e livros. Não roupas e maquiagem.

— Olá, sou o Chad. — Ele sorri de volta, inclinando a cabeça para mim. — Vocês são amigas?

Libby olha para mim e mente:

— Sim, Amelia e eu nos conhecemos há muito tempo.

A vadia não consegue nem lembrar meu nome.

Chad ri, um som alto e arrogante.

— Sério? — ele diz, depois se vira para mim. — *Baby*, por que você nunca mencionou a Lizzy antes? — Ai, meu Deus, ele me chamou de *"baby"*.

— É Libby — ela fala, corrigindo Chad.

— Okay, Libby. Bem, vou levar minha namorada para dentro já que não vejo a hora de beijá-la. Não damos uns amassos desde ontem.

Espere aí. Ele acabou de dizer namorada?

Amassos?

Chad se aproxima de mim e seu braço envolve meu ombro. Ele se inclina e sussurra alto:

— Espero que você não tenha contado a ela sobre dormir lá em casa.

Meus olhos se arregalam, e estou tentando conter a risada que se forma dentro de mim.

Libby, com cara de quem acabou de levar um tapa, não se mexe e eu fico olhando, ainda pensando em *namorada* e em suas palavras, *não vejo a hora de beijá-la.*

— Pronta, Au-re-li-a? — Chad pergunta e depois se vira para Libby, balançando a cabeça.

Agora, Libby sacode o longo cabelo e volta para os lacaios em frente à sua casa Tudor, esperando para ouvir tudo.

— Espero que você não se importe por eu tê-la chamado de namorada e por dizer que queria beijá-la — Chad diz, virando-se para mim, completamente ingênuo.

Eu quero que você queira me beijar.

— Não — respondo, suspirando. — Não, de jeito nenhum.

Não sou namorada dele. Sou apenas sua amiga. Mas foi divertido enquanto durou...

AURELIA

A maneira como uma casa é decorada diz muito sobre quem vive nela. Fotos emolduradas de férias em família geralmente mostram uma família feliz e com alguma condição econômica. Bibelôs, vasos e figuras de porcelana são colecionados por um comprador. Tapetes alinhados com rachaduras no piso e revistas organizadas em ordem alfabética significam que alguém gosta de lei e ordem.

Prateleiras cheias de livros indicam que a casa é habitada por um leitor. No caso de onde eu moro, duas leitoras ávidas.

— *Jane Eyre* — Chad lê, examinando nossas estantes. — *O morro dos ventos uivantes. Anna Karenina. As bruxas de Salem. O apanhador no campo de centeio*, um dos meus favoritos. *O amor nos tempos do cólera. Guerra e Paz*. Puxa vida, você realmente leu *Guerra e Paz*? — Ele desliza cuidadosamente o calhamaço grosso e gasto da prateleira.

— Eu, não, mas é um dos livros favoritos da minha mãe.

— Percebi. A capa mal está presa à lombada.

Ele o devolve, e depois vai até uma mesa lateral onde está o Oscar Morto, nossa planta gravatinha seca.

— Você sabe que precisa regar as plantas para elas não morrerem, certo?

— Eu sei, eu sei. Simplesmente esqueço.

— Assassina de plantas.

Tio Jay entra em seguida, com a mochila nas mãos.

— Este é o Chad. Chad, meu tio Jay.

— Prazer em conhecê-lo — tio Jay diz, apertando a mão de Chad. — Relia, tenho que ir buscar a Joi.

Meu coração se aperta.

— Chad acabou de chegar.

— Ele pode ficar. Só não diga à sua mãe que eu saí. — Tio Jay me entrega alguns dólares. — Compre uma pizza, e Chad?

— Sim, senhor?

— Não faça nenhuma besteira. Mantenha suas mãos para si mesmo. Ou nós dois levaremos uma surra.

O sorrisinho em seu rosto diz tudo. Ele adora me envergonhar.

Olho feio para meu tio enquanto Chad se afasta de mim.

— Não precisa se preocupar, senhor.

Tio Jay sai e, de repente, estou com um garoto. Sozinha.

Na minha casa. Com minhas coisas. Tudo parece tão íntimo e pessoal. Chad está tocando nas coisas que eu toco. Ele vai beber nos meus copos e comer nos meus pratos.

Meu estômago revira.

Chad já está se sentindo confortável. Seus tênis já foram tirados. O estojo do violino, os fones de ouvido e a mochila estão sobre a mesinha de centro.

— Olhe só você — Chad comenta, pegando um porta-retrato. Sou eu como uma criança gordinha na frente do chafariz em Stuyvesant Town. Odeio essa foto e queria ter escondido antes de Chad chegar aqui. Pego de sua mão e ele segura outra, esta da minha mãe e eu no Carnegie Hall.

— Essa é uma foto incrível — ele diz.

— Foi a primeira vez que eu vi Yo-Yo Ma.

— Mm. — Ele abaixa a foto. — Você é bonita como a sua mãe.

Eu quero me jogar nele, mas esse seria um movimento idiota. Só porque ele me acha bonita não quer dizer que está pronto para ser meu namorado.

Namorado.

Argh, eu quero que ele seja meu. *MEU.*

Quero que me chame de "*Baby*" e fale sério.

Ele seguraria minha mão. Ele me beijaria nos meus lábios intocados. Nós compartilharíamos milkshakes, torta de creme de banana, e seus doces favoritos de canela. Nós não apenas tocaríamos duetos juntos, mas também participaríamos de concertos, sentando lado a lado.

— Você está bem? — Chad pergunta, interrompendo meu devaneio.

— Sim. Quer algo para beber? Comer?

— Talvez daqui a pouco. — Agora ele está caminhando pelo corredor curto e estreito, repleto de mais porta-retratos. — Esse é o seu pai? — questiona, apontando para uma foto do meu pai me segurando. — Ele parece diferente.

— Acho que me ter como filha o envelheceu. — *Junto com todas as amigas dele*, eu gostaria de dizer.

— Com que frequência você o vê?

Não o bastante.

— Algumas vezes por mês.

Chad assente, uma expressão triste no rosto, e não pergunta mais nada.

— Você disse que havia algo para comer?

— Minha mãe deixou um pouco de *puto* pra gente.

— O que é isso?

— Bolos de arroz. São deliciosos. Quer experimentar um?

— Em um segundo… — Ele está na porta do quarto do tio Jay, olhando para dentro.

— Esse é o quarto do tio Jay. O meu é o próximo. Não podemos comer no meu quarto.

— Tudo bem.

— Baratas do tamanho do meu breu gostam de sair de lá — acrescento, tentando esconder meu sorriso.

— O quê? — Ele coça a nuca, nervoso.

— Estou brincando. — Dou uma risadinha e noto o alívio em seu rosto.

— Deus, Aurelia. Eu realmente acreditei em você — responde, com uma risada. — Vamos comer mais tarde.

Nós dois rimos enquanto nos dirigimos ao meu quarto, localizado bem ao lado da cozinha.

— Aqui está — digo, balançando a mão no ar.

Meu quarto é o maior cômodo do apartamento, mobiliado principalmente com móveis da IKEA. As camas de solteiro são novas.

Chad entra no quarto. Sua estrutura alta faz com que eu e tudo no quarto pareçamos pequenos. Ele fica no centro do cômodo, dando uma olhada no meu refúgio.

As paredes bege-claras estão vazias, com apenas uma foto emoldurada de Jesus Cristo pendurada logo acima da cama da minha mãe e uma cruz adornando a parede oposta. Mamãe mantém sua Bíblia na mesa de cabeceira, junto com cópias de *A letra escarlate* e *Pássaros feridos*. Chad ergue as sobrancelhas.

O estojo de Pablo fica em um canto perto da escrivaninha onde faço minha lição de casa. Cortinas brancas grossas emolduram duas janelas que dão para o quintal. Uma delas está aberta, permitindo que os sons da rua e fragmentos de conversas flutuem para dentro.

— Eu não fodi com ele, mas ele implorou por um boquete.

Chad está agachado ao lado da minha estante de livros. Olha para cima depressa, com a boca aberta.

Ai, meu Deus.

— O que você fez? — outra mulher pergunta.

— Fiz oral nele em seu carro e engoli.

Fecho a janela, envergonhada.

Ai, meu Deus, um de meus piores pesadelos se tornou realidade. Estou sozinha em casa com um garoto, e meus beijos de cinema que pensei repetidamente foram interrompidos mais cedo. E agora? Acabamos de saber do boquete barato da minha vizinha.

— Vamos fingir que não ouvimos, certo? — pergunto.

O rosto de Chad está vermelho como um tomate, com os olhos focados em um livro.

— Hum... Okay.

— Vou pegar um copo de limonada. Quer um?

Chad olha para cima, com o rosto ainda muito vermelho.

— Hum, sim, claro. — Parece que ele também está precisando de um minuto de descanso.

Volto com as bebidas.

— Você já leu isso? — Chad pergunta, segurando uma cópia rasgada de *Lolita.*

— Sim.

— Eu sabia que gostava de você por algum motivo. — Ele coloca a mão no peito e diz: — Aurelia, anjo da minha vida, música na minha alma.

Chad está alterando as palavras do início do romance. *Lolita, luz da minha vida, fogo da minha virilidade.*

Espere. Você está flertando comigo?

Você está tão bonito com seus olhos azuis brilhando agora. Adoro como seus lábios parecem macios.

Argh, é nesse momento que ajudaria ter uma amiga ou uma irmã mais velha. Alguém que pudesse me aconselhar sobre essas coisas. Não posso perguntar à minha mãe sobre meninos. Minha madrasta odeia homens no momento. Minha professora de violoncelo, a Sra. Luz, é solteirona. Joi, a namorada do tio Jay, é bastante simpática, mas parece muito fácil. Acho que ela disse "eu te amo" depois do primeiro encontro.

— Ei — Chad diz. — Tenho algo para você.

Ele vai para o outro cômodo e volta com a mochila e o estojo do violino. Ele se senta na *minha* cama. A cama onde me deito e penso nele diariamente. Sua mochila fica em cima dos lençóis que abraçam meu corpo à noite, quando sonho com ele.

Chad puxa uma pequena caixa, bem embrulhada em papel de presente rosa e fita rosa.

— Uh, eu não embrulhei. Minha mãe embrulhou para mim — admite, corando.

— Você não precisava ter me trazido nada — garanto, com um nó na garganta. — Só estou feliz por você estar aqui.

— Estou feliz por estar aqui também. — Ele gesticula para a caixa embrulhada. — Abra.

Desembrulho o pacote como se fosse uma bomba-relógio.

Chad olha para o relógio.

— Pode se apressar, por favor?

— Quero guardar o papel. É tão bonito. — *E veio de você.*

Ele revira os olhos.

— Vou pedir para a minha mãe comprar um pouco na Papyrus. Vamos lá.

Lágrimas enchem meus olhos quando o papel cai e revela um CD Walkman da Sony. Novinho em folha. O que eu uso atualmente foi dado de presente pelo tio Jay. Ele pula todas as faixas de um CD e o controle de volume mal funciona.

— Você não deveria ter feito isso — falo, minhas mãos trêmulas mal conseguindo abrir a caixa. Chad ajuda desempacotando os fones de ouvido e as baterias. Ele está explicando como esse modelo funciona e blá, blá, blá. Eu deveria prestar atenção no que ele está dizendo, mas, como poderia, se tudo o que consigo ouvir na minha cabeça é: *Estou muito a fim de você.*

— Bem, você está sempre reclamando do seu Discman velho.

— Não reclamo.

— Por favor.

— Mesmo assim, ele é tão caro. Como é que você pagou por ele?

— Às vezes, as pessoas me pagam para tocar em festas.

— Ainda assim.

— Se isso a faz se sentir melhor, minha mãe conseguiu um desconto porque uma de suas amigas trabalha na Sony. Okay? — Ele aperta meu joelho!

Ai, meu Deus. Ele tocou meu joelho!

— Então, feliz aniversário/formatura atrasado.

— Eu não comprei nada para você.

— Não dou presentes esperando algo em troca.

Pressiono meus lábios, tentando não chorar. A última vez que alguém me deu algo valioso foi minha mãe, quando me surpreendeu com Pablo no meu aniversário de 11 anos.

Antes de Pablo, eu estava alugando um violoncelo. Antes de Pablo, mamãe não fazia turnos extras para cobrir os pagamentos mensais do meu novo instrumento. Um violoncelo que havia viajado pelo mundo com a Sra. Luz. Um violoncelo que agora pertence a mim.

— Mal posso esperar para usá-lo — digo, acenando com a mão para a cama, maravilhada com o presente mais incrível.

Chad pega vários CDs de sua mochila superlotada.

— Eu trouxe esses também. Escolha um.

— Eu já tenho CDs. — Aponto para a pilha em cima da minha mesa, ao lado do meu computador e da minha *boombox*.

— Mas não tem esses. Você vai pirar!

Faço uma anotação mental dos títulos. *Blizzard of Oz*, de Ozzy Osbourne. *Slim Shady EP*, do Eminem. *Off the Wall*, de Michael Jackson. *400 Degreez*, do Juvenile. *Tristão e Isolda,* de Wagner.

Durante a próxima hora, Chad faz as vezes de DJ e mentor. Fala dos compositores como se fossem seus melhores amigos; das composições, como se ele mesmo as tivesse escrito.

— *Randy Rhoads dobrou todas as partes da guitarra.*

— *Você acredita que Karen Carpenter deveria ter gravado* Rock With You? *Não consigo pensar em ninguém além de Michael Jackson a cantando.*

— *Esta é uma cópia antecipada do álbum de Juvenile. Você não pode dizer a ninguém que o tem.*

— *Um estagiário descobriu o Eminem.*

— *O acorde de* Tristan *é de partir o coração.*

Eu o ouço com admiração, maravilhada com sua paixão por todos os tipos de música. Ele é uma enciclopédia ambulante de música clássica, rap e pop. E com uma paixão contagiante. Seu cabelo, já bagunçado, torna-se selvagem, assim como seus olhos. Seu sorriso é quase maníaco de amor pela música. Seu sorriso me faz sorrir também.

— Ok, esse é o *Juvenile* — diz, trocando de CD. — Ele é de Nova Orleans. A música é *Back That Azz Up.*

Eu ri do título.

Aos meus ouvidos, o rapper soa como se estivesse falando uma língua desconhecida. Não tenho a menor ideia do que está dizendo. Entendo "hi-day" e "ho-day". A produção é toda feita de cordas, baixo profundo e uma batida que só pode ser descrita como animada.

Quando dei por mim, estamos de pé. Chad está pulando para cima e para baixo, fazendo rap junto. Não consigo acompanhar o ritmo da letra, mas não consigo deixar de dançar. E dançar. E dançar.

A música para.

Nós dois estamos suando e respirando com dificuldade. Chad puxa a bainha da camiseta para limpar a testa.

Eu paro e fico olhando como uma idiota.

Então é assim que a barriga de um garoto se parece de perto. Eu só tinha visto em filmes ou à distância na praia. Fico impressionada ao olhar para o abdômen de Chad. É firme e liso. O meu transborda pelo elástico.

Ele tem um umbigo bonito. Entrecerro o olhar para ver se há um rastro de pelos que desaparece sob a cintura de sua calça jeans. Não, nenhum pelo.

— Preciso fazer xixi — ele diz, sem saber que estou morrendo por dentro.

— Huh?

— Preciso usar o seu banheiro.

Ele vai usar o banheiro e ver o chuveiro onde fico nua e, meu Deus, o vaso sanitário onde faço *xixi*.

— Ah, desculpe. Sim, é... eu vou te mostrar — respondo, embora não consiga me mexer. Estou derretendo.

— Eu vou encontrar.

Deito-me na cama e bato na testa duas vezes com a mão. Sacudo a cabeça de um lado para o outro. Estou animada. Assustada. Nervosa. Apaixonada por um cara que é perfeito. É demais.

Quase grito quando Chad mergulha na cama ao meu lado. Estou deitada na minha cama com um garoto. Estamos na horizontal em uma superfície macia. Em uma casa vazia. Sem adultos. Estou quebrando as regras da mamãe neste momento. Isso deve ser ilegal em alguns países. Se formos pegos, estarei morta e ninguém saberá onde jogar minhas cinzas.

Mesmo que não estejamos brincando, se meu pai nos pegasse agora, ele acabaria atrás das grades em Sing Sing. Ninguém encontraria o corpo de Chad.

Apoiado de lado, ele encosta a cabeça na mão.

— Você é incrível.

Acrobatas aéreos se movimentam dentro do meu corpo enquanto respondo:

— Você também é incrível.

Ficamos em silêncio por alguns minutos, descansando lado a lado. Seus olhos vagueiam pelo teto pontilhado que precisa ser repintado. Fico olhando para o espaço, pensando repetidamente: Chad David disse que sou incrível.

Meu peito se aperta quando Chad encosta a cabeça em meu ombro.

— Você sabe que é minha primeira amiga íntima, Aurelia.

— Eu nunca tive um amigo até você. E...

— O quê?

— Acho que valeu a pena esperar por você.

Ele levanta a cabeça e suspira. Uma pausa. Um sorriso suave.

— Você entende o que significa tocar música. Quero dizer, tocar uma peça e fazer com que ela *seja* tudo.

Somos tão parecidos. Deitados frente a frente, me pergunto se ele está passando pela mesma coisa que eu durante todo esse tempo. *Será que você aguarda ansiosamente meus telefonemas e e-mails como eu aguardo os seus? Rabisca meu nome em seus cadernos durante a aula? Você para o que está fazendo no meio do dia e se pergunta o que estou fazendo?*

Esses pensamentos zumbem como pequenas abelhas na minha cabeça.

— Vamos tocar um dueto — convida, levantando-se da cama e saindo pela porta. — Pegue o Pablo.

Passamos a próxima hora aprendendo a *Passacaglia,* de Händel-Halvorsen.

Ele fica de pé enquanto toca, e estou sentada a apenas alguns metros de distância. É difícil me concentrar na partitura quando tudo o que quero fazer é olhar para Chad, mas, se eu olhar para ele, imediatamente perco meu ritmo. Observá-lo tocar é fascinante. É como assistir a uma versão jovem, loira e atraente de Itzhak Perlman.

Chad aprende a nova peça em questão de minutos. Ele não consegue olhar para uma composição sem memorizá-la.

Tocar um dueto com Chad é incrível. Estamos em sincronia o tempo todo. Nenhum de nós está tentando superar o outro.

Às quatro horas, Chad tem que ir embora para uma aula de violino na cidade.

— Eu te levo até a estação — falo. Não sei quando o verei novamente. A escola só começa daqui a dois meses, e ele está programado para passar o verão com a família do pai na Inglaterra.

Passeando pela Austin Street, Chad fica cantarolando uma melodia.

— O que é isso?
— Algo que escrevi quando estava vindo para cá.
— Sério?
Seus olhos encontram os meus.
— Você gosta?
— É linda. Eu… eu amei.
— Ótimo — ele diz, parando por um segundo. — Porque você a inspirou.
— Inspirei?
— Eu sempre quis ter uma musa. — Ele dá um sorriso suave. — Eu a encontrei em você.

Eu a encontrei em você me traz um sentimento desconhecido de orgulho e felicidade. Retomamos nossa caminhada até a estação de metrô, lado a lado, e estou sorrindo o tempo todo.

Sou a musa de Chad.

— Quando vou te ver de novo? — pergunto.
— Bem, vou para Londres daqui a dois dias…

A ideia de Chad e eu estarmos em continentes diferentes me dá uma dor no peito. Somos amigos há apenas alguns meses, mas ele se tornou parte integrante de minha vida.

— Vou te enviar um e-mail todos os dias — afirma. — Prometo.
— Eu gostaria muito.
— Me promete que responderá ao e-mail?
— Claro.

Continuamos caminhando. Meu coração bate loucamente sempre que olho para ele. Fico admirando seus lábios por tempo demais e quero que ele me beije. Quero que me dê meu primeiro beijo. Eu não deveria estar me sentindo assim em relação ao meu melhor amigo.

— Vou sentir sua falta — falo, e subimos os degraus da estação.
— Vou sentir sua falta também. — Ele para no topo da escada. — Em setembro, nós nos veremos todos os dias.

Ele me abraça e me derreto instantaneamente como um picolé congelado em um dia quente de verão. Retribuo o abraço, segurando-o com força como se ele fosse meu para sempre. Nunca quero soltá-lo.

Meu coração dá piruetas e cambalhotas loucas ao ver o garoto mais incrível que conheço correr pelas escadas da estação.

DATA: 2 de julho de 1998
PARA: AureliaP0214@aol.com
DE: JustChadDavid0214@aol.com
ASSUNTO: Passando tempo
Eu me diverti muito com você. Não sei por que estava nervosa sobre me mostrar a sua casa. Amei todos os seus livros. Amei todas as fotos.
Aliás, você escondeu seus pôsteres do NSYNC?
Na minha aula, meu instrutor me disse que Berlioz ficou tão fascinado com a performance de Harriet Smithson como Ofélia, que ela o inspirou a compor a Symphonie Fantastique.
Depois de passar tempo com você hoje, eu sei como ele se sentiu.

AURELIA

Primeiro ano, setembro de 1998.

Primeiro dia do ensino médio, e já peguei o trem errado. Ainda bem que dei ouvidos à minha mãe, que sugeriu que eu saísse quarenta e cinco minutos mais cedo.

Ao contrário da pequena escola que eu frequentava no Queens, LaGuardia tem mais de dois mil alunos mistos. Sempre fui solitária no ensino fundamental. Tocar violoncelo não me tornava descolada. Aqui, eu seria a esquisita se não fosse musicista.

As crianças daqui têm consciência da moda, mas não são do tipo que consultam a *Vogue*. Eles usam a individualidade com orgulho.

No terceiro período, já conheci pessoas de quem quero ser amiga.

Margaret é de Cobble Hill, no Brooklyn.

— Estou estudando artes. Prefiro óleo a pastel.

— Isso é legal. Eu toco trompete e tenho uma banda de Ska. Talvez você possa pintar algo para a capa do nosso CD — Brandt diz. — Vamos tocar no CBGB daqui a algumas semanas. Vocês deveriam ir. Derek vai. — Ele acena para o garoto ao meu lado.

Não posso deixar de sentir que conheço Derek de algum lugar.

— Juro que já te vi antes — falo para Derek.

— Você mora no Bronx? — pergunta. — Fordham?

— Não, Forest Hills — respondo. — Onde eu já vi você?

Derek pega sua lata de refrigerante, exibe um sorriso arrasador e cantarola:

— Só pelo gosto... Coca Diet!

— Não pode ser! — eu praticamente grito. — Você é o cara do comercial.

— Eu mesmo.

Sorrio, sentindo uma sensação de pertencimento imediatamente. Essa é a minha galera. Eles falam minha língua. Compartilham um sonho semelhante ao meu.

Não vejo Chad até o quinto período de teoria musical. Paro no lugar. Quando entro na sala, ele está sentado no fundo, conversando com uma linda garota loira. Ela está praticamente salivando ao girar a caneta como se fosse uma baqueta. Caramba, quem sou eu para falar? Fico congelada na porta, observando-o fazer o mesmo, até que alguém esbarra em mim. Minha mochila cai no chão e vários livros se espalham. Chad olha para cima e se aproxima na mesma hora.

— Oi — ele cumprimenta, agachando-se para ajudar. — Estava me perguntando onde você estava. Venha, guardei um lugar para você, caso tivéssemos teoria juntos.

Chad e eu nos dirigimos à ala sul do subsolo, onde fica o departamento de música instrumental.

— Você está animada? — Chad pergunta.

— Nervosa.

— Por quê?

— É minha primeira vez tocando com uma orquestra.

— Você vai se divertir muito. Não há nada como isso, Aurelia. Você vai arrasar.

— Eu só queria que eles nos colocassem no mesmo grupo de orquestra.

— Eu sei. Mas sempre podemos praticar juntos. Podemos nos revezar para aprender as peças um do outro.

— Isso seria fantástico.

— Ouça, quando você entra naquele espaço, tem apenas duas coisas para se concentrar. A música e o maestro. É isso.

— Okay.

— Espere, eu menti. Há uma terceira coisa em que você deve se concentrar.

— Não vomitar?

— Merecer estar aqui. Porque você merece — Chad afirma. — Respire fundo antes de entrar. Você consegue.

Chad me dá um *high-five*.

— Obrigada — falo, em frente à sala de música.

— Vejo você mais tarde.

Sento-me na quinta cadeira da seção de violoncelo assim que o maestro, Sr. Bennett, entra.

A música, o maestro, e eu mereço estar aqui. Isso é tudo.

O Sr. Bennett é um homem careca, baixo e atarracado. Também foi o juiz da minha audição.

Assim que ele sobe ao pódio, a sala inteira se aquieta. Todos os olhos estão voltados para o homem que já foi concertino da Orquestra Sinfônica de Chicago. Há rumores de que ele desistiu de tudo para cuidar de sua mãe.

Olhando ao redor da orquestra, o Sr. Bennett faz uma contagem para si mesmo antes de anotar algo em um pedaço de papel.

— Vejo muitos rostos familiares este ano — ele diz. — Temos três novos membros. Os alunos do segundo ano, Hamish Den e Michael Lee, e a caloura Aurelia Preston. Por favor, levantem-se.

Nós nos levantamos e meu estômago se revira. Odeio ser o centro das atenções.

— Bem-vindos à Orquestra Sete. Tudo o que peço é que cheguem no horário e toquem com paixão. Por favor, tomem seus lugares. — Ele sorri. — Muito bem, pessoal. Hoje, vamos nos aquecer com *Somewhere*, de Bernstein.

Depois da escola, vejo Chad do lado de fora com um grupo de garotos. Aceno com a cabeça e sorrio, relutante em me intrometer sem um convite para isso. Quando me afasto, indo em direção à estação de metrô Lincoln Center, Chad está ao meu lado.

— Aurelia, espere.

Mordo meu lábio superior, tentando evitar que eu sorria demais.

— Queria saber como você se saiu.

— Consegui passar.

— Quem é seu maestro?

— Sr. Bennett. Ele estava na minha audição.

— Ah, legal. Agora me conte como foi.

— Achei que estava nervosa na audição, mas aquilo não foi nada comparado a tocar hoje. — Solto um suspiro. — Eu posso ter suado o tempo todo.

— O que vocês tocaram?

— *Somewhere*, de Bernstein.

— Perfeito. E como foi?

— Estava indo bem até que Bennett chamou minha atenção. — Viro o rosto para ele e Chad não tirava os olhos de mim. — Ele disse que eu estava com pressa e perguntou se eu tinha algum lugar para ir. — Nego com a cabeça. — Eu sei. Bennett realmente riu quando percebeu a ironia em sua frase. De qualquer forma, ele me pediu para tocar a parte solo.

— Espere aí. O solo é para viola.

— Como você sabe essas coisas?

Chad dá de ombros.

— Há alguma música que você não conheça? — pergunto.

Sua boca deslumbrante se abre em um sorriso largo e, em seguida, ele balança os dedos, fazendo um gesto para que eu continue minha história.

— O Sr. Bennett tinha um arranjo único. Ele transcreveu o solo de viola para o violoncelo.

— E?

— Quase vomitei, mas não fiz isso.

— Vomitar teria sido péssimo. Continue.

— Eu fiz errado na primeira vez. — Faço uma careta. — Então ele saiu do pódio e tocou o violoncelo de Liam. Fechei os olhos e o ouvi tocar. Que vergonha. Ele nem sequer é violoncelista, certo?

— Ele toca vários instrumentos, mas o violino é o seu bebê.

— Ele tocou com perfeição, e eu quase morri. Ele tinha razão. Eu estava apressando uma melodia linda como se precisasse ir ao banheiro.

Risadas altas saem da boca de Chad.

— Você tinha que ir ao banheiro?

— Não. — Bato em seu ombro. Ele é sólido como uma rocha. Preciso tomar cuidado, pois posso machucar meus dedos. — Depois de tocar, ele me pediu para tocar a melodia umas quatro vezes. Eu deveria ter ficado envergonhada, mas o pessoal ali era legal. Ninguém riu. Ninguém parecia estar com pena de mim.

— Todo mundo já esteve nessa situação. Todos nós já fomos chamados a atenção. Lembre-se de que todos nós queremos a mesma coisa. — Ele apoia a mão no meu ombro. — Todos queremos tocar nossos instrumentos porque é assim que somos.

— Quando eu estava com vontade de desistir, pensei no que você disse antes de entrar no fosso.

Ele inclina a cabeça.

— Você me disse que eu merecia estar lá. — Abraço o estojo do meu violoncelo. — E eu mereci. Toquei como se pertencesse àquele lugar.

— É isso, porra.

— Bennett…

— O quê?

— Bennett pediu para me ver depois do ensaio.

Chad pisca duas vezes.

— Ele disse que se lembrava de mim da minha audição e pediu que eu tocasse com a mesma intensidade quando estivesse no fosso antes…

— Antes de quê?

— De me mover da quinta cadeira para a terceira.

— De jeito nenhum.

— É. — Meus olhos pousam em seu sorriso. — Obrigada.

— Pelo quê?

— Por me fazer acreditar em mim mesma.

— Às vezes, precisamos de alguém que nos ajude a lembrar do quanto somos incríveis. — Ele pega meu estojo de violoncelo enquanto nos dirigimos para a estação da 66th Street. — Por falar em incrível, meus pais adorariam te receber para jantar essa semana.

AURELIA

No sábado daquela primeira semana de aula, eu estava jantando com a família de Chad em seu apartamento na 72nd Street. *O Dakota.* Havia turistas tirando fotos do arco onde seu morador mais famoso, John Lennon, foi visto com vida pela última vez. Na verdade, perguntei ao guarda mais cedo se ele já tinha visto o fantasma de Lennon.

— Todos os dias — o guarda respondeu, provavelmente pela centésima vez hoje.

É minha primeira refeição com uma família que não é a minha, e é memorável. É normal. Sinto-me como se estivesse assistindo a um documentário. *National Geographic Apresenta: A Família Normal em seu Habitat Natural.*

Quase desisti hoje cedo. Ir jantar na casa de um amigo é um conceito totalmente novo para mim. Fiquei imaginando se os pais de Chad eram como meu pai e minha madrasta. Durante as refeições, ou eles discutiam ou comiam em um silêncio taciturno. Quando minha mãe não trabalhava em um turno de doze horas, ficávamos apenas nós comendo e conversando sobre o dia. Quando o tio Jay se juntava a nós para o jantar, eles discutiam sobre a faculdade e a escolha de um curso.

Esta é minha primeira refeição com uma família normal.

Cinco minutos depois, é estranho ver pai e mãe à mesa, ainda mais pai e mãe casados e *felizes.*

A conversa flui facilmente. Os pais de Chad lançam olhares e piadas um para o outro. Um sorriso aqui. Um tom de flerte ali.

— Como vocês se conheceram? — pergunto a eles.

— Eu estava de férias com minha família na Áustria — Oliver responde.

— Eu sou austríaca de nascimento — Renna acrescenta.

— Foi amor à primeira vista. Eu a pedi em casamento, mas ela recusou. — Oliver coloca uma mão no peito, dramático.

— Ollie, nós tínhamos quinze anos.

— Verdade.

— Eu aceitei cinco anos depois.

— A melhor decisão que você já tomou.

— Nós nos casamos e me mudei para Londres — Renna conta. — Vinte e quatro anos depois, somos nova-iorquinos com um filho prodígio.

— Quando tinha dois anos de idade — Ollie diz —, Chad puxava elásticos para tentar produzir sons diferentes. Ele descobriu o piano quando tinha três e se acostumou rapidamente.

— Mas ele escolheu o violino aos quatro anos. E foi surpreendente.

Chad ergue o rosto de seu prato de bife e purê de batatas. Ele olha para mim e balança a cabeça, enrubescendo.

— Nossa filha Tori mora em Londres com a família dela.

— Ela acabou de ter um bebê, certo? — pergunto.

— Isso mesmo, Layla. Nossos filhos gêmeos, Magnus e Mercer, estão em um internato nos arredores da Filadélfia.

— Causando problemas — Chad entra na conversa.

— Sem dúvida. E agora eu gostaria de saber mais sobre você. Chad elogia suas habilidades como violoncelista.

Eu enrubesço.

— De onde é sua família? — Ollie pergunta.

E agora, *National Geographic Apresenta: A Família Disfuncional.*

Respiro fundo.

— Sou filha única. Minha mãe é das Filipinas. Ela é enfermeira no *Manhattan Eye, Ear and Throat Hospital.* Minha mãe trabalha com o Dr. Foster, o cirurgião que salvou o rosto do corredor do Central Park.

— Uau, isso é impressionante — Renna elogia.

— Obrigada. — *Minha mãe é uma fera na sala de cirurgia.*

— E seu pai?

— Meu pai é escritor autônomo.

— Que tipo de escrita?

— Às vezes, artigos para revistas. Ultimamente, ele está trabalhando como redator freelancer para a BBDO.

— A agência de publicidade?

— Sim.

— Gostaríamos muito de receber seus pais em casa em algum momento — Renna diz.

— Bem, eles não estão juntos — respondo, colocando a faca e o garfo no meu prato. — Eu moro com minha mãe e meu pai mora não muito longe daqui, na verdade. — *Meu pai mora exatamente nove quadras ao norte daqui.*

Renna sorri.

— Ainda assim, gostaríamos de recebê-los em algum momento. Juntos ou separados.

— Eu gostaria disso — afirmo, agradecida.

Por insistência de Ollie, pego um táxi para o Queens. Por insistência de Chad, ele vem comigo, fazendo o motorista esperar enquanto me acompanha até a porta.

— Obrigada por me levar para casa — agradeço.

— Obrigado por ouvir meus pais se gabarem — Chad retruca e me dá um abraço. Ele cheira tão bem. — Vejo você na segunda-feira.

Tio Jay e Joi estão sentados no sofá, assistindo *America's Most Wanted.* Joi ergue o rosto.

— Como foi o jantar com Chad e sua família?

— Incrível.

— Eu teria ido te buscar na estação de trem — tio Jay fala. — Não gosto que você ande sozinha à noite.

— Chad me trouxe para casa de táxi. Como o taxímetro estava ligado, ele só me acompanhou até a porta.

— Ele é para casar — Joi diz, dando uma piscadinha. — Dá para perceber que se importa com você.

— Eu não sei quanto a isso — respondo. — Somos apenas amigos.

— Uma viagem de táxi do Upper West Side para Forest Hills? Isso é um pouco mais do que *apenas* amigos. — Joi se inclina e beija a boca do tio Jay. Ela se afasta e lança um olhar severo para o meu tio. — Espero que tenha prestado atenção. Seja lá quem for esse garoto, você poderia aprender uma coisa ou duas com ele.

Tio Jay bufa.

— Você pegaria o metrô e gostaria.

AURELIA

Outubro de 1998.

— Me fale sobre seu pai e sua madrasta — Chad pede.

As aulas já acabaram e estamos passando um tempo no nosso lugar favorito em *Sheep Meadow*. O parque está animado com as crianças jogando peteca.

— Eu não gosto de falar sobre eles — respondo.

— Eu sei. Você não fala muito sobre sua família, como um todo.

— Porque é tão desestruturada. É o contrário da sua. Os parentes filipinos da minha mãe me chamam de erro. Ou criança demônio. Ou bastarda.

— Eles parecem horríveis. E quanto à família do seu pai?

— Ele não tem uma. — Sento-me, apoiando a mão atrás das costas.

— Ah. — Chad rola para me encarar. — Você sabe que pode me contar qualquer coisa, certo?

Eu encaro meu melhor amigo, e pela primeira vez, finalmente vou compartilhar uma lembrança com alguém.

Eu tinha sete anos quando conheci minha madrasta. Naquele dia, fiquei sabendo que meu pai tinha outra vida além de mim e da minha mãe.

Até então, eu imaginava meu pai como um escritor solitário, morando em um pequeno apartamento como o que minha mãe e eu dividíamos em Stuyvesant Town. Na verdade, nunca fui à casa dele. Nós nos encontrávamos em restaurantes, museus, no zoológico do Bronx ou no teatro. Eu raramente questionava por que a casa dele era proibida e, quando o fazia, mamãe evitava o assunto. Então, eu achava que ele não tinha espaço para que eu visitasse. Da mesma forma, acreditava que ele e mamãe simplesmente não queriam ficar juntos, e por isso viviam separados. Com o passar dos anos, percebi que meus pais tinham um relacionamento estranho.

Durante anos, nunca entendi por que nunca íamos a eventos filipinos em Jackson Heights — festas das quais meus colegas de classe filipinos participavam. Ou aos eventos da igreja organizados por nossa paróquia predominantemente filipina.

Tio Jay me explicou:

— Seus pais não são divorciados ou separados. Eles nunca se casaram. Eles não estão juntos. Mas isso não significa que não amem você.

Então, certa manhã, mamãe acordou com febre e dor intensa no lado direito do abdômen. Como era enfermeira, ela suspeitou que fosse apendicite. Precisava que o tio Jay ficasse com ela no hospital e não tinha mais ninguém que pudesse cuidar de mim. Exceto meu pai.

Foi nesse dia que descobri que meu pai morava no Central Park West, em um prédio de apartamentos de luxo chamado Beresford. *Eu estava no amplo apartamento, chocada e chateada, incapaz de entender como ele podia morar nesse palácio com vista panorâmica para o parque, enquanto mamãe e eu dividíamos um pequeno quarto de dois cômodos com meu tio.*

Segui meu pai até a gigantesca cozinha, que parecia ter o tamanho de todo o meu apartamento.

— Sente-se — ele disse. — Minha governanta, Miranda, está de folga hoje e não sou muito bom cozinheiro. Um sanduíche está bom?

— Por que minha mãe e eu não moramos aqui com você?

Ele soltou um suspiro, preocupado.

— Preciso te contar algumas coisas.

— Okay.

— Você não mora comigo porque sou casado.

— Você e mamãe se casaram sem me contar?

— Não, meu amor — respondeu, olhando para o chão. — Eu sou casado com uma mulher chamada Priscilla. Esta é a nossa casa. — Nossa casa.

Balancei a cabeça, com lágrimas escorrendo pelo rosto.

— Mas e a mamãe? E quanto a mim?

Meu pai deu a volta no balcão e me abraçou. Ele raramente demonstrava afeto físico, mas me segurou como se tivesse medo de que eu fugisse. E eu teria fugido, mas tinha sete anos e não sabia como pegar o trem sozinha.

— Aurelia, por favor, entenda — pediu. — Eu amo você. Sua mãe e eu a amamos. Isso é tudo o que importa.

O coração partido entrou pela porta naquele dia. Oi, Aurelia, sou o coração partido. Prazer em conhecê-la. Tenho vivido tranquilamente em sua casa. Sou a razão pela qual sua mãe chora em silêncio todas as noites.

Chorei muito, soluçando, só parando quando uma voz feminina estridente chamou:

— Peter?

Levantei a cabeça, olhando ao redor. Segui o olhar do meu pai até um alto-falante na parede. Tem alguém morando dentro das paredes?

— Quem é essa?

— Priscilla.

— Mas onde *ela está?*

— No quarto dela, ela pode falar com a cozinha pelo interfone.

A voz chamou novamente:

— Peter, preciso de você.

— Shhh — papai disse para mim. — Fique aqui e não faça barulho.

Eu não deveria estar na casa dele, no apartamento deles. *Eu era uma hóspede indesejada na casa do meu pai.*

Eu assenti.

Ele saiu da cozinha e tentei terminar meu sanduíche de manteiga de amendoim e geleia. Porém, ele caiu dos meus dedos no prato quando duas vozes começaram a soar pelo monitor.

— Ela está aqui, não está? — Priscilla disse. — Isabel está aqui.

— Não, ela não está, não seja ridícula.

— Você disse que estava tudo acabado. Como pôde fazer isso comigo?

— Já acabou há anos.

— Sei que alguém está na minha casa. — Sua voz ficava mais alta a cada palavra.

— Prometo que Isabel não está aqui. Por que você não volta a dormir?

— Não. — A voz dela era penetrante. — Quem está na minha casa?

Alguns minutos de silêncio se passaram. Seguidos por um grito alto como o de um animal ferido.

Batidas abafadas e, em seguida, o som de vidro se quebrando.

— Pai — gritei. Dei um pulo e corri pelo apartamento desconhecido, rezando para que ele estivesse bem.

Havia tantos cômodos e portas fechadas. Finalmente, no final de um corredor, abri uma porta e os encontrei. Uma mulher sentada em uma cadeira de rodas e meu pai, ajoelhado ao seu lado.

A cabeça de Priscilla se virou para mim, sua expressão era uma mistura de choque, tristeza, raiva e alívio.

— Está tudo bem — meu pai afirmou, acariciando a mão de sua esposa. — Você está bem.

— Venha cá — ela falou, ainda olhando para mim.

Olhei de relance para meu pai. Ele assentiu, gesticulando com a mão para que me aproximasse.

Caminhei nervosa em direção à estranha encantadora. Vestida com uma linda camisola de renda branca, ela era uma rainha majestosa em um trono com rodas. Seu cabelo preto com mechas grisalhas caía sobre os ombros. Seus olhos me lembravam de azeitonas espanholas, seus lábios finos pintados de vermelho-maçã.

— Esta é minha filha, Aurelia — meu pai me apresentou, levantando-se de sua posição ajoelhada. Ele beijou o topo de sua cabeça. A pele dela, apesar de ter uma ruga profunda na testa, era bonita e clara.

Os lábios da mulher se fecharam com força, mas seus olhos lacrimejaram. Parei de andar, sem ter certeza se ela iria gritar, chorar ou jogar alguma coisa. Finalmente, ela exalou e estendeu a mão para mim.

— Aurelia — chamou, com a voz trêmula. — Chegue mais perto.

Com a mão magra segurando a minha, ela olhou para o meu rosto, concentrando-se nos meus olhos, para ver se eram do mesmo tom de azul que os do meu pai.

Ela suspirou de novo.

— Então, você é a filha ilegítima.

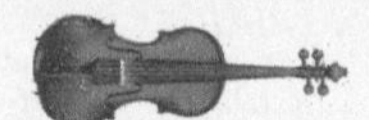

Fico olhando para o parque. Daqui, posso realmente ver o *Beresford*, com suas três torres que o fazem parecer um castelo de conto de fadas. Todos têm um papel a desempenhar nessa história. Priscilla, a orgulhosa, mas frágil rainha na torre. Meu pai, o marido mulherengo. Mamãe, a destruidora de lares sem coração. E eu…

— A filha ilegítima — falo. — É melhor do que criança demônio ou bastarda. De qualquer forma, agora você sabe.

Chad se senta.

— Quando você disse que ela era sua madrasta, presumi que seu pai se casou com ela depois que você nasceu.

— Não. Priscilla está em uma cadeira de rodas por causa de um acidente equestre. Ela sempre teve uma enfermeira em tempo integral. Minha mãe era uma dessas enfermeiras. E meu pai teve um caso com ela. A maior parte da família da minha mãe não quer ter nada a ver com ela. Além do tio Jay, só conheci as duas irmãs da minha mãe. Meus avós não querem me conhecer.

— Sinto muito. — A voz de Chad é suave. — Não consigo nem imaginar.

Ele não pode. Chad está sempre falando sobre seu avô, o Maestro von Paradis, e o quanto ele o ama e o respeita. Quer ser como ele um dia.

— Você pensa mal de mim? — pergunto, nervosa. — Você sabe, porque meus pais tiveram um caso.

— Claro que não — responde. — Eles tiveram um caso, e daí?

— Mas ainda assim…

— Nós não escolhemos nossos pais — fala, em um tom sério. — Não escolhemos a maneira como fomos concebidos. Mas podemos escolher aceitá-los pelo que são. Pelo que fizeram. — Ele fica quieto por um segundo, e posso ver que está pensando. — Seus pais a amam, Aurelia. Isso é tudo o que importa.

— Você está certo.

— Então… quando vi seus pais juntos, eles pareciam… Bem… *Juntos.*

— Eles têm um relacionamento complicado. Sei que mamãe ainda está apaixonada por ele. Ela ri disso e diz que o amor faz as pessoas fazerem coisas malucas. E meu pai? Não sei, ele ainda é muito casado com sua esposa. Nunca a deixará. Mas acho que ele ainda se importa muito com a minha mãe.

— Acha que eles ainda fazem sexo?

Meu rosto cora violentamente.

— Quem, meu pai e Priscilla?

— Não, ele e sua mãe.

Sinto meus olhos se arregalarem.

— Eca. Eu não sei. Não quero saber. Por que você sequer perguntaria isso?

Ele dá de ombros.

— Meus pais fazem sexo o tempo todo.

Uma risada me escapa.

— Eles fazem?

— Meu Deus, praticamente todas as noites. — Ele revira os olhos. — Eu preciso aumentar a minha música para abafar.

Agora, estou rindo histericamente. Chad se inclina para frente para secar as lágrimas que escorrem pelas minhas bochechas, balançando a cabeça.

— Não achei que você fosse rir — ele comenta.

— Eu só queria que a minha família fosse como a sua.

— Eu sei — ele diz, sorrindo. — Eu sei.

DATA: 2 de janeiro de 1999
PARA: JustChadDavid0214@aol.com
DE: AureliaP0214@aol.com
ASSUNTO: Conselho
Acabei de jantar com meu pai e minha madrasta. Eles me perguntaram se eu consideraria passar algumas noites da semana com eles. Amo a ideia de ter mais tempo com meu pai e conhecer Priscilla. Mas me preocupo que isso magoe minha mãe. O que você acha?

DATA: 2 de janeiro de 1999
PARA: AureliaP0214@aol.com
DE: JustChadDavid0214@aol.com
ASSUNTO: Re: Conselho
Sua mãe iria querer que você passasse mais tempo com o seu pai. Você deveria aceitar. Além disso, podemos ficar juntos mais tempo.

DATA: 2 de janeiro de 1999
PARA: JustChadDavid0214@aol.com
DE: AureliaP0214@aol.com
ASSUNTO: Re: Re: Conselho
Eu contei para minha mãe, e ela está feliz. Ela quer que eu passe mais tempo com meu pai. Ela também acha que eu deveria conhecer Priscilla melhor. Começando amanhã à noite, estarei na casa do meu pai de domingo até quarta-feira.
Estou feliz que vamos poder passar mais tempo juntos.

DATA: 14 de fevereiro de 1999
PARA: AureliaP0214@aol.com
DE: JustChadDavid0214@aol.com
ASSUNTO: Aniversário
Acabei de chegar em casa e tentei te ligar. Por favor, deixe a chamada em espera.
Você tinha razão. Tocar para cidadãos idosos foi uma ótima forma de comemorar nosso aniversário.
Obrigado por hoje.

DATA: 14 de fevereiro de 1999
PARA: JustChadDavid0214@aol.com
DE: AureliaP0214@aol.com
ASSUNTO: Re: Aniversário
Eu me diverti muito com você.
Obrigada por ter vindo comigo. Eu nunca vi os moradores tão felizes. Quantas vezes alguém te disse: "você é tão bonito"?
Obrigada pela torta de creme de banana. E obrigada por gravar Sonata para Violino No. 9, de Beethoven. É a primeira vez que alguém gravou música para mim. É linda. Você é meu violinista favorito.

DATA: 14 de fevereiro de 1999
PARA: AureliaP0214@aol.com
DE: JustChadDavid0214@aol.com
ASSUNTO: Re: Re: Aniversário
De nada. Você é minha violoncelista favorita.

AURELIA

Junho de 1999.

O segundo semestre do primeiro ano passa rápido e hoje começam as férias de verão.

Todos estão animados. As mãos balançam no ar. Vozes agudas discutem os planos para os próximos dois meses. Os professores correm para terminar a papelada de última hora. Alunos limpam os armários e jogam fora os trabalhos escolares antigos, entre outros itens questionáveis que guardaram nos últimos meses. O armário ao lado do meu parece um caminhão de lixo; assim que Henry Reed o abre, ele não só parece um aterro sanitário, como também cheira a um.

— Você ainda tem nojo do armário do Henry? — Chad pergunta, tomando um chocolate gelado no Serendipity.

Balanço a cabeça, negando.

— O que foi?

— Você vai para a Europa amanhã — respondo, observando nossa sobremesa derreter. — Vou sentir sua falta.

— Eu também vou sentir sua falta — ele diz. — Se eu pudesse ficar, ficaria. Estou animado que vou estar com meu avô, mas...

— Mas o quê?

— Às vezes, eu gostaria que pudéssemos ser apenas crianças. — Ele observa em volta e seus olhos pousam na mesa ao lado da nossa. Quatro adolescentes se juntam, rindo. Seus planos de verão enchem o lugar.

— Eu vou para os Hamptons — a linda garota que parece a Tyra Banks cantarola.

— Vejo vocês depois que eu voltar da Califórnia — o garoto com um bronzeado falso diz.

— Estarei estagiando na *Allure* — a garota de cabelo cor de vinho comenta, estourando seu chiclete.

— Meu pai está me obrigando a conseguir um emprego de verão na Lehman Brothers — um cara vestido de Ralph Lauren resmunga, como se estivesse indo para a prisão.

— Ainda somos crianças — lembro Chad.

— Não me sinto como uma — admite, abaixando o olhar. — Meu avô e minha mãe brigaram algumas noites atrás.

— Sobre o quê?

— Ele me inscreveu em várias competições sem perguntar aos meus pais. Minha mãe quer que eu diminua o ritmo. Ela quer que eu aproveite minha infância.

— O que você quer? — pergunto, percebendo a exaustão em seus olhos.

— Quero tocar, mas às vezes esqueço por que eu amo tocar. Em vez disso, sinto que estou sempre trabalhando e nunca é o suficiente.

Durante todo esse tempo, eu me preocupei em ficar entediada enquanto meu melhor amigo carregava todo esse peso como cascalho em seu bolso.

Ficamos em silêncio por alguns longos segundos e tento encontrar as palavras certas para dizer. Minha mãe trabalha nos turnos da noite para que eu possa ter mais aulas de violoncelo, mas nunca me pressionou para ser a melhor. Mamãe já acha que sou a melhor.

Meu pai e Priscilla nunca reclamam ou repreendem quando toco uma música nova, cometendo erros que soam como gatos miando. Em vez disso, eles se sentam e sorriem para me ouvir praticar. Às vezes me pergunto se eles não são surdos.

— O meu avô está organizando sua agenda de trabalho para que eu possa frequentar a Juilliard.

— Ele é intenso — observo.

— Um eufemismo. — Ele solta um longo suspiro. — Quero aproveitar a jornada, sabe o que quero dizer?

Dou um meio-sorriso porque quero aproveitar a jornada com Chad.

— Eu entendo — respondo, imaginando se ele poderia ouvir meu coração batendo três vezes mais rápido. — Seria incrível estudarmos juntos na Juilliard.

Chad levanta a cabeça, com os olhos brilhantes.

Empurrando o copo de sobremesa para o lado, Chad se inclina e pega minha mão.

— Vamos fazer um pacto.

Fico radiante ao ver nossas mãos unidas e desejo que ele as segure para sempre. Adoro o calor e a proteção que ele me dá.

— Depois que nos formarmos na LaGuardia, iremos para a Juilliard juntos — sugere, com confiança. — Estamos juntos nessa jornada.

— Juntos — repito, com o coração retumbando no peito.

DATA: 3 de julho de 1999
PARA: AureliaP0214@aol.com
DE: JustChadDavid0214@aol.com
ASSUNTO: Viagem

Minha mãe e eu vamos embora de Salzburg pela manhã. Ela e eu fomos ao local de nascimento de Mozart hoje mais cedo. Foi preciso muita força de vontade para não tocar os violinos em exposição. Você acha que eu teria sido preso? Talvez teria valido a pena.

Quero que saiba que, mesmo que estejamos a quilômetros de distância, você ainda é aquela de quem me sinto mais próximo. Lembra-se do CD do New Radicals que te dei há algumas semanas? Preciso que escute You Get What You Give na próxima vez em que estiver se sentindo chateada. É o que eu ouço quando o mundo parece ser demais. Nós temos algo que tantas pessoas dariam tudo para ter. Temos música em nós.

DATA: 19 de agosto de 1999
PARA: JustChadDavid0214@aol.com
DE: AureliaP0214@aol.com
ASSUNTO: Mudança

Você provavelmente está no ar agora, indo para Londres. Estou com inveja. Eu gostaria de viajar um dia.

Ótimas notícias!

Minha mãe e eu estamos nos mudando para a Baixa Manhattan!

Ela comprou uma casa na Thompson Street. Tio Jay está se mudando para Chelsea com Joi.
Mal posso esperar para te ver.

DATA: 21 de agosto de 1999
PARA: AureliaP0214@aol.com
DE: JustChadDavid0214@aol.com
ASSUNTO: RE: Mudança
Muito legal! Nós podemos tocar na Washington Square Park.
Vou te prometer uma coisa.
Nós vamos viajar e nos apresentar em auditórios espetaculares.
Juntos, Aurelia. Mas, por enquanto, vou te levar a um lugar que sei que você nunca esteve.
Te vejo em breve.

AURELIA

Agosto de 1999.

O mês e meio em que Chad esteve na Europa parece anos. Sinto muito a falta dele, contando os dias até seu retorno. As ligações internacionais são caras, então nossa troca de e-mails triplica. Chad adora compartilhar histórias comigo.

> Fiquei em frente ao Muro de Berlim e percebi como a liberdade é algo natural para nós. Nunca quero imaginar não poder tocar a música que queremos tocar.
> Meus irmãos e eu fomos ver o Oasis no Estádio de Wembley, e eu queria que você estivesse conosco. Pensei em você o tempo todo. Você é minha wonderwall.
> Meu avô me levou ao local de nascimento de Wagner. Sabia que ele era antissemita?
> Daqui a alguns meses, minha mãe vai receber um prêmio. Grande cerimônia e jantar. Mamãe adoraria que você se juntasse a nós.

Ele retorna a Nova York no meio de uma onda de calor insuportável. Fazemos planos para ir a um lugar diferente e, na noite anterior, não consigo dormir. Vasculho meu armário em busca de algo fresquinho para vestir. Passo uma hora lavando meu cabelo e realmente tento arrumá-lo.

Joi sc cncosta na porta do banhciro, balançando a cabcça.

— Me deixe te ajudar. — Ela mexe no meu cabelo até que eu pareça um anúncio da Pantene. — Aqui — diz, me entregando um brilho labial. — Brilhe seu lindo rosto. Não tenha medo de dizer ao Chad que está interessada. Às vezes, os homens precisam ser atingidos na cabeça.

É uma manhã de agosto insuportavelmente quente e úmida. Deve estar fazendo mais de trinta e sete graus hoje e acho que vou matar Chad por me convencer a subir essa colina íngreme. O que ele estava pensando?

O Cloisters é um antigo mosteiro em Washington Heights. Com sua arquitetura medieval situada em uma colina com vista para o Rio Hudson, parece estar a mundos de distância da cidade.

— Eu queria ligar mais para você enquanto estava fora — Chad fala, enquanto passeamos pelo Late Gothic Hall, admirando obras dos séculos XV e XVI.

— Caro demais.

— Eu sei, mas senti falta de ouvir sua voz, mesmo quando estava triste.

— Triste? — Uma palavra, já que mal consigo recuperar o fôlego. Estou tão fora de forma. Minha maquiagem também está derretendo.

— Às vezes você parece tão solitária.

Eu me sentia solitária e insegura sobre minha paixão pelo garoto à minha frente.

Ele para diante de alguns vitrais.

— Este é de uma capela de um castelo em Ebreichsdorf. É a cidade de onde vem a família da minha mãe.

Durante a próxima hora, Chad se torna meu guia turístico pessoal, compartilhando comigo seu amor pela arte e pela história.

Sentamos em um banco com vista para o pátio. O terreno está vazio. Chad tira de sua mochila um almoço de piquenique: dois sanduíches de peru e queijo, duas garrafas de água, um saco de batatinhas e dois biscoitos *snickerdoodle* polvilhados com muita canela.

Sentados de pernas cruzadas, conversando e comendo, contando histórias do verão, penso que *isso não é paixão. Isso é amor.*

Tenho certeza disso.

Eu amo você. Sempre me lembrarei desse dia porque foi a primeira vez que entendi o que significa amar um garoto.

Chad pigarreia.

— Quero lhe dizer uma coisa.

— O quê? — *Você também me ama?*

Ele faz uma pausa mais longa do que o esperado, ponderando cuidadosamente o que quer compartilhar comigo.

Nossos joelhos quase se tocam quando eu digo:

— Me fala. — *Me fala que você também me ama.*

— Saí com uma garota enquanto estava na Alemanha. Nada sério. Mas… você sabe. Pensei em te contar.

Não, nunca vou me esquecer desse dia.

Foi a primeira vez que entendi o que significa um coração partido.

O garoto que eu gostava havia esmagado meu coração de forma esperada e incontestável.

Saber que Chad saiu com outra garota é um alerta. Sou sua melhor amiga e não a garota que ele quer namorar.

Afasto meu coração partido me mantendo ocupada, ajudando minha mãe a fazer as malas para nossa próxima mudança para o Greenwich Village. Nossa nova casa fica na Thompson Street, entre a Bleecker e a Houston. Mamãe a comprou de um de seus pacientes, dizendo que foi um ótimo negócio. Pessoalmente, acho que o prédio em ruínas faz com que nossa antiga casa pareça o Taj Mahal, mas mantenho minha boca fechada porque mamãe está em êxtase. Ser proprietária de uma casa em uma das cidades mais interessantes do mundo é um sonho que se tornou realidade. Ela está fazendo tudo sozinha, sem ajuda financeira de ninguém, inclusive do meu pai.

O apartamento tem cerca de 600 metros quadrados, com dois quartos, uma minúscula cozinha aberta e um banheiro pequeno com apenas um vaso sanitário e um chuveiro vertical.

— Mãe, onde fica a pia? — pergunto.

— Oh, vamos instalar uma no mês que vem — ela diz, radiante, como se isso fosse a coisa mais encantadora de todos os tempos. — Por enquanto, a pia da cozinha é a única no apartamento.

Pelo menos os tetos altos fazem com que o lugar pareça mais espaçoso. As duas grandes janelas voltadas para a Thompson Street deixam entrar muita luz do leste, e gosto das paredes expostas de tijolos vermelhos. Além disso, o lado positivo é que estamos a poucas quadras do Washington Square Park e da NYU, e a meia quadra do SoHo. A Estação Houston Street fica a apenas quatro quadras a pé, onde posso pegar o trem número 1 direto para LaGuardia.

Chad pegou o metrô para ajudar o tio Jay e os funcionários da mudança a carregar, transportar e desempacotar.

— Uau, este é um armário enorme — comenta, colocando algumas caixas no chão.

— Esse armário é o meu quarto — respondo.

— Huh. — Ele dá alguns passos lentos, com as sobrancelhas franzidas. — É impressão minha ou o piso está inclinado?

Minha mãe ri.

— Sim, você pode sentir um pouco de inclinação ou assentamento, mas nada com que se preocupar.

— Só não deixe cair nenhuma bolinha de gude — tio Jay brinca, rindo.

— Estamos quase terminando — minha mãe afirma. — Por que você e Chad não buscam uma pizza na esquina?

— Okay.

— Droga, usei todo o meu dinheiro para dar gorjeta aos carregadores.

— Pode deixar — Chad fala.

Minha mãe balança a cabeça.

— Jay, você tem dinheiro?

— Não tenho nada — Jay responde.

— Por favor — Chad insiste. — Eu tenho o suficiente.

— Eu te pagarei de volta.

Ele balança a mão.

— É uma tradição britânica levar o jantar para os novos proprietários.

— Isabel, deixe-o — Jay sussurra nas costas da minha mãe.

Seus olhos se voltam para mim e depois para Chad. E ela sorri.

— Você é muito gentil. Obrigada.

Na Pizza Box, ele pede duas pizzas grandes — uma simples e a outra com tudo.

Voltando para casa, paramos no mercado da esquina para comprar garrafas d'água e Coca-Cola.

— Escolha alguma coisa — Chad diz, apontando para a enorme exposição de flores colhidas.

— Não, você já pagou pelo jantar.

— Você gosta de peônias, certo?

— Chad.

— É uma tradição austríaca levar flores para os novos proprietários.

— Acho que você está inventando essas tradições.

— Como você ousa insultar a minha ascendência. — Sorrindo, ele entrega as pizzas para eu segurar e pega um cone enorme de peônias rosas. — Agora *elas* dizem "bem-vinda ao lar" para mim. O que você acha?

Deixe-o, ouço o tio Jay sussurrar atrás de mim.

Eu sorrio e assinto.

— Elas são tão lindas. Obrigada.

Caminhamos de volta para a minha nova casa e, o tempo todo, estou gritando silenciosamente:

Ele comprou flores para mim.

DATA: 26 de setembro de 1999
PARA: AureliaP0214@aol.com
DE: JustChadDavid0214@aol.com
ASSUNTO: Avô

Acabei de sair do telefone com você. Obrigado por me escutar reclamar sobre o meu avô.

Não te contei tudo. Durante o jantar, meu avô disse que eu não estava me esforçando o bastante. Ele disse que perdi o fogo enquanto toco. Ele passou o jantar inteiro me dizendo que eu era um violinista medíocre.

Ele sugeriu que eu saísse da LaGuardia. Acha que não estou fazendo jus ao meu potencial e que seria melhor se eu estudasse em tempo integral com ele.

Meus pais discordam.

Estou exausto.

DATA: 26 de setembro de 1999
PARA: JustChadDavid0214@aol.com
DE: AureliaP0214@aol.com
ASSUNTO RE: Avô

Você é o melhor violinista que já ouvi. Acho que você poderia desafiar Joshua Bell e você sabe o que o amo.

O que quer fazer?

DATA: 26 de setembro de 1999
PARA: AureliaP0214@aol.com
DE: JustChadDavid0214@aol.com

ASSUNTO: Re: Re: Avô
~~Joshua Bell é incrível pra caralho. Obrigado.~~
Quero ficar na LaGuardia.

DATA: 26 de setembro de 1999
PARA: JustChadDavid0214@aol.com
DE: AureliaP0214@aol.com
ASSUNTO: Re: Re: Re: Avô
Seus pais concordam com você. Estou feliz que você queira ficar. Não posso imaginar LaGuardia sem você.

AURELIA

Segundo ano, novembro de 1999.

O nível de energia na LaGuardia Arts é como eu suspeito que seja a velocidade. Algumas crianças entram assim que as portas se abrem. Algumas ficam até pouco antes de as portas serem fechadas. Algumas morariam na One Hundred Amsterdam Avenue se pudessem.

Todos nós estamos dormindo pouco.

Somos bailarinas graciosas que fazem pliés desde os três anos de idade. Músicos com dedos doloridos e calejados por horas de prática. Cantamos solos na igreja ou passeamos pelas ruas em busca de inspiração, que esboçamos em cadernos do Pearl Paint. Somos *os* adolescentes que entram em todas as boates da cidade, apesar de sermos menores de idade. Munidos de carteiras de identidade falsas, tocamos até tarde no CBGB, no Arlene's Grocery e no Webster Hall.

No primeiro semestre do segundo ano, Chad e eu criamos uma rotina tranquila com nossos horários exigentes. De segunda a quinta-feira, após a última aula, nos encontramos em uma das salas de música à prova de som. Conversamos por alguns minutos ou começamos diretamente a ensaiar uma nova peça, determinados a aprender e aperfeiçoar uma nova a cada duas semanas. Às sextas-feiras, saímos para passear na Fountain ou no Central Park. Hoje, Chad vai me levar para conhecer o novo apartamento de sua família na 64th Street. Droga, eu deveria ter levado flores, já que é costume na família dele.

— Por que alguém se mudaria d'O Dakota? — pergunto, enquanto subimos a Amsterdam Avenue.

— Minha mãe achava que era mal-assombrado. Ela ficava vendo o fantasma de John Lennon toda vez que passava pelo arco do nosso prédio.

Balanço a cabeça.

— E isso era um problema?

Chad ri.

— Minha mãe está animada para te ver.

— Sério?

— Ela é louca por você.

Eu sou louca por você, Chad.

Os colegas de classe passam por nós enquanto atravessamos o Lincoln Center, parando para dizer "oi", trocar notícias, compartilhar um triunfo ou fracasso do dia, reclamar da aula e se lamentar pelo ensaio. Os olhares que as garotas lançam para Chad são estranhos, mas sedutores. Em seguida, seus olhos se voltam para mim, cheios de curiosidade, sem dúvida.

Uma de minhas colegas de classe, Alexis Rivera, está sentada na fonte.

— Aurelia! — grita, animada. — Consegui uma cópia vazada do novo single do NSYNC.

— Mentira!

— Oi, Chad — Alexis cumprimenta.

— Oi.

— Você gosta do Justin, certo? — Alexis me pergunta, sabendo muito bem que adoro o Justin.

— Eu gosto! — praticamente grito. — Eu gosto!

Chad revira os olhos e olha para o relógio.

— Não vou mais parar de ouvir isso se ela não escutar a música.

Nós três passamos um tempo na fonte. Enquanto Alexis e eu ouvíamos minha nova música favorita, Chad nos olhava como se fôssemos drogadas.

Conseguir uma cópia vazada do single do NSYNC é praticamente achar cocaína, e Alexis e eu somos viciadas, implorando por mais.

— Não acredito que vou ter que esperar até março para lançarem esse álbum — digo, enquanto Chad e eu saímos de novo. Não consigo parar de cantar baixinho. — *Bye, bye, bye*...

— Eu não queria dizer nada na frente da Alexis, mas minha mãe conseguiu para você uma cópia antecipada do álbum inteiro.

Paro no lugar.

— Não mesmo.

— Eu disse à minha mãe que você tem uma queda enorme pelo NSYNC, então ela vai te dar uma cópia antecipada.

— Não pode ser! — Tento não gritar, mas algumas cabeças se viram.

Chad acena para elas, rindo.

— Pode parecer loucura, mas não é mentira.

Eu ri, porque ele acabou de se entregar recitando um trecho da música.

— Cara, *você* ouviu o álbum.

— Eu ouvi.

Atravessamos a Columbus Avenue e passamos pelo triângulo do Dante Park.

— Bem, diga à sua mãe que também estou oficialmente louca por ela.

— Diga a ela você mesma — responde, apontando para o outro lado da rua. — Ali está *mi casa*.

Meu queixo cai quando olho para o outro lado e depois para cima. A nova casa de Chad fica literalmente do outro lado da rua, em frente à fonte.

— Minha mãe diz que isso deve me manter motivado. Acho que você verá quando for até lá. Além disso, o escritório dela fica a apenas algumas quadras de distância. Então, estamos todos felizes. Ainda vou te encontrar na estação para que possamos ir juntos para a escola.

O andar térreo do prédio é um cinema. Um lugar perfeito para Chad levar seus encontros. A visão de Chad dando uns amassos com uma garota no cinema me dá um aperto no estômago.

— O que há de errado? — pergunta. — Por que está fazendo essa cara?

— Nada.

Só que eu gostaria de dar um tapa na minha cara agora mesmo.

Passamos pelo saguão, onde um porteiro cumprimenta Chad.

— E aí, meu rapaz?

— E aí, Noah? Esta é minha melhor amiga, Aurelia. Aurelia, este é o Noah, ele é mais viciado em rap do que eu.

— Não se esqueça do reggae, cara — Noah diz, estendendo uma mão ansiosa. — Passa pra cá.

— O que é isso, uma chantagem?

Noah ergue as sobrancelhas e mexe os dedos.

— Estou estudando para o exame da Ordem, cara. Preciso de música nova.

Chad tira um CD de sua mochila.

— Aqui. *It Wasn't Me*, do Shaggy. Não diga que nunca te dei nada.

Noah estende a palma da mão para mim.

— E que presentes você traz?

Entrando na brincadeira, vasculho minha mochila e entrego um pedaço de breu.

— Não diga que eu nunca te dei nada.

— Eu gosto de você — Noah fala.

Chad sorri.

— Eu também.

No elevador, Chad aperta o botão para o quadragésimo primeiro andar. Chegamos ao andar dele em questão de segundos.

— O lugar está uma bagunça — comenta, procurando as chaves. — Ainda temos algumas caixas para desempacotar. Além disso, os gêmeos chegaram de Westtown, com toda a sua tralha. Eles também trouxeram uma cachorrinha adotada. — Ele abre a porta com o quadril e grita com um sotaque de Ricky Ricardo: — Lucy, cheguei.

Um grande golden retriever surge do nada. Ele pula em cima de mim e caio de bunda no chão.

— Uau, Trixie. Desça. — Chad coloca meu estojo de violoncelo contra a parede e me tira debaixo da enorme cachorra. — Me desculpe. Você está bem?

— Sim. Ela é tão amigável.

— Nem sempre. Ela deve estar sentindo o cheiro da carne seca que você comeu no almoço.

As orelhas de Trixie se levantam e ela lambe o rosto de Chad.

— Sim, ela adora bacon, não é? Até a palavra bacon é gostosa, não é? Sim, é mesmo. Ela adora seu brinquedo de mastigar, não é? Quem é a melhor cachorrinha? Quem é a melhor cachorrinha para mastigar?

Trixie e Chad estão agora no chão, lutando. *Isso é tão atraente.*

A camisa de Chad se levanta, dando-me um vislumbre de seu abdômen. Ele envolve Trixie com seus braços e pernas. *Gostaria que você fizesse isso comigo.*

— Aurelia, amor, que bom vê-la. — A Sra. David aparece, vestida com uma linda saia-lápis cinza e uma blusa justa marfim. Seus cabelos loiros estão levemente cacheados, seu rosto brilha com blush e batom nude.

— Santo Deus, Chadwick, ajude-a a se levantar — ela diz, me ajudando a me levantar ela mesma. Seu abraço tem cheiro de gardênia.

— Como você está, amor?

— Bem, obrigada. — Pergunto-me se ela gostaria que eu estendesse a palma da mão e exigisse que me entregasse o CD do NSYNC.

— Por que você está toda elegante? — Chad pergunta.

— Tenho um encontro com seu pai. Deixei algum dinheiro no balcão e deve ser suficiente para vocês dois comerem fora ou pedirem comida. Magnus e Mercer estão em casa; eles podem cuidar de si mesmos. — Ela verifica o relógio e depois beija a bochecha de Chad.

— Comporte-se.

— Eu sempre me comporto.

— Isso é discutível. — Então ela me beija. — Desculpe-me por sair correndo, amor. Sinta-se em casa. Ah, Chad, mais uma coisa. Mais duas coisas. Os CDs que você pediu estão no seu quarto, e a Allegra ligou. Minha sobrinha. A prima favorita de Chad. — Ela olha para mim. — Ela tem uma festa de dezesseis anos em breve.

Eu sorrio.

— Ele me convidou para ir junto.

Ela sorri de volta.

— Que bom.

Como uma modelo, a Sra. David sai deslizando pela porta a caminho de um encontro com o marido. Um encontro, como um *encontro*?

As mulheres saem com seus maridos? Isso existe? Pessoas casadas que saem para encontros e fazem sexo frequente e audível é *normal*?

— Vamos lá — ele diz. — Tour, depois lanche.

Ele me conduz pelo enorme apartamento, cinco vezes maior do que a minha casa. Suas janelas dão para o Lincoln Center e o Rio Hudson. A mobília é simples, obras de arte adornam as paredes cinza suaves e uma parede inteira é dedicada ao vinil.

Acabamos na cozinha. Sento-me no balcão da ilha enquanto Chad vasculha furiosamente a geladeira.

— O que está procurando?

— Isso — responde, fechando a porta. Em sua mão, há algo parecido com um bolo no qual Trixie pode ter se sentado.

— O que é isso?

— É só o melhor pudim de pão com canela e passas de todos os tempos.

Ele leva alguns minutos para me convencer a experimentar sua sobremesa favorita. O pudim de pão com sorvete de baunilha é minha nova coisa favorita para comer.

— Seus pais sempre saem juntos? — pergunto, lambendo a colher.

— Sim. Pelo menos uma vez por semana. Meu pai diz que isso mantém o romance vivo.

— Eu adoraria isso um dia.

— Adoraria o quê?

— Um marido que queira manter o romance vivo.

Ele revira os olhos.

— O romance é superestimado. O romance está morto. Acho que um compositor também disse isso.

— Esqueça o que eu disse.

— Vamos para o meu quarto — convida, colocando os pratos lavados na máquina de lavar louça.

O corredor que leva aos quartos está repleto de fotos de família emolduradas, placas de prêmios e obras de arte. Estou admirando um quadro quando os gêmeos David aparecem. As fotos na parede não fazem justiça à sua presença pessoal. Eles são lindos.

O de cabelos loiros molhados estende a mão grande.

— Eu sou Magnus, o mais bonito dos dois irmãos mais velhos de Chad. — Sua voz é tão profunda que faz minha barriga vibrar. Ele aponta o polegar por cima do ombro para seu irmão gêmeo. — Esse é o Mercer, o mais feio.

Mercer me surpreende quando se aproxima para me abraçar. Ele é tão alto que tem de se curvar. Também tem um cheiro muito bom.

Enquanto Magnus se assemelha a um deus nórdico, Mercer tem cabelos castanho-escuros. Quase preto. As covinhas aparecem quando ele sorri. Ambos têm os mesmos olhos azul-claros do irmão mais novo.

Chad esbarra em meu ombro.

— Aurelia está em choque. Para onde vocês estão indo?

— Cosima vai nos encontrar no centro da cidade — Magnus responde. — Vocês querem se juntar a nós?

— Não, estamos bem, vamos ficar por aqui — Chad diz.

— Tchau — falo, observando a beleza deles indo embora como um prêmio de festa que não ganhei.

Chad estala os dedos diante dos meus olhos.

— Olá?

— Os dois são muito gatos.

— Foi o que ouvi dizer. Quando voltarem, com certeza estarão brigando por essa garota Cosima. Ela é a razão pela qual eles foram para a escola.

— Quê?

— Eles a seguiram para o colégio interno. Vamos lá.

Eu adoraria que você me seguisse.

O quarto de Chad é espaçoso e bem arrumado, com uma cama *queen size*, duas mesinhas de cabeceira, uma escrivaninha grande, uma estante e uma poltrona de couro.

— Ai, meu Deus, a vista. Você pode ver a fonte do Lincoln Center daqui.

— À noite, ela brilha — revela, atrás de mim. — Vamos lá, preciso saber se você é realmente uma gamer.

— Cara, eu vou esmagar você. — Eu rio.

Ele liga a TV e o PlayStation. Segurando o disco de *Street Fighter 3*, diz:

— Aposto que você é muito boa com a Chun-Li.

— Por quê? Porque sou uma garota e metade asiática?

— Bem, talvez.

— É, eu poderia chutar sua bunda como a Chun Li, mas prefiro chutar sua bunda com um furacão com o Ken.

— Mas esse é o *meu* cara — Chad retruca.

— Por quê? Porque ele tem cabelo loiro e é branco? — provoco.

— Vamos ao jogo!

Estamos sentados no chão, de costas para a cama. Tio Jay é um gamer e me ensinou a jogar. A cada poucos minutos, Chad olha para mim, com os olhos arregalados.

— Você é melhor do que os gêmeos.

Dou de ombros e o canto dos meus lábios se ergue.

Estamos jogando há uma boa hora quando Chad diz:

— Pode pegar um pouco de chiclete Big Red? Tenho um pacote naquela gaveta. — Ele acena com a cabeça para a mesa de cabeceira.

Eu me aproximo e, quando chego à sua mesa de cabeceira, meus olhos não conseguem parar de olhar para a revista que aparece debaixo da cama.

Pamela Anderson, a modelo de fevereiro, está na capa. Alta. Loira. Peitos. Tudo o que não sou. Tudo o que nunca serei.

— Encontrou o chiclete? — Chad pergunta.

— Não — murmuro. *Mas descobri que não sou seu tipo.*

DATA: 19 de novembro de 1999
DE: JustChadDavid0214@aol.com
PARA: AureliaP0214@aol.com
ASSUNTO: Revista
Não consegui entender por que você foi embora da minha casa

quando estávamos nos divertindo tanto jogando Street Fighter. E então eu vi a revista na lateral da minha cama. Aquela revista não era minha. Acho que um dos gêmeos, provavelmente Mercer, colocou lá como uma piada. De qualquer forma, me desculpe se isso te deixou desconfortável.

DATA: 19 de novembro de 1999
DE: AureliaP0214@aol.com
PARA: JustChadDavid0214@aol.com
ASSUNTO: Re: Revista
Obrigada por me avisar. Eu estava preocupada se teria que colocar uma revista Playgirl do lado da minha cama na próxima vez que você viesse para cá.

18 de dezembro de 1999.

— Oi, é o Chad. Você provavelmente desmaiou depois daquele tanto de bolo de aniversário. Obrigado por vir comigo para a festa de dezesseis anos da Allegra. Eu me diverti muito com você. Humm... okay, então te vejo amanhã... podemos ir para o asilo por volta do meio-dia. Boa noite.

AURELIA

Setembro de 2000.

O verão após o segundo ano não é nada além de trabalho e ensaios. Quando não estou com Pablo, estou servindo pipoca no AMC Village, na 11th Street, e cada centavo que ganho paga mais aulas de violoncelo, porque estou determinada a entrar na Orquestra Oito. É *a* melhor orquestra da LaGuardia.

Em uma noite abafada de sábado, passei quase quatro horas separando duas caixas grandes de lembranças. O segundo ano foi documentado em uma pilha de canhotos de ingressos, programas de concertos, recortes de jornais e revistas e fotos. Tudo agora colado em um novo álbum que mamãe comprou na Coliseum Books.

Eu o levo para a sala de estar, onde minha mãe está lendo.

— Tudo pronto? — ela pergunta.

— Sim.

Ela dá um tapinha no sofá ao seu lado.

— Venha, me mostre.

Marco a primeira página com a data de *7 de setembro de 1999*. Uma foto minha e de Chad, parados em frente a LaGuardia, com o braço dele em volta do meu ombro. Nós dois estamos usando a mesma camiseta, com ilustrações de Beethoven, Mozart e Bach sob a legenda *"I listen to dead people"*.

Minha mãe vira página após página durante os meses de outono.

— Lembra-se disso? — Aponto para uma foto minha, de Chad e Giancarlo Pier, tirada em 10 de novembro de 1999.

— Claro — minha mãe responde. — O recital na Igreja Riverside. Vocês três tocaram tão bem. Qual era mesmo a peça?

— *Trio para piano em Mi bemol maior*, de Schubert. — Eu estava nervosa, com medo de subir no palco. Chad me distraiu nos bastidores lendo piadas terríveis de um livro que ele sempre carrega. Algumas piadas foram cortadas e coladas no repertório.

Mais fotos minhas e de Chad. Na fonte do Lincoln Center, compartilhando um milkshake. Praticando um dueto em uma das salas à prova de som da LaGuardia. Acariciando um leão de pedra em frente à Biblioteca Pública de Nova York. Fazendo bicos na estação Columbus Circle, tocando músicas pop que transcrevi para violoncelo e violino. A música dos Beatles, *Yesterday*, foi a que mais nos rendeu.

Página após página contém canhotos de ingressos. Um deles para um ensaio fechado da Filarmônica de Nova York. O Maestro Kurt Masur estava lá naquele dia, e os olhos de Chad ficaram grudados nele o tempo todo. Foi o dia em que Chad me disse que queria ser maestro.

11 de abril de 2000. Turnê mundial Rainbow, de Mariah Carey, no Madison Square Garden. Foi preciso implorar para que Chad viesse comigo, e eu tive que suportá-lo zombando de mim enquanto eu cantava com vontade, balançando os dedos no ar no estilo de Mariah. Mas valeu a pena.

É claro que esse show não foi nada perto do dia *25 de julho de 2000*, também conhecido como A Melhor Noite da Minha Vida.

NSYNC no Garden, *com* acesso aos bastidores, cortesia de Renna David, minha Melhor Amiga do Mundo. Bem no centro da página do álbum de recortes, há uma foto minha, segurando meu CD *No Strings Attached*, autografado por todos os membros da banda. Na página seguinte, há uma foto do braço forte de Justin Timberlake envolvendo meu ombro. Quase desmaiei. Chad revirou os olhos o tempo todo.

— O que é isso? — minha mãe perguntou, com a ponta do dedo tocando uma carteira de identidade laminada da Baruch College.

— Uma identidade falsa. E, antes que você se irrite, eu só a usei uma vez. Para entrar no Arlene's Grocery e ver *The Strokes* com Chad.

Ela franze o cenho.

— Não estou irritada, mas não estou totalmente feliz com isso.

— Não a usei para beber, e agora está colada aqui. Prometo não usar de novo.

Ela observa a identidade.

— *Arlene* Preston foi à Arlene's Grocery?

— Sim. — Dou uma risadinha e viro as páginas. — Lembra-se da festa beneficente para pesquisa do câncer em que Chad e eu tocamos?

— Uhum.

— Meu nome foi bombardeado no jornal. Veja…

The Daily News. 25 de março de 2000.

— Estudantes da LaGuardia participaram de um evento beneficente para crianças com câncer no Sloan Kettering... Chad David... Arlene Preston...

Mamãe ri.

— *Então é por isso* que ele sempre diz "E aí, Arlene?".

— É, ele não esquece. Mas o nome dele foi adulterado como Charles David em outro programa, então agora estou me vingando. Oh, *Charles*...

Passamos por mais recortes de jornais.

THE DAILY JOURNAL

8 de abril de 2000.

US Youths performam com o Maestro von Paradis em Caracas

Oito estudantes de violino e violoncelo viajam ao redor dos EUA para apresentar o quarto movimento de Antonin Dvorak, a Sinfonia No. 9. *O violinista virtuoso, Chadwick David, apresentará* Invierno Porteño *das Quatro Estações de Buenos Aires, de Piazzolla.*

BALTIMORE TIMES.

8 de julho de 2000

Retrato de uma Criança Prodígio

Nascido em Londres, Chadwick David, de dezesseis anos, apresentou a Sonata para Violino em Sol menor, *de Giuseppe Tartini, brilhantemente. A Orquestra Sinfônica de Baltimore acompanhou a performance impecável. O regente convidado era o próprio avô materno de David, o respeitado Maestro Emil von Paradis.*

Junto com o recorte de Baltimore, há uma foto minha com Chad e seu avô. Estou sorrindo tanto que meu aparelho brilha. A página seguinte contém o programa autografado pelo Maestro, com uma citação de Beethoven: A música pode mudar o mundo.

Vários cartões postais de Chad. De Miami. De Houston. Um da Venezuela, onde ele tocou com a sinfonia juvenil.

Gostaria que você estivesse aqui. Espero que faça um teste no ano que vem.

Sorrio quando vejo um cartão postal da Inglaterra. Chad fez um solo de violino no Royal Albert Hall, em Londres. A mãe dele segurou o telefone, permitindo que eu ouvisse sua apresentação. Mais tarde, naquela noite, chorei de felicidade. Meu melhor amigo está vivendo seu sonho.

Eu também preciso viver o meu.

— Veja todas essas lembranças — minha mãe comenta.

— Quando todas elas estão reunidas em um só lugar, fico impressionada com a quantidade de canhotos de ingressos e programas que tenho.

O Museu Metropolitano de Arte. Guggenheim. MOMA. Whitney. Enquanto Chad estudava *The Dance Class*, de Edgar Degas, eu o estudava, com o coração apertado.

Um punhado de ingressos de filmes que Chad e eu vimos juntos e sobre os quais discutimos. *A Praia. Alta Fidelidade. Missão Impossível: 2. Gladiador* foi o único filme que nós dois amamos.

— Oh, você incluiu alguns trabalhos escolares — mamãe diz. — Isso é legal.

Provas e trabalhos de teoria musical, uma de minhas aulas favoritas. Comentários do Sr. Sears nas margens: *"Bom trabalho. Transcrição maravilhosa"*.

Um manuscrito de *Now We Are Free*, de *Gladiador*, a primeira peça que transcrevi para violino e violoncelo. O Sr. Sears dedicou tempo para ajudar, e sua nota manuscrita na parte superior — *Você tem um dom para transcrever. Acho que Hans Zimmer gostaria disso* — me deu confiança para pedir a Chad que tocasse a peça comigo em uma festa beneficente para o Sloan-Kettering.

Uma foto datada de *17 de dezembro de 1999*, que foi uma noite de estreias. Minha primeira apresentação como violoncelista principal da Orquestra Sete. A primeira vez que toquei na frente do meu pai e de Priscilla com uma orquestra. A primeira vez que meu pai disse: "Estou tão orgulhoso de você".

Ele também tem uma página no álbum de recortes, marcando quando teve contos curtos publicados no *The New Yorker* e no *The Atlantic*.

Mamãe vira uma página e suspira ao ver uma foto.

— Oh, veja, sou eu.

— Sua grande noite.

Ela está vestida de seda azul, recebendo o Prêmio de Excelência em Enfermagem da Philippine Nurses Association of America. Na página oposta está o tio Jay usando o boné e a beca roxa e dourada da NYU. Finalmente, *finalmente* se formando.

— Com honras — mamãe acrescenta. — Dá para acreditar?

— Estou triste por ele estar se mudando para a Filadélfia — falo.

— Eu sei. Estudar na Wharton será bom para ele.

— Mas então quem vai me ajudar com matemática?

Na página seguinte, lado a lado, estão meus boletins do primeiro e do segundo semestre. No outono, tirei um seis em Álgebra 2/Trigonometria. Em um teste, fui reprovada de forma tão espetacular que chorei copiosamente. Quando mostrei minha nota ao tio Jay, ele brincou: "Você tem sangue asiático. Como pode ser tão ruim em matemática?".

Ele tirou o papel da minha mão antes que eu pudesse jogá-lo no lixo.

— Não — falou. — Fique com ele. Eu vou te ajudar e, um dia, essa prova que foi um fracasso vai te lembrar do quanto você evoluiu.

Ele começou a vir duas vezes por semana, me ajudando com trigonometria enquanto estudava para o GMAT. E meu boletim do segundo semestre agora mostra um oito em matemática.

Chegamos à última página do álbum de recortes. *26 de junho de 2000.* Uma foto minha e de Chad com alguns colegas de classe, sentados nos degraus do Lincoln Center. Os músicos seguram os instrumentos, os estudantes de arte levantam seus portfólios grossos. Os atores fazem poses e os dançarinos fazem espacates.

A cabeça de Chad está em meu ombro. A minha está apoiada na dele. Tanta coisa aconteceu em um ano. Tudo floresceu, exceto minha vida amorosa.

Fecho o álbum de recortes e solto um suspiro profundo.

— Você fez um excelente trabalho com ele — minha mãe afirma. — Vou começar o jantar.

Depois de guardar toda a cola, adesivos, canetas e tesouras usados, guardo o álbum. Mal posso esperar para mostrá-lo ao tio Jay e ao Chad.

Estou criando uma lista mental de metas na minha cabeça quando o telefone de casa toca.

— É para você! — minha mãe grita.

— É o Chad?

— Não — ela cantarola em um tom misterioso de "eu sei de algo que você não sabe". Quando pego o telefone, ela está sorrindo.

— Alô?

— Aurelia, aqui é a Sra. Strayer.

Ai, meu Deus.

A Sra. Strayer, a regente da Orquestra Oito.

— Sim? — respondo. Olho para minha mãe, cujo sorriso está ficando maior.

— Você vai tocar na última cadeira da Orquestra Oito. Vejo você na semana que vem.

Antes mesmo que eu possa dizer *tchau* ou *obrigada* ou gritar, a linha está zumbindo no meu ouvido. Minha mãe segura o telefone antes que eu deixe cair.

— Estou tão orgulhosa de você — ela chora, me puxando para um abraço apertado. — Eu *sabia* que conseguiria.

Pego o telefone de novo, ligando para todo mundo em que consigo pensar. Ligo para meu pai e Priscilla e deixo uma mensagem para eles. Depois para a Sra. Luz. Tio Jay.

— É isso aí, *babae*, garota! — meu tio grita. — Joi e eu vamos te levar para sair.

Minha última ligação é para Chad, que berra com as notícias.

— Nós vamos estar na mesma orquestra e teremos o melhor ano de *todos*.

Na noite anterior ao primeiro dia de aula, experimento a roupa que escolhi — uma camisa preta e uma saia esvoaçante que Priscilla comprou para mim na Bloomingdales. Viro de um lado a outro na frente do espelho, admirando como o sutiã acolchoado — também cortesia da minha madrasta — dá aos meus seios pequenos uma ajuda muito necessária.

Mais cedo, pedi dicas de maquiagem à Joi e ela me ajudou a percorrer o corredor de cosméticos da farmácia da esquina. Pratico no espelho do banheiro, tentando me lembrar de tudo.

— Use a mão leve com o rímel — ela disse —, ou você parecerá um guaxinim antes do almoço. Passe pouco blush também, ou você parecerá um palhaço. Não use batom. Use um brilho labial leve.

Tudo isso para que Chad me note. Não sei mais o que fazer. O trabalho árduo e a prática me ajudaram a atingir o objetivo de entrar na melhor orquestra da LaGuardia. Os meios para alcançar um objetivo do coração são mais loucos, mais desesperados. Como viajar para Jersey City para visitar a mulher filipina que faz poções do amor para mamãe. Eu deveria saber que ela era uma farsa, porque mamãe ainda é solteira.

O conselho de Joi foi ir a certa bodega em Flatbush.

— Você pode comprar óleo do amor haitiano lá. Eu o usei com seu tio Jay.

Nota para mim mesma: ir a Flatbush esta semana.

Meu computador recebe uma notificação e a tela ganha vida. Chad está on-line.

CHAD: Arlene.

EU: Charles.

CHAD: Haha. Eu estava prestes a ligar, mas sua mãe provavelmente está dormindo.

EU: É, ela foi para a cama há meia hora.

CHAD: Passei aí mais cedo, mas você ainda estava na sua aula.

EU: Eu não sabia que você viria.

CHAD: Eu queria fazer uma surpresa para você. Está animada para amanhã?

EU: Nervosa.

CHAD: Você será ótima.

EU: Diga isso para o meu estômago.

CHAD: Me faça um favor.

EU: O que foi agora, Charles?

CHAD: Coloque seu CD do Coldplay na música Yellow. Desligue a luz do quarto. Deite-se, feche os olhos e os abra quando Chris cantar "Look".

Pego o Discman da Sony na minha prateleira e avanço para a quinta faixa em *Parachutes* e coloco meus fones de ouvido.

A janela está entreaberta. Calor e umidade tocam minha pele desnuda. A rua está escura, exceto pelos postes acesos. Sigo as instruções de Chad, deito na cama e aperto o play.

Virando-me, desligo a luz do quarto e fecho os olhos. Quando Chris Martin canta *"Look"*, eu os abro. Ai, meu Deus! Não acredito no que vejo.

Estrelas. Centenas. Tamanhos diferentes. Elas estão em todo o meu teto, descendo em espiral pela minha parede.

Lindos redemoinhos e constelações brilham acima de mim, por toda a minha volta.

Em todos os lugares. Iluminando.

Todas elas são amarelas.

Todas elas são para mim!

Chris continua cantando sobre as estrelas brilhando para você, e meu corpo inteiro sorri.

AURELIA

Terceiro ano.

A Orquestra Oito é regida pela Sra. Strayer. Ela tem cerca de 1,80 m de altura, cabelos ruivos brilhantes e uma carranca constante. Ela também caminha mancando levemente. As lendas correm soltas.

— *Ela foi empurrada para os trilhos do metrô.*

— *Bem, ouvi dizer que ela teve poliomielite.*

— *Sei com certeza que ela fez parte da Resistência e quebrou a perna ao saltar de um avião sobre a França.*

Formada pela LaGuardia e pela Juilliard, ela poderia facilmente reger uma grande orquestra sinfônica, mas passa os dias em sua alma mater.

Quando chego à sala de música, uma comitiva de alunos do último ano rodeia a Sra. Strayer, todos disputando sua atenção.

Ocupo meu lugar na última cadeira da seção de violoncelo e começo a afinar Pablo. Há oito violoncelistas nessa orquestra; sete são melhores do que eu. Por enquanto. Se eu continuar a melhorar minha forma de tocar, posso avançar. Posso até brigar com alguém por um lugar.

A sala de ensaio está animada com os alunos conversando sobre as férias de verão.

— Toquei em Tanglewood.

— Trabalhei no Electric Lady Studios na 8th Street.

— Fiz um estágio na Verve.

Strayer está nos pedindo para tocar as duas peças para cordas da partitura de Sir William Walton para *Henrique V*. Cada toque do meu arco faz meu coração saltar de alegria, assim como cada vez que meus olhos encontram os de Chad na seção de violino. Estou me apresentando com os melhores dos melhores, ao lado do meu melhor amigo e garoto que eu gosto.

Strayer interrompe o movimento.

— Sr. David, por favor, nos agracie com o solo.

Chad se levanta. Quando ele coloca o violino sob o lado esquerdo do queixo, dou um pequeno suspiro. Ele tem uma tatuagem. Um símbolo do infinito em seu braço direito. Deve tê-la feito em Londres.

Seus dedos longos seguram o arco sobre as cordas. Ele fecha os olhos, e o violino começa a cantar. Seus olhos fechados me impedem de derreter completamente. Porque eles me prendem quando estão abertos. Eles me matam. Eles me dominam.

A melodia de *Touch Her Soft Lips and Part* é enganosamente simples. Ondas de canção de ninar com três notas acima e três notas abaixo. Chad toca paradas duplas — seu arco toca duas notas ao mesmo tempo — o que acrescenta profundidade ao tema. Ainda assim, é uma das coisas mais difíceis do mundo fazer com que uma melodia simples conte uma história complexa. Chad faz isso lindamente, extraindo tristeza e saudade de entre as notas.

Ao meu redor, olhos se fecham, cabeças balançam e mãos se erguem, enquanto os alunos conduzem discretamente. Os corpos se movem, perdidos na música. Palmas das mãos se voltam para cima, dedos se curvam no ar, acenando, implorando a Chad: *Sim, mais, nos dê mais... Toque-nos...*

Ele é cativante, mas não é um exibicionista. Ele não extrai a emoção com vibrato excessivo ou movimentos exagerados de seus braços e cabeça. Tudo em sua maneira de tocar é equilibrado, concentrado e puro.

Autêntico.

Inclino a cabeça, percebendo que a Sra. Strayer não é imune ao desempenho magnético de Chad. *Sra. Strayer, a senhora também está deslumbrada?* Meus colegas e eu ficamos perplexos, imaginando por que alguém tão talentoso não está sendo educado em casa e fazendo turnês. Isso é o que a maioria dos jovens músicos clássicos fazem quando são virtuosos como Chadwick David.

Quando ele termina, e um murmúrio de aplausos e reverências enche o salão, ele fica corado e aperta os dedos da mão direita.

— Muito bem — ela diz.

Uau. Strayer está realmente elogiando Chad, o que é raro.

— No entanto...

A sala inteira suspira porque o que ouvimos foi muito perfeito.

— Você estava afinado. Tocou cada nota perfeitamente. Mas eu gostaria de ouvir um pouco mais de saudade.

Chad assente, a boca apertada.

— Não se apresse. Pense naquele beijo e em como você gostaria que ele durasse — a Sra. Strayer sugere.

Chad olha para mim e estou prestes a cair.

— Mais uma vez, Sr. David.

Com o violino embaixo do queixo e os olhos fechados, a determinação de Chad brilha. Não só ouço o desejo na música, como também o sinto. Ele está tocando a música que meu coração canta desde que o conheci.

Com o fim da orquestra, estou arrumando Pablo, feliz por ter conseguido passar pela Orquestra Oito sem nenhum erro.

— Oi. — Chad se aproxima com seu violino. — Não te vi esta manhã.

Olho para cima, tentando conter minha empolgação.

— Oi para você. Eu estava atrasada. Não conseguia parar de olhar para o meu teto. Obrigada pelas estrelas.

— De nada. Não posso ficar com todo o crédito. Sua mãe me ajudou.

Sorri ao pensar que minha mãe ajudou Chad a me fazer uma surpresa. Esta noite, ficarei olhando para minhas estrelas que brilham no escuro enquanto penso no garoto mais bonito e talentoso de todos os tempos.

— Você está diferente — comenta, me olhando da cabeça aos pés.

Óbvio, eu me arrumei para você. Outro motivo pelo qual me atrasei para a escola.

— Não nos vimos durante todo o verão. Você tem aula hoje? — Chad pergunta.

Nego com a cabeça.

— Só vou praticar mais tarde — digo, despreocupada. — Por quê? — *Espero que você queira sair depois da aula.*

— Ah, que bom. Espere aqui. Não se mexa. Tenho que pegar algo.

Enquanto espero por Chad, um garoto da minha turma de inglês se aproxima de mim.

— Oi, Aurelia.

— Oi, Gabriel. O que está fazendo aqui embaixo? Pensei que você fosse estudante de artes. — Aceno para o portfólio dele.

— Na verdade, estou aqui para te ver. — Sua voz é suave e um pouco trêmula. Ele puxa o lóbulo da orelha e franze o nariz, um pouco nervoso.

Minhas entranhas sorriem, porque ele é muito fofo, e eu o analiso por inteiro.

Está vestindo uma camisa de flanela e jeans, enquanto um gorro amarelo cobre parte de seu cabelo escuro. Por trás de seus óculos de aro preto, há grandes olhos verdes envoltos por longos cílios. Por que todos os caras bonitos têm que ter cílios longos?

— Bem-vindo ao fosso... — Estou preocupada com a minha cara de boba, pois não consigo parar de sorrir. Ele veio até aqui para me ver!

Ele olha para baixo, já que é vários centímetros mais alto do que eu.

— Quer sair no sábado à noite? Hum, talvez comer uma pizza. Sei que você gosta de Cameron Crowe, então talvez possamos ver *Almost Famous*?

Estou prestes a derrubar Pablo. Um garoto está me convidando para um encontro.

Finalmente alguém me convidou para sair, e ele não é um sem-teto da estação de metrô que precisa de troco.

Ele também sabe que eu adoro os filmes de Cameron Crowe.

Estou prestes a dizer *sim* quando uma mão pousa em cima da minha partitura. Eu a sigo ao longo do antebraço tatuado até os olhos azul-claros de Chad.

— Tive que conseguir um manuscrito da Sra. Strayer — ele diz. — O que você achou do seu primeiro dia?

— Estressante — respondo. — Mas estou feliz por finalmente estar aqui.

— Você estará sentada na primeira cadeira em pouco tempo.

Chad está sendo rude, ignorando Gabriel.

— Você conhece o Gabriel, certo?

— Oi — Chad cumprimenta. — E aí?

— Eu só estava convidando a Aurelia para sair — Gabriel responde.

E, sem mais nem menos, acaba antes mesmo de começar. O fato de tê-los lado a lado me permite notar suas semelhanças. Ambos têm quase a mesma altura. Ambos são compridos e magros. Ambos têm mãos bonitas. Enquanto um é tímido, o outro é confiante, se não for convencido. Chad parece entediado e isso fica evidente quando olha Gabriel de cima a baixo.

— Desculpe dizer isso a você. Aurelia já está comprometida. — Sua voz é neutra.

— Sinto muito, Aurelia. Eu não sabia que você tinha um namorado — Gabriel fala. — Espero que ele a trate bem. Vejo você na aula.

— Até mais — respondo, vendo-o ir embora. Com as mãos nos bolsos da calça jeans, ele é *muito* bonito.

E fofo.

Eu? Comprometida? Meu coração se enche de esperança. Então fico furiosa. Viro no lugar e dou um soco no ombro de Chad.

— Qual é o seu *problema*?

— Meu?

— Por que você disse aquilo?

— Disse o quê?

— Não se faça de idiota. "Ela está comprometida"? O que diabos isso quer dizer?

Chad dá de ombros.

— E se eu quisesse sair com ele?

— O que, você *queria* sair com ele?

— Talvez — digo. — Não sei. Nunca tive alguém que me convidasse para um encontro antes. E ele é bonito e, antes mesmo que eu pudesse me decidir, você deu uma de homem das cavernas, dizendo que eu já estava comprometida. O que foi isso?

Ele revira os olhos.

— Só porque você colocou estrelas que brilham no escuro no meu teto não te dá o direito de dizer que estou comprometida.

Ele fica parado ali, mudo.

— *Chad.*

— Aurelia. — Ele pega meu estojo de violoncelo. — Vem, vamos embora.

— Não.

— Como assim, "não"?

— Não. Você não pode se intrometer nos meus assuntos particulares com um papo furado de macho, depois me ignorar e dizer que vamos embora. Quem você pensa que é?

— Sinto muito. — Ele encara seus tênis por um segundo, antes de olhar para mim. — Não, eu não sinto muito. Não gosto da ideia de você sair com… outra pessoa.

Mordo o canto inferior do meu lábio.

— Isso não é nada legal.

— Eu sei, mas não quero que alguém se intrometa entre nós.

— Isso *não* é justo. Você vai a encontros o tempo todo.

— Não vou a um encontro há meses.

O que é verdade. O último encontro que ele teve foi há quatro meses, dois dias e algumas horas. Não que eu esteja contando.

— Por favor — ele diz. — Venha, fique comigo.

Eu não me mexo. Estou gostando muito disso.

Todo esse tempo, arrancando meus cabelos e comprando poções do amor em bodegas, tentando descobrir uma maneira de ver se ele está interessado. Tudo o que eu precisava era que outro garoto se interessasse por mim.

— Vamos lá, Aurelia. — Ele fica lindo quando está implorando.

Eu cedo.

— Estou com fome.

— Vamos para casa. Minha mãe está lá. Ela adoraria ver você. E eu tenho um pouco daquele pudim de pão esquisito que você adora.

Bufo com força suficiente para fazer minha franja balançar, mas por dentro estou empolgada. Chad empatou meu encontro.

Não gosto que você saia com outra pessoa.

Não quero que alguém se intrometa entre nós.

Se ele não me convidar para sair logo, vou bater na cabeça dele com meu arco.

— Aurelia. — Ele pega minha mão.

Não é a primeira vez. Ele agarrou minha mão quando estávamos correndo para pegar o trem, ou correndo pela rua quando o sinal mudou de amarelo para vermelho. Mas sempre parecia que nossos dedos se tocavam sem se entrelaçar. Nunca com uma conexão.

Agora fico olhando sua mão grande envolver a minha como uma luva de couro. Seus dedos calejados se dobram entre os meus, quentes, convidativos e protetores.

Será que ele está mudando de ideia a meu respeito?

Algumas horas depois, quando estou em casa e sonhando acordada em frente ao computador, recebo uma notificação e sei que é *ele*. Ele é o único que gosta de me mandar mensagens.

CHAD: Não me arrependo de ter empatado seu encontro.

AURELIA

Outubro de 2000.

Uma vez por mês, Chad vem ao centro da cidade para jantar comigo e minha mãe. Ela adora cozinhar seus pratos filipinos favoritos e, em troca, ele traz livros.

Hoje à noite, mamãe fez *mechado*, um ensopado de carne com arroz. Depois, ela vai para o sofá ler *Memórias de uma gueixa*, de Arthur Golden, enquanto Chad e eu limpamos a pequena cozinha.

— Será que algum dia vou conhecer sua madrasta? — pergunta, secando um prato.

— Por que você iria querer isso?

— Porque somos amigos há quanto tempo, três anos? E eu ainda não a conheci. Você passa três noites por semana com ela e seu pai. Você é sempre tão discreta sobre seu tempo com eles.

— É complicado.

Depois de nosso primeiro encontro, quando eu tinha sete anos, Priscilla continuou a me convidar para voltar ao *Beresford*. Com o passar dos anos, as visitas se tornaram mais frequentes. No segundo semestre do primeiro ano, comecei a dormir lá de domingo a quarta-feira. Isso me deu um descanso do longo trajeto. É um luxo ir e voltar da escola a pé nos dias em que não levo Pablo comigo. Ou sair e não ter pressa de voltar para casa.

Priscilla Iverson Preston é nova-iorquina por completo, nascida e criada nesta cidade caótica. Ela sabe tudo sobre o *Beresford*, desde os habitantes famosos até as celebridades desprezadas pela diretoria. Ela também adora assistir a novelas e se compara a Erica Kane, de *All My Children*. Quando não está na frente da TV, irritada com seus personagens favoritos, está observando o mundo exterior. Sentada diante das janelas com vista para o Central Park, ela conta fatos e curiosidades sobre o belo cenário.

— *É maior do que Mônaco e a Cidade do Vaticano.*

— *Vinte e seis campos de beisebol.*

— *O maior carrossel dos Estados Unidos.*

— *Noventa e três quilômetros de trilhas para caminhada.*

— *A trilha tem nove quilômetros e meio de comprimento ao redor do reservatório e North Meadow. Era lá que eu montava o Beau, meu garanhão preto.*

Priscilla pode facilmente gastar algumas centenas de dólares em uma camisa ou em um sutiã. Ela se veste como uma estrela de cinema — ternos Chanel, sapatos Ferragamo e bolsas que combinam. Joias da Van Cleef & Arpels. Que se dane a cadeira de rodas, ela está sempre *bem-vestida.*

É claro que minha madrasta, que é uma pessoa de opinião, nunca deixou de expor a sua sobre minha aparência.

— *Você é muito bonita para usar roupas tão feias.*

— *Se não começar a escovar seu cabelo, ele vai cair.*

— *Seus seios estão ficando maiores. Por que não está usando sutiã?*

— *Você está usando Waterpik? Você não quer manchas em seus dentes.*

Mamãe expressava as mesmas preocupações, mas nem sempre tinha dinheiro para seguir adiante. É difícil apreciar todos os luxos que Priscilla me dá quando tenho de voltar para o pequeno e dilapidado apartamento que compartilho com minha mãe. Muitas vezes, na verdade, devolvo os presentes de Priscilla e uso o dinheiro para ajudar minha mãe a pagar uma conta ou até mesmo para fazer uma aula extra de violoncelo.

Não conheço a logística da pensão alimentícia, mas não posso deixar de me perguntar se papai é apenas pão-duro ou se ele não se dá conta de como minha mãe trabalha duro para manter um teto sobre nossas cabeças. O dinheiro que ele gasta em vinhos antigos poderia facilmente pagar nossa conta de luz. Mamãe é uma mulher orgulhosa e nunca lhe pedirá dinheiro.

Meu relacionamento com meu pai não é perfeito, mas não é de todo ruim. Depois de assistir à minha primeira apresentação na escola, papai fez questão de ir a todas elas. Todas as noites em que estou em sua casa, ele janta comigo. Aos sábados, quando não está escrevendo, me leva para passear durante o dia. Museu. Biblioteca. Um show. Meu pai não é o homem mais carinhoso do mundo, mas sei que me ama. Ele também gosta de ficar de olho em mim, insistindo para que o informe sobre meu paradeiro todos os dias. Acho que é por isso que ele finalmente cedeu e me deu um celular no meu aniversário de dezesseis anos.

— Gosto de coisas complicadas — Chad afirma.

Solto um suspiro profundo porque minha família criou a definição de complicado.

— Então, qual é o problema? — Chad pergunta.

O problema não é meu pai. Ou Priscilla. Não é meu relacionamento separado e único com nenhum deles. O problema é o *casamento* deles. Não poderia ser mais diferente do casamento de Oliver e Renna David. Os David ficam de mãos dadas durante as refeições. Ollie persegue a esposa pelo apartamento, agitando a conta do AmEx, fingindo que está aterrorizado com as compras dela. Ele massageia os pés dela quando estão assistindo à TV. Ele se inclina para beijá-la quando ela está fazendo café. Oliver parece não conseguir tirar as mãos de Renna. Eles saem em encontros românticos.

Papai e Priscilla mal se tocam. Uma linha é traçada no apartamento: meu e seu. Até mesmo o ar é mantido separado. O relacionamento deles é irritante e complicado, e um dos grandes motivos para isso seria a querida filha que meu pai teve com a enfermeira de Priscilla. Quando nós três estamos juntos, minha mãe é sempre o quarto elefante na sala. O fato de meu pai ter tido uma filha fora do casamento é um dos motivos.

— É mais fácil lidar com meu pai e minha madrasta quando eles não estão na mesma sala — digo ao Chad.

Ele assente e pensa por um momento. Com um olhar perverso no rosto, diz:

— Vamos me adicionar à mistura e ver o que acontece.

Chad vem jantar no *Beresford*, e é como assistir a um filme trash. Apesar de estarmos comendo um dos meus pratos favoritos, *shepherd's pie*, já estou há dez minutos querendo ir embora. Olhares desconfortáveis se espalham em ondas pelo rosto de Chad. Será que é a maneira como meu pai e Priscilla se ignoram? Ou a maneira como minha madrasta olha para meu pai como se ele fosse um convidado irritante? Talvez seja a forma como meu pai diz a ela para ir mais devagar com os coquetéis.

— Eu poderia dar conta de você quando tinha a sua idade, Chadwick — comenta, virando seu martini de vodca.

— Esse é o seu último drinque da noite — meu pai intervém.

Oito palavras são bastante impressionantes para meu pai. Fazer com que uma criança compartilhe um doce é mais fácil do que fazê-lo falar.

Seria de se esperar que um escritor tivesse um dom para a oratória, mas, a menos que esteja flertando com uma mulher atraente, a conversa do meu pai geralmente se limita a uma ou duas palavras. Sim. Não. Obrigado.

— Então, Sr. Preston — Chad finalmente fala. — Aurelia mencionou que o senhor escreveu para o *The New Yorker*.

— Sim.

Constrangedor.

— E o senhor também é redator?

Papai toma um gole de seu vinho.

— Isso está correto. — Priscilla parece não conseguir tirar os olhos de Chad, avaliando a ele e cada movimento que faz. Ela pigarreia.

— Aurelia não deve ter lhe contado quem é o pai dela.

— Como é?

Meu pai ergue o rosto, balançando a cabeça.

— O quê? — Priscilla pergunta, terminando seu coquetel.

O olhar de Chad desvia de Priscilla para meu pai antes de pousar em meu rosto envergonhado.

— O pai de Aurelia é *o* P.K. Preston.

A declaração parece ter deixado Chad perplexo, seus olhos se arregalando.

— Você escreveu *Mayweather*?

Meu pai não responde.

— Não só escreveu — Priscilla diz, fazendo uma pausa. — Ele *ganhou* um Pulitzer.

— Esse é o livro favorito da minha mãe.

Meu pai balança a cabeça.

— Meu irmão, Mercer, escreveu sua redação para a faculdade sobre *Mayweather*.

Papai começa a mexer na comida, para por três segundos e depois assente de novo.

— Meus pais têm *todos* os seus livros — Chad comenta, me encarando. — Eles estão espalhados por toda a minha casa.

— Me desculpe. — Movo a boca para que só ele visse.

Não sou a única que deveria estar se desculpando. Papai está praticamente ignorando Chad, o que é mais do que constrangedor.

Priscilla está bêbada, mas pelo menos está se esforçando para interagir com meu amigo e manter o clima leve.

— Aurelia tem tantos pretendentes — afirma, terminando seu martini.

Hum, pensando bem...

Meu pai nunca pergunta sobre meus amigos ou garotos que me interessam, mas ultimamente Priscilla está curiosa sobre qualquer paixonite que eu possa ter. Não faz muito tempo, ela disse: "Não tem problema se você for gay. Se a Ellen DeGeneres pode se assumir, você também pode".

Quarenta longos minutos depois, os pratos estão limpos. O pudim de canela que minha mãe fez para nós está no meio da mesa de jantar, intocado. O programa *Greatest Hits*, de Frank Sinatra, terminou há dez minutos.

Meu pai pede licença, dizendo: "Preciso atender uma ligação". É claro que o telefone da casa ficou mudo durante todo o jantar. Sei que ele está indo para o escritório. Ele fechará a porta e ligará para uma das amigas com quem o ouvi falar ao longo dos anos.

A falta de palavras do meu pai, sua crescente indiferença em relação à esposa e suas indiscrições causaram mais danos do que o acidente de Priscilla. Ele é um mulherengo. Um fanfarrão. Um namorador.

E eu sou um produto de suas traições.

— Estou exausta — Priscilla fala. — Gostaria de ir para o meu quarto. — Seu tom está mais suave. Talvez o efeito de três martinis de vodca esteja passando.

Eu me levanto e ajudo Priscilla a se acomodar em sua cadeira de rodas. Ela acena com um dedo e, quando me inclino, murmura:

— Você tem um ótimo gosto. — Em seguida, olha para Chad por cima do ombro. — E então? O que está esperando?

Chad acelera o passo para se juntar a nós, com seus olhos curiosos observando todo o apartamento. O reboco das paredes está lascado. Os cômodos parecem não ter sido pintados desde a virada do século passado. O sofá da sala de estar está cheio de buracos. A poltrona de couro já viu dias melhores. Não há fotos de família ou obras de arte. Apenas um retrato a óleo de Priscilla em sua juventude.

— Nossa casa está caindo aos pedaços — declara. — Passamos por momentos difíceis.

A ideia que minha madrasta tem de tempos difíceis é um pouco distorcida. É claro que a casa precisa de melhorias, mas a casa também emprega um gerente em tempo integral, um motorista e a massagista do meu pai, que faz visitas três vezes por semana. E, sim, já ouvi a referência ao "final feliz" mais de uma vez.

Como se planejado, minha madrasta diz:

— Espero que vocês dois estejam usando camisinha.

— Priscilla — sibilo. Sei que ela não tem filtro, mas essa explosão é exagerada.

— Bem? — ela pressiona. — Vocês dois são jovens e têm muito pela frente.

— Não estamos fazendo sexo — Chad garante.

— Não estamos nem namorando — respondo, praticamente gritando, corando profundamente. Estou prestes a me esconder embaixo da cama. Onde está meu pai quando preciso dele?

Priscilla aponta para Chad.

— Eu conheço seu tipo, filho. Você vai partir o coração dela.

— Não, não vou — ele retruca, endireitando as costas.

Ela se dirige a uma cômoda.

— Rapazinho, vejo o fogo em seus olhos. Certifique-se de que, quando chegar a hora, você usará isso.

Ela joga uma caixa para Chad, que fica vermelho. Eu dou uma olhada. Meu Deus, na caixa amarela está escrito TROJAN Ultra Ribbed. Esqueça debaixo da cama. Estou pronta para me mudar para a Groenlândia.

— Podem ir agora. — Dispensando-nos, com seu estrago completo, Priscilla vai até a janela e olha para a vista escura do Central Park.

Inclino a cabeça em direção à porta, dizendo:

— Vamos.

Chad hesita e coloca a caixa de preservativos em uma mesa lateral antes de me seguir para fora. Nós nos dirigimos à cozinha, sem conversar, mal olhando um para o outro. Pensei que "morrer de vergonha" fosse apenas uma expressão, mas, neste momento, estou tão constrangida.

O sentimento nos segue até a cozinha, onde nos sentamos em silêncio à mesa, ambos olhando para o espaço.

— Vamos comer o pudim de canela que sua mãe fez — Chad sugere, quebrando o silêncio constrangedor.

Depois de alguns minutos, a vergonha desaparece e Chad pergunta:

— Você vai fazer isso para mim quando formos velhos? — Seus lábios se arrastam lentamente pela colher antes de ele lamber a parte de trás dela.

— Velhos? — Eu gostaria de poder ser essa colher. Não acredito que estou com tanta inveja dos talheres agora.

— É, quando estivermos tão velhos, mal conseguindo mastigar as coisas direito. — Ele dá outra mordida e geme. O som de prazer em sua voz provoca uma sensação de formigamento entre minhas pernas. Ele lambe seus belos lábios e me pergunto: eles são naturalmente doces ou ainda há um pouco de xarope de canela?

Eu faria qualquer coisa para responder a essas perguntas.

— Sempre estaremos presentes na vida um do outro — afirma. — Hm. Quando e onde quer que seja, eu sempre estarei ao seu lado. Quero dizer, desde que você aprenda a fazer pudim.

— Você fez *o quê*?! — meu pai grita. Chad e eu nos viramos, com os olhos arregalados, mas não há mais ninguém na cozinha. — Você deu camisinhas a eles? — a voz do meu pai continua. — Eles são jovens demais.

— O fogo cruzado verbal está na outra sala — digo e aponto para o monitor na parede da cozinha. Chad afunda o rosto na palma da mão.

— Você é estúpido? — Priscilla fala. — Eles têm dezesseis anos. *Dezesseis*. Não me diga que não se lembra de como era.

— Aurelia não é assim.

— Se eles ainda não fizeram sexo, farão em breve. É melhor que tenham camisinhas à mão.

Estou morrendo de novo. Se eu fosse um gato, teria perdido todas as nove vidas esta noite. Chad está mordendo o punho agora. Ele está abafando o riso, mas ainda não sei dizer se é de diversão ou de horror.

— Ela é minha filha — meu pai argumenta. — Você não tinha o direito de dizer nada sem me consultar primeiro. A mãe dela e eu nem sequer conversamos sobre isso.

— Ah, você tinha que jogar *ela* na minha cara.

— Sei que você gosta de Aurelia, mas…

— Gosto dela? Eu amo aquela criança como se fosse minha.

— Mas ela ainda é uma criança. Não está pronta para isso. E eu não estou pronto.

— Você não pode decidir quando ela estará pronta. Tem que prepará-la agora. Ela é muito talentosa para que um garoto atrapalhe seus sonhos. Ele partirá seu coração se ela não tomar cuidado.

— Como você sabe?

— Porque ele me faz me lembrar de *você*.

O mundo inteiro fica parado e silencioso. Chad me olha fixamente. Eu o encaro de volta. Finalmente, ele deixa cair a colher na tigela e a empurra para longe.

— Nós deveríamos ir.

Colocamos nossos tênis, pegamos nossas jaquetas e deixamos meu pai e minha madrasta sem nos despedirmos. Ficamos quietos ao caminharmos para o leste em direção ao Central Park. O *sexo* vem atrás de nós, como um cachorro de rua.

Em todos os anos em que somos amigos, nas inúmeras horas de conversa, sexo é algo sobre o qual Chad e eu não falamos. A menos que se trate da vida sexual ativa de seus pais. Ele já namorou tantas garotas. Parei de contar depois de vinte e duas e agora são apenas *dezenas*. Loira. Morena. Africana. Coreana. Hispânica. São todas diferentes, mas todas fazem meu coração doer da mesma forma.

Chad me conta sobre os encontros, mas nunca mencionou sexo. Por que falaria? Sou sua melhor amiga. Uma amiga garota que não é namorada. Compartilhamos um amor intenso por música. Janto em sua casa e sou provocada carinhosamente por seus pais, como se eu fosse outra filha. Ele leva livros para minha mãe e ela prepara seus pratos favoritos, como se ele fosse um filho querido.

Recebo ligações tarde da noite para conversar sobre tudo, exceto sexo. Ele elogia minha aparência, enaltece minhas habilidades musicais. Eu desligo, morrendo de saudade. Desejando mais do que amizade. Desmoronando, pois quero tanto isso.

Deito na cama à noite, imaginando Chad me beijando. Meu rosto, enterrado em um travesseiro, procurando a sensação de seus lábios. Sinto dor quando minhas mãos se tornam as mãos dele, tocando lugares que ardem de desejo. Meus seios pequenos. Minha barriga macia. O constante latejar entre minhas pernas que não tem nome.

Não há palavras no dicionário que descrevam o quanto amo Chadwick David.

Isso está me matando.

— Você está bem? — ele pergunta, enquanto nos sentamos em um banco perto do Turtle Pond.

Não, não estou bem. *Quando você vai finalmente acordar?*

Fico olhando para o Belvedere Castle.

— Estou apenas envergonhada.

— Não fique.

— Por que a Priscilla acha que estamos fazendo sexo quando não estamos namorando... Quero dizer, nós nem sequer nos beijamos.

— Ainda não.

— Ainda — digo baixinho, gritando por dentro: *O que você está esperando então?*

Chad pega seu Discman e os fones de ouvido, entregando um deles para mim. Ele entrelaça nossos dedos frios e os beija. Encosto minha cabeça em seu ombro e ouvimos *Angels*, de Robbie Williams.

Ele não me beija.

DATA: 5 de novembro de 2000
PARA: AureliaP0214@aol.com
DE: JustChadDavid0214@aol.com
ASSUNTO: Jantar

Eu deveria pedir desculpas por me convidar para jantar com seu pai e sua madrasta. Estava curioso sobre os dois há um tempo e, já que você é minha melhor amiga, pensei que deveria finalmente conhecê-los.

Priscilla tem uma personalidade e tanto. É triste saber que ela nem sempre esteve presa à cadeira de rodas, e sua condição (e amor por coquetéis) é resultado mais de angústia mental do que incapacidade física. Ela é linda e eufórica e sim, sem qualquer filtro. Ela realmente disse que daria conta de mim? Tipo, em uma briga ou... Deixa pra lá. Eca.

Por que você não me disse que seu pai é P. K. Preston? Eu encarei seu pai e tentei não rir. Eu me perguntei se ele provavelmente é como Pynchon e usaria uma sacola sobre a cabeça enquanto aparece em um episódio dos Simpsons. Ele já fez isso?

Seu pai é bem conversador. Acho que nunca jantei com alguém tão quieto e reservado antes... Eu queria fazer tantas perguntas sobre o livro dele.

Olhe, espero que não fique ofendida com o que estou prestes a escrever. Eu raramente me importo com essas coisas, mas... seu pai é rico pra caralho. E me deixa com raiva que ele não dê a você e sua mãe mais ajuda financeira. Até para aulas extras.

Enfim, obrigado por me apresentar à Priscilla. Finalmente.

Eu entendo agora. Percebi por que você estava relutante. Sinto muito se foi horrível e constrangedor. Eu me sinto mal. Agora que sei, não vou me convidar de novo, prometo.

DATA: 5 de novembro de 2000
PARA: JustChadDavid0214@aol.com
DE: AureliaP0214@aol.com
ASSUNTO: Re: Jantar
Desculpe por nunca ter te contado sobre meu pai e os livros dele. Meu pai não publica um livro há anos, e acho que é por isso que ele fica em silêncio sobre suas conquistas. Acho que está preocupado que nunca vá terminar um romance de novo. Eu estava acostumada a manter minha família disfuncional em segredo. Preciso pedir desculpas pelo comportamento da minha família. Sinto muito por Priscilla ter jogado camisinhas em você. Obrigada por ter suportado aquela refeição.

AURELIA

16 de março de 2001.

É o fim do inverno e Chad e eu estamos sentados em um dos meus lugares favoritos no mundo, a Revson Fountain do Lincoln Center. Acabamos de compartilhar um chocolate quente com uma hora de sobra antes de nossas aulas.

Estamos sentados lado a lado, mais próximos do que o normal. Não apenas nossos joelhos cobertos pelos jeans se tocam, mas também as laterais das nossas coxas.

Chad se vira para mim, seus olhos claros examinando meu rosto.

Devo estar parecendo um cachorro ofegante porque me sinto como um. Limpo o canto da boca, esperando que não seja baba escorrendo pelo meu queixo.

Cai uma neve leve e eu estremeço. No entanto, estou me sentindo quente por inteiro quando Chad lambe os lábios.

Eu também umedeço os meus.

Algo no universo muda, como se uma carga elétrica tivesse atingido o cérebro de Chad para me beijar. *Sim! Sim!* O universo está finalmente do meu lado.

Seus dentes perfeitos prendem o lábio inferior.

Engulo com força, gritando silenciosamente: *me beije!*

— Aurelia — ele diz, e seu tom é diferente. É o tipo que imagino que um garoto usaria com uma garota de quem gosta mais do que como uma amiga. Uma garota que ele quer beijar. *Por favor, me beije.*

— Chaaad — arrasto a fala como se houvesse algo errado com meu cérebro.

Ele se inclina para a frente e percebo que seu pomo de Adão se move. *Você vai finalmente me beijar?*

Seguindo seu exemplo, me aproximo mais. Se eu avançasse um centímetro, estaria sentada em seu colo. Olho para baixo em choque quando sua mão alcança a minha. Espero que as minhas não estejam muito suadas. Ergo o rosto e seus olhos estão levemente nublados.

A eletricidade entre nós está lá. Eu a sinto. Sinto um calor quando ele se inclina e aperta minha mão. *Sim, sim, sim*, meu cérebro repete sem parar. Inspirando profundamente, com os olhos mal abertos, inclino-me para frente com os lábios franzidos. Eu o sinto engolir em seco antes que seus lábios perfeitos cheguem à minha... testa molhada de suor.

Ele empatou meu encontro meses atrás, me dando falsas esperanças. Eu realmente acreditei que ele estava me vendo sob uma nova ótica.

Ele sorri, colocando os fios soltos do meu cabelo atrás da orelha. Olho fixamente para Chad. Ele não tem a menor noção ou simplesmente não me vê como namorada.

De qualquer forma, isso é besteira.

Jenner Cooper mora em Greenwich Village. Nós nos encontramos todas as quintas-feiras à noite quando vamos buscar comida chinesa no Suzie's da Bleecker Street. Ele está no último ano da United Nations International School, tem cerca de 1,80 m, é magro e sempre usa calça cargo e camisa azul-marinho de botão. Acho que nunca o vi usar uma roupa diferente antes. Não tenho certeza se esse é um uniforme escolar ou se ele simplesmente tem um gosto limitado para roupas.

Não sei muito mais sobre ele, exceto que sempre pede camarão com molho de lagosta, mas, quando ele me convida para um encontro em grupo, eu aceito. Porque já estou *farta* de Chad.

Então, aqui estou eu, em um encontro em grupo com Jenner e seus amigos. Ele tem amigos gêmeos, Kyle e Lyle. Suas acompanhantes são Sasha e Abigail, que também são gêmeas.

Sair em um encontro em grupo com Jenner e seus amigos não é o que eu esperava. Eles são tímidos, quase um pouco tímidos demais — eu me sinto como uma festeira ao lado de Sasha e Abigail. Garotas gêmeas idênticas namorando garotos gêmeos idênticos *parece* exótico e sexy. Na realidade, é apenas estranho.

Nós seis estamos jantando no Dos Caminos. Na maior parte do

tempo, fico sentada ouvindo Jenner e seus amigos falarem sobre assuntos estrangeiros. Todos eles querem se tornar como seus pais: diplomatas, embaixadores ou advogados internacionais. Fico sabendo que os pais de Jenner moram na Namíbia e que ele viveu sozinho nos últimos dois anos em sua cobertura na 9th Street.

— Confesso — ele me diz — que é por sua causa que ando alguns quarteirões a mais até o Suzie's nas noites de quinta-feira.

— Não é pelo camarão e o molho de lagosta?

Ele ri. Tem um sorriso brilhante com dentes brancos e retos. Aos poucos, fica claro que está bastante preocupado com sua saúde bucal, perguntando a cada poucos minutos se tem algo entre eles.

— Meus dentes estão brancos o suficiente? — ele pergunta do nada.

Pisco os olhos.

— Brancos o suficiente?

— Não tomo café, chá ou refrigerante e só como molho branco. Também não como chocolate.

Acho que Jenner e eu não seremos companheiros de comida.

Fomos ao Angelika para ver *O Tigre e o Dragão*. Chad adoraria esse filme. Ele ficaria louco com a trilha sonora e as cenas de artes marciais. Mal posso esperar para ligar para ele e...

Ótimo, vou a um encontro em grupo para que eu possa finalmente esquecer o garoto que gosto e passo o tempo pensando em coisas para dizer a ele.

Sou patética.

Jenner boceja, estica os braços e deixa um cair no encosto do meu assento. Espero que ele não pense que vai se dar bem. Olho para a minha esquerda. Os dois pares de gêmeos estão sugando um ao outro. Todos são parecidos. Como eles sabem quem está beijando quem? Balançando a cabeça, olho de volta para Jenner, cuja boca de dentes brancos perfeitos *está bem ali*, pronta para me engolir.

Eu me afasto e rapidamente lhe ofereço o grande balde de pipoca. Ele dá um sorriso apertado antes de aceitar. Durante os próximos trinta minutos, Jenner pega os grãos entre os dentes, enquanto me imagino como Zhang Ziyi, voando por entre as árvores e sendo uma fodona. Aposto que ela não precisaria nem psicar para que Chad a notasse.

Um lindo solo de violoncelo acompanha uma cena, fazendo com que os pelos dos meus braços e da minha nuca se ericem.

— Será que é o Yo-Yo Ma? — sussurro para Jenner.

— Quem?

— Não importa. — Fecho os olhos. Meu Deus, aquele tom e fraseado, quem mais poderia ser? *Tenho* de descobrir que peça é essa e se há partituras. Talvez Chad e eu possamos aprender isso juntos...

Sim, patética.

Quando saímos do teatro, todos os gêmeos estão com os cabelos bagunçados e os lábios inchados. Eles dizem boa noite e saem em linha reta, todos de mãos dadas.

Jenner e eu caminhamos por duas quadras até minha casa. Quando paramos em frente ao prédio do meu apartamento, ele fica conversando e se movendo para frente e para trás e de um lado para o outro. Fico tonta só de observá-lo. Também estou tremendo.

— Deixe-me dar o dinheiro para meu ingresso do cinema — ofereço.

— Não, tudo bem. Então...

— Então.

— Você quer sair de novo? Só eu e você dessa vez?

Jenner é bonitinho. Se eu não estivesse tão interessada em outro cara, consideraria sair com ele de novo. Mas ele não é Chad. E ele é esquisito com seus dentes.

— Eu gostaria de vê-lo novamente, mas que tal como amigos?

Ele suspira.

— Que tal se a gente só transasse?

Eu rio nervosamente, porque meu encontro passou de patético a *absurdo.*

— Acho que não. — Nego com a cabeça. — Boa noite.

Corro para dentro de casa e subo as escadas, murmurando para mim mesma:

— "Que tal se a gente só *transasse*?" Ele está brincando? — *Nunca nem fui beijada antes.*

Contorno o batente do corrimão e paro.

Chad está sentado no chão do lado de fora da porta do meu apartamento, com os fones de ouvido, a bochecha apoiada nos joelhos dobrados. Seus dedos longos batem nas canelas, tocando junto.

Perdido em sua música, ele é um tigre agachado. E eu sou um dragão escondido nas sombras. Eu me movo suavemente na direção dele, como Zhang Ziyi na floresta, andando no ar...

Fico a alguns centímetros de distância, com as pontas das minhas botas pretas batendo levemente em suas Doc Martens.

Chad levanta a cabeça devagar, piscando os olhos.

— Ei.

Meu coração dispara.

— Por que você não me contou? — pergunta.

— Contar o quê?

— Que você iria a um encontro.

— Não queria que você me impedisse de novo — respondo, tentando esquecer Jenner e seu comentário *"Que tal se a gente só transasse?"*. — O que você está fazendo sentado aqui fora?

— Sua mãe acabou de sair para trabalhar.

— Por que você não está dentro de casa? A propósito, o piso está nojento.

— Eu queria esperar por você aqui fora. Talvez conhecer seu acompanhante. — Ele se levanta e tira a sujeira da calça jeans antes de olhar para o relógio. — Onde ele está?

— Foi para casa.

— Seu encontro foi bom assim, é?

— Não quero falar sobre isso. — Passo por ele e enfio a chave na fechadura.

Ele coloca a palma da mão na porta, seu peito tocando minha omoplata.

— Eu estava preocupado com você.

— Bem, como você pode ver, estou ótima.

— Que bom. Posso ficar por aqui? — Sua voz é suave, rouca, um pouco frágil. Ele está exausto. Parece um pouco… derrotado, talvez?

— Você está bem? — pergunto, percebendo que seus olhos estão ligeiramente vermelhos. — Você fumou maconha?

Ele assente.

— Você não está se tornando um maconheiro, certo?

— Não, de jeito nenhum. Só tive um dia de merda. Errei um monte de tarefas e essa peça de Stravinsky que estou aprendendo está acabando comigo.

Um dia ruim e ele veio me procurar. E esperou por mim.

Preocupado comigo.

— Venha — falo. — Venha para dentro.

Uma frase de *O Tigre e o Dragão* ecoa na minha cabeça. *Um coração fiel faz com que os desejos se tornem realidade.*

Olho para o cara a quem meu coração tem sido fiel há anos.

— Volto já — aviso, indo para o meu quarto. Mais frases do filme desta noite me vêm à mente. *Eu preferiria ser um fantasma vagando ao seu lado como uma alma condenada a entrar no céu sem você... Por causa do seu amor, nunca serei um espírito solitário.*

Não me sinto solitária desde que Chad e eu nos tornamos melhores amigos. Mesmo quando estou em um encontro sem ele, Chad ainda está presente. Ele é como minha melodia favorita, na qual não consigo parar de pensar.

Enquanto ele faz pipoca, visto um moletom e uma camiseta da LIVE. Nós os vimos no Beacon Theater há algumas semanas.

Quando saio do meu quarto, a jaqueta de couro de Chad está pendurada em uma cadeira da cozinha. Suas Docs foram tiradas. Sua carteira gasta, chaves, Discman e fones de ouvido estão sobre a mesa. O apartamento tem um cheiro quente e amanteigado.

Ele pega sua mochila e retira dois DVDs.

— Eu trouxe *American Pie* e *Clube da Luta*. Você escolhe.

Ele é tão lindo que meu coração explode.

— Definitivamente, *Clube da Luta* — respondo, levando a tigela de pipoca para o sofá.

— Você só quer ver Brad Pitt sem camisa.

Eu me ajoelho no sofá e sorrio.

— Sim, eu quero.

Ele revira os olhos e se acomoda nas almofadas ao meu lado.

Durante as próximas duas horas e meia, descanso a cabeça em seu ombro, apreciando mais a sensação dele contra a minha têmpora do que a visão do tanquinho de Brad Pitt.

AURELIA

Na noite de sábado seguinte, Chad e eu estamos em seu quarto, onde ambos estamos sentados no chão, lado a lado. Nossas pernas estão esticadas à nossa frente. A diferença de altura é óbvia quando olho para os meus pés — eles atingem o meio de suas panturrilhas. Nós dois estamos com os pés descalços. Os dele são longos, os meus são atarracados, e eu gostaria de estar usando meias. Encolho os dedos dos pés, fazendo o possível para escondê-los.

Ele se inclina para a frente, com os braços esticados diante de si, os dedos prontos para atacar meus pés.

— Você sente cócegas?

— Não se atreva — digo, dando um tapa em sua mão. A tinta em seu braço chama minha atenção. — Como você fez uma tatuagem? Não é preciso ter dezoito anos?

— Não na Áustria.

— Sério?

— Sério?

— Por que um oito de lado?

— Aurelia, é um símbolo de infinito.

— Eu sei. Só estava brincando.

— Nunca brinque com uma tatuagem.

— Caramba! — Reviro os olhos para ele. — Então, por que um infinito?

— Somos nós — ele responde casualmente.

— Nós?

Seu olhar se desvia da tatuagem do infinito para meus olhos arregalados.

— Amigos para sempre.

— Para sempre.

Eu deveria estar lisonjeada, feliz. E estou. A arte em seu corpo representa a *nós*. A confissão "amigos para sempre" de Chad permanece e, então, uma dor desconhecida me atinge o coração. *Amiga para sempre*. É isso que sou para ele, quando gostaria de ser muito mais.

Talvez seja a expressão confusa em meu rosto. Talvez seja a forma como minha voz chia quando digo:

— Está ficando tarde, tenho que ir.

Quando estou prestes a me levantar, Chad me puxa de volta.

— Não, por favor, fique. — Puxando-me como um brinquedo que ele se recusa a soltar, me pega em seus braços quando caio desajeitadamente para trás. E é aí que sinto. Sua mão no meu seio.

Ele abaixa o rosto, com os olhos arregalados.

Rapidamente, Chad move a mão para minha barriga e começa a fazer cócegas, apertando a lateral do meu corpo, tentando ao máximo apagar o constrangimento no quarto.

— Não, não, pare — imploro.

— Isso é o que você ganha por me provocar por causa da minha tatuagem.

— Vou fazer xixi na roupa se você não parar. — E, de repente, estou deitada de costas. Chad está acima de mim, com uma mão em cada lado dos meus ombros.

Chad. Está. Em. Cima. De. Mim.

Seu cabelo cai sobre o rosto, meio escondendo a cor que queima suas bochechas. Eu me aproximo e coloco uma mecha atrás de sua orelha. Nunca toquei ninguém dessa forma antes.

— Aurelia?

— Sim?

Me beije. Me beije, por favor.

Ele umedece os lábios e se inclina. Ele tem cheiro de sabonete Irish Spring. É o cheiro que permanece mesmo quando ele não está por perto.

Me beije.

Esse desejo por ele é intenso. Não é familiar.

Presa em seus braços, não sei o que fazer e não tenho ideia do que ele planeja.

— Já volto. — Ele se levanta e sai pela porta, me deixando sozinha com meus pensamentos malucos.

O que acabou de acontecer? Ele estava prestes a me beijar?

Por que não o fez?

Meus lábios estavam muito secos? Ai, meu Deus, meu hálito estava ruim? Coloco a mão sobre a boca e assopro, aliviada por ter pego o chiclete de menta que masquei depois de comer uma torta de creme de banana inteira no Redeye Grill. Eu me sento, aproximando os joelhos do peito.

Fecho os olhos, lembrando-me de seu rosto acima do meu. A intensidade em seus olhos nublados. A boca ligeiramente aberta e as bochechas coradas. Tudo em seu rosto sinalizava: "Vou beijá-la". *Por que ele não o fez?*

Maldito amigo para sempre.

— Oi. — Chad está de volta, encostado na porta, com o rosto calmo e ilegível. A camiseta abraça seu peito e mostra seu braço tonificado e tatuado.

E eu o quero.

Quero pular em cima dele, envolver minhas pernas em sua cintura, sentir sua pele contra a minha.

— Desculpe por aquilo — pede.

— Pelo quê?

— Eu quase me deixei levar.

— Por que está se desculpando?

— Porque somos melhores amigos.

E é por isso que eu quero que você me beije, penso. *Porque confio em você.*

— O que há de errado comigo? Não sou bonita o suficiente? — Olho para a minha saia, contando os fiapos inexistentes.

— Bonita? Você é a garota mais linda que já vi.

Levanto a cabeça depressa.

— Você me acha linda?

— *A* mais linda.

Eu o encaro.

— Então…?

Chad se senta na beirada da cama e fica olhando para trás, perplexo. Ele não responde. Está apenas sentado ali, sem fazer nada.

Aparentemente, sou bonita, mas não o suficiente para beijar.

Cansei.

— Eu deveria ir embora.

— Não, não quero que você vá.

— Por que não? Que diabos você quer? Você impediu meu encontro quando Gabriel me convidou para sair. Fui a um encontro em grupo desde então e você me *esperou* depois. Você fica vigiando minha vida social porque sou *apenas* sua melhor amiga?

Ele encara seu colo.

— Não. Você é mais do que isso.

— Por que ainda não me beijou? — pergunto. — Essa é a palavra que você usou há pouco tempo. *Ainda.*

— Eu te disse, porque somos melhores amigos.

— Pare de usar essa desculpa de merda.

— Não é desculpa. Eu nunca mentiria para você.

A dor volta com força total, perfurando meu coração um milhão de vezes. Eu não sabia que a rejeição poderia doer tanto, mas isso precisa acabar esta noite.

— Você disse "ainda" — respondo. — O que significa que isso deve acontecer.

Chad desce da cama e se senta no chão.

— Eu quero beijar você, mas aí eu…

— O quê?

— Eu me preocupo que tudo mude entre nós. *Vai* mudar. Você não consegue ver isso? Já está mudando.

Estamos frente a frente, olho no olho. Minha barriga enrijece.

— Eu quero que você *me* veja.

— Eu vejo você.

— Quero dizer, realmente me veja. Como uma garota que é mais do que sua melhor amiga. Uma garota que você quer beijar. Agora mesmo. E ponto final. Nada de "*aindas*", nada de "*mas*".

Abro meu coração para o garoto à minha frente e não me arrependo.

Longos, silenciosos e dolorosos segundos se passam enquanto olhamos para o meu coração caído no chão entre nós. Meu peito vazio grita, implorando para que eu saia daqui e me afaste desses sentimentos não correspondidos.

— Essa garota é *tudo* o que eu vejo, Aurelia — Chad fala. — A garota com os olhos mais expressivos que já vi. A violoncelista cujo talento nunca deixa de me surpreender. A alma generosa que sempre dá uns trocados para pessoas necessitadas ou passa as manhãs de domingo no abrigo de alimentos da igreja. A garota que ainda vai a Forest Hills algumas vezes por mês para tocar para idosos. A garota que eu queria beijar desde a primeira vez que a conheci.

"Quero estar com você o tempo todo — ele continua, e eu me torno uma massinha. — Quando estou fora de casa, só consigo pensar em você. No meio do ensaio, paro e me pergunto o que você está fazendo. Cada peça que toco, quero tocar com você. Cada livro que leio, quero ler com você."

— Eu sinto o mesmo. — É preciso muita força de vontade para não me jogar em cima dele.

— Meu avô me disse que estar em um relacionamento me fará esquecer meus sonhos.

— Eu nunca deixaria isso acontecer. Quero que o mundo ouça você tocar.

— Quero que o mundo ouça você tocar também. — Seus olhos estão mais brilhantes agora, um lado da boca formando um sorriso. — Não sei por que você nunca foi beijada.

— Porque eu estava esperando por você.

Ele se ajoelha e se aproxima rastejando. Seus olhos azuis são transparentes, dois espelhos que refletem a mim mesma. Eu me inclino para trás à medida que o espaço entre nós diminui, apoiando-me em um dos grandes travesseiros do chão. Meus olhos se arregalam, recusando-se a piscar por medo de perder esse momento. E meu coração? Ele bate em um ritmo quádruplo. *Beije-me.*

Como fiz com antes, ele coloca uma mecha de cabelo atrás da minha orelha.

— Ainda não acredito que você nunca foi beijada.

— Você pode mudar isso agora. Seja meu primeiro beijo. — Este é o momento com o qual sonhei durante anos.

Ele fecha os olhos por um breve segundo, e me pergunto se ele pode sentir minha necessidade, meu desejo.

Beije-me. Beije-me como se fosse seu primeiro beijo também. Beije-me como se nunca tivesse beijado uma garota antes.

Abrindo os olhos, as pupilas de Chad se dilatam, seu peito subindo e descendo em movimentos irregulares.

— Eu nunca quero que você se esqueça deste momento — afirma, com ternura. — Daqui a alguns anos, quando estiver sentada e tocando violoncelo, você fechará os olhos e se lembrará do primeiro garoto que beijou.

Ele segura minha mandíbula. Sua boca se encosta na minha e me sinto inundada de calor. Seus lábios são macios. Convidativos. Nunca nada me pareceu tão certo.

— Abra sua boca — murmura.

Nossas línguas dançam e Chad geme, um garoto faminto com gosto de canela.

Muito cedo, ele se afasta, mordendo o canto do lábio.

— Uau — sussurro. Esse beijo valeu a pena esperar.

Ele sorri antes de capturar minha boca de novo. Esse beijo é mais confiante. Eu me abro mais, deixando-o ir mais fundo. Agora estamos de lado, emaranhados nos braços um do outro, nossas línguas ainda dançando e nossas mãos explorando. Cabelos. Costas. Braços. Abdomens. Seus quadris se chocam contra minhas coxas. A sensação de sua ereção, dura e imensa, se esfrega contra mim.

Coloco minhas mãos em seu peito, ofegando por ar. Ficamos nos olhando por uma fração de segundo e depois voltamos a nos beijar. Brutos. Possessivos. A temperatura do meu corpo aumenta. Sou um vulcão pronto para entrar em erupção. Quero tirar minhas roupas, mas não sou esse tipo de garota.

Ou será que sou?

As mãos talentosas de Chad descem pelo meu corpo e sobem pela minha saia.

Ai, meu Deus.

Seus dedos estão na minha pele quente. Quando estão prestes a tocar a parte interna das minhas coxas, ele para. Seu corpo inteiro fica rígido.

— Precisamos parar.

Eu não quero parar. Estou respirando com dificuldade e desgrenhada, meus lábios inchados, cada partícula do meu corpo consumida pela luxúria. Chad ainda está duro contra mim, e minha calcinha branca de algodão está encharcada.

Ele beija minha testa.

— Vamos dar uma volta e vou te levar para casa.

Algumas horas depois, estou na cama, sem conseguir dormir. Meu primeiro beijo está em constante repetição. Mesmo com a TV ligada, são os olhos penetrantes de Chad, cheios de luxúria, que vejo. São seus lábios macios que sinto nos meus. São seus dedos calejados roçando minha pele nua para cima e para baixo que sinto. É *ele* que estou segurando enquanto me pressiono contra o travesseiro.

O rosto de Chad é a última imagem que vejo antes que o sono finalmente tome conta de mim.

Finalmente nos beijamos. Mas o que acontece agora?

AURELIA

Abril de 2001.

Seis dias se passaram desde que Chad me deu meu primeiro e único beijo. Desde então, nada mudou. Ainda nos encontramos de manhã, ensaiamos depois da escola e saímos juntos como se nada tivesse acontecido entre nós.

O beijo tem sido um silêncio incômodo entre dois amigos. Chad não mencionou aquele momento, como se estivesse tentando esquecê-lo. Enquanto isso, a cada cinco minutos, ele está se repetindo na minha cabeça.

É fim de tarde de sexta-feira e estou caminhando para o sul na Sullivan quando meu celular toca.

— Oi — Chad diz.

— Oi, você. Não acabei de te ver há meia hora?

— Sim, mas esqueci de te perguntar uma coisa.

— Tudo bem.

— Você quer sair comigo amanhã à noite?

— A gente pode sair.

— Não, Aurelia… quero dizer, vamos sair em um encontro.

Paro no lugar.

— Um encontro?

— Sim, um encontro. Um encontro de verdade.

— Em vez de um falso?

— Nada será falso em nosso encontro. — Aposto que ele está sorrindo agora. — Vou buscá-la amanhã à noite, às sete.

Meu coração faz uma dança maluca.

— Tudo bem — respondo, tentando manter a calma quando tudo o que quero fazer é gritar e dizer que *Chad acabou de me convidar para um encontro de verdade. Finalmente.*

Eu me reviro a noite toda, sem conseguir pensar em nada além do meu primeiro encontro. Com Chad.

Durante todo o dia, sou uma pilha de nervos. Não consigo comer. Não consigo ler. Mal consigo tocar Pablo. Tudo o que faço é me perguntar as mesmas coisas: *O que vamos fazer? Devo me arrumar? Ele vai me beijar de novo?*

— Vamos comprar algo especial para o seu primeiro encontro — minha mãe sugere, e nos dirigimos a uma pequena butique no quarteirão seguinte.

— Bem-vinda à Purdy Girl — uma mulher cumprimenta atrás do balcão. — Por favor, avise-me se precisar de ajuda.

Você tem alguns elfos atrás do balcão para ajudar?

Comprar roupas é uma tarefa árdua. Priscilla é a melhor compradora, desfrutando de suas idas semanais à Bergdorf Goodman. A maior parte do meu guarda-roupa é cortesia da minha madrasta. Eu poderia ter pedido a ela que comprasse algo para esta noite, mas mamãe quer fazer isso comigo.

Mercedes é pequena e curvilínea e não demora a ajudar quando fica sabendo que estou indo para o meu primeiro encontro.

Olhando-me de cima a baixo, com a mão no quadril, ela está pensando profundamente.

— Seu acompanhante é um bom rapaz ou um *bad boy*? — pergunta, com um sotaque forte do Bronx.

Olho para minha mãe, envergonhada.

— Ele é um menino muito bom — minha mãe afirma, com um sorriso gentil.

Mercedes ergue a sobrancelha.

— Ele tem algum piercing? Tatuagens?

Eu sorrio.

— Ele tem uma tatuagem.

— Ah, garota! Tenho um vestido para você — diz, animada, correndo para o outro lado da loja.

Enquanto isso, estou girando em um modelo rosa com bolinhas azul-claras.

— Linda — mamãe comenta. Ela precisa de óculos novos; pareço um flamingo comendo algodão doce.

O próximo é um vestido vermelho justo, cortesia da garota mais legal da loja.

— *Muy caliente!* Muito atraente — Mercedes afirma. — Você vai se dar bem.

Os olhos da minha mãe se arregalam.

— Não. Seu pai vai me matar antes de te prender.

Concordo com minha mãe e experimento mais quatro roupas. Estou pronta para desistir quando um vestido preto simples chama minha atenção. É macio e me serve perfeitamente, chegando ao meio da panturrilha.

— Posso usá-lo com meia-calça preta e meus tênis Chucks — digo ao meu público.

— Que tal um sapato de salto baixo? — minha mãe sugere.

— Não sei onde Chad vai me levar e quero ficar confortável.

— Vamos comprar umas sapatilhas novas, então.

Depois de fazermos compras, mamãe e eu voltamos para casa, ambas nervosas e animadas com a noite de hoje.

Demoro quase duas horas para me arrumar. Não apenas lavo meu cabelo, mas também o seco com secador e faço cachos. Grande erro. Nada funciona. Por que eu achava que poderia ter um cabelo sexy se o cacheasse?

De todos os momentos para experimentar um modelador de cachos, eu o uso no encontro mais importante da minha vida. Além de queimar meu dedo, também queimo meu queixo.

Mamãe aplica uma toalha úmida e fria sobre o local queimado.

— Deixe agir por alguns minutos e depois passe água fria no dedo.

Alguns minutos depois, estou em frente ao espelho, quase chorando. Meu queixo tem um caroço vermelho e ligeiramente inchado. Não tem problema. Talvez Chad não perceba.

Os cachos em forma de anel me lembram de Shirley Temple. Quem estou enganando? Eu poderia me passar pela quinta integrante de *Supergatas*.

Chad toca o interfone exatamente às sete horas. Abro a porta e me deparo com um sorriso caloroso sobre um buquê de peônias cor-de-rosa embrulhado em papel marrom. Calça jeans preta e Doc Martens. Uma jaqueta de couro preta em seu braço. Uma camiseta de manga comprida dos Misfits dobrada, revelando a grande tatuagem do símbolo do infinito em seu braço direito.

— Obrigada — agradeço, admirando as flores de aroma doce.

Essa é a primeira vez que um garoto me dá flores que não são um presente de boas-vindas.

Mamãe está sorrindo de orelha a orelha.

— Deixe-me tirar uma foto. — Você pensaria que acabei de ficar noiva, já que minha mãe não para de falar.

— Mãe — reclamo, balançando a cabeça. Mas entendo como esse momento é diferente de todos os outros momentos em que Chad e eu passamos juntos nesta sala.

Antes de hoje, toda vez que Chad visitava meu apartamento, ele era um garoto saindo com sua melhor amiga.

Hoje, ele é o garoto que está *me* levando para um encontro de verdade.

— Isso seria ótimo, Isabel — Chad responde. — Obrigado. Acho que minha mãe também adoraria uma foto.

— Chad, coloque seu braço em volta de Aurelia. Só um pouco mais perto. — Clique. — Sorria e diga "X". — Clique.

Cinco minutos depois, Chad e eu estamos na esquina da Thompson com a Houston quando ele pega minha mão e entrelaça nossos dedos.

— Para onde está me levando?

— É uma surpresa — responde, levando minha mão aos seus lábios. *Derreto.*

— Uma surpresa?

— É.

— Pelo menos me dê uma dica.

— *Masarap?*

Ai, meu Deus, Chad aprendeu a dizer "delicioso" em tagalo.

— Vamos lá — ele diz, me levando para o sul da Broadway.

Enquanto nos dirigimos a um destino desconhecido, as Torres Gêmeas pairam sobre a cidade, lembrando-me de guardiões vigiando dois adolescentes em seu primeiro encontro.

Quando chegamos à Mercer Street, ele acena com a cabeça para um pequeno prédio.

Dou passos hesitantes. Há uma placa rosa brilhante.

— Uma sex shop?

— O quê? — Seus olhos pousam na placa para a qual estou apontando. Está escrito: *Babeland.*

Ele ri tanto que seus olhos lacrimejam.

— Não em nosso primeiro encontro. Talvez no segundo — brinca. — Vamos comer aqui ao lado.

O jantar é no Cendrillon, um pequeno restaurante filipino.

— Achei que você gostaria disso — justifica, abrindo a porta para mim. — Se quiser, podemos dar uma olhada no Babeland mais tarde.

Reviro os olhos, mas uma parte de mim está curiosa. *Que tipo de coisas eles teriam?*

O Cendrillon, embora modesto, é definitivamente mais sofisticado do que os restaurantes filipinos sem frescuras que frequentei no Queens e em Jersey City. Eram locais que serviam pratos deliciosos em uma bandeja de cafeteria.

Chad nos conduz por uma sala escura e estreita com vista parcial para a cozinha. Os tetos altos com luminárias modernas e as paredes de tijolos expostos fazem parecer um loft do centro da cidade. As mesas e cabines de madeira estão vazias, exceto pelos dois casais na sala de jantar. Eles estão vestidos como manequins de uma vitrine da Prada.

Meu coração se enche de alegria, sabendo que ele deve ter demorado para encontrar esse lugar. A comida filipina não é tão popular quanto a chinesa e a tailandesa.

Chad puxa minha cadeira.

— *Milady*.

Estou prestes a rir até que ele se inclina. Seus lábios roçam na minha orelha.

— Você está linda.

Meu coração está acelerado, batendo loucamente.

O cardápio é um borrão, pois tudo em que consigo pensar é na possibilidade de nos beijarmos novamente esta noite.

— Você sabe o que quer? — Chad pergunta.

— Não conheço nem metade dos itens do cardápio — admito. — Talvez você possa pedir para nós?

Chad questiona o garçom sobre uma série de pratos desconhecidos, finalmente escolhendo *paella* de arroz preto e curry de cabra.

— Cabra? — pergunto, insegura sobre a escolha de entrada de Chad.

— Vamos tentar algo novo. Vai ser ótimo. — Sorri, entregando o cardápio ao nosso garçom. — Obrigado.

Durante todos esses anos, permanecemos completamente platônicos. Só nos beijamos uma vez — um momento intenso que nunca esquecerei, quando meu coração quase saltou do peito. Todos os beijos entre eles foram em meus sonhos.

Agora, do outro lado da mesa, está sentado o garoto mais bonito e talentoso do mundo, que está interessado em mim como algo mais do que uma amiga. Aquele que eu desejava há muito tempo. Por quem era obcecada. Durante anos.

O nervosismo aparece. Minhas mãos suadas se agitam, e as limpo constantemente no meu vestido. Ainda bem que meu vestido é preto. Caso contrário, eu estaria com manchas de suor.

Engulo toda a minha água, mas ainda estou com sede porque está muito quente aqui dentro. Inclinando meu copo para trás, tento pegar a última gota de água. De repente, todo o gelo cai no meu rosto e na minha boca. No meu queixo. O limão da água arde sobre meu local queimado e eu grito.

— Ai.

— Você está bem?

— Sim, estou bem. — Cubro minha queimadura.

— Você está nervosa?

Assinto, apertando os lábios com força.

Chad se inclina para a frente e pega minha mão.

— Sou só eu.

Acalme-se. Respire fundo.

Então me lembro com quem estou. Chad David é o garoto que conhece todas as minhas peculiaridades e todos os meus medos. Ele já me viu em meu pior momento. Gripe. Catapora. Intoxicação alimentar.

Inclinando a cabeça para o lado, ele pergunta:

— O que aconteceu com seu queixo?

É claro que ele notaria.

— Eu queimei.

— Como?

— Modelador de cachos — respondo, apontando para meu penteado geriátrico.

— Achei que ficou diferente — Chad comenta. — Você é linda exatamente do jeito que é. Não precisa de maquiagem e cachos. Eu amo seu cabelo natural.

Por que ele não me disse isso ontem? Poderia ter evitado que eu me queimasse.

Entramos em nosso ritmo fácil de sempre, conversando sobre tudo, de música a livros e nossas famílias.

— Você contou à Priscilla sobre nosso encontro? — Chad pergunta.

— Não.

— Por que não?

— Você sabe por quê.

— Não, não sei.

— Ela teria pedido ao Bernie que a deixasse em frente ao meu prédio com uma caixa de camisinhas.

Chad ri, mas é a verdade. Priscilla está empenhada em garantir que eu tenha camisinhas. Ela colocou algumas embalagens douradas de preservativos na minha mochila outro dia. Eu as dei para Joi.

O curry de cabra é servido em uma panela de barro. Desde a primeira mordida, sinto um forte sabor de pimenta. Meu rosto se contrai. Olho para Chad, que está bebendo um copo de água.

Nós dois balançamos a cabeça.

A seguir, a paella.

— Ao contrário da paella espanhola — o garçom começa —, esta é feita com arroz preto cultivado nas Filipinas. É o mesmo tipo que usamos para o *biko tapol*.

— Ah, arroz doce pegajoso.

— Talvez possamos experimentar isso mais tarde — Chad sugere, colocando a paella em meu prato. — Sei que você gosta muito de camarão. Você pode comer tudo.

— Sério?

— Bem, deixe-me comer um.

— Okay, pode ficar com os moluscos de Manila.

Nós dois estamos gemendo de prazer quando o celular de Chad toca.

— Desculpe, é a minha mãe.

— Oi. Sim, estamos no restaurante. — Ele assente, olhando na minha direção. — Okay. — Um sorriso. — Acho que ela está gostando.

Eu sorrio de volta.

— Sim, eu avisarei — ele diz. — Também amo você.

Chad coloca o telefone no bolso do paletó.

— Minha mãe disse oi.

Quando a mesa está livre, Chad se dirige ao garçom:

— Gostaríamos muito de uma sobremesa. Faça uma surpresa, por favor. Obrigado.

— Vou ao banheiro — aviso.

Finalmente solto o ar quando entro no banheiro. Com as mãos na pia, eu me inclino, respirando fundo como uma mulher prestes a entrar em trabalho de parto.

Depois de cem respirações profundas, me olho no espelho. Os cachos apertados relaxaram e meu cabelo parece ondulado. A queimadura em meu queixo se acalmou; não se transformará em uma bolha.

Quando reaplico o brilho labial, só consigo pensar em ter os lábios de Chad nos meus. *Será que ele vai me beijar de novo?* Deus, espero que meu hálito não tenha cheiro de cabra.

Volto à nossa mesa e Chad está olhando para baixo. Quando levanta a cabeça, seu rosto lindo se ilumina. O sorriso que ostenta é tão largo que meu coração está prestes a explodir.

O garçom retorna e nos surpreende com o *Halo-Halo*, uma sobremesa composta de gelo raspado, sorvete, leite evaporado, feijão adoçado e frutas, coberta com pudim.

Chad inspeciona a sobremesa em camadas.

— Como a comemos?

— Halo-Halo significa misturar. Você mistura tudo. Mas, primeiro, temos que começar com o pudim e o sorvete de *ube*.

— Ube?

— Inhame roxo.

Depois de devorar a deliciosa sobremesa, Chad paga a conta.

— Vamos à confeitaria favorita da minha mãe.

— Você está brincando, certo?

— De jeito nenhum. Vamos comprar alguns doces.

— Não consigo comer nem mais uma mordida.

— Eu também não, mas minha mãe adora esse lugar e podemos comprar algo para comer mais tarde.

Mais tarde? O encontro ainda não acabou? Vamos continuar saindo juntos?

Antes, eu me sentia quente por estar nervosa. Agora, o calor irradia pelo meu corpo porque meu encontro com Chad ainda não terminou.

Seguimos para o norte pela Broadway, passando por lojas e restaurantes. Toda vez que esperamos o semáforo mudar, estou pronta para implorar que ele me beije. Meu estômago está cheio, mas uma fome diferente ruge na minha alma. A sobremesa que eu quero não está em uma padaria.

A ideia de ele pressionar seus lábios contra os meus é constante.

Chad está animado; suas mãos se movem sem parar.

— O acampamento de música em Tanglewood nesse verão será épico. Mal posso esperar.

— Eu também — digo, de forma pouco convincente.

— O que há de errado?

— Meus pais nunca me mandaram para um acampamento antes. Muito menos para um acampamento de música. — Observo as rachaduras na calçada. — Será minha primeira vez longe de casa.

Chad para.

— Eu vou estar com você — garante, me tranquilizando. — Estamos juntos nisso, Aurelia.

— Juntos — sussurro. Quero que estejamos juntos mais do que como melhores amigos; mais do que como músicos tocando na mesma orquestra. Quero que fiquemos juntos, *juntos*.

Chegamos à Veniero's, uma padaria italiana na 11th Street. A fila de clientes está saindo pela porta, zumbindo com uma energia frenética.

— Vai valer a pena esperar — Chad afirma, quando entramos na fila. Ele beija o topo da minha testa e aperta minha mão.

Quando chegamos à frente, não consigo acreditar na variedade de sobremesas atrás da vitrine.

— Posso? — ele pergunta.

— Vá em frente — respondo, pensando: *vá na direção dos meus lábios. Me beije.*

Dou uma risada quando ele pede uma dúzia de doces.

— Está se planejando para um apocalipse?

— Não, só estou curtindo isso com você.

Seguimos para o Washington Square Park, onde passamos a maior parte da noite compartilhando um cannoli, um *sfogliatelle*, metade de um tiramisu e um éclair. Mesmo com a boca cheia, não paramos de conversar.

— Se você pudesse morar em qualquer lugar do mundo, onde seria? — Chad pergunta, fechando a caixa de doces.

— Não sei. — Dou de ombros. — Eu gosto muito daqui. Minha família está aqui. E você?

— Em qualquer lugar onde nós possamos tocar.

— Nós?

Ele se vira para mim, se aproximando. *Ai, meu Deus, ele vai me beijar.*

Mordo meu lábio inferior, com os olhos bem abertos. Eu me recuso a perder esse momento.

Levantando a mão esquerda, ele se inclina.

— Sim, nós. — Chad limpa o canto do meu lábio com o dedo indicador calejado antes de colocá-lo na boca, lambendo o creme de leite.

Eu gostaria de ser esse dedo agora mesmo.

Meu acompanhante não me beija, mas fico corada mesmo assim. A maneira como ele lambeu os lábios e seu simples toque provocaram uma sensação de formigamento entre minhas pernas. Apenas Chad pode me fazer sentir assim.

Um guitarrista e um tocador de bongô, ambos com longos dreads, sentam-se à nossa frente. Eles estão tocando *No Woman, No Cry*, de Bob Marley.

A música termina. Chad se levanta e vai em direção aos músicos, colocando alguns dólares no estojo do instrumento.

Um minuto depois, Chad está segurando minha mão enquanto ouvimos *Is This Love?*.

Balançando ao som da música, nossos ombros se tocam a cada poucos segundos.

Isso é amor?

Sim, é, responde meu jovem coração.

Casais. Estudantes da NYU. Turistas. Eles estão ao nosso redor, aproveitando essa noite fresca de primavera.

Eu me arrepio, e Chad tira a jaqueta.

— Por favor, vista.

Nunca vou tirar essa jaqueta, pois ela tem o cheiro dele. Um pouco de canela e Irish Spring. Casa.

Com seu braço direito ao meu redor, encosto a cabeça em seu ombro, desejando que essa noite durasse para sempre.

É um pouco antes da meia-noite quando Chad me leva para casa. Ele olha para o meu prédio, calado pela primeira vez durante toda a noite.

— Eu me diverti muito — falo, torcendo, *por favor, me beije.*

— Eu também. — Uma longa pausa. — Já fui a muitos encontros, mas...

— Mas o quê?

— Nenhum deles foi tão divertido quanto esta noite.

Ele me encara fixamente, com seus olhos azuis cheios de ternura. Seus lábios perfeitos formam um sorriso com o qual sonharei quando for dormir.

Estou tão apaixonada por você.

Ainda não sei onde estou em sua vida, mas algo me diz que, se ele me beijasse agora, não seria como melhor amigo.

O ar ao redor tem uma carga elétrica quando ele se inclina, puxando meu queixo com a ponta do dedo indicador. Meu coração pula algumas batidas, minhas mãos ficam úmidas e meu corpo fica quente por inteiro, mas não há hesitação quando seus lábios macios capturam os meus.

Seu perfume limpo me envolve quando ele deposita um beijo de boca fechada em meus lábios. O beijo se prolonga por um segundo antes de ele me abrir com sua língua quente, acariciando a minha. Ele tem gosto de Big Red, meu sabor favorito.

Nós nos beijamos na frente do meu prédio, com minhas costas contra a porta fria. Meus braços estão em volta de seu pescoço, suas mãos deslizando para cima e para baixo nas laterais do meu corpo.

Alguns minutos depois, ele se afasta. Seus olhos escureceram; o desejo os preenche. Seus lábios avermelhados estão molhados e inchados. Sua pele quente, corada.

— Eu sou louco por você — sussurra.

— Eu também sou louca por você — digo, agarrando a parte da frente da camiseta dele.

Minha língua dança com a dele e, se minha mãe não estivesse em casa, eu imploraria para que ele subisse. Imploraria para que me tocasse nos lugares que eu sonhava que me tocasse.

Ao nosso redor, a Thompson Street fervilha como uma festa de Ano-Novo, com vários transeuntes embriagados cantando músicas de natal para cima e para baixo no quarteirão.

Já eu, estou bêbada com meu primeiro beijo de verdade em nosso primeiro encontro.

Quero que Chad tenha todas as minhas primeiras vezes. Sei que ele é o único garoto para o qual eu daria o meu coração.

Aqui, agora, meu coração é dele. Para sempre.

Sem nenhuma palavra definitiva, nos tornamos um casal.

Chad *finalmente* é meu namorado!

Depois daquela noite, passamos de nunca nos beijar a organizar nossos dias em torno de beijos.

Nas manhãs dos dias de semana, saímos de casa vinte minutos mais cedo para nos encontrarmos a duas quadras a oeste de LaGuardia e grudar nossos lábios. Roubamos beijos entre as aulas. Durante o almoço. Nos ensaios. Depois da escola. Antes das aulas.

Cada beijo se torna uma nota adicionada a uma composição. Cada toque e carícia, cada suspiro, gemido e palavra sussurrada criam uma sonata. Depois, um concerto. Depois, uma sinfonia.

Nunca quero que Chad pare de orquestrar o ritmo do meu coração.

DATA: 27 de maio de 2001
PARA: AureliaP0214@aol.com
DE: JustChadDavid0214@aol.com
ASSUNTO: Seja minha
Seja minha para sempre.

DATA: 27 de maio de 2001
PARA: JustChadDavid0214@aol.com
DE: AureliaP0214@aol.com
ASSUNTO: Sua.
Eu sou sua desde o primeiro dia. Você levou três anos e meio para perceber.

23 de junho de 2001.

CHAD: Seu celular está desligado. Acabei de receber sua mensagem. O que está acontecendo?

EU: Um caso infeliz de bisbilhotagem. Priscilla estava pedindo para a governanta dela, Miranda, descobrir quem é a nova amante do meu pai. Aposto que ela está pronta para enviar para essa nova mulher buquês de vadia.

CHAD: Buquês de vadia?

EU: Flores mortas.

CHAD: Isso é horrível.

EU: Meu pai não presta. Ele me faz não confiar nos homens.

CHAD: Você confia em mim, certo? Quero dizer, você precisa saber que nem todos os homens são como o seu pai. Meu pai nunca trairia a minha mãe. Ela daria uma de Lorena Bobbitt.

EU: Você acabou de me fazer rir. Obrigada.

CHAD: Sério. Eu nunca, nunca trairia você.

EU: Eu sei.

CHAD: Você é tudo o que eu quero.

22 de agosto de 2001.

CHAD: Eu sinto a sua falta

EU: Também sinto a sua falta. Nova York é tão solitária sem você. Queria que estivéssemos de volta em Tanglewood.

CHAD: Eu também. Queria que você me deixasse ligar para você de Viena.

EU: Ligações internacionais são caras demais. Use o dinheiro para me levar para sair quando voltar, okay?

CHAD: Combinado. Nós precisamos comemorar! Você vai se sentar na primeira cadeira quando nós voltarmos para a escola. Estou tão orgulhoso de você.

EU: Estou com medo.

CHAD: De quê?

EU: Que a Sra. Strayer tenha cometido um erro quando me pediu para me sentar na primeira cadeira.

CHAD: Você é a melhor violoncelista, Aurelia.

EU: Você é tendencioso porque é meu namorado.

CHAD: Você é a primeira porque é a melhor. Precisa ter mais confiança em si mesma. Eu quero te beijar agora.

EU: Eu quero isso também.

CHAD: Mais três dias até que eu veja minha linda namorada.

EU: Eu vou imprimir essa conversa e colocar embaixo do meu travesseiro.

AURELIA

Último ano, setembro de 2001.

Estou parada na Thompson Street de pijama, com a cabeça erguida para o céu. Uma das Torres Gêmeas foi atingida por um avião. Sua fachada está amassada. A fumaça cinza se espalha pelo lindo céu de setembro.

Aos poucos, todos os carros na rua param. Cabeças espiam pelas janelas. Os motoristas saem de seus carros. Todos estão com os rostos erguidos para o céu, com a boca aberta.

— Ai, meu Deus! — alguém grita.

— O que está acontecendo?

Sou incapaz de responder.

Karla, uma vizinha do meu prédio, está ao meu lado.

— Não posso acreditar.

Ainda estou em choque.

Meu celular toca. É Chad.

— Por que você não está em casa? — ele pergunta.

— Estou na frente do prédio do meu apartamento. Um avião atingiu o World Trade Center.

— Eu sei. Eles estão nos deixando sair. Volte para dentro.

— Mas…

— Não sabemos se foi um acidente ou outra coisa. Faça uma mala. Estou indo te buscar.

Um taxista aumenta o volume de seu rádio.

— Às 8h46min da manhã, um avião se chocou contra a face norte da Torre Norte.

— Isso não pode ser um acidente — sussurra a pessoa ao meu lado.

Na rua acima e abaixo, os vizinhos se aglomeram em torno das portas abertas dos carros, ouvindo rádios. As pessoas aparecem em suas escadas de incêndio. Estamos todos tentando entender o que acabou de acontecer.

Ofegamos em horror.

— Ai, meu Deus. Há outro avião. Isso não pode estar acontecendo.

— A Torre Sul acabou de ser atingida.

— Isso não é um acidente.

— Estamos sendo atacados.

As pessoas estão congeladas. As mãos no peito. Olhos cheios de lágrimas.

— É um ataque — Karla grita, voltando imediatamente para o nosso prédio.

Eu faço o mesmo, subindo as escadas correndo. Logo depois da minha porta, meu vizinho está sentado em frente ao seu próprio apartamento, falando "ai, meu Deus" sem parar.

— Stanley?

Olhos arregalados me fitam. Ele move a cabeça como um louco, balançando a si mesmo.

Então me dou conta: seu parceiro, Clive, trabalha nas Torres.

Sem convite, pego suas chaves e destranco a porta de seu apartamento. Ele é um homem grande e preciso de toda a minha força para ajudá-lo a se levantar do chão.

— Vamos entrar.

Ele está histérico agora, com o corpo todo tremendo, suor e lágrimas escorrendo pelo rosto. Ele anda de um lado para o outro, ainda murmurando:

— Ai, meu Deus, ai, meu Deus... — O telefone toca quando estou pegando um copo de água para ele.

— Clive! — Stanley grita, e o alívio se espalha pelo meu estômago. — Onde você... Não, não vá lá embaixo. Venha para casa, querido. Por favor, venha para casa. Apenas venha para casa.

Ele desliga.

— Graças a Deus.

— Ele está bem?

— Ele está abalado, mas está bem. Ele tinha uma reunião fora do local, então se atrasou para chegar ao escritório e... ai, meu Deus.

— Tenho que ir — falo. — Tenho que ligar para minha mãe.

— Vá, vá. Obrigado.

Corro para o meu apartamento e o telefone de casa toca.

— Estou bem, estou bem — digo à minha mãe.

— Tem certeza de que está bem? Você teve uma infecção bacteriana — minha mãe argumenta. — Como está sua febre?

— Estou bem. Não tenho mais febre. Nada de tosse. Chad está vindo me buscar.

— Isso é bom. Saia do Village e vá para a parte alta da cidade. Mantenha nossas janelas fechadas. Sei que gosta de usar suas novas sapatilhas, mas use tênis. Certifique-se de estar com seus antibióticos e água. Fique com Chad. Caminhe pela parte alta da cidade, não pegue o metrô ou o ônibus. Ligue para mim, mesmo que tenha de deixar uma mensagem no hospital. Preciso saber se você está bem. As ambulâncias estão chegando. Estão trazendo pacientes dos destroços. — A voz da minha mãe treme enquanto ela soluça na outra linha.

Ouço um bipe, indicando que tenho outra chamada.

— Mãe, acho que meu pai está me ligando na outra linha.

— Atenda a ligação dele. Não se esqueça de me ligar. Eu amo você.

— Eu também te amo.

Respiro fundo quando atendo a ligação do meu pai.

— Você está bem? — meu pai pergunta.

— Sim.

— Um avião acabou de atingir o Pentágono. É um ataque terrorista — avisa. — Foi planejado. Pode não acabar. Vá para minha casa. Agora.

— Chad está vindo me buscar.

— Quando for para a cidade, fique longe da Times Square, da Grand Central e de outras grandes atrações turísticas. Você entendeu?

— Sim — respondo, nervosa.

— Falou com sua mãe? Ela está bem?

— Sim, ela está no hospital.

— Não sei quando poderei voltar para casa — meu pai diz. — Ligue para mim assim que chegar à cidade.

— Vou ligar.

— E Aurelia?

— Sim?

— Eu amo você.

Corro de um lado para o outro fechando as janelas. Ainda sinto o cheiro da fumaça das torres em chamas. Ligo a TV e tudo o que consigo fazer é chorar.

A campainha da minha porta toca. Deixo Chad entrar. Ele está pingando suor, cansado e exausto. Com as mãos apoiadas nos joelhos, olha para cima e diz:

— Eu te daria um abraço, mas estou fedendo.

Eu o abraço mesmo assim.

— Obrigada — falo, apesar do enorme nó na garganta. — Obrigada por ter vindo me buscar.

— Como se eu fosse fazer outra coisa.

Ao sairmos do prédio, ambos viramos a cabeça para a esquerda e, em menos de dez segundos, Chad e eu testemunhamos algo que jamais esqueceremos — a poderosa Torre Sul desabando.

Chad segura minha mão com força enquanto subimos para o Upper West Side. Parece que a cidade inteira está chorando.

A ilha toda está de joelhos, chorando.

Cada pessoa, cada prédio, cada elemento de Manhattan está olhando para cima, olhando ao redor, olhando uns para os outros, incapazes de acreditar no que veem.

Estranhos auxiliando outros estranhos com sacolas. Distribuindo água. Ajudando-os a se levantar do chão. Consolando uns aos outros com abraços.

Nós passamos por uma lanchonete.

— Você está com fome? — Chad pergunta.

— Sua mochila está muito pesada?

Mais três quadras.

— Quer descansar por alguns minutos?

Mais cinco quarteirões.

— Você está bem?

Estou bem, mas o mundo nunca mais será o mesmo.

Alguém perdeu sua mãe hoje. Um pai, um filho, uma filha, um cônjuge, um melhor amigo.

Alguém perdeu sua vida.

A vida é curta. A vida é tênue. A vida é incerta. O tempo é precioso. Não tenho nada a perder. Tudo a perder. E se eu perdesse Chad hoje e nunca tivesse a chance de dizer a ele como realmente me sinto?

Todas as dúvidas sobre estar apaixonada por meu melhor amigo foram deixadas de lado.

Quando estivermos sozinhos, finalmente direi as três palavras que venho guardando há anos.

A caminhada até o centro da cidade leva duas horas. Quando entro no apartamento de Chad, deixo cair minha mochila e meus joelhos atingem o chão. Choro um rio de lágrimas. Chad me abraça, sussurrando: "eu sei, eu sei", repetidamente.

Ele funga quando me ajuda a deitar no sofá, colocando um dos travesseiros sob minha cabeça.

— Você está segura, amor — murmura, acariciando meu cabelo. As bolsas sob seus olhos lacrimejantes são proeminentes, seus ombros curvados. Depois de andar cento e vinte quarteirões, ele está mental e fisicamente exausto.

— Obrigada por ter vindo me buscar — repito.

— Estamos juntos. Não sei o que teria feito se estivesse em Londres com minha família.

— Nem eu.

— Eu deveria ligar para meus pais. Já volto.

Fecho os olhos e choro mais um pouco.

— Beba isso — Chad pede, entregando-me um copo de água. — Vou esquentar algumas sobras de comida para nós.

Ainda estou chorando quando ele volta com a lasanha e liga a televisão.

Todos os canais estão noticiando o ataque mais mortal em solo americano desde Pearl Harbor. Tudo está fechado. Estações de metrô. Todas as pontes. Ninguém pode entrar ou sair da cidade. Comemos em silêncio, com nossas mãos livres cerradas o tempo todo. A cada poucas horas, minha mãe se comunica comigo.

— Preciso ficar no hospital — informa. — Centenas de bombeiros e policiais estão chegando. Você vai ficar bem?

— Vou ficar bem — respondo. — Estou com Chad.

— Como está sua febre?

— Passou — replico. — Mãe, estou bem.

— Não se esqueça dos antibióticos.

— Não vou esquecer.

— Muitos não vão conseguir. — Seu sotaque está mais forte e mais pronunciado, um sinal claro de que está chateada.

Várias horas se passam. Não fazemos nada. Não tocamos música. Não lemos. Apenas nos sentamos em frente à televisão, olhando para a tela com descrença, assistindo repetidamente às imagens do ataque desta manhã.

As torres queimando. As torres caindo. Um novo ângulo e, novamente, as torres queimando, as torres caindo. Outro ponto de vista. Mais longe. Mais perto. Do norte. Do sul. De Nova Jersey. De Long Island. Vista do solo. Vista aérea. As torres queimando e caindo.

Centenas de famílias também se desfizeram hoje.

Inclino-me para a frente, sem conseguir entender o que estou vendo. Viro-me para Chad, confusa.

— Ai, meu Deus — Chad fala, a voz trêmula.

Seus olhos estão cheios de pesar. Ele coloca as mãos sobre a boca e o nariz. Acima de seus dedos, seus olhos estão arregalados de medo e tristeza.

— O que eles estão fazendo? — pergunto, incapaz de acreditar no que estou vendo. É uma filmagem gravada há várias horas que Chad e eu estamos assistindo pela primeira vez.

— Eles estão pulando — responde, com a voz abafada. — Cristo. Queimar até a morte ou pular. Estão pulando pelas janelas.

Nós dois estamos chorando muito, segurando um ao outro. Da mesma forma que alguns pularam pela janela, de mãos dadas.

Meu pai liga por volta das nove da noite.

— Não gosto que você fique sozinha com Chad — fala.

— Ele veio me buscar — retruco. — Ele se certificou de que eu estava segura. Você deveria estar agradecido por eu estar segura e não sozinha. — Desligo o telefone.

— Oi. — Chad está atrás de mim, colocando as mãos em volta da minha barriga. — Seu pai está bem?

— Sim e não, mas não me importo.

Ele me abraça com mais força e beija minha bochecha.

— Tome um banho no banheiro da minha mãe.

— Não.

— Por favor.

— Não posso.

— Claro que pode. Minha mãe gostaria que você fizesse isso. Pegue toalhas, géis de banho, use o que precisar. Quero que se sinta em casa — explica, antes de me beijar levemente nos lábios.

Luzes fracas. Gel com aroma de lavanda. A água morna acalma minhas pernas doloridas. Meus músculos relaxam e, por alguns breves minutos, o dia de hoje nunca aconteceu. Fico na enorme banheira mesmo depois que a água esfria, deixando as lágrimas escorrerem pelo meu rosto. Lamento por todos os estranhos que faleceram e cujos entes queridos estão fora de si.

Cada lágrima cai sobre a esponja, saturando-a de tristeza e medo.

Chad bate à porta, dando uma olhada.

— Por favor, posso entrar?

Estou nua, mas isso não importa. Nada importa. A vida importa. O tempo com alguém que amo é importante. O amor é importante.

— Sim.

Este momento é importante.

Chad se senta no piso de ladrilho molhado, colocando a mão dentro da banheira. Ele não me toca, mas sinto o peso de seu coração, que combina com o meu.

Cada gotejamento da torneira imita a batida lenta de nossos corações. Nossas fungadas ecoam no piso de ladrilho. Os sons irregulares dos pequenos respingos quando sua mão se move. Eu me inclino para alcançá-la, entrelaçando-a com a minha.

A janela do banheiro no canto está aberta, mas nada pode ser ouvido. O poderoso motor da cidade de Nova York está em silêncio.

A cidade que sempre vibra com energia perdeu seu ritmo cardíaco esta noite. Seu ritmo diminuiu.

A quietude do cômodo é preenchida pelo som de dois adolescentes em luto por um mundo que perdemos hoje e pelo som de sirenes intermináveis.

Chad observa enquanto escovo os dentes e lavo o rosto.

— Estou toda manchada — comento.

Virando-me, ele pega a toalha de rosto e limpa minhas bochechas.

— Você pode dormir na minha cama hoje. Vou dormir no quarto dos gêmeos.

Balanço a cabeça.

— Não quero ficar sozinha.

— Você nunca estará sozinha. Quando e onde precisar de mim, estarei lá. Você sempre terá a mim.

Então nos deitamos em sua cama, sob as cobertas.

— Tente dormir — pede, enquanto me remexo para tentar ficar confortável.

— Não consigo. Meu corpo está exausto, mas minha mente não se desliga — falo, meu peito apertado.

— Quer conversar? — Chad pergunta, com o corpo virado para mim. — Isso te ajudaria?

Nego com a cabeça.

— Talvez um pouco de música? — Ele se levanta e coloca a caixa de som ao lado da cama. Ao som de *Benedictus*, de Karl Jenkins, finalmente adormeço.

AURELIA

Acordo suando frio, com a mão grande e quente de alguém sobre minha barriga. Dou uma olhada nas luzes piscantes do relógio de cabeceira. Passa um pouco das quatro da manhã.

O leve ronco de Chad é interrompido e ele se mexe ao meu lado.

— Você está bem, amor?

— Não consigo dormir.

— Chegue mais perto. — Ele levanta o braço. — Deixe eu te abraçar.

Eu me aproximo dele, aninhando minha cabeça em seu peito.

— Quer conversar? — pergunta.

— Não.

Momentos. A vida é feita de momentos. Este é um momento que só quero ter com Chad.

Quero que seja agora.

Há meses venho imaginando minha primeira vez com Chad. Seus olhos azuis focados nos meus enquanto ele diz: "eu te amo". Seu leve sotaque inglês cheio de luxúria ao sussurrar palavras de desejo. Pensei em esperar para fazer sexo até meu aniversário de 18 anos. Mas e se hoje for meu último dia na Terra? E se eu nunca tiver a chance de experimentar a intimidade com Chad? Isso é mais do que uma paixão adolescente. O que sinto por ele é o tipo de amor que li nos livros de romance da minha mãe. Um amor que Tolstoi teria escrito.

Levanto a cabeça, vendo seu rosto com a mão.

— Eu quero você.

— Você me tem. — Ele beija meus lábios suavemente. — Estou bem aqui.

— Não, eu quero você por inteiro. Quero fazer aquilo com você.

— Meu Deus, Aurelia — ele diz, grunhindo. — Eu te quero tanto, mas preciso que você tenha certeza. Não quero que o evento de ontem seja a razão pela qual você quer isso agora. Se ontem não tivesse acontecido, se a cidade não parecesse estar chorando, você ainda me desejaria? Não quero que se arrependa.

— Por que eu me arrependeria? Você é o meu melhor amigo. — *Depois de anos de oração, você é meu namorado.*

— E você é a minha. Só quero isso se não houver dúvidas.

— Admito que o que aconteceu ontem me fez pensar em todos que perderam um ente querido ou até mesmo a própria vida. E pensei que, se o amanhã nunca chegar, quero ter me sentido o mais próximo possível de você.

— Eu também quero isso. — Chad passa o dedo indicador para cima e para baixo na lateral do meu corpo antes de colocá-lo no meu quadril. — Eu quero ser seu primeiro. Aquele de quem você se lembrará para sempre.

— Você não precisa ser o meu primeiro para que eu me lembre de você.

Chad fica em silêncio por alguns longos segundos.

— Eu não tenho nenhuma camisinha.

— Estou tomando a pílula.

— Está?

— Sim, há alguns meses.

Ele engole com força e suspira. Sua cabeça se volta para o teto por alguns longos segundos.

— Você é tudo para mim. Quando fizermos isso, não poderemos voltar atrás.

— Eu sei. Não quero esperar mais. A vida é muito curta. Quero que você seja o meu primeiro. Quero isso mais do que tudo.

— Se isso acontecer, você será completamente minha. Eu serei completamente seu.

— Eu já sou sua. E…

— O quê?

— Eu amo você — digo a ele finalmente.

Ele se vira para mim de novo, pega minhas mãos e as coloca em seu peito.

— Você é a primeira garota que eu já amei.

— Você me ama? — Sob as palmas de minhas mãos, sinto seu coração batendo tão rápido quanto o meu.

Sua mão desliza pela minha bochecha e coloca meu cabelo atrás da orelha. Aproximando-se mais, ele pressiona os lábios contra os meus, murmurando:

— Eu amo você, Aurelia. — Outro beijo. — Eu amo você demais.

O próximo beijo traz um desejo inexplorado.

Quero ser completamente sua.

Sua língua desliza ao longo da borda dos meus lábios antes de dançar com a minha, quente e convidativa. Nossos corpos colidem, peito com peito, nossas mãos se movendo. Seus dedos permanecem no elástico da calça do meu pijama por alguns longos e torturantes minutos antes que ele a abaixe. Uso meus pés para tirá-la enquanto ele desabotoa a blusa do meu pijama.

Os lábios de Chad descem até minha mandíbula:

— Meu Deus, você é tudo. — Meu pescoço. — Você cheira tão bem. — Minha clavícula. — Eu quero você há tanto tempo.

Minha blusa está aberta agora, revelando minha pele.

— Você é tão linda — prossegue, tirando-a dos meus ombros. O ar frio endurece meus mamilos e, em seguida, a boca quente e linda de Chad está sobre eles, sua língua fazendo círculos. Ele passa de um para o outro, gemendo. Estou soltando meus próprios ruídos, nunca desejando nada tanto quanto desejo sua boca. Seus lábios depositam beijos suaves nas minhas costelas, na barriga e, finalmente, no ponto coberto pela minha calcinha branca de algodão, onde sua boca se demora.

— Quero fazer oral em você.

Meus olhos se arregalam.

— Eu tenho sonhado com isso.

— Sério?

— Imagino qual seria o seu gosto.

Ai, meu Deus.

Um arrepio me percorre quando sua boca quente respira através da minha calcinha, sua língua percorrendo as dobras das pernas. Minha respiração fica entrecortada. Minhas costas se arqueiam e grito:

— Oh, Deus.

— Por favor — suplica, a boca pairando sobre mim.

— Tudo bem — sussurro. *Quero tudo isso com você.*

— Sim?

— Quero fazer tudo com você. — Meus braços se abrem como as asas de um anjo, mas não há nada de angelical em meus pensamentos. Eles são quentes, sujos, pecaminosos e cada célula do meu corpo está em chamas. Quero a boca dele em mim. Quero senti-lo dentro de mim. Quero que sinta meu gosto. Quero sentir o gosto dele.

Ele desliza da cama e se ajoelha, beijando meu corpo. Primeiro meus tornozelos, depois minhas panturrilhas. Minhas coxas. Meus quadris. Minha barriga. Meus seios. Meu pescoço. Minha boca. Depois, desliza novamente para baixo, puxando minha calcinha pelas pernas. Ele as mantém em seu rosto por um momento, inspirando. Depois, seus lábios depositam beijos delicados na parte interna das minhas coxas, aproximando-se da minha parte mais íntima.

— Você cheira tão bem. — Sua voz está carregada de luxúria.

Eu enrubesço.

Seu rosto está agora contra meu sexo e ele o beija suavemente. Minha excitação aumenta. Meu centro lateja. Sua língua desliza lentamente para dentro de mim e eu me entrego.

Sua cabeça se move em um movimento constante, com gemidos vorazes escapando de sua boca.

— Você tem um gosto doce — ele sussurra. — Preciso ir mais devagar, ou vou gozar... tipo, agora mesmo.

Antes que eu possa responder, ele mergulha de novo. Suas mãos pressionam as laterais dos meus quadris, sua boca e língua por toda parte. Minhas costas se erguem da cama enquanto ofego e me contorço. Levanto-me, apoiada nos cotovelos. Tudo o que vejo é a cabeça de cabelo louro-escuro de Chad entre minhas pernas. Tudo o que ouço é o som dele me lambendo.

Lábios úmidos. Boca aberta. Língua quente. Logo seu dedo está deslizando dentro de mim. Um pouco de dor, que diminui à medida que ele continua a me lamber. Estou sendo erguida. Meu corpo está flutuando em uma cama de nuvens de marshmallow. Meu corpo sacode e minhas pernas não param de tremer.

— Você está bem? — ele sussurra.

— Sim, não pare. — Ofego. — Adoro o que você está fazendo.

Ele enterra o rosto entre minhas coxas. Sua boca se curva sobre meu clitóris e começa a chupá-lo gentilmente. Meu corpo está tão tenso, nervoso demais para se soltar. Seu dedo desliza mais fundo, atingindo um ponto que eu não sabia que existia. *Ai, meu Deus.* Tudo o que ele está fazendo é incrível e me faz desejá-lo ainda mais.

— Chad.

— Hm.

— Estou pronta. Eu... eu quero você dentro de mim.

Ele levanta a cabeça, com o queixo e a boca brilhando com meus fluidos.

— Tem certeza?

— Sim.

Ele se levanta e desliza a parte de baixo do pijama para baixo. Seu pau salta para fora e ele passa a mão para cima e para baixo em seu comprimento longo e grosso.

— Uau.

Rindo levemente, ele coloca um joelho na cama.

— Obrigado.

A luz suave entra pela janela. O tom avermelhado do relógio digital reflete em sua pele. Mesmo com essa luz fraca, vejo Chad em toda a sua glória. Seu pau é rosado, um tom mais escuro do que seus lábios. Veias profundas e escuras correm ao longo das laterais.

— Me toque — pede, com a voz rouca.

Eu me aproximo da beirada da cama e estendo a mão, envolvendo-a em seu membro. Ele é grande e um líquido claro escapa pela abertura na cabeça.

— Nossa, sua mão é tão quente.

Fico olhando para sua masculinidade com admiração. É... longo e grosso. *Você vai ficar dentro de mim.*

Chad fica parado, com o peito arfando e as mãos fechadas ao lado do corpo. O corpo dele é lindo. Seu peito é liso e sem pelos. Os sulcos ao longo de seu abdômen são insanos. Minha mão livre traça os dois vincos em forma de V nos quadris dele.

— Me mostre o que devo fazer? — digo.

— Preciso me sentar ou vou cair. Não consigo pensar direito.

Ele tomba na cama. Minhas mãos o tocam por toda parte.

— Espere — fala, em meio a um suspiro. — Se eu entrar em você agora, vou durar apenas cinco segundos.

— Não me importa quanto tempo você vai durar.

— Confie em mim. Me dê um minuto. — Ele me beija. — Quero que você se lembre disso para sempre. Sabe por quê?

Nego com a cabeça.

— Porque eu te amo, e você é tudo para mim.

Tudo.

Seu beijo é suave. Delicado. E me sinto leve. Seu corpo lindo se move em cima do meu. Equilibrado em seus braços poderosos, ele me encara, seus olhos cheios de emoção que refletem os meus.

Amor.

Ele beija minha testa, bochechas, boca, descendo até a curva do meu pescoço.

— Você está pronta?

— Sim.

Abrindo minhas pernas com as suas, ele pega minha mão e a coloca entre nossos corpos.

— Você guia.

Minha respiração é irregular enquanto o movo contra mim. Estou me atrapalhando. Não sei o que estou fazendo até que sua ponta desliza...

Bem ali, penso.

— Eu te amo — sussurra.

— Eu também te amo. — Minhas mãos se movem por suas costas, minhas unhas se cravam em sua pele.

Ele se move devagar, mas com força. Um impulso que atravessa todo o meu ser e eu grito.

— Você está bem?

— Só me dê um segundo. Por favor, não se mexa.

— Eu vou parar.

— Não, apenas não se mexa. Só estou surpresa.

— Desculpe, amor.

— Estou bem. Só preciso me acostumar com isso.

— Okay — Chad diz, encostando a testa na minha.

Eu expiro.

— Estou pronta. Você pode se mexer um pouco agora. Vá devagar.

Ele começa a se mover lentamente de novo, retirando-se até que apenas a ponta grossa dele toque minha entrada. Sinto-me aberta e vazia, querendo que ele volte para dentro de mim, apesar da dor. Suspiro quando ele empurra de volta para dentro.

— Sua sensação é incrível — diz.

Eu me contorço sob ele.

— Você está bem? — Ele olha para o meu rosto. — Isso está bom?

— Sim.

Isso é mais do que bom. *Mesmo com a leve dor, você parece o paraíso.*

— Quer que eu pare?

— Não pare, apenas continue se movendo devagar assim. Estou me acostumando. — *Quero você dentro de mim pelo resto da vida.*

— Coloque suas pernas em volta de mim. Isso é confortável?

— Não, é melhor assim.

— Você é tão linda. — Sua voz soa como uma oração.

Ele prende um dos meus braços acima da minha cabeça, inclina-se e leva um dos meus mamilos à boca, chupando-o enquanto desliza para dentro e para fora. Devagar e com firmeza. Sinto-me escorregadia; a dor diminui a cada impulso.

Ele cessa seus movimentos. O cômodo está mais claro, com o sol aparecendo por entre as cortinas. Chad está em cima de mim, seus olhos nos meus. Os olhos azuis-marinhos se arregalam. O suor escorre de nossos corpos. O suor dele é mais proeminente e desce pela lateral de sua testa. Instintivamente, eu o alcanço, limpando-o com meu polegar.

— Não acredito que estou dentro de você — sussurra, balançando-nos para frente e para trás.

— Também não acredito que você está dentro de mim.

— Caralho, essa é a melhor sensação de todos os tempos.

Cada centímetro do meu corpo formiga, das pontas dos dedos das mãos até os dedos dos pés. Minhas mãos descem por suas costas escorregadias até seu traseiro, segurando-o, movendo-o para onde eu quero.

— Eu... eu não consigo mais segurar — ele geme.

Meus músculos se contraem, agarrando-o.

— Meu Deus, Aurelia — fala, com um tom gutural, sua cabeça caindo para trás.

Solto um suspiro.

Chad grunhe de novo, impulsionando-se para dentro de mim em movimentos profundos e penetrantes. O líquido quente se derrama em mim antes de ele afundar o rosto em meu pescoço.

Alguns segundos depois, Chad está ao meu lado, ainda respirando com dificuldade. Ele se vira para mim enquanto olho para o teto.

— Você está bem? — Sua voz está cheia de preocupação. — Por favor, me fale que você está bem.

Eu me viro de lado.

— Foi incrível, mas...

— Mas o quê?

— Estou preocupada que não tenha sido tão bom para você.

— Como você pode pensar isso?

— Eu sendo tão inexperiente e todas as outras garotas... — Minha voz esmorece.

— Aurelia. — Ele levanta meu queixo para que fiquemos frente a frente. — Nunca estive com alguém assim antes.

— O que está dizendo? — pergunto.

— Foi minha primeira vez também.

— Foi?

Ele assente e me dá um leve sorriso.

— Mas você já teve tantos encontros — falo.

— Sim, antes de você e eu começarmos a namorar.

— Estou confusa.

— Aurelia, Aurelia, Aurelia. — Sua voz é provocante. — Mas eu nunca me apaixonei… Até você.

— Eu esperei por você — murmuro. — Sempre soube que seria com você.

— Eu também esperei por você — murmura de volta, antes de me beijar gentilmente.

Na quinta-feira à tarde, Chad e eu fomos ao centro da cidade para pegar mais pertences meus. Minha mãe tem ficado no hospital, onde ela é necessária. Papai e Priscilla ainda estão em Buenos Aires e os David estão em Londres. Embora os voos tenham sido retomados, as companhias aéreas internacionais ainda estão proibidas de entrar no país.

As ruas da cidade estão desertas. As escolas estão fechadas. A maioria das empresas também. As bancas de jornal estão vazias. Até mesmo a delicatessen coreana que funciona 24 horas por dia está quieta. Há um constante barulho de sirenes à distância, enquanto o cheiro de combustível de avião paira no ar e nuvens cinza-escuras cobrem a cidade. Pedaços de papel e cinzas flutuam no ar. Cartazes de entes queridos desaparecidos cobrem caixas de correio e postes de luz.

A Thompson Street está inundada por uma luz desconhecida. Antes da manhã de terça-feira, o sol aparecia por trás das Torres Gêmeas. Antes da manhã de terça-feira, elas eram guardiãs que vigiavam a cidade de Nova York.

Agora tudo está diferente.

— Aurelia, você é mais do que minha amiga para sempre. Você é mais do que minha namorada. Você é e sempre será *ela*. A pessoa que eu mais amo. Não importa onde estejamos em nossas vidas, você sempre será *ela*. Nunca se esqueça disso — Chad afirma, com os olhos cheios de promessas. — Eu amo você.

Subimos as escadas e entramos no meu apartamento. Passamos pela pequena cozinha e chegamos ao meu quarto, onde fazemos amor pela segunda vez.

AURELIA

Meu pai e eu estamos almoçando no Caffe Reggio, na MacDougal, depois que ele me buscou na minha sessão com um psicólogo. Meus pais acharam que seria bom para mim conversar com alguém sobre o 11/9. Já se passaram duas semanas desde o ataque, e o mundo ainda parece estranho. Pouco familiar.

Estamos tentando voltar à normalidade, conversando sobre a escola, inscrições para a faculdade e aulas de música quando, do nada, ele pergunta:

— Há algo que eu precise saber?

— O que você quer dizer com isso?

— Chadwick.

— O que tem ele?

— Vocês estão namorando?

— Sim, Chad é meu namorado — respondo, nervosa. — Eu o amo.

— Eu sei que sim. — Ele assente com a cabeça. — Mas você é muito jovem para isso ser sério.

É claro que ele nem sequer está olhando para mim quando expressa essa preocupação. Sigo seu olhar para uma bela mulher em uma mesa vizinha. Trinta e poucos anos, pele cor de oliva, cabelos escuros. Seios grandes. Totalmente o tipo do meu pai.

— Pai.

Ele não responde.

— Pai, eu gostaria de ir embora.

Sua cabeça gira na minha direção. Claro, ir embora chama sua atenção. Quando aceno para o garçom, pedindo a conta, a bela mulher vem em nossa direção.

— Peter? Peter Preston?

Reviro os olhos. Ela deve ser uma ex-aluna da época em que ele lecionava na Eugene Lang.

— Ranu. — Meu pai se levanta. — Você está linda. Esta é minha filha, Aurelia. Por favor, junte-se a nós. — Seus olhos se fixam nos meus. — Estamos prestes a pedir a sobremesa.

Olho feio para meu pai.

Este é o meu tempo com você. Esse tempo é precioso e raro. Tempo pelo qual praticamente imploro, e agora tenho que compartilhá-lo com outra pessoa.

"Ficar emburrada não é atraente", Priscilla sempre diz. É difícil não ficar de mau humor quando toda a atenção do meu pai está voltada para outra pessoa. Alguém que pode ser sua ex-amante, ou possivelmente uma nova amante.

Meu pai, o filantropo introvertido.

"Não é segredo que seu pai me trai", Priscilla disse certa vez. *"Ele nunca vai parar. As mulheres são um vício para ele. Reconheci isso quando nos casamos. Meu pai fez isso com minha mãe, afinal de contas. Chegará um momento em que você não será mais a protagonista da história. Todos os homens traem, Aurelia."*

Ranu é adorável. Seu sorriso é genuíno. Mas ela não é minha mãe. Além disso, ela não é a mulher com quem meu pai é casado. Se Ranu acha que vai ser a próxima Sra. Preston, preciso avisá-la. *Há uma longa fila, senhorita.* Minha mãe esperou anos antes de perceber que meu pai nunca deixaria sua esposa.

— Você foi uma das minhas melhores alunas — meu pai comentou, flertando descaradamente. Sua mão esquerda, com a aliança de casamento, continua tocando a dela. Será que ele não tem respeito? Todos os homens são assim? Totalmente estúpidos quando aparece uma mulher atraente?

Chad não é apenas talentoso, ele é absolutamente lindo. Será que ele vai ser como meu pai? Será que vai me trair como papai traiu sua esposa com minha mãe?

Setembro passa depressa. Chad e eu estamos sempre juntos. Na escola. Ensaios. Treinos. Jantares de sábado à noite com minha mãe. O brunch de domingo com sua família. Não passa um dia sem que eu o veja. No entanto, a dúvida me consome. É uma enxaqueca interminável que aparece do nada. Martelando. Provocando. Inabalável.

Embora estejamos namorando exclusivamente e ele nunca tenha me dado um motivo para duvidar do nosso relacionamento, a cadela ciumenta aparece toda vez que o vejo conversando com uma garota. *Todos os homens traem, Aurelia.*

— Quem é ela? — pergunto.

— Por que você estava com ela?

— Por que não atendeu seu telefone?

Esta tarde, em vez de me encontrar com tio Jay e Joi para um jantar mais cedo, sigo Chad até o ensaio. Fico observando de longe, esperando que ele faça algo errado e prove que eu estava certa, que todos os homens são traidores. Assim como meu pai.

Em vez de acreditar que nosso relacionamento está mais forte porque estamos fazendo amor, vejo o sexo como prova de que Chad está *perdendo* o interesse em mim. Quando meu pai já esteve com uma mulher, ele a descarta como um lenço usado. Ranu, sua ex-aluna, já é história antiga. Eu o ouvi ao telefone com ela, dando as desculpas que já ouvi antes:

"Peço desculpa se você achou que nossos encontros foram mais do que isso. Eu lhe desejo o melhor."

Mamãe me contou muitas vezes como a presença do meu pai a fez perder a determinação em repetidos momentos.

— A esposa dele era minha paciente, e eu sabia que isso era errado. Mas ele era tão charmoso, tão atencioso. E eu me sentia sozinha. *Só mais uma vez*, eu dizia. Ele concordava, talvez uma semana se passasse, e então o caso recomeçava. Isso continuou por um ano e o mais triste é que eu sabia que não era a única. Era errado, mas eu ainda o amava.

Meu pai é um homem adulto. Chad tem apenas dezessete anos.

Não é possível que ele esteja pensando no para sempre.

THE PLAIN DEALER

7 de outubro de 2001.

Chadwick David, de dezessete anos, arrasa na Estrellita, de Manuel Ponce com a Orquestra de Cleveland

DATA: 18 de outubro de 2001
~~PARA: Aurelia0214@aol.com~~
DE: JustChadDavid0214@aol.com
ASSUNTO: Apresentação
Meu avô deu uma passada na minha aula hoje mais cedo. Sem aviso, sem informar. Eu não fazia ideia de que ele estava sentado nos fundos enquanto eu massacrava Paganini.
Depois, ele me aconselhou a não ser arrogante e lembrar que o mundo tem superestrelas mais novas do que eu. Sabe, eu nunca quis ser uma superestrela. Eu não quero fama. Não ligo para o dinheiro. Só quero tocar música da forma que eu quero que ela seja ouvida.
ENFIM, você ligou bem na hora que meu avô estava destruindo minha aula, e é por isso que eu provavelmente soei distante e distraído. Foi difícil conversar enquanto meu avô estava tamborilando os dedos na mesa, o maestro divo agitado por eu aceitar uma ligação estando na companhia dele. Sem dizer que eu estava me sentindo completamente pra baixo.
Mas ouvi que a sua mãe vai a um encontro. Uau, empolgante. Sei o quanto você quer que ela encontre alguém. É com aquele cirurgião? Ele tem chamado ela para sair há alguns anos agora. O encontro é hoje à noite?
Os próximos dias vão ser difíceis para eu sair. Não quero que pense que estou te evitando ou que não quero ficar com você, mas meu avô me deu outra bronca, dizendo que a minha cabeça e o meu coração não estão focados. Ele praticamente falou que estou tocando uma merda, e agora me sinto um merda. Nunca estive tão decepcionado comigo mesmo, e só preciso me concentrar em acertar Paganini.
Eu te amo.

20 de outubro de 2001.

— Desculpe não ter conseguido ir jantar hoje. Prometo te recompensar na semana que vem. Escuta isso: meu pai encontrou uma primeira edição de *Emma* em perfeitas condições. Vai ser um presente para a sua mãe. Te vejo na segunda. Eu te amo.

25 de outubro de 2001.

— Aurelia, você não retornou as minhas ligações. Sei que está chateada, mas você não tem motivo para isso. Eu não estava flertando com Louisa. Eu não faria isso com você. Ela e eu estávamos apenas discutindo sobre a prova de teoria musical. Pensei que você e eu iríamos estudar juntos. Como você foi? Por favor, me ligue. Eu te amo.

DATA: 27 de outubro de 2001
PARA: Aurelia0214@aol.com
DE: JustChadDavid0214@aol.com
ASSUNTO: Você está bem?
Acabei de te deixar em casa, uma hora atrás. Fiquei perguntando se você estava bem e você deu de ombros. O que aconteceu com a minha namorada? Sabe, a garota que nunca teve problema em me contar as coisas? Ou me contar sobre seus problemas?
Eu juro que não tem nada acontecendo entre mim e a Louisa.
Você me conhece. Eu nunca trairia você. Nunca.
Eu te amo.

DATA: 30 de outubro de 2001
PARA: Aurelia0214@aol.com
DE: JustChadDavid0214@aol.com
ASSUNTO: Amanhã
Você está com raiva de mim, e não entendo o porquê. Nós dois temos nossos solos do fim de semestre chegando e precisamos nos concentrar em tocar nosso melhor. Eu te vejo amanhã. Eu te amo.

AURELIA

Novembro de 2001.

Chad e eu sempre passamos as tardes de sexta-feira juntos. Temos três horas entre a escola e sua aula de violino para sair, comer alguma coisa, deitar em Sheep Meadow e ouvir novas músicas ou ler livros.

— Preciso esperar minha mãe na fonte — ele diz hoje.

A Revson Fountain no Lincoln Center é um dos meus lugares favoritos no mundo. Chad e eu nos sentamos em sua borda, cercados por locais onde sonhamos em nos apresentar um dia: o Metropolitan Opera House, o Avery Fisher Hall e o New York State Theater. Turistas tiram fotos da praça, pedestres atravessam a Broadway, bailarinas entram no New York State Theater e outros alunos da LaGuardia correm para deixar a escola para trás.

Chad está excepcionalmente quieto o tempo todo.

— O que há de errado? — pergunto.

— Nada. — Ele olha por cima do meu ombro, com uma expressão ilegível.

Eu me viro e olho por cima do meu ombro.

— O que você está olhando?

— Nada. Estou apenas distraído.

Alguma outra coisa chama sua atenção ou ele não quer admitir algo para mim.

Cada vez mais, Chad está respondendo a mim com "nada", e não consigo deixar de sentir que *algo* está errado. Eu o conheço. Quando você passa tanto tempo com uma pessoa e todos os seus pensamentos são consumidos por estar com ela, ela se torna sua alma. Chadwick David é minha alma. Posso sentir que ele está se afastando.

Ele não segura mais minha mão quando estamos juntos.

Não compartilha mais momentos íntimos de seus dias.

Os telefonemas diários agora são esporádicos, e raramente ouço o antigo entusiasmo em sua voz.

Seu coração sabe quando está prestes a se despedaçar, mas se agarra à esperança, mentindo para si mesmo.

Seu coração também sabe que você é o culpado.

Fui eu quem comecei a me afastar. Fui eu que deixei de confiar nele. *Meu Deus, o que eu fiz?*

— Minha mãe está aqui — Chad fala.

A mãe de Chad atravessa a rua, vestida lindamente em um de seus ternos sob medida. Seu cabelo está preso em um coque e seu rosto está com uma maquiagem simples.

— Olá, amor. — Ela se inclina e beija minha bochecha. — Você está linda. Vai se juntar a nós neste fim de semana?

Balanço a cabeça, negando, sem saber o que ela queria dizer. Chad não mencionou que vai se juntar à sua família ou sequer perguntou se eu queria passar o sábado com ele. Nos últimos anos, sempre que Chad não tem aulas da pré-universidade aos sábados na Juilliard, ele e eu fazemos alguma coisa juntos.

O constrangimento toma conta do rosto da Sra. David quando ela olha para o filho.

— Preciso ir para minha aula e Aurelia precisa ir para casa — explica, ignorando a pergunta.

Aula? Achei que ele e eu íamos sair.

— Certo, então. Por favor, entregue isso ao seu instrutor. — Ela entrega um envelope para ele. — Foi bom te ver, amor. — Ela me abraça com força e sussurra: — Dê um tempo a ele. Você vai ficar bem.

Um longo silêncio se estende enquanto vejo a Sra. David desaparecer.

— Aurelia. — O tom de Chad é tão pouco familiar. Não é nem um pouco afetuoso, oscila como uma nota muito grave, cheia de relutância.

— Sim?

— Não sei como dizer isso.

— Dizer o quê?

— Não podemos continuar.

— Do que você está falando?

— Quero dizer, não podemos namorar agora. Não podemos continuar saindo juntos o tempo todo.

— O quê? Não estou entendendo. Eu... eu pensei... eu pensei que você me amava.

— Eu amo — ele responde para o céu.

— Olhe para mim, Chadwick David. O que quer que você precise dizer, por favor, diga na minha cara.

Ele abaixa a cabeça como se estivesse envergonhado. Quando a levanta, seus olhos claros estão úmidos.

— Não tenho tempo para uma namorada. Preciso me concentrar na minha música e não posso me preocupar em te entreter.

Suas palavras golpeiam meu rosto.

— Me *entreter*? É isso que eu sou para você? Alguém que você se sente obrigado a entreter?

— Não. Me desculpe por ter dito isso dessa forma. Não é isso que quero dizer.

— Você se sentiu obrigado a tirar minha virgindade também?

— Jesus, não — fala. — Olha, somos muito jovens para isso. É o nosso último ano do ensino médio e, com as audições chegando em alguns meses, preciso me concentrar. Só penso em você. Você consome meus pensamentos. — Ouço um longo suspiro. — E não gosto do fato de você questionar meu paradeiro quando tudo o que tenho feito é praticar. Eu me preocupo que você esteja com raiva de mim a maior parte do tempo. E meu jeito de tocar foi por água abaixo. Nunca serei mais do que um bom violinista se não concentrar toda a minha energia na minha música. — Ele fecha os olhos. — Preciso ser o melhor. Quero ser o melhor e não posso ser o melhor se só penso em você. Eu te disse que meu avô falou que toquei mal da última vez que o vi. Eu o decepcionei e... Porra.

— O quê?

— Eu *me* decepcionei.

Pressiono os lábios com força, com medo do inevitável.

— Chad, por favor, não faça isso — peço, finalmente. — Nós podemos resolver isso. Me desculpe por ter te dado um gelo... por estar distante. Só fiquei magoada ao te ver com a Louisa. Eu sinto muito. Não precisamos ficar juntos o tempo todo. Eu também preciso entrar na Juilliard e...

Paro e recupero o fôlego, tentando encontrar as palavras para manter nosso relacionamento. Estou disposta a implorar, porque, quando se ama alguém como eu amo Chad, você abre mão do seu orgulho. Esperei anos para que ele finalmente me amasse e agora ele está terminando comigo.

— Não posso namorar você agora. — Chad está olhando por cima do meu ombro de novo. Dessa vez, é na direção em que Renna foi. Antes, ele estava esperando a chegada da mãe. Sua expressão está cheia de tristeza confusa, querendo seguir sua mãe.

Dê tempo a ele, ela disse. *Você ficará bem.*

Essa não é uma decisão tomada de improviso; ele está pensando sobre isso. Conversando sobre isso com sua mãe, pedindo seu conselho. Fazendo um plano. Praticando um roteiro de término de namoro em vez de Paganini.

A mãe dele sabia antes de mim.

Quem mais sabe? Seu pai? Os irmãos?

Será que sou a última a saber?

Ele teve tempo para pensar em nosso rompimento e nas possíveis consequências de ter partido meu coração.

— Você vai sair com outras garotas? — pergunto, temendo a resposta.

— Não sei.

— O que você quer dizer com não sabe?

— Não sei. Quero dizer que, no momento, não planejo sair com outras garotas. Isso é temporário, certo? Só preciso passar pelos próximos meses e, no verão, poderemos voltar ao ponto de partida.

Essas palavras me atingem em cheio. Minhas mãos voam para o meu estômago. *Temporário?* Ele acha que vou ficar sentada esperando por ele? Como minha mãe, esperando que um homem se comprometa?

Sempre imaginei que o amor era algo que não se podia deixar de lado facilmente. Mas é exatamente isso que ele está fazendo, me tratando como uma partitura exigente que ele tentará tocar mais tarde, quando tiver mais tempo para praticar outras coisas.

Ou como a página desgastada de um livro que ele pegará novamente quando tiver tempo. Talvez. Se eu for a história que ainda o interessa. Ou os capítulos restantes podem ficar indefinidamente na estante, parados para sempre no meio de uma história. Mas eu não sou um livro qualquer. Esta é a *nossa* história.

E eu não sou uma peça musical que ele pode deixar de lado. Esta é a *nossa* sinfonia.

Eu o encaro, desejando não desmoronar. Fui eu quem imaginou que ficaríamos juntos para sempre. Não é sua culpa se ele não sente ou nunca sentiu o mesmo. Se sentisse, não faria isso comigo. Conosco.

Como você dá um tempo de alguém que ama?

— Aurelia?

A poça de lágrimas atrás dos meus olhos se derrama pelo meu rosto. Imediatamente viro a cabeça para o outro lado. Eu o amo tanto e o amor me fez de boba. Eu sabia que ele tinha ambições. Só nunca pensei que Chad *as* escolheria em vez de mim.

Meu Deus, fui tão estúpida.

— Por favor, não chore — pede, apertando meus dedos. Sem perceber que também está esmagando meu coração. — Eu nunca quis te magoar.

Isso é mais do que mágoa. É uma dor excruciante.

Meu peito se aperta. Meus braços pendem, indefesos, o sangue formigante se acumula nas minhas mãos como se eu estivesse carregando uma bagagem sem ter onde colocá-la. Vou cair direto na fonte.

Eu não sabia que algo poderia doer assim. Nenhuma dor de cabeça, nenhuma dor de dente, nenhum músculo dolorido, nenhuma gripe estomacal debilitante jamais pareceu assim.

Por que ninguém me avisou? Por que alguns dos livros, músicas, TV ou filmes não me disseram que seria assim? Que eu me sentiria como se estivesse morrendo lentamente por dentro.

Solto minha mão da dele como se fosse uma panela quente. Pego Pablo e começo a me afastar, mas Chad agarra meu cotovelo.

— Não me *toque*. — Minha garganta se contrai e não saem mais palavras. Minhas lágrimas transbordam e eu as enxugo com a mão.

Vou embora sem dizer uma palavra, sem olhar para trás. Fico impressionada com a rapidez com que me movo, carregando Pablo, com meu coração se despedaçando aos meus pés. Na estação da 66th Street, desço correndo as escadas erradas e acabo no trilho da parte alta da cidade, indo em direção ao Bronx em vez de Wall Street. Preocupada com o fato de Chad ter me seguido, fico do lado errado, tentando me esconder com Pablo atrás de uma coluna de azulejos.

A estação está tranquila para uma tarde de sexta-feira, com apenas alguns passageiros esperando o trem número 1.

— Aurelia?

Olho para cima. Gabriel Barnes está vindo na minha direção.

— Você está bem? — Ele dobra os joelhos levemente e seus olhos verdes procuram os meus.

Não o respondo, me agarrando a Pablo, minha única salvação no momento.

Não, não estou bem. Estou longe de estar bem. Qual é o termo que o tio Jay usa? Yako? Disse que era o oposto de bem. Sim, estou definitivamente yako. Sinceramente, acho que vou morrer disso nos próximos cinco minutos.

O trem está chegando à estação. Gabriel olha para ele e depois de volta para mim.

— Você está indo para a parte alta da cidade? Você não mora no Village?

Não o respondo.

— Venha se sentar. — Ele pega Pablo e me guia até um banco. — Aconteceu alguma coisa? Quer que eu ligue para alguém?

Nego com a cabeça. Preciso da minha mãe. Pegarei o próximo trem e irei para o hospital dela. Preciso do atendimento médico da minha mãe por causa de um coração partido agudo.

Não, não posso fazer isso. Ela vai ficar com o coração partido ao me ver assim.

Finalmente encontrei minha voz. Ela treme quando digo:

— Só estou triste.

— Dá para perceber. Vou só ficar aqui com você. Okay? — Ele não espera que eu responda, mas se acomoda ao meu lado, colocando sua mochila e seu portfólio entre os joelhos.

Nós nos sentamos. Sete trens entram e saem da estação. Entre um trem e outro, os olhos de Gabriel se voltam para mim.

— Não vou embora a menos que você me peça.

— Obrigada por ficar comigo — sussurro. A exaustão inunda meu corpo, envolvendo meus membros. Toda a minha adrenalina deixou meu corpo, substituída por um cansaço total. Chego a bocejar. O que é ridículo. Como posso fazer algo tão comum como bocejar quando minha vida está destruída? — Quero ir para casa.

— Está bem, mas você sabe que está do lado errado, certo?

— Estou?

— Vamos lá. — Ele se levanta e estende a mão. — Eu te levo para casa.

— Não, tudo bem.

— Não tenho planos.

Alguém tão bonito como Gabriel deveria ter planos. Mas eu preciso de um amigo.

— Tudo bem.

Gabriel pega o trem comigo até a 72nd Street, onde trocamos para a plataforma do centro e o trem nº 1 para a Christopher Street. Poderíamos ter descido em Houston, mas eu não estava pronta para ir para casa.

Ele não faz perguntas indiscretas. Em vez disso, conversa sobre arte, seu portfólio e seu bairro perto de Bowery. Ele é muito parecido comigo — quieto, despretensioso e reservado. Toda vez que o vejo na escola, ele está sempre sozinho.

— Estou me inscrevendo na Parsons, RISD e Cooper Union — comenta.

— Qual é a sua primeira opção?

— Definitivamente, a Cooper Union. É gratuita, então não preciso pensar em mensalidades. Além disso, posso morar em casa.

Estamos virando a esquina da Bleecker Street em silêncio quando uma família que mora no meu quarteirão vem em nossa direção.

— Aquela família ali — murmuro. — Sempre parece que saiu do set de filmagem de *Os Monstros*.

— Que diabos? — comenta, olhando para o clã que parece estar vestido para ir pedir doces no Halloween.

— Não é fantasia. Eu juro. Eles ficam assim todo dia.

Depois que eles passam, Gabriel solta uma gargalhada profunda e eu me junto a ele. Minha risada soa estranha para mim e traz um leve toque de tristeza. Como é que a vida continua quando meu coração acaba de ser partido?

Deixando-me em frente ao prédio onde moro, Gabriel fica na minha frente, perguntando gentilmente:

— Então... Você e Chadwick terminaram?

Respiro fundo. Você pode fazer isso, Aurelia. O primeiro passo é sempre o mais difícil. Primeiro dia como ex-namorada de Chad.

— Sim — respondo, antes de respirar novamente. — Ele terminou comigo.

— Chadwick é estúpido.

— É, mas está doendo agora — admito. Estou surpresa que a torneira não tenha se aberto.

— Sinto muito por ele ter partido seu coração.

Observo Gabriel se afastar e murmuro para mim mesma:

— Eu também sinto muito.

DATA: 2 de novembro de 2001
PARA: AureliaP0214@aol.com
DE: JustChadDavid0214@aol.com
ASSUNTO: VERDADE
Eu fui para o centro da cidade e te esperei na frente da sua casa por mais de uma hora. Liguei para o seu celular e o telefone de casa, mas você não atendeu.

A última coisa que quero fazer é te magoar. As últimas semanas têm sido desgastantes. Você não confia em mim. Não tenho nada além de ensaios e aulas, e ainda assim você acha que estou mentindo sobre onde estou.
Eu não sou o seu pai. Eu nunca te trairia. Acho que só precisamos de um tempinho para nos concentrarmos na nossa música. Sei que você acha difícil de acreditar, mas eu te amo. Sempre vou amar.

AURELIA

Eu amei a LaGuardia desde que assisti ao filme icônico de Alan Parker. O programa de TV sempre foi um dos favoritos na minha casa. Quando me apresentava às pessoas, tio Jay sempre dizia com orgulho: "Aurelia estuda na Escola Fama". Frequentá-la é um sonho se tornando realidade. É um lugar onde meus colegas e eu podemos nos expressar por meio da nossa arte. É um lugar onde conheci crianças como eu, crianças que eram invisíveis durante o ensino fundamental e médio.

Estou do outro lado da rua, em frente ao lugar que considero um segundo lar, e tudo o que quero fazer é fugir.

Meu estômago se revira e se aperta, porque voltar para a escola no fim de semana depois de um término e ter de ver o ex é o PIOR.

Chad está lá, perambulando pelos corredores, com o violino na mão. Cada canto e recanto da escola me fará me lembrar dele. Desde o Little Flower Theatre, onde nos conhecemos para uma audição, até a escada rolante onde ele me disse: "você é a garota mais bonita que já vi".

A dor no meu coração é como uma frase de uma música da Aretha Franklin; uma garota patética que fica sentada em vão esperando que o namorado acorde e volte para ela.

Que se dane a espera.

Eu me viro e, pela primeira vez na minha vida, falto à escola.

Três semanas após o término do namoro, estou curvada em uma mesa no refeitório do quinto andar da escola, mal comendo meu sanduíche de peru e queijo. Tem sido difícil manter qualquer coisa no estômago desde *o* rompimento.

Estou melhorando em dizer. Chad e eu terminamos. Oi, eu sou Aurelia, e Chad e eu terminamos.

Mesmo quando o vejo na aula e durante os ensaios, lembro-me de que Chad não é mais meu namorado.

Na mesa atrás da minha, a conversa está repleta de planos e conversas sobre compras. Muitos dos meus colegas músicos estão fazendo testes na Juilliard ou na Mannes School of Music. Alguns rezam para que a Berklee College of Music os aceite. O Curtis In titute, a Eastman School of Music, a Indiana University e a Colburn também são mencionadas.

Lara Shelfield, uma colega violoncelista, diz que está se candidatando à Oberlin.

— É em Ohio — ela diz. — Meu namorado já está lá me esperando.

Sorte de Lara, que tem um futuro e um namorado esperando por ela. Eu queria que alguém estivesse me esperando em algum lugar. Sempre achei que seria Chad.

Não saímos juntos desde o dia na fonte. Desde que Chad partiu meu coração.

— Você ouviu falar de Margaux e Chadwick? — Lara comenta, olhando em volta.

Os pelos do meu pescoço se arrepiam. Estou sentada na minha cadeira, com o capuz levantado. Graças a Deus, a mesa ao meu lado não percebe a garota desesperada para gritar: *o que sobre meu ex-namorado e a Margaux?*

Não me importo com fofocas. Na verdade, eu as odeio. Mas a simples menção do nome de Chad chama minha atenção. E só existe uma Margaux — Margaux Lord, aluna de teatro e que já participou de três filmes. Ela é linda. É uma garota propaganda da Guess. Como eu poderia competir com ela?

Tenho que terminar a lição de casa, mas meus pés permanecem plantados no chão. Minha bunda está imóvel. Minha cabeça se vira ligeiramente, tentando ao máximo ser discreta.

— O que têm eles? — uma garota pergunta. — O que aconteceu?

Ela está morrendo de vontade de saber, porque não tem mais nada acontecendo em sua vida. Eu preciso saber porque, até algumas semanas atrás, Chad era meu. Minha cabeça sabe que acabou. Mas meu coração? Ele ainda se apega a ele. Ele tem esperança. Ele pula. Ele bate. Esse meu coração é estúpido.

Lara se inclina para a frente, e todos as outras a seguem, como velhas mulheres em Chinatown fofocando em um jogo de *mahjong*. Seus grandes olhos castanhos estão cheios de vida e entusiasmo.

— Eles transaram.

Acredito que foi isso que ela disse.

Eles transaram.

Eles fizeram sexo.

Estou surpresa por não ter vomitado.

Eles transaram.

Chad disse que não podia ter um relacionamento porque precisava se concentrar em sua música.

Ele mentiu para mim?

Ele disse que não sabia se sairia com outras garotas.

Eu queria ser tudo para ele, mas eu estava certa o tempo todo. Ele era como meu pai, fazendo promessas que não podia cumprir.

Eu não era suficiente para ele.

Acho que nunca conheci realmente o garoto por quem me apaixonei.

A bile rasteja em meus ossos, em minhas veias. Pego meus pertences, deixando meu sanduíche intocado sobre a mesa. Saio correndo do refeitório e mal chego ao banheiro antes de vomitar. Pelo menos não tenho muito o que vomitar, já que não faço uma refeição completa há semanas.

Descontrolada, me encolho em um canto do banheiro. Em lágrimas.

Como Chad pôde fazer isso comigo?

Ele não fez isso comigo. Eu nem sequer estava em seu radar quando ele decidiu sair com Margaux. Ele obviamente não pensou em como isso poderia me prejudicar. Não pensou em mim de forma alguma.

Choro tanto que as lágrimas escorrem do meu queixo, fazendo uma mancha molhada na minha camiseta. Não sei quanto tempo se passou quando ouço o sino do quinto período, o que me faz levantar e jogar água fria no rosto.

Estou uma bagunça. Olhos vermelhos. Pele manchada. Rosto inchado. Não me importo.

Inspire e expire.

Você vai ficar bem.

Chad partiu meu coração, mas não permitirei que ele afaste meus sonhos.

O sino toca de novo, interrompendo minha conversa interna de incentivo. Preciso ir para a aula.

Ao abrir a porta do banheiro, dou de cara com Gabriel.

— Eu vi você entrar correndo no banheiro — revela. — Você está bem?

— Sim — minto.

— Ei, eu… eu ouvi o boato sobre Chad e Margaux. Sinto muito.

Com seus olhos verdes cheios de terna compaixão, ele pega minha mochila e nos dirigimos para a escada.

— Lara é uma fofoqueira — fala. — Ela adora inventar coisas. Ela tem o mesmo namorado inexistente desde o primeiro ano.

Assinto, grata por estarmos indo para a aula de inglês juntos, mas cheia de medo porque meu inevitável ex-namorado está na mesma classe. Quando entramos, Chad já está sentado. Seus olhos se estreitam ao ver a mão de Gabriel no meu ombro.

Como você pôde fazer isso com a Margaux?, tenho vontade de gritar. *Tem algum problema com o fato de alguém me ajudar? Vai me impedir de sair com alguém de novo?*

Eu me sento, com raiva. Com o coração partido. Eu adoraria gritar com Chad, não apenas por quebrar sua promessa, mas por partir meu coração.

Gabriel e eu ocupamos os dois últimos assentos na primeira fila. A Sra. Oders está na lousa, escrevendo o currículo.

— Na próxima semana, leremos *Dom Quixote*, de Cervantes.

Argh, uma história sobre amor não correspondido e a loucura que ele provoca.

Sussurro baixinho “isso é um saco”, antes de pegar meu caderno.

Escrevo na margem:

O amor é uma droga

Gabriel se inclina e escreve embaixo:

Com a pessoa errada.

AURELIA

Todas as manhãs, desde o término, minha mãe tem que me forçar a levantar e tomar banho. Ela fica literalmente ao lado do minúsculo chuveiro, certificando-se de que eu me lave adequadamente e não fique sentada sob a água corrente.

Todas as noites, ela se senta ao lado da minha cama até que eu adormeça.

Minha mãe conhece a dor de um coração ferido. Ela vive isso diariamente. À medida em que os dias passam e eu ainda não me recuperei desse coração partido, ela sabe que não tenho sido totalmente honesta com ela.

— Você e o Chad fizeram sexo? — ela finalmente pergunta.

— Sim — sussurro.

Ela passa as mãos suavemente pelo meu cabelo emaranhado, acariciando-o como costumava fazer quando eu era uma garotinha.

— Está desapontada comigo?

— Oh, Aurelia, claro que não.

— Ele era mais do que meu namorado, ele era meu melhor amigo. Meu único amigo.

— Eu sei, meu amor, mas você tem um futuro tão brilhante pela frente. Um dia, você olhará para trás e pensará que essa foi sua primeira desilusão amorosa. Prometo que isso vai melhorar com o tempo.

— Dói tanto — falo. Os soluços se acumulam em meu peito e não consigo mais segurá-los. — Quero que essa dor vá embora. Por que ele acha que sou como uma peça que ele pode simplesmente parar de tocar?

— Duvido que Chad se sinta assim. Ele te ama, mas vocês dois são tão jovens para levar isso tão a sério. Há muita pressão de ambos os lados e vocês não podem continuar assim. Você precisa se concentrar na sua música, no seu futuro, mesmo que isso signifique deixá-lo.

— Eu sei, mas... Você ainda não esqueceu o papai.

Eu me arrependo imediatamente. Seus olhos claros cor de café se enchem de angústia, profundos e incisivos, fazendo com que meu coração partido pareça insignificante. O silêncio é pesado quando sua cabeça se inclina e seus braços se afrouxam.

— Estou tentando todos os dias esquecer o seu pai — revela, com a voz trêmula de tristeza. — Acredite ou não, estou chegando lá aos poucos. Levei anos para perceber que não podemos pedir a alguém que nos ame quando ele não quer.

Ela beija minha testa e sai do meu quarto. A porta de seu próprio quarto se fecha suavemente.

O som muito familiar do choro da minha mãe enche nosso apartamento.

Ligando o abajur da cabeceira, levanto-me da cama e fico em frente ao espelho. Pela primeira vez desde que Chad e eu terminamos, vejo meu reflexo. A verdade me encara de frente e se infiltra por baixo da porta da minha mãe. A dor que Chad me causou não é nada comparada à dor que estou infligindo à minha mãe por nem sequer tentar esquecê-lo. Meu colapso mental está destruindo minha mãe.

Preciso seguir em frente.

Se não posso fazer isso por mim, preciso fazer isso pela minha mãe.

Uma das piores coisas de namorar no ensino médio é a lembrança constante do seu ex. Quando ele sai com alguém novo, está bem na sua cara. Você pode vê-los saindo da escola juntos e passando notas um para o outro na teoria musical. Você tem um lugar na primeira fila para ver como ele sorri quando ela passa, mais bonita do que no dia anterior.

Jamie Lewis. Aquela violista linda. Quem ela pensa que é? Sempre sorrindo.

Merda, estou tocando esse compasso incorretamente. Pare de pensar em Jamie e Chad. Margaux e Chad. Pare de pensar no Chad. Ponto final.

— Pare de tocar como um peixe morto! — a Sra. Strayer grita, interrompendo minha lamentação. — Mostre-me o fogo. Quero ouvir a paixão nessa música. Alguém morreu. Quero ouvir a dor. O sofrimento. Você deve ao Walton tocar isso com dor no coração.

Não tenho nada em mim além de dor; é a única coisa que carrego nas últimas semanas.

— Sra. Preston — nossa formidável regente chama. — Esqueceu-se de como tocar seu violoncelo?

Oh, Deus, todos estão olhando para mim, a garota com a cobiçada vaga de violoncelista principal da Orquestra Oito.

A Sra. Strayer sempre escolhe o repertório apropriado para seus alunos. *Passacaglia* não é nada desafiador de tocar. Só não consigo tocá-la hoje. Passei a noite passada praticando a passagem que apresenta a seção de violoncelo e não consigo tocá-la. Meu braço do arco está doendo; até meus dedos doloridos parecem que vão sangrar.

Chad se senta à minha frente e move a boca:

— Toque, Aurelia.

A vida seria muito mais fácil se eu o odiasse. Mas não odeio. Não é culpa dele que eu estivesse vivendo em La La Land, imaginando que seu amor por mim fosse muito maior.

— Vamos lá, Srta. Preston. Gostaríamos de ouvir essa peça ser executada pelo menos uma vez hoje. — Ela olha para o relógio, batendo o pé bom no pódio.

Ou eu executo essa peça com perfeição ou perderei minha vaga. As bolsas de estudo para as quais estou me candidatando dependem de ser a primeira cadeira.

Recomponha-se. Não há tempo para mágoas. Não há espaço para erros.

Se não pode fazer isso por você, faça pela mamãe.

Mas meu coração. Ele está partido. Destruído. E não tenho mais música em mim.

Completamente fraca, mal consigo erguer meu arco.

— Srta. Preston, troque de lugar com o Sr. Chang.

Meu corpo treme quando me levanto do meu assento. Estou surpresa por não ter deixado Pablo cair. Demora uma eternidade para passar da primeira cadeira para a segunda, trocando de lugar com Jim Chang. Ele é um veterano. Não tenho dúvidas de que será aceito tanto na Juilliard quanto na Mannes. Quando passamos, ele parece preocupado porque tenho esse assento há mais de um ano e, como tudo em minha vida, eu o perdi.

Digo baixinho:

— Jim, está tudo bem.

Mas não está. Está longe disso. *Não é nem mesmo yako.*

Eu me acomodo na segunda cadeira, segurando as lágrimas, com os lábios apertados, desesperada para passar por aquela que já foi minha aula favorita.

Se a Sra. Strayer percebe as lágrimas, não diz nada. Ela se comporta profissionalmente e sem restrições. Tranquila, composta e completamente imperturbável, apesar de estarmos executando uma das mais belas peças de Sir William Walton. Os primeiros compassos da suíte são conduzidos pela minha seção. Mal consigo me recompor, quanto mais liderar meus colegas violoncelistas. Durante o restante do ensaio, sinto os olhos de Chad em mim. A conexão entre nós permanece. É inquebrável.

Ele sabe que sinto sua falta. Sinto falta de nós.

Graças a Deus, a Orquestra Oito é minha última aula do dia. É sexta-feira, então posso arrumar minhas coisas e ir direto para casa. Olho para o relógio da sala. Mais quinze minutos torturantes. Meus dedos continuam a pressionar as cordas com muita força; estou surpresa por não estarem sangrando. Toco como me sinto. Chorando a morte de algo que eu amava.

O sino do último período toca.

Meu estômago está em nós, com a bile borbulhando.

— Você está bem? — Jim pergunta, recuando em seu assento.

— É, estou passando um pouco mal. Talvez seja só a comida ruim do refeitório — minto.

— Descanse um pouco neste fim de semana, pois você terá seu assento de volta na próxima. Estou apenas mantendo-o aquecido para você — avisa, de forma provocativa. — Tenha um ótimo fim de semana.

Eu assinto.

— Obrigada, você também.

Enquanto arrumo Pablo, Chad se aproxima.

— Aurelia, podemos conversar, por favor?

Sua voz está cheia de preocupação genuína. O que torna impossível esquecê-lo. Por que ele tem que se preocupar? Por que ele não pode simplesmente me deixar em paz?

— Não posso agora — respondo. — Tenho que ir.

Tenho um encontro importante com meu travesseiro. Ele está esperando que eu o encha de lágrimas. Não posso me atrasar.

— Um minuto, por favor?

Eu ia te dar uma vida inteira.

Meus dedos desejam tocar seu rosto. Meus lábios anseiam por pressionar os dele, mesmo que seja apenas por um segundo. Ao mesmo tempo, quero gritar. Quero empurrá-lo. Quero dar um tapa em seu rosto. Quero despedaçá-lo. Quero que ele se machuque. Quero que sinta minha dor.

Quero gritar com ele por sair com uma garota que não sou eu. Por dormir com uma garota que nunca o amará como eu.

Desespero é uma palavra tão feia, mas estou *desesperada* para fazer com que ele me ame. Quero ser a garota dele novamente.

Chad vira ligeiramente a cabeça, revelando um vergão roxo e vermelho no lado direito do pescoço.

Eu ofego.

— Isso… Isso é um chupão? — Sinto que vou passar mal.

Ele murmura algo vago ao tocar o pescoço, tentando levantar o capuz do moletom.

— Não é nada.

— *Algo* chupou seu pescoço com força suficiente para deixá-lo roxo. Essa coisa era a boca de Jamie?

— Não! De qualquer forma, isso não significa nada.

— Bem, significa *algo* para mim.

— Foi um erro estúpido.

— Como terminar comigo?

Sinto uma pontada de humilhação quando Chad não responde.

É difícil encarar a verdade quando ainda estou tão apaixonada por ele.

— Tenho que ir — digo, com a voz trêmula. *Você esteve com outra pessoa…*

— Me deixe apenas pegar minhas coisas. — Ele enfia as mãos nos bolsos. — Por favor… por favor, não vá embora.

E como a tola apaixonada que sou, não vou. Eu espero. Porque quero ouvi-lo dizer: eu quero você de volta.

Com sua velha mochila preta no ombro, ele não se parece mais com Chad David, a criança prodígio, mas com o garoto que partiu meu coração.

Fico olhando para baixo, meus olhos fixos em sua mão esquerda segurando o estojo do violino coberto de adesivos.

Essa mão costumava segurar a minha. Semanas atrás, essa mão percorreu cada centímetro do meu corpo.

Seus dedos longos afastam o cabelo de sua testa. Eles costumavam acariciar meu rosto, minhas bochechas, meus seios.

Sua língua desliza pelos lábios que costumavam beijar meu ombro, meu pescoço, minha mandíbula, minha boca.

— Chaaaadwick. — Ouço ao fundo.

Jamie e seu sorriso enorme caminham em nossa direção.

— Oi, Aurelia. — Ela está sorrindo para mim com aquele sorriso perfeito. — Vamos, Chadwick. Temos que ir.

Eles têm? Eles têm planos? Eles estão namorando de verdade?

O que aconteceu com a Margaux? Ou a vampira que chupou seu pescoço? Você está em uma onda de namoros?

— Jamie, eu te encontro no saguão — Chad fala, frustrado. Seus olhos não se desviam dos meus.

— Tenho que ir — digo a ele.

Jamie se senta a algumas cadeiras de distância, ainda esperando.

— Preciso falar com Aurelia, sozinho — ele se dirige à Jamie.

Ela assente, oferecendo o que parece ser um sorriso de desculpas, e sai.

— Vá e fique com sua nova namorada — afirmo, segurando minha caixa de violoncelo para me apoiar.

— Não é o que você está pensando. Eu te disse que, se não estou namorando você, não vou namorar ninguém.

— É óbvio que você mentiu. Essa marca nojenta no seu pescoço não apareceu por conta própria.

— Foi um erro estúpido. Jamie e eu estamos apenas ensaiando.

— Não me importo. Por favor. Por favor, vá embora. — Engulo o ar sufocante. — Eu soube da Margaux. Você estava ajudando Margaux com suas falas na cama?

— Aurelia, olhe para mim.

Eu o encaro e rezo, *por favor, não me deixe fazer algo precipitado como dar um tapa na cara dele.*

— Eu não saí com Margaux, eu juro. Só beijei uma garota desde que terminamos e foi uma estupidez.

— Não precisa se explicar. Assim como se eu tivesse beijado outro cara, não precisaria me explicar.

— Você beijou outra pessoa? — A cabeça dele se inclina para trás. — Você beijou o Gabriel?

Levanto o queixo.

— Não é da sua conta.

— Você tem razão, não é da minha conta. Mas isso não me impede de ficar com ciúmes.

Um momento de silêncio se prolonga, e as palavras ficam presas na minha garganta.

Chad está se remexendo, preso a essa esfera de cinco centímetros ao redor de seu corpo, sem ousar cruzar o limite.

Você quer cruzá-lo?

Sente falta de me tocar?

— Preciso saber se você está bem — ele diz, sem ultrapassar o limite. Sem me tocar. — Estou preocupado com você. Você tem tocado...

— Muito mal — completo. — Eu sei. Agora, por favor, me deixe em paz. Está tudo acabado entre nós.

— Mas ainda somos amigos.

— Então, como amigos, preciso que você me deixe em paz.

— Você não parece estar bem. — Odeio a voz preocupada dele.

— Desculpe dizer isso, mas é assim... — Aponto para o meu rosto manchado. — É assim que um coração partido se parece.

— Sinto muito, Aurelia.

— Eu também. Mas vou ficar bem, Chad — garanto, tentando disfarçar a dor interminável em meu peito. — Preciso que você vá embora.

Resignado, Chad abaixa a cabeça e sai com seu violino. Sozinha na sala da orquestra, eu me ajoelho em uma cadeira e enterro a cabeça entre as mãos, derrotada.

Só porque sou jovem, não significa que não sinta o peso e a angústia de um coração partido. O desgosto não exclui a juventude. Eu me tornei a garota-propaganda do desgosto.

O poço está vazio, exceto pela garota cuja dor parece crescer.

Como é possível sofrer por alguém cujo coração ainda bate?

Como é possível que meu coração mal esteja batendo?

Gostaria de ter sabido que se apaixonar pode levar a um desmoronamento. Gostaria que Chad agisse como um idiota.

Mas ele insiste em continuarmos como melhores amigos, sem perceber que nosso status de "amigos" está me destruindo. Rejeito seus telefonemas por medo de me transformar em uma bagunça chorosa ao falar. Recuso-me a ser a ex-namorada patética, embora todos os sinais apontem para essa descrição.

Então, ele manda e-mails para saber como estou.

> Como você está? Não estamos mais namorando, mas isso não significa que eu tenha deixado de me importar. Sempre seremos melhores amigos.

Esta manhã, na história da música, o Sr. Gardner disse que Gustav Mahler começou a declinar quando sua esposa, Alma, teve um caso. Mahler escreveu sua décima sinfonia durante o período em que perdeu a cabeça e nunca a terminou.

Será que estou perdendo a cabeça?

Isso vai passar, digo a mim mesma muitas vezes durante o dia. A depressão substituiu meu melhor amigo. Tudo é tão sombrio, até mesmo o futuro. Não sei como vou superar os próximos seis meses e, pela primeira vez, cogito a ideia de frequentar uma escola de música diferente.

Posso me aventurar em uma cidade diferente, fazer novos amigos e até namorar alguém que não seja Chad. Sim, eu posso fazer isso.

É vê-lo perambulando pelos corredores, tocando seu violino lindamente na orquestra, na aula de inglês lendo trechos de *Ao Farol*, de Virginia Woolf. Todas essas coisas continuam a me destruir.

Eu poderia superá-lo. Poderia me concentrar na minha música... se não tivesse que vê-lo todos os dias. Essa era toda a premissa do término, certo? Tirar um tempo para nos concentrarmos em nossa música. Estou apenas dando um passo adiante. Não preciso de tempo; preciso de *distância*.

Meu coração dolorido se agarra à ideia.

Recuso-me a esperar por ele. Sim. Vamos fazer isso, por favor. Não precisamos ficar aqui, torturados. Vamos embora. Vamos dar o fora daqui. Ir para um lugar novo e começar outra vez. Há opções. Só preciso aprender quais são elas. Levante-se. Vá embora. Faça alguma coisa. Agora mesmo.

Talvez eu possa passar meu último ano do ensino médio em outra escola?

Meu coração afunda na piscina do desespero. Porque, a quem estou enganando? Não posso abandonar meu último semestre. Mas... posso ir para um instituto longe daqui. Longe de Chad.

Só mais seis meses para suportar... Esqueça Juilliard. Esqueça Mannes. Esqueça a Manhattan School of Music.

Esqueça Chad. Esqueça nosso pacto.

Pego meus pertences e vou para o escritório do diretor musical. Bato na porta entreaberta e o Sr. Koser se levanta de sua mesa desordenada.

— Aurelia, o que a traz aqui?

— Preciso do seu conselho.

— Claro, entre. — Ele tira uma montanha de livros em uma cadeira. — Venha se sentar. O que está pensando?

Pigarreio.

— Gostaria de fazer um teste para conservatórios de música fora de Nova York.

DATA: 29 de novembro de 2001
PARA: AureliaP0214@aol.com
DE: JustChadDavid0214@aol.com
ASSUNTO:
Você chorou durante a orquestra. Eu queria ficar e te reconfortar. Eu não queria te deixar. Cometi a porra de um erro quando saí com outra garota. Nós não fizemos sexo. Me desculpe.

DATA: 29 de novembro de 2001
PARA: JustChadDavid0214@aol.com
DE: AureliaP0214@aol.com
ASSUNTO: Re:
Eu não me importo.

DATA: 30 de novembro de 2001
PARA: AureliaP0214@aol.com
DE: JustChadDavid0214@aol.com
ASSUNTO: Amigos
Não estamos mais namorando, mas você ainda é minha melhor amiga. Estou preocupado com você. Você tem ficado em silêncio na aula de teoria musical. Não reservou nenhuma das salas de música. Sempre vou me importar com você.

DATA: 1 de dezembro de 2001
PARA: AureliaP0214@aol.com
DE: JustChadDavid0214@aol.com
ASSUNTO: Coldplay
Minha mãe conseguiu ingressos para ver o Coldplay na Irving Place esse sábado. Ela os conseguiu para nós. Eu sei o quanto você ama Coldplay.

DATA: 1 de dezembro de 2001
PARA: JustChadDavid0214@aol.com
DE: AureliaP0214@aol.com
ASSUNTO: Re: Coldplay
Não, obrigada.

— *É a Aurelia. Por favor, deixe sua mensagem.* — *Bip.*

— Oi. Humm... Eu realmente quero ver o Coldplay com você. Só você. Eu... humm... sei que está estranho entre nós... é claro que está. Sei que você disse "não". Mas eu gostaria que você reconsiderasse. Por favor. Okay. Boa noite... eu te amo.

DATA: 2 de dezembro de 2001
PARA: JustChadDavid0214@aol.com
DE: AureliaP0214@aol.com
ASSUNTO: Re: Re: Coldplay
Preciso que você pare de encher meu celular. Okay, eu vou. Por favor, agradeça a sua mãe por mim.

4 de dezembro de 2001.

— Oi, é o Chad. Você provavelmente está dormindo. Obrigado por ter vindo hoje à noite. Sei que foi difícil... estranho. Depois do show, eu perguntei se você sentia nossa falta. Que pergunta ridícula. Eu sinto sua falta. Sinto falta de nós. Vamos passar pelas audições. Okay? Boa noite.

AURELIA

Dezembro de 2001.

Gretchen Biczowski é uma das alunas de balé mais populares da escola e uma das maiores vadias ricas que conheço. Ela adora uma professora substituta que tenta soletrar seu nome ao registrar a presença. Todos sabem que não devem dar uma mãozinha. Eles ficam sentados em silêncio, abafando o riso, até que Gretchen suspira docemente e diz: "Não se estresse, querida, apenas me chame de *Bitch*".

Bitch está sempre elegantemente vestida e carregando uma bolsa de marca. Prada. Louis Vuitton. Gucci. Todos os seus pertences são descartáveis. Certa vez, eu a vi jogar fora uma mochila muito boa porque não estava mais na moda.

Hoje, ela vem caminhando pelo corredor, com o andar gracioso de uma bailarina treinada, os pés virados para fora. Não está usando a blusa de sempre e calças de moletom enroladas, mas jeans de grife e um suéter de cashmere justo. Ela também está sozinha, o que é estranho. Normalmente, sua comitiva a segue. Seu cabelo loiro está solto em vez de preso em um coque apertado como de costume. Sua maquiagem está impecável, com as pálpebras cobertas com uma espessa sombra verde. Seu blush tem o tom perfeito de rosa. Seu batom permanece no lugar.

Ela estoura uma bolha de chiclete alto ao passar pelo meu armário e, em seguida, volta a se aproximar de mim.

— Vou fazer uma pequena reunião amanhã à noite — comenta. — Você deveria vir.

Olho em volta, imaginando se ela está falando com outra pessoa. Em três anos e meio de ensino médio, Gretchen nunca disse uma palavra para mim.

Ela enfia a mão em sua grande bolsa Louis Vuitton e tira um convite.

— Você deveria vir mesmo. Vai ser in-crí-vel.

Quando ela se afasta novamente, olho para o papel grosso e noto o endereço: Twenty West 64th Street. One Lincoln Plaza.

Ela mora alguns andares abaixo do apartamento de Chad.

Contemplei o convite durante toda a viagem de metrô para casa. Estou no último ano do ensino médio e nunca fui a uma festa na casa de ninguém. Os fins de semana eram sempre com Chad. Assistir a um show ou filme, ensaiar, passear por museus e livrarias. Ou simplesmente não fazer nada além de passar tempo juntos.

No momento em que estou colocando a chave na porta do meu apartamento, decidi, *que se dane*, vou sair desse marasmo. Tenho apenas dezessete anos e nunca fui a uma festa de colégio. Posso estar com o coração partido, mas não estou morta.

Eu vou.

O apartamento está silencioso e solitário. Antigamente, assim que eu chegava em casa, Chad e eu falávamos ao telefone. Agora tenho de ocupar meu tempo de outra forma e gostaria de ter companhia. Minha mãe só sai do trabalho daqui a algumas horas. Tio Jay está trabalhando em tempo integral em uma pequena empresa de tecnologia. Joi provavelmente está na escola, preparando a carga horária para seus alunos da quinta série.

E minha madrasta?

Priscilla provavelmente colocaria algum juízo na minha cabeça. Eu poderia pegar o trem de volta e ir para o Upper West Side, mas não quero que meu pai me veja assim. Ele não entenderia meu coração partido e poderia dizer palavras imperdoáveis.

Dou uma olhada no relógio da cozinha. Ainda não são cinco horas. Meu pai provavelmente está em seu escritório, e Priscilla pode estar sóbria. Dane-se.

— Casa Preston, Miranda falando — a senhora na linha responde.

— Oi, Miranda, é a Aurelia. Priscilla está disponível?

— Prepare-se. Ela está reclamando o dia todo. Espere um pouco, ela está na outra sala.

Alguns minutos se passam e Priscilla está na linha.

— Aurelia, pensei que alguém tivesse te sequestrado. Há quanto tempo você não passa a noite aqui, duas semanas?

— Me desculpe. A escola tem sido cansativa. E...

— E o quê?

— Chad terminou comigo.

— Você não foi a um show com ele no fim de semana passado?

— Sim, mas como amigos.

Silêncio na linha enquanto me lembro de como meu coração doía ao ver Chad assistir ao Coldplay. Como a dor aumentou quando Chris Martin cantou *Yellow*. Como a dor me acompanha até a escola. Para a cama.

— Quando vocês terminaram?

— 2 de novembro. — Esse dia está gravado na minha memória como o dia em que Chad pisou em meu coração.

— E só estou sabendo disso agora?

Agora sou eu que não consigo responder.

Depois de alguns longos segundos, Priscilla suspira.

— Eu sabia que ele partiria seu coração.

Eu choro, semanas de dor voltando à tona.

— Você está arrasada, como deveria estar, mas terá mais amores.

— Ele diz que nosso término é temporário... que voltaremos a ficar juntos depois das audições.

Surpreendentemente, Priscilla permanece quieta, ouvindo meus soluços.

— Por que está doendo tanto? Sinto que não consigo respirar. Não quero sair da cama. Não quero mais ir para a escola.

— Sua mãe sabe que você está tão chateada assim?

— Não.

— Por que não?

— Não quero que ela se preocupe. Ela tem muito com que se preocupar. Por favor, não conte ao meu pai. Ele não gosta de Chad.

— Não vou contar. — Ela fica quieta por um momento. — Não precisa responder, mas vocês dois fizeram sexo?

— Sim.

— Vocês estavam seguros?

— Sim. — Se não fosse por Joi ter me levado à Planned Parenthood para comprar pílulas anticoncepcionais há alguns meses, eu estaria preocupada agora.

— Me escute. Sexo torna as coisas complicadas. Chad é seu primeiro grande amor e, neste momento, parece que o mundo está acabando. Mas, acredite em mim, não está. Você vai seguir em frente.

— Ele disse que vamos...

— Não se atreva a esperar por esse rapaz — Priscilla repete. — Siga em frente. Você vai seguir em frente.

— Não parece ser assim. Eu...

— Fale mais alto, criança.

— Perdi minha cadeira hoje. Estou preocupada em não entrar na escola de música.

— Não seja tão dramática. Pegue sua cadeira de volta. Você entrará na Juilliard.

Julliard é o último lugar que quero frequentar, sabendo que Chad estará lá. Concordo com ela, pois é a única maneira de encerrar o assunto. Fico grata quando ela começa a compartilhar os últimos acontecimentos de *All My Children*.

— Por que você não vem jantar aqui em casa e passa a noite? — O convite dela é mais surpreendente do que o de Gretchen. Priscilla prefere comer sozinha.

— Não posso — digo. — Minha mãe e eu vamos comer no Rocco's hoje à noite.

— Amanhã à noite, então.

— Vou a uma festa.

Ela não se preocupa em disfarçar seu alívio.

— Que bom. Saia e faça alguns amigos. Se mudar de ideia, peço ao Bernie para buscá-la. E ouça, Aurelia, está doendo agora e vai continuar doendo. É isso que o amor faz. Pode parecer como se algo estivesse perfurando seu coração. Mas você seguirá em frente. Muitos outros amores estão esperando por você.

Meu cérebro concorda, enquanto a confusão abre um buraco em meu coração conflituoso. Por volta das nove horas, estou na cama, me ferindo com cenas imaginárias de Chad e Jamie.

Amando-o por todas as coisas maravilhosas que fizemos juntos.

Odiando-o por todas as coisas maravilhosas que ele estará fazendo com outra pessoa.

AURELIA

A música *Give It Away*, de Red Hot Chili Peppers, toca alto nos alto-falantes. Corpos suados lotam a sala. Fumaça de cigarro enche o ar.

— Isso aqui está uma droga — Gabriel fala, tossindo. — Vamos sair e fazer outra coisa.

— Eu vou ficar.

— Não vou te deixar aqui. — Ele observa em volta e seu olhar para em um pequeno bar. — Quer beber alguma coisa? Água? Refrigerante?

— Quero cerveja. — Cerveja e outros tipos de bebida alcoólica nunca tocaram minha boca antes, mas tenho dezessete anos e quero me divertir como uma adolescente.

O saguão se abre para uma enorme área de estar rebaixada. Garotos bêbados espalhados pelo chão. Casais se agarram em todos os cantos. Uma garota rodopia como uma bailarina entre eles. Sempre achei que os filmes de adolescentes exageravam a cultura da festa, mas as fileiras de barris e garrafas de bebida ao longo do bar são mais do que eu esperava.

Examino a multidão em busca de rostos conhecidos. Algumas garotas são estudantes de dança ou teatro em LaGuardia. A maioria é desconhecida. Elas provavelmente estudam em Brearley, Spence ou Chapin. Não reconheço um único rapaz. Aposto que são da Collegiate e da Dalton. Todos estão usando camisas sociais abotoadas, enquanto Gabriel está com sua camisa de flanela, jeans e gorro de sempre. Essa festa cheira a dinheiro e maconha. Alguém abre a porta do banheiro e vejo uma banheira de hidromassagem cheia de gelo e garrafas de champanhe.

Gabriel e eu nos amontoamos em um canto, desajeitados, ignorando o casal que se esfrega ao nosso lado. Estou na minha segunda garrafa de Bud Light e ele está bebendo água de um copo vermelho. A sala está ensurdecedoramente barulhenta, e Gabriel tem que se inclinar um pouco para que eu possa ouvi-lo.

— Mais cinco minutos e depois vamos embora. Podemos assistir a um filme no andar de baixo.

Um zumbido estranho me atinge. A sala lotada gira um pouco, e eu preferiria sentar e comer pipoca quente com manteiga agora mesmo.

— Certo, boa ideia.

Então, uma voz feminina grita:

— Chadwick.

Meu ex-namorado surge do que parece ser um quarto. Sim, não há como confundir a borda de uma cama de dossel não muito longe da porta.

Meu coração despenca porque logo atrás de Chad está Gretchen, a *Bitch*. Ela agarra o cotovelo dele, gira-o e beija-o.

— Foda-se ele — Gabriel diz. — Vamos lá, vamos embora.

Não consigo me mexer, vendo meu pesadelo se desenrolar. *Bitch* se agarra ao Chad. Ele não a afasta. Ele não diz a ela para parar. Ele simplesmente está *lá*. Parado como uma estátua.

Tudo em mim está em choque. Não sei quanto tempo se passa até que Chad vira a cabeça e me vê, com os olhos arregalados. Gabriel agarra minha mão e saímos da festa em questão de segundos. Nunca fiquei tão aliviada ao ver as portas do elevador se abrirem. Uma vez lá dentro, me encosto em Gabriel e deixo que me segure.

— Você está bem — sussurra. — É uma merda, mas você está bem.

Estou longe de estar bem.

Estou no saguão, desorientada, quando Noah, o porteiro, me reconhece.

— Você está horrível. Precisa de ajuda?

Passo correndo por ele.

— Quer que eu te leve para casa? — Gabriel pergunta.

Respondo vomitando a alguns centímetros de distância de seus Pumas.

— Oh, merda. Calma. — Ele me alcança e seus braços longos seguram meus ombros, se afastando da poça de cerveja e comida chinesa. — Está tudo bem. Você está bem.

Então, uma mão familiar pousa nas minhas costas e o ouço perguntar a Gabriel:

— Caralho, o que aconteceu?

— O que parece, gênio? — Gabriel sibila.

Chad empurra meu cabelo para trás.

— Que porra ela bebeu? — Sua voz está um decibel acima do normal e ressoa em meu ouvido.

— Duas cervejas. Obrigado por perguntar. Vou levá-la para casa agora.

Gabriel está sendo agressivo? Ele é sempre calmo e agradável. Gosto desse lado dele.

Chad se inclina.

— Aurelia, você não está em condições de pegar o trem ou mesmo entrar em um táxi.

— Ela não é mais sua namorada. — Gabriel dá um passo à frente. — Eu estou cuidando dela, então volte para a festa antes que *Bitch* venha te procurar.

— Olha, eu moro nesse prédio. Ela pode subir e se deitar. Ou me ajuda a levá-la para cima ou vá para casa.

— Até parece que vou deixá-la ir com você. Viemos juntos. Vamos embora juntos.

Sinto outra onda de náusea surgindo.

— Preciso me deitar — digo, minha voz coaxando como a de um sapo. — Me desculpe, Gabriel. Me deixa subir.

Os olhos de Gabriel examinam os meus.

— Tem certeza?

Respondo vomitando de novo.

— Você disse que não me machucaria e me machucou. — Raiva e tristeza tomam conta da minha voz. — Eu odeio você.

— Eu sei.

— Odeio o fato de você ter beijado a *Bitch*. E odeio que ainda o ame tanto.

— O que você viu esta noite — começa, inclinando meu queixo — foi eu dizendo a ela para me deixar em paz.

— Mas você foi a um encontro — falo alto. — Mesmo depois de você ter me dito que estava muito ocupado para sair comigo.

— Foi um erro horrível — argumenta. — Se vale de alguma coisa, aquilo me fez perceber que você é a única pessoa que eu quero como namorada.

Sacudo a cabeça, incapaz de acreditar em suas palavras, antes de vomitar de novo. Felizmente, estou fazendo isso no banheiro que Chad divide com os gêmeos.

Ele passa água fria em uma toalha e limpa meu rosto.

— Sinto muito.

— Sinto muito por ter me apaixonado por você.

— Você não quer dizer isso.

— Se você pudesse sentir minha dor, sentiria a mesma coisa. — Olho para ele através dos cílios molhados. — Você já me amou? — O quarto está balançando.

— Como pode me perguntar isso?

— Você já me amou? — repito a pergunta. Desta vez, minha voz está trêmula.

— Sim. — Ele levanta meu queixo para que eu possa ver seus olhos. — Eu ainda amo você. Sempre vou amar. Você sempre será *ela*, a única garota que eu quero.

— Mentiroso. — Sinto dor, lembrando-me de todas as suas promessas de me amar.

Promessas geram esperança. Promessas não cumpridas te matam.

Uma batida na porta me assusta.

— Está tudo bem? — Renna pergunta.

— Sim. Saio em alguns minutos, mãe — Chad responde. Ele inclina a cabeça, ouvindo os passos que se afastam, e depois pega meu rosto com as duas mãos. — Sei que é difícil para você — ele fala. — É difícil para mim também. Mas não posso te dar o que você quer e precisa agora. Temos o musical da escola. Tenho um concerto em Chicago. A audição na Juilliard. Aparições em muitos álbuns. Estou muito ocupado, Aurelia. Me desculpe.

— Quero ser nós de novo.

— Não posso ficar no meio do caminho conosco — diz.

— Estou entrando. — Renna abre a porta do banheiro e não há como esconder seu choque. — Ah, amor, o que aconteceu?

— Estávamos em uma festa — Chad explica. — Ela bebeu algumas cervejas. Ela nunca bebeu antes.

Enterro meu rosto na toalha de rosto.

— Estou tão envergonhada.

— Você bebeu mais alguma coisa além de cerveja?

Nego com a cabeça.

— Okay. Chad, pegue um copo de água para ela. Não quero que fique desidratada.

A porta se fecha.

— Sinto muito — digo, incapaz de afastar a toalha de rosto.

— Amor, já aconteceu coisa pior comigo. Minha primeira tentativa de beber foi uma sangria de amora com minhas tapas. Vomitei empanadas roxas por uma hora. — Ela me dá um leve sorriso. — Agora vamos tirar essas roupas fedorentas e vou preparar o banho para você. Está bem?

Uma vez no chuveiro, me sento no chão de pedra e choro muito. Por ter ficado uma lástima na frente da mãe de Chad. Porque, de todas as pessoas para me ajudarem quando estou bêbada, é Chad. Ele sempre esteve lá quando precisei dele.

Choro principalmente porque Chad e eu fizemos amor nesse mesmo chuveiro.

— Eu sempre vou amar você — ele sussurrou, me pressionando contra as paredes de azulejos.

Minha cabeça lateja.

Meu coração está cansado de lutar.

Quanto mais um coração pode se partir?

Chad bate à porta com sua marca registrada, a Quinta de Beethoven. Seu rosto espreita pela porta do chuveiro, seus olhos lacrimejando de preocupação.

Eu não odeio você. Não me arrependo de tê-lo amado, mesmo que meu coração esteja tão dolorido.

Então eu nunca teria conhecido a sensação de estar apaixonada. De entregar meu coração completamente.

Totalmente vestido, ele entra no banheiro. Senta-se ao meu lado e coloca um braço em volta do meu ombro.

— Está tudo bem, Aurelia. Estou com você.

Eu sempre vou amar você, Chad.

Inclino-me contra ele e choro mais um pouco.

10 de dezembro de 2001.

— *É a Aurelia. Por favor, deixe sua mensagem.* — *Bip.*

— Oi, é o Chad. — Uma orquestra de câmara ensaia ao fundo. — Você não veio para a escola hoje e eu queria me certificar de que você está bem. Por favor, me ligue.

DATA: 13 de dezembro de 2001
PARA: AureliaP0214@aol.com
DE: JustChadDavid0214@aol.com
ASSUNTO: Você está doente?
Liguei para o seu celular e para o telefone da sua casa, mas ninguém atendeu. Você perdeu quatro dias de aula.
A noite de abertura foi hoje, e você não veio. Algo não está certo.
Você não perderia a noite de abertura.
Por favor, me deixe saber que você está bem.

25 de dezembro de 2001.

— É a Aurelia, por favor, deixe sua mensagem. — Bip.

— Aurelia, sou eu. Humm. Feliz Natal. — Ele solta um longo suspiro. — Eu... eu deixei um presente para você na casa do seu pai. O porteiro disse que a sua família viajou. — A família David está aos fundos, cantarolando músicas de Natal. — Okay. Feliz Natal. Eu te amo.

1 de janeiro de 2002.

— É a Aurelia, por favor, deixe sua mensagem. — Bip.

— Oi, é o Chad. — Ele solta um suspiro longo e profundo. — Ainda estou em Londres. Não tive notícias suas e estou preocupado pra caralho. Por favor, me ligue ou mande uma mensagem. Por favor.

14 de fevereiro de 2002.

Querida Aurelia,

Hoje é nosso aniversário de dezoito anos, e nós não estamos comemorando juntos. Faz dois meses desde a última vez que te vi.

Semestre passado, eu estava te segurando no chuveiro. As coisas estavam um pouco estranhas, mas acreditei que iríamos superar nos meses seguintes. Você estava bêbada demais para ir para casa, então você passou a noite na minha cama. Nós conversamos a noite toda. Na manhã seguinte, você ainda estava se sentindo mal, mas insistiu em ir até a sua mãe.

Quando te levei para casa, nós dissemos que nos veríamos na segunda, e então você desapareceu.

Você sumiu desde o dia 10 de dezembro. O Sr. Koser e a Sra. Strayer apenas disseram que você desistiu.

Onde você está? O que aconteceu?

Liguei para o seu celular todos os dias, só para ouvir que o correio de voz está cheio. Passei na casa da sua mãe várias vezes e ninguém nunca estava lá. Até fui para o Manhattan Eye and Ear, e disseram que ela tirou uma licença por tempo indeterminado.

Seu pai e Priscilla também estão ausentes.

Onde está você e sua família?

As audições da Juilliard são em algumas semanas, e torço para te ver lá. Por favor, Aurelia, me deixe saber que você está bem.

Com amor,

Chad

25 de junho de 2002.

— Oi, sou eu. — A voz de Chad na outra linha tremula. — Hoje foi a formatura e ainda não tive notícias suas. Não sei o que está acontecendo. — Ele solta um longo suspiro. — Eu só liguei para dizer… hum… eu sinto a sua falta. Sinto muito, muito a sua falta. — Clique.

Outra mensagem chega imediatamente.

— Tem sido insuportável sem você. Me desculpe, Aurelia. — Ele suspira de novo. — Por favor, me ligue. Por favor, me deixe saber que você está bem. — A voz dele falha. — Eu te amo.

14 de fevereiro de 2003.

Querida Aurelia,

Faz catorze meses desde a última vez em que ouvi a sua voz, e me pergunto quando vou ouvir de novo. Outro dia, eu estava na Tower Records. Enquanto olhava a seção pop, alguém perguntou sobre um álbum do Justin Timberlake e juro que era você. Talvez eu esteja enlouquecendo um pouco de preocupação.

Essa não foi a primeira vez que achei ter te escutado. Não será a última.

A Juilliard é intensa. Não é nada como o programa pré-universitário. Tudo é tão urgente. Não tem tempo para descansar.

Nunca imaginei que estaria aqui sozinho. Mesmo estando cercado por todos esses musicistas, alguns que conheço há anos, nunca me senti tão sozinho.

Nós fizemos um pacto de vir para cá juntos, e esse pacto está quebrado. O que poderia ter feito você sair tão de repente de LaGuardia? O que fiz para fazer você parar de atender as minhas ligações? De responder minhas mensagens?

Nós éramos mais do que amigos, Aurelia.

Nós éramos o melhor amigo um do outro.

Nós fomos a primeira vez um do outro.

Prometemos que seríamos sempre amigos. Sempre.

Se eu pudesse retirar seja lá o que eu disse ou o que aconteceu para te perder, eu faria. Por favor, me diga o que é. Só me deixe ter notícias suas.

Preciso saber que você está bem.

Hoje é nosso aniversário de dezenove anos, e ainda assim não há nada para comemorar sem você.

Com amor,

Chad

14 de fevereiro de 2004.

Querida Aurelia,

Apresentei as Quatro Estações em Buenos Aires esta noite. Fui transportado para a primeira vez que nos conhecemos.

Meu avô estava certo: uma determinada melodia pode nos trazer memórias ou um momento com alguém que amamos.

Não tenho lembranças novas para compartilhar, então revivo meu passado com você. Fecho meus olhos e estou com você no Little Flower Theatre, te encontrando pela primeira vez. Você se lembra da nossa conversa? Eu me lembro como se tivesse sido ontem.

Sonho com todas as nossas primeiras vezes. Nossa primeira vez passando um tempo na sua casa em Forest Hills. A primeira vez em que deitamos lado a lado na cama. Eu queria te beijar naquela época tanto quanto quero te beijar agora. Ou o nosso primeiro encontro. Mesmo com o seu queixo queimado, você ainda era a garota mais linda na qual eu já tinha colocado os olhos. Me prometa que você nunca mais vai usar um modelador de cachos.

A única coisa que eu faria de novo em todos esses anos juntos é a nossa última vez na fonte. Eu voltaria atrás naquele momento em que terminei com você e retiraria todas as palavras que disse naquele dia. Eu encontraria um jeito de me agarrar o que nós tínhamos.

Eu gostaria de dizer que as coisas mudaram, mas não mudaram. Eu sinto mais a sua falta.

Tenho medo de nunca mais ouvir a sua doce voz de novo ou sua risada destemida que você nunca segurava. Era do tipo que podia fazer um ogro rir também.

Tenho medo de você não estar mais tocando Pablo.

Eu deveria ir para a cama agora, sabendo que vou encarar o teto e me perguntar o que você está fazendo nesse momento.

Feliz aniversário de 20 anos, amor.

Onde quer que você esteja.

Com amor,

Chad

16 de fevereiro de 2005.

Querida Aurelia,

Toquei na estação Union Square hoje, esperando que você estivesse lá. Talvez para ouvir minha interpretação de Vocalise, do Rachmaninoff. Você chegaria lá e sorriria. Então nós iríamos tomar uma bebida, fazer um brinde ao nosso aniversário de vinte e um anos.

Nós deveríamos estar embriagados juntos na cama agora. Em vez disso, enchi a cara, fiquei totalmente chapado e fodi uma garota com a qual não me importo. Estou com vergonha de mim mesmo. Pedi para ela sair da minha cama para que eu pudesse gravar o CD anexado para você.

Remexi nas partituras, percebendo todas as anotações que você fez durante o nosso último ano. Ainda fico admirado com a forma como você conseguia transcrever em minutos.

Minha mãe encontrou Priscilla pouco tempo atrás e tudo o que a sua madrasta disse é que você seguiu em frente.

Não sei o que dói mais saber que você está por aí e que seguiu em frente, ou o fato de que estou aqui, morando em um lugar repleto de lembranças suas. Toda esquina me lembra de você.

Você pensa em mim da forma como eu não consigo te tirar da porra da minha cabeça? Você me deseja, a ponto de mal conseguir sair da cama?

Eu quero você por aí, pensando naquele que te deu seu primeiro beijo. O garoto que faria qualquer coisa para te beijar de novo.

Eu gravei Somewhere, de Bernstein, para você.

Ainda acredito que haja um lugar para nós

Com amor,

Chad

14 de fevereiro de 2006.

Querida Aurelia,

Nosso amor é como as estrelas que nós costumávamos olhar à noite em Tanglewood. Mesmo quando estão escondidas, elas ainda estão brilhantes e constantes.

Sim, estou bêbado pra caralho agora. É a única forma de passar nosso aniversário de 22 anos sem você.

Acredita que existem mais de quinhentos homens chamados Jay Ramirez morando nos EUA? É verdade, porque procurei pelo seu tio. Eu o encontrei no LinkedIn.

Ele foi a sexta pessoa para quem liguei.

Seu tio Jay aceitou minha ligação hoje, mas negou entregar uma mensagem para você e pediu que eu te deixasse em paz.

Como posso te deixar em paz quando você é tudo em que consigo pensar?

Eu estava cego demais para ver quão perfeitos nós éramos nós somos juntos.

Ninguém nunca disse que ambição poderia tirar a pessoa mais importante da minha vida. Eu daria tudo para te dizer o quanto te quero de volta.

Eu quero te segurar perto de mim e nunca mais te soltar.

Quero te beijar com tanta força, mesmo que signifique ficar sem fôlego.

Quero te dizer que amo você e só você.

Quero que saiba que eu desistiria de tudo para estar com você de novo.

Tudo.

Com amor,

Chad

"Carrego uma tristeza profunda do coração que deve, de vez em quando, irromper em som."

-Franz Liszt.

CLASSICAL TIMES

21 de abril de 2002.

Chadwick David ganha o Prêmio Yehudi Menuhin International para jovens violinistas

NEW YORK TIMES

10 de novembro de 2002.

Chadwick David, de dezoito anos, estreia no Carnegie Hall com o Maestro von Paradis regendo

Atualmente, ele é um aluno do primeiro ano na Juilliard

BBC MUSIC MAGAZINE

7 de abrilde 2003.

O elegante e talentoso Chadwick David subiu ao palco para uma série de mulheres gritando. As fãs não afetaram o jovem violinista; ele apresentou Concerto No.1, *de Bartok, brilhantemente.*

WASHINGTON POST

11 de julho de 2004.

Chadwick David, de vinte anos, triunfa com sua apresentação de Concerto para Violino em Ré Maior, de Tchaikovsky

LONDON TIMES

19 de março de 2005.

Com apenas vinte e um anos, o violinista virtuoso Chadwick David apresentou sob as batutas dos estimados maestros Zubin Mehta, Simon Little, Alan Gilbert, e mais recentemente, seu avô nascido na Áustria, Emil von Paradis.

BILLBOARD

10 de junho de 2006.

Chadwick David assina um contrato de gravação com a Sony Classics

AURELIA

Julho de 2006, Filadélfia, Pensilvânia.

A festa acabou.

Apenas três convidados permanecem no meu apartamento. Gabriel Barnes está dormindo no sofá, com a cabeça no colo de sua prima Serafina e os pés grandes no braço do sofá. Os olhos dela também estão fechados, possivelmente desmaiada também.

Agnes Littlejohn se senta ao meu lado.

— Ele é muito gostoso — ela diz, acenando com a cabeça para Gabriel antes de acender um baseado.

— Você pode sair com ele.

— E o quê? Fazer com que ele grite seu nome quando gozar?

Escancaro a boca enquanto ela começa a rir.

— Não sei por que você nunca saiu com ele. É óbvio que ele tem uma queda por você.

— Somos apenas bons amigos.

Minha amizade com Gabriel floresceu apesar de termos cursado a faculdade em cidades diferentes. Eu me matriculei no Curtis Institute of Music, na Filadélfia, enquanto ele estudou na Cooper Union, em Nova York. Durante quatro anos e meio, meu amigo pegava o ônibus a cada dois fins de semana para sair comigo. Ele até pensou em se transferir para a Weitzman School da Penn, mas o convenci de que permanecer em uma instituição gratuita era o melhor para sua situação.

Nosso relacionamento é descomplicado. Somos amigos íntimos que nunca namoraram e precisamos continuar assim.

— Ele provavelmente está se matando por não ter ficado em Nova York agora — Agnes comenta.

Nego com a cabeça, olhando em volta do meu apartamento na Rittenhouse Square. Garrafas de cerveja, copos vermelhos, caixas de pizza meio vazias e sacos de batatas fritas vazios estão por toda parte. Caixas empilhadas se alinham do outro lado do cômodo; lembranças de anos de faculdade seladas dentro delas, prontas para voltar para casa.

Gostaria de poder dizer o mesmo de mim mesma.

Casa.

Não voltei para Nova York desde que saí de lá no meio do meu último ano. Eu estava tão doente, com o coração partido, que não conseguia fazer nada. Ir parar no hospital foi um sinal de alerta.

O desgosto corroeu minha saúde, física e mentalmente. Os médicos diagnosticaram que eu estava com depressão clínica e ainda me lembro da expressão de angústia no rosto dos meus pais. O inesquecível som da dor que soou em 2002.

— O que precisamos fazer? — minha mãe perguntou. — Ela não pode voltar para o LaGuardia. Ela precisa de ajuda.

— Ela vai ficar bem — meu pai afirmou. — Só precisa de uma mudança de ares.

— Vamos sair da cidade — mamãe sugeriu. — O que for preciso.

— Ela pode ficar comigo até que Isabel encontre um emprego na Filadélfia — tio Jay ofereceu.

— Ela pode fazer um teste quando estiver pronta, mesmo que isso signifique tirar uma folga da escola — meu pai disse.

— Não me importo com a escola agora — minha mãe chorou. — Só quero nossa filha de volta.

— Vamos dar a Aurelia o melhor tratamento possível — Priscilla insistiu. — Não pouparemos despesas.

Eles falavam como se eu não estivesse lá. Eu era uma espectadora, a plateia que assistia ao filme da minha vida sendo exibido. *O Retorno de Aurelia à Vida* foi dirigido por Isabel Ramirez e Peter Preston, produzido por Priscilla Preston.

Meus pais concordaram que seria melhor me mudar para outra cidade. Concordei em deixar a LaGuardia Arts. Concordei em abraçar um futuro sem Chad, deixando o garoto que amo sem um adeus.

Isolei-me do meu passado.

— Você está bem? — Agnes pergunta, apertando minha mão.

Agnes tem sido minha salvação nos últimos anos. A guardiã de todos os meus segredos. Ela é uma beldade pequena, metade queniana-americana e metade escocesa, que me faz lembrar Lisa Bonet, mas com olhos cinza-azulados. Possui uma aura magnética rara que atrai as pessoas imediatamente. Quando conheci Agnes no hospital, nós duas éramos pacientes sentadas em uma sala iluminada com outros adolescentes. Anoréxicos. Bulímicos. Automutiladores. Viciados. Todos nós éramos almas perdidas buscando a luz.

Agnes e eu ficamos em silêncio enquanto nossos colegas contavam suas histórias. Depois disso, ela me chamou de lado.

— Eu também estou aqui por causa de um coração partido — contou, com um olhar semelhante ao meu.

Certa vez, minha mãe me disse: "conhecemos as pessoas mais importantes de nossas vidas quando nem sabemos o quanto precisamos delas." Agnes e eu precisávamos uma da outra naquela época e para sempre. Nunca quero imaginar uma vida sem ela.

— Sei que voltar para casa é desagradável para você — Agnes fala. — Acha que vai entrar em contato com ele?

Ele seria ninguém menos que Chad David.

— Eu realmente não sei. Já se passaram mais de quatro anos. — Parece que todas as caixas enfileiradas foram movidas e colocadas em cima do meu peito. — Ele pode não querer ter nada a ver comigo. Além disso, preciso organizar minhas coisas.

— Você tem suas coisas em ordem. Estará tocando Pablo com o Balé de Nova York.

Dou de ombros.

— É apenas uma posição secundária.

— Não importa. Você estará fazendo o que ama. Poucos podem dizer isso.

— Venha comigo — sugiro. — Você. Eu. A Cidade de Nova York. Podemos morar em um pequeno estúdio.

— É tentador.

— Podemos fazer funcionar.

Agnes dá uma última tragada em seu baseado.

— Talvez em um ou dois anos. Neste momento, a América do Sul está me chamando.

Eu rio.

— Você está se referindo aos lindos homens sul-americanos e seus sotaques sensuais.

— Você me conhece bem demais. — Agnes olha o relógio. — Preciso ir.

Ela não precisa ir muito longe — ela mora do outro lado do corredor da minha casa. Ficamos no meu pequeno saguão, conversando por mais alguns minutos, até que uma batida forte vem da porta do apartamento dela.

— Hora de eu me dar bem — cantarola. — O que é algo que você também precisa fazer.

— É, eu sei.

A mão de Agnes está na maçaneta da porta quando se vira para me abraçar.

— Vou sentir sua falta — declara, a voz embargada.

— Também vou sentir sua falta. — Meus olhos lacrimejam. — Se não fosse por você, acho que não teria superado os últimos anos.

— Estarei a apenas uma ligação de distância.

Minha porta se abre.

A música *Angels*, de Robbie Williams, flutua pelo corredor que separa meu apartamento do de Agnes. A melodia, que conheço tão bem, me leva de volta a uma noite em particular.

Chad e eu tínhamos acabado de sair da casa do meu pai e nos sentamos em um banco perto do Turtle Pond. Sorrio, lembrando-me de como compartilhamos os fones de ouvido. A maneira como ele entrelaçou nossos dedos frios. A sensação de seus lábios macios ao beijar os nós dos meus dedos. Seu ombro contra o meu enquanto ouvíamos Robbie cantar.

— Apenas a uma ligação de distância — Agnes repete.

Abraçando-a novamente com força, sussurro:

— Eu te amo.

Fico no saguão por alguns minutos, tentando me livrar da lembrança. Volto para meus convidados e encontro Sera no sofá. Com a cabeça baixa, ela segura um copo vermelho nas mãos. Seu cabelo espesso e encaracolado, cor de noz, me lembra uma modelo pré-rafaelita. Sua pele cor de oliva impecável é um tom mais clara que a do primo.

— Sera?

Ela levanta a cabeça e seus olhos verdes se abrem.

— Você se recuperou? — pergunto, sentando-me ao lado dela. Gabriel ainda está dormindo no sofá à nossa frente.

— Sim. Quer um pouco de vinho? É muito bom. — Ela arrota e solta uma risada aguda. Ela toma mais um gole antes de encostar a cabeça no encosto do meu velho e gasto sofá. O copo parece que está prestes a derramar, então o pego de suas mãos.

— Ainda estou bebendo — reclama.

— Você já bebeu o quê? Três?

— Quatro — responde, sorrindo. — Eu acho.

— Você precisa dar um tempo. — A última coisa que eu quero é que ela vomite em todo o meu apartamento quando o proprietário vier amanhã para inspecionar o local.

— Estou chateada. Acabei de me mudar para cá — ela diz. — Queria que pudéssemos sair mais vezes.

— Eu não planejava me mudar de novo. Tudo aconteceu tão rápido e é um emprego que eu preciso. Agnes estará aqui por mais algumas semanas.

— Agnes me odeia.

— Do que está falando?

— Ela sempre fica com um semblante azedo quando estou por perto.

— Agnes é assim mesmo.

— É mais do que isso.

— Ela é cautelosa com pessoas novas. Demora um pouco para se aproximar de alguém.

— Pelo menos Gabriel estará aqui.

Inclino minha cabeça.

— Ele se ofereceu para ficar comigo até começar a pós-graduação.

Eu invejo o relacionamento deles. Seus pais são irmãos que se casaram com duas mulheres espânicas. Espânicas por meio de Cuba e Venezuela. Mas é aí que a semelhança termina. A família de Sera é imensamente rica, enquanto a de Gabriel mal consegue pagar as contas.

Os dois primos têm apenas dois anos de diferença e podem facilmente passar por irmãos. O modo como eles se dão bem me faz desejar ter irmãos. Ou apenas um primo próximo à minha idade. Alguém que eu possa chamar de meu.

— Isso é incrível. — Olho para Sera, que encara seu copo. — O que há de errado?

Ela dá de ombros.

— Ele estará na RISD no próximo mês.

— E você vai se divertir muito na Penn.

— É, mas seria bom ter vocês dois por perto.

Se eu pudesse ficar na Filadélfia, ficaria. Aqui é fácil. Muito diferente da vida que eu tinha anos atrás. Principalmente porque Chad não mora na Cidade do Amor Fraterno.

Há duas semanas, minha ex-professora de violoncelo, a Sra. Luz, me recomendou para uma vaga de substituta na orquestra do Balé de Nova York. Não pude recusar. As vagas para violoncelista na Filadélfia são escassas. A Sra. Luz também mencionou que a Orquestra da Filadélfia poderia declarar falência em breve.

Minha mãe ficou entusiasmada com a notícia.

— Você pode ficar no estúdio que acabei de comprar. Quando puder, basta pagar a taxa de manutenção de quatrocentos dólares. — Em Nova York, isso é um roubo. Além disso, o estúdio fica do outro lado da rua da casa dela na Thompson Street.

Em dois dias, estarei de volta em casa. Não ponho os pés em Manhattan desde que saí de lá em dezembro de 2001. Estou seguindo em frente, construindo uma vida aqui. Tenho amigos como Agnes, que conheci no hospital, e amigos do Curtis Institute. Fui a encontros. Saí com um colega violoncelista, Alex Wright, por alguns meses. Foi ótimo até ele pedir mais. É difícil dar mais quando já dei tudo a outra pessoa.

Não há nenhum vestígio físico de Chad David em minha casa, mas ele está em toda parte. Em cada peça que toco. Em todas as músicas que ouço. Nos livros que enfeitam minhas prateleiras. Nos artigos de revistas sobre ele que guardei ao longo dos anos. Conheço todos de cor.

— Você está bem? — Sera pergunta, sorrindo novamente. É outro sorriso que não encontra seus olhos. E eu me pergunto se por trás de todos os seus sorrisos há um coração partido.

— Sim. — Com o passar dos anos, aprendi que vou ficar bem.

— Lembra a primeira vez que nos encontramos? — Sera diz, pegando uma garrafa de água. *Garota esperta. Você não vai querer uma ressaca terrível amanhã.* — Gabriel insistiu que eu conhecesse sua amiga mais próxima. Eu estava com ciúmes de você.

— Eu?

— É, porque vocês são próximos. Tudo girava em torno de você. Ainda é sobre você. — *É ressentimento que ouço na voz dela?*

— Gabriel sempre estará ao seu lado.

— Sim — concorda, com um meio-sorriso. — Já terminou de fazer as malas?

— Ainda não, mas meu tio e minha tia virão amanhã para ajudar. — Olho em volta, fazendo um balanço de todos os itens que vou doar para a Goodwill.

— Gostaria de não ter transferido de faculdade — comenta, com tristeza.

— Você vai fazer amigos aqui. — Sento-me sob meus pés. Estou um pouco bêbada e a exaustão está chegando com força.

— Você é o motivo pelo qual me mudei para cá — revela, com uma expressão tensa no rosto.

— Eu? — pergunto, surpresa.

— É, eu queria te conhecer melhor. — Seus olhos se fixam em Gabriel antes de voltar para mim.

— Seus pais moram em Nova York, certo?

— Bedford.

— Quando você for para lá, podemos sair juntas.

— Eu gostaria muito.

— Fico feliz por termos passado algum tempo juntas.

— Vamos ficar melosas? Porque eu não posso fazer isso. — Ela cantarola a música de Hall & Oates, daqui mesmo da Filadélfia.

— Não, mas vou me deitar. Tenho mais coisas para fazer amanhã. Quer que eu a ajude com o Gabriel? — pergunto, admirando seu porte avantajado.

Ele não se moveu nem um centímetro, ainda esparramado no sofá. Sua boca está aberta, roncando levemente. Sera e eu olhamos uma para a outra e rimos.

— Vou terminar isso. — Ela levanta a garrafa de água. — Vou acordá-lo daqui a pouco — diz, olhando para o primo. Juro que, se eles não fossem parentes, ela daria em cima dele. À medida que Gabriel foi crescendo, ele passou de fofo a lindo. Uma parte de mim gostaria de poder me aproximar e dar em cima dele também.

— Passem a noite aqui. — Inclino-me e dou um abraço nela. O cheiro de Gitanes que ela fumou antes permanece em seu cabelo. — Me ligue se algum dia você precisar de qualquer coisa.

O Facebook é uma dádiva de Deus. Se ele já existisse quando eu estava no ensino médio e na faculdade, eu teria conseguido *stalkear* melhor Chad. Essa nova plataforma abriu um mundo totalmente novo no conforto do meu pequeno quarto. Obrigada, Mark Zuckerberg.

Penso no último show que assistimos juntos. 4 de dezembro de 2001. Após o término do namoro. As coisas estavam estranhas entre nós, mas a mãe de Chad nos deu ingressos para ver Coldplay no Irving Plaza. Enquanto todos olhavam para o camarote, vendo Gwyneth Paltrow cantar *Yellow*, meus olhos estavam voltados para Chad. Ele me olhou de volta com um meio-sorriso. Um sorriso que me partiu em dois, porque aqueles lábios não beijavam mais os meus. Naquela noite, enquanto abafava os sons dos meus soluços com o travesseiro, rezei silenciosamente para que voltássemos a ficar juntos. Para sempre.

Três semanas depois, eu estava trancada em um quarto de vinte por vinte, todo branco, mal conseguindo funcionar.

Aqui estou eu, uma sobrevivente de um coração partido, me preparando para *stalkear* aquele que partiu meu coração.

Faço login no Facebook como Musetta Tosca e digito o nome dele na barra de pesquisa. Minha pulsação acelera a cada segundo que passa.

Aí está você.

O sorriso largo em sua foto de perfil é genuíno, seus olhos azuis brilham. Percorro suas postagens. Ele voltou da Áustria na semana passada. Passou a tarde de quarta-feira como maestro voluntário da Sinfonia Jovem de Nova York. Uma foto com o reverenciado maestro da Filarmônica, Lorin Maazel. Hoje, ele está com um grupo de amigos. Várias mulheres bonitas o cercam (é claro) em outra foto, e me pergunto com quantas delas ele já transou.

Uma enfermeira o marcou em uma postagem; a legenda diz:

> Ontem, o virtuoso Chadwick David tocou para as crianças no Mount Sinai Kravis Children's Hospital.

Chad sempre gostou de crianças.

São quase duas da manhã e eu deveria me desconectar enquanto posso. Quanto mais vejo sua vida sem mim, menos me convenço de que minha vida é melhor sem ele. Mais fotos me chamam e meu coração insensato grita:

— Só mais uma.

AURELIA

Nova York, Nova York.

Dois dias depois de me mudar de volta para a cidade, estou sentada em meu novo apartamento. Sozinha. Desempacotei todas as caixas. As roupas estão bem dobradas nas gavetas. Pôsteres de filmes emoldurados cobrem uma parede, cortesia de tio Jay. A escrivaninha recém-montada da IKEA fica no canto da sala. A 30 cm de distância está Pablo, aninhado em seu estojo. CDs e álbuns de discos, em ordem alfabética. Livros de bolso e de capa dura estão lindos na minha estante. O conjunto de panelas Cuisinart que minha mãe deu está empilhado no armário.

Estou toda adulta. Feliz. Entusiasmada. Seguindo em frente com esse novo capítulo da minha vida.

Olhando em volta do apartamento, quero algo além de Pablo, móveis, livros e música na minha casa. Nada grita mais *solidão* do que estar cercada de objetos inanimados. Eu gostaria de ter um buldogue, mas o síndico não permite mais cães. Um gato siamês seria uma ótima companhia, mas mamãe é alérgica a gatos. Há uma razão para eu ser chamada de *assassina de plantas*; a jardinagem fugiu de mim durante toda a minha vida. Definitivamente, nada de plantas.

Depois de todos esses anos, Chad é a única pessoa que já me deu flores. Estou mudando isso hoje. O Sr. Kim, dono do mercado vinte e quatro horas, sempre tem uma boa seleção.

Vou comprar um buquê. Vou até comprar um vaso novo em uma loja na Broadway.

Uma hora depois, estou saindo da Crate and Barrel, com os braços em volta da sacola, quando o vejo.

Na verdade, eu o ouço primeiro. Aquela risada profunda e estrondosa ainda está gravada em meu cérebro, seguida de:

— Aurelia?

Meu coração para. Um estrondo alto me assusta, e meu lindo vaso novo cai aos meus pés em milhares de pedacinhos.

Chad está a poucos passos da Crate and Barrel, com um celular na mão. Vestido com uma camiseta preta de manga curta, jeans escuros e tênis Chucks pretos, com fones de ouvido pendurados no pescoço. Ainda me faz lembrar James Dean. Ainda é capaz de me deixar sem fôlego.

O mesmo coração que me incentivou a *stalkear* sua página no Facebook. *Mais uma foto, mais uma foto.* Aqui está ele, em carne e osso. *Esqueça a sacola. O vaso quebrado! Voltarei amanhã e pedirei desculpas. Corra! Não estou pronta.*

Desço as escadas correndo, tentando não pisar na bagunça que fiz. Em vez de virar à direita e correr para casa, verifico o semáforo. *Está verde. Posso atravessar a Houston.*

Saio depressa como se tivesse acabado de roubar a loja. Estou no meio do caminho, atravessando o cruzamento, quando sua voz grave me atinge novamente.

— Aurelia! — grita, mais alto.

Na calçada, fico paralisada, com o calcanhar direito congelado no pavimento de concreto. É claro que ele me seguiria. Eu me viro e suspiro quando seus olhos capturam os meus. Estão lindos como sempre, chamas azuis prontas para me consumir. Também estão cheios de perguntas.

— É mesmo você. — Colocando o celular no bolso, Chad dá um passo à frente. Sua mão esquerda se levanta ligeiramente, como se estivesse tentando me alcançar.

Com o coração batendo forte, não tenho certeza do que ou para quem estou olhando. Pedras se alojaram em minha garganta.

Chad David se transformou em um homem deslumbrante e lindo. As fotos que admirei durante todos esses anos não lhe fazem justiça. Seus cabelos loiros e espessos estão um pouco mais escuros e mais curtos. Seu rosto está mais magro, mais esculpido. Seus lábios macios estão entreabertos pela barba ao longo de sua mandíbula firme.

Da última vez que o vi, ele tinha uma mandíbula imaculada e nenhum pelo facial. Ele cresceu uns bons cinco centímetros. Mesmo com meus saltos plataforma, tenho de esticar o pescoço para olhar para ele, observando seu peito largo e a nova arte que sobe e desce por seu braço esquerdo. Eu adoraria estudá-las, saber o significado por trás de cada tatuagem.

— Meu Deus, como você está? — pergunta.

Mortificada. Chocada. Despreparada.

Eu me afasto. Depressa. Nem uma palavra. Nada. Eu simplesmente me viro e vou embora, esbarrando em corpos, indo para um destino desconhecido.

— Aurelia, por favor — ele me chama. — Onde você… Espere!

Agarro minha bolsa, acelerando meus passos, sem conseguir respirar. Eu imaginei esse momento, mas não quarenta e oito horas depois de voltar para Nova York. Como isso pôde acontecer? O universo está brincando comigo.

— Aurelia, pelo amor de Deus, espere um pouco.

Minhas sandálias de plataforma não perdoam, e sei que não sou páreo para o homem que está me seguindo. Suas novas pernas longas têm o dobro do comprimento das minhas.

— Pare.

Então, sua mão agarra meu cotovelo e tudo em mim se aperta.

Meu coração se agita contra o peito.

Seu efeito sobre mim não se desintegrou nem um pouco.

— Aurelia. Por favor. — O mesmo sotaque inglês tênue, mas sua voz é mais profunda, rica e rouca. — Estou louco desde que você foi embora.

Os ternos olhos azuis que costumavam piscar para mim ainda são hipnóticos. Sua linda boca oferece um pequeno sorriso e seus ombros se abaixam ligeiramente.

— Por favor — repete, só que, desta vez, a súplica soa como um suave pedido de desculpas.

Seus olhos me observam, parando em meu pescoço, onde meu novo corte de cabelo para um centímetro acima do meu ombro.

— Você parece — ele diz, com a voz mais alta — mais velha.

Ele se aproxima mais.

— Mais bonita do que nunca. — Chad segura minha mão. — Já faz tempo demais.

Sim, tempo demais, mas não o suficiente para eu te superar. E tenho certeza de que nunca vou superá-lo.

Meu corpo permanece congelado, mesmo quando sua mão grande e quente passa do meu cotovelo até a ponta dos meus dedos. A sensação de seus dedos calejados é reconfortante. Familiar. Eles me lembram das inúmeras horas que passamos praticando juntos. E o motivo de não estarmos mais familiarizados um com o outro. Eu teria competido de bom grado com outras garotas pelo seu coração. Mas nunca poderia competir com sua música e sua ambição.

— Chad — murmuro, minha voz quase inaudível por causa das

batidas do meu coração. Não falei seu nome em voz alta desde que saí de Nova York. Minha família e Gabriel têm sido cuidadosos comigo. Mesmo quando o rosto dele apareceu em shows na TV ou, mais recentemente, no YouTube, todos fingiram que ele nunca esteve na minha vida. Mas ele sempre esteve presente. Estrelando meus sonhos. Ilustrando meus pensamentos. Orquestrando meu coração.

A multidão de pedestres nos empurra para a estação de metrô Broadway-Lafayette. O cheiro quente paira no ar úmido de julho. Não digo uma palavra enquanto descemos as escadas. Silêncio enquanto o trem F da parte alta da cidade desembarca e embarca os passageiros.

— Me diga para onde você quer ir — ele pede.

— Não sei.

Mordendo o meio do lábio inferior, Chad verifica seu relógio. Aquele que seu avô lhe deu quando ele entrou em LaGuardia Arts. A pulseira era grande demais para ele quando tinha quatorze anos. Agora, parece muito apertada no pulso deste homem.

Durante quatro anos e meio, enquanto eu mal estava funcionando, Chad se tornou um homem.

— Você está de volta à cidade de vez?

Eu assinto.

— Você mora por aqui?

Assinto de novo.

— Precisa estar em algum lugar agora?

Balanço a cabeça, negando, com os lábios trêmulos.

— Vamos lá. — Chad pega minha mão úmida e me leva de volta para a escada. Lá fora, a rua está cheia de veículos, pedestres, vendedores de cachorro-quente e carrinhos de café. Nós nos movemos sem problemas em meio à multidão, andando em silêncio por alguns quarteirões. A cada poucos passos, ele se vira para olhar em minha direção, lembrando-me da longa caminhada do Village até sua casa no Upper West Side no dia 11/9.

Um ataque de emoções me atinge.

O universo me entrega um sentimento após o outro, que se choca contra meu peito e garganta, antes de esvaziá-lo como uma bolsa cósmica. Aqui, por favor, segure essa euforia. Pegue essa tristeza. Ah, aqui está um pouco de apreensão, também. Ela se acumula até que meus passos ficam mais lentos, como se eu estivesse passando por piche.

E ainda assim… me sinto acordada.

Chad ainda está segurando minha mão, agarrando-a como se fosse uma tábua de salvação. Seus olhos de cristal continuam suplicando aos meus. Seu celular toca, mas ele não atende. O meu toca, e eu o ignoro também.

— Almoça comigo? — ele pergunta. — Por favor.

Estou lutando, incapaz de decidir se devo aceitar ou recusar. Segundos. Minutos. Não sei quanto tempo se passa quando finalmente digo:

— Tudo bem.

Paramos no Cookies and Couscous, um pequeno restaurante marroquino com paredes amarelas brilhantes e cerca de cinco mesas desocupadas. Depois de nos sentarmos nas cadeiras mais desconfortáveis já criadas, Chad pede chá de menta adoçado para dois.

— Sinto-me como se fôssemos estranhos — comenta, seus olhos estudando meu rosto. — Eu nem sei se você prefere café a chá. Eu deveria ter perguntado.

— Chá está ótimo.

— O que diabos aconteceu conosco? — Ele não mudou. Continua indo direto ao ponto. — Uma noite você estava na minha casa, bêbada pra cacete. Ficamos acordados a noite toda, conversando sobre a Juilliard e todas as coisas que faríamos juntos. Levei você para casa no domingo de manhã. Nós nos abraçamos. Fizemos planos para nos vermos na escola. Na segunda-feira, você se foi. Sem uma palavra.

Abro amêndoas caseiras enquanto ele espera por uma explicação. O garçom coloca tâmaras com mel na mesa e se afasta.

— Fui à sua casa todos os dias. Durante meses. Até fui ao trabalho da sua mãe, esperando do lado de fora do hospital como um tolo. Finalmente, perguntei e descobri que ela não trabalhava mais lá. Fui ver seu pai e Priscilla. Foi um desastre.

— O quê?

— Não importa mais. — Ele se recosta na cadeira. — Depois da LaGuardia, fui para a Europa, achando que nos veríamos no outono. Na Juilliard. Eu pensei: *Dê tempo a ela. Ela vai voltar.* — Ele solta um longo suspiro. — Você nunca apareceu, apesar de termos feito um pacto.

Abaixo a cabeça, incapaz de encará-lo.

— Você não estava em lugar nenhum — continua. — Liguei para o seu celular. Para sua casa. Deixei mensagens. Todas sem resposta. Também liguei para a casa de seus pais, sem parar.

— Eu não sabia. — Engulo em seco.

— Persegui seu pai.

— Ele nunca me contou.

— Tentei até subornar o porteiro para obter informações. Sem sucesso. — Suas palavras são afiadas, prontas para perfurar meu coração. — E as mensagens de e-mail? Nenhuma foi respondida.

Envolvo meus braços ao redor do peito, tentando protegê-lo.

— Fechei a conta.

— E você nunca me ligou. Um simples "estou bem" teria sido bem-vindo.

— Eu não podia.

— Por que não?

— Eu não podia — repito.

— Eu não era apenas alguém com quem você estudou na escola — ele diz, se inclinando para a frente. Seus olhos não desviaram do meu rosto, como se estivesse tentando notar todas as mudanças físicas. — Eu era seu melhor amigo. E você era a minha. Sabe o que é se preocupar com alguém que você ama? Ninguém me contava o que tinha acontecido.

— Eu fui embora.

— Você não apenas foi embora. Você desapareceu.

— Eu fui para...

— O Instituto Curtis. Você se matriculou como Relia Ramirez. Demorou um pouco para te encontrar, mas encontrei.

— Então, por que não tentou entrar em contato comigo?

— Eu. Tentei. — Há um tom de ressentimento em sua voz, fria e amarga. — Pergunte aos seus pais.

— O que quer que eles tenham feito, foi para me proteger.

— Você precisava de proteção contra mim? — pergunta, surpreso.

— Você partiu meu coração.

— Sim, eu parti seu coração. Mas você me partiu por inteiro. Acordar um dia e não ver você ou ouvir sua voz.

Meu coração se prende às palavras dele.

— Fiquei preocupado que algo ruim tivesse acontecido com você — continua, com mágoa nos olhos. — Acho que não dormi por um ano inteiro. E você me prometeu... você me prometeu que sempre seríamos amigos.

E você prometeu que sempre me amaria.

Esse é o problema das promessas. Elas se tornam impossíveis de acreditar depois de serem quebradas tantas vezes.

— Eu não quero fazer isso — digo. — Não posso estar aqui agora.

Meus olhos percorrem o restaurante, observando as mesas. Como elas, me sinto vazia.

Chad pigarreia.

— Por favor, não vá embora. Me desculpe por ter explodido. Eu estava uma maldita bagunça depois que você foi embora. E agora que você está aqui... ainda estou em choque.

Encaro seus olhos penetrantes, seus lábios cheios, sua mandíbula esculpida, meu coração disparando. *Eu ainda amo você.*

As feridas que carreguei por anos se inflamam, reabrindo. Tenho medo de que nunca cicatrizem. É difícil estar aqui com ele.

Você sente dor ao olhar para mim?

Ele prende o meio do lábio superior com os dentes, trazendo de volta uma dor que pensei ter enterrado. Ele prendia o lábio sempre que estava bloqueado em alguma coisa — escrevendo uma partitura para teoria musical, traduzindo Molière, resolvendo um problema de cálculo, esperando que eu admitisse um erro.

— Não sei como fazer isso — ele diz. Suas mãos estão entrelaçadas à sua frente. As mãos mais bonitas que Deus já criou.

— Fazer o quê?

— Não tocar em você.

Meu Deus, como senti falta da sensação de ele segurar minhas mãos, beijar meus lábios, ser envolvida em seus braços.

Estar aqui é demais. Cedo demais.

— Eu deveria ir.

— Por favor, fique.

— Eu... eu não posso. Tenho que ir.

Resignado, ele assente e se levanta da cadeira. Tirando uma nota de vinte dólares, a coloca sobre a mesa. Oferecendo a mão, ele pergunta:

— Quando posso te ver de novo?

Aceito sua mão e ela ainda parece aquela luva perfeita — quente e protetora.

— Não sei.

— Por favor, Aurelia. Preciso de mais tempo com você.

Meu coração está confuso, mas meu cérebro diz para correr, correr para longe dele. Continuar a viver uma vida em que ele não exista. Sua presença é como uma bomba atômica. Eu deveria fugir do que sei que será uma explosão nuclear.

— Quero te conhecer de novo — insiste.

Minha voz fica falha.

— Eu…

— Quero saber quando você tirou o aparelho. Se você toma café. Se ainda ouve NSYNC.

Estou mordiscando a parte inferior do lábio nervosamente, incapaz de dizer uma palavra.

— Você está trabalhando?

Assinto.

— Onde?

— Vou trabalhar como substituta na orquestra do Balé de Nova York. Começo na sexta-feira. E você?

— Estou estudando com meu avô e tenho alguns concertos agendados.

— E um álbum com a Sony — completo.

Os cantos de seus lábios se erguem. *Esse sorriso tem a ver com o álbum ou com o fato de eu saber de suas conquistas?*

— Estou feliz por você — afirmo. — Você está fazendo o que sempre quis.

— Estou feliz por você ter voltado — ele diz.

Vamos para o lado de fora. Está chuviscando. Sob o toldo vermelho do restaurante, Chad me vira de frente para ele.

— Não quero que nos afastemos disso.

— Disso?

— Nós. — A vulnerabilidade em sua voz é irreconhecível. — Senti muito sua falta, Aurelia.

— Eu também senti sua falta — sussurro, virando a cabeça para o outro lado, com lágrimas ameaçando escorrerem dos meus olhos.

Ele se move para ficar na minha linha de visão e não consigo desviar o olhar. Ainda vejo o garoto de treze anos que se tornou meu melhor amigo. O garoto que acreditou em mim quando eu não acreditava em mim mesma.

Não há nada que você não possa fazer, Aurelia. Nada. Mas não sou eu quem precisa lhe dizer. Você precisa ter mais fé em si mesma.

Minha mente vaga até a primeira vez que nos encontramos. Seu cabelo bagunçado, a camiseta preta amassada, a mochila cheia de CDs e livros. Ele me inspirou a tocar minha peça favorita para a audição.

Se você tocar o que ama, vai arrasar.

Eu sorrio um pouco. Suas mãos me aproximam e permito que me abracem. Ele tem cheiro de sabonete e um toque de canela. Ele tem cheiro de casa.

Ele continua a me abraçar, o calor subindo por baixo de sua camisa. Uma fragrância desconhecida me atinge. É uma combinação inebriante de especiarias e um aroma de terra. Outro lembrete de que Chad não é mais aquele garoto. Ele é um homem agora.

Mesmo que eu corresse até o fim do mundo, nunca conseguiria fugir do amor. O amor se apega a um coração que bate. E o meu ainda bate por Chad.

— Você sempre esteve na minha vida — conta, apertando o abraço. — Meu pior pesadelo era nunca ter a chance de te dizer o quanto você significa para mim. — Um lampejo de angústia percorre seu rosto. — Agora quero ter certeza de que estou na sua vida novamente.

Meu coração bate forte, querendo isso também. Meu peito está prestes a explodir com a enxurrada de emoções. Como as Cataratas do Niágara tentando passar por um canudo.

— Quero saber o que perdi durante todos esses anos — continua. — Você vai me deixar?

— Deixar você o quê?

— Estar na sua vida de novo.

DATA: 11 de julho de 2006
PARA: AureliaRPreston@gmail.com
DE: ChadwickADavid@gmail.com
ASSUNTO: Reencontro

Ver você hoje, depois de todos esses anos, foi um presente.

Sei que foi difícil para você, mas tive que aproveitar aquele momento. Foi o que estive esperando por anos.

Você pareceu surpresa quando eu te disse o número do meu celular. Eu o mantive apenas para o caso de você me ligar.

Nós dois mudamos para o Gmail. Nós dois tiramos o 0214. Ainda estamos em sintonia.

Vou estar longe por um mês, mas você pode sempre entrar em contato comigo. Sempre.

Nós fizemos uma promessa. Amigos para sempre.

Eu te amo.

AURELIA

Uma sacola da Crate and Barrel está na porta do meu apartamento. Dentro dela, há um lindo buquê de peônias cor-de-rosa, dispostas lindamente em um vaso branco. Simples e elegante. É um vaso semelhante ao que comprei e deixei cair.

É o mesmo arranjo que Chad costumava me dar depois de uma das minhas apresentações.

A lembrança dói, como fogo acendendo o que eu estava desesperada para enterrar todos esses anos.

Chad foi meu primeiro amigo.

Meu primeiro beijo.

Meu primeiro amor.

Meu primeiro ódio.

Ele ainda é o único cara que me deu flores.

Escondido entre as peônias, um bilhete aparece:

> *Você deixou cair o vaso. Com amor, Chad.*

Um mês se passa e todos os dias Chad entra em contato comigo.

Um bilhete com um enorme buquê de peônias para minha primeira apresentação no Balé de Nova York:

> *Aurelia, gostaria de poder estar lá com você. Você será brilhante.*

Uma mensagem aqui:

Aurelia, acabei de ouvir a Élégie de Rachmaninoff, e isso me fez lembrar da primeira vez que nos encontramos...

Uma mensagem lá:

Torta de creme de banana no Redeye Grill quando eu voltar? Prometo compartilhar.

Mensagens de voz no meu celular: *É o Chad, estou em Houston. Acabei de terminar um show. Gostaria que você estivesse aqui…*

Mensagens em meu telefone residencial: *Sou eu. Estarei de volta em alguns dias. Gostaria muito de levá-la para jantar.*

Depois que abri recentemente uma conta no Facebook com meu nome verdadeiro, Chad curtiu e deixou comentários em todas as minhas postagens não tão excitantes.

Eu o *stalkeei* durante anos e agora… é ele que está me *stalkeando.*

Ele é implacável. Estou sobrecarregada.

Por cerca de mil e setecentos dias, sonhei que eu e Chad nos reencontrássemos. Mas agora que isso aconteceu, sinto-me como se tivesse sido dividida em duas.

Não é que eu não queira sua atenção, mas a quero demais. Cada contato dele faz meu coração palpitar. Cada ligação, cada mensagem, tudo o que ele faz é intenso. Passamos de nenhum contato durante anos para várias mensagens por dia. O que aconteceu com o *"vamos com calma"*? Não há um meio-termo estável. Não há tempo para eu avaliar o que estamos fazendo ou para onde estamos indo.

O tempo entre as mensagens aumenta minhas inseguranças.

Quando ele não entra em contato, fico preocupada que tenha parado de me procurar. Talvez tenha parado de esperar quando pode facilmente encontrar alguém novo.

Meu coração balança para frente e para trás, incapaz de conciliar todas essas ideias ridículas.

Chad e eu deveríamos continuar amigos.

Sinto falta de nós como namorados.

Adoro ouvir sobre seus dias, mas depois me desespero porque um dia ele mencionará que conheceu outra pessoa. Alguém que ele queira namorar.

Sinto falta de ser envolvida em seus braços fortes à noite, enquanto ouvimos Piazzolla.

E então me pergunto se eles estão em volta de outra pessoa quando ele não está comigo.

Quero seus lábios contra os meus, beijando-me como se o mundo estivesse acabando.

Se o mundo estivesse acabando, ele seria a pessoa com quem eu gostaria de estar.

— Qual é o problema? — Agnes pergunta, do outro lado da linha. — Do que você tem tanto medo?

— Que eu me entregue completamente a ele e que ele parta meu coração de novo.

— Todo mundo tem medo de ter seu coração partido. Todo mundo. Mas nem todo mundo vale o risco. Chad vale o risco? O que você ganharia se tivesse que arriscar de novo?

— Olá? O que você fez com Agnes Littlejohn?

— É de você que estamos falando. Pense no ganho.

— Vou pensar — prometo, acreditando que Chad vale o risco.

Mas será que me atrevo a correr esse risco novamente? Tenho um carrossel de dúvidas e trepidações girando sem parar. A toda velocidade.

Estou voltando do mercado da esquina para casa quando quase deixo cair minhas compras. Chad está sentado nos degraus do meu prédio.

— O que está fazendo aqui? — pergunto.

— Acabei de voltar de Chicago. Faz um mês que não vejo você — responde, se aproximando um pouco mais. — Não quis esperar mais.

— Okay. — É tudo o que consigo dizer enquanto olho para Chad, confusa.

— Você não me convidou para vir aqui. — A boca dele se abre em um sorriso largo. — Quero conhecer sua casa.

Aproveite essa chance, ouço Agnes dizer.

Está na hora de eu sair desse carrossel de dúvidas. O homem que estou olhando vale o risco.

— Venha — chamo, entregando-lhe a sacola de compras.

A lenta viagem de elevador é silenciosa, exceto pelo som de dois corações tentando fazer as pazes um com o outro. Estou mordendo nervosamente meu lábio inferior, meu coração batendo forte. O espaço confinado é pequeno, mas muito grande.

— Eu vou embora se você quiser — garante, embora sua voz revele que essa é a última coisa que ele quer fazer.

— Eu quero você aqui. Estou... só estou nervosa.

— Sou só eu.

Esse é o problema. É o *Chad*. E eu voltei a ser aquela garota de quatorze anos, convidando um garoto para sua casa em Forest Hills pela primeira vez.

Ele entra em minha nova casa, com todos os seus 400 metros quadrados. Tira seus tênis Chucks e caminha até a pequena cozinha, colocando a sacola de compras no balcão. Eu o sigo, tentando controlar as batidas do meu coração. Guardo a Coca Diet, três tristes refeições Lean Cuisine e meus namorados secretos, Ben & Jerry.

Devo parecer solitária.

— Algo para beber? — pergunto, percebendo que Chad já está se sentindo em casa. Está apoiando um braço no encosto do meu sofá.

— O que você tiver está ótimo.

Quando lhe entrego uma garrafa de San Miguel, ele dá um sorrisinho.

— Achei que a noite da festa da *Bitch* te impediria de tomar cerveja de novo.

Eu adoraria esquecer a primeira e única vez em que tive intoxicação alcoólica. Também gostaria de esquecer que vi os lábios de Gretchen nos de Chad.

— Eu não bebo como um peixe, se é isso que você está pensando. — O espaço minúsculo é sufocante e, ao mesmo tempo, inebriante com ele lá dentro. — Venha ver minha vista.

Olhando para fora da minha janela, observamos as pessoas circulando pelo restaurante do Rocco.

Chad aponta para o apartamento acima do restaurante.

— Aquela é a sua antiga casa.

— Minha mãe ainda mora lá.

— Pensei que ela tivesse se mudado. Pelo menos foi o que me disseram há algum tempo.

— Mamãe voltou um ano antes de eu me formar na Curtis.

— Como ela está?

— Financeiramente, ela está indo bem. Quando não está trabalhando na Lenox Hill, está vendendo casas.

— Ela está namorando?

— Mais ou menos... Tio Jay a convenceu a entrar para no *eharmony*.

— Namoro on-line?

— É — respondo, desejando que minha mãe finalmente tenha seu "felizes para sempre".

— Isso é legal. — Ele fica quieto por um segundo. — Ela sabe sobre mim?

— Ela disse que era só uma questão de tempo — digo a ele, lembrando-me de como minha mãe recebeu bem a notícia. No início, ela tinha reservas quanto ao fato de Chad e eu nos reaproximarmos, mas depois percebeu que ele é alguém que quero ter em minha vida. Ainda não contei ao meu pai e à Priscilla que voltei a me encontrar com Chad. Eles surtariam. Especialmente minha madrasta, que já usou as palavras *ódio* e *Chad* na mesma frase.

— Eu adoraria ver a Isabel.

— Acho que ela gostaria disso. Ela sempre gostou muito de você.

Seu rosto exibe um sorriso antes de tomar um gole da cerveja. Sua cabeça se inclina para trás, e tudo o que quero fazer é tocar a barba por fazer de sua mandíbula com minha língua. Quero sentir o gosto de seus lábios. Sua boca. Dele.

Em certas horas do dia, eu sonhava com seus braços se enrolando em mim. Seus lábios macios contra a curva do meu pescoço.

O desejo intenso que só Chad despertava.

Ele coloca a garrafa de cerveja no parapeito da janela e estende a mão. Eu a pego, meu coração parando por um segundo.

— Não quero te assustar — começa. — Mas, se ficarmos dentro de casa, vou querer mais do que o sabor de San Miguel.

Minha boca fica seca e sedenta, como se eu tivesse atravessado o deserto de Gobi. A temperatura do meu corpo aumenta. Nem mesmo uma avalanche de gelo pode me refrescar. Fico surpresa por ainda não estar tirando a roupa dele.

Você não está pronta para isso, Aurelia.

— Estou com medo — admito.

— De quê?

— De tantas coisas. Não sei o que fazer agora.

— Quem disse que temos de fazer alguma coisa? — Seu olhar recai sobre minha cama e os cantos de seus lábios se erguem.

— Chad.

— Aurelia. — O modo como ele diz meu nome ainda me enfraquece por inteiro.

— Vamos, hum… vamos dar uma volta, okay?

Conversamos no caminho para o Washington Square Park, nossos braços se tocando de vez em quando. Meu coração bate como as asas de um beija-flor, dando cambalhotas para trás e voando em zigue-zague.

— Agnes adoraria isso — comento, apontando para uma scooter verde-maçã estacionada.

— Agnes?

— Ela é minha melhor amiga.

— Ela também estudou na Curtis?

— Não, Bryn Mawr. Ela se mudou recentemente para o Uruguai para lecionar. Você gostaria dela.

— É?

— Além de dar aulas, ela vai aprender a cultivar cannabis.

— Sério?

— Ela acredita em seu uso medicinal.

— Eu gostaria de conhecer sua amiga.

Andamos mais alguns passos, dando rápidas olhadas um para o outro.

— Nunca pensei em perguntar ao Gabriel sobre seu paradeiro — Chad afirma, me surpreendendo. — E ele estava…

— O quê?

— Acho que ele estava lá por você.

— Como você soube?

— Havia uma foto de vocês dois em seu apartamento. — Não há como disfarçar o som de traição em sua voz.

— Depois que você e eu terminamos, ele era o único amigo que eu tinha. — Percebo que Chad está com a mandíbula cerrada.

— Não posso deixar de sentir ciúmes por ele ter estado na sua vida todo esse tempo.

— Não precisa ficar com ciúmes.

— Vocês já namoraram?

— Nunca. Somos apenas amigos, Chad. — Coloco a mão em seu antebraço. — Gabriel e eu somos amigos e nada mais.

— Ótimo.

Mudando de assunto, digo a ele:

— Eu fazia parte de uma orquestra de câmara que viajou pela Europa no verão anterior ao meu último ano.

— Eu queria ter visto você apresentando — fala.

— Minha mãe assistia a todas as apresentações e as gravava em vídeo.

— Não estou surpreso. Ela é sua maior fã... depois de mim. — Ele sorri. — Eu adoraria ver as gravações.

— Acho que posso providenciar isso.

Estamos procurando um lugar para sentar quando Chad diz:

— Estudar com meu avô é mais difícil do que meus quatro anos na Juilliard.

Dou uma risada leve, embora seja difícil não sentir o que perdi nesses últimos anos.

Chad não consegue conter a empolgação em sua voz quando menciona que está analisando o repertório para seu primeiro álbum e se preparando para as próximas apresentações.

Eu o encaro, admirada, com o coração cheio de orgulho — Chadwick Alexander David está no auge do estrelato.

O implacável sol de verão bate em nós enquanto estamos sentados nos degraus da fonte. Percebi que o calor pode trazer à tona o que há de pior nas pessoas; um casal, a poucos metros de distância, briga, chamando um ao outro de "vadia", "idiota", "vagabunda", "traidor".

— Não ligue para eles quando há tanta beleza ao nosso redor — Chad pede, apontando para uma jovem que beija o joelho machucado de uma criança. — E isso. — Ele acena com a mão para um dos marcos icônicos da cidade: o Washington Square Arch. — Você está ouvindo isso? — pergunta, apontando para o homem asiático sentado em um banco. Uma música assombrosa toca alto em seu alto-falante antigo.

— É linda. Não a reconheço.

— É a *Metamorphosen*, de Strauss — diz. — Ele a escreveu durante a Segunda Guerra Mundial. A Ópera de Dresden, onde ele havia estreado tantas de suas obras, foi bombardeada junto com a maior parte da cidade. Seu país, em ruínas. A humanidade em xeque. Mas ele conseguiu criar algo tão belo em meio a toda aquela feiura.

Observo e ouço Chad com admiração, apreciando a maravilha que ele vê e ouve ao nosso redor. Essa é uma das muitas razões pelas quais me apaixonei por ele.

Ele se aproxima e se vira para mim. Com o dedo indicador, inclina meu queixo.

— E então há você.

Os lábios com os quais sonhei por anos estão nos meus. Quentes, deliciosos e possessivos. Chad me beija profunda e intensamente. É um beijo longo e persistente, que diz: *Me desculpe. Sinto sua falta. Por favor, deixe-me entrar.*

12 de agosto de 2006.

Querida Aurelia,

Ouvir Chopin me inspirou a escrever esta carta. Hoje mais cedo, você olhou pela janela com os braços cruzados. Eu estava desesperado para te abraçar, mas você não estava pronta. Não acho que estava pronta para a minha visita também. Eu só tinha que te ver.

Enquanto escrevo isso, a chuva cai pelo parapeito da janela, me lembrando de um dia que passamos no parque logo antes de uma chuva torrencial. Você se lembra daquele dia? Nós tínhamos dezessete anos, passando um tempo na Sheep Meadow. Penso naquele dia com frequência, lembrando-me do conforto que nunca senti com ninguém antes. Minha cabeça no seu colo, seus dedos delicados acariciando meu cabelo. Tínhamos prova de história da música no dia seguinte e, enquanto você lia passagens das cartas de Chopin, pensei que a minha vida não poderia melhorar. Foi o momento perfeito. Tão perfeito que, mesmo que estivesse chuviscando, nós não nos mexemos.

— Deveríamos ir embora? — Seus suspiros eram suaves, seu sorriso mais suave ainda.

Eu neguei com a cabeça? Acho que sim. Não queria fazer nada além de ficar com você. Queria que você continuasse lendo, porque sua voz era linda, reconfortante, e me lembrava de uma melodia encantadora de Schubert.

Minutos depois, a chuva forte começou, nos ensopando. Nós dois rimos, cobertos de grama e lama.

Eu te segurei perto de mim e te amei.

Eu te amei naquele momento como continuo te amando agora. Nunca parei de te amar.

Eu te beijei hoje no parque, e todas as lembranças que compartilhamos voltaram. As boas e as ruins.

Você mencionou hoje que estava com medo antes de sair correndo.

Estou junto com você nisso. Mas prefiro ficar com medo e te dar tudo de mim do que fingir que não quero você de volta.

Seu,

Chad

Nas últimas semanas, tenho trabalhado sem parar como substituta. Entre o Balé de Nova York e *O Rei Leão*, estou fazendo oito shows por semana. Dois às quartas-feiras e aos sábados, além de uma matinê aos domingos. Eu não deveria ter concordado em tocar em *O Rei Leão* enquanto Harold Lee está de férias.

Se Chad não está estudando com o Maestro von Paradis, se apresentando ou ensaiando, ele assiste às minhas apresentações com o Balé de Nova York e *O Rei Leão*. Não importa que eu não esteja no palco, mas literalmente embaixo dele, tocando no fosso. Eu nem mesmo me arrumo para o trabalho, usando meu uniforme de saia preta e moletom preto. Às vezes, vou sem maquiagem, com o cabelo preso em um coque, parecendo que acabei de sair da cama.

Assim como nas últimas apresentações a que Chad compareceu, ele me encontra na porta do palco.

— Arlene — diz, com carinho. Senti falta de ouvir seu apelido para mim. — Você foi ótima.

— Charles, do que está *falando*? Você nem consegue me ver.

— Não importa. Sei que você está lá, tocando lindamente. E, se eu fechar os olhos, posso te ouvir separada do outro violoncelista.

— Você é louco.

— Juro pelo meu coração. — Ele coloca a mão no peito. — Reconheço sua forma de tocar em qualquer lugar.

— Obrigada.

Nós saímos, reconstruindo lentamente a ponte de confiança que desmoronou, rachou e desabou. Encontrando o que perdemos anos atrás.

7 de setembro de 2006.

Querida Aurelia,

Passamos algum tempo juntos nestes últimos dois meses, apesar das nossas agendas ocupadas.

Eu te levei ao Cendrillon, esperando que o lugar onde tivemos nosso primeiro encontro trouxesse algumas lembranças boas.

Eu te observei no jantar hoje à noite, sua cabeça virada na direção da janela, os olhos focados na Mercer Street. Meus próprios olhos se debruçaram sobre seu rosto, admirando as sardas que eu costumava beijar. Sardas que eu costumava contar quando você cochilava nos meus braços depois da escola. Então meu olhar te despiu, lembrando a forma como você costumava derreter com a minha língua. Imaginando como poderia ser a nossa vida juntos. Fazendo amor sempre que quiséssemos. Apresentando lado a lado até o amanhecer. Lendo passagens dos nossos escritores favoritos no parque. Compartilhando segredos apenas entre nós.

Como se conseguisse sentir meu desejo, você se virou na minha direção, e foi aí que vi o receio no seu rosto.

— Me desculpe — eu disse.

O que eu quis dizer foi:

Me desculpe por tudo. Me desculpe por partir seu coração. Me desculpe pelos últimos anos.

Quando te conheci, você tinha treze anos e era tão cheia de vida. Você se tornou uma linda mulher, mas é doloroso ver como perdeu um pouco daquela vitalidade. E a culpa é parcialmente minha.

Você conhece os meus pensamentos antes que eu os diga. Ouve minhas melodias antes que eu as toque. Escuta a minha loucura e lê nas entrelinhas.

Você possui o meu coração. Algo que ninguém conquistou, a não ser você.

Eu sempre vou precisar de você na minha vida.

Não há nada extraordinário sobre onde estávamos naquele momento, mas foi quando meu coração suplicou para que você ficasse.

Antes de irmos embora, eu perguntei:

— Você vai nos dar uma segunda chance?

Você ouviu meu desespero?

Sei que preciso ser paciente para ganhar sua confiança de volta. Por favor, saiba que vou esperar por ti.

Com amor,

Chad

AURELIA

Setembro de 2006.

O Maestro von Paradis e vários membros da Filarmônica de Nova York estão sentados na sala de estar principal do apartamento dos David. Mais da metade tem um coquetel na mão. As crianças correm de um cômodo para o outro, gritando: "peguei!" e "tá com você!".

Eu os invejo. Sinto falta de ser criança.

O pai de Chad, Oliver, me abraça.

— Fico feliz por você ter vindo.

Renna faz o mesmo.

— Minha linda menina, é tão bom ver você. Sentimos sua falta. Vou levá-la para almoçar em breve.

O irmão de Chad, Magnus, olha para cima de seu assento ao piano e acena com a cabeça. Seu gêmeo, Mercer, não está à vista.

— Allegra — Chad chama. — Aurelia está aqui.

A última vez que vi Allegra foi em sua festa de aniversário de 16 anos. Ela sempre foi bonita. Agora, está deslumbrante. Pele de porcelana, cabelos escuros e espessos e grandes olhos castanhos. Chad está sempre elogiando sua prima favorita como brilhante: "Ela faz com que todos da família pareçam idiotas sem se esforçar".

Allegra se aproxima, segurando a mão de uma menina. Deve ser Layla, a sobrinha de Chad.

Ela olha para cima.

— Tio Chad, você está atrasado de novo.

— Eu sei, mas por um bom motivo. — Ele se inclina para beijar a bochecha dela. — Você se lembra de Aurelia?

— Claro que sim. — Layla se vira para mim, com a mão no quadril. — Você é a namorada do tio Chad de novo?

Antes que eu possa responder, Allegra estende a mão.

— Aurelia. Faz tanto tempo. — Ela me abraça com força, como se também tivesse sentido minha falta. — Ouvi dizer que você ainda está dando trabalho ao meu primo.

— Como sempre.

— Estou na cidade por mais uma semana — comenta, pegando uma bebida com um garçom que passava. — Vamos para a Mott Street comer *dim sum*.

— Eu gostaria disso — respondo. — E parabéns. Chad mencionou que você é arquiteta.

— Eu sou.

— Vai ajudar Chad com a nova casa dele?

Allegra cutuca o braço de Chad.

— Ele não pediu, mas pretendo fazer isso. Não queremos danos estruturais.

— Chadwick — o Maestro von Paradis o chama, acenando com a mão em direção ao piano.

Chad me dá um rápido beijo na bochecha e vai até lá. Com seu jeans preto, camiseta e tênis da mesma cor, ele é o cara mais bem vestido da sala. Nada supera confiança.

— Tenho que encontrar Layla e me certificar de que ela está se comportando bem — Allegra fala. — É um prazer te ver novamente. Se vale de alguma coisa, Chad estava arrasado sem você. Intolerável.

Eu também estava arrasada.

Magnus fica ao piano para acompanhar o virtuoso na *Chaconne em sol menor*, de Vitali. O arco de Chad desliza pelo acorde de quatro notas e a sala fica em silêncio. Não conseguimos nos mover, não conseguimos respirar, completamente fascinados pela melodia de cortar o coração. Nos dez minutos seguintes, Chad David domina o público.

A música é como um líquido em minhas veias. Ela se infiltra, incapaz de sair. É uma apresentação da qual me lembrarei pelo resto de minha vida.

— Ela é louca pelo nosso garoto — Renna diz, ao pé do meu ouvido, com o braço em volta do meu ombro.

— Quem? — pergunto, olhando ao redor da sala.

— A mulher que está perto da janela é Olivia Tornquist. Ela é uma filantropa. Adora descobrir estrelas em ascensão.

Eu a reconheço de algum lugar. Ela me lembra da minha madrasta, com seu queixo firme, nariz aquilino e rosto quadrado. O elegante cabelo prateado em um coque baixo e as joias discretas que está usando são muito Priscilla. Elas também gritam que vem de *família rica*.

— Ah.

— E meu menino ainda é muito apaixonado por você.

Uma onda de calor irradia do alto da minha cabeça, descendo até meus pés. Sinto-me sem peso, intoxicada. Bêbada de amor pelo virtuoso.

Após a apresentação de Chad, a noite se acalma. O Maestro von Paradis vem na minha direção, com um coquetel na mão.

— Já faz algum tempo, minha querida. — Sua voz é distinta, com um forte sotaque alemão. — Acho que a última vez que nos vimos foi na apresentação de Chad em Tanglewood.

— Sim, senhor.

— Você está fora há alguns anos. Instituto Curtis, correto?

— Sim, senhor. — Parece que estar na companhia do Maestro interferiu em minha capacidade de manter uma conversa.

— Você voltou de vez?

— Sim, senhor.

— Chad tem uma carreira brilhante pela frente — começa. — Ele ainda não sabe disso, mas herdará minha batuta. Ele se tornará um grande maestro e seu nome aparecerá ao lado de Karajan, Bernstein, Mehta, Ozawa e Little.

— E von Paradis também?

— Não, meu neto é muito mais talentoso do que eu. Ele nasceu com talento. Algo que não pode ser aprendido ou ensinado. Um talento que não é deste mundo. Percebi isso quando ele acabou de fazer três anos e cantarolou uma peça inteira depois de ouvi-la. Ele pegou um violino aos quatro anos. Seus dedos eram rápidos e ágeis. Mesmo naquela tenra idade, tinha uma maneira poderosa e única de expressar uma melodia. Até hoje, ninguém me surpreendeu como meu neto. Ele poderia ter se apresentado em uma grande sinfonia aos oito anos, mas seus pais — ele ergue o rosto com o olhar fixo em Chad — queriam que ele tivesse uma infância normal. Principalmente sua mãe.

Assinto de leve e permaneço em silêncio.

— Chadwick é talentoso demais para não realizar seu potencial. — Os olhos azuis penetrantes de Emil prendem os meus, mantendo-os reféns. — Vários membros da diretoria da sinfônica já perguntaram sobre o futuro dele. Sinfônicas fora dos Estados Unidos. Se ele ficar aqui, não conseguirá cumprir seu destino. Chadwick precisa se concentrar em seu futuro. Além de dominar o violino, ele pretende reger. Este é o momento dele. O resto pode esperar.

Um caroço do tamanho de uma batata se forma em minha garganta.

O resto pode esperar. E esse "resto" é você.

— Você entende, querida. Você também é uma musicista talentosa. Este é o momento do meu neto. A música é sua paixão. Ele está destinado a forjar algo que outros músicos e maestros não conseguiram fazer.

A dor que se forma em meu peito se recusa a diminuir. Tudo o que o maestro disse é algo que eu sempre soube. A música é a razão pela qual Chad terminou comigo no último ano do ensino médio. A música se interporá entre nós, a menos que eu saia do caminho.

Vá embora, Aurelia.

— Tenho que ir. — Olho para o relógio. — Já está ficando tarde. Foi bom vê-lo novamente, Maestro.

Ofereço minha mão, mas, em vez de aceitá-la, o maestro se inclina para frente, com determinação em seu olhar.

— Por favor, lembre-se do que discutimos.

Chad está no quarto, deitado no chão. À sua direita está Layla, com um quebra-cabeça. Um garotinho com cachos loiros está brincando com blocos por perto, construindo e derrubando uma torre. Nunca vi esse bebê antes, mas acho que é sobrinho de Chad.

— Ah, cara — Chad provoca, fingindo horror quando o menino sobe em cima dele. — Argh, Jacob, você vai me esmagar.

Jacob ri e balança o bumbum na barriga de Chad. Observo o garotinho e meu peito se enche de uma sensação dolorosa de perda. A risada inocente de Jacob faz minha mente viajar para a época em que Chad e eu nos tornamos namorados. Antes de ele partir meu coração. Antes de o meu mundo desmoronar.

Com a mão em meu peito, peço que pare de doer. *Não estou yako. Estou bem.*

Chad dá beijos nas bochechas rechonchudas de Jacob, depois olha para mim.

— Me ajude.

É Oliver quem vem em socorro, aparecendo na porta do quarto.

— Jacob, aqui está um biscoito para você. — Ele se vira para Layla. — Sua avó fez chocolate quente para você.

— Biscoito — Jacob grita, correndo em direção ao avô. Agarrando a guloseima, ele corre pelo corredor, Oliver e Layla logo atrás.

Chad cai de costas.

— Venha deitar aqui comigo — chama, dando um tapinha no espaço ao lado dele.

Eu me contenho, pressionando os lábios.

Chadwick precisa se concentrar em seu futuro. Este é o momento dele. O resto pode esperar.

— Por favor, Aurelia?

Esse é o nosso momento.

Eu me deito ao lado dele e coloco a cabeça em seu peito.

— Você é maravilhoso com crianças.

— Elas são meus seres humanos favoritos, junto com você. Adoro a admiração em seus olhos. Tudo ainda está imaculado — justifica, brincando com meu cabelo enquanto me deleito com esse momento.

Alguns sentimentos nunca desaparecem. Meu coração está completo, saboreando o conforto e a segurança de estar nos braços de Chad. Dou uma olhada no quarto. *Nosso primeiro beijo foi bem aqui.*

Como se estivesse lendo meus pensamentos, ele diz:

— Eu me lembro disso.

— Do quê?

— Nosso beijo — responde.

— Nosso primeiro beijo? — pergunto, soltando-me de seu abraço.

Ele se vira para mim, com os olhos brilhantes.

— E o nosso último no parque. Eu me lembro de tudo. Na verdade, nada mudou desde que te vi pela primeira vez. Ainda penso demais em você.

— Eu também penso demais em você.

— Que bom.

Eu me mexo um pouco.

— O que está pensando? — ele pergunta.

— Estou com ciúmes de todas as garotas que você trouxe para cá depois de mim.

— Que garotas?

— Você não teve outras namoradas?

— Não.

Ergo a sobrancelha esquerda.

— Dormi com algumas, mas não tive uma namorada desde você.

— Por que não?

— Ter uma namorada que não fosse você significaria que eu desisti de nós.

Absorvo suas palavras e me pergunto por que não estou me jogando em cima dele aqui e agora.

O silêncio se instala sobre nós e, através dele, ouço uma linda voz cantando *Night and Day*, de Cole Porter, na sala de estar. Chad e eu permanecemos no chão, apreciando a apresentação.

— Era sua mãe?

Ele sorri.

— Com certeza, era.

— Você nunca me disse que ela sabia cantar.

— Isso é raro. Ela pode ter tomado muitos martinis. — Ele traça minha bochecha com o dedo indicador. — Essa música sempre me faz lembrar você.

— Sério?

— Eu te disse. Penso demais em você. — Sua cabeça se volta para a porta. — Vamos embora.

— Para onde?

— Não me importo. Só quero ficar sozinho com você.

Andamos pelas ruas lotadas da cidade, conversando sobre tudo e sobre nada. Mesmo em uma cidade de milhões, somos apenas nós dois. Chad me puxa para perto, nossos braços entrelaçados. Embora eu ainda esteja irritada com as palavras de seu avô, as coloco no fundo da minha mente.

Dirigimo-nos ao nosso lugar favorito — a fonte do Lincoln Center, onde tudo ao nosso redor brilha. Os teatros ao redor estão iluminados, com as portas abertas para os clientes bem-vestidos que estão saindo. Os pedestres sobem e descem os degraus iluminados, alguns indo em direção ao hotel que se destaca à nossa direita.

A mão grande de Chad envolve a minha.

— Estou precisando me conter pra caralho para não te beijar agora. Mas vou esperar.

Eu gostaria de gritar bem alto: "eu quero você". Em vez disso, digo:

— Só preciso de um tempo.

— Eu sei — responde, com os olhos fixos nos meus. — Eu quero você mais do que qualquer outra coisa que já quis. Vou esperar por você. Mas você precisa saber que — ele beija as costas da minha mão —, quando isso acontecer, você não vai fugir.

AURELIA

Outubro de 2006.

— Pensou mais sobre a faculdade de pós-graduação? — minha mãe pergunta, cortando uma fatia de pudim de *Leche.*

— Já me inscrevi em algumas.

— Isso é maravilhoso — ela diz, com a voz esperançosa. — Você já é uma veterana quando se trata de audições.

— Não exatamente.

— Por favor, faça uma aqui. É bom ter minha filha de volta.

— É bom estar em casa. — Dou uma olhada no apartamento da minha mãe. Embora ela tenha ganhado algum dinheiro com a venda de estúdios que comprou, ainda mora em nossa antiga casa na Thompson Street. Viro levemente a cabeça; o piso está mais inclinado do que nunca.

— Agora me conte. — Seus olhos castanho-claros estão vívidos e curiosos. — Como estão as coisas com Chad?

Abaixo meu garfo.

— Loucas.

— Loucas?

— Na sexta-feira, ele ligou e pediu que eu o encontrasse na LaGuardia. No começo, fiquei hesitante, mas é inútil dizer não a ele. Cheguei lá, e foi como estar em uma máquina do tempo. Tudo parece igual. Assim que passei pelos detectores de metal, meu coração parou.

— Por quê?

— Um grupo de alunos estava nos degraus do mezanino. Formandos em canto, vestidos com trajes de coral. Chad estava no pé da escada e, quando me viu, acenou com a cabeça para o coral. Eles começaram a cantar uma versão a cappella de *I Want You Back.*

— Como é?

— Quando éramos adolescentes, Chad costumava tirar sarro de mim e do meu amor pelo NSYNC.

— Você adorava aquela boy band. Tinha uma queda pelo Justin Timberland.

— Timberlake, mãe.

— Ah, sim, aquele de cabelo cacheado.

— Chad me disse uma vez que teria que estar muito desesperado para tocar NSYNC.

— Desesperado?

— Sim. — Sorrio, lembrando-me da maneira como o coral cantou minha música favorita do NSYNC. — Foi muito romântico.

— E você ainda está questionando seu relacionamento?

Assinto.

— Está tudo bem. Estamos reconstruindo nossa amizade aos poucos.

— Ele sempre será seu amigo.

— Eu sei, mas ele quer que sejamos mais do que amigos.

— O que você quer?

— Eu também quero isso.

— Quero que você encontre o amor com a pessoa com quem vê um futuro — ela fala com ternura. — Você vê um futuro com Chad?

— Sim, mas o passado me impede de seguir em frente.

Os olhos da minha mãe brilham sob a luz suave. Ela se aproxima um pouco mais da cadeira antes de colocar a mão em cima da minha.

— Você perdoa, Aurelia. É assim que segue em frente. Você perdoa Chad por seus erros juvenis. Perdoa por ter partido seu coração. Perdoa porque o ama. Deixa seu orgulho de lado e permite que todas as lembranças maravilhosas, suas belas qualidades, superem os erros dele. Mesmo os mais graves. Caso contrário, você pode perder o amor de sua vida. Perdoe-o. Permita-se amar de novo.

— Foi isso que você fez com o meu pai?

Há uma resignação suave está em seus olhos.

— Durante anos, eu me recusei a ver qual era o meu relacionamento com ele. Eu era apenas mais uma mulher. — Ela fecha os olhos brevemente. — Eu me apaixonei por um homem casado, mesmo sabendo que era errado. Eu era jovem e solitária, esperando por um homem que nunca deixaria sua esposa.

— Papai mentiu para você?

— Eu menti para mim mesma. — Ela segura a minha mão. — Comecei a viver novamente depois que me perdoei. Priscilla também me perdoou.

— Minha madrasta? A rainha dos rancores?

— Sim, a mulher que me mandou flores mortas durante anos.

— Como raios isso aconteceu?

Um pequeno sorriso se abre em seu rosto.

— Você.

AURELIA

A Bank Street, no West Village, se estende por apenas seis quarteirões. Com paralelepípedos e repleta de casas de tijolos vermelhos e arenito, é um dos locais mais procurados no centro de Manhattan. John Lennon, Yoko Ono, Willa Cather e Sid Vicious são todos antigos habitantes dessa rua em particular.

Já se passaram dois meses desde que Chad me beijou no parque. De alguma forma, mantivemos nossas mãos longe um do outro. E agora, *finalmente*, estou indo para a nova casa de Chad. É um sobrado estilo grego de três andares entre a Washington e a Greenwich.

Abrindo a porta cinza-escura da frente, Chad diz:

— Precisa de encanamento novo, janelas novas, drywall e uma série de outras coisas. Usei meu adiantamento da Sony Classical para comprá-la abaixo do preço de mercado da tia do meu pai.

Os quartos são espaçosos e espartanos, com a única mobília sendo uma cama king size, um piano de cauda Steinway e um banco. Ao longo das paredes, há livros e manuscritos empilhados. As janelas amplas e iluminadas têm vista para a Bank Street; a 30 centímetros de distância, há uma única estante de música. Três estojos de violino estão pendurados nas paredes vazias e, encostados na lareira apagada, há fotos em preto e branco. Entre elas, há uma foto minha com Chad e sua família, tirada no dia em que Renna recebeu o Prêmio Mulheres na Música. Eu tinha dezesseis anos. Jovem. Inocente. Profundamente apaixonada.

Pequenas rachaduras ziguezagueiam pelas paredes. A cada poucos passos, uma tábua do assoalho range. Quando estou prestes a subir as escadas, Chad diz:

— Não segure o corrimão. Ele está solto.

— Por que ninguém morou aqui todo esse tempo? — pergunto, maravilhada com os tetos altos, as janelas grandes e as estantes embutidas.

— Minha tia-avó morou aqui décadas atrás com o marido. Agora ela mora na Inglaterra, não pode sair de casa e se recusa a entrar em um avião.

— Isso é triste.

— É mesmo. O marido dela faleceu há mais de vinte anos e ela não voltou mais. Ela diz que aqui não é uma casa sem ele. Está parada aqui todo esse tempo.

É assim que é perder uma alma gêmea? Presa em casa, incapaz de viver novamente? A vida paralisada.

— Você está bem? — Chad pergunta.

— Sim — respondo, meu olhar se voltando para todas as paredes e tetos rachados. Gostaria de acreditar que por trás de todas essas imperfeições há segredos compartilhados, sonhos compartilhados, momentos compartilhados. — Precisa de reformas, mas é perfeito. Terá espaço para todos os seus prêmios.

— Meu Deus, não.

— Onde você vai guardá-los?

— Não me importo com essas coisas. Eles vão ficar com meus pais.

Chad não mudou. Ainda é o mesmo garoto que não se importava com prêmios. Ou com a fama.

Ainda é o mesmo garoto que só gostava de tocar música.

— Adoro a acústica da sala de estar. Venha comigo — convida, me levando de volta para a sala principal.

Estamos sentados lado a lado no banco do piano. Chad acabou de tocar *Serenata*, de Schubert.

Minha cabeça está apoiada em seu ombro quando ele passa o braço ao redor do meu.

— Você consegue se ver aqui?

— O que quer dizer com isso?

— Aqui comigo.

Quero as mesmas coisas que quero há anos — uma vida com Chad, cheia de sons de crianças rindo, cachorros latindo e nossos instrumentos sendo tocados a qualquer hora do dia. Mas Phobos, o deus do Medo, me provoca. *Se você entregar seu coração a ele novamente, ele o partirá.*

— Não sei — murmuro, quando a resposta sempre foi *sim*!

— Estou pressionando demais — ele fala.

— Não está. Ainda estou com medo. Eu me preocupo que você pense que isso foi fácil demais para você.

— Fácil?

— Que eu iria até você tão facilmente. Tão voluntariamente.

— De jeito nenhum. Pelo contrário. Farei o que for preciso para ter você de volta. Sei que precisarei de mais do que um arranjo a cappella de *I Want You Back*.

Perdoe-o, minha mãe sussurra em um ouvido. *Permita-se amar novamente.*

Ele vai te machucar de novo, Phobos sussurra no outro ouvido, mantendo meu coração refém. *E então você vai rachar como essas paredes de gesso.*

O medo é o pior inimigo do amor…

— Estou fazendo o possível para não te assustar — Chad afirma, olhando para baixo. Ele encosta a testa na minha e eu me sinto cativa em um mar de azul. — Aurelia, eu quero que você seja minha de novo.

AURELIA

A batida do coração de Nova York ecoa ao fundo, imitando a minha. Caótica, incerta e tão viva.

— Eu também quero ser sua de novo.

— Fale outra vez. — Os olhos de Chad são como raios laser, brilhantes e poderosos. Eles estão abrindo um buraco através de mim, afastando todas as minhas defesas.

— Quero ser sua de novo.

Quando seus lábios macios roçam os meus, o sabor característico de canela desperta a lembrança do nosso primeiro beijo. O desespero para que ele me *veja* está de volta com força total.

Quero que você me veja. Não a garota que você amou há tantos anos, mas a mulher que você amará pelo resto da sua vida.

Ele me atrai com a boca e as mãos, puxando-me para seu colo, com minhas pernas ao redor dele. Estamos devorando um ao outro como almas famintas.

Esse beijo é urgente, necessitado, exigente. Possessivo e apologético. O beijo mais longo da história dos beijos. Respiração pesada. Línguas emaranhadas. Lábios inchados. Nossas mãos passeiam, procurando tudo o que perdemos nesses últimos anos.

Afastando minha boca da dele, inclino-me lentamente para trás. A luxúria toma conta de seus olhos azuis nublados. Lábios molhados e deliciosos ligeiramente entreabertos, sua pele pálida agora corada de desejo. Meus dedos roçam a cicatriz acima de sua sobrancelha e as maçãs do rosto altas e proeminentes, depois seguem a trilha da barba ao longo de sua mandíbula até o pescoço. Até os botões de sua camisa preta.

Durante anos, imaginei como seria ter intimidade com Chad novamente. É uma sensação familiar e estranha ao mesmo tempo. Familiar, porque ele é o garoto que me deu meu primeiro beijo. O primeiro a conhecer intimamente meu corpo. E estranho, porque agora ele é um homem cujo corpo não me é mais familiar.

Quando menino, ele era atraente. Como homem, ele é magnífico.

Seu tórax liso está mais largo e mais definido, com *duce vitam tuam*, "conduza sua vida" em latim, gravado em seus peitorais. Os contornos de seu corpo lembram uma bela melodia que permanece por muito tempo após a última nota ter sido tocada. Meus olhos traçam os relevos individuais de seu abdômen firme, sua cintura fina e os sulcos musculares acentuados que emergem de sua calça.

Minha frequência cardíaca continua a aumentar, o desejo percorrendo cada célula do meu corpo. Chad me aproxima de seu peito, me abraçando com força.

— Me diga o que você quer — sussurra.

— Você.

Ele solta minhas pernas e empurra o banco para longe do piano.

— Eu também te quero. — Ele morde o lábio inferior, seu olhar decidido focado em mim como o de um leão perseguindo sua presa. — Eu te quero tanto que chega a doer.

Você pensaria que estou gripada com o aumento da temperatura do meu corpo, com a minha cabeça girando, com a forma como estou derretendo.

Meu clitóris lateja, implorando. *Quero sua boca quente em mim.*

Minhas pernas se separam ligeiramente, a dor entre elas suplicando. *Quero você dentro de mim.*

Ele se levanta, desabotoa e abre o zíper da calça jeans, descartando toda a roupa em segundos.

— Mal posso esperar para estar dentro de você.

Estou tão excitada que estou ofegante, mas incapaz de me mover, hipnotizada pela maneira como ele se acaricia, para cima e para baixo, para cima e para baixo com a mão esquerda. Tinta preta cobre todo o seu braço esquerdo, os músculos do bíceps se flexionando através dos desenhos tatuados. Não há cortinas penduradas em suas janelas e, se um transeunte parasse, teria uma bela visão da bunda de Chad. Provavelmente arrombariam a porta para dar uma olhada mais de perto. Seu corpo é uma obra de arte. O *Davi* de Michelangelo não tem nada a ver com o *meu* Chad *David.* Brilhantismo musical e proeza sexual. Os ombros largos. O abdômen bem definido. Os quadris estreitos. Pernas longas e esguias com coxas e panturrilhas musculosas. E a enorme masculinidade implorando para ser adorada.

Chad me pega em seus braços, sobe as escadas correndo e me joga na cama. Então ele está em cima de mim, me prendendo debaixo de seu corpo, seus olhos desejosos estudando meu rosto.

— Nossa, Aurelia, senti falta de beijar seus lábios. — Beijo. — Senti falta da maneira como você me fitava com esses olhos encantadores. — Beijo. — Do seu gosto em todos os lugares. — Beijo. — Senti falta de tudo em você. — Beijo. — Cada. Centímetro.

Seus lábios se unem aos meus. E nossas línguas dançam um tango de Piazzolla, começando lentamente com voltas e reviravoltas inesperadas. Suas mãos grandes e sua boca faminta viajam da minha mandíbula até a clavícula, descendo até meus seios cobertos. Uma necessidade ardente se intensifica e, finalmente, estou riscando o fósforo, embora ainda tenha medo do fogo.

Nossas bocas brincam de cabo de guerra enquanto meu coração gira em um carrossel ininterrupto de emoções.

Eu quero isso mais do que tudo.

Não estou pronta para isso.

Não tenho nada a perder.

Tenho tudo a perder.

A mão de Chad sobe e desce por meus braços antes que seus dedos ágeis se entrelacem com os meus. A outra mão habilmente abre cada botão do meu vestido de botões. Lábios úmidos percorrem o caminho da curva do meu pescoço até o sutiã. Levanto meu corpo, permitindo que o vestido escorregue dos meus ombros.

— Não serei gentil — afirma, com a voz baixa e rouca.

Com a boca e o queixo, ele move a parte de cima do meu sutiã para baixo, expondo meu mamilo endurecido. Com um gemido baixo, o leva à boca, alternando entre chupar e morder. Sua ereção repousa sobre minha barriga e meus quadris se erguem, desesperados para senti-lo dentro de mim. Sua boca está na minha, áspera, forte e ávida, como se estivesse me punindo por ter fugido.

Lábios macios deslizam pelo meu corpo enquanto ele afasta minhas pernas com sua mão áspera.

— Sabe do que mais eu senti falta? — pergunta, colocando a mão na minha calcinha molhada.

Nego com a cabeça.

Sua voz abaixa uma oitava quando ele diz:

— De comer você.

Calor percorre meu rosto, descendo até os dedos dos pés.

Como um homem rezando em um altar, ele se ajoelha na minha frente.

— Me deixe apenas olhar você. Você inteira — Chad fala, se inclinando e me beija através da calcinha antes de tirá-la. — Tão linda. — Ele passa os dedos pela fina faixa de pelos no meu centro. — Eu odiava a ideia de outros homens adorando você do jeito que estou prestes a fazer. Mas pelo menos eu sabia que nenhum deles faria você se sentir como eu faço. Vou te foder até que você saiba disso também. Até que sinta toda a minha mágoa e dor.

Eu sofro mais do que você jamais saberá.

— Ninguém jamais te amará e te adorará como eu.

Ninguém jamais me amou como você.

— Tenho sido seu todos esses anos.

Sempre serei sua.

Segurando um dos meus tornozelos, ele o beija levemente. Depois, minhas panturrilhas. Meus joelhos. A parte interna das minhas coxas. Meu centro.

Ele lambe os lábios.

— Abra suas pernas.

Eu as abro, revelando meu sexo nu.

— Agora posso desfrutar de você.

A boca de Chad me abre, sua língua magistral desliza para cima e para baixo em minha fenda. Dentro de mim. Mergulhando. Circundando-a com desejo.

Ele levanta a cabeça, com os olhos azuis escurecidos, a mandíbula esculpida coberta pela minha excitação escorregadia.

Meu clitóris está tão inchado que parece prestes a explodir.

— Por favor.

— Me diga o que você quer.

Estou muito tímida, envergonhada demais para dizer.

O idiota descansa a cabeça na minha coxa, dando um sorrisinho.

— Me diga.

— Me faça gozar.

Ele enfia um dedo grosso dentro de mim.

— Tão quente, tão apertada. — Deslizando-o para dentro e para fora. Para dentro e para fora.

Fecho os olhos, perdida em seu toque, quando Chad desliza um segundo dedo.

— Minha nossa… — grito, quando seus dedos pressionam um ponto específico que só ele poderia encontrar.

Os dedos que tocaram com maestria no Sanders Theatre, em Harvard, há algumas semanas, estão dentro de mim. Explorando. Ele os dobra, fazendo um movimento de vai-e-vem antes de mover os lábios até o meu clitóris inchado. Chupando-o com força, ele desliza outro dedo para dentro de mim. Meus gemidos ressoam por toda parte. Eu me agarro aos lençóis com mãos trêmulas, minha cabeça balançando de um lado para o outro em um frenesi, possuída.

— Foda meu rosto — ele diz.

— O quê?

— Foda meu rosto — repete, dessa vez com impaciência.

Chad não apenas se transformou em um deus lindo, mas também em um amante confiante. Com uma boca suja que eu adoro.

Obedeço com prazer, erguendo meus quadris mais alto, me esfregando com força em sua boca, implorando para gozar. Lambendo de cima para baixo, de um lado para o outro, ele me come como uma manga aberta. Agarro a parte de trás de sua cabeça e ele chupa meu clitóris incansavelmente. Grandes, brilhantes e ousados flashes de fogos de artifício iluminam a parte interna das minhas pálpebras. Uma poça de excitação escorrega pela parte interna das minhas coxas.

— Não consigo.

— Estou desfrutando de você.

— Não aguento mais.

— Aguenta, sim. Só mais um pouco. Senti falta do seu gosto e estou compensando o tempo perdido.

— Pare. Chega.

Lambendo meus sucos dos dedos, ele se move entre minhas pernas trêmulas, se acariciando com força.

— Não posso esperar mais… Preciso estar dentro de você.

Estou deitada, indefesa e exausta, mas tão pronta para ele. Ele beija minha boca com força, possessivamente, e posso sentir meu gosto e cheiro em sua mandíbula.

— Eu amo tudo em você — murmura, encostando a testa na minha. — Você é tão linda. Tão perfeita. — Ele se move contra mim, sua ereção me provocando. — Minha.

Estou sem fôlego. Mal consigo dizer:

— Sim, sua.

Ele guia seu comprimento para dentro de mim, pronto para eliminar a distância entre nós.

— Você é tudo o que eu quero — sussurra contra minha boca. — Tudo o que sempre vou querer.

Abro mais minhas pernas para ele.

— Porra — ele suspira quando meu corpo se fecha em torno dele. — Você é… você é tão apertada. — Dentro de mim, Chad interrompe seus movimentos. — Você está bem?

Eu o encaro, meu coração praticamente explodindo contra o peito, e assinto.

— Não pare.

São necessárias mais algumas investidas para que eu o leve até o fim. Ele nos balança para frente e para trás, entrando totalmente em mim.

— Minha nossa, Aurelia — profere, entre ofegos irregulares. — Eu esperei por você… por tanto tempo.

— Chad! — grito, quando a ponta dele atinge o lugar certo. Ele empurra mais fundo, e sou preenchida por completo.

Minhas costas se arqueiam. Minha cabeça se inclina para trás. Meus dedos agarram seus braços enquanto ele levanta minhas pernas em seus ombros. Segurando minha bunda, ele desliza para dentro e para fora de mim. As estocadas se transformam em investidas fortes e pulsantes. Chad não mentiu; ele não é gentil, me fode como se eu fosse uma pecadora que precisa de salvação. Ele não é mais um adolescente. É um homem completo e não só conhece meu corpo, como também o reivindicou. Agora é implacável, me invadindo, garantindo que eu nunca mais o deixe.

— Senti tanto a sua falta — Chad sussurra no escuro.

Rolo em sua direção, envolvendo uma das minhas pernas sobre a dele. Nossa pele encharcada já secou, mas meu cabelo ainda está úmido.

— Quanto?

— Muito — afirma, com uma expressão distante no rosto. — Cada composição que eu tocava, eu pensava, *o que Aurelia acharia dessa peça?* Toda vez que eu conhecia uma garota, pensava: ela não é a minha Aurelia. Ela não é tão bonita, engraçada ou inteligente quanto a minha garota.

Minha Aurelia.

— Eu fechava os olhos e via seu rosto — prossegue, com um sorriso triste. — As noites eram as piores. Eu ficava deitado na cama, imaginando a gente. Como éramos antes. Como poderíamos ser novamente.

— Era o seu rosto que eu via nos meus sonhos. — Sento-me sobre o cotovelo, examinando todas as suas novas obras de arte. Com meu dedo indicador, traço a tatuagem de um samurai. — Quando você fez isso?

— Na minha primeira semana na Juilliard. Descobri que você não se matriculou. Fui até a casa do seu pai e ninguém me respondeu. Senti como se estivesse em um campo de batalha há anos, perdido.

— O que isso tem a ver com um samurai?

— Porque prometi a mim mesmo que, quando a encontrasse de novo, lutaria por você. — Sua voz tensa falha.

— Lutaria por mim — sussurro.

— Sim. Mas preciso saber contra o que estou lutando. Por que você não me deixou entrar completamente. Preciso saber o que aconteceu com você e por que deixou a escola.

Minha garganta fica apertada. Tento engolir algumas vezes, rezando para que o nó dos anos de separação desapareça.

— É difícil para mim falar sobre isso. E tenho medo de que você mude de ideia sobre nós.

— Você pode me contar qualquer coisa, Aurelia. Qualquer coisa.

— Você se arrependeria do que acabou de acontecer entre nós.

— Me arrepender? Há anos desejo esse momento. — Sua voz é vulnerável. — Nenhuma palavra pode descrever o quanto senti sua falta.

Fico muda, permitindo que minha insegurança se oculte como um gato farejando um lugar escuro para se esconder.

— Mesmo depois de todos esses anos, você ainda é como aquela peça de Paganini. Posso passar horas incontáveis tentando decifrar cada nota, construí-la, mas ainda acho que é a música mais complicada de dominar. Quando éramos crianças, você era quieta, mas pelo menos me deixava entrar no seu coração. Nós acabamos de fazer amor e…

— E?

— Você está fechada. Ainda não me diz por que deixou nossa amizade como se ela nunca tivesse existido. Como se nunca tivéssemos nos amado. — Ele se vira para mim, seu olhar pensativo. — O que aconteceu, amor?

O quarto fica em silêncio. Conte a ele. Ele deve saber.

— Tive um colapso nervoso. — Meus olhos ardem, tentando conter as lágrimas. *Colapso nervoso.* Os profissionais de saúde mental me repreenderiam por usar um termo tão nebuloso, mas ele descreve o que passei. Pelo menos uma parte.

Chad fica quieto enquanto me aproxima.

— Depois que terminamos, passei por um período muito sombrio. Tudo era demais para mim. A escola. Você. As audições. Eu estava ansiosa com o musical de fim de ano e com nossos próximos recitais solo, temendo ser totalmente reprovada. Achava que não conseguiria mais entrar na Juilliard e me preocupava em decepcionar meus pais. Principalmente minha mãe. Ela trabalhou incansavelmente todos esses anos para que eu pudesse tocar. Perdi minha cadeira, uma cadeira que trabalhei tanto para conseguir. E, acima de tudo, perdi...

— O quê?

Eu me detenho, tentando controlar essa dor interminável.

— Aurelia, por favor.

— Você.

— Você nunca me perdeu — diz, com tristeza.

— Você terminou comigo. Não só perdi meu namorado, como perdi meu melhor amigo. Durante anos, você foi tudo para mim. E, de repente, eu não tinha nada... estava sozinha.

— Mas você nunca esteve sozinha. Eu estava lá para você. O fato de não estarmos namorando não significava que eu tinha deixado de me importar. Não significava que deixei de amar você.

— Não era assim que parecia.

— Sinto muito — diz, com os braços apertados em volta de mim.

— Você não sabia o quanto era ruim. — Pressiono os lábios, tentando controlar minhas emoções. — Eu escondi o melhor que pude.

— E você colapsou?

— Sim.

— Hospitalizada?

Assinto, meus lábios tremendo.

— Por quanto tempo?

— Semanas.

— Por que você ficou longe?

— Meus pais queriam me proteger.

— De mim?

— De certa forma, sim.

O silêncio paira no ar por alguns longos segundos.

— Depois do 11 de setembro, eu sabia que, independentemente de onde estivéssemos em nossas vidas, eu sempre estaria ao seu lado. Eu a protegeria. — Sua voz ficou tensa. — Sem perceber que era de mim que você precisava de proteção.

— Não era de você. Embora eu quisesse te esquecer. Esquecer o que eu havia perdido.

Esquecer nossa perda, nosso amor.

— E agora?

— O que você quer dizer com isso?

— Como você se sente? — Seus olhos analisam os meus. — Ainda se sente sozinha?

— Em alguns momentos. — Dou de ombros. — Nada fora do comum.

— Eu sempre estarei aqui para você. Nunca mais quero que se sinta sozinha.

— Eu sei, e estou mais do que bem. Eu tinha quase dezoito anos e foi minha primeira desilusão amorosa de verdade. — Afasto-me, levanto a cabeça e observo os olhos dele. Estão marejados. — Aprendi com essa experiência que eu tinha uma família. Uma família disfuncional que me amava. Só que, até então, eu nunca havia percebido o quanto todos eles me amavam. Minha mãe, meu pai, Priscilla e tio Jay.

— Eles realmente amam. — Ele me beija com ternura, com as palavras não ditas permanecendo em meus lábios. — Gostaria de poder voltar no tempo. Eu teria estado lá para você. Teria feito as coisas de forma diferente.

— Eu sei — digo, agradecida. — Precisava aprender a ficar sozinha. Para me encontrar. Precisava me libertar do meu passado.

Nós nos deitamos em sua cama, em silêncio, mais próximos do que nunca. Sinto-me reconfortada. Mas há mais coisas que preciso contar a ele; não sei se algum dia o farei.

— Consigo te ouvir pensando — Chad comenta.

— Não vou mentir — falo. — Ainda estou preocupada que você acorde e pense que não me quer mais.

— Isso não vai acontecer — garante.

— Você não pode me prometer isso.

— Eu vivi sem você e é uma maneira muito ruim de viver. Senti seu gosto em cada gota de bebida. Ouvi sua voz nas conversas. Vi você em cada mulher que passava por mim. Nunca mais quero ficar sem você. — Afasta o cabelo do meu rosto. — Eu amo você.

Eu também amo você.

— Eu te amava mesmo quando estávamos separados. Continuarei te amando, independente do que acontecer entre nós. Não quero que se sinta sozinha de novo. Quero uma residência permanente no seu coração. — Ele coloca a palma da mão no meu peito. — Somente no seu coração, Aurelia.

VIOLINISTA.COM

26 de outubro de 2006.

Chadwick David ocupou o centro do palco na noite passada com a Filarmônica de Los Angeles em Praga, sob o comando do Maestro Esa-Pekka Salonen. A performance do fascinante virtuoso no Concerto para Violino nº 1, *de Brunch, foi corajosa e chocante, combinada com um lirismo requintado.*

HOUSTON CHRONICLES

18 de novembro de 2006.

Chadwick David se apresentou noite passado com a Sinfônica de Houston

Tocou a Sinfonia Espagnole, *de Lalo, brilhantemente, trazendo cada frase à vida.*

SAN FRANCISCO CHRONICLE

19 de dezembro de 2006.

Com a Sinfônica de San Francisco, a apresentação impressionante de Chadwick David do Concerto para Violino, *de Mendelssohn, deixou a plateia sem fôlego.*

BACHTRACK

13 de fevereiro de 2007.

REPÓRTER: Aqui é Isaak Baaker transmitindo ao vivo do Royal Concertgebouw. Estou aqui com Chadwick David.

CHAD: Olá.

REPÓRTER: Que performance maravilhosa de Concerto para Violino em Ré, de Tchaikovsky.

CHAD: Obrigado, fico feliz que tenha gostado.

REPÓRTER: E agora, Chadwick?

CHAD: Só estou ansioso para ver minha namorada. Ela está aqui em Amsterdam esta noite e vamos comemorar nosso aniversário amanhã.

REPÓRTER: Vocês dois nasceram no Dia dos Namorados?
CHAD: Sim.

REPÓRTER: E o que você quer para o seu aniversário?
CHAD: Ela.

REPÓRTER: (Ri.) Bem, feliz aniversário para vocês dois.

AURELIA

Março de 2007.

É primavera. Tudo ao nosso redor floresce, inclusive meu antigo romance com Chad.

Estamos deitados em seu sofá, a cabeça dele no meu colo enquanto escutamos sua gravação das *Quatro Estações*, de Vivaldi, quando meu celular toca. É Gabriel. Não falo com ele há meses. Ele está estudando na RISD, obtendo seu mestrado em arquitetura.

— Oi, estranho — falo, depois movo a boca para Chad: — Gabriel.

Ele assente, seus olhos claros pensativos.

— Só estou conferindo — Gabriel diz. — Vendo se você ainda está viva. — Seu tom de voz é leve.

— Viva e ativa.

Chad se levanta do sofá.

— Vou comprar sushi — avisa, a voz um pouquinho mais alta do que o necessário.

— Quem é esse? — Gabriel pergunta.

— Um amigo.

— Quem?

— Um *amigo.*

— Por que você está sendo tão misteriosa?

— Não estou. — *Estou, sim.*

— Aurelia. — Sua voz é séria, como se ele estivesse prestes a me dar uma bronca. — Não me diga que é Chadwick.

Não confirmo o que ele descobriu.

— É por isso que não tive notícias suas? — incita.

— Bem…

— Quando isso aconteceu?

— Eu o encontrei alguns dias depois que voltei para Nova York. — Engulo em seco. — E só aconteceu.

— As coisas não acontecem simplesmente. — Ele parece decepcionado e preocupado. — Vocês dois estão juntos?

— O que quer dizer?

— Namorando.

Namorando? É isso o que Chad e eu estamos fazendo? Isso é mais do que namorar. Não existe um termo que define nosso relacionamento.

— Sim — respondo.

Há um momento de silêncio do outro lado da linha, seguido por um suspiro profundo.

— Agnes mencionou que você estava bem e agora sei o porquê. — Uma pequena pausa. — Ele sabe?

— Ele sabe que eu tive um colapso. — Abaixo a voz mesmo que Chad tenha saído há alguns minutos.

— Entendi.

— Você me prometeu.

— Prometi, e vou manter a minha palavra. Mas, se ele te magoar de novo, vou fazê-lo pagar.

Solto uma risada nervosa.

— Sinto sua falta.

— Obviamente, não o bastante, mas eu entendo.

— Você vai vir para casa? — pergunto.

— Não por um tempo, mas Sera vem me visitar no próximo fim de semana. Por que você não vem para Providence? Você gostaria do Museu da RISD. Também podemos dirigir até Boston. Você pode até trazer o virtuoso.

— Eu adoraria, mas tenho planos.

— Com Chadwick?

— Sim. Na verdade, vamos viajar no final de semana para comemorar.

— É mesmo?

— Acabei de ser aceita no programa de Mestrado em Performance Instrumental — conto, sorrindo.

— Juilliard?

— Eu entrei na Juilliard, mas vou para Steinhardt da NYU.

— Estou surpreso — comenta. — Você sempre quis ir para a Juilliard.

— Sim, mas o programa da NYU vai me permitir estudar meio período e ainda conseguir fazer substituições — respondo. — Não quero ficar com uma dívida imensa.

— Como eu? — Ele ri. — Diferente dos meus pais, os seus ajudariam a pagar a faculdade.

— Eu sei, mas quero fazer sozinha. Eles já fizeram tanto por mim. Faço substituições o suficiente e realmente gosto de tocar no fosso.

— Estou orgulhoso de você.

— Estou orgulhosa de você também — afirmo. — E prometo ir aí em breve.

— Vou cobrar isso. Faz tempo demais. E Aurelia?

— Sim?

— Garanta que ele te trate direito ou eu vou garantir.

Três e trinta e oito da madrugada na cidade que nunca dorme. Acordo em uma cama vazia, ouvindo o som de Chad tocando seu violino. Levanto-me dos lençóis e cobertores quentinhos e perambulo escada abaixo.

Chad está ao lado da lareira, vestindo apenas uma calça de moletom azul-marinho, tocando uma melodia que não é familiar e, ainda assim, o som mais lindo e assombroso que já ouvi. Escutando e me apoiando contra o batente da porta, estou fascinada e impressionada pelo homem que sempre terá o meu coração.

Chad toca a última nota e ergue o rosto.

— Venha morar comigo.

AURELIA

Abril de 2008.

Seis estações se passaram desde que Chad e eu voltamos a ser um casal. Pelo menos uma vez por semana, ele diz: "venha morar comigo." Ainda não aceitei sua oferta, embora mais da metade das minhas roupas estejam penduradas em seu armário. Não consigo nem me lembrar da última vez que acordei na minha própria cama. Minha geladeira é um cemitério. Todas as plantas que minha mãe comprou para mim no mês passado estão mortas. Mesmo quando Chad está viajando, durmo na casa dele.

Chad tem trabalhado sem parar, se preparando para gravar seu segundo álbum e fazendo participações especiais em álbuns pop, clássicos e de trilhas sonoras. É claro que ele as faz entre as datas de seus shows. É um candidato fácil a concertino de uma sinfônica se seguir esse caminho, mas seu coração está na regência. Ele passou os últimos anos estudando com o próprio mestre, o Maestro von Paradis.

Estou sobrevivendo ao meu primeiro ano como estudante de pós-graduação em meio período na NYU, tocando para diferentes orquestras e fazendo as rondas pela Broadway.

Ser substituta me tornou uma musicista mais forte. Na maioria das noites, toco um programa inteiro pela primeira vez, enquanto as pessoas ao meu redor sabem a música de cor. Nessas três horas, estou rezando: *"Por favor, não cometa nenhum erro"*.

O trabalho duro vale a pena.

Recentemente, comecei a tocar em tempo integral em *O Rei Leão*. Não é tão empolgante e glamouroso quanto tocar com a Filarmônica de Nova York, mas é algo que eu queria fazer desde que vi o espetáculo da Broadway. O show me oferece um salário fixo e plano de saúde. Contratualmente, tenho que tocar apenas 50% de todos os shows programados, o que me permite estudar e buscar outros trabalhos. Tudo o que tenho que fazer é encontrar um substituto.

Enquanto as famílias estão jantando em suas mesas, eu estou no fosso, tocando Pablo. Ele é como um homem velho. Profundo, atencioso e rico. Meu Pablo tem alma. Depois de todos esses anos, ainda somos uma equipe. Na Broadway e na Steinhardt da NYU.

Certa noite, eu estava de folga do trabalho e da faculdade, arrumando a mesa de jantar e atenta à entrega de pizza do Joe's, quando o telefone de casa toca. Em vez de atender, deixo a secretária eletrônica atender.

— Chadwick. — Reconheço na mesma hora a voz grave do Maestro com seu forte sotaque alemão. — Precisamos conversar sobre a nova orquestra sinfônica em Buenos Aires. Você está mais do que pronto para assumir isso. Esta é uma oportunidade imperdível — continua. — Você terá a capacidade não apenas de tocar, mas de moldar o som de uma sinfônica. Pode fazer o que sempre quis. Esta é a hora. É agora, Chadwick!

Nosso jantar é tranquilo, com apenas o som de *Concerto para Piano nº 2*, de Rachmaninoff, ao fundo. De vez em quando, Chad me dá um sorriso caloroso, e eu me pergunto se ele já falou com o avô. A luz da secretária eletrônica mostra que as mensagens ainda não foram ouvidas. Enquanto ele toma um gole de seu *pinot noir*, finalmente quebro o silêncio:

— Seu avô deixou uma mensagem para você pouco antes do jantar.

Abaixando a taça, ele diz:

— Sim, eu sei. Ele e eu conversamos mais cedo.

— E?

— Não há realmente nada para falar.

— Claro que há. Uma nova orquestra está interessada em você.

Ele dá de ombros.

— O que foi? — pergunto.

— Eles me ofereceram o cargo. — A voz de Chad carece de entusiasmo, embora reger uma orquestra seja um sonho para ele.

— Isso é fantástico.

— É mesmo. — Sua mão se move sobre a minha, permanecendo ali. — Mas minha vida é aqui com você.

— Esta é uma oportunidade incrível.

— Você não está feliz comigo?

— Claro que estou. Mas isso é o que você sempre quis.

— Não tanto quanto eu quero a gente. — Ele se levanta da cadeira e se ajoelha ao meu lado. — Se eu assumisse a posição, você não poderia se juntar a mim.

— Por que não? — pergunto.

— Eles querem que eu comece o mais rápido possível.

— Não entendo. — Um cargo de diretor musical de uma sinfônica geralmente é preenchido com pelo menos dois anos de antecedência.

— É uma nova sinfônica. Eu seria seu primeiro diretor musical e regente.

— É uma oportunidade maravilhosa.

— Mas não para nós. Você tem pelo menos mais um ano e meio para concluir seu mestrado — relembra. — E você acabou de assinar seu contrato.

— Podemos tentar pensar em algo — sugiro. — Seriam apenas alguns meses do ano.

— Receio que não. A diretoria quer um residente em tempo integral. Eu teria que morar em Buenos Aires por quatro anos.

— Quatro anos — repito, com o peito apertado.

Ele assente, a preocupação tomando conta de seu rosto.

— Quando você precisa começar?

— O mais rápido possível. — Ele pega minha mão, acariciando-a gentilmente. — Eles também entendem que tenho vários compromissos.

Fico quieta, meus lábios tremendo.

— Aurelia, olhe para mim.

Meu olhar se volta para Chad.

Um sorriso suave surge em seu rosto.

— Eu vou recusar a oferta deles.

Escancarando a boca com descrença, não consigo dizer nada.

— Olha, eu tenho mais alguns concertos — fala. — Vou continuar estudando e regendo. Tenho outro álbum para entregar. Estou muito realizado.

Meu coração quer rugir de felicidade, mas no fundo sei que isso é passageiro. Sua vida pode ser aqui comigo, mas sua alma precisa fazer o que sempre desejou. Ela precisa ajudar a motivar os músicos, fazê-los dar o melhor de si. Fazer com que eles executem a música da maneira que Chad acredita que os compositores pretendiam.

Há uma diferença entre estar realizado e realizar o sonho de alguém.

— Haverá mais oportunidades — Chad diz para mim.

Ficamos em silêncio, apenas com o som do metal raspando contra os pratos. Os longos suspiros. As palavras não ditas que permanecem no ar. Palavras que precisam ser ditas em voz alta. *Você seria um tolo se não aproveitasse essa oportunidade única na vida.*

— Vou me trocar — aviso, antes de ir para o quarto. Subo as escadas, cada degrau me lembrando do tique-taque dos relógios.

Fecho suavemente a porta atrás de mim e expiro. *Se for amor verdadeiro, ele vai esperar por nós.*

Reproduzo uma das gravações de Chad, desesperada para abafar os pensamentos que giram na minha cabeça.

Não posso permitir que ele fique aqui quando seus sonhos estão em outro lugar. Ele acabará se ressentindo de mim se ficar. E depois?

Dou um pequeno pulo quando braços fortes envolvem minha cintura por trás.

— Fale comigo.

— Estou com medo.

— De quê?

— De perder você.

— Eu não vou a lugar nenhum.

— E tenho medo do que pode acontecer se você não for. Que você se arrependa.

— Não me arrependerei de nada se estiver com você.

— Cresci observando meu pai e Priscilla, e o ressentimento é como uma terceira pessoa no relacionamento deles. Se ela não tivesse sofrido um acidente, eles teriam se divorciado há muito tempo e ele poderia levar a vida que sempre quis. Livre. Ser mulherengo sem o controle de Priscilla. Escrever de todos os cantos do mundo sem responsabilidades.

— Eu não sou *ele*. Só quero uma mulher, e é você. — O peito de Chad sobe e desce contra minhas costas. — Vamos fazer isso funcionar. Estou aqui e você não vai fugir.

— Não estou fugindo.

— E eu não vou a lugar nenhum sem você — afirma, me abraçando com força.

— Chad deveria aceitar o emprego — digo a Agnes pelo telefone. — Seria ridículo se ele não aceitasse. Mas ele não quer ir sem mim.

— Isso é romântico e tudo mais, porém, falando sério, ele precisa fazer isso. — Ela solta um longo suspiro. — O que você quer fazer?

— Quero ficar com ele, mas…

— Mas o quê?

— Eu também quero fazer meu mestrado. Além disso, acabei de começar a trabalhar em tempo integral no show da Broadway.

— Então, junte-se a ele mais tarde — Agnes sugere. — É o quê, mais um ano ou dois?

— É.

— O que foi, Aurelia?

— É a *Priscilla*. Ela não está muito bem.

— O que está acontecendo?

— Ela não quer sair do apartamento. Perdeu uma quantidade considerável de peso, sempre reclamando de dores no corpo. Sua melhor amiga, Miranda, também está preocupada com ela.

— Priscilla é Priscilla. Ela está apenas envelhecendo.

— Os médicos a diagnosticaram com depressão grave.

— Você e eu sabemos tudo sobre depressão grave — Agnes me lembra.

— É, mas é a Priscilla. Em todos os anos em que a conheço, ela nunca esteve triste. Irritada, sim. Triste, nunca.

— Eu sei o quanto você ama Priscilla, mas seu pai pode cuidar dela. Quando chegar a hora, vá com Chad.

— Você faz isso parecer tão fácil.

— Porque é. Olhe, vocês finalmente estão juntos. Continuem assim. Priscilla tem seu pai.

Toda vez que eu via Priscilla, era sempre sem meu pai. Sem Chad. Ela não queria que ninguém se juntasse a nós, insistindo: "Não podemos conversar abertamente com *eles* por perto".

A linha invisível que separava meu pai e Priscilla evoluiu e se transformou em um quadrado. Priscilla está no centro do quadrado, banindo meu pai para o lado de fora. Um dos quartos de hóspedes se tornou o quarto dele.

— Priscilla não suporta ficar perto do meu pai — digo.

— E você não suporta ficar sem Chad. Você precisa viver sua vida com ele. Faça planos para se juntar a ele. Você me disse que ele recusou muitas oportunidades para estar contigo. Convença Chad de que você estará com ele. Mesmo que isso signifique ficarem juntos depois de terminar o mestrado e cumprir aquele contrato.

— Como você se tornou tão incrível?

— Não sei — responde, com uma risada. — Eu simplesmente sou.

Chad retorna exausto após três apresentações na Austrália. Mas não exausto demais para fazer amor. No final da noite, depois de um sexo relaxante, estamos na cama. Estou completamente acordada, incapaz de cochilar.

Ele se mexe em seu sono, suas mãos se movendo levemente. Um pequeno movimento aqui. Outro ali. Como se estivesse regendo. Ouvindo uma composição que quer que a orquestra *dele* execute.

Quero que ele vá para Buenos Aires. Ele precisa fazer isso por ele. Por nós.

Ele abre os olhos.

— O que houve?

— Quero que você assuma aquela posição.

— Já conversamos sobre isso. Eu não vou sem você.

— Você precisa ir, mesmo que seja sem mim — digo.

— Não vou fazer isso.

— Só me resta um ano e meio de faculdade.

— Você vai estudar meio período — fala. — Pode levar mais tempo.

— Vou pegar mais créditos — eu o tranquilizo. — Quando me formar, também terei cumprido meu contrato. Só preciso fazer cinquenta por cento dos shows.

— E a Priscilla?

— E quando a Priscilla estiver saudável novamente, eu a visitarei sempre que puder. Eu prometo. Os médicos dizem que só vai levar alguns meses para encontrar a medicação certa. Eu até a levarei comigo.

Chad balança a cabeça.

— Sei o quanto Priscilla significa para você, mas…

— Ela me salvou — digo. — Eu não estaria aqui com você se não fosse pela Priscilla.

— Eu sei — Chad concorda.

— Será temporário. — Pressiono meus lábios contra os dele. — Você poderá fazer o que precisa fazer sem sua namorada gostosa como distração.

— Não sei, amor.

— Pare de se preocupar. É o plano perfeito. A gente consegue.

PLAYBILL

12 de junho de 2008.

Ex-criança prodígio, o violinista Chadwick David, de 24 anos, foi nomeado regente principal e diretor musical da recém-formada New World Filarmônica.

AURELIA

Agosto de 2009.

Os primeiros seis meses são insuportáveis, mas depois se tornam apenas difíceis. A diferença de fuso horário é de apenas uma hora, o que nos permite conversar diariamente. Mas uma voz não consegue me abraçar tarde da noite.

Consigo criar uma rotina para me ajudar a superar as noites solitárias. Volto do show por volta das dez e meia, verifico a correspondência, tomo banho e troco de roupa.

Depois, vou até a casa vazia de Chad por volta da meia-noite. Vestida com uma de suas camisetas, enfio-me debaixo das cobertas de sua cama e abraço o travesseiro em que sua cabeça costumava se deitar.

Acordo de manhã cedo e minhas mãos automaticamente o procuram. Volto para meu apartamento, estudo e depois vou para a NYU. Essa era minha rotina até ontem, quando a sessão de verão terminou.

Chad continua a trabalhar em Buenos Aires, contratando todos os músicos, arrecadando fundos e, ao mesmo tempo, cumprindo seus compromissos com os concertos. Assim como quando éramos crianças, Chad me liga e pede que eu esteja junto. Ele grava um vídeo de algo interessante — um artista pintando um desenho de rua, um casal dançando tango — e o compartilha comigo. Tira fotos de um novo prato que está experimentando, cenários de produção — coisas que eu gosto — e as envia por mensagem de texto.

Quando ele tem shows agendados nos Estados Unidos, eu chamo um ex-colega de classe da Curtis para me substituir em *O Rei Leão* e vou até lá para vê-lo. Sempre que tem uma chance, ele pega um avião para me ver, mesmo que seja só por um dia.

Hoje à noite, a campainha toca um pouco antes das 23h e tento lembrar se pedi entrega de comida.

Abro a porta, com a trava superior ainda no lugar. Chad espreita para dentro.

— O que você está fazendo aqui?! — grito.

Ele olha para o relógio.

— Já se passaram dois meses, treze dias, dezessete horas, alguns minutos e segundos desde que eu te beijei — informa.

Abro a porta com força, correndo em direção ao homem que voou mais de onze horas para me beijar.

É verão na cidade de Nova York, e o calor e a umidade são insuportáveis. Apesar do ar-condicionado da janela, parece uma sauna dentro do meu apartamento. Mesmo assim, fizemos amor três vezes em menos de duas horas, em todas as posições possíveis, até que nossos corpos nus desabaram nos lençóis molhados. Saio cambaleando da cama para ligar o ar-condicionado da janela. Chad se senta, com as costas contra a cabeceira da cama, sua ereção rígida apoiada na coxa.

Eu me deito ao lado dele, com o queixo em seu ombro.

— Me fale alguma coisa.

— Qualquer coisa?

— Sim, qualquer coisa.

— O calor desta noite me lembra do Apagão do Nordeste em 2003.

— A Filadélfia não foi afetada por isso. Meu pai me disse que aqui era como *Além da Imaginação*.

— Estava muito quente. Foi uma loucura. Os sortudos podiam voltar para casa a pé, atravessando uma ponte. Os azarados ficavam presos no subsolo por horas, no escuro. Toda a cidade de Nova York estava às escuras. Imagine o fato de não haver luzes na Times Square. Eu vagava pela nossa cidade, perdido. Sempre procurando por você. Sabia que você tinha ido embora, mas ainda assim te procurava.

— Procurava?

— Procurei. Porque isso — Chad aponta entre nós — é tudo.

— Tudo?

— Tudo.

— Mas você não pode continuar fazendo isso — digo a ele. — Fazendo o impossível para me ver.

— Não é nada demais — fala, bocejando. — De qualquer forma, você se juntará a mim em breve.

— Finalmente terei meu mestrado no final deste ano.

— Odeio esperar — reclama. — Quero que fiquemos juntos. Agora.

Em Buenos Aires, dividindo o mesmo palco, dividindo uma casa, dividindo uma cama. Quero estar na sala da sinfônica e ver seu rosto. Quero ouvir você tocar. — Ele se inclina, seus lábios acariciando minha orelha. — Quero te foder todas as manhãs e todas as noites.

— Eu também quero isso — respondo, querendo que o tempo acelere.

— É frustrante não acordar ao seu lado.

— Só mais alguns meses.

— Vou continuar voando para casa a cada poucas semanas.

Balanço a cabeça com preocupação.

— Os voos de onze horas vão ter consequência para você.

— Acha que eu me importaria com isso? — Ele se vira e fica em cima de mim. — Você. Eu. — Ele beija meus lábios. — Nós sempre faremos isso dar certo. — Ele separa minhas pernas.

— É?

— É — repete, antes de entrar em mim.

AURELIA

Novembro de 2009.

— Aurelia, é Emil von Paradis. Preciso vê-la amanhã antes do ensaio — o avô de Chad diz na minha caixa postal. — Por favor, não mencione nosso encontro com Chadwick.

No dia seguinte, estou andando pelos corredores de carpete cinza, notando todos os assentos vazios. Esta noite, os patronos das artes os ocuparão.

Oito e vinte da manhã. Cheguei na hora certa.

Emil é um dos melhores maestros do século XXI. Testemunhei seu brilhantismo quando ele regeu *Planetas*, de Holst, sem partitura; seus olhos ficaram fechados o tempo todo. Ele também imortalizou algumas das maiores obras clássicas com mais de três dúzias de gravações. Muitas delas receberam alguns dos maiores elogios — Grammy, Gramophone, Ivor Novello e o prêmio RPS (Royal Philharmonic Society).

O Maestro von Paradis atravessa a sala de música com um sorriso largo e ofuscante.

Vestido com uma camisa preta de gola alta e calças de mesma cor sob medida, Emil parece mais jovem do que seus setenta e poucos anos. Há muitas semelhanças físicas entre Chad e o maestro mais velho. Ambos têm 1,90 m de altura e são esguios. O que antes era o cabelo loiro de Emil se transformou em espessas madeixas prateadas, perfeitamente penteadas. Pergunto-me se é assim que o cabelo de Chad será daqui a quarenta e poucos anos. Os claros olhos azuis de Emil se animam, assim como os de Chad, ao falar sobre música. Mãos grandes e poderosas comandam os músicos para que toquem o melhor possível.

Eles também possuem uma presença imponente que somente poucos conseguem carregar.

Os dois homens são deuses musicais em um mar de meros mortais.

— Obrigado por me encontrar aqui — Emil fala, beijando minhas bochechas. — Espero que não tenha sido muito incômodo. — Gesticula para nos sentarmos.

— De forma alguma. — Sento-me e coloco minha bolsa no colo.

Lado a lado, nos sentamos como se essa não fosse a primeira vez que estivéssemos juntos em particular.

— Como foi o trânsito? — pergunta.

— Eu peguei o metrô.

— Claro que sim. — Ele dá outro daquele sorriso enorme. — E a faculdade?

— Terei o diploma de mestrado no mês que vem — respondo.

— E o trabalho?

— O trabalho é ótimo.

— Chadwick mencionou que você ainda está trabalhando em tempo integral na Broadway.

Dou um grande sorriso.

— Sim, *O Rei Leão*. Eu adoro.

— Claro que sim. — Ele sorri de novo, só que, dessa vez, é um sorriso discreto.

Passam-se alguns segundos incômodos.

— Há algo diferente entre tocar lá em cima — acena para o palco à nossa frente — e tocar no fosso.

— Concordo. Eu toco no fosso sem me preocupar com minha aparência — comento, com leveza. — Mas logo me juntarei a Chad em Buenos Aires.

— Ouvi dizer. — Ele assente, com os lábios pressionados em uma linha reta. — Sabe por que pedi para você se encontrar comigo aqui? — Ele olha para frente, para o palco vazio.

O lendário Avery Fisher Hall é a casa da Filarmônica de Nova York. Os heróis de Chad — Gustav Mahler, Leonard Bernstein e Zubin Mehta — já regeram aqui. Meu herói, Yo-Yo Ma, tocou as suítes de Bach neste palco.

Quando o ensino médio não estava em andamento, Chad e eu vínhamos aqui nas manhãs de quinta-feira durante o ensaio aberto. Ficávamos sentados atônitos, de boca aberta o tempo todo.

— Um dia, estarei regendo aqui — Chad disse para mim, sem tirar os olhos do Maestro Kurt Masur.

Embora Chad admirasse o Maestro Masur, eu sabia que era o avô dele que ele queria ser um dia.

— Aurelia?

— Me desculpe. Sempre achei este lugar mágico.

— Todos os grandes nomes já se apresentaram neste palco — afirma, agitando a mão esquerda no ar.

Assinto outra vez. A presença divina de Emil me deixa muda. Não consigo manter uma conversa.

Pelo menos ele está de bom humor. Ele é temperamental. Estar perto dele é como estar em um barco a vela, sendo balançada para frente e para trás por ondas turbulentas. Nunca sabemos se estamos navegando em direção ao pôr do sol ou se estamos sendo jogados nas rochas.

Seu humor afetava todos ao seu redor, inclusive Chad.

— Você foi brilhante — ele dizia a Chad, em um momento com orgulho.

— Você estava preguiçoso — dizia no momento seguinte, com a voz carregada de descontentamento. — Só mediano.

Chad ficava ali, com o violino na mão, sua confiança abalada. Ele estava determinado a deixar seu avô orgulhoso. A cada recital, escolhia apresentar uma das obras ou peças favoritas de Emil. Várias vezes por ano, se juntava a Emil na turnê, mesmo quando mal conseguia ficar de pé.

— Chadwick é um bom violinista e regente, mas não é excelente — comenta.

— Eu discordo.

— Deixe-me terminar. — Sua voz é firme, intrusiva. — Se ele não estiver completamente concentrado na música, ele será apenas isso, bom. Não atingirá todo o seu potencial. Chadwick pode fazer algo que eu nunca poderia fazer em uma idade tão jovem — continua, virando o corpo para me encarar. — Ele pode criar e ajudar a moldar o som de uma orquestra virgem. Sempre foi capaz de produzir algo mais belo do que eu imaginava ser possível. — Ele se inclina tão perto que praticamente posso sentir seus batimentos cardíacos. Ou será que são os meus? — Você já ouviu falar de André Milieu? — ele pergunta.

Eu me remexo na cadeira, com medo do rumo que a conversa está tomando.

— Não, não ouvi.

— Exatamente. — Pigarreia. — Ele foi um violinista brilhante sob minha tutela e também um dos melhores maestros que já ensinei. — Solta um suspiro profundo de decepção.

— O que aconteceu com ele?

Ele balança a cabeça com seu cabelo perfeitamente penteado.

— Amor.

Uma palavra pela qual muitos vivem, mas do jeito que saiu da boca do maestro, você pensaria que ele disse algo atroz. Vil.

— Amor? — pergunto.

— O mundo caiu aos pés de André porque ele era um artista brilhante. E então ele se apaixonou por uma cantora de ópera. O que ele não previu foi que, enquanto estava ocupado se apaixonando, o mundo se desapaixonou por ele. — Coloca a mão no bolso, pega um artigo e entrega para mim.

Desdobro o pedaço de papel. É do *Washington Post.*

Chadwick David, de 23 anos, nascido em Londres, ganha o segundo prêmio no concurso para jovens maestros em Besançon, na França.

Olho fixamente para o artigo e me lembro do momento em que Chad havia conquistado o segundo lugar há dois anos. Enquanto eu pulava para cima e para baixo, emocionada com sua vitória, Chad estava calmo. Taciturno. Decepcionado.

Ficar em segundo lugar não é vencer. Não é ser o melhor. Não é o Chad.

— Chadwick pode alcançar a grandeza se seu foco for a música. Nada mais. Se ele estiver constantemente preocupado com o relacionamento com você, isso afetará o seu modo de tocar. — Ele solta um suspiro profundo. — Já afetou seu desempenho. Quer que Chadwick seja outro André?

— Quero que ele seja o melhor — respondo, com a voz trêmula.

— Ótimo. Porque ele pode ser o melhor. Mas só sem você.

Fui pega de surpresa.

— Sem mim?

— Deixe-o. — A persistência aguça suas palavras. — Deixe que ele se concentre em sua carreira.

— Eu o amo.

— Se você o ama, fará o que for melhor para meu neto, minha querida. Você o deixará viver seus sonhos.

— Mas…

O Maestro ergue o dedo indicador.

— Ele ficará ressentido com você daqui a alguns anos. Será apenas mais um bom violinista. E talvez um maestro mediano. Ele merece ser o melhor. É o destino dele. Ele não pode ser outro André.

Coloco a mão no peito, meu coração se partindo em pedacinhos.

— Chad me ama e eu o amo.

Emil está quieto. Seus olhos se tornaram de aço, frios e duros.

O auditório não está mais tranquilo. São apenas corpos, cadeiras e vários estandes de música em movimento. Em uma hora, o ensaio começará.

— Qual é a parte mais importante de um violino? — pergunta.

— O corpo — respondo, endireitando minhas costas. — As cordas.

— Não, querida. — Ele parece um professor frustrado com um aluno. — O estojo. Ela protege o violino. O dano começa quando o violino é exposto, perdendo sua capacidade de tocar. Quanto mais você toca o violino, mais valioso o instrumento se torna. Mas quando ele fica ao ar livre, exposto aos elementos, nada pode protegê-lo. Mesmo um Stradivarius exposto pode se tornar nada mais do que um pedaço de madeira inútil se não for protegido com cuidado.

Sento-me em silêncio, refletindo sobre suas palavras. Meus olhos, agora baixos, concentram-se em minhas mãos inquietas.

— Você entende, Aurelia?

Levanto a cabeça e tudo o que vejo é a determinação estampada no rosto do maestro.

Movendo o peito ligeiramente para a frente, ele me diz:

— Eu sou o estojo, minha querida. Eu protejo o violino. Protejo meu neto. — Emil abaixa a cabeça para que possamos nos encarar olho no olho. — Diga-me que entende.

Engulo o ar, me sentindo sufocada neste grande auditório onde muitos viveram seus sonhos. Onde o meu está sendo rapidamente quebrado em pequenos pedaços, cada um deles escorrendo pelo meu rosto.

— Você, minha querida, é o elemento. O vento. A chuva. Os elementos que podem destruir o futuro do meu neto.

Nego com a cabeça, me recusando a acreditar em Emil.

— Posso ajudar a proteger Chad — digo a ele. — Eu amo seu neto. Quero que ele seja o melhor. Ele *é* o melhor.

— Mas ele não será o melhor enquanto você estiver na vida dele.

Engulo em seco apesar do ardor na garganta, com a visão um pouco embaçada.

— Como Chadwick poderia ser o melhor se está sempre preocupado com o seu bem-estar? — Emil pergunta.

— Isso não é verdade.

O maestro balança a cabeça, obviamente irritado.

— Você ama meu neto. Todo mundo ama. Eu entendo o motivo. Esta sala aqui. — Ele olha em volta, seus olhos azuis apreciando a área de concertos. — Foi aqui que os grandes artistas se apresentaram. Apenas alguns são grandes, enquanto os demais — fala, apontando para mim — estão lá para acompanhar. A grandeza que você ama em Chadwick é algo que nunca terá. É por isso que você o ama.

Cada palavra é um tapa na minha cara.

— Chadwick é o nosso Mozart e você, minha querida, é o Salieri. — A voz dele é arrepiante e sem afetação.

Suas palavras me ferem, cortando até os ossos.

Emil vomita mais palavras de ódio, mas não consigo ouvir. Seu rosto se torna um borrão. Tudo o que consigo ver são os olhos brilhantes de Chad dançando. Tudo o que consigo ouvir é a voz profunda de Chad acalmando todos os meus medos. Tudo o que posso fazer é não desmoronar na frente do homem que está estrangulando minha felicidade.

Mas como posso ser feliz de verdade se estou impedindo Chad de realizar seus sonhos?

— Você é musicista — Emil prossegue, com a voz baixa. — A música é nosso pão de cada dia. Nosso café. Nosso ar. É o que nos mantém vivos. Mas, para Chadwick, é mais do que isso. É a vida dele. É o seu primeiro e único grande amor. — Emil está sentado em sua cadeira, inabalável. Ele me olha fixamente. — A vida é feita de escolhas. Mas, neste caso, não há nenhuma.

Meu peito dói; a batuta do maestro se transformou em um punhal, penetrando fundo em meu coração.

— Liszt disse isso da melhor maneira. "Lamentável e ainda assim grandioso é o destino do artista". Você diz que ama Chadwick. Prove. Acabe com isso agora. Ele é muito talentoso para não ser o melhor. Quanto tempo acha que seu relacionamento vai durar quando ele perceber que você o está impedindo? Se ele continuar se distraindo, Chadwick nunca cumprirá seu destino. Quer ser o elemento que destrói o legado dele? Quer ser como André e sua ex-esposa? Miserável. Vivendo uma vida cheia de amargura e ódio. E esquecidos.

— Eu o ajudarei a ser o melhor — insisto, tentando me recompor.

— Ajudá-lo? — A risada do Maestro ricocheteia nas paredes, ecoando seus sentimentos. — Você o está arruinando. Antes de você voltar, Chadwick estava concentrado. Ele venceu todas as competições, recebendo ofertas inéditas para alguém tão jovem. Permaneceu em Nova York para ficar com você, abrindo mão de tantas oportunidades. Recuso-me a ver você destruir a carreira do meu neto.

Se Chad estivesse aqui agora, ouvindo a maneira como o avô dele está falando comigo, romperia o relacionamento com *ele*.

Vou embora de cabeça erguida. Mas, primeiro, quero que minha voz seja ouvida.

— Chad é mais do que um violinista. Ele é mais do que um maestro. Ele não é alguém que eu queira clonar como uma imagem de mim mesma, como você quer fazer.

— Você não está me entendendo, minha querida. Não quero que ele seja como eu. Chadwick pode alcançar a grandeza, algo que me escapou durante toda a minha vida.

— Chad é alguém que eu amo. Com defeitos e tudo. Você não entenderia isso. — Fecho as mãos em punhos, desesperada para não fazer uma cena. — Obviamente, o amor é algo que *lhe* escapou a vida inteira. Você já se casou quantas vezes, Maestro? Cinco?

— Você não está entendendo, minha querida.

— Não, você não está. Chad me ama. Quer se casar comigo. Vamos ter dez bebês. — Levanto o queixo, com a intenção de mostrar a ele que não sou uma mulher fraca com quem ele pode falar assim.

— Casar com você seria um erro. Daqui a alguns anos, quer que ele olhe para você com desdém? — Seu rosto se enche de pena. — Quer que ele veja oportunidades perdidas toda vez que encarar seu rosto?

Os olhos escuros se fixam nos meus, recusando-se a se afastar.

— Deus os livre de terem um filho neste momento. Isso destruiria tudo pelo que Chadwick trabalhou durante toda a sua vida.

Deus os livre de terem um filho.

Suas palavras são impiedosas e calculistas, e cada uma delas me deixa com formigamentos na pele. A raiva se acende dentro de mim.

— Como se atreve a dizer isso? — Minha voz é alta, estrondosa. Os ecos enchem o grande auditório. Todos no palco param e viram a cabeça. — Você não me conhece e não sabe nada sobre meu relacionamento com Chad.

— Mas eu sei, minha querida. Você foi internada, não foi? Pense no quanto isso afetaria Chadwick se você perdesse a cabeça novamente.

Meu corpo fica rígido.

— Você não sabe o que aconteceu — declaro, minha voz fraca.

— Eu sei o suficiente. E, se vocês tivessem um filho juntos — ele faz uma pausa, com os olhos ainda fixos nos meus —, está claro que não é capaz de ser mãe.

Sem aviso, minha mão dispara e se choca com força contra sua bochecha, tirando o olhar presunçoso de seu rosto. O som do tapa ecoa pelo salão.

Os olhos severos do maestro se arregalam como se ele tivesse acabado de levar um tiro. Sua mão repousa sobre a bochecha avermelhada.

E um sorriso lento e satisfeito aparece.

— Você não é a primeira a fazer isso, e não será a última. Você acabou de confirmar o que eu sempre soube. Você é instável e prejudicial não apenas para si mesma, mas para meu neto. Você vai arruiná-lo.

Agarro minha bolsa com força. Quando estou prestes a sair do meu assento, ele segura meu antebraço.

Fico imóvel, com dor. *Você vai arruiná-lo.*

Um soluço se forma em meu peito, querendo escapar.

— Maestro! — alguém grita do palco.

Lágrimas indesejadas escorrem pelo meu rosto, meus lábios tremendo. As palavras me abandonam.

— Com licença, Maestro. — Seu assistente se aproxima, nos interrompendo. — Eles estão prontos para o senhor.

— Você sabe o que fazer — o maestro diz, me soltando de seu aperto. Ele se levanta, endireitando as costas. — Nós terminamos aqui.

AURELIA

Buenos Aires, Argentina.

A primavera está chegando ao fim no Hemisfério Sul. Os jacarandás floresceram, pintando Buenos Aires de azul-lavanda. A agitação dessa metrópole não é o que eu esperava. Parece uma cidade europeia na América do Sul, com seus edifícios centenários e avenidas largas. Agnes estava certa quando disse: "É Paris com palmeiras".

O imóvel alugado por Chad fica em uma área animada do bairro mais antigo de Buenos Aires, San Telmo. Os edifícios da Belle Époque e as ruas de paralelepípedos repletas de cafés, lojas de antiguidades e galerias fazem desse um ponto turístico muito procurado. Também fica a uma rápida caminhada de dez minutos até o auditório sinfônico, que atualmente está passando por pequenas reformas. Nesta semana, a orquestra está fazendo uma pausa inesperada. Eles estavam originalmente programados para se apresentar em Manila e Hanói; os danos causados pelo tufão Ketsana cancelaram as datas da turnê.

Instalado em uma casa da virada do século, o duplex de Chad tem tetos altos, paredes de tijolos vermelhos e pisos de madeira. Uma varanda de ferro forjado tem vista para a Plaza Dorrego, uma praça cheia de vida.

— Aos domingos, a área fica uma loucura — Chad comenta atrás de mim.

— Por que isso acontece?

— Há um mercado aberto que atrai milhares de pessoas.

— Milhares?

— Sim, e na esquina há um mercado coberto. Venha. Deixe eu te mostrar a casa.

Dois quartos, um banheiro. Uma cozinha pequena e charmosa com eletrodomésticos modernos. No geral, o espaço é pequeno, com apenas alguns móveis, todos simples e funcionais. Fotos nossas emolduradas estão em todos os cômodos.

— Para o caso de você não ter trazido Pablo — Chad diz, apontando para um estojo de violoncelo no canto da sala de estar. Duas estantes de partitura, a alguns metros de distância.

— Obrigada — respondo.

— Este pode ser o nosso lar nos próximos anos — afirma, alheio à minha agitação interna.

Nosso lar.

Fico na ponta dos pés e o beijo de leve nos lábios.

Ele me beija de volta, profundamente. Cheio de língua. Cheio de desejo. Cheio de amor.

Nos dias seguintes, nossa rotina é simples.

Acordamos de manhã cedo, geralmente com ele entrando lentamente em mim por trás. O café da manhã é composto de *media lunas*, pãezinhos semelhantes a um croissant, e café expresso com leite vaporizado. Fazemos amor no chuveiro. Nós nos vestimos e passeamos pelas ruas dessa cidade cheia de energia, onde o cheiro de bife grelhado se espalha por todos os cantos.

— Se não estiver gostando de San Telmo, podemos encontrar um lugar em um desses bairros — Chad diz enquanto passeamos por Belgrano, Puerto Madero, Barracas, Palermo e a ultraexclusiva Recoleta.

Passamos horas navegando no El Ateneo, a maior livraria de toda a América do Sul. Antiga sala de teatro e cinema, a livraria é majestosa com seu palco e cortinas vermelhas. Embora o palco seja agora um café, a música ao vivo nos rodeia, cortesia dos músicos que se apresentam no bistrô.

Chad me beija em frente ao Convento de Santo Domingo, um convento dominicano do século XVIII em Monserrat, onde vários jovens estudantes passam, apontando e dando risadinhas.

Atravessamos a Puente de la Mujer, uma passarela giratória, parando para nos beijar a cada poucos minutos. O almoço é um piquenique em um dos maiores parques da cidade, a Reserva Ecológica, onde a vista do rio nos recebe.

Chad é um *porteño* honorário, um nativo de Buenos Aires. Os diferentes bairros são especiais à sua própria maneira, mas San Telmo nos faz sentir em casa. Vários membros da orquestra de Chad também moram na região.

Hoje à noite, Ernest Bell, o concertino, está organizando uma confraternização em sua casa. Mais da metade da orquestra comparece, me abraçando com afeto genuíno. Muitos têm instrumentos em mãos, prontos para tocar.

Com Chad no comando, os músicos tocam *Libertango* e *Milonga del ángel*, de Piazzolla. A noite termina com *Yumeji's Theme*, de Shigeru Umebayashi. O conjunto toca pizzicato o tempo todo, cada toque das cordas girando em torno da melodia assombrosa que o violino de Chad canta. A música é do filme de Wong Kar Wai sobre dois amantes desafortunados, *Amor à Flor da Pele*.

Chad e eu não seremos dois amantes desafortunados.

No domingo de manhã, o mercado semanal, que se estende por todo o comprimento de Defensa, está zumbindo com uma energia arrebatadora. A música ao vivo se espalha pelo ar, cercada por dançarinos de tango. Alguns profissionais. Alguns amadores. Todos concentrados na intensidade dessa dança sensual.

De braços dados, Chad e eu admiramos todas as barracas com carteiras de couro feitas à mão, garrafas de vidro coloridas de água com gás, moedas e selos antigos e, surpreendentemente, fotos antigas de família das pessoas.

Trocamos beijos rápidos entre as garfadas durante um almoço longo e demorado, saboreando empanadas de carne e *provoleta*, e minha nova sobremesa favorita, alfajor. Chad e eu não nos cansamos de comer biscoitos recheados com *dulce de leche*.

Na música, Piazzolla escreveu sobre Buenos Aires por meio de seus tangos, cartas de amor musicais que capturam a vibração, o mistério e as paixões muito vivas até hoje. As melodias nadam em minha cabeça enquanto Chad e eu exploramos a cidade que quero chamar de lar.

As ruas estão vivas. Um acordeonista e um saxofonista tocam *Adios Nonino*. Mais casais se juntam a eles, apresentando a famosa dança da cidade. Os turistas tiram fotos da cena animada com suas câmeras penduradas no pescoço ou com seus celulares erguidos no ar.

Caminhando pela área boêmia, lojistas e vizinhos nos cumprimentam dizendo "Maestro". Chad reconhece cada um pelo nome, e eu sorrio com orgulho. Meu homem permaneceu humilde em meio a tudo isso.

No início da tarde, com a barriga cheia, fazemos amor preguiçoso antes de tirar um cochilo. Os moradores locais não jantam antes das nove da noite, um horário semelhante ao dos músicos que fazem apresentações noturnas.

Isso pode funcionar. Emil não sabe do que está falando. Penso em todas as mulheres que foram musas de compositores e maestros — Cosima de Wagner, Josephine de Beethoven, Alma de Mahler, Clara de Schumann, Harriet de Berlioz — talvez não Harriet. Aquela relação era muito volátil.

O maestro mais velho tem enchido meu celular de mensagens. Todas urgentes e suplicantes: *"você sabe o que precisa ser feito"*.

Depois da décima quinta mensagem de correio de voz, bloqueio o número de Emil.

Chad está em um de seus estados de espírito excitantes; suas mãos gesticulam loucamente enquanto ele fala sobre os planos para o jantar de hoje.

— Você parece uma criança na véspera de Natal — digo a ele. — Por que está tão animado?

— É uma surpresa — responde, com seus olhos azuis brilhando.

— Me mostre. — Pareço uma criança implorando para abrir um presente.

— Esta noite é uma ocasião especial.

Especial?

Meus olhos se arregalam. Ai, meu Deus, Chad vai me pedir em casamento.

Meu coração está batendo tão rápido no peito que fico surpresa por não ter desmaiado de emoção.

Durante as duas horas seguintes, *o pedido de Chad esta noite* se repete na minha cabeça sem parar, como um álbum favorito. A cada poucos minutos, olho para ele e vejo que está animado, mas também nervoso.

Ele se dirige ao segundo quarto, assobiando *Night and Day*. Quando sai minutos depois, minha boca escancara.

Chad está vestido com seu melhor terno — um conjunto Tom Ford todo preto. Uma roupa que o abraça em todos os lugares certos. *Um traje reservado para pedir em casamento alguém que você ama?*

— Meu Deus, Aurelia. — Os olhos de Chad me absorvem. — Você está linda.

Um vestido Carolina Herrera preto e branco sem mangas, cortesia da minha madrasta, acentua minhas curvas. Foi um presente de formatura. Agnes me convenceu a trazê-lo para Buenos Aires.

"Nunca se sabe, você pode precisar dele."

Minha melhor amiga estava certa. Se hoje for a noite em que Chad vai me pedir em casamento, estarei usando um lindo vestido.

— Esqueça nossas reservas — falo. — Podemos ter uma noite especial em casa.

— Hoje não — nega. — Mas pretendo ter você como sobremesa.

Finjo decepção. No fundo, quero que Chad faça de tudo para me pedir em casamento. Afinal de contas, estou apaixonada por ele desde os treze anos de idade.

Avenida Alvear. A primeira coisa que encontramos são os altos portões de ferro. O jantar é no Duhau, em um dos hotéis mais lindos que já vi, uma mansão neoclássica que ocupa um quarteirão inteiro da cidade. É um palácio digno da realeza, com seus tetos altos, lustres de cristal, pisos de mármore e molduras e portas minuciosamente esculpidas.

É o lugar perfeito para fazer o pedido de casamento.

— Maestro, sua mesa está pronta — diz o belo maître, nos conduzindo pela sala de jantar discreta e elegante. Os garçons vestidos com coletes pretos e gravatas borboleta são todos bonitos. *Agnes iria adorar.*

— É de tirar o fôlego — sussurro, do terraço bem cuidado com vista para um pátio. O jardim exuberante é iluminado e mágico, me lembrando de um conto de fadas.

— Você é — Chad afirma, inclinando-se com a mão na minha coxa. — Estou pensando na sobremesa agora mesmo.

— Eu também.

Ele olha para o interior da sala de jantar.

— Está procurando alguém? — pergunto.

— Volto já — fala, me beijando de leve nos lábios.

Ooh, ele está preparando a equipe para *o* momento.

— Okay — respondo, tentando esconder minha empolgação.

Sento-me à mesa, olhando para um cardápio como se estivesse escrito em grego antigo. *Tonight's The Night* está zumbindo na minha cabeça, e tudo o que quero fazer é gritar bem alto: *Sim! Sim, eu me caso com você*, mesmo que Chad ainda não tenha me pedido em casamento.

Estou prestes a ligar para Agnes quando sinto uma mão grande em meu ombro. Eu sorrio.

— Olá, querida.

Os pelos dos meus braços se eriçam. Meu sorriso vacila, desaparecendo rapidamente para a Terra do Nunca.

Emil von Paradis se senta ao meu lado; sua presença me faz sentir como se eu tivesse três anos de idade. Ele suga todo o ar, embora estejamos sentados do lado de fora. Toco meu pescoço, me sentindo sufocada.

Essa é a ocasião especial?

Essa é a surpresa?

Claro que é. Emil é o herói do meu namorado; ter o maestro mais velho conosco é um presente para Chad. Ele achava que eu sentiria o mesmo. E estava errado.

Toda a empolgação em meu corpo se esvai como um balão de aniversário estragado.

Olho em volta, incapaz de localizar meu par.

— Onde está Chad?

— Ele está lidando com um membro agitado da diretoria — Emil responde. — E eu estou aqui… para pedir desculpas.

Pedir desculpas?

— Talvez eu tenha sido muito duro quando nos encontramos pela última vez — afirma —, mas achei que meu propósito estava claro.

Para dizer o mínimo.

— Aurelia, preciso que entenda por que precisa deixar Chadwick.

Um garçom passa com uma garrafa de malbec, revelando o *Dominio del Plata Nosotros*.

Emil assente e manda o garçom embora. Eu também gostaria de mandar Emil embora.

Ele se inclina para trás em seu assento, com uma expressão ilegível.

— Farei o que for preciso para garantir que o legado do meu neto fique intacto. Ele merece ser o melhor. É o destino dele.

— O que você vai fazer?

— Minha querida, não dificulte isso — orienta, se servindo de uma taça de malbec.

— Não estou dificultando.

— Vou lhe fazer uma oferta irrecusável.

— Não preciso do seu dinheiro.

— Sei que não precisa, mas preciso que entenda que *este* é o momento de Chadwick dar o salto. — A determinação em seu olhar e na voz está de volta. — Não vê que ele tem a chance de se tornar mais do que um virtuoso? De se tornar um dos melhores maestros de nosso tempo? Ele pode fazer história, mas somente se fizer isso agora.

— Ele não se importa com fama ou fortuna. Não se importa em fazer história.

— Mas ele quer ser o melhor — ele me diz. — Quantos têm essa oportunidade em uma idade tão jovem? Criar um som para uma nova sinfonia e continuar sendo um solista de violino. Ele recebeu carta branca em um reino musical. — Suspira pesadamente. — Ele ainda tem pouco mais de dois anos em seu contrato. Certamente, você pode lhe dar isso?

— Seu neto me quer aqui. — Eu o encaro diretamente nos olhos. — Com ele.

— Chadwick não entende o que a sinfônica e o conselho precisarão dele.

— E você não entende o quanto seu neto e eu nos amamos.

Emil nega com a cabeça.

— Mas eu entendo, e é por isso que estou aqui.

Meus olhos se voltam para Chad, que está conversando com alguém na sala de jantar principal. Ele olha para mim e sorri.

Dou um sorriso fraco, embora queira gritar.

— Deixe-o amanhã e eu não direi a ele por que você foi hospitalizada — Emil fala.

— Como? — pergunto, minha voz fraca de medo. — Quem te contou?

— Não importa — responde. — Não hesitarei em contar a Chadwick…

— Ele se culparia.

— Ele se culparia.

— Isso o devastaria. — Minhas palavras são desesperadas.

— Então, deixe-me propor o seguinte. — Inclinando-se para a frente, Emil coloca sua mão sobre a minha. — Deixe-o agora e dê a ele dois anos para se concentrar na sinfonia.

Finalmente estou recebendo uma proposta, mas não é aquela com a qual sonhei a vida inteira. Certamente não é do homem que amo desde os treze anos.

— Confie em mim, dois anos não são nada se isso significar uma vida inteira com meu neto. Quando Chadwick cumprir seu contrato com sucesso, vocês dois poderão ficar juntos novamente.

— O que o faz ter tanta certeza?

— Porque Chadwick não se arrependerá, sabendo que deu tudo de si para a música — Emil afirma, sua voz tranquilizadora. — E porque ele ama você, Aurelia. Somente você.

Um soluço sai da minha boca.

— Por favor. — A voz de Emil se suaviza. — Eu poderia ameaçar expor a verdade ou permitir que você chegue à sua própria conclusão. Eu lhe peço que acabe com isso. Aceite minha proposta. Dois anos. Quero que meu neto alcance o que ele sempre foi destinado a fazer. E se você o ama, também vai querer isso.

— Ele nunca me deixará partir.

— Chadwick o fará se você obrigá-lo.

— Já pensou no que o rompimento faria com seu neto?

— Claro — Emil responde, confiante. — Ele sentirá sua falta, mas depois se voltará para sua sinfonia. Sua música. Como um demônio possuído. — Ele solta um longo suspiro. — Já pensou no que aconteceria com ele se nunca cumprisse seu destino?

— Ele vai me odiar.

— Não, minha querida. Ele a odiaria ainda mais se nunca se tornasse o homem que deve ser. Se você ficar aqui, ele continuará a dividir seu tempo e energia entre você e a sinfonia. Ele já está se sacrificando por você.

— O que você quer dizer com isso?

— Há quanto tempo você está aqui? — pergunta, batendo o dedo indicador na mesa.

— Alguns dias.

— Então você aprendeu a amar a cidade? Já visitou todos os monumentos importantes? — As batidas param, mas as perguntas continuam: — Apreciou a beleza dessa cidade? Talvez tenha dançado nas ruas?

Não consigo responder a ele, meu estômago se embrulhando.

— Chadwick deveria ter gastado seu tempo e energia trabalhando no repertório. — Seu tom de voz é prático. — Em vez de sair por aí com você. Ele precisa dar tudo de si na sinfonia e em seu violino. Ele não é mais apenas um virtuoso. Está a caminho de se tornar um dos melhores regentes de nosso tempo… — Nega com a cabeça. — Mas somente se ele der tudo de si à música. Não pode haver distrações. — Emil pressiona os lábios, sua mão apertando a minha. — Deixe Chadwick realizar seu sonho. Seu destino. Dois, três anos…

— Você disse dois anos.

— Sim, daqui a dois anos, você me agradecerá. — Ele solta a mão e se inclina para trás. Com sinceridade em seu olhar, termina: — Eu sei por experiência própria.

— Como é possível?

— A avó de Chadwick era muito parecida com você — revela, com um toque de afeto. — Permitimos que o amor infantil ditasse minha carreira. — Ele solta um suspiro, seus ombros relaxando. — Você não quer que meu neto olhe para você com pesar. Não quer que ele acorde ao seu lado daqui a alguns anos e esteja cheio de remorso.

— Foi isso que aconteceu com você?

Ele olha diretamente para a frente, com uma expressão distante no rosto.

— Nos últimos sessenta anos, tenho pensado em todas as oportunidades perdidas devido ao amor jovem. Se eu tivesse me dedicado à música, a avó de Chadwick ainda seria minha esposa. Eu nunca teria ficado ressentido com ela. Este é o momento de Chadwick — continua. — É para isso que ele passou a vida inteira se preparando.

— Eu não… — gaguejo. — Quero… que ele seja o melhor. Ele *merece* ser o melhor.

— Dois anos, Aurelia — Emil insiste. — Sei do que meu neto é capaz de fazer. Ele fará dessa sinfonia uma das melhores, e se tornará o melhor. Ou você pode ficar aqui, e a vida do meu neto será uma vida de mediocridade. — Ele nega com a cabeça em decepção. — Chadwick fingiria felicidade e amor por fora. Mas, por dentro, seria assombrado por momentos secretos de escuridão. O que teria e o que poderia ter, rondando sua mente. — Seus olhos frios se suavizam. — E você, minha querida, também deve forjar seu próprio destino.

— Não quero partir o coração dele. — Lágrimas se acumulam nos meus olhos.

— Um coração partido não é nada comparado a um homem quebrado.

— Não posso…

— Você precisa, minha querida. — Emil me entrega um lenço. — Um término simples é melhor do que algo que perdura. — Ele se inclina, e não posso negar o que vejo em seus olhos. Compreensão. — Essa é a única maneira de ter uma chance real de ser feliz com meu neto. Este é o momento de Chadwick. Dê isso a ele.

Toda a minha força se esvai, meu corpo fica debilitado. *Chad merece ser o melhor*. Não há mais resistência dentro de mim.

AURELIA

Na *Eneida*, de Virgílio, o Destino é uma força inflexível.

Podemos tentar resistir ao destino, mas nossas ações são ineficazes. O que o Destino decreta não apenas acontecerá, mas *deve* acontecer. Em uma das histórias favoritas de Chad, o Destino é mais poderoso do que os deuses. Mais fervoroso que o amor.

É evidente que o homem que amo é alguém como Eneias — um líder entre os músicos, inaugurando uma nova era para um gênero musical que precisa de um salvador.

"Ele é o futuro da música clássica", Emil me disse. *"Deixe o mundo receber esse presente"*.

Chad está dormindo profundamente na cama, com uma beleza desarmante, sem se dar conta da dor dentro de mim. A batalha constante entre meu coração e minha cabeça se contorce, girando e se dobrando como um fio, pronto para perfurar a qualquer momento.

Ele passou os últimos dias passeando com você quando deveria ter gastado seu tempo e energia trabalhando no repertório.

Fizemos amor a noite toda como se o mundo estivesse acabando. Mesmo com sua conversa sobre o para sempre, sei que somos nós que precisamos acabar.

Tento dizer a mim mesma que esse rompimento será temporário — uma breve cadência em nossa sinfonia.

Rolo para o lado e traço o contorno de sua mandíbula firme... *Não quero que você seja apenas realizado...* suas maçãs do rosto esculpidas... *Quero que realize todos os seus sonhos...* seus lábios cheios. *Rezo para que você entenda a decisão mais dolorosa que já tive de tomar.*

Chad não precisa de fama. Ele só quer tocar música da maneira que acredita que devemos ouvi-la. O mundo precisa ouvir seu brilhantismo. Ele precisa realizar o que sempre esteve destinado a ser — o melhor.

Há aqueles que sonham com a grandeza. E há alguns poucos que incorporam a grandeza.

Eu me levanto e me olho no espelho. *Quando ele olhar para você daqui a alguns anos, quem você quer que ele veja?*

Sua musa. Seu amor.

Se eu ficasse aqui com ele, quem eu seria? Uma mulher que o está segurando. Uma mulher vivendo em sua sombra. Não quero que me veja daqui a alguns anos como alguém que ele detesta. E não quero que meu sucesso seja baseado no dele.

O amor esperará por nós.

O apartamento está escuro, exceto pela luz que emana do cômodo ao lado, onde minha mala pronta está ao lado da porta da frente, com minhas passagens e meu passaporte guardados em segurança dentro da bolsa.

A carta que reescrevi várias vezes está virada para cima na mesa de cabeceira, manchada de lágrimas. Eu a sei de cor.

Querido Chad,

Os últimos dias aqui com você foram os melhores momentos da minha vida. Também me fizeram perceber que o que eu quero mais do que qualquer coisa nesse mundo é que você dê tudo de si para a orquestra. Você tem a oportunidade de fazer o que sempre quis. Aproveite. Posso ficar aqui e tocar com a sua orquestra, mas nós dois sabemos que eu estaria atrapalhando. Esse é o seu momento.

E esse será o meu também.

Quero que sejamos os melhores. E isso significa nos concentrarmos em nada mais a não ser a música.

Torne essa sinfonia a melhor do mundo.

Faça o que você sempre foi destinado a fazer...

Com amor,

Aurelia

Observo o quarto mais uma vez. Um vaso branco simples abriga minhas peônias cor-de-rosa favoritas. Uma foto minha e de Chad ocupa o centro da penteadeira. A cópia autografada de *O amor nos tempos do cólera* está na mesinha de cabeceira, ao lado do meu creme noturno. Chad se certificou de que eu estivesse cercada por minhas coisas favoritas, para fazer com que esse lugar parecesse *nosso* lar. Pablo é a única coisa que está faltando.

Ontem à noite, fiz uma promessa a Emil, mas quebrei minha promessa ao único homem que já amei.

Abro a porta em silêncio, com a mão na maçaneta, tentando conter as lágrimas.

— Aurelia? — Chad chama, sua voz rouca por causa do sono profundo.

Abaixo a mão.

— Onde você está indo?

Eu me viro ligeiramente com a boca aberta, incapaz de dizer qualquer coisa.

— Para onde você está indo? — repete a pergunta.

Finalmente, respondo:

— Para casa. — É mentira. Não existe casa sem ele. Serei uma sem-teto, carregando uma mala cheia de lembranças até estarmos juntos novamente.

Ele sai da cama, nu, com minha carta "Querido Chad" na mão. Ele a levanta no ar como se fosse uma bandeira declarando guerra.

— O que é isso?

Estou tentando encontrar as palavras, mas minha mente está em branco.

Ele diminui a distância entre nós, seus olhos procurando uma resposta. Quando não consigo achar uma, ele diz:

— Você ia me deixar com uma carta?

Assinto, meu olhar fixo no chão.

O silêncio paira sobre nós, como um visitante indesejado que não tem para onde ir.

Meus batimentos cardíacos diminuem enquanto ele se debruça sobre minhas palavras escritas — palavras que não tive coragem de dizer em voz alta. Ele balança a cabeça, e conheço esse olhar. Eu o sinto. Ele está pronto para lutar.

— Não posso fazer isso — digo.

— Fazer o quê? — insiste.

— Não posso me mudar para cá. — Minha cabeça permanece baixa, incapaz de encará-lo. — Pensei que poderia deixar minha vida em Nova York, mas eu…

— Nós conversamos sobre isso antes de eu aceitar o cargo. Achei que estávamos juntos nisso. Você e eu. Nós.

— Estar aqui me fez perceber que não estou pronta para o que você quer. — Meu Deus, meu peito está sendo comprimido. Não consigo respirar, mal consigo me manter em pé. Dou um passo para trás e me encosto ao batente da porta.

— O que eu quero? — Ele se aproxima de mim, com a mão no meu antebraço. — Pensei que você quisesse ficar comigo. Pensei que faríamos essa jornada juntos. Se eu soubesse que você não queria sair de Nova York, eu não teria aceitado. Teria?

— Não. — Aperto meus lábios com força, desesperada para não desmoronar. Desesperada para não ceder. — Por favor, Chad, não me obrigue a fazer isso.

— Isso aqui — ele amassa a carta em sua mão — é besteira. — Um passo mais perto. — E você está tentando ir embora desse jeito…

— Não posso me mudar para cá.

— Isso era… *é*… sobre nós estarmos juntos — ele me lembra. — Enfrentar o mundo. Juntos.

Este é o momento *dele*. Chad não terá essa oportunidade novamente. Preciso ser convincente.

— Você precisa fazer com que essa sinfonia nova seja a melhor — digo, dando um passo para trás. É difícil estar tão perto dele. — E você não pode fazer isso comigo aqui.

— Eu posso e farei… — A confiança em sua voz dói, como se estivesse jogando sal em uma ferida. — Com você ao meu lado.

Com as mãos trêmulas, repito as palavras de Emil:

— Você não sabe o que a diretoria e a Filarmônica esperam de você. Está se preparando para uma turnê. Tem outro álbum para entregar. Você tem mais de cem músicos com quem lidar.

— E? — Ele não aceita meus motivos.

— Não quero atrapalhar. — Um suspiro esmagador escapa da minha boca, semelhante à forma como meu coração está se afastando. — Você tem dois anos para deixar sua marca nessa sinfonia. Dois anos. Isso não é nada se o amor vai esperar por nós.

— Não quero que o amor espere por nós. — Seu tom de voz é mais alto, cada palavra se tornando mais afiada. — Eu o quero agora.

Seja mais convincente. Deixá-lo vai destruir a nós dois, mas não posso permitir que perca aquilo pelo qual trabalhou a vida inteira.

— Já pensou no que eu quero? — *Eu quero você. Quero que você seja o melhor. Quero que viva seus sonhos. E quero ser a mulher que sempre estará com você.*

— O que você quer, Aurelia?

— Quero ficar por conta própria — murmuro.

— Você está terminando comigo? — indaga, com calma, mas olha para mim assustado.

— Sim — sussurro, e a sala gira, partindo nossos corações. — Quero fazer minhas próprias coisas.

Ele está quieto, pensativo.

Os únicos sons ao nosso redor são os de pedestres conversando e caminhando pelas ruas de paralelepípedos, cachorros latindo e carros buzinando. Os sons da vida. Uma vida da qual não farei parte.

Nego com a cabeça, tentando manter a calma.

— Tenho medo de que... — Engulo em seco.

— Do que você tem medo?

Medo de que, se eu ficar em Buenos Aires, acabaremos como André Milieu e sua ex-mulher. Ou, pior ainda, como seu avô e as cinco ex-mulheres dele.

— Que eu não esteja vivendo *meu* próprio sonho.

— Como pode dizer isso? — A voz dele se eleva junto com o peito. — Você estará tocando na primeira cadeira de uma sinfonia. Posso ajudá-la a encontrar uma escola de música para dar aulas em meio período, se quiser. Sei o quanto gosta de trabalhar com crianças. Ou se quiser obter outro diploma...

— Se eu ficar aqui e tocar com sua orquestra — falo —, eu seria o mascote escolhido a dedo.

— Isso não é verdade.

— Você não pode me dizer que eles não vão pensar que trapaceei para conseguir a primeira cadeira.

— Quem se importa com o que vão pensar? Você é a melhor violoncelista que conheço.

— Por favor, Chad. Não posso mais fazer isso. Eu quero...

Eu quero você. Eu quero a nós. Quero ficar com você para sempre.

Os olhos de Chad se fixam nos meus, sem hesitar, com a intenção de obter uma resposta.

— Me fale o que você quer. Quer que eu volte com você? Porque eu voltarei. — O desespero em sua voz me assombrará à noite. Nunca ouvi Chad assim.

— Você não está falando sério.

— Estou, sim. — Ele joga a carta amassada no chão e levanta meu queixo com o dedo indicador. — Eu desistirei de tudo por você.

Não posso permitir que ele faça isso; que desista de tudo o que passou anos construindo. Tudo isso para que desmorone.

Ele vai me odiar. Vai me abominar. Olhará para mim daqui a alguns anos com arrependimento.

Estou desistindo de tudo por você.

— Aurelia, olhe para mim.

Quando o encaro, meus olhos estão molhados de lágrimas.

Ele não vai me deixar ir embora.

Ele o fará se você o obrigar, ouço Emil sussurrar em meu ouvido.

Minha boca estremece. As palavras não saem, como algodão preso na minha garganta.

— Já vivi sem você antes e me recuso a fazer isso de novo — ele me diz. — Não vou desistir de nós.

Ajude-o a entender que isso é o melhor. Prefiro que me odeie agora do que anos depois.

Apenas dois anos para que ele possa se concentrar em sua música. Eu posso lhe dar isso. Sua orquestra será a melhor. Ele se tornará o maior de todos. Eu voltarei e implorarei para que me aceite de volta. Estaremos juntos de novo... O grande maestro e sua musa.

— Tudo o que você está oferecendo está além do que eu esperava. — Minha voz falha entre as palavras. — Mas não é o que eu quero agora. E não posso te dar o que você quer... Não estou pronta para isso. — Aponto entre nós. — Não quero que nenhum de nós fique sobrecarregado.

— Acabamos de fazer amor a noite toda — relembra. — Toquei cada centímetro seu. Você disse que me amava.

— Eu amo — afirmo. — Eu te amo muito.

— Então me ajude aqui — implora.

— Preciso me encontrar. Estar por conta própria. — *Convença-o, minha querida.* — Talvez sair...

— O quê? — Seus olhos claros agora são de um azul-escuro. — Você quer transar com outros homens?

— Não. — *Um término simples é melhor.* — Não sei.

— Isso é uma maldita mentira.

Olho fixamente para suas mãos; elas estão fechadas como balas de canhão.

Seu peito se agita.

— O que temos é inexplicável. Indefinível. Até mesmo a música seria difícil de expressar o que temos. O quanto eu amo você, porra. E é isso que você quer? Está disposta a jogar tudo fora?

Não respondo. Não posso.

— Você não quer isso — diz, inclinando meu queixo. *Eu não quero ninguém além de você.* Seus olhos azuis se prendem nos meus. — Você sabe por quê?

Pressiono meus lábios com tanta força que eles devem estar roxos.

— Porque ninguém jamais te amará como eu amo. Ninguém. — Ele suspira e posso realmente sentir o calor irradiando de seu corpo. — E ninguém...... ninguém... jamais acreditará em você como eu acredito. — Embora ele tente parecer frio e insensível, o leve tremor em sua voz revela a dor por trás de tudo isso. Ou será que é raiva?

Ele está certo. Ninguém jamais me amará como ele me ama. E ninguém jamais o amará como eu o amo.

Preciso fazer isso. Por ele. Por nós.

— Isso pode ser verdade — falo, olhando para a porta aberta. *Se eu não fizer isso, ele nunca me deixará ir embora.*

Ele segura minha mão.

Um término simples é melhor do que algo que perdura.

— Mas não é suficiente.

Essa é a única maneira de acabar com isso.

— O que não é suficiente? — Chad pergunta, enunciando cada palavra lentamente.

Um coração partido não é nada comparado a um homem quebrado.

Essa é a única maneira de termos um futuro real juntos. Fecho e abro os olhos, rezando por força.

A compreensão nos olhos de Chad se torna fria. Por um momento, é Emil quem olha para mim. São as mãos de Emil que guiam a mim e a Chad como um mestre marionetista. *"Este é o momento de Chadwick. Dê a ele agora!"*, ele diz, com a boca pressionada em desprezo, retorcendo-se em ameaça. Suas palavras são verdadeiras; palavras que não posso ignorar.

— O que não é suficiente? — Chad insiste, com o rosto a centímetros do meu, as narinas dilatadas.

As palavras têm poder. E eu vou usá-las como artilharia.

Quatro palavras explodem de mim como balas com a intenção de ferir. Para causar danos.

— Você não é suficiente — eu me ouço dizer, nossos corações se partindo sob a mentira.

Seu corpo inteiro fica rígido, surpreso demais para se mover. Um batimento cardíaco. Dois batimentos. Três batimentos. Ele solta minha mão, e sinto como se tivesse perdido um membro.

Ele dá um passo para trás. Sua cabeça balança de um lado para o outro, seus olhos me encarando como se ele nunca tivesse me visto antes.

O que eu fiz?

Exatamente o que Emil queria.

Danos causados.

Sinto-me como se estivesse estrelando um filme e tivesse acabado de ler o roteiro errado. *Vamos rebobinar,* imploro por dentro. Quero ler *meu* roteiro. Desta vez, vou aproveitar minha chance com Emil. Deixarei que ele faça o pior que puder. Vou me arriscar com o Destino.

Chad abaixa a cabeça, olhando para o chão.

Isso foi um erro. Eu fui longe demais.

A cor de seu rosto se esvai. Quando ele levanta a cabeça, leva longos segundos para que nossos olhos se encontrem. E quando isso acontece, não há brilho. Não há vida.

— Sinto muito — sussurro, com o arrependimento revirando em meu estômago. — Eu não...

Ele nega com a cabeça e fecha os olhos.

— Não, Aurelia.

Estendo o braço para tocá-lo e sua mão grande agarra depressa meu pulso antes de soltá-lo gentilmente.

— Não sei quem você é agora — declara, abrindo os olhos. Eles estão úmidos. Escuros e vazios. — Nunca pensei que me sentiria assim. Não quero ficar perto de você. Não posso ficar perto de você agora. — Sua voz é uma combinação de mágoa e raiva. — Se eu não sou o suficiente...

— Eu não quis dizer isso. Você sempre foi...

— Preciso que vá embora — sussurra, mas ouço a raiva em alto e bom som.

— Chad.

— Vá embora, Aurelia. Você é boa nisso.

Deixe-o. Deixe que ele a odeie por enquanto. Isso é temporário.

Afasto-me lentamente dele e abaixo a cabeça em vergonha, como a peônia murcha sobre a mesa.

— Apenas saiba disso. — O tom de sua voz me faz recuar. E, por um segundo, fico imóvel. — Nunca ninguém vai te foder como eu.

Soluço e saio, fechando a porta; meus passos de chumbo acompanham as batidas do meu coração. Estou tremendo muito, minha mão mal conseguindo segurar minha mala. Tento entender a bagunça que fiz quando ouço… um ruído, seguido de um estrondo!

Chad?

A parede que nos separa treme e eu me pergunto se ela vai desmoronar da mesma forma que nosso amor desmoronou há alguns minutos.

Volto correndo para dentro; está uma bagunça louca de vidro quebrado, móveis e livros espalhados pela sala.

Um buraco do tamanho de um punho me encara. Chad está ajoelhado no chão, com a cabeça baixa, olhando para sua mão. Ele aperta os dedos retorcidos, as juntas como uma tela rasgada de carne e carmesim. O sangue escorre sobre as tatuagens em seu antebraço esquerdo em pequenos rios, como cera em uma vela apagada.

A mão dele!

Eu fiz isso.

— Chad! O que você fez?

Ele permanece imóvel, olhando para a mão.

— Me deixe te ajudar — imploro.

Ele me afasta, incapaz de me encarar.

— Me desculpe. — Engulo as palavras inúteis. — Me desculpe. Sua mão…

Alguns longos e torturantes minutos se passam enquanto nossos corações continuam a se partir.

Então Chad levanta a cabeça, com os olhos vermelhos de dor. Um sorriso desolado surge em seu rosto.

Abrindo o punho ensanguentado, uma única pedra de safira cercada de diamantes repousa em sua palma.

Brilhando.

9 de fevereiro de 2010.

Querida Aurelia,

Tentar te esquecer é como tentar parar de respirar. Não importa o que eu faça, não consigo esquecer o quanto te amei. Ainda amo você.

Sei que você queria uma escapatória e gostaria que tivesse sido mais sincera comigo. Sincera sobre o nosso futuro.

Torço para que você encontre seja lá o que esteja procurando. Talvez tempo seja o que nós dois precisamos. Não sei mais.

Apenas saiba que sinto falta da garota que roubou meu coração aos treze anos, e que sentirei falta da mulher com quem sonhei em me casar um dia. O amor me deixou cego. Tornou-me um tolo. Fez-me esquecer que talvez o meu sonho não fosse o mesmo que o seu.

Nunca pensei que doeria assim.

Eu precisava escrever essa carta. Precisava sentir que, se isso for o certo para nós, ambos ficaremos bem e seguiremos em frente. Que encontraremos um jeito de continuar sendo melhores amigos.

Em alguns dias, faremos vinte e seis anos. Não consigo evitar desejar que ainda tivéssemos dezessete e ainda estivéssemos juntos.

Com amor,

Chad

Ele era meu. Eu era dele.

Até que o deixei em Buenos Aires, há pouco mais de dois meses. O tempo não passou. É como se meu coração tivesse acabado de ser ferido, recente e sensível. Peguei minha mala e me recusei a olhar para trás. Se eu tivesse ficado um minuto a mais, não teria tido coragem de ir embora.

Tarde da noite, o anel de noivado continua a me atormentar; ainda vejo o brilho em sua mão ensanguentada.

Se servir de consolo, o plano do maestro mais velho funcionou. Parece haver alguma verdade nas palavras de Emil.

A *Revista Billboard* descreve Chad como “possuído, imbatível”.

Os críticos o elogiaram e à New World Filarmônica como “renovados”, “empolgantes” e “revolucionando a música clássica”.

Em minha mesa de centro, há uma página rasgada da *Next Establishment List* da *Vanity Fair*. Ela menciona Chad como "o raro virtuoso e maestro que consegue chegar ao topo das paradas com um álbum clássico campeão de vendas".

Abrigada sob meu casaco, enfrento a tempestade de neve e caminho algumas quadras para o oeste. A Bank Street está assustadoramente silenciosa. Nenhum veículo em movimento. Nenhum pedestre à vista. Apenas uma mulher com o coração partido.

Abro a porta da frente com as chaves de casa, deixo minha bolsa no chão e tiro o casaco e as botas molhadas. Subo as escadas e vou direto para o quarto dele. Algumas de suas roupas permanecem no closet. Elas me convidam a tocá-las e cheirá-las. Tiro meu suéter e visto um dos antigos moletons do Chad da LaGuardia Arts, lembrando-me da primeira vez que nos conhecemos.

Dirijo-me à cama dele e entro debaixo da nuvem de cobertores. Virando de lado, coloco minha mão sobre o vazio no lado da cama de Chad. Descansando a cabeça em seu travesseiro, me sinto confortada pelo cheiro dele que permanece ali. Ou talvez seja apenas minha imaginação.

Mesmo assim, fico grata.

Olhando para a distância, revivo os momentos que tive com Chad. O primeiro beijo em minha testa perto da fonte. A caminhada de volta ao meu apartamento depois de nosso primeiro encontro, beijando-me como se fosse véspera de Ano-Novo. A mão persistente na parte interna da minha coxa na última vez que jantamos juntos. As conversas que duraram desde tarde da noite até o início da manhã. Nós dois tocando *Passacaglia* enquanto o resto da cidade dormia.

Verei Chad em meus sonhos. Vou me permitir uma hora para fingir que ainda estamos juntos. Como se eu nunca o tivesse deixado em Buenos Aires. Nunca tivesse mentido. Vou me lembrar de como fizemos amor há alguns meses e fingir que nunca nos separamos.

AURELIA

Outubro de 2010.

Página quarenta e três da *Vanity Fair*: uma foto em preto e branco de Chad, caminhando em uma rua de Buenos Aires. Ele está ligeiramente curvado em um casaco preto, protegendo-se do dia frio de julho. Em sua mão, há um estojo de violino coberto de adesivos. É o mesmo estojo que ele usava quando era adolescente.

Capturado no meio do passeio, ele é o retrato perfeito do isolamento. Embora multidões de pessoas estejam alinhadas na calçada ao fundo, ele parece tão sozinho. Chadwick David é *o* músico mais famoso do mundo clássico, mas está sozinho. Desde que nos separamos, há onze meses, Chad superou as realizações de seu avô. Com apenas vinte e seis anos, já ganhou outro Grammy. A New World Filarmônica tem uma turnê esgotada. Uma entrevista recente com o programa *60 Minutes* sobre a situação da música clássica.

Ontem, passei por uma banca de revistas com Chad na capa da edição de novembro da *Gramophone*.

Deixá-lo ir embora era a única coisa que eu podia fazer. Não podia interferir em sua ambição, em sua motivação, em seu talento dado por Deus.

Tomo um último gole do meu café e saio da cafeteria.

Nuvens cinzentas enchem o céu; uma tempestade está chegando. Coloco a revista embaixo do braço e vou para o trabalho.

DISCOVER MUSIC

9 de novembro de 2010.

O violinista Chadwick David anuncia um novo álbum Mahler, Muse, gravado durante a turnê

BILLBOARD

13 de dezembro de 2010.

O violinista Chadwick David, de vinte e seis anos, se tornou o solista mais jovem a se apresentar no concerto televisionado do Prêmio Nobel para ganhadores do Nobel e para a Família Real Sueca.

Janeiro de 2011.

O trem R local segue em direção ao Brooklyn. Sento-me no meio do vagão, observando todos aqueles nova-iorquinos voltando para casa. Sinto uma estranha afinidade com todos os corpos amontoados nesse único espaço. Sinto-me até caridosa com o estranho adormecido cuja cabeça caiu no meu ombro. Como a foto de Chad na *Vanity Fair*, estou em uma multidão, mas estou sozinha.

O celular na minha bolsa implora para ser usado. Eu poderia ligar para meus amigos e meus pais e contar como foi meu dia. Poderia dizer a eles que consegui um emprego como professora em um acampamento de música por três semanas. Poderia dizer a eles que minha oferta pelo apartamento na 7ª com a 1ª foi aceita.

Mas eles não entenderiam por que estou chorando durante as últimas horas. Como certa composição de Piazzolla ainda pode me fazer cair de joelhos. Há apenas meia hora, enquanto pegava algumas coisas na Morton Williams, a música clássica tocada me fez parar. A melodia assombrosa em mi menor. O fraseado. O brilhantismo. Era a composição que Chad estava praticando de manhã cedo quando me convidou para morar com ele. Larguei minha cesta de compras e saí correndo do mercado, desesperada para chegar em casa sem ter um colapso.

Aqui estou eu, chorando em meio a todos esses nova-iorquinos. Chorando porque sinto falta do meu melhor amigo. Chorando porque temo ter cometido o maior erro da minha vida.

Eu o amo.

Ainda estou apaixonada por ele.

Está nevando quando saio da estação de metrô. Flocos leves grudam em meu casaco de lã. Desço a Bank Street e fico em frente à casa de Chad, inspirando e expirando enquanto os pedestres me cercam. Olho para a janela da esquina do terceiro andar, esperando que uma luz se acenda.

Uma ponta de esperança faz meu coração dolorido voltar a bater lentamente. E eu oro silenciosamente: *quero que fiquemos juntos novamente.*

Eu quero a nós.

Ao contrário do meu coração pesado, os grãos de neve que caem não têm peso. Os céus escurecem. O mundo ao meu redor continua enquanto imploro para que o tempo pare. A cada dia que passa, a esperança se esvai. Eu fui uma idiota. Assustada. Deixei um homem que teria desistido de tudo por mim.

Emil sabia que isso acabaria conosco.

Não estou pronta para ir embora.

Não quero ir embora.

Meus olhos se recusam a deixar a janela da esquina. Nenhuma persiana ou cortina obscurece a solidão sombria lá dentro. Chad não voltou.

Quando ele voltar, temo que seja com uma nova musa.

O arrependimento me atinge por todos os lados e pressiono os lábios com força, tentando não desmoronar. Eu poderia ter sido honesta com ele e comigo mesma. Eu poderia ter finalmente dito as palavras que meu coração estava implorando para revelar.

Mas o orgulho — *meu* orgulho — cedeu em sua decisão de deixá-lo viver seu sonho. Seu destino.

O que está feito está feito.

Não pode ser desfeito.

Só mais alguns minutos. Espere um pouco mais.

Com a cabeça baixa, agarro-me ao meu peito enquanto ele continua a bater por Chad. Meus passos lentos caminham pela rua de paralelepípedos sem nenhum destino claro em mente.

VARIETY

9 de março de 2011.

Como Chadwick David conseguiu mudar o mundo clássico

HITS DAILY

21 de abril de 2011.

O maestro moderno, Chadwick David, se une ao produtor Magnus David para um novo single, Désolé

AURELIA

Maio de 2011.

Partir o coração de outra pessoa partiu o meu.

Minha família acha que estou bem. Meu sorriso é uma mentira por medo de preocupá-los.

Durante pouco mais de quinze meses, não tive nenhuma notícia de Chad. Nem mesmo no nosso vigésimo sétimo aniversário.

Quatrocentos e cinquenta e quatro dias. Agarro-me ao meu celular, olhando para o teclado de discagem, querendo que ele disque sozinho. Verifico meu correio de voz de hora em hora, rezando para que ele tenha me ligado. Nem que seja para dizer apenas: "*Olá*".

Cada dia, repleto de silêncio, piora.

Embora eu não o tenha visto desde que terminamos, eu o vejo quando estou atravessando a Bleecker Street. Eu o vejo sentado nos degraus do prédio onde moro. Eu o vejo no mercado da esquina comprando um pacote de chicletes Big Red. Eu até o vejo descansar a cabeça no travesseiro, de lado, de frente para mim, logo antes de eu adormecer.

Chad e eu ficaremos juntos novamente são palavras que se tornaram meu discurso diário. No entanto, à medida que os dias e os meses passam sem nenhuma forma de comunicação entre nós, começo a duvidar do que estou pregando para mim mesma.

Uma onda de confiança me dá forças para pegar o celular, mas sou derrubada pelo medo. *Ele vai desligar. Talvez tenha bloqueado meu número.*

Cartas manchadas de lágrimas que escrevi se acumulam no fundo do meu pequeno armário. E-mails, não enviados.

Deixarei minha imaginação vagar, esquecerei por um segundo que perdi meu coração. Vou folhear o álbum de recortes de couro que está explodindo pelas costuras. Ele está cheio de recortes de jornais. Artigos de revistas. Impressões da Internet. Uma entrevista recente com Chad se destaca, com duas frases em evidência. *Sou solteiro. Meu único foco no momento é a New World Filarmônica.*

O plano de Emil está funcionando; Chad está cumprindo seu legado sem mim em sua vida.

Ligo a tela do computador e ela abre com fotos nossas. Xangai. São Francisco. Amsterdã. Nossa última noite em Buenos Aires antes do Maestro von Paradis.

As idas e vindas de Chad são tão familiares para mim quanto minha agenda. Estou sempre atualizando minhas telas no Facebook, Instagram, Twitter e SoundCloud.

Eu o admiro como uma fã. Como se nunca tivéssemos nos conhecido.

Como se nunca tivéssemos nos apaixonado.

Então acontece.

São quase sete horas da noite de uma segunda-feira. Como na maioria dos dias de folga, passo algumas horas no Lincoln Center, seja assistindo a uma apresentação ou simplesmente sentada perto da fonte. Sozinha. Cuidar de um coração partido aumenta o estado de solidão.

Estou descendo apressadamente os degraus a caminho da estação de metrô da 66th Street quando vejo suas longas pernas se aproximando.

Nós dois paramos no meio do passo, como estátuas deslocadas.

Ele está ali, a apenas alguns metros de mim. Com toda a sua altura de 1,90 m. Em um terno preto clássico.

— Aurelia?

O remorso me envolve, e meus joelhos se dobram.

— Aurelia? — repete, como se meu nome fosse sua palavra favorita, torcendo meu coração.

Dou um leve sorriso, e meus pés se movem instintivamente na direção dele.

— Oi.

— Oi.

Se já houve um momento constrangedor entre dois velhos amigos, foi esse.

Chad me encara fixamente e me pergunto se ele vê a apreensão em meus olhos. A nuvem de dor que me envolve.

Eu o encaro de volta, pronta para encher a praça de lágrimas.

Ele se aproxima um pouco mais. Mesmo com bolsas sob seus olhos azuis e uma barba por fazer em sua mandíbula, Chad ainda é o homem mais devastadoramente bonito que já vi.

Mais um passo.

Meus dedos coçam, ansiando por tocá-lo. Para garantir que não estou sonhando com este momento.

Meio passo.

Todos aqueles dias solitários e noites sem dormir sem comunicação entre nós desaparecem.

Olho por cima de seu ombro, rezando para que Emil não esteja à vista.

— Você está aqui com alguém?

— Não estou — responde, com as mãos ao lado do corpo. Gostaria que elas me alcançassem. — E você?

Nego com a cabeça. *Consegue ver que estou irradiando solidão?*

— Você está linda — elogia.

Dou um sorriso genuíno, não aquele que tenho dado à minha família desde o término.

Ele retribui o sorriso, pega minha mão e me leva até a fonte. *Foi aqui que você partiu meu coração. E eu rezo para que seja aqui que eu conserte o seu.*

Os jatos da Revson Fountain disparam quando Chad dá um passo à frente e me abraça.

Mesmo depois de tudo o que aconteceu entre nós, somos — e sempre seremos — amigos.

— Como você está? — pergunta, com uma voz terna e atenciosa.

— Estou bem — minto um pouco. — E você?

Ele dá de ombros.

— Você está aqui para ver *Die Walküre*? — Aceno na direção da casa de ópera.

— Sim.

Ficamos ambos em silêncio por um ou dois instantes.

— Eu queria ligar para você todos os dias — Chad comenta, quebrando o silêncio doloroso. — Mas, toda vez que pegava o telefone, uma parte de mim se desfazia por dentro. Eu não sabia o que fazer. Estava com raiva.

— Eu te liguei todos os dias — digo.

— Você ligou?

— Não, quero dizer, tentei. — *Seja honesta com ele.* — Mas então me preocupava que você desligasse ou bloqueasse meu número.

— Eu nunca faria isso.

— Sinto muito. — Meu pedido de desculpas é fraco, assim como minha voz. — Chad, eu...

— Eu também.

— Tenho passado essa cena na minha cabeça todos os dias desde que o deixei, e agora que você está aqui, nem sei por onde começar. — Estou falando muito rápido, perdendo a linha de raciocínio.

Ele segura minha mão. Há uma constelação de cicatrizes rosadas que nunca vi antes. *Será que foi por causa do soco na parede?*

Olhando para Chad, peço desculpas em voz baixa. Ele aperta minha mão entre as suas, gentilmente. Como se eu pudesse quebrar. *Sim, ainda sou frágil.*

— Aurelia, sou eu. — Ele não me solta; é reconfortante e protetor.

Estou atordoada, ainda tentando encontrar as palavras certas. *Sinto muito. Por favor, me perdoe.*

— Eu queria te dar tempo e espaço — fala. — Também não sabia o que fazer.

Olho para ele. Ele olha para mim. Nós dois estamos nos absorvendo. É aí que eu vejo. As coisas que as capas de revistas e as fotos esconderam — a exaustão em seus olhos. As noites sem dormir. As consequências de um coração partido.

A mágoa que vi na Argentina diminuiu, mas vestígios dela permanecem em seu olhar.

— Você e eu estávamos em lugares diferentes nas nossas vidas — ele afirma. — Pensei ou presumi que você estava pronta para começar sua vida comigo em Buenos Aires.

Eu estava.

Eu teria dito "sim, eu me caso com você".

— Eu nunca... — Não posso dizer que nunca quis machucá-lo, porque isso seria uma mentira. Eu precisava causar dor a ele. Para terminar nosso relacionamento.

— Eu pedi demais de você.

— Sinto muito pela forma como tudo terminou. O que eu disse... — Uma onda de arrependimento me percorre. *Mantenha-se firme, Aurelia.*

Ele consegue ver como é difícil eu ficar de pé e não cair no chão?

Não há palavras para descrever adequadamente a tristeza e o remorso que estou carregando. Como eles se entrelaçaram, se agarrando a mim como se eu fosse sua tábua de salvação. Arrastando-me para baixo. Pergunto-me se há alguma maneira de me reerguer.

— Ainda não sei o que fazer — ele diz. — Mas sei de uma coisa.

Meus olhos estão no chão, com medo de provocar uma torrente de lágrimas. Meus lábios estremecem enquanto permaneço em silêncio. Não é por falta de palavras. Aprendi que ficar calada pode ser uma das melhores maneiras de se comunicar. *Estou ouvindo você, Chad. Não tenha pressa. Estou aqui.*

— Sinto sua falta, Aurelia.

Quatro palavras que eu desejava ouvir desde Buenos Aires.

Esta é minha chance de salvar nossa amizade. Aproveite agora. Eu vivi muito tempo sem Chad. Ele cumpriu seu legado.

— Também senti sua falta.

Continuamos a nos encarar sem jeito. Seguro minha bolsa, pronta para lhe desejar felicidades, quando ele pergunta:

— Para onde você vai?

— Para lugar nenhum.

Ele examina a área e seu olhar se volta para a Casa de Ópera Metropolitana, onde vários clientes entram. Virando-se para mim, inclina-se ligeiramente para que possamos nos ver diretamente.

— Quer comer alguma coisa? — pergunta. — Beber?

— Mas e *Die Walküre*?

— Você quer ver?

Nego com a cabeça. Tenho minha própria tragédia que estou protagonizando.

— Bem, então acho que não vou ver.

Ao sairmos da praça, meu coração se torna um artista do Cirque du Soleil, andando em uma corda bamba. No entanto, tenho cuidado, guardando-o. Eu me recuso a cair novamente.

Em vez de pegar o metrô para o centro da cidade ou chamar um táxi, caminhamos para o sul, sem nenhum destino específico em mente. No entanto, meu lugar nenhum se tornou algum lugar com Chad.

De vez em quando, um fã nos para e pede um autógrafo.

Chad compartilha histórias de contratempos e músicos com os quais teve dificuldades para trabalhar. Conto sobre meus dezessete meses sem intercorrências. Nós dois não mencionamos namoros com outras pessoas. Tenho sido fiel a ele. E não quero saber se ele transou com outras mulheres. Isso me deixaria arrasada.

Ele para no meio da calçada, e eu o sigo.

Olhando ao nosso redor, ele se inclina, seu cheiro enchendo meus pulmões.

— Quero saber se você sentiu minha falta tanto quanto senti a sua — sussurra em meu ouvido.

Se senti sua falta? Sinto como se tivesse morrido mil vezes desde que terminamos.

Em vez de admitir que mal estou funcionando, fico muda. Ainda me pergunto se estou sonhando com tudo isso.

— Aurelia. — Sua voz me atinge em diferentes lugares: meu coração, minha cabeça, meus lábios e, é claro, entre as pernas. — Vamos esquecer o que aconteceu em Buenos Aires.

— Não estou entendendo.

— Isso aqui — ele indica, apontando entre nós — é tudo o que importa.

Você é tudo o que importa, quero dizer em voz alta.

— Eu quero você em todos os sentidos — afirma, sua voz diminuindo um tom.

Calor se espalha pelo meu peito.

Minha boca se abre ligeiramente, mas as palavras não saem.

Já se passaram dezessete meses sem você. Dezessete meses, e mal estou sobrevivendo.

Quero viver novamente. Eu o quero.

Chad se afasta um pouco, observando meu rosto. De repente, ele está fervendo de calor.

— Você está corando. — Sua boca se contrai para cima enquanto ele diminui o espaço entre nós. — Eu adoro isso em você. Nunca mude. — Outro passo.

Fico parada no lugar, incapaz de me mover, mas tudo o que quero fazer é me jogar nele.

Endireito minhas costas, inclino a cabeça para cima e umedeço meus lábios. A confiança que foi derrubada durante meses se eleva, ansiosa para estar com o homem com quem estou.

Nada nem ninguém vai se interpor em meu caminho, inclusive o maestro mais velho. Fiquei longe por tempo suficiente, e Chad mais do que cumpriu seu legado. Ainda não cumpri os dois anos que prometi a Emil, mas...

Se esta for a única noite que terei com Chad novamente, vou aproveitar a chance. Quero um pedaço do meu coração de novo. Há poucos minutos, ele estava dando cambalhotas aéreas. Agora, ele bate como um tambor africano. Em alto e bom som. Não me surpreenderia se os pedestres que passam ao nosso redor pudessem ouvi-lo.

Estamos na 6ª Avenida, em Chelsea, ainda no meio do quarteirão, apenas olhando um para o outro.

— Vocês estão bloqueando meus clientes! — alguém grita por trás. — Vão para a porra de um quarto.

AURELIA

Mais tarde naquela noite, depois de compartilharmos churrasco Rio Grande e *kinako* tiramisu no Sushi Samba, estou na cama. Com Chad.

Emaranhada, suada e exausta.

Eu poderia fingir que foi o ponche de banana-da-terra.

Poderia fingir que foi a maneira como ele parou no meio da conversa, atravessou a mesa e me beijou.

Eu poderia fingir que foi a maneira como me pegou no restaurante, com minhas costas contra a porta do banheiro enquanto investia contra mim.

"Isso é por ter me deixado", grunhiu. Suas estocadas profundas eram uma mistura de dor e prazer.

Eu poderia fingir que foi um erro. Poderia fingir que estava apenas louca de desejo. Mas estaria mentindo.

É amor. Sempre foi amor com Chad. E este coração partido está batendo novamente.

— Por que é tão difícil te deixar? — pergunta, no escuro, de frente para mim. Com as cortinas abertas, a luz da rua brilha e passa pelas janelas de seu quarto.

Viro-me para ele, apreciando os cílios grossos que envolvem seus olhos azul-claros, a leve protuberância de seu nariz romano e os lábios cheios separados.

As características do homem que vejo todas as noites em meus sonhos.

Com a ponta do polegar, traço a pequena cicatriz acima de sua sobrancelha esquerda, uma cicatriz que ele ganhou depois de bater a cabeça em uma mesa quando era criança.

Eu me aproximo de Chad, permitindo que coloque um braço ao meu redor. Eu gostaria de ter uma resposta.

— Também não posso deixá-lo. — Inclino a cabeça para cima.

— Eu amo você — pronuncia, com um toque de melancolia.

— Você ainda me ama depois do que aconteceu em Buenos Aires?

— Não tenho escolha. Estar aqui com você apenas confirmou o que eu vinha tentando negar nesse último ano e meio. — Ele beija o topo da minha cabeça. — Eu nunca deixei de te amar.

— Você se arrepende de me amar? — pergunto.

— Não. — Não há hesitação, nem pausa.

— Depois do que fiz… — Mal consigo dizer as palavras. — Como você ainda pode me amar?

— Eu simplesmente amo — responde. — Não posso deixar de te amar.

— Eu não quis dizer o que disse quando o deixei.

— Eu sei. — Ele solta um pequeno suspiro.

— Também não posso deixar de te amar.

Chad pega o celular na mesa de cabeceira. Ligando-o, ele abre a tela.

— Meu celular contém vestígios seus. De nós. Há várias mensagens que salvei ao longo dos anos. Todas suas.

— O que aconteceu foi que… eu estava com medo. — *Eu estava com medo do seu avô e das ameaças dele. Medo de estar no caminho da sua grandeza. Medo de que você ficasse ressentido comigo se eu tivesse ficado em Buenos Aires. Medo de que você olhasse para mim daqui a alguns anos com arrependimento. Medo de me perder de novo.* — O que faremos? Para onde vamos a partir daqui?

Ele não responde. As palavras ficam suspensas no ar entre nós, persistentes, com medo de serem ouvidas.

— Eu não sei — finalmente admite.

Essas três palavras perfuram meu coração.

— Tenho que voltar amanhã. — Ele se agarra a mim com mais força. — Venha comigo.

— Não posso.

Ele fica quieto.

— Se eu pudesse, eu iria — digo ao Chad. *Fiz um acordo com seu avô.*

— Se eu pudesse ficar aqui com você, também ficaria — ele fala. — Tenho compromissos. Não sou mais só eu. Há músicos que mudaram suas vidas para se juntar a mim. E eles têm famílias para cuidar.

— Seu contrato terminará em breve — afirmo.

— Receio que não — ele contradiz. — Eu o estendi depois que você foi embora.

— Ah…

— O trabalho me salvou.

Deixo que as palavras dele fiquem em fogo brando.

— Como é? — pergunto, suavemente. — Quero dizer, como é comandar uma orquestra que você ajudou a criar?

Está em sua voz. O entusiasmo agudo que não consigo ignorar quando ele diz:

— É mais do que jamais imaginei.

Fazemos amor mais duas vezes, tentando apagar *aquela* manhã, cada sessão mais apaixonada que a anterior. É quase como se Chad quisesse me lembrar de que ele e seu amor por mim *eram* mais do que suficientes — deixá-lo foi o maior erro da minha vida.

No início da manhã, Emil deixa uma mensagem no correio de voz.

— *Temos um acordo, Aurelia. Chadwick precisa cumprir seus compromissos, seu legado.*

Coloco o vestido e as sapatilhas da noite passada. Em uma folha de papel em branco, escrevo:

Estou tão orgulhosa de você.
Com amor,
Aurelia

Saio silenciosamente do quarto de Chad enquanto ele dorme, descendo a escada na ponta dos pés. Prendo a respiração até estar do lado de fora da porta.

A chuva está caindo. Ando o mais rápido que posso, correndo para casa. Alguns prédios depois, paro, meu coração disparando. Encharcada, fico no meio da Bank Street, chorando junto com as lágrimas de Deus.

Segundos. Minutos. O tempo passa com cada gota de chuva, e continuo no mesmo lugar. Imóvel. Uma mistura de lágrimas e chuva violenta obscurece minha visão. Limpo meus olhos com o antebraço. Tudo ainda está embaçado.

Mas é a figura dele que está diante de mim.

Chad está completamente ensopado, o cabelo molhado grudado na lateral do rosto, a camisa branca aderida ao corpo.

— Amor! — grita, sua voz cheia de preocupação.

O arrependimento paira sobre mim, poderoso. Uma consequência de minhas ações. Não há ninguém para culpar além de mim.

Gostaria de poder voltar no tempo, apagar o acordo que fiz com Emil. Meu futuro com Chad como amigos é mais doloroso do que eu poderia imaginar. Não acho que conseguirei sobreviver apenas como amigos.

Ele se aproxima com os braços abertos e caio contra ele, chorando mais um pouco, soluçando em meio às minhas lágrimas. Pegando-me em seus braços, me carrega de volta para sua casa na cidade, onde fazemos amor uma última vez.

Quando recuso seu segundo convite para me juntar a ele, Chad não me pressiona.

Horas depois, retorna à sua vida em Buenos Aires. Sem mim como sua namorada.

— *Você fez a coisa certa, Aurelia* — Emil afirma, algumas horas depois pelo correio de voz.

Há um grande aperto no meu peito dolorido, meu coração sentindo como se eu tivesse perdido Chad… de novo.

BOGOTÁ TIMES

30 de novembro de 2011.

Chadwick David conduz a Sinfonia #9 de Mahler

Ele comandou o palanque, permitindo que cada instrumento se envolvesse com a tragédia, como se ele próprio estivesse lamentando um amor perdido.

THE TIMES

10 de dezembro de 2011.

Tirando uma folga da regência, o violinista virtuoso, Chadwick Davidm, impressionou a Família Real com uma performance de Concerto para Violino de Tchaikovsky.

14 de fevereiro de 2012.

Querida Aurélia,

Estou usando o suéter da LaGuardia Arts que você me deu no meu aniversário de dezessete anos. É o mesmo que você costumava vestir quando ia para a minha casa. Já o lavei mais de cem vezes. Eu o uso algumas vezes por semana. Quando estou fazendo tarefas. Quando estou na minha sala, tocando o violino ou o piano. Quando estou na minha cozinha testando uma receita, uma que espero fazer para você. Quando estou pesquisando os corredores da El Ateneo ou outra livraria, procurando um exemplar que você provavelmente já leu. Quando estou sentado em uma cafeteria, desejando que você estivesse bem na minha frente, compartilhando um brunch, o jantar ou até mesmo apenas uma fatia de torta de creme de banana. Quando estou no ensaio. Meus músicos reviram os olhos quando estou usando e provavelmente acham que sou mesquinho demais para comprar um suéter novo.

O suéter perdeu um pouco da forma. O cinza-escuro desbotou quase para um cinza-claro. Não tem mais o seu cheiro. Mas, ainda assim, você permanece.

Só porque você não está aqui comigo não quer dizer que eu não te sinta. Não significa que não consigo sentir o seu gosto nos meus lábios. Ouvir sua voz. Sentir aquele seu cheiro ambrosíaco.

Você está no meu sangue, nas minhas veias. Ainda é você que bombeia esse meu coração.

Feliz aniversário.

Com amor,

Chad

Há um CD anexado com uma gravação de *Yumeji's Theme*, de Umebayashi, junto com duas fotos. Uma de mim e Chad no nosso aniversário de dezessete anos, ambos vestindo os suéteres da LaGuardia. Ambos com sorrisos enormes. A segunda foto é de Chad durante um ensaio, usando o velho suéter que eu costumava vestir. Viro a foto e percebo a data: 31 de janeiro de 2012.

NPR.ORG

15 de abril de 2012.

A Orquestra New World Filarmônica de Chadwick David busca tornar a música clássica mais acessível

AURELIA

Agosto de 2012.

Meu celular vibra antes de escorregar para o chão. Olho de relance para o relógio — é um pouco depois de seis da manhã. Ninguém nunca me liga antes das nove. Eu me inclino e estendo a mão para pegar o aparelho branco.

— Alô.

— Eu te acordei? — uma mulher com uma característica voz áspera pergunta.

— Sera? — Não nos falamos há anos. Mal reconheço aquela voz.

— Sim, é Sera Barnes.

— Já faz um tempo. — Depois que fui embora da Filadélfia, eu entrava em contato através de e-mails ou correio de voz. Mas ela nunca respondeu qualquer uma das minhas mensagens. — Como você está? — Esfrego os olhos, ainda com sono. — Onde você está?

— Em Londres, mas vou embora hoje à noite.

— O que anda fazendo esses dias?

— Estou trabalhando para um novo jornal on-line. Pense em uma junção da *Vanity Fair* com o *HuffPost*.

— É mesmo, Gabriel mencionou. Parece legal.

— É. Não acredito que estou realmente fazendo o que amo sem a ajuda financeira dos meus pais.

— Você nunca deu crédito o bastante para si mesma. — Eu bocejo. — E aí?

Quando alguém com quem você não conversa há anos te liga de manhã cedo, essa pessoa quer alguma coisa. Com Sera, eu só tenho valor quando Gabriel está por perto.

— Você está procurando o Gabriel? — pergunto.

— Não, estou ligando por causa de outra coisa — ela responde. — Eu tenho uma tarefa de escrever um artigo sobre uma orquestra. Vou segui-la enquanto fazem a turnê.

— Qual?

— A New World Filarmônica.

— Oh. — Afasto as cobertas e percebo o "Mini Maestro", meu Jack Rabbit, igual ao vibrador que Chad comprou para mim anos atrás. Preciso de algo mais intenso e silencioso. Meu vizinho ao lado deve ter ouvido o zumbido ontem à noite. Além isso, já o usei demais. Se eu ganhasse um dólar por todas as vezes em que uso, conseguiria comprar o Facebook.

— Tudo bem. — Preciso estar acordada agora. — Espere, vou pegar um pouco de café. — Sigo para a minha cozinha minúscula. A garrafa de vinho de ontem à noite está na bancada junto com um pouco da comida chinesa que pedi. Fervo a água e vasculho o lugar em busca da minha cafeteira de prensa.

— Você conhece Chadwick David — ela diz. — O violinista. O regente. O deus clássico.

— O que tem ele?

— Você o conhece bem?

— Conheço.

— Por que nunca o mencionou antes?

Como devo responder? *Porque eu não te conheço tão bem assim.* É a verdade. Somos amigas por associação. Ela e Gabriel são próximos, então era inevitável que eu a conhecesse. Porém, sempre que passávamos um tempo juntos, o foco dela era sempre no primo. Eu era apenas a vela. Sem dizer que não nos falamos desde que me mudei da Filadélfia.

Acabo respondendo:

— Não há muito a dizer.

— Hmm.

— O que você quer dizer com "hmm"?

Ela não responde a minha pergunta. Em vez disso, fala:

— Eu realmente quero fazer esse artigo se destacar. Torná-lo mais pessoal.

— Okay.

— Quero usar o seu nome para uma exclusiva com Chadwick.

— O jornal já te deu acesso à orquestra. Por que você precisaria usar o meu nome?

— Porque o Maestro David é muito reservado. Todo mundo o quer. Se eu usasse o seu nome... se ele soubesse que somos amigas... Eu pediria para Gabriel, mas ele disse que eles não têm uma relação muito amigável. E...

— E o quê?

— Ouvi dizer que você e Chad namoraram.

Bufo por dentro. *Namoraram?* Foi mais do que um namoro. *Ainda* é mais do que um namoro. *Chad é o amor da minha vida*, meu coração murmura.

— Ele é o motivo pelo qual você partiu o coração de Gabriel — Sera afirma, em um tom que não consigo distinguir.

— Gabriel e eu nunca saímos.

— Não significa que você nunca partiu o coração dele. — Ela solta um longo suspiro. — O que aconteceu entre você e Chad?

— A vida. A vida aconteceu. Ele está por aí na estrada. Eu estou aqui. Nós dois temos compromissos. Chame de *timing* infortuito.

Não posso voltar no tempo, mas continuo minha contagem. *Apenas onze meses até que o contrato de Chad com a sinfônica termine.*

— Acabou entre você dois? — ela pergunta, mas soa como uma declaração final.

Fico quieta. Meu futuro com Chad não é maleável. O que temos nunca acabará.

— Esse artigo pode mudar a minha carreira. — Sera parece esperançosa. — Eu gostaria muito de mencionar seu nome.

Sera nunca retornou minhas ligações. Agora, ela está na linha me pedindo um favor. Um grande favor. Penso em Gabriel quando digo:

— Tudo bem.

— E eu gostaria de citar você.

— Não sei, Sera. — *Ela sempre foi tão insistente?* — É complicado.

— Eu entendo.

— Entende o quê? — pergunto, bruscamente.

— Chadwick David. — Ela suspira como uma adolescente encantada. — Ele é lindo, inteligente e, quando toca aquele violino, me dá vontade de ouvir música clássica. Quando ele conduz, é hipnotizante. Gostei do que vi.

Eu o amo por inteiro.

— Mencionarei seu nome a ele amanhã.

— Amanhã?

— Sim, há um evento que estarei cobrindo também. Direi ao Chadwick que foi sua ideia eu entrevistá-lo.

Sera é linda. Ela faz a Penélope Cruz parecer simples. É óbvio, só por essa conversa, que ela está interessada em Chad.

A ideia de Chad com qualquer pessoa me dá vontade de gritar. Mas com Sera — fico louca. Afinal de contas, ela sabe que já namorei com ele.

Chad consome todos os meus pensamentos quando estou acordada. Verifico constantemente sua página no Facebook. Passo horas a fio em seus feeds do Twitter e do Instagram. Uso meu prático Jack Rabbit, revivendo a última vez que fizemos sexo, há quinze meses. No banheiro do Sushi Samba, logo antes de ser servido o churrasco Rio Grande. Fizemos sexo trinta minutos depois, após devorarmos o tiramisu. Novamente, no banco de trás de uma limusine que nos levou de volta à casa dele, onde fizemos sexo mais três vezes.

Ele me convidou para ir com ele antes de voltar para Buenos Aires.

Recusei, pensando que *logo estaríamos juntos.*

Mantemos contato, mas nossa comunicação é esporádica.

Agarro a borda do balcão da cozinha para me apoiar, pensando que devo aceitar minha decisão. Foi a minha escolha, e agora preciso engoli-la, junto com o acordo que fiz com Emil.

Nunca fui de apostar por medo de perder. Mas apostei nos últimos anos, tratando meu relacionamento com Chad como um jogo de roleta-russa. Cada vez que eu me recusava a ir com Chad era como puxar lentamente um gatilho apontado para o meu coração.

Nenhuma mulher jamais se interpôs entre nós. Jamais se interporá entre nós. Tenho certeza disso.

Nunca haverá um fim entre mim e o Chad.

— Sera…

— Tenho que ir — ela diz.

— Divirta-se amanhã — respondo, queimando minha língua com café escaldante.

— *Este é o correio de voz de Sera Barnes.* — *Bip.*

— Oi, é Aurelia. — Encaro meu calendário. Já passaram mais de duas semanas desde que Sera mencionou entrevistar Chad. — Eu adoraria saber sobre o artigo. Por favor, me ligue.

— Sera aqui. Recebi sua mensagem. Estou com Gabriel em Providence. Passei um tempo entrevistando Chadwick, e foi isso. Ótimo sujeito, embora muito reservado. Ele parecia determinado a deixar sua marca no mundo clássico.

Ótimo.

AURELIA

Setembro de 2012.

É dia 11 de setembro.

Faço o que sempre faço nesse dia — tiro folga do trabalho. O aniversário de hoje me lembra de que a vida é preciosa e que os amanhãs nunca são prometidos. Sempre faço questão de ver meus pais...

Café da manhã com minha mãe em sua casa antes de ela ir para o hospital. De lá, vou até o *Beresford* para ver Priscilla e meu pai discutirem sobre uma possível nova amante. Nunca interfiro. Fico sentada. Observo. Aprendo. Em silêncio, rezo: *que Chad e eu não acabemos como eles. Miseráveis.*

Quando minha madrasta vai até o bar, vou embora. Uma Priscilla bêbada é algo que deve ser evitado a todo momento.

Estou em casa organizando um álbum de recortes, um hobby que comecei depois do segundo ano do ensino médio. Esse álbum contém todas as conquistas mais recentes de Chad. Posso me deleitar com o sucesso dele sem olhares curiosos e chorar de emoção no sofá ou na cama.

Pode ser um sonho, mas quero acreditar que compartilharei essas lembranças com os filhos que Chad e eu teremos no futuro.

Ao examinar recortes de jornais e artigos de revistas, tenho certeza de uma coisa:

Chad deixou sua marca no mundo clássico várias vezes. Sorrio com orgulho ao ler diferentes manchetes: *A temporada 2012-13 da New World Filarmônica está esgotada há meses. Chadwick David, a estrela do rock de Buenos Aires. O Maestro Chadwick David se prepara para o Festival Internacional de Edimburgo.*

Fotos de Chad como regente convidado de algumas das melhores orquestras do mundo — a Filarmônica de Los Angeles, a Orquestra de Cleveland, a Filarmônica de Viena e a Royal Concertgebouw de Amsterdã — ocupam várias páginas.

A tabela da Billboard mostra que seu lançamento mais recente — o

Concerto para Dois Violinos, de Bach, com a Orquestra Sinfônica da Rádio da Baviera — estreou em primeiro lugar. As indicações ao Grammy serão anunciadas em breve e não tenho dúvidas de que Chad receberá mais uma.

Artigos on-line impressos estão ao meu lado, esperando para serem incluídos.

Os souvenirs do recente sucesso de Chad se tornaram lembranças da minha tristeza e arrependimento. Página após página, me lembro de que partir o coração dele foi o melhor. Arrisquei-me, sabendo que era a única coisa a fazer. A coisa certa a fazer.

Ele retornará em breve. Enquanto isso, continuarei minha vida aqui, trabalhando, atuando como voluntária e contando os dias.

Meu telefone toca. É Chad.

— Arlene.

— Charles.

— O que está fazendo agora?

Diminuo o volume do meu aparelho de som.

— Estou terminando um projeto e ouvindo música.

— É? — Ele parece estar se divertindo. — O que está ouvindo?

— Ah, um novo álbum favorito. — A gravação de Chad do *Concerto para Violino em Lá Menor*, de Bach, está em repetição nas últimas horas.

— Sinto sua falta — ele diz.

— Eu também sinto sua falta.

— Queria poder estar com você agora. — Sua voz é de saudade, semelhante ao que sinto.

— Eu queria isso também.

E então eu ouço: três batidas rápidas e uma quarta mais forte na minha porta.

Pulo do sofá e corro para a porta.

— Você está aqui — falo, sem fôlego. Meu coração está prestes a explodir, grato pela visão que tenho diante de mim. Cabelos loiros bagunçados. Círculos escuros ao redor de seus olhos claros. Seu traje — um capuz preto da Giant Robot, uma camiseta branca e uma calça de moletom preta — está amassado. Fones de ouvido Bose estão pendurados em seu pescoço, com um estojo preto de violino preso às suas costas. Os tênis Chucks pretos e velhos que ele ama usar em suas viagens. Uma das mãos segura um buquê de rosas claras coberto com papel marrom, a outra, uma mala vintage de couro marrom. Comprei isso para ele em seu aniversário de vinte e três anos.

Ele se inclina para me beijar nos lábios antes de me entregar o buquê.

— Obrigada. São lindas. — Sorrio. — Não acredito que você está aqui. Como entrou no prédio?

— Sua vizinha com o Rottweiler…

Dou uma risada.

— Mary.

— Aquele cachorro que leva ela para passear. — Chad está certo. — De qualquer forma, não tenho nada programado para as próximas duas noites. Espero não estar incomodando. — Seus olhos estão solenes, lembrando-me de como estavam no 11/9. — Quero estar aqui com você.

As lembranças me atingem como ondas sísmicas, tão fortes que vacilo um pouco. Torres queimando. Torres caindo.

— Ei. — Ele inclina meu queixo para que nossos olhos se encontrem. — Estou aqui.

— Está, sim.

Dentro do meu estúdio, Chad faz sua rotina habitual após um longo voo: toma um banho.

As flores frescas estão em um vaso, o álbum de recortes está fechado e colocado sob a minha mesa de centro.

Ele deve estar com fome, e decido preparar algo.

Ao abrir a geladeira, vejo refeições vencidas da Lean Cuisine e uma embalagem de seis latas de Coca-Cola Diet, o que me faz me lembrar de ir ao supermercado e talvez fazer um curso de culinária.

— Ei, você — Chad fala, me abraçando por trás. — Senti sua falta. — Ele me abraça com força por alguns minutos, e me pergunto se é por mais do que sentir minha falta.

— O que há de errado? — pergunto.

Com o queixo no topo da minha cabeça, ele diz:

— Eu precisava estar com você hoje. — Ele ainda não me soltou.

— Estou feliz por você estar aqui.

— Eu também.

— Algo mais está errado.

— Um maldito fotógrafo me seguiu desde Kennedy.

Odeio a ideia de ele estar sendo perseguido.

— O que você fez?

— Dei uma nota de cem para o motorista para despistá-lo. — Seu estômago ronca. — Estou morrendo de fome. Não como desde ontem.

— Quer pedir comida?

— Na verdade — começa, me virando —, não como um cachorro-quente há séculos.

— Gray's Papaya?

Seus olhos brilham como os de uma criança que acabou de saber que vai à loja de brinquedos.

Chad e eu pedimos o "especial de recessão" — quatro cachorros-quentes e duas piña coladas virgens — e encontramos um banco dentro das quadras de basquete da 4th Street, também conhecidas como "The Cage". Quando adolescentes, ficávamos sentados admirando e assistindo alguns dos jogadores mais espantosos competindo.

Os nova-iorquinos são resilientes, sempre seguindo em frente. No entanto, o aniversário ainda paira sobre a cidade — nuvens brancas que podem facilmente se transformar em nuvens escuras de fumaça, lembrando-nos constantemente de que a vida é imprevisível.

Para *valorizar* o momento.

E é isso o que Chad e eu fazemos. Sentamos lado a lado, com sua mão segurando a minha. Estamos neste momento. Não há pressa. Nenhuma programação.

— Meus pais estão em Londres ajudando minha irmã com as crianças — comenta, enquanto assistimos um jogador marcar um ponto. — Tori vai dar à luz a qualquer momento.

— É o terceiro filho, certo?

— Terceiro e quarto — responde, com um sorriso. — Gêmeos.

— Uau. — Acho que gêmeos são dos genes da família dele. Será que um dia teremos gêmeos? — E seus irmãos?

— Magnus está produzindo uma banda assinada com a Universal Records, e o roteiro de Mercer está sendo transformado em filme. É sobre um garoto que se formou na LaGuardia… Ansel alguma coisa.

— Vai, LaGuardia — comemoro.

Ele se vira para mim, minha mão ainda na dele.

— Agora me diga o que está acontecendo com você.

— Ainda estou esperando por uma vaga na Filarmônica. — Dou de ombros, sabendo que levará mais uma década até que haja vaga. — Até lá, estou perfeitamente bem tocando no fosso e dando aulas para crianças na 3rd Street Music Settlement.

— Aposto que as crianças amam você. — Entrelaçando nossas mãos, ele leva os nós dos meus dedos aos lábios e os beija.

Eu amo você.

Onze anos atrás, Chad e eu éramos virgens, inexperientes e não conhecíamos o corpo um do outro. Esta noite, nos tornamos mestres dos corpos e das necessidades um do outro.

Chad não se apressa, com a intenção de criar esse fogo dentro de mim. Meu corpo está tão quente que estou prestes a entrar em combustão.

Estou perto da beirada da cama, com as pernas penduradas nos ombros de Chad. Seus lábios beijam a parte interna das minhas coxas antes de se acomodarem entre elas. Aquela boca perfeita repousa sobre mim, demorando-se como se não houvesse lugar onde ela preferisse estar.

Estou me recuperando lentamente do meu segundo orgasmo intenso quando Chad se levanta, subindo pelo meu corpo.

Com seu rosto bem acima do meu, vejo nosso futuro.

Chad esperando por mim no altar.

Chad segurando nosso filho algumas horas após o nascimento.

As horas se passam. Os bartenders já anunciaram a última rodada. Os frequentadores de boates percorrem a cidade em busca de lanchonetes vinte e quatro horas. Os caminhões de entrega do *New York Times* estão sendo carregados, prontos para serem distribuídos a todas as bancas de jornal que abrem ao amanhecer.

No entanto, o tempo parece estar parado. Coloco minhas mãos em seu peito tatuado. Meus joelhos se afundam no colchão enquanto me inclino sobre o comprimento de Chad. Incomparável.

Eu o cavalgo, encontrando o ritmo perfeito.

Meus olhos percorrem seu belo rosto e, quando pousam em seus olhos penetrantes, meus batimentos aceleram.

Meu ritmo também. É rápido, desinibido. Nunca estive tão fora de controle antes. Meu cabelo balança como o de uma mulher louca.

— Caralho, Aurelia — ele grunhe. — Você sentiu minha falta.

Assinto, mal conseguindo recuperar o fôlego.

Nós dois estamos escorregadios de suor, enchendo o quarto com o cheiro de sexo.

A exaustão se instala, pedindo que eu diminua o ritmo. Mas Chad tem outros planos — impulsionar contra mim. Ele é implacável com suas investidas, agarrando meus quadris com tanta força que eles ficarão machucados por dias.

Em um movimento rápido, ele me levanta e me puxa para baixo para que eu me sente em seu rosto.

A sensação da boca quente de Chad em meu sexo é o nirvana. Ele lambe, chupa, acaricia — me devorando como se esta fosse a última vez que estivéssemos juntos.

Meus ombros se sacodem e as pernas estremecem; bato a testa contra a cabeceira estofada várias vezes. *Baque. Baque. Baque.*

Com os olhos bem fechados, tudo o que vejo é branco.

— Minha nossa! — grito, subindo rapidamente ao céu enquanto minhas coxas apertam a lateral da cabeça de Chad.

Esse é o orgasmo de todos os orgasmos; ondas de prazer rolam sobre mim como um tsunami.

Estou descendo lentamente quando Chad me vira, me fodendo em posições que Mallanaga se esqueceu de incluir no *Kama Sutra*. Os sons de rangidos se aceleram, seguidos por um estalo alto.

Estou em um ângulo de quarenta e cinco graus, minha cabeça quase tocando o chão.

— Você sentiu? — Solto um suspiro exausto. — Sentiu a terra tremer?

— Não. — Um enorme sorriso eufórico cruza seu rosto. — Nós quebramos a cama.

Estamos deitados no colchão no chão, exaustos. No escuro. Um brilho suave da rua passa pelas minhas cortinas brancas.

Estou prestes a cochilar quando Chad diz:

— Tenho que ir embora em algumas horas.

— Eu sei. — Minha voz soa fraca.

— Eu amo você, Aurelia.

— Eu também amo você — respondo. — Às vezes, me pergunto como você pode me amar depois de tudo o que aconteceu entre nós.

— Porque há dias em que me sinto sozinho — Chad afirma, com os olhos fixos no teto. Ele se vira para mim. — E tudo o que pode me ajudar são as lembranças de nós dois. — Seu sorriso é firme e triste. — Elas também me fazem acreditar que podemos ter tudo aquilo de novo.

— De novo.

— Precisamos conversar. — Sua voz é séria.

Eu me sento, puxando o cobertor para cobrir meus seios nus.

— Meu contrato termina em junho — revela. — Serei um profissional livre. E, neste momento, estou avaliando uma oferta de Munique.

— Munique?

— Sim, eu começaria em 2015. O que acha?

— Isso seria incrível.

— Não, quero dizer, o que você acha de se juntar a mim em Munique?

— Me juntar a você?

— Sim.

— Não sei o que dizer.

— Diga que sim.

— O que aconteceu em Buenos Aires…

— Não quero pensar no passado — ele diz. — Apenas no futuro. *Nosso* futuro. Juntos.

— Temos que passar pelos próximos nove meses que restam em seu contrato — falo. — E quero que você faça deles o melhor possível.

— Eu não gostaria que fosse de outra forma.

— Faça com que o fato de estarmos separados valha a pena. — A esperança permeia cada palavra. — Se esforce nesses meses mais do que você já se esforçou em qualquer coisa antes. Deixe que todos saibam que você é a razão pela qual essa sinfonia incipiente é a estrela do hemisfério sul.

Chad está quieto e me pergunto o que está girando dentro de sua cabeça.

— Quero que você se concentre na música — insisto. *Emil ficaria orgulhoso de mim se estivesse aqui agora.*

— E quanto a você?

— Eu também estarei arrasando. — Dou uma piscadinha.

— E nós — diz, como se fosse uma declaração.

— Nós?

Ele assente.

Dou um sorriso.

— Sou louca por um maestro de 1,90 m que quebrou minha cama há uma hora, mas…

— Mas o quê?

— Não quero que você se sinta sobrecarregado. — Encaro Chad fixamente. Um olhar longo e intenso. — Nada de rótulos entre nós.

Ele ergue a sobrancelha em sinal de descrença.

— Tudo o que eu peço é que…

— O quê?

O medo se instala. Penso em sua viagem. A solidão de estar na estrada.

— Se você conhecer alguém… — gaguejo. — E se apaixonar…

Chad me interrompe:

— Isso nunca vai acontecer.

— Estou sendo realista.

— Estou cansado de brincar. — Ele inclina meu queixo para que nossos olhares se encontrem. — Eu quero você, Aurelia. Só você.

— Simples, Chad. Sem rótulos.

Pouco antes de Chad sair para o aeroporto, ele diz:

— Se a noite passada tivesse sido a nossa última noite na Terra, eu não teria mudado nada.

— Nem eu.

— Vejo você em junho — garante.

— Estarei aqui — respondo, dando um tapinha no colchão. — Mantendo-o aquecido e pronto para você.

— Deixei algo para você na mesa de cabeceira — avisa. — E Aurelia…

— Sim?

— Você ainda é ela — afirma. — Você sempre será ela. Aquela que eu mais amo.

Na mesa de cabeceira há um pedaço de papel. Com a letra confusa de Chad:

Escrevi isso enquanto você estava dormindo. Você sempre será minha musa. Minha única musa.

Maré da Meia-noite

Para duas pessoas como nós,
O tempo
A tempestade feroz.
Em meio ao branco do inverno
E o brilho do verão
O mastro,

Entre as ondas
Do tempo.
O vento selvagem sopra
E a proa robusta se curva
Cheio de vida nova
Ele carrega e envia.
Com velocidade destemida
Contra
A Maré da Meia-noite
Viramos a estibordo
As estrelas, nossas guias.

A sinceridade na voz dele. A beleza de suas palavras não apenas me tranquilizou, ela restaurou minha fé no amor.

Em nós.

SYDNEY TIMES
5 de outubro de 2012.

O Maestro Chadwick David conduz o Prelúdio de Romeu e Julieta, de Tchaikovsky, com a Sinfônica de Sydney com uma graça que faria Shakespeare sorrir

BILLBOARD
16 de novembro de 2012.

Muse, de Chadwick David, atinge o status Diamante, vendendo dez milhões de cópias em unidades apenas nos EUA

AURELIA

Dezembro de 2012.

Agnes decide fazer uma viagem de última hora à cidade.

— Adoraria te ver antes de voltar para o Uruguai.

— Já faz tanto tempo.

— Porque tudo o que você faz é trabalhar.

Ela está certa. O transporte entre a Broadway, o Lincoln Center e a 3rd Street Music School Settlement me mantêm ocupada. O trabalho me ajuda a esquecer que sinto falta de Chad. Às vezes.

— Aposto que você vai se apresentar amanhã à noite — Agnes diz.

— Vou. Com a Filarmônica.

— Quer se encontrar para comer alguma coisa antes? Ou tomar um café e comer uma sobremesa depois? — Agnes pergunta.

— Vamos jantar mais tarde.

Na noite seguinte, minha melhor amiga e eu estamos no meu estúdio, saboreando falafels e shawarma do Mamoun's. Duas, três garrafas de cerveja e estamos conversando como fazíamos quando éramos adolescentes.

— Tive meu primeiro ménage à trois — comenta, casualmente, como se tivesse experimentado acupuntura.

— Ai, meu Deus! — Inclino-me para a frente e sussurro: — Você fez com dois caras ou com um cara e uma mulher?

— Dois caras. — O sorriso em seu rosto se espalha de orelha a orelha. — Dois garanhões jovens. Ambos estavam na minha aula de Inglês como Segunda Língua e mal falavam o idioma. Ambos *eram* maiores de idade. Verifiquei suas identidades. — Ela pega a garrafa de Bud que está sobre a mesinha de centro e toma um gole. — Os dois tinham paus enormes. Um deles tinha uns bons nove centímetros. Ele ficou se acariciando, se preparando enquanto o amigo me pegava e me colocava em seu rosto.

Estou prestes a dar uma mordida no meu shawarma quando o rosto de Agnes fica sério.

— E quando estávamos todos prontos para começar, fiquei com medo. Coloquei o shawarma de volta no prato.

— Por quê?

— O pau de Marco não era apenas longo, era grosso. — Ela me mostra o punho. — Grosso *assim*. Achei que fosse me quebrar.

— Você é louca.

— Você está com ciúmes.

— Estou — admito, dando uma risadinha.

— Um me comeu enquanto eu chupava o outro. Mas o melhor era ficar entre eles, um por baixo, fodendo minha bunda, e o outro por cima, na minha buceta.

— Minha nossa. Doeu?

— Você se acostuma.

Rio tanto que cuspo minha cerveja.

Ela se diverte com sua própria história.

— Foi *o* máximo. Os caras de 22 anos têm resistência para durar a noite toda. Eu estava tão dolorida. Não conseguia me mexer. Também percebi que era hora de ir embora quando eles se esqueceram de mim.

— O que você quer dizer com isso?

— Eles começaram a transar sem mim.

— Oh — falo. Nós duas caímos na gargalhada.

— Agora que já te entreti com a minha história, preciso saber o que está acontecendo com você.

— Trabalhar. Dormir. Trabalhar.

— Você não se sente sozinha?

— Sinto.

— Eu também — admite. — Pena que não somos lésbicas.

— Eu sei. Seríamos perfeitas juntas.

— Tentei com uma mulher uma vez.

— Sério? — Eu achava que sabia tudo sobre minha melhor amiga. Eu estava errada. — O que aconteceu?

— Congelei quando vi seu arbusto — justifica, séria, antes de balançar a cabeça. — Parecia a floresta amazônica lá embaixo. Eu teria me perdido.

Ri tanto que fiquei surpresa por não ter molhado as calças.

— Nós duas gostamos demais de pau — afirma, com a mão nas minhas costas.

— Vou brindar a isso. — Levanto minha garrafa.

— Especialmente os grandes.

Suspiro.

— Sinto falta do de Chad.

Ficamos em silêncio por um segundo, ambas pensando em pau, quando Agnes diz:

— Preciso saber se isso é mesmo um Sony Discman. — Ela se levanta do sofá e vai em direção ao console onde está o discman. — Por que você tem *isso* se tem um iPod e um iPhone?

— Por que não? É incrível.

— É antigo. Será que funciona mesmo?

— Por favor, tenha cuidado — imploro. — Apenas coloque-o no lugar.

— Se quebrar, eu o substituo.

— Não, ele é insubstituível. Chad o comprou no meu aniversário de 14 anos. — Eu o pego de sua mão e me agarro a ele com força.

— Aurelia, garota, você ainda está mal. Não é só o pau gigantesco dele que você está perdendo. O que está acontecendo?

— O que quer dizer com isso?

— Você e Chad. — Ela pega a bolsa e tira um pouco de maconha. — Quer fumar?

— Claro. — A última vez que fumei maconha foi depois do show de Chad em Amsterdã. Há quase seis anos.

Enquanto se concentra em fazer o baseado perfeito, Agnes continua determinada a obter respostas.

— Qual é o problema? Vocês dois estavam indo muito bem antes de deixá-lo ir embora.

— Estávamos. Era perfeito. Mas, quando ele não está em Buenos Aires, está em turnê. E eu estou aqui.

Ela acende o cigarro e dá uma tragada.

— Não entendo — ela fala, expirando. — É tão óbvio que vocês foram feitos um para o outro. Quando os vi em Xangai, ele não conseguia tirar as mãos de você. — Ela dá outra tragada, soltando a fumaça depois de uma longa inspiração. — Sei que você tem o trabalho perfeito com *O Rei Leão*, mas você e Chad ainda podem ficar juntos. O que a está mantendo aqui?

— *Timing.* — Pego o baseado dela.

— Quando foi a última vez que você viu Chad?

— Três meses, dois dias, oito horas, mais ou menos — respondo com uma risada.

— Você não está sentindo falta dele, está? — Ela nega com a cabeça. — O que aconteceu na última vez em que vocês estiveram juntos?

— Ele veio me ver no dia 11 de setembro.

— Lembro que você me ligou chorando depois que ele foi embora.

— Ele disse que...

Agnes me lança um olhar de *vamos, me conte tudo.*

— Eu ainda era ela.

— Ela?

— A pessoa que ele mais ama.

— Você é tão estúpida — ela diz, e eu acredito nela.

— Tenho meus motivos. — Entrego a ela o baseado. — Preciso que ele se concentre em ser o melhor que puder. O avô dele disse que Chad será grato mais tarde.

— Você não está me dizendo nada — Agnes argumenta.

Fico quieta.

— Por que vocês dois terminaram?

— Eu não estava pronta.

— Não me venha com essa besteira de novo. — É claro que ela não vai deixar isso passar. — Por favor, me diga a verdade.

— Emil me ameaçou.

— Como?

— O motivo pelo qual eles me internaram — finalmente admito.

Os olhos azul-acinzentados de Agnes escurecem.

— Se eu pudesse machucar aquele velho agora mesmo, eu o faria.

— Ele disse que Chad nunca me perdoaria.

— Eu não acredito nisso.

— Talvez. — Envolvo os braços ao redor do meu corpo. — Mas Chad provavelmente pensaria que a culpa foi dele e nunca se perdoaria.

— Olhe para mim.

Eu me viro para encará-la; os olhos escuros se suavizaram.

— Vocês dois eram jovens.

— Isso não é desculpa. O que está feito, está feito. — O cheiro de maconha paira no ar. — Emil disse que, se eu quisesse uma chance real de felicidade com Chad, precisava deixá-lo. Deixar que Chad se concentrasse em fazer da nova sinfonia a melhor. — Olho para a pilha de CDs e revistas, todos com Chad na capa. — Emil estava certo. Veja como Chad é bem-sucedido.

— E veja como você é infeliz — aponta, com tristeza.

Não digo nada.

— Estou preocupada. — Agnes se aproxima de mim.

— Vou ficar bem — eu a tranquilizo. — Sei que tomei a decisão certa. Chad conquistou tanta coisa nesses últimos anos.

— Eu não entendo, mas também nunca me apaixonei por algo assim. — Ela toma um gole de sua cerveja. — Por quanto tempo você vai se torturar?

— Não por muito tempo. Pretendo me juntar ao Chad assim que o contrato dele terminar com a sinfônica em Buenos Aires.

— Quando será isso?

— Em seis meses.

— Ótimo. — Ela aperta os lábios e assente.

— O quê?

— Eu me preocupo com o fato de que, quanto mais você esperar para estar com ele…

— São apenas mais seis meses — eu a asseguro.

— Você não quer perdê-lo para outra pessoa. — *Meu maior medo.* Agnes dá mais uma longa tragada. Eu a conheço bem o suficiente para acreditar que algo está se formando em sua mente.

— O que é? — pergunto.

— Li o artigo da Sera. Ela parece ser uma Chadnática.

— Chadnática?

— Uma fanática pelo Chad — explica, séria. — Acho que foi a *Vanity Fair* ou a People que cunhou esse termo. As Chadnáticas são como fãs loucas de Chadwick David… gastam uma fortuna para comprar seus ingressos. Esperam em frente ao hotel dele como groupies. Usam roupas com seu rosto.

— Elas usam?

— Você não viu mulheres adultas usando camisetas com o rosto do Chad?

— Não vi.

— Bem, o artigo da Sera faz com que ela pareça ser a presidente do Fã Clube das Chadnáticas. Acha que ela tentou dar em cima dele?

— Ela não é cega.

— Você está bem com isso?

— Não, mas o que eu poderia ter feito?

— Você poderia ter dito a Sera para manter as mãos para si mesma. Sei que ela é prima do Gabriel e sua amiga, mas há algo nela.

— O quê?

— Não consigo identificar, mas nunca gostei daquela mulher. Ela faz todas essas perguntas pessoais sobre seu relacionamento com Chad como se estivesse interessada nele. Isso não é motivo suficiente? Amigas têm um código — você nunca deve namorar o ex da sua amiga.

Dou de ombros.

— Ela e eu não somos amigas íntimas.

— Mas mesmo assim.

— Chad só mencionou que a conheceu de passagem.

— Isso é bom. Eu odiaria que Chad colocasse o pau dentro dela. Também odiaria machucá-lo.

— Agnes.

— Ele é seu, Aurelia. E você é minha melhor amiga. Ainda há algo sobre Sera.

— Hmm.

— Você se lembra de Tabitha Luce?

— A ex de Gabriel?

— Ela me disse que Sera a advertiu sobre o namoro com Gabriel. Até a ameaçou.

— Isso é difícil de acreditar.

— Ela é possessiva com Gabriel. — Agnes coloca a mão sobre a boca. — Meu Deus, acha que eles já transaram?

— Eca.

— O que quer dizer com "*eca*"? Gabriel é gostoso pra caramba. Ele deixa o Enrique Iglesias no chinelo.

— Eles são primos de primeiro grau.

— E? — Ela coloca o cigarro de volta em um cinzeiro. — Cara, primos de primeiro grau transam o tempo todo, especialmente nos países que visitei.

Fico boquiaberta.

— Também não gosto da ideia de Gabriel enfiando o pau dentro de Sera. — Ela bate no lábio com o dedo, com um sorriso diabólico no rosto. — Bem, eu iria até lá a qualquer momento com ele. Sera pode me ameaçar o quanto quiser. — Ela ri, tão genuína e contagiante que não posso deixar de me juntar a ela.

— Meu Deus, eu amo você.

— Eu também te amo. — Ela me puxa para perto, minha cabeça agora em seu ombro. — Coloque suas coisas em ordem. Reivindique Chad da próxima vez que ele estiver na cidade ou voe para onde ele estiver. Não fique esperando. Se o velho interferir, ele terá que responder a mim. Se há um casal que merece ficar junto, são vocês dois.

THE GUARDIAN

18 de fevereiro de 2013.

Chadwick David, de 29 anos, será o Regente Principal da Sinfônica de Munique em 2015

David deixará seu cargo na New World Filarmônica em 2013, após cinco anos na orquestra que ajudou a criar em 2008. Esperava-se que ele permanecesse na orquestra que ajudou a formar, mas citou motivos pessoais para sua saída. No entanto, a NWS anunciou a função vitalícia de David como maestro emérito.

AURELIA

Maio de 2013.

Sinto cheiro de café; grãos torrados com notas de chocolate. Meus olhos se abrem. Estou na cama e a primeira coisa que faço é dar uma olhada debaixo das cobertas. As roupas da noite passada. Tudo certo. Embora sem as meias. O outro lado da cama está vazio, intocado.

— Sera… calma. — É Gabriel na cozinha. — Eu passei a noite com a Aurelia. — Eles discutem por mais alguns minutos antes de ele aparecer, com um celular no ouvido e minha caneca favorita na mão. Essa não é a primeira vez que ele passa a noite comigo. Quando está na cidade, ele acampa em meu sofá-cama, embora seus pais tenham uma casa em Bowery.

Nunca cruzamos a linha de amigos para amantes. Nunca.

— Bom dia — cumprimenta baixinho, colocando a caneca na minha mesa de cabeceira.

Olho para cima e sorrio.

— Obrigada.

Nos minutos seguintes, Gabriel fica a alguns metros de distância, ainda ao telefone. Ele acena com a cabeça e revira os olhos, ouvindo Sera o repreender. Eu realmente consigo ouvi-la. Algumas palavras se destacam: *egoísta, idiota, sem consideração.*

— Já terminou? Espero que ainda esteja tão charmosa quando eu a vir. — A voz dele está carregada de sarcasmo. — Estarei aí em algumas horas. — Terminando a ligação, ele coloca o telefone na minha mesa de cabeceira antes de se sentar na beirada da cama. — Desculpe pela viagem de última hora.

— Estou feliz que pudemos passar um tempo juntos.

— Obrigado por me deixar dormir aqui ontem à noite.

— Quando quiser. — Tomo um gole do meu café. *Está perfeito.* — Principalmente porque você sabe como gosto do meu café.

— Muito creme e uma colher de chá de açúcar.

— Então... sobre o que Sera estava reclamando?

— Ah, você ouviu?

— Este lado da cidade também a ouviu.

Ele solta um suspiro irritado.

— Esqueci de dizer a ela que ficaria na cidade.

Levanto a sobrancelha. Gabriel não é uma criança, ele vai fazer 29 anos em agosto.

— Ela está indo para a Europa esta semana e prometi vê-la antes da viagem. — Ele olha para meu relógio na cômoda. — Tenho que ir andando. O trânsito para DC é um pesadelo. Você se importa se eu tomar um banho rápido antes de sair?

— Claro que não.

Enquanto Gabriel está no chuveiro, seu celular toca. Em seguida, chega uma mensagem de texto. Não posso deixar de dar uma olhada.

SERA: Não acredito que você passou a noite com Aurelia. Ela é uma idiota. Você é um imbecil, porra. Não traga ela com você.

Às vezes eu queria não ser tão curiosa. Esse é definitivamente um desses momentos.

As palavras dela machucam. Ela me chamou de *idiota*. Mandou uma mensagem para Gabriel dizendo para não me levar, me tratando como uma barata pronta para invadir sua casa.

Eu a deixei ficar no meu apartamento na Filadélfia até ela se mudar para sua própria casa.

Eu a ajudei a conseguir uma entrevista exclusiva com um dos musicistas mais reservados do mundo.

Penso em todas as vezes em que ela sorriu para mim; eram máscaras, tentando esconder seu desprezo por mim. A pessoa que tentou ser uma amiga para ela.

Uma parte de mim gostaria de brigar com Sera, já que nunca aconteceu nada entre mim e Gabriel. E se algo acontecesse, por que ela se importaria?

Como sempre, Agnes está certa.

Há algo de errado com Sera.

— *É a Aurelia. Por favor, deixe sua mensagem.* — *Bip.*

— É o Chad. Te liguei várias vezes. Onde você está? Por favor, me ligue. É urgente.

DATA: 2 de junho de 2013
DE: ChadwickADavid@gmail.com
PARA: AureliaRPreston@gmail.com
ASSUNTO: Namoro
Eu entendo por que você não respondeu meus e-mails e minhas ligações. Sua amiga, Sera, mencionou que você está namorando alguém. Precisei de muito autocontrole para não sair da porra da Europa e caçá-lo.

DATA: 2 de junho de 2013
DE: AureliaRPreston@gmail.com
PARA: ChadwickADavid@gmail.com
ASSUNTO: Re: Namoro
Não respondi suas ligações e e-mails porque meu pai fez uma surpresa para mim e Priscilla com um retiro de spa. Eles impediram todas as formas de comunicação. Sem celulares. Sem laptops. Sem refeições. Apenas sucos. Priscilla sem álcool por um dia é tortura. Imagine dias.
Sera está enganada.
Eu sei que disse que era sem rótulos. A verdade é que, se não estou namorando você, não vou namorar ninguém.

Estou desligando tudo para dormir quando meu celular toca.

— Aurelia — Chad fala nervosamente do outro lado da linha. — Tenho que te falar algo.

— O que foi?

— Eu… — ele gagueja. — Eu fiz uma coisa.

— Chad — eu o interrompo. — A menos que você tenha se apaixonado por outra mulher, eu não preciso ouvir.

Ele solta um suspiro nervoso.

— Eu nunca quero segredos entre nós.

— Eu sei — falo, ainda guardando meu segredo. — Você se apaixonou por outra pessoa?

— Não — responde, depressa. — Você é a única mulher que já amei… que sempre irei amar.

— Isso é tudo o que preciso saber.

Há um longo silêncio.

— Chad?

— Eu não quero te perder nunca — declara, a voz rouca de emoção, assim como a minha. — Por favor, fale.

— Falar o quê?

— O que você me enviou no e-mail alguns minutos atrás.

Abro minha conta do Gmail e encontro a última mensagem enviada para Chad.

— Se não estou namorando você, não vou namorar ninguém — leio.

— Eu te amo tanto que é assustador — afirma. — O pensamento de você com outra pessoa me mata, porra. Quero que sejamos exclusivos.

— Okay — sussurro, embora cada célula do meu corpo esteja gritando de alegria.

— Eu não quero ninguém além de você, Aurelia. Vou reivindicar uma residência permanente no seu coração.

— Você já reivindicou.

Consigo ouvi-lo sorrindo do outro lado da linha.

— Mal posso esperar para te beijar em algumas semanas.

— Algumas semanas — repito.

— Eu te amo tanto — repete. Dessa vez, sua voz está áspera.

— Eu também te amo.

Meu calendário me encara. O contrato de Chad com a New World Filarmônica acaba este mês. Ele só tem algumas participações especiais e então um descanso.

Está na hora de eu unir nossos planos. Chad voltará para Nova York no final do mês, e eu estarei aqui. Pronta para ele.

AURELIA

Junho de 2013.

O período de cinco anos de Chad como regente principal da New World Filarmônica chegou ao fim. Durante sua gestão, ele fez turnês ininterruptas com sua própria sinfônica, foi regente convidado de várias orquestras renomadas e foi atração principal em auditórios como violinista solo. As palavras do Maestro von Paradis estavam sempre à espreita na minha mente enquanto eu acompanhava as notícias sobre Chad e suas apresentações. E ele estava certo. Chad foi aclamado como o "Salvador da Música". Também se tornou um ídolo clássico cujos fãs são orgulhosos "Chadnáticos".

No final da noite desta quarta-feira, estou dando uma olhada em sua página no Facebook. Normalmente, faço o login como Musetta Tosca, mas, esta noite, estou em campo aberto, curtindo e comentando suas postagens como eu mesma. Além disso, ele me chamou a atenção não faz muito tempo.

— É você, Aurelia. — Ele riu. — Quem mais usaria duas das heroínas de Puccini como nome de usuário?

Chad está on-line e espero que publique algo novo. Qualquer coisa. É mais fácil ver a vida dele por meio de uma postagem do que reconhecer que ele está on-line apenas para conversar com alguém que não sou eu. Quem estou enganando? Quero que Chad perceba que estou on-line, pronta para ele. Para nós. Talvez eu o surpreenda com o alemão que tenho aprendido nos últimos meses.

Percorro sua página, grata por ele não ser um clichê ambulante. Sua página não está repleta de bonecas Barbie de um metro e oitenta. Ele nunca foi fotografado com ninguém. Na verdade, todas as fotos que vi são de Chad sozinho, ou com um violino ou uma batuta.

Uma notificação chega.

CHAD: Você está finalmente on-line.

EU: Estou. Você está me stalkeando?

CHAD: Talvez. Te liguei duas vezes hoje.

EU: Meu celular sempre desliga.

CHAD: Comprei pra você um celular novo com uma bateria melhor.

Meu celular acabou a bateria há algumas horas, mas esse não foi o motivo para não retornar nenhuma de suas ligações.

Uma parte de mim temia que isso tudo fosse um sonho. Eu estava tão nervosa; contatei Emil uma hora atrás.

— Eu cumpri minha parte da barganha — falei para Emil pelo telefone.

O homem concordou.

— Chadwick mais do que garantiu seu legado. Não irei mais interferir. Seus segredos são seus. Boa sorte.

Chad finalmente voltou para mais do que uma apresentação, e estou pronta para dizer a ele: *Eu quero que nós sejamos nós de novo. Irei para onde você for.*

Ele me ama. Eu o amo.

Ligo para Agnes.

— Ele voltou.

— E você está no telefone comigo? — provoca. — Por que você não está transando com ele?

— Estou nervosa.

— Por quê? Chad te ama. Está na hora, Aurelia. Não espere mais. Fique com ele.

— Você tem razão — falo, enquanto surge outra ligação. — Ele está ligando agora.

Isso está finalmente acontecendo.

— Reivindique aquele seu homem — orienta, com uma risada suave. — Te amo.

— Também te amo.

Meu coração está batendo rápido demais quando atendo a ligação de Chad:

— Oi.

— Meu Deus, eu sinto sua falta. — Ele ainda tem aquela voz incrivelmente sexy e rouca e o sotaque tênue que ainda me enfraquece.

— Também sinto sua falta — digo.

— Preciso te ver. — Há um leve tremor em sua voz. — É muito importante.

— Posso te encontrar agora.

— Estarei na cidade amanhã. Pode me encontrar no meu apartamento por volta do meio-dia?

Nós dois tivemos tempo. Eu quero tudo. Ousei sonhar com um futuro. Um que ele me pediu para imaginar.

Desisti de vários anos para deixá-lo viver o sonho dele. Eu mereço minha felicidade com Chad.

Você pode ter a vida que sempre quis agora que ele voltou.

— Sim. Mal posso esperar para te ver. — *Está na hora de ficarmos juntos.* — Tenho que te contar uma coisa também.

— Obrigado. — Ouço o alívio do outro lado da linha.

AURELIA

A casa de Chad não mudou, continua cheia de música, livros e arte. Uma foto emoldurada em preto e branco de Piazzolla é nova. Assim como uma foto do Little Flower Theatre na LaGuardia Arts. *Eu me apaixonei por você naquele auditório.*

Eu o ajudei a escolher o confortável sofá azul-marinho e as duas mesas de apoio. A grande estante de livros, que se estende de uma ponta à outra da sala, está repleta de livros e vinis. Seu toca-discos favorito encontra-se orgulhosamente em um suporte, tocando *The Seduction of Claude Debussy*, de Art of Noise. O piano de cauda ainda está perto da janela, onde fiquei parada observando durante meses enquanto ele estava fora. Vários manuscritos estão sobre o banco. Duas estantes de música me lembram de todos os duetos que tocamos juntos.

Já se passaram nove meses desde que Chad e eu nos vimos. Estou pronta para deixar para trás nosso insuportável período de separação.

— Senti sua falta — Chad diz, me abraçando com força.

— Eu também senti sua falta.

Ele me solta de seus braços e me leva até o sofá. Parece delicioso, vestido com seu uniforme habitual de camiseta branca, jeans e tênis Chucks. Tatuagens escuras estão à mostra e sua mandíbula está coberta de pelos.

— Finalmente você está de volta — falo, sentando-me ao seu lado.

— Estou.

— Então, a New World Filarmônica o tornou maestro emérito?

— Sim, foi uma oferta inesperada. Uma oferta que me fez sentir como se tivesse cem anos de idade.

— Você deveria estar orgulhoso — afirmo. — Não só ajudou a formar a orquestra, como a tornou uma das melhores.

— É, mas…

Nego com a cabeça.

— Orgulhe-se. — Eu sorrio. — Eu estou orgulhosa.

— Vai ser estranho não gerenciar uma centena de músicos — comenta, exausto. — Tenho alguns concertos em breve, então não serei um completo vagabundo.

Vagabundo ou não, não quero mais deixar nosso amor de lado. Seus lábios carnudos estão ligeiramente entreabertos, e anseio por senti-los nos meus.

Quero fazer amor como se fosse a primeira vez, apagando todo o intervalo. Quero esquecer as mágoas. As mentiras.

Ele está bem aqui. Comigo.

Ele cobre minha mão com a sua e, meu Deus, quero estar com ele.

Pigarreio, pronta para dizer o que meu coração tem retido durante todos esses anos.

— Você foi... você é sempre mais do que eu sempre quis. Ninguém nunca me amou como você. — Meu olhar se desvia de nossos dedos interligados para seu belo rosto.

Ele inclina ligeiramente a cabeça, revelando um novo desenho na lateral do pescoço. É uma pequena estrela. *Torço para que as estrelas ainda brilhem para mim.*

— *Ich liebe dich.*

— Você disse "eu te amo" em alemão.

— Tenho tido aulas — confesso. — Sei que só vai para Munique daqui a dois anos.

— Aurelia. — Sua voz soa tensa. — Nunca se esqueça do quanto te amo.

— Não esquecerei. — Sorrio, pronta para reivindicá-lo.

O celular na mesa de centro vibra. Ele o encara e nega com a cabeça.

— Pode ir para o correio de voz — murmura, sua mão ainda segurando a minha.

O telefone de casa toca. Chad balança a cabeça outra vez, ignorando a chamada.

— Há... há algo que preciso te contar.

Engulo o ar ao redor, pronta para que ele me peça para ir junto agora. Destino desconhecido, pode ser o fim do mundo. Não me importa. Tudo o que quero é estar com ele.

Alguns segundos se passam e o celular toca novamente.

— É o meu advogado — Chad comenta, com a mão esquerda esfregando a nuca. Uma veia se projeta do lado; ele está estressado.

— Atenda — falo, sabendo que o advogado não vai parar até conseguir falar com o cliente.

Chad concorda e pega o celular, deslizando o dedo indicador na tela.

— Noah.

Observo Chad enquanto ele assente, suspira e move a cabeça de novo. Seu rosto se obscurece. Continuando a ouvir Noah, gesticula com a boca para mim:

— Eu amo você.

— Eu também amo você — respondo, sabendo que algo está errado.

Nossos dedos entrelaçados se apertam como se ele estivesse com medo de que eu fosse embora. Aperto sua mão de volta, assegurando-lhe que não vou a lugar algum.

— Não terminei de revisar os documentos — Chad diz a Noah. — Vamos nos reunir com ela e seus advogados amanhã. Sei que você me desaconselhou a fazer isso, mas é algo que tenho de fazer.

— Chad — sussurro. — Está tudo bem?

Ele balança a cabeça negativamente, com as sobrancelhas franzidas.

— O que aconteceu?

— Um minuto, amor.

Assinto, preocupada.

— Aurelia está aqui comigo — Chad afirma, com a voz embargada. — Ainda não tive a chance de contar a ela. — *Contar o quê?* — Seis anos. — Suspiro. — Não é negociável. Entendo.

Quando os olhos azuis de Chad se fixam nos meus, há algo por trás deles que reconheço imediatamente. Eles estão claros. Vítreos. E me lembro do olhar neles, de quando terminou comigo no último ano. A tristeza de admitir que me amava, mas que não podia ficar comigo.

— Tenho que pegar os papéis que Noah me enviou.

— Okay — respondo, ainda me perguntando *o que ele precisa me dizer.*

— Não vou demorar.

Enquanto Chad sobe correndo as escadas para seu escritório, fico sozinha com várias perguntas. O que ele não me contou? Quem é a mulher com quem ele vai se encontrar? Por que os advogados estão envolvidos? Não consigo esquecer o olhar em seu rosto. O modo como seu corpo ficou tenso quando viu o nome de Noah aparecer em seu telefone.

Eu me arrepio, embora esteja quente e úmido. O medo toma conta de mim; algo não está certo.

O som das chaves na porta da frente interrompe meus pensamentos.

Ela se abre e fecha e, em seguida, uma voz feminina grita:

— Estou em casa.

Eu me sento na mesma hora, com as costas retas como uma vara. *Estou em casa.* Não é a mãe dele. Talvez seja sua irmã?

— Me desculpe pelo atraso! — grita, do outro cômodo. — Mas tive que parar na Casa Oliveira.

Os cabelos da minha nuca se eriçam. Não há sotaque britânico. Talvez seja sua vizinha idosa, Magda, confundindo a casa de Chad com a dela.

— Eu não queria ir à festa da sua mãe de mãos vazias. — Espere, Magda é uma eremita septuagenária. — Eles tinham o malbec favorito dela. — Não, a voz também é mais jovem. Muito mais jovem.

O calor é insuportável; na verdade, fritou meu cérebro. Estou imaginando coisas.

Os armários da cozinha abrem e fecham. A torneira é aberta. *Estou em casa.*

— Chadwick — chama. E eu conheço *aquela* voz áspera e rouca. A voz de uma fumante.

Sera Barnes.

Caio no encosto do sofá. Devo estar enganada. Isso não pode estar certo. Aperto os olhos pálpebras porque isso é um pesadelo. *Respire fundo.*

Abro os olhos quando ela chama novamente:

— Chadwick, estou em casa.

Depois que Sera me disse que havia entrevistado Chad, ela nunca mais o mencionou. Na verdade, foi evasiva sobre o assunto. Chad me disse que fez uma entrevista e nada mais.

Mas a Sera está aqui. Na casa de Chad.

Estou em casa, ela disse. E eles estão indo para a casa da mãe dele para uma festa. Ela conhece o vinho favorito da mãe dele. Entrou aqui sozinha. Com seu próprio conjunto de chaves. Isso é mais do que passar um tempo juntos.

Era isso que ele precisava me dizer. Isso explica por que a veia saliente ao longo da lateral de seu pescoço parecia estar pronta para estourar. A voz tensa.

Meu corpo estremece.

— Por quê? — arquejo. *Por que ele não me contou antes?* A traição faz meu corpo ferver. Por que ele esconderia isso de mim?

"Você é a única mulher que já amei... que amarei para sempre", ele disse, há algumas semanas.

Ouço passos ao longo dos pisos largos.

— Ah, Aurelia — Sera diz, em um tom meloso e pouco familiar. — Chadwick não me disse que você viria hoje. É tão bom te ver.

Estou em casa.

Fico olhando para Sera com descrença enquanto ela se dirige ao sofá. Seu corpo esguio está um pouco mais robusto, especialmente nos quadris e nos seios, e seu cabelo castanho-escuro está preso em um rabo de cavalo. Seu rosto bonito e ovalado brilha. As maçãs de suas bochechas estão rosadas. Ela está mais linda do que nunca.

— Está tão quente lá fora — comenta. — Não sei por que ele nunca liga o maldito ar-condicionado.

Estou boquiaberta, incapaz de me levantar.

Sera se inclina e me dá um abraço quente e apertado. Aquilo me mata, especialmente quando reconheço o perfume que ela está usando — o perfume Jo Malone que eu uso quando não estou tocando no fosso.

Uma explosão de raiva irrompe. Quero dar um tapa nela, puxar aquele rabo de cavalo perfeito, empurrá-la para o tapete e cuspir as perguntas que estão queimando meu cérebro: *Que diabos está acontecendo? Quem você pensa que é? Por que está aqui? Você e o Chad estão...?*

Chad é meu. Ele não faria isso comigo. Ele não teria se apaixonado por outra pessoa. Faz menos de um ano que ele me disse que eu seria sempre ela. A pessoa que ele mais ama. E apenas alguns minutos atrás, ele disse que me ama.

Lanço um olhar de soslaio para Sera, me perguntando *como e quando isso aconteceu.*

Não importa, porque minhas ações permitiram que isso acontecesse. Se eu tivesse sido honesta quando ela me perguntou sobre Chad, eu estaria agora nessa situação? Será que eu estaria sentada aqui, prestes a testemunhar a felicidade doméstica *deles*, enquanto me arrebento por dentro? Ou seria eu que a estaria recebendo como convidada?

Sera dá o mesmo sorriso. Um sorriso que não encontra seus olhos. Anos atrás, eu achava que seu sorriso era para esconder um coração partido. Agora, vejo o sorriso pelo que ele realmente é. Estou sentada ao lado de Sera, a mentirosa. Sera, a vadia duas caras. Seria muito bom acabar com ela.

Agnes faria isso. Mas eu não sou Agnes.

Estou na sala de estar de Chad com sua nova musa. Sozinha. Levanto a cabeça para o teto.

— Vou chamar o Chad — digo, lutando para manter minha voz calma. Preciso subir aquelas escadas e exigir algumas respostas.

— Aurelia, por favor, fique. Sente-se comigo. — Sera ainda está sorrindo ao tirar duas garrafas de água de sua sacola marrom de compras. Ela as coloca na mesa de centro e se senta ao meu lado. Levanto a sobrancelha. Isso não faz sentido. Chad sempre abastece sua geladeira com bebidas. Mesmo quando ele não está em casa, ela está sempre abastecida para o caso de um de seus irmãos gêmeos passar a noite. Uma garrafa inacabada de Orangina, minha bebida favorita, ainda está sobre a mesa lateral. Meu olhar se volta para o tapete persa. Sera não está calçada com sapatos, mas com chinelos. Ela se sentiu em casa no que sempre acreditei ser a minha casa.

Eu escolhi este sofá em que estamos sentadas. A mesa de centro é do apartamento do irmão dele em DC. O tapete é da ABC Carpet. A caneca de café LaGuardia Arts na mesa ao lado foi um presente de aniversário da minha mãe. Reconheço mais de um terço dos livros nas prateleiras e posso dizer quando e onde Chad os comprou.

Meus olhos pousam em uma foto. Chad comigo e com seus pais. Tirada antes de Sera entrar em sua vida. Dê uma olhada de perto nessa foto. Eu estou nela. É para mim que ele está olhando na foto. É o braço dele em volta do meu ombro. É para mim que ele está sorrindo. *Por que não há nenhuma foto sua aqui, Sera?*

Não há fotos dela em sua sala de estar, mas agora ela está em sua vida. O medo toma conta de mim. Estou nas fotos, mas será que é ela que ele vai segurar hoje à noite?

Como ele pode abraçá-la esta noite se é a mim que ele ama? Não, ele não pode estar apaixonado por ela. *Estou em casa.* Mas ela está aqui, parecendo uma residente, de chinelos.

As paredes se fecham. Pressiono a mão na minha garganta, me sentindo sufocada. Nesta casa, três corações batem. O meu e o de Sera por Chad. Por quem o coração dele está batendo?

Sera pega minhas duas mãos.

— Chad e eu vamos nos casar.

O coração de Chad agora bate por Sera, e o meu para.

— Casar — repito, em um sussurro atordoado. *Chad e eu vamos nos casar.* Seis palavras que me catapultam para uma vida que nunca imaginei: Chad se casando com outra pessoa.

Pisco várias vezes porque, obviamente, é um sonho ruim que está se repetindo. Isso não pode ser real. Afastando minhas mãos das dela, inspeciono meus dedos e os conto. Dez dedos. Ok, não estou sonhando, mas isso é um pesadelo. Inspiro, devagar e com calma. *Isso é real.* Agora expire.

— Nós vamos nos casar — Sera fala outra vez, suas palavras como dardos lançados diretamente no meu coração. — Ficamos noivos ontem, e é por isso que *nós* pedimos para você vir aqui.

Afundo na cadeira, me afogando. Pedaços quebrados do meu coração jazem no chão, ao lado dos chinelos de Sera.

Este momento *é* real. E nada jamais me fará esquecê-lo. O momento em que a esperança morre, para nunca mais voltar.

A nova vida de Sera com Chad passa diante dos meus olhos. É a vida que eu abandonei para que Chad pudesse realizar seus sonhos.

Ela estreita o olhar, me estudando como se eu fosse um colar de pérolas que ela está prestes a arrebentar. Ela não faz ideia de como é difícil para mim não fazer uma cena. Não gritar. *Ou será que faz?*

Como ela poderia não saber? Estou tremendo, praticamente em convulsão, tentando entender como eles se casarão. Como isso pode ter acontecido?

Onde estava o grande bloqueador de relacionamentos, o Maestro von Paradis, em tudo isso?

Eu me agarro à borda do sofá, tentando ao máximo não dar uma de Mike Tyson nela. Preciso dar o fora da casa de Chad e me jogar na frente de um ônibus em movimento.

Gostaria de cavar minha sepultura, me colocar em um caixão com Pablo e deixar este mundo.

Não, eu realmente não quero me machucar. Quero machucar a ela. A ele. E depois caçar o velho.

Preciso de tempo para processar isso. Preciso fazer isso na privacidade da minha casa, onde eu possa gritar, berrar, chorar loucamente com a ajuda de Jack Daniels.

Pressiono meus lábios, balanço a cabeça e olho para o teto novamente. Onde diabos está o Chad? Ele precisa vir para cá antes que eu faça algo que me leve para a Rikers Island. Como ele pode ter escondido isso de mim? Se ele tivesse se apaixonado por outra pessoa, teria me contado. Ele sempre foi honesto e franco comigo.

Era isso que ele estava planejando me contar. Por isso estava nervoso. E, assim como na primeira vez em que terminou comigo no ensino médio, todos sabiam de seus planos. Todos, menos eu.

Sera estava certa; eu *sou* uma idiota.

Preciso subir as escadas e encontrar Chad, mas a presença de Sera me paralisa.

— Aurelia?

— Me dê um minuto — falo, olhando para ela. *Você é tão burra assim?*
— Estou apenas surpresa. — Minha voz se eleva, assim como meu peito.

— Às vezes tenho vontade de me beliscar — Sera revela, em um tom tão agudo que tenho vontade de estrangulá-la. Nunca me senti tão violenta antes.

Estou tentando não vomitar. Mas gostaria de jogar todos os itens preciosos desta casa contra a parede, fazê-los rachar, quebrar em pedacinhos. Queria que eles substituíssem os pedaços de meu coração.

Estou em casa.

— Então… — começa a dizer.

— Então, o quê?

— Você vai ser a madrinha do casamento?

Eu me pergunto se ela está drogada com metanfetamina.

— Será um casamento pequeno — continua. — Apenas a família e alguns amigos próximos.

Que porra é essa? Por que diabos você quer que eu seja madrinha?

— Eu? — Ela deve estar enganada. Afinal de contas, ela acha que sou uma idiota. — Sera, eu…

— Sim, claro que é você — diz, como se fôssemos melhores amigas. — Sei que é de última hora. Tem sido um romance turbulento — afirma.

Maldito romance turbulento. Eu lhe mostrarei o que é um romance turbulento quando eu jogar você e toda a merda pela janela.

— Aurelia?

Eu a encaro.

— Há quanto tempo você e Chad…

— Não faz muito tempo, mas queremos nos casar.

Estou surpresa por não estar vomitando.

— Quando… quando *será*? — Não consigo nem dizer a palavra.

Deus, por favor, que seja daqui a um ano. Eu preciso de tempo. Tempo para me mudar para outro país. Mudar meu nome. Mudar minha identidade. Tornar-me alguém que não precise testemunhar o "felizes para sempre" *deles*.

— 13 de julho.

Vomito um pouco de boca fechada.

Meu Deus, dezesseis dias! Quanto tempo levará para eu renovar meu passaporte para que eu possa me mudar para outro país?

Estou em casa.

Sera está tão animada que você pensaria que ela está fazendo um teste para uma princesa da Disney. Suas mãos se mexem sem parar. Seu rabo de cavalo balançando de um lado para o outro.

— Ainda não consigo acreditar que vou me casar com o homem mais espetacular do mundo — ela me diz. — Em duas semanas e meia.

Dezesseis dias, eu choro por dentro. Esse é um pesadelo que nunca terá fim.

— Você tem que ser minha madrinha — guincha, praticamente pulando da cadeira.

— Não.

Sua sobrancelha se ergue.

— Como é?

— Eu disse não. — Eu a encaro. — Não posso…

— Não aceitarei um não como resposta.

— Seria estranho demais — digo, tentando não a sacudir como se fosse uma boneca que eu quisesse destruir. — Ele e eu… — *Nós deveríamos estar juntos. Ele é meu. Sempre será meu.*

— Por favor. Não tenho muitas amigas — ela me conta algo que já sei. — Você é a melhor amiga de Chad. — *Sou mais do que a melhor amiga dele. Ele disse que eu sempre seria ela. A pessoa que ele mais ama. Sou a mulher que ele disse que sempre amaria.* — Você também é próxima do meu primo.

— O Gabriel sabe?

— Acabei de lhe dar a notícia há uma hora. Ele realmente achou que você seria uma bela madrinha.

Maldito Gabriel. Vou caçar o rabo dele também. Espere, ela está mentindo. Gabriel saberia o que esse casamento faria comigo.

Estou em casa.

— Não precisa comprar o vestido. Já cuidei disso — solta, casualmente, como se estivesse planejando uma festa de dezesseis anos. Como se eu nunca tivesse namorado o noivo dela. Quantas vezes eu e Chad transamos nesse sofá? Na mesa de jantar? Contra a parede? Em cima do piano? Em frente à lareira?

Ao meu lado, o arrependimento sussurra: *você esperou demais.*

Estou uma bagunça louca. Minha mente está girando em círculos e uma enxaqueca está prestes a explodir. Esfrego minha têmpora. Nenhum analgésico pode tirar essa dor latejante.

— Ainda estou em choque.

Ela suspira.

— Preciso finalizar tudo para ontem.

Eu gostaria de finalizar você agora mesmo. Preciso sair desta sala ou passarei o resto da minha vida usando laranja e olhando através de grades.

— Tenho que ir — digo a ela. — Não posso participar do seu casamento.

— Por favor, Aurelia.

— Por que tanta pressa? — pergunto, sem tentar esconder meu desdém.

Será que ela acabou de revirar os olhos para mim?

E é aí que percebo que seus olhos verdes endureceram com o passar dos anos.

— Chad quer se casar logo e houve um cancelamento de casamento — Sera responde, com muita animação na voz. — Ele vai sair em turnê e quer ter certeza de que ninguém mais poderá me reivindicar.

Ele mal pode esperar para se casar com ela.

— Você está bem? — pergunta, uma pontada de zombaria tocando seus lábios.

Pressiono os lábios com força, tremendo. É preciso um controle divino para que eu não me levante e grite: *Não, eu não estou bem, mas parabéns, porra!!!*

Respiro fundo e tento desembaraçar meus pensamentos. Não tive essa sorte. O turbilhão em minha cabeça é como uma máquina de lavar com esteroides. *Ele se ajoelhou? Foi logo depois de fazerem amor? Ele estava com seu lindo visual de quem acabou de sair da cama ou estava arrumado como James Bond? Deixe-me ver o anel.*

Querido Deus, eu lhe peço. Por favor, não deixe que seja o anel de noivado que Chad planejava me dar.

Suas unhas estão perfeitas e pintadas com francesinhas. Espere. Seu dedo anelar está descoberto. Não importa.

Com anel de noivado ou não, eles vão se casar em dezesseis dias.

A boca de Sera está se movendo, mas não ouço nada além da batida do meu peito. Estou prestes a cair.

E Chad não voltou. *Eu odeio você, Chadwick David.* E percebo que não o odeio. Nunca poderia odiá-lo. Só odeio o que ele fez comigo. Conosco. Prometemos um ao outro que, se um de nós se apaixonasse por outra pessoa, não esconderíamos isso.

Estou em casa.

Nem uma vez ele mencionou Sera ou sequer namorou alguém nos últimos meses. Ele disse que nunca amou outra mulher além de mim.

Ninguém jamais se interpôs entre nós, exceto o avô dele.

Eu me sinto uma tola. Eu *sou* uma tola. Acreditava que Chad e eu encontraríamos o caminho de volta um para o outro quando, durante todo esse tempo, a estrada estava fechada.

Finalmente, Chad retorna. Na soleira da sala de estar, ele fica paralisado. Seus olhos alternam do meu rosto para o de Sera. Eles estão arregalados de… *medo*?

— Sera, o que você está fazendo aqui?

— O que você acha? — Sera responde, de forma provocadora.

Com os ombros caídos, Chad aparenta como se Sera tivesse acabado de dar uma de Mike Tyson nele. É claro que ele não está fisicamente machucado, mas parece que acabou de perder uma batalha emocional. Olhos vermelhos. Cabelos desgrenhados. Mandíbula cerrada.

Sua aparência não se compara ao que sinto — como se alguém estivesse lentamente me desmontando. Pedaço por pedaço. Recuso-me a ser torturada.

Que se danem as luvas de boxe. Eu o encaro, meus olhos disparando punhais e espadas.

— Chad. — Batalha ou não, uso o tom de *estou prestes a ficar furiosa com você*. — Estou indo embora.

— Aurelia, fique — implora. — Por favor, me deixe explicar.

Ele se vira para Sera.

— Preciso falar com você. Agora.

Se ele não parecesse tão derrotado, eu teria lhe dado um tapa na cara. Gritado com ele. Dado um tapa em Sera. Então teria mostrado a eles o que poderiam fazer com seu maldito romance turbulento.

Mas minha bunda continua parada no sofá, enquanto me castigo por não ter fugido desse pesadelo.

Eles saem da sala de estar. Segundos depois, me levanto e os sigo até a cozinha. Os punhais ainda estão sendo atirados.

Meus ouvidos estão atentos para escutar.

— O que você está fazendo aqui? — pergunta.

— Sou eu quem vai se casar — Sera responde. — Eu também deveria estar aqui.

— Eu te disse que precisava ficar a sós com Aurelia.

Não preciso me aproximar da cozinha; posso facilmente ouvi-los discutindo no cômodo ao lado.

— Bem, estou aqui. — Ela parece uma criança petulante. — Não vou embora.

— Sera, nós discutimos como contaríamos isso para Aurelia e nossas famílias. — Ele está agitado. Já existem problemas no paraíso?

Esqueça os problemas deles. Eu tenho os meus próprios problemas quando as palavras *"nossas famílias"* ficam se repetindo na minha cabeça, confirmando o noivado deles. A confirmação de que Chad finalmente partiu meu coração de vez.

— Sim, mas eu precisava estar aqui. — A alegria em sua voz de alguns minutos atrás desaparece. — Eu disse a ela.

— Você contou a ela, porra? — O tom de voz de Chad é penetrante.

— Sim.

— Por que diabos você fez isso?

— Eu tinha que perguntar se ela queria ser minha madrinha.

— Você sabe o que fez? — Nunca o ouvi tão irritado antes. Não me surpreenderia se a casa começasse a tremer. — Uma maldita madrinha!

— Quero deixar Gabriel feliz com isso. Achei que pedir à Aurelia para ser minha madrinha seria o suficiente.

— Nosso casamento não é um show. Eu te disse que cuidaria disso.

— Você sabe o que farei se não nos casarmos.

— Pelo amor de Deus. Deveria ter me deixado contar a ela pessoalmente.

— Nós vamos nos casar, Chadwick. E ela sabe.

Eu os abafo.

— Preciso ir — sussurro, estupefata e quebrada por dentro. Ninguém pode me ouvir. Ninguém pode ver as lágrimas que correm pelo meu rosto. Não espero que voltem da cozinha. Não espero pelo homem que disse hoje cedo: "Nunca se esqueça do quanto te amo".

Eu faria qualquer coisa para esquecer seu amor. Sua traição. Para esquecê-lo.

Vinte minutos depois, estou em casa, fechando as cortinas. Apago as luzes. Sozinha, ainda ouço repetidamente "vamos nos casar".

Meu celular está tocando sem parar desde que saí da casa de Chad. Eu o desligo e me deito na cama. A única pessoa com quem quero falar está viajando pela floresta amazônica. Agnes está fora de alcance por pelo menos mais uma semana.

Minha família vai pirar. A lembrança de sua única filha no hospital voltará com força total. Eles se preocuparão comigo, e me recuso a colocá-los nessa situação novamente.

Sou uma sobrevivente. Eu *ficarei* bem.

Com um travesseiro sobre a cabeça, grito bem alto. Grito com ódio e tristeza até minha garganta queimar. Minha mente se rende à resignação enquanto espero que meu coração a siga.

AURELIA

A mãe de Chad me liga às oito da manhã.

— Preciso ver você.

Não posso dizer não. Todos aqueles anos em que ela me recebeu em sua casa não podem ser descartados. Na noite em que tive uma intoxicação alcoólica, ela cuidou de mim. Algo pelo qual sempre serei grata.

Nós nos sentamos à sua mesa de jantar com uma seleção de sanduíches, acompanhamentos e sobremesa.

— Como você está? — pergunto.

— Ocupada com a Music Foundation — diz, nos servindo o chá. — Às vezes sinto falta de trabalhar na Universal. Mas também estou curtindo esse novo capítulo da minha vida. Nossos netos estão crescendo muito e gostaríamos de fazer parte da infância deles.

Sempre pensei que seria eu quem daria netos a vocês.

Aguentei uns bons quinze minutos de conversa fiada antes de deixar escapar a pergunta que estava queimando dentro de mim.

— Por que você me chamou aqui hoje?

Renna dá um sorriso apertado.

— Não quero deixá-la desconfortável, mas não posso deixar de me perguntar por que… por que não é com você que Chad vai se casar?

— Ele não está se casando comigo porque eu o deixei ir embora — respondo, olhando para os fiapos inexistentes em minha saia. — Menti para ele, para mim mesma, e sou eu quem viverá com os arrependimentos.

— Sei o que é ser uma mulher de carreira, e Chad respeitava sua carreira. Ele estava disposto a resolver o problema, Aurelia.

— Ele estava.

— Não entendo por que você não ficou com ele em Buenos Aires.

A dor me atravessa e me desfaço em lágrimas.

— Seu pai me advertiu. Ele disse que Chad me odiaria se nunca realizasse seus sonhos. Se Chad se preocupasse demais comigo, ele se tornaria outro André Milieu. Foram exatamente essas as palavras dele. — Soluço. — Eu só fiz o que achei que seria melhor para Chad e para nós.

Pegando minha mão, Renna suspira.

— Quando se trata de Chad, meu pai é teimoso. Sim, a vida de Chad é a música dele. Mas ele a ama há tanto tempo. Quando você estava longe, ele se perdeu. Embora tenha construído uma carreira e tanto para si mesmo, sentia sua falta. Ele me disse que seus maiores erros foram terminar com você no ensino médio e deixá-la ir embora em Buenos Aires. — Ela suspira de novo. — E o André? Ele era bom, mas papai lhe deu crédito demais. André nunca alcançaria a grandeza. Eu gostaria que você tivesse me contado.

— Eu estraguei tudo. — Choro.

— Se meu filho é o amor da sua vida, lute por ele.

— É tarde demais. Ele vai se casar em duas semanas.

— Ele não deveria se casar com alguém que não ama.

Confusa, olho fixamente para seu rosto inflexível.

— Ele não a ama?

— Essa é uma das minhas preocupações. — Linhas profundas aparecem em sua testa. — Eles mal se conhecem.

A porta da frente se fecha e Chad chama:

— Mãe?

Meus músculos saltam sob minha pele aquecida. Não me preparei para que ele estivesse aqui.

— Mãe — chama de novo.

— Estamos na cozinha — Renna responde, seus olhos azul-claros nunca abandonando os meus.

Pego a xícara de chá, esperando que ela me acalme. Para minha sorte, derramo o líquido na minha blusa e solto um gritinho.

— Vou buscar água com gás para não manchar — fala, levantando-se.

Essa não é a mancha que não vai embora.

Pego minha bolsa.

— Eu deveria ir — digo, tentando esconder meu desespero. A coceira sobe pelo meu pescoço. — Não posso ficar aqui com ele.

— Por favor, fale com ele. Você vai ficar bem.

— Não posso. — Levanto-me e coloco minha bolsa no ombro. Viro-me e lá está Chad, parado no corredor.

— Aurelia? — Ele passa a mão no rosto, como se estivesse tentando apagar o arrependimento em sua expressão.

Balançando a cabeça, eu o afasto e saio correndo do apartamento, rezando para que minhas lágrimas e meus punhos esperem até que eu possa ir embora.

CHAD

Julho de 2013.

Oito dias. Esse é o tempo que se passou desde que Sera contou a Aurelia sobre o casamento. Cinco dias desde que vi Aurelia na casa da minha infância. Na porta do apartamento dela, tento endireitar minha coluna, me preparando para a batalha.

Bato a cada poucos minutos, esperando que ela responda. Ela está em casa. A música de Leona Lewis, *Better in Time*, atravessa a porta, lembrando-me de uma época em que ela admitiu que gostava de ouvir músicas tristes. Minha Aurelia e suas músicas tristes.

— Vá embora! — ela grita, pela centésima vez.

Não me mexo, me recusando a me afastar dessa situação. O fato de ter me afastado me trouxe até aqui.

Quando Aurelia finalmente abre a porta, tudo o que quero fazer é cair de joelhos, fazê-la entender que não é o que ela pensa.

— Por que você está aqui? — Seus olhos estão vermelhos e inchados, sua voz estremecendo ao pronunciar as palavras. Uma das mãos segura a beirada da porta, a outra uma caneca. Uma caneca que compramos em uma viagem a São Francisco.

— Preciso explicar. Posso entrar, por favor?

Seu apartamento de um quarto está uma bagunça. Duas da tarde e as cortinas estão fechadas. Cama desfeita. Embalagens de comida espalhadas sobre a mesa. As roupas estão no chão, empilhadas como lixo que precisa ser levado para fora. Leona ainda está cantando. Vou até o sistema de som dela e o desligo.

Parece que Aurelia não toma banho há dias, mas ela ainda está linda. Seu cabelo oleoso está cheio de nós. Seu pijama de algodão favorito cheira a algo que não consigo identificar. É esse o cheiro de um coração partido? Há círculos roxos embaixo de seus olhos. Eles remetem a noites longas e tristes em uma cama vazia. Música em volume alto para expulsar os pensamentos.

Todos eles refletem os meus.

Ela não me convida para sentar, mas isso não me impede de fazê-lo. É errado eu estar aqui quando as pessoas estão esperando por mim. Especificamente, a mulher com quem vou me casar em alguns dias. Mas preciso que Aurelia saiba o motivo por trás desse maldito fiasco. Não estou buscando perdão, mas rezo para que ela entenda.

— Vá se foder — ela diz, quebrando o silêncio.

Abaixo o olhar, e não consigo rebater seu ódio com palavras.

Ela seca as bochechas com as costas da mão.

— Não sei por que achei que encontraríamos o caminho de volta juntos.

— Olhe, eu…

— Eu preciso saber — ela fala, a voz embargada pela dor. — Como pôde não me contar que estava saindo com ela? Como pôde fazer isso conosco? Vocês dois… Como? Você a ama?

Seus olhos profundamente irritados estão fixos nos meus. Ela sabe a resposta, e eu me pergunto se isso diminui a dor. Seu rosto se enche de desespero e ela parece pronta para fugir novamente, incapaz de ficar na mesma sala que eu.

— Eu odeio você — declara. Não é a primeira vez que ela cospe essas palavras em mim, mas é a primeira vez que ouço a verdade nelas.

— Eu amo você — afirmo.

— Você é um idiota do caralho. Vai se casar com outra pessoa daqui a alguns dias. E *você*… *você* tem a ousadia de dizer que me ama. — Ela balança a cabeça, as lágrimas escorrendo pelo rosto. — Poucos minutos antes de eu saber do seu casamento, você me disse para nunca esquecer o quanto me ama.

— Porque eu te amo demais.

— Por que você precisa ser tão cruel? — A voz dela falha.

— Aurelia, por favor — suplico. — Por favor, me deixe explicar.

— Eu odeio você — ela repete.

— Foi você quem terminou comigo em primeiro lugar — eu a lembro. — Você me disse que eu não era suficiente para você. Meu amor não era suficiente para você. E, assim que a vejo, deixo meu orgulho de lado, implorando para que você seja minha novamente. Mesmo depois de você não querer rotular nosso relacionamento, fui fiel a você.

— Você foi fiel a mim? — O olhar dela é assassino. — Mas namorou a Sera?

— Nunca namoramos.

— Não entendo! — grita. — Você está se casando com a vadia!

— Eu fiz merda. Sabe por quê?

Ela se recusa a responder, a olhar para mim.

— Pensei que você e Gabriel estivessem transando.

— O quê? — Ela levanta a cabeça, com os olhos cheios de ódio. — Quem te disse isso?

— Sera.

— Eu não estive com ninguém — sussurra — a não ser você.

— Eu não estava com ninguém até que Sera me disse que você e Gabriel estavam transando.

— Sua maldita noiva é uma mentirosa do caralho — ela cospe. — Por que você não me perguntou?

— Lembra a semana em que eu estava tentando freneticamente entrar em contato com você? — pergunto, com a voz áspera. — Você não respondeu, e eu presumi que…

— Ai, meu Deus…

— Tenho que me casar com Sera — explico. — Mas estou aqui porque não posso perder você.

— Você me perdeu há alguns dias.

— Por favor, Aurelia. — Estou pronto para me ajoelhar. Implorar. — Eu sei que você está com raiva e, como disse, me odeia. Mas isso não muda o fato de que eu te amo, porra. Me odeie o quanto quiser, porque nunca vou deixar de te amar.

— Não posso, Chad.

— Prometemos que seríamos sempre amigos. Sempre. Quando e onde quer que seja, eu sempre estarei ao seu lado.

— Apenas pare.

— Não sei como consertar isso.

— Você não pode.

— Eu amo você — murmuro.

Os álbuns de fotos estão no chão, como espectadores inocentes nesse campo de batalha. Programas de música. Cartões postais. Caixas abertas com coisas espalhadas. Todas as lembranças da nossa vida juntos.

— Me ama? — rebate, pegando um dos CDs que lhe dei. — Foda-se o seu amor! — Ela joga o CD que gravei para ela em mim.

Eu me esquivo.

— Foda-se a sua amizade! — grita.

Um vaso branco não atinge minha cabeça por um centímetro. É o vaso que comprei para ela.

— Sua noiva vadia e presunçosa tem a porra da coragem de me pedir para ser madrinha!

Que diabos Sera estava pensando?

— Por favor, não vá ao casamento — imploro.

A edição de capa dura autografada de *Sonetos de Amor,* de Pablo Neruda, roça meu ombro esquerdo. Comprei essa edição especial para ela quando estava em turnê no México.

— Você está se casando com uma maldita mentirosa! — exclama, a plenos pulmões. — Por que eu iria querer continuar sua amiga? Você se apaixonou por outra pessoa e nunca me contou.

— Por favor, me deixe... — *Deixe o quê? Voltar no tempo?*

— Acha que vou te desejar o melhor? — O rosto dela fica vermelho. — Diga a essa sua noiva mentirosa para ir se foder. Não se preocupe, eu não irei ao seu maldito casamento. Já que está fazendo isso, saia da minha vida. Nunca mais quero ver você de novo.

Quando Sera me disse que Aurelia e Gabriel estavam juntos, fiquei louco. Não consegui entrar em contato com Aurelia. Presumi o pior.

Afinal, era Gabriel. O cara que tinha estado ao lado de Aurelia quando eu e ela estávamos separados.

O ciúme e a raiva me consumiram. Fiquei chapado e bêbado.

Transei com a mulher que mal conhecia. Uma maldita noite, uma noite da qual não me lembro, mudou o curso da minha vida. Um erro estúpido que está me custando o futuro que imaginei desde que Aurelia e eu éramos crianças.

— Meu Deus, Aurelia. Sinto muito — digo. — Eu não queria que isso acontecesse.

— Sente muito? Você não queria que isso acontecesse? — Ela está segurando o Discman da Sony que lhe dei, pronta para jogá-lo. — Nós nos falávamos ao telefone várias vezes por mês. Também enviamos e-mails. Você me disse que eu era *ela,* a pessoa que você mais amava.

— Você é.

Sua voz estremece quando diz:

— Nem uma vez você mencionou um namoro com *ela.*

— Eu te disse que Sera e eu não estávamos namorando.

Ela coloca lentamente o Discman na mesa de centro, com os olhos voltados para baixo.

— Então por que diabos você está se casando com ela? — Ela levanta a cabeça, com os olhos cheios de lágrimas. — Me ajude a entender.

Balanço a cabeça, incapaz de responder.

— O que ela tem que eu não tenho?

Longos segundos se passam antes que eu responda:

~~— Não é você.~~

— Vá. Se. Foder. — Sua voz alta está rouca. — Imaginei que ficaríamos juntos novamente. Como você pôde fazer isso comigo? Com a gente? Como? Você sabe o que eu fiz por nós? Quanto tempo esperei por você? — Ela coloca a mão no peito como se estivesse tentando conter a raiva. A dor. — Fiz planos para me juntar a você em Munique.

Não alterei apenas meu futuro, alterei o de Aurelia.

Não posso contar a ela. Machuca demais ver a dor que já lhe causei.

— Apenas saiba o quanto eu amo você.

— Sabe o que eu sei? Você nunca terá o que temos com ela. Acha que ela entenderá por que você acorda no meio da noite para tocar? Por que sua cabeça está em outro lugar durante as refeições? Por que você precisa remar de manhã? Ou por que às vezes você não ouve o Wagner?

Balanço a cabeça, sabendo que nunca amarei ninguém como amo Aurelia. E ninguém jamais me entenderá como Aurelia.

— Então, por que você está se casando com Sera?! — grita. — Me diga por que ou saia da minha vida para sempre.

Tenho que contar a ela.

Inclino-me para frente e enterro a cabeça nas mãos. A culpa e o arrependimento continuam a crescer dentro de mim, sem ter para onde ir.

— Chad.

Ela não hesitará em me cortar de sua vida. Já fez isso antes.

Olho para cima. Ela está caída em uma das poltronas, segurando um travesseiro, com o punho na boca, impedindo-se de gritar. Deslizo para fora do sofá e rastejo em sua direção. Ela tenta me empurrar para longe, mas a domino e então a estou segurando perto de mim.

Responda a ela. Ela merece a verdade.

— Me diga — pede, se afastando.

Minha carteira cai do bolso, com a foto em preto e branco aparecendo.

Ela olha para a foto por alguns segundos, minhas costelas sendo puxadas para fora.

— O que... — ela mal consegue dizer.

A imagem do ultrassom encara a nós dois. O nome de Sera na borda...

— Aurelia.

Lentamente, ela ergue a cabeça. Lindos olhos cheios de lágrimas me fitam.

Segurando-a com mais força, sussurro:

— Ela vai ter um filho meu.

AURELIA

Uma onda repentina de vazio toma conta de mim, afogando todas as minhas esperanças e sonhos. Estou sentada, mas meu corpo parece estar caindo rapidamente, e o chão embaixo vai me engolir inteira. Dou as boas--vindas a isso, rezando para que me salve de mais sofrimento.

Se Deus me chamasse agora mesmo, eu correria para me juntar a ele.

Sera não está apenas se casando com Chad, ela será a mãe do filho dele. É por isso que Sera estava mais linda do que nunca.

Meu peito se contrai, como se uma faca o estivesse apunhalando repetidamente. Pressiono a mão ali, imaginando se estou tendo um ataque cardíaco.

Chad está me segurando com força, mas escapo de seu aperto. Eu me viro, dispensando-o com a mão quando tudo o que eu gostaria de fazer era socá-lo.

— Por favor, diga alguma coisa. — Sua voz é suave e urgente.

— Ela é uma puta mentirosa — respondo. — Como você sabe que é seu?

— O tempo — ele diz, com a cabeça baixa.

— Você não ama a Sera.

— Mas essa criança é minha.

— O amor não deveria parecer uma obrigação.

— É minha responsabilidade.

— Não estou dizendo para desistir do seu filho, mas você não precisa se casar com ela.

— Preciso sim — afirma.

— Por quê? Meus pais nunca se casaram.

— Tenho que me casar com ela.

— Então você a ama? — Essas palavras machucam minha garganta.

— Eu não amo Sera, mas preciso me casar com ela.

A dor me atravessa, irradiando do meu braço até a ponta dos meus dedos. Uma raiva que nunca conheci me faz gritar:

— Eu odeio você! — Agora o esmurro. Bato em seu peito com toda a minha força, enquanto "eu odeio você" reverbera pelo apartamento.

— Sera ameaçou fazer um aborto se eu não me casar com ela — conta, tentando me prender em seus braços. — Imagine se sua mãe fizesse isso.

Esse desgosto insuportável me faz desejar que minha mãe nunca tivesse me tido.

— É meu, Aurelia. — Ele ergue a cabeça, com os olhos brilhando. E vejo em seu rosto. Ele quer essa criança, e terei que enterrar todas as conversas que tivemos tarde da noite sobre nossos futuros bebês. — Não posso deixá-la fazer isso.

Ele tem razão. Ele não pode fazer isso. Tudo em mim enfraquece.

Perco toda a minha força.

Perco meu coração.

Chad me carrega até a cama no final do meu apartamento. É onde planejo chorar até dormir.

Ele me deita gentilmente antes de me abraçar. É nesse momento que me pergunto: *como poderei sobreviver a uma vida sem ele?*

No meio da noite, Chad me beija na testa.

— Sinto muito — sussurra, antes de pegar as chaves e a carteira. Quando chega à porta, ele para no caminho e se vira para mim. — Eu sempre vou amar você, Aurelia.

— *É a Aurelia. Por favor, deixe sua mensagem.* — *Bip.*

— Sou eu. Sei que você me odeia. Estou rezando para que eu esteja fazendo a coisa certa. — Há uma pausa receosa. — É a única coisa a se fazer, mesmo que signifique partir seu coração de novo. Eu te amo. Sempre vou te amar. Por favor, me perdoe.

— *É a Aurelia. Por favor, deixe sua mensagem.* — *Bip.*

— Acabei de falar com Isabel. Nem sei o que dizer. Estou de coração partido por você — Agnes diz, com uma voz abafada. — Estou refazendo meu cronograma e vou embora de São Paulo amanhã, no máximo. Amo você.

— *É a Aurelia. Por favor, deixe sua mensagem.* — *Bip.*

— É o Chad. Por favor, me ligue.

Estou pronta para jogar meu celular contra a parede, mas não faço. Em vez disso, apago todas as mensagens de Chad.

— Não vá ao casamento de Chad — minha mãe implora, com a mão no telefone. O número do meu terapeuta está na discagem rápida. — Poupe-se da dor.

A dor já me capturou, prendendo-se ao meu redor como uma camisa de força. Tornei-me prisioneira desse pesadelo, e minha mãe é a mercenária que tenta libertar a filha.

Ela fica na minha casa, dormindo ao meu lado. Cuidando de mim e rezando silenciosamente para seu Santo Niño em tagalo.

Priscilla aparece em meu estúdio, com cadeira de rodas e tudo.

— Meu Deus, o cheiro está pior do que o do elevador. Tome um maldito banho. Nós vamos sair.

Estamos na quadra do meu apartamento, sentadas na Fiorello La Guardia Park.

— Eu sabia que ele partiria seu coração de novo — Priscilla desabafa. — Gostaria de ter me enganado.

— Eu deveria ter te escutado.

— Infelizmente, o coração quer o que quer. — O olhar de Priscilla está voltado para a jovem que balança um carrinho de bebê. — E o seu quer Chad.

— Ele está se casando com outra pessoa — digo, enxugando o suor da minha testa. — E eu ainda o amo.

— Sua mãe disse que você está determinada a ir ao casamento.

— Preciso ver com meus próprios olhos.

— Eu provavelmente faria o mesmo — admite, soltando um longo suspiro. — Vai levar algum tempo, mas você vai seguir em frente.

— Acho que nunca vou conseguir esquecê-lo.

— Talvez não, mas vai seguir em frente. — Ela olha ao nosso redor. — Esta rua e este parque receberam o nome de Fiorello La Guardia.

— Eu sei. Minha escola de ensino médio também.

— La Guardia tinha trinta e poucos anos quando perdeu a esposa e a filha… com apenas alguns meses de diferença. Acho que seu bebê morreu de meningite espinhal e sua esposa de tuberculose.

— Isso é horrível.

— Esse tipo de perda é… — Priscilla faz uma pausa, com a angústia estampada no rosto. — É indescritível. Mas La Guardia seguiu em frente. Ele não só se tornou um dos prefeitos mais queridos de nossa cidade, como também voltou a ser marido e pai. Não estou mencionando isso como uma aula de história, Aurelia. — Ela dá um sorriso triste. — Você seguirá em frente. Encontrará outro amor. — Pegando minha mão, ela a segura na sua. — Você é talentosa. Concentre-se nesse talento. Siga em frente.

— Não sei se conseguirei.

Ela gentilmente retira sua mão da minha e a abre com a palma voltada para cima.

— Aqui está uma tela em branco — fala, com ternura na voz. Uma que nunca ouvi antes. — Pinte o quadro da vida que você quer. E depois a viva.

Volto do meu passeio com Priscilla e encontro Emil na frente do meu prédio, andando para frente e para trás como um metrônomo humano, as mãos cruzadas atrás das costas. Passo pelo avô de Chad, me recusando a reconhecer sua presença.

Ele me segue até o elevador e desce no meu andar.

— Aurelia.

— Está aqui para me dar sua bênção *novamente*? — pergunto, sarcástica.

— Preciso da sua ajuda — Emil suplica, vindo de trás de mim.

Destranco a porta, com a mão na maçaneta.

— Já cansei.

— Chadwick está cometendo um erro. Essa criança acabará com a carreira dele.

— Ele te contou?

— Não precisou — diz, exasperado. — Ele precisa de você, Aurelia.

— Ele precisa de *mim*? — Eu me viro, com as mãos fechadas em punhos.

— Sim.

— Você disse que *eu* estava arruinando a vida dele. Disse que *eu* era prejudicial a mim mesma e ao seu neto. Você me disse para terminar. Disse que era a única maneira de encontrar a verdadeira felicidade com Chad. — Engulo em seco. — Por favor, me deixe em paz.

— Eu cometi um erro terrível.

— É verdade.

— Peço desculpas.

— Não quero suas desculpas. Quero você fora da minha vida.

— Diga ao Chadwick que você lhe dará um filho — sugere.

Olho fixamente para o homem que uma vez me disse: *você não é capaz de ser mãe.*

A primeira vez que dei um tapa no rosto de Emil, anos atrás, ele sorriu. Até zombou de mim.

Dou um tapa no rosto de Emil e, dessa vez, sua expressão é séria. A cor se esvai de seu rosto.

Entro em meu apartamento, fechando a porta para o homem que arruinou seus próprios sonhos.

Agnes chega de avião de São Paulo. Em vez de sair, ficamos em casa assistindo a *Sex in the City* e bebendo grandes quantidades de álcool.

— Sabe, o Sr. Big se casou com Natasha — Agnes comenta. — Todos nós sabíamos que não duraria muito. O mesmo pode acontecer com você.

— Natasha nunca foi a mãe do bebê do Sr. Big.

— Esse casamento não vai durar.

— Se ao menos a vida pudesse ser tão clara quanto a vodca em meu copo — digo, bebendo outro copo de Grey Goose. — Então eu também acreditaria nisso.

— Sera tem sorte por eu não ir ao casamento — Agnes fala. — Eu levaria uma caixa de ovos para jogar nela. Eu te disse que ela está fodida. Algo não está certo sobre aquela mulher. — Ela suspira alto, suas bochechas vermelhas. — Não há nada certo em toda essa situação. Ela é tão mentirosa. Pode estar mentindo sobre estar grávida.

— Não está — respondo, olhando para minhas mãos trêmulas. — Ele estava carregando a foto do ultrassom.

— Você viu?

— Por acidente. Caiu do bolso dele.

— Ah, Aurelia, sinto muito.

— Eu também. — O arrependimento permanece em meu peito. Crescendo. A dor é insuportável. — Só tenho que superar esse pesadelo.

— Ainda não consigo entender por que você mudou de ideia sobre o casamento. Por que diabos você está indo ao casamento do Chadiota?

— Chadiota?

— Meu novo nome para ele — afirma, com uma expressão séria.

— Preciso ver essa merda acontecer. É a única maneira de eu conseguir seguir em frente com minha vida. Passei todo esse tempo acreditando que o amor esperaria por mim e por Chad. Até fiz um acordo com o diabo. — Sirvo outro copo de vodca e o engulo como se fosse água. Alguém se esqueceu de me dizer que o amor saiu da cidade há alguns anos. — Você estava certa. Esperei tempo demais. Eu o perdi para sempre.

Agnes chora.

— Sinto que também perdi alguma coisa.

— O quê?

— A crença de que o amor verdadeiro existe.

Segurando-me com força enquanto soluço, Agnes sugere:

— Mude-se para LA comigo.

— LA?

— Você. Eu. A praia. — Ela me dá um sorriso suave e cheio de esperança. — Fique comigo e podemos ser colegas de quarto.

Penso seriamente na oferta de Agnes. Já cumpri meu contrato com *O Rei Leão*. Mudar para Los Angeles pode ser a única maneira de superar essa dor de cabeça sem ter que depender da minha família. Até esta manhã, minha mãe, meu pai, Priscilla e até mesmo tio Jay se revezavam para cuidar de mim, nunca saindo do meu lado. Cuidando de mim em mais uma desilusão. Minha família me mostrou uma solicitude incondicional, da mesma forma que fizeram quando eu estava hospitalizada. Quando Chad partiu meu coração pela primeira vez.

AURELIA

Julho de 2013.

As majestosas portas de bronze da Igreja de São Bartolomeu se abrem.

— Tem certeza? — Gabriel pergunta, antes de me oferecer o braço.

— Sim — respondo, com um sorriso fraco. — Estou pronta.

Logo à frente está o altar. Corro em direção a ele, com meu vestido elegante esvoaçando. O pobre Gabriel está tentando me acompanhar.

A orquestra de câmara toca *Air on the String*, de Bach, e não estou acompanhando o ritmo da peça. Preciso chegar lá em cima sem desmoronar.

Todos os olhares estão voltados para mim e para Gabriel, e os meus estão fixos apenas no homem lindo que está a apenas alguns metros de distância. Seu sorriso é tênue, seus olhos azuis como jeans estão solenes. Seu cabelo loiro-escuro, geralmente bagunçado, está penteado e arrumado para trás.

Deus poderia ter feito um noivo mais bonito?

Vestido com um smoking Armani sob medida, ele está de pé, esperando para se casar com a mulher que viverá meu sonho.

Só mais alguns passos. Não caia.

Não. Desmorone.

Li em algum lugar que toda pessoa foi feita para estar com alguém. Deus nos colocou na Terra para amar, para sermos amados e para criar. Nessa equação, Deus se esqueceu de mim. Se devo amar e ser amada, então por que estou diante de um homem com quem imaginei um futuro inimaginável? Um homem que consome meu coração mesmo depois de sua traição.

Durante anos, permaneci solteira, esperando meu momento com Chad. Anos que desperdicei. Anos que jamais terei de volta.

Não há segundas chances. Chad vai se casar com Sera. Ela vai ter o bebê dele.

O amor não espera.

Meus pés estão imóveis. *Preciso sair daqui*, penso, enquanto a multidão murmura: "Lá vem a noiva".

Isso está realmente acontecendo.

Olho para a plateia.

O lado do noivo da igreja está três quartos vazio, exceto pelos pais, alguns parentes distantes e algumas pessoas irreconhecíveis vestidas para impressionar. Os irmãos de Chad não estão à vista.

O mesmo acontece com o Maestro von Paradis, que aprendeu a lição. Essa é uma sinfonia que Emil não conseguiu reger; ele perdeu sua grandeza.

Uma cantata de arrependimento me assola a cabeça quando a orquestra de câmara começa o *Cânone em Ré*, de Pachelbel.

Usando um vestido estilo princesa e segurando o braço de seu pai, Sera é uma noiva deslumbrante. Seu cabelo está solto, coberto por um véu branco. Ela parece uma princesa.

Por favor, meu Deus, não posso fazer uma cena.

Em outro universo, eu interromperia o casamento e reivindicaria Chad, porque ele é meu e sempre será. Eu esqueceria que Sera lhe dará um filho em menos de nove meses. Uma criança que Chad quer mais do que tudo, inclusive a mulher que o amou por mais da metade de sua vida.

Quando os votos são lidos, me concentro na rosácea de vidro colorido que dá para os bancos.

— Eu, Chadwick David, recebo você, Serafina Barnes, como minha esposa, para amar e respeitar de hoje em diante. Na alegria e na tristeza, na riqueza e na pobreza, na saúde e na doença, para amar, cuidar e obedecer, até que a morte nos separe, de acordo com a santa lei de Deus.

Chad pigarreia enquanto esvazio meu coração.

— Na presença de Deus, faço este voto.

Os convidados enxugam as lágrimas de alegria e emoção, testemunhando dois jovens jurarem seu amor diante de Deus e de toda a congregação.

Tenho sido boa em manter a cara séria esse tempo todo, fingindo que não estou morrendo por dentro. Um pequeno sorriso permanece estampado em meu rosto, como se eu não tivesse perdido a razão para sorrir. Se minha carreira como violoncelista fracassar, vou me matricular em aulas de teatro. Talvez peça conselhos ao meu colega Adrien Brody, ex-aluno da LaGuardia, já que o desempenho de hoje poderia me render um Oscar.

Dizer a verdade é difícil. Estou em um ponto da minha vida em que é mais fácil mentir. Posso seguir em frente sem confronto, sem ferir ninguém além de mim mesma.

Minutos torturantes se passam até que meu coração não esteja mais se partindo.

Ele está partido.

Irreparável e eternamente danificado.

Os votos são ditos.

Chad e Sera dizem seu "sim".

— Eu os declaro marido e mulher — anuncia o padre. — Pode beijar a noiva.

Não olhe. Não olhe. Não. Olhe.

Meu olho direito se abre e vejo Sera se inclinando para a frente, com os lábios franzidos.

Chad beija Sera, com os olhos fixos nos meus o tempo todo; estão sombrios e apologéticos.

Sinto muito por tudo.

Quando os noivos saem da catedral, Chad vira a cabeça para trás.

Nossos olhares se encontram novamente.

Prendo o lábio inferior com os dentes e aceno com a cabeça. *Vá em frente. Viva uma vida sem mim.*

Minutos depois, estou no saguão da catedral quando Gabriel se aproxima e me abraça.

— Você está bem? — pergunta, suavemente.

— Vou ficar. — Pelo menos rezo para que fique.

Meu coração se perdeu. Meu corpo se separou dele. Estou de luto como se estivesse em um funeral em vez de um casamento. Tornei-me plateia do meu próprio final trágico.

Mantive a cabeça baixa, mas ainda sinto os olhos em mim. Os corpos nesse espaço isolado pairam sobre mim. Suas conversas são como balas em meu coração.

— Que cerimônia linda.

— Sera é uma noiva tão linda.

— Quem poderia imaginar? Eu não sabia que eles estavam namorando.

— É ela.

— Quem?

— A madrinha. A que Chadwick namorou por anos.

— Pobre garota.

Se Agnes estivesse aqui, ela os mandaria calar a boca. Se Agnes estivesse aqui, o casamento teria acabado antes de começar.

Pedir que ela não viesse foi um grande erro.

Meus olhos permanecem no chão enquanto esperamos e esperamos. Impacientemente. Mas não tenho ideia do que os outros estão esperando. Será que estão esperando a mulher que permanece estoica, embora seu coração tenha se partido há poucos minutos? Será que estão esperando que alguém lhes diga que é hora de ir embora? A noiva e o noivo saíram da igreja. Os corpos se espalham pela Park Avenue.

A pequena festa de casamento de quatro pessoas está aqui — Gabriel, eu, a dama de honra e o padrinho. Quem são esses dois? Conheço todos os amigos mais próximos de Chad e esses acompanhantes são estranhos. Gabriel nem sequer os conhece. A mãe de Sera deve tê-los contratado para participar de seu casamento.

Todos já deram oficialmente seus parabéns, prontos para seguir em frente com a celebração. As damas de honra solteiras se examinam, e sei que a possibilidade de um encontro de uma noite paira no ar. Gostaria de ter alguém que me fizesse esquecer o homem que amo.

Adeus.

Uma palavra que dizemos diariamente. Uma palavra com a qual me familiarizei demais.

Adeus.

Eu me recusei a dizer a minha até agora.

Eu havia me recusado a soltar...

O rapaz que me deu meu primeiro beijo...

O homem a quem me entreguei...

O homem que me quebrou em pedaços...

Beethoven amou uma mulher chamada Josephine. Na verdade, ele a viu se casar com outro duas vezes. Pobre Beethoven. Não consigo nem imaginar passar por isso novamente, já que ver Chad se casar com alguém uma vez me destruiu.

O casamento de Chad e Sera é perfeito. A recepção na Mansão Lyndhurst, em Tarrytown, é uma festa da qual muitos se lembrarão por vários anos. Um solista do Metropolitan Opera apresentou Ave Maria. A banda atual no palco inclui membros de vários grupos ganhadores do Grammy. Estou impressionada de como o planejador de casamentos organizou um evento nesse local tão procurado em tão pouco tempo.

— Um cancelamento de casamento de última hora — uma mulher diz do nada. — A noiva ficou com dúvidas.

Por que Sera não poderia ter ficado com dúvidas?

— Sério? E quanto aos artistas que estão se apresentando esta noite? — pergunta outra pessoa, engolindo seu martíni.

— Qual é, é o casamento de Chadwick David.

— Que casamento lindo!

O rio Hudson brilha, convidando-me a pular nele e nadar para longe dessa noite excruciante. Em vez disso, sento-me a uma mesa não muito longe dos recém-casados. Graças a Deus, o novo casal não pediu a ninguém para fazer um brinde. Com várias doses de uísque em meu organismo, eu provavelmente faria o discurso de todos os discursos: *Isso é um erro do caralho. Esse casamento é uma farsa. Ele não a ama.*

Eu seria a ex-namorada desprezada — a mulher que toda noiva teme que possa tentar acabar com o casamento.

O fato de estar aqui na recepção provoca um início de urticária. Fico com coceira o tempo todo, lamentando o momento em que concordei em ser madrinha. Quantas mulheres não apenas comparecem ao casamento de um ex-namorado, mas também fazem parte da festa de casamento?

Sou masoquista.

— Você está indo muito bem — Gabriel garante, permanecendo ao meu lado a noite toda. — Você é a mulher mais bonita daqui.

— Eu gostaria que isso fosse verdade.

— É verdade. — Seus olhos estão em mim, ternos e sinceros.

— Obrigada.

— Ainda estou surpreso com tudo isso. — Ele acena com a cabeça para os recém-casados.

— Surpreso? Estou mais do que surpresa. Estou com raiva e não posso deixar de me sentir traída — digo, pegando as palavras e apertando-as com força contra o peito. Esses sentimentos não vão a lugar algum. Eles ficarão comigo por anos. — Eu fiz o que vim fazer.

— Que é?

— Vi o homem que amo se casar com outra pessoa. Agora que testemunhei isso, posso seguir em frente com minha vida.

— Você não está em condições de ser deixada sozinha.

— Não vou embora ainda.

— Venha dançar comigo — pede, estendendo a mão.

— Talvez na próxima música. — Tomo outro gole da minha bebida e aceno para a mulher com um vestido vermelho decotado sentada à nossa frente. Ela estava sentada em silêncio, com seus olhos escuros praticamente implorando para que alguém dissesse: "Dance comigo".

— Ah, essa é a meia-irmã da Sera — Gabriel afirma. — Nós não somos parentes.

— Meia-irmã? Por que *ela* não foi madrinha?

— Ela e Sera se odeiam.

— Eu gosto dela. Por favor, convide-a para dançar. Vá.

Ele sorri e se levanta.

Gabriel não só dança com a mulher de vestido vermelho, como também faz de tudo para me fazer rir. Seu corpo de um metro e oitenta se sacode, seus braços balançando de um lado para o outro, com os polegares para fora, como a Elaine de *Seinfeld*. O momento de leveza é breve — meu olhar encontra a noiva e o noivo. Eles se sentaram lado a lado em uma mesa, mas seus corpos se afastam um do outro. Sera bebe sua água e Chad toma vários copos de sua bebida alcoólica. A cada poucos minutos, seus olhos se encontram com os meus, com *"me desculpe"* escrito em seu rosto desolado.

A noiva sorri amplamente quando os convidados passam para dar os parabéns. O noivo simplesmente acena com a cabeça antes de voltar ao seu drinque. Ele está uma bagunça. Sempre adorei quando Chad parecia um pouco desarrumado depois de uma apresentação. A maneira como sua gravata borboleta ficava pendurada em cada lado do pescoço, com o colarinho aberto revelando sua pele marcada. Mas, neste momento, ele mal está conseguindo ficar sentado.

Ficamos olhando um para o outro. No oceano de sua própria recepção de casamento, estamos em nossa própria ilhazinha. Seu belo rosto se enche de desânimo.

No segundo ano na LaGuardia, estudamos o coração na aula de biologia. Aprendi termos como "doença cardiovascular", "ataques cardíacos", "vasos bloqueados" e outras condições que impediam o bom funcionamento do coração. O Sr. Henler nunca mencionou que o coração poderia parar de bater devido à perda. Não de sangue ou circulação, mas de perder o amor de sua vida.

Coloco a mão sobre o peito, implorando para que meu coração continue batendo quando as pessoas param na minha mesa. Elas se inclinam com olhares de simpatia e um tapinha no ombro em vez de parabéns. Meio-sorrisos envergonhados quando dizem: "não acredito que você está aqui" ou "sinto muito", como se estivéssemos em um funeral. Incapaz de lidar com isso por mais tempo, levanto da mesa da mesa e saio correndo da recepção para o banheiro feminino.

Estou em frente a um grande espelho de bronze quando a mãe de Chad entra. Renna tranca a porta atrás de si. Ela sorri com os lábios apertados e depois abre bem os braços. Eu me aproximo, me permitindo ser confortada. Depois de apenas alguns segundos e sem aviso, nós duas nos desmanchamos em lágrimas, sofrendo juntas.

Pela nossa perda.

AURELIA

Hotel Doubletree by Hilton, Tarrytown, Nova York.

— Eu consegui sobreviver — digo a Agnes pelo celular.

— Sabia que você conseguiria. O que mais você precisa fazer antes do nosso voo?

Dou uma olhada no quarto do hotel.

— Nada. Já fiz as malas.

Se é que se pode chamar jogar coisas em uma mala de "fazer as malas". Artigos de higiene pessoal, sapatos, vestidos e joias foram enfiados ao acaso, mas estou deixando o vestido de madrinha de chiffon lavanda pendurado atrás da porta do banheiro. A camareira pode ficar com ele.

— O conselho da cooperativa sabe que estou sublocando meu apartamento — falo. — Já me despedi de todos no fosso e na escola. Vou sentir falta das minhas crianças.

— Eu sei. — Ela suspira pelo telefone. — A mudança será boa para você. Precisa que eu vá buscá-la amanhã de manhã?

— Não, na verdade vou voltar para a cidade hoje à noite. O motorista da Priscilla vai me buscar.

— Okay. Vejo você no estúdio. Você vai ficar bem, Aurelia.

— Vou ficar.

— Você vai adorar LA.

— É — respondo, de forma pouco convincente.

— Vejo você em breve. Te amo.

— Eu também te amo.

Estou em modo de sobrevivência. O fato de Chad ter se casado com outra pessoa há poucas horas é algo que preciso aceitar.

Também preciso dormir um pouco. Não consigo dormir nesta cama de hotel. Não consigo mais dormir nem mesmo em minha própria cama. É a *cama mais resistente* que Chad comprou para nós. Muitos pensamentos de Chad deitado ao meu lado, me beijando, fazendo amor comigo. O peso dele em cima de mim. Sua voz sussurrando: "eu te amo".

Mudar para a costa oeste faz sentido. Começar do zero, onde não posso testemunhar a nova vida de Chad com Sera. Mesmo que ele esteja em turnê, não posso mais ficar aqui. *Eu* preciso de uma vida nova.

Faço uma anotação mental das coisas que precisam ser feitas. Deixar o endereço para Gabriel. Encontrar meus pais e Priscilla para almoçar amanhã. Ligar para o tio Jay. Ligar para a companhia aérea e confirmar o assento extra para Pablo. Deixar um conjunto de chaves com o gerente do prédio para dar ao meu inquilino.

Estou sublocando minha casa para um ex-colega de classe de Curtis. Que também é violoncelista. É estranho pensar que outra pessoa chamará meu apartamento de "lar". Usando a cama que Chad comprou para nós. Deitando nos lençóis onde ele e eu nos enroscamos. Comendo nos pratos que usávamos para compartilhar nossas refeições.

Guardados em caixas estão os álbuns de recortes que organizei ao longo dos anos. Lacrados. Debaixo de uma cama no apartamento da minha mãe. Eu me recuso a compartilhá-los com qualquer pessoa.

Escuto várias batidas na porta. Dirijo-me a ela, já ouvindo risadas altas dos convidados do outro lado.

Danem-se por comemorar, diz meu coração amargurado.

Derrotada e ansiosa, abro a porta. Lá está o homem que conduziu meus batimentos cardíacos por mais de uma década.

— O que está fazendo aqui?

— Eu precisava te ver.

— Você sabe que é a noite do seu casamento?

A porta está entreaberta, mas meu coração continua escancarado. Chad está muito perto, mas muito longe de mim. Ele está em silêncio, encostado no batente da porta, com o paletó preto do smoking sobre um braço. Há cigarros e uísque em seu hálito. Nenhum traço de canela.

Ele é tão devastadoramente bonito. É doloroso olhar para ele e não o tocar. Não sentir seus lábios perfeitos contra os meus. Não sentir seus braços fortes me segurando.

Seus olhos são tão claros. Azul cristalino, hipnotizante. Estou me afogando neles mais uma vez.

A realidade me bate na cara: ele é o marido de outra mulher. Há apenas algumas horas, Chad estava no altar, com suas mãos segurando as de Sera. O noivo mais bonito declarando seus votos perfeitos à noiva.

— Posso entrar, por favor?

Nego com a cabeça, me agarrando à dignidade que ainda me resta.

— Por favor, Aurelia — insiste, entrando no cômodo.

Meu coração transborda. Enquanto ele entra no meu quarto de hotel, eu daria tudo para voltar no tempo. Eu voltaria àquela manhã em Buenos Aires e reescreveria nossa sinfonia.

Dessa vez, eu diria: "Quero estar sempre com você. Irei aonde você estiver".

Dessa vez, eu ignoraria as ameaças do Maestro von Paradis e arriscaria tudo.

Chad está no meu quarto de hotel, invadindo meu espaço e interrompendo minha fuga. Sua gravata borboleta está solta no pescoço e os três primeiros botões de sua camisa branca estão abertos, exibindo a arte de seu peito, *duce vitam tuam*, zombando de mim. Estaremos conduzindo nossas vidas separadamente.

Meus olhos percorrem de cima a baixo e agora estou olhando para os seus... pés descalços?

— Onde estão seus sapatos?

— Em algum lugar no rio — Chad responde. — Eles eram as únicas coisas que eu conseguia jogar.

— Você andou descalço até aqui?

Ele assente e olha para a mala fechada ao lado da porta.

— Você está indo embora?

— Sim. Achei que conseguiria lidar com isso, mas não consigo. Preciso ir.

— Ir?

Já menti para ele antes e me recuso a mentir novamente. Não tenho mais nada a perder quando seu coração não é mais meu.

— Estou indo para LA amanhã — conto. As palavras são apressadas, como se eu tivesse medo de mudar de ideia. — Se acha que posso ficar na mesma cidade que você e te ver brincar de casinha com Sera, então não sabe o quanto eu te amei. Ainda te amo. Entende? Temo que nunca vou te superar, e isso dói muito. Eu te amo mais do que você pode imaginar.

As lágrimas escorrem para o chão, meu rosto molhado em minhas mãos. O arrependimento e a perda me atravessam. Não posso estar aqui. Chad se senta ao meu lado e me aconchega em seus braços. Eu sucumbo ao seu abraço, enterrando o rosto em seu peito, mesmo quando digo a mim mesma para me afastar.

— Tenho que ir. Preciso dessa distância ou vou enlouquecer. Vou perder a mim mesma.

Levanto a cabeça quando ele me encara com os olhos azuis injetados. Com a ponta do polegar, enxuga minhas lágrimas antes de me beijar gentilmente.

Nesse momento, somos Chad e eu. Um casal apaixonado com um futuro juntos.

Eu o beijo com tudo o que há em mim.

Talvez sejam os cigarros e o uísque em seu hálito. Talvez seja a lembrança dele dizendo "sim" para Sera. Afasto-me, sentindo como se tivesse traído meu coração. Com a palma da mão em seu peito, digo:

— Isso dói tanto.

— Não sei o que dizer, exceto que sinto muito por ter partido seu coração.

— Isso é mais do que partir meu coração.

— Aurelia — ele fala, com angústia.

— Essa dor é insuportável — afirmo, meu coração vacilando. Perdido. — Ver você com ela. Ouvir você dizer aqueles votos. Eles deveriam ter sido meus.

— Por favor, me perdoe. — Ouço a tristeza em sua voz enquanto ele me balança gentilmente.

— Chad. — Minha voz fica embargada. — Isso está além do que posso suportar. Há um limite para o que meu coração pode aguentar.

— Eu *quero* você na minha vida — suplica. — *Preciso* de você na minha vida.

— Não posso continuar com isso…

— Nós?

— É doloroso demais ficar perto de você. Um pedaço de mim se quebra toda vez que penso em você com ela.

— Eu não a amo.

— Não agora.

— Eu nunca a amarei.

— Você não sabe disso.

— Eu sei, porque você é a única mulher que eu amarei. — Um longo suspiro. — Sempre imaginei compartilhar cada marco com você. — Os olhos dele estão molhados, as lágrimas ameaçando sair pelos cantos. — Eu estraguei tudo. Não tenho o direito de te pedir isso, mas preciso de você na minha vida. Quero que meu filho conheça a pessoa que eu mais amo.

Penso em meu relacionamento com Priscilla. E se eu nunca a tivesse conhecido? Ela me disse uma vez:

"O orgulho me afastou de você. Meu maior arrependimento foi ter perdido os primeiros sete anos da sua vida."

Mesmo quando penso que não há como manter minha amizade com Chad, as palavras da minha mãe ressoam na minha cabeça: "Você perdoa, Aurelia. É assim que você segue em frente. Você perdoa Chad porque o ama. É o que se faz quando se ama alguém. Você deixa seu orgulho de lado. Permite que todas as lembranças maravilhosas, suas belas qualidades, todas as coisas que ama, superem os erros dele. Mesmo os graves. Caso contrário, você pode perder a oportunidade de ter a pessoa mais importante da sua vida. Então, seu coração se esquecerá de como amar".

Meu coração havia se esquecido de amar durante anos, guardando o segredo do motivo pelo qual eu estava internada. Depois que Chad e eu nos reencontramos, ele ultrapassou todas as barreiras, abrindo meu coração novamente. Chad é o único que pode orquestrar o ritmo do meu coração.

O amor tem uma maneira de se transformar sem que você saiba. Sem sua permissão. Penetrando nas fendas profundas do meu coração, o amor que tenho por Chad se recusa a ir embora.

Permitirei as lembranças. O calor de seu primeiro toque e o sabor doce de seu primeiro beijo. O ritmo constante de meu coração batendo ao mesmo tempo em que o dele. Fecharei os olhos e verei suas íris vibrantes capturando as minhas, como se ele conhecesse cada pequeno segredo que meu coração possui. A curva de seu lábio inferior formando lentamente um sorriso, porque ele sabe que tem meu coração e tudo o que ele carrega.

Eu me permitiria esses breves momentos para simplesmente *ser*. Sem pensar em tempo, lugar, nada ou ninguém além *dele*.

Nós.

Não há mais nós como amantes.

Mas sempre haverá nós como melhores amigos.

Levanto a cabeça e encontro os olhos quentes do meu melhor amigo.

— Preciso de um tempo para mim.

Beijando o topo da minha cabeça, ele coloca sua mão em volta da minha.

— Nunca imaginei que estaríamos aqui. Eu amo você, Aurelia. Sempre amei e sempre amarei.

Ele se inclina para que nossas testas se toquem.

— Se eu pudesse voltar àquele dia em que você disse que não me queria… que não queria meu amor… eu teria lutado. Teria lutado com mais força, teria feito você ver que nosso amor valia a pena lutar. Que valia a pena desembainhar uma espada. Se eu pudesse voltar atrás, teria lutado contra qualquer um que se interpusesse entre nós. E isso inclui meu avô.

— Como você soube?

— Ele me contou há alguns dias — revela. — Droga, eu queria que *você* tivesse me contado.

— Ele disse algo que eu temia. — Engulo em seco. — Se eu tivesse um colapso novamente e…

— Nada… nada ameaçaria o que eu sentia e ainda sinto por você. Eu amava você. Ainda amo muito você, porra.

— Assumi o risco de te deixar, querendo que você vivesse seu sonho — começo, mas minha confissão traz mais dor ao coração. — Cumprir seu destino.

— Já pensou que talvez nosso destino não fosse a música… que talvez fosse tão simples quanto estarmos juntos?

— Não, porque eu sabia que você estava destinado a fazer muito mais e nunca quis interferir em sua música. Nunca quis que você vivesse com arrependimentos.

— Mas olhe para nós agora — Chad aponta.

Arrependimentos são tudo o que parece que carregamos conosco. Não tenho mais palavras. A batida do meu coração se esvai enquanto estamos sentados neste quarto de hotel, silenciosamente dizendo adeus aos sonhos que planejamos juntos.

As decisões que tomamos nem sempre são sábias, e as consequências nos seguem e nos provocam. Ele me ama. Mas tem uma responsabilidade com Sera.

Sentamos no chão com as costas na beirada da cama, como costumávamos fazer quando éramos adolescentes. As ambições daquele garoto o levaram a se tornar um maestro. Um homem que tem o mundo na ponta dos dedos. No entanto, ele é responsável. Honroso.

— Não posso voltar atrás no passado — ele diz. — Mas rezo para que, de alguma forma, você me perdoe e… permaneça na minha vida. — Lágrimas escorrem de seus olhos enquanto ele inclina meu queixo. — Você é e sempre será meu grande amor.

Pressiono meus lábios, tentando não chorar.

— Quando e onde quer que seja, sempre estarei ao seu lado — completa.

— Quando e onde quer que seja, sempre estarei ao seu lado também. — Realmente quero dizer cada palavra.

Ele levanta minha mão e beija minha palma. Enquanto olho para a aliança em seu dedo anelar, uma lembrança me vem à mente. Em uma tarde durante a aula de história da música, a Sra. Washington leu uma das cartas de Beethoven. Quando ela chegou a uma determinada linha, Chad e eu nos olhamos de cada lado da sala e sorrimos: *Jamais esquecerei os dias que passei com você. Continue sendo minha amiga, como eu sempre serei o seu.*

— Continue sendo meu amigo — digo, com a voz trêmula.

— Como eu sempre serei o seu — ele finaliza, seus olhos ternos examinando meu rosto. — Para sempre, Aurelia. Não importa o que aconteça. Me prometa isso.

— Para sempre.

— Me prometa.

— Prometo — sussurro, sabendo muito bem que as promessas sempre podem ser quebradas. Mas essa é uma que pretendo cumprir.

Ele se mexe e finalmente solta minha mão, enchendo-me de tristeza novamente. Levantando-se, estende sua mão e eu a agarro. A sensação é de lar. Um lar que estou deixando. A percepção de que seu toque pertence a outra mulher forma uma dor em todo o meu corpo, uma dor que nunca senti antes.

— Tenho que ir — afirma, com a voz sem a confiança de sempre.

Meu corpo parece estranho, meu coração se desviando enquanto o conduzo até a porta.

— Você fez a coisa certa — digo, quase em um sussurro. — Chadwick David, você vai ser o pai *mais* incrível. Essa criança será abençoada.

— Aurelia, eu...

— Eu ficarei bem. — Minha voz soa quebradiça.

— Você ficará. — Ele encosta os lábios na minha testa e suspira. — Amor, quando e onde quer que seja, eu estarei lá quando você precisar de mim. Para sempre.

Eu o vejo sair e seguir seu caminho em direção à sua nova vida. A porta se fecha suavemente, como o final de uma sonata. Deslizando pela madeira fria, me permito chorar uma última vez pelo garoto a quem dei meu coração.

E pelo homem que deixei partir.

Terceiro movimento

"Para criar deve existir uma força dinâmica, e que força é mais potente do que o amor?"

- Igor Stravinsky.

AURELIA

Nova York, Nova York, fevereiro de 2014.

— Bem-vindos à Big Apple. Obrigado por voarem com a American.

Fico olhando pela janela, vendo a neve cair em pedaços, cobrindo a pista e me lembrando de que algumas coisas só podem ser cobertas por algum tempo.

Já se passaram sete meses desde que deixei a cidade de Nova York.

Fugi para o mais longe possível. Quatro mil e quinhentos quilômetros, para ser exata. Moro com Agnes em sua casa de três quartos em Santa Monica. Algumas vezes por semana, trabalho como estagiária na Sony Studios. O trabalho de meio período me permite fazer testes e me apresentar em Los Angeles e arredores.

Mantenho-me ocupada, lutando para enterrar meu coração partido.

Sou bem-sucedida? Nem. Um. Pouco.

Ao contrário de alguns meses atrás, quando eu chorava em qualquer lugar, agora só choro no chuveiro. É a única maneira de escapar dos olhares curiosos de Agnes. Não quero que ela se preocupe comigo mais do que já se preocupa. Imagino que esteja se preocupando comigo agora.

Ontem à tarde, Agnes chegou em casa mais cedo, com o rosto sombreado pela ansiedade. Seus olhos cinzentos estavam vermelhos de tanto chorar.

— O que aconteceu? — perguntei.

— Gabriel me mandou uma mensagem. Ele está a caminho de Nova York. Sera entrou em trabalho de parto.

O bebê estava adiantado.

— Devo ir? — perguntei.

— *Não posso responder isso por você.*

— *Chad deve estar enlouquecendo. Esse bebê tem que sobreviver.*

— *Aquele bebê vai ficar bem.*

— *Não sei o que fazer.*

— *Seja qual for a sua decisão, eu vou te apoiar — Agnes disse, com tristeza.*

Permaneci sentada, balançando para frente e para trás.

— *Você vai — Agnes ordenou, pegando uma bagagem de mão no armário. — Vou te colocar no próximo voo. Vou avisar sua mãe que você está a caminho. — Ela se abaixou e me encarou nos olhos. — Tudo vai ficar bem. Esse bebê vai ficar bem. Levante-se e faça as malas.*

As mensagens e os comunicados que chegam pelo meu celular me trazem de volta ao espaço confinado da cabine do avião.

— *Estarei esperando na esteira de bagagens* — minha mãe disse pelo correio de voz há vinte minutos.

Em seguida, chega uma mensagem de voz de Priscilla.

— Agnes ligou. — Ela solta um suspiro exasperado. — Por que você precisa se torturar? Eu rezo para que você consiga lidar com isso. Por favor, nos avise quando aterrissar.

A mensagem do tio Jay traz um sorriso inesperado ao meu rosto.

— É o seu tio favorito. Não vá bater em Sera, okay? Não tenho dinheiro para pagar sua fiança. Não vá roubar esse bebê.

A última mensagem é da melhor amiga que alguém poderia desejar.

— Espero que entenda por que tomei a decisão por você — Agnes falou. — Eu te conheço. Você estaria andando de um lado para o outro, criando um buraco no nosso tapete novo, se castigando. Se achar que vai ter um colapso, me ligue.

A frequência cardíaca normal é de 60 a 100 batimentos por minuto. O meu parece que está diminuindo para dez batimentos por minuto. Estou surpresa que esteja sequer batendo.

A maternidade do Mt. Sinai está fervilhando de energia. O som do choro dos bebês ecoa por todo o oitavo andar. As famílias entram e saem dos quartos, carregando bichos de pelúcia, balões e enormes cestas de presentes.

Já vi Chad das maneiras mais belas: tocando o *Concerto para Violino nº 3*, de Mozart, nu. Compondo uma suíte em seu piano de cauda tarde da noite. Em pé no pódio, de jeans e camiseta, regendo Cherubini. Lendo a *Ode on Intimations of Immortality*, de William Wordsworth, enquanto minha cabeça estava deitada em seu colo. Fazendo amor comigo no meio do dia, com sua boca faminta entre minhas pernas.

Agora, o homem que partiu meu coração está sentado em uma grande cadeira de couro marrom, completamente fascinado por alguém que detém seu coração. Seu filho.

— Shhhh — pede, baixinho, tentando acalmar os gritos do recém-nascido em um volume alarmante. Sera está do outro lado do quarto, desmaiada na cama.

Fecho a porta atrás de mim e Chad levanta a cabeça.

— Você está aqui — ele sussurra.

Assinto, antes de inclinar o queixo na direção do banheiro privativo. Lavo minhas mãos, conto até dez e respiro fundo novamente. Olhando para o espelho, formo um sorriso que diz: "Não me importo que você tenha tido um bebê com outra pessoa".

— Ele está determinado em ser ouvido. — A exaustão preenche a voz de Chad.

— Você tem um filho — digo. *Um filho.*

— E ele está infeliz.

— Ele está com fome?

— Comeu há cerca de uma hora.

— Talvez ele precise de mim — provoco, estendendo os braços. Não para Chad, mas para o bebê envolto em um manto azul. A mão de Chad roça na minha, e sinto dor. Já faz tanto tempo.

Com cuidado, pego seu filho em meus braços e o acalmo em segundos. Minhas emoções estão por toda parte.

A alegria salta por todo este cômodo.

Arrependimento se aglomera entre essas quatro paredes, destruindo completamente pedaços de mim.

A derrota está no canto com a resignação.

E então a gratidão bate à porta, empurrando todos eles para o lado.

Gratidão pelo recém-nascido em meus braços. Pelo homem que, embora não seja mais meu, será o melhor pai que uma criança poderia desejar.

— O nome dele é Astor Gabriel — Chad me conta.

— Você deu a ele o nome de Piazzolla? — pergunto, com o coração transbordando de amor.

— Sim — responde.

Meu olhar recai sobre o bebê.

— Você chegou cedo, amiguinho — sussurro. *Eu já amo muito você*. Mesmo que o recém-nascido não seja meu, não consigo resistir a me apaixonar por ele. Esse bebê, com cabelos castanho-claros, olhos azul-esverdeados e pele levemente enrugada, consegue juntar todas as partes quebradas do meu coração.

— Ele estava decidido a fazer sua entrada triunfal durante uma tempestade de neve.

— Mas ele está bem?

— Sim, ele é saudável. Foi assustador. Sera mudou de médico e hospital no último minuto e...

— Os dois estão bem — falo, sem conseguir tirar os olhos de Astor. — Isso é tudo o que importa.

Pele macia de oliva. Nariz pequeno. Lábios rosados que parecem botões. Uma pequena marca de nascença em formato de coração em sua testa. Seus dedos agarram meu mindinho e ele me já me tem. Ele murmura e é a melodia mais doce que já ouvi.

— Tão perfeito — sussurro, balançando-o de um lado para o outro, levando-o até a janela. — Aquele é o Central Park. — Inclino o lindo bebê em direção à vista, embora seus olhos estejam fechados novamente. — É onde seu papai e eu costumávamos ficar.

A *Canção de Ninar*, de Brahms, escapa dos meus lábios. Astor responde com mais sons de murmúrios. Os cantos de sua boca se erguem ligeiramente, como se ele estivesse sorrindo.

— É linda, não é? — sussurro. — Assim como você.

Sinto-me como a protetora de Astor, meu escudo e minha espada prontos para afastar qualquer pessoa ou coisa que possa prejudicá-lo.

— Quanto ele pesa? — Meus braços estão prestes a cair.

— Três quilos e seiscentos e oitenta e cinco gramas. — Chad dá um tapinha no espaço ao lado dele. — Venha se sentar. Você deve estar exausta.

— Estou. — Isso é mais do que exaustão. — Passei na casa da minha mãe e me limpei. Germes de avião e tudo mais. Onde estão seus pais?

— Eles chegarão em breve. Estão vindo de Cingapura.

É a primeira vez que sinto o cheiro de um bebê. O cheiro é doce e reconfortante. Admiro os dedos longos e finos de Astor e como seus cílios grossos e escuros repousam em suas bochechas como um leque. Eu o inspiro novamente, a ponta do meu nariz tocando sua pele macia. Chad se inclina e beija a testa de Astor.

Se eu tivesse sido honesta com Chad e comigo mesma, estaria segurando *nosso* bebê. Eu seria a mulher que amamentaria essa criança. Eu seria a mulher que deu a Chad o maior presente.

O arrependimento me consome, me sufocando como um saco plástico sobre minha cabeça. Não consigo respirar. Não consigo sentir nada além do tremor em meu coração.

— Aurelia?

Nego com a cabeça, com os lábios fechados.

Ele não diz uma palavra. Beija a parte superior da minha têmpora várias vezes, porque sabe que nada do que ele possa dizer poderá tirar a dor de não ser a mãe desse bebê.

Chad suspira.

— Sinto muito.

— Como você pode sentir muito? Olhe para quem estou segurando — falo. — Sei que você vai ser o melhor pai de todos os tempos.

— Vou dar o meu melhor.

— Eu sei que vai. Seu pai é um ótimo exemplo.

— Estou surpreso que você tenha vindo. — Sua voz é terna e grata. Ele passa um braço em volta do meu ombro. — Você está bem?

— Sim.

— Está mesmo?

— Estar aqui com você é difícil. Segurar o bebê mais lindo que não é meu é difícil — digo, baixinho. Meus olhos se voltam para o outro lado do quarto; Sera não se moveu nem um centímetro. — Ela está bem?

— Sim. Só está exausta.

Eu daria tudo para ser aquela mulher exausta.

Astor ainda está em meus braços, enquanto continua a levar a mão à boca repetidamente, alternando entre colocar a língua para fora.

Engulo o que parece ser cascalho na minha garganta.

— Eu não viria. Achei que não conseguiria chegar até aqui sem desmoronar, mas Agnes disse algo que me fez mudar de ideia.

Seus lábios cheios se apertam com força. Os olhos azuis dele são solenes e esperançosos.

— Ela disse que eu me arrependeria de não estar com você no momento mais importante da sua vida. Por isso estou aqui.

— Sim, você está. — Ele descansa o queixo no meu ombro. — Obrigado.

Agnes estava certa. Eu ficaria chateada por não estar aqui, comemorando o nascimento dessa criança, mesmo que ela não seja minha.

Está doendo pra cacete?

Como um campeão de pesos pesados usando meu coração, minha mente e meu corpo como um saco de pancadas.

Mas a dor não é nada comparada a admirar o rosto angelical de Astor e sentir seu pequeno coração batendo.

Meu eu de quase trinta anos aprendeu que é fácil deixar de lado aqueles que foram um pontinho em minha vida. Mas é impossível se separar daqueles que você ama, mesmo que eles tenham partido seu coração.

E esse bebê é uma parte do homem que eu amo.

— Aurelia — Chad chama, acenando com a cabeça para o filho. — Acho que ele deve estar com fome.

Meus olhos se arregalam quando olho para baixo. O bebê Astor está se aconchegando em meus seios.

— Ele reconhece uma coisa boa quando a vê. — Chad solta uma risada suave.

O bebê Astor está em uma missão.

— O que devo fazer?

— Fique sentada — orienta, com os olhos fixos no meu mamilo ereto.

— Pare de olhar.

— Desculpe. Vou pedir uma mamadeira para a enfermeira. — O som de sua risada ecoa quando ele sai correndo do quarto.

Astor continua sua perseguição implacável, sua cabeça e boca procurando o leite materno.

Fico olhando para Sera, esperando que ela acorde. *Sem chance, pelo que vejo.*

A tentação me provoca.

— Eu queria poder te alimentar — falo para Astor, que não está gostando nada disso.

Seu rosto inflama, ficando vermelho como um sinal de pare. Com os punhos fechados como luvas de boxe, ele continua a mover os lábios e a procurar o mamilo que não posso lhe dar.

Chad precisa se apressar, ou seu bebê vai se transformar em um monstro de rosto vermelho. Longos e torturantes minutos se passam até que ele finalmente volta com uma mamadeira.

Quando me ofereço para devolver a Astor, Chad diz:

— Só se você não quiser alimentá-lo.

Querer?

Eu daria tudo para não apenas alimentar essa criança, mas também para cuidar dela.

— Eu gostaria disso — respondo.

Aqui estou eu, em um quarto de hospital, alimentando e fazendo arrotar o bebê de Chad, enquanto a esposa dele dorme a poucos metros de nós. De vez em quando, eu me pergunto: *será que tudo isso é um sonho?*

— Como você está se saindo em Los Angeles? — Chad pergunta, enquanto o bebê Hulk finalmente cochila em meus braços.

— O que quer dizer com isso?

— Como você se locomove? Você não dirige.

— Tirei minha carteira de motorista há dois meses — explico, sorrindo. É um milagre que eu não tenha me envolvido em um acidente.

Chad arregala os olhos.

— Você na autoestrada me deixa nervoso. Mal sabe dirigir um kart.

— Certo, eu evito a 405. Além disso, não me aventuro muito longe de casa. Agnes dirige a maior parte do tempo.

— Como ela está?

— Está ótima. Tentando se encontrar.

— Não estamos todos? — ele diz, de forma provocante.

— Acho que você se encontrou aos treze anos. — Olho para ele e meu coração se aperta. O garoto de treze anos com o cabelo bagunçado e os olhos dançantes, o garoto por quem me apaixonei, está crescido. — E agora você é pai.

— Eu sou.

— Sei que nada supera isso. — Astor levanta a cabeça levemente, sorrindo durante o sono. — Mas o que mais você está planejando?

— Estarei em turnê em breve. — Ele suspira pesadamente, e posso sentir sua exaustão como se fosse a minha própria. — Fora os eventos de imprensa, estou animado para me apresentar de novo. Também serei regente convidado de algumas orquestras. Principalmente na Europa. Tem sido bom não ter que liderar eventos de doadores.

— Sera e Astor se juntarão a você?

Antes que Chad possa responder, os David chegam com sorrisos enormes. Oliver abraça seu filho e Renna imediatamente abre os braços.

— Aqui está o meu neto.

Quando entrego Astor para Renna, ela murmura:

— Se precisar conversar, é só me ligar, amor.

Estou pronta para arrastá-la para a sala de espera, deitar em um sofá e lhe contar tudo. Ela seria a terapeuta perfeita.

— Eu não poderia deixar de conhecer esse bebê — falo.

— Ele vai deixar Chad acordado a noite toda — Renna comenta, observando Astor com um olhar deslumbrado.

Seu filho costumava me deixar acordada a noite toda.

— Não só à noite. Se ele for parecido com Chad, ficará acordado a qualquer hora — Oliver comenta, com um sorriso orgulhoso no rosto. — Os gêmeos estão a caminho. Sua irmã e a ninhada dela chegarão em algumas horas. Seus avós mandam lembranças.

— Meu avô está se sentindo melhor? — Chad pergunta.

Sinto um gosto amargo na boca quando mencionam o Maestro von Paradis.

— Sim — Renna responde. — Você deveria falar com ele.

— O que ele fez é imperdoável — Chad afirma, com os olhos fixos em mim.

— Não estou pedindo que o perdoe — Renna acrescenta. — Ele não está ficando mais jovem.

Os pais de Sera chegam, acordando a filha de um sono muito necessário. Ela geme ao tentar se sentar. Mesmo depois de horas de trabalho de parto, ela parece pronta para ser capa da *Vogue*. Seus longos cabelos escuros estão afastados de seu rosto descoberto.

— Aurelia. — Sua voz está seca e rouca. — Gabriel está com você?

Vou até a cama dela, com as mãos ao lado do corpo. *Não faça nada precipitado.*

— Eu vim sozinha.

O rosto de Sera vacila, incapaz de esconder sua decepção.

Você acabou de ter um bebê. O bebê de Chad. Que diabos há de errado com você?

— Astor é lindo. — *E eu queria que ele fosse meu.*

Sera sorri, mas não encontra seus olhos tristes.

— Obrigada.

Eu gostaria de sacudi-la, dar-lhe um sermão, dizer *saia dessa cama, pois eu ficaria em seu lugar com prazer.*

— Precisamos ligar para o Times para anunciar a chegada do nosso neto — a mãe de Sera diz, colocando as pérolas em seu pescoço. Ela e o marido permanecem ao lado da filha, enquanto Renna e Ollie se divertem com Astor. Se minha mãe estivesse aqui, também estaria bajulando o bebê.

Ao mesmo tempo, a sala parece sufocante e indesejável. Todos aqui são parentes de sangue de Astor. Eu sou apenas a ex de Chad.

A ex que faria qualquer coisa para trocar de lugar com Sera.

— Vou ver meus pais — falo, juntando meus pertences. Preciso que minha mãe me abrace. Preciso que Priscilla me lembre de que encontrarei outro grande amor. — Parabéns. Astor é perfeito.

Inspire, expire. Você conseguiu. Você superou isso. Não fez nada que pudesse levá-la para a cadeia.

Saio correndo do quarto do hospital, dobrando a esquina, quando dou de cara com um peito musculoso.

— Ai. — A voz é profunda e familiar.

— Sinto muito — digo.

— Aurelia?

— Gabe… — Eu me afasto, segurando minha bolsa.

O cabelo castanho levemente cacheado de Gabriel aparece por baixo de um gorro amarelo. Uma jaqueta de esqui aberta revela uma camiseta Henley cinza, que abraça seu corpo musculoso. O moletom azul-marinho pende um pouco abaixo de seus quadris. Sob um de seus braços está um grande cachorro de pelúcia da série *As Pistas de Blue.*

— Você está bem? — pergunta. Agora o tom baixo e quente de sua voz chega à minha barriga.

— Estou bem. Eu não estava olhando.

— Não, eu quis dizer, como você está se saindo?

Dou um sorriso fraco.

— Eu estou aqui, certo?

— Viu o bebê?

— Sim. Ele é grande e lindo. Parece muito com Sera.

— É?

— É.

Inclinando-se ligeiramente, os olhos determinados de Gabriel procuram os meus.

— Tem certeza de que está bem?
— Tenho.
— Não consigo imaginar como isso é difícil para você.
— Estou muito bem — garanto, com mais convicção.
Inclinando meu queixo, ele diz:
— Sabe que sempre pode falar comigo, certo? Estou preocupado porque você não atende minhas ligações.
— Me desculpe. Fiquei ocupada com a mudança, o trabalho e…
Ele balança a cabeça, obviamente não aceitando minhas desculpas sem sentido.
— Quanto tempo você vai ficar na cidade? — pergunto.
— Por tempo indeterminado. Tenho uma entrevista com uma empresa no final da semana. — Seu rosto se suaviza. — Senti sua falta.
— Eu também senti sua falta.
— Não me deixe mais preocupado.
— Pode deixar.
Seus olhos se aproximam de mim, como uma lanterna humana.
— Não vou deixar essa oportunidade passar.
— Oportunidade?
— O momento pode não ser oportuno, mas eu adoraria levá-la para sair.
— Sair?
— Um encontro, Aurelia. — Ele me olha com esperança.
Eu não sou cega. Gabriel é lindo. Mais de uma vez, ele teve de negar que é o Enrique Iglesias. Quando usa um boné de beisebol, realmente se parece com o astro pop. Ele é inteligente como Einstein; no ensino médio, Gabriel costumava resolver problemas de cálculo de cabeça. Ele também é um dos poucos em quem confio. Ele sabe o segredo que guardei do homem que amo.
— Não acho que isso seja uma boa ideia.
— Por que não?
É, por que não? Uma parte de mim quer levá-lo para o Surrey, permitir que faça o que quiser comigo em uma das suítes do hotel. Tive dois casos de uma noite desde que Chad se casou — homens cujos nomes não me lembro. Não me envergonho de tentar esquecer Chad dormindo com outros caras, mas a solidão parece surgir da superfície do meu coração quando estou deitada ao lado de um estranho. A dor no coração se recusa a deixar o acampamento que montou em meu corpo.

— Aurelia — Chad chama, do outro lado do corredor.

Eu me viro ligeiramente e meu coração estúpido implora: *seja meu novamente.*

— Você precisa seguir em frente — Gabriel diz, interrompendo a súplica do meu coração. — Ele agora é casado com minha prima e eles têm um filho juntos.

— Eu segui em frente — minto para o meu amigo, para mim mesma e para o universo.

— Ótimo. Então, vejo você hoje à noite.

Sua persistência acende uma ponta de esperança dentro de mim.

— Minha família e eu vamos jantar hoje à noite. Amanhã?

— Amanhã. — Ele se inclina para beijar o canto dos meus lábios antes de ir para o quarto de Sera. Ao passarem, os dois homens se cumprimentam desajeitadamente com um simples aceno de cabeça. — Parabéns, Chadwick — Gabriel felicita.

— Obrigado — Chad diz, vindo em minha direção.

Agora Chad e eu estamos no meio da ala lotada. O posto de enfermagem está à minha direita, e vários olhares curiosos estão voltados para nós. Um enfermeiro se inclina para a frente. Fico surpresa por ele não estar segurando um balde de pipoca.

— Eu gostaria de te ver antes de voltar para Los Angeles. — O olhar de Chad é de súplica. Seus dedos estão nos bolsos da frente, com a aliança de casamento aparecendo.

— Não posso…

— Por favor.

— Vai demorar um pouco para eu aprender a respirar corretamente quando estiver perto de você.

— Sinto muito.

— Você continua dizendo isso.

— Porque eu sinto.

Com os lábios pressionados, oro silenciosamente: *por favor, não me deixe desmoronar aqui.*

— Estou tentando lidar com… — Balanço a mão no ar. — Tudo isso, mas vou ficar bem.

Os olhos de Chad ainda estão suplicantes.

— Você tem uma família linda. — Minha voz sai em um gemido. — Vou embora agora.

— Por favor, Aurelia. Sei que estou sendo egoísta aqui. — Ele dá um passo, diminuindo o espaço entre minha barreira emocional e física. — Mas não sei quando a verei novamente. Sinto sua falta e quero…

— O que você quer?

— Tempo com você. — Seus olhos molhados brilham sob a luz fluorescente. — Por favor, Aurelia.

Ele é egoísta. Mas eu também sou, querendo passar um tempo com ele. Mesmo que seja apenas como amigos. Eu me rendo.

— Voltarei amanhã.

Com alívio em seu rosto, ele dá mais um passo, faz uma pausa e depois me abraça.

— Obrigado — diz, beijando o topo da minha cabeça.

Eu sou a tola que sempre o amará, penso, enquanto ele me solta.

— Amanhã — repito, antes de caminhar em direção ao conjunto de elevadores.

Não sei o que me leva a dar meia-volta. Talvez meu coração estúpido. Chad ainda está no mesmo lugar onde o deixei.

— Eu amo você — ele move os lábios.

Embora Chad e eu sempre sejamos amigos, como prometido, nós dois sabemos que nunca mais será a mesma coisa entre nós.

Segundos depois, as portas do elevador estão prestes a se fechar e eu olho de volta para ele. Então, as lágrimas profundas e abundantes escorrem pela minha mandíbula.

Saio do hospital e fico na esquina da 98th com a 5ª Avenida. O ar está muito frio. Posso ver minha respiração. As árvores estão esqueléticas, sem folhas, sem vida.

Há uma cavidade em meu coração, cheia de tristeza e remorso.

Ver Chad segurar seu filho me trouxe felicidade, mas também me fez lembrar muito da minha perda. *Nossa* perda.

Enquanto observo o céu cinzento, uma leve camada de neve salpica meu nariz. Fechando os olhos, deixo que a tristeza me cubra como um cobertor pesado.

Quando eu era criança, chorando, minha mãe acariciava meus cabelos e sussurrava: "Isso também passará". Mas isso — seja lá o que for — nunca passará.

O coração partido é uma doença incurável. Às vezes, ela fica adormecida. Silenciosa. Mas você sabe que ela está lá, provocando enquanto se prolonga. Surtos ocasionais que se intensificam após períodos de remissão. Estou vivendo com essa doença, aprendendo a administrá-la. Aceitar isso.

Aos treze anos, Chad conquistou meu coração, antes de parti-lo várias vezes.

Aos dezessete anos, eu me perdi. Eu teria pensado que, depois de doze anos, seria capaz de seguir em frente e esquecer.

Algumas lembranças se recusam a desaparecer, brilhando intensamente nos dias mais sombrios. Neste momento, a lembrança de mim no hospital se acende como um fogo violento que não pode ser contido, não pode ser extinto.

A melancolia acampa dentro de mim, e eu examino a área. A 5ª Avenida me separa do Central Park. Um carro buzina, fazendo com que eu volte à realidade. Preciso estar em qualquer lugar, menos aqui.

Chamo um táxi e entro.

— Thompson Street, entre a Bleecker e a Houston, por favor.

AURELIA

Na manhã seguinte, estou empenhada em apagar o fogo devastador.

Passo na FAO Schwarz e compro um urso Paddington. Estou feliz e animada para ver o bebê Astor.

Passeio pelos corredores do hospital com o ursinho de pelúcia, sorrindo para todas as enfermeiras que me cumprimentam. Até pisco os olhos para um médico com quem peguei o elevador. Vou a um encontro com Gabriel hoje à noite. Talvez eu aceite a oferta de Priscilla para fazer meu cabelo no Fekkai. Talvez uma depilação na J. Sisters.

Estou seguindo em frente. Estou com o motor ligado e pronto para partir. Rápido e feroz.

Então abro a porta do quarto 827. Meu olhar de laser se concentra no casal, ambos sentados na cama com seu bebê recém-nascido.

Todos os pedaços dentro da minha cabeça e do meu coração se quebram novamente.

Congelada na porta, meus olhos ardem ao testemunhar o momento íntimo entre Chad e sua família.

— Ele é perfeito — Chad e Sera dizem ao mesmo tempo, suas vozes cheias de felicidade, orgulho e admiração. Chad inclina levemente a cabeça, com os olhos passando de um lado para o outro entre mãe e filho.

Eu mal estava bem até que ele se inclina e beija a testa de Sera. Meu coração dispara. Se ele não a amava há alguns meses, agora ele ama sua esposa.

Esse momento. Aquele bebê. Aquele beijo na testa. Todos eles deveriam ter sido meus.

Estou longe de estar bem agora, sentindo como se alguém tivesse acabado de abrir meu caixão.

Aqui está, seu túmulo recém-cavado. Pablo vai se juntar a você mais tarde, já que ele está em Los Angeles.

Dou um passo para trás, deixando a porta se fechar silenciosamente.

Rezando para que não me vejam. Rezando para que eu também esteja encerrando esse capítulo da minha vida. Agarro o ursinho Paddington com força antes de deixá-lo no posto de enfermagem.

Preciso sair dessa cidade se quiser manter minha sanidade. Recuso-me a pular dentro desse caixão.

Sob o toldo do hospital, ligo para minha mãe. Ela atende no primeiro toque, como se estivesse esperando minha ligação de emergência.

— Onde você está?

— Mãe, eu…

— Onde você está? — repete a pergunta. Dessa vez, a urgência em sua voz, a preocupação, me lembra que nunca poderei esconder minha dor da minha mãe.

— Acabei de sair do hospital. — Soluço. — Não posso estar aqui agora. Não sou forte o suficiente para lidar com isso. — As lágrimas inundam minha visão.

— Venha para casa agora — minha mãe suplica. — Voltarei para Los Angeles com você amanhã. Você não precisa ficar sozinha.

— Vou embora agora.

— Você não pode ficar sozinha. Por favor, Aurelia. Venha para casa.

— Eu ficarei bem. Eu prometo.

— Você esqueceu com quem está falando. — Ela está chorando agora. — Sou sua mãe. Eu sofro quando você sofre.

O choro da minha mãe intensifica a dor no meu coração. Lembro-me de como meu sofrimento costumava causar tanta dor a ela, e ainda causa.

— Eu sei — digo. — Vou ficar bem. Só preciso voltar para minha nova vida. Ligarei para você assim que aterrissar.

— Me deixe te encontrar no aeroporto. Vou tirar uma licença de emergência do trabalho.

— Mãe, por favor, não. Preciso fazer isso sozinha.

— Tem certeza?

— Tenho.

— Estou a apenas uma ligação de distância, *mahal ko* — garante, resignada. — Eu amo você.

— Eu também te amo. — Um táxi para na calçada. — Preciso ir para o Kennedy, por favor.

Deixo uma mensagem para Chad.

— Tive uma emergência — engasgo nas palavras. — Astor é perfeito. Você tem uma família linda. Seja o melhor pai.

Envio uma mensagem para Gabriel:

Eu: Sinto muito. Não posso ir ao nosso encontro. Tive que voltar para Cali.

Envio uma mensagem para Agnes e ela responde imediatamente:

Agnes: Estarei esperando no LAX. Amo você.

Estou no Aeroporto Kennedy esperando para embarcar quando noto uma mulher bonita e pequena se aproximando do portão. Ela está vestida com uma saia de comprimento médio e botas até o joelho, com um casaco de lã preto pendurado no braço, uma bolsa de lona e um cartão de embarque na mão.

Com ternura em seus olhos castanhos, ela se aproxima e me abraça.

Eu me desfaço em pedaços em seus braços.

— Eu amo você, Aurelia — sussurra.

— Eu te amo, mãe.

Santa Monica, Califórnia, fevereiro de 2014.

— Aurelia — Chad fala, do outro lado da linha, com exaustão na voz.

— Oi. — Será que ele consegue ouvir a exaustão na *minha* voz? Tentar esquecer que o homem que você ama não apenas se casou com outra pessoa, mas teve um filho com ela, exige um esforço físico considerável. O branco dos meus olhos está vermelho desde que saí de Nova York há alguns dias.

— Só queria ter certeza de que você está bem.

— Não estou, mas vou ficar — respondo, em dúvida. É incrível o que a honestidade pode fazer com a alma. Sinto-me um pouco mais leve. — Como está o bebê Astor?

— Ele está dormindo. Logo vai acordar.

Olho para o relógio e já passa um pouco das onze da noite.

— São mais de duas da manhã aí. Por que está ao telefone?

— Queria ouvir sua voz.
— Você já a ouviu. Deveria descansar um pouco.
— Você pode ficar no telefone por mais alguns minutos?
— Posso. — *Ficarei na linha o tempo que você precisar.*
— Estou com medo pra caralho.
— De quê?
— Que eu seja péssimo como pai.
— Você já é um pai incrível.
— Estou vendo-o dormir e, meu Deus, é tão difícil descrever o que estou sentindo. Essa pequena vida depende de mim agora, e isso é aterrorizante. Não sei se estou pronto para isso.
— Mas você está.
— E se ele crescer e se ressentir de mim?
— Só se você se tornar um pai babaca — provoco. — Nunca seja um.
— Sinto sua falta — declara.
— Você acabou de me ver há alguns dias — falo, notando a cesta de lixo cheia de lenços amassados. *Eu também sinto sua falta.*
— Não importa. Ainda sinto sua falta.
— Vá dormir, Chad — peço, tentando controlar minhas emoções. — Se Astor for como você, ele vai acordar logo.
— Você está bem?
— Vou ficar — repito e, desta vez, acredito. Só mais algumas lágrimas...
— Feliz aniversário, amor — deseja, bocejando. — Temos trinta anos agora.
— Feliz aniversário, Chad — parabenizo, olhando para o arranjo de flores que ele me enviou. — Obrigada pelos presentes. Adorei sua nova gravação de *Somewhere*. — É uma apresentação solo que ouvi várias vezes hoje.
— De nada.
— Dê um beijo naquele lindo bebê por mim.
— Eu darei. — O choro de um bebê ao fundo é ouvido. Alto e exigente. — Preciso ir. Eu te amo, Aurelia.
— Eu também te amo.
— Sempre te amarei — afirma, e não há como negar a melancolia por trás de suas palavras.

Depois que nossa ligação termina, vou até a escrivaninha e pego o Discman e a música *Parachutes*, do Coldplay. Debaixo das cobertas, imagino Chad no quarto do bebê, cuidando do filho. Todas as diferentes emoções que o dominam. Medo, ser o segundo a amar.

Você será o melhor pai, digo em voz alta para ninguém além de mim mesma. *Deixe as estrelas brilharem para Astor.*

Coloco meus fones de ouvido, aperto o play e ouço *Yellow* repetidamente antes que o sono finalmente tome conta de mim.

CHICAGO CLASSICAL REVIEW

10 de abril de 2014.

O violinista Chadwick David ilumina as Noites de Bruch da Sinfônica de Chicago

3 de junho de 2014.

— *É a Aurelia. Por favor, deixe sua mensagem.* — *Bip.*

— É quase meia-noite aqui em Praga — Chad começa. — Algumas horas atrás, nós apresentamos *Touch Her Lips and Part*, de Sir Walton. Foi a primeira peça que nós tocamos na Orquestra Oito juntos. Acho que essa também foi a primeira vez que senti ciúmes de você com outro cara. Ainda não me arrependo de empatar Gabriel. — Ele dá uma risadinha. — Te mandei por e-mail uma gravação da apresentação. Que traga de volta lembranças maravilhosas. Eu te vejo no fórum da faculdade em alguns meses. Eu te amo.

AURELIA

Nova York, Nova York, outubro de 2014.

A LaGuardia Arts não mudou muito. O sistema de segurança semelhante ao do aeroporto ainda está em vigor. Os guardas sentam-se em uma mesa à esquerda, observando as pessoas que passam pelos monitores de vídeo.

Esculturas em tamanho natural feitas por alunos estão no saguão da frente e pinturas a óleo impressionantes enfeitam as paredes. Logo à frente está a escada aberta que leva ao mezanino, onde se encontra uma estátua solitária do Prefeito LaGuardia. É o mesmo local onde Chad conduziu o coral em uma versão a cappella de *I Want You Back*, do NSYNC.

O chefe do departamento de música, Sr. Koser, entrou em contato comigo há alguns meses, perguntando se eu participaria do fórum anual da faculdade da LaGuardia. Não pude recusar, pois ele ajudou a organizar minha nova vida após o ensino médio.

Alunos dos últimos anos ocupam o auditório. Muitos farão um teste em alguns meses para uma vaga na Juilliard, Berklee, Curtis, Indiana e em várias universidades com programas fortes de música. Alguns vão seguir carreira sem estudar mais.

Vários ex-alunos estão aqui comigo. Superestrelas ilustres tanto no mundo clássico quanto no pop. Um deles é um ex-aluno de artes que deixou sua marca no cenário da música urbana, tornando-se empresário do falecido Biggie Smalls. Agora ele dirige o departamento de A&R Urbano da Sony.

Eu revezo no pódio enquanto os alunos fazem uma pergunta atrás da outra.

— Quem se formou na Curtis? — um garoto pergunta.

— Leonard Bernstein, Samuel Barber, Hilary Hahn, para citar alguns.

— Você estudou com Lang Lang?

— Não estudei. Ele tem alguns anos a mais que eu.

— É verdade que a Curtis é gratuita?

— Sim, é. — Vários alunos rabiscam em seus cadernos depois dessa resposta.

— Você está empregada?

— Sim, estou. — Sorrio. Estar com essas crianças me leva de volta a uma época da minha vida em que as possibilidades eram infinitas. — Sou membro em tempo integral da Filarmônica de Los Angeles.

Pablo e eu estamos arrasando hoje em dia. Estou fazendo o que amo para viver, tocando com uma das melhores orquestras do mundo.

Ao retornar ao meu assento, noto um jovem casal na última fileira. Uma garota com um estojo de violino entre as pernas senta-se ao lado de um rapaz com uma caixa de trompa francesa. Eles estão de mãos dadas. Trocam olhares cúmplices. Dá para perceber que é o primeiro amor deles. Isso fica evidente na proximidade de seus corpos. A maneira como se inclinam um para o outro. Os sorrisos intermináveis estampados em seus rostos jovens.

Eu deveria avisá-los que o amor é passageiro. Mas eu sei que não é. Meu amor por Chad não diminuiu nem um pouco. Cresceu exponencialmente, mesmo que ele esteja vivendo uma vida com outra pessoa.

Não choro mais no chuveiro. Não choro há meses. Tenho uma vida maravilhosa em Los Angeles com Agnes. Ainda estou solteira, mas já tive dois encontros com Jake Calhoun, um psicólogo. Até surfei.

Também estou tentando aprender a amar Chad de forma diferente.

As portas do auditório se abrem e todos viram a cabeça. Os adolescentes suspiram alto, com a boca aberta. Olhos arregalados e impressionados se fixam no homem que ganhou outro Grammy este ano.

— Ai, meu Deus! O Maestro está aqui.

— Ele é gostoso e brilhante.

— Ele é ainda mais lindo pessoalmente.

— Quero tocar na orquestra dele.

A LaGuardia Music and Art and Performing Arts têm mais músicos, artistas e dançarinos ilustres do que qualquer outra escola de ensino médio do mundo. Agora, um de seus músicos mais famosos está aqui conosco.

Chad se senta a três assentos de mim, pedindo desculpas pelo atraso. Ele olha em volta e, quando nossos olhares se encontram, dá uma piscadela e sorri.

Eu sorrio de volta.

Outros ex-alunos se revezam para falar sobre suas trajetórias. Em seguida, Chad sobe ao pódio, contando sobre seu tempo na Juilliard e sua carreira como violinista e maestro. Perto do final de seu discurso, ele aconselha:

— Não sei quem disse isso primeiro, mas vale a pena repetir: a vida não é um ensaio geral. Vivemos apenas uma vez. Faça cada dia valer a pena.

Após o fórum, Chad se aproxima e me abraça.

— Arlene.

— Charles. — Eu o abraço de volta, tentando me lembrar das crianças que fomos um dia, mesmo que apenas por alguns minutos.

— Quer comer alguma coisa?

— É, eu gostaria disso.

Nós nos esprememos em meio à multidão de alunos. Muitos pedem para tirar fotos com Chad, e ele generosamente concorda. Vários deles exibem orgulhosamente suas camisetas, que dizem: "Eu sou Chadnático". Algumas dessas crianças parecem tão jovens, cheias de energia, que me sinto como uma octogenária.

Quando estamos do lado de fora, em um dia frio de outono, Chad passa o braço em volta do meu ombro, me puxando para perto.

— Parabéns por ter conseguido um emprego na Filarmônica de Los Angeles.

— Bem, obrigada por chamar minha atenção para essa vaga.

— Você mereceu essa cadeira. — Ele beija o topo da minha cabeça.

— Eu ainda acordo me beliscando. Ninguém nunca deixa a Filarmônica. Muitos estão lá desde meados dos anos 90.

— Eu também não sairia. — Ele ri, seus olhos dançando. Seu sorriso está mais contagiante do que nunca. — Como foi a audição?

— Eu estava tocando como substituta há tanto tempo que me esqueci de como pode ser estressante fazer uma audição atrás de uma cortina. Vomitei logo depois.

— É mesmo?

— Não, mas fiquei com vontade.

— Bem, estou com inveja. Gustavo Dudamel tem minha violoncelista favorita em sua orquestra.

— Ainda sou sua violoncelista favorita?

— Sempre.

Caminhamos em um silêncio agradável pela 7ª Avenida, com o braço dele ainda ao meu redor.

— Está a fim de uma torta de creme de banana?

Eu o encaro como se ele tivesse feito a pergunta mais idiota de todas.

— Então — Chad fala. — Preciso te pedir um favor.

— É por isso que você está dividindo a torta?

— Eu sempre divido.

Eu enrubesço. Chad me deu meu primeiro beijo depois que comi uma torta de creme de banana inteira.

— Confesse, Charles. Do que você precisa?

Ele pega minhas mãos dobradas, cobrindo-as com as suas. Há uma nova tatuagem em seu braço esquerdo. Está escrito *Astor*.

— Você será a madrinha do meu filho? — pergunta.

— Como é?

— Por favor, seja a madrinha de Astor?

— Eu?

— Sim, você. — Quando Chad sorri do outro lado da mesa, ainda consigo ver o garoto de dezessete anos que me deu meu primeiro beijo.

— E Sera está de acordo com isso?

— Sim — ele responde, se inclinando. — Se ela tivesse algum problema com minha decisão, eu não me importaria. Confio em você mais do que em qualquer outra pessoa. — Seus olhos não abandonam os meus quando diz: — Confio a você a vida do meu filho. *Minha* vida.

— Se estiver procurando alguém para transmitir valores religiosos, receio que talvez eu não seja o melhor modelo. Aprendi a xingar mais à medida que fui ficando mais velha.

— Quero que ele te conheça. — Não há como confundir a ternura em sua voz. O peso de suas palavras. A importância deste momento. — Isso é tudo o que peço.

— Você ficaria bem se eu revelasse a ele todos os seus segredos sujos?

— Eu não aceitaria que fosse de outra forma.

— Bem, então seria uma honra — respondo, meu coração transbordando com a ideia de ser a madrinha de Astor. *Eu vou mimá-lo.*

Olho para Chad quando ele descansa a bochecha na palma da mão, dando uma mordida na minha torta de creme de banana.

Eu me agarro àquele eco da nossa adolescência, quando nos apaixonamos pela primeira vez. Sem isso, eu não saberia o que significa amar. Mesmo quando dói tanto, meu coração mal bate.

O amor genuíno é incondicional.

Você quer que seu amor realize os sonhos dele e que tenha a melhor vida possível, mesmo que você esteja desempenhando um papel diferente nisso.

CHICAGO TRIBUNE

28 de janeiro de 2015.

O prodígio Chadwick David assume a Sinfônica de Munique no início da temporada 2015-2016

30 de janeiro de 2015.

— Aurelia.

— Chad?

— Tive que ligar para você.

Eu bocejo.

— Aconteceu alguma coisa? — Passa um pouco das duas da manhã.

— Astor acabou de dizer *papa.*

— *Papa?*

— Ele disse, claro como o dia — conta, com orgulho. — Eu te acordei.

— Está tudo bem. — Bocejo de novo. — Eu teria ficado brava se você não tivesse ligado.

— A fala de Astor está atrasada — Chad comenta, com preocupação.

— Talvez ele só esteja demorando um pouquinho — digo a ele. — Ele disse *papa.*

— Sim, ele disse.

— Promete que vai me enviar alguns vídeos dele?

— Prometo — responde, enquanto eu me pergunto como seria um dia ouvir alguém me chamar de *mamãe.* — Obrigado.

— Pelo quê?

— Por ser *ela.* Eu amo você, Aurelia — Chad afirma, antes de encerrar a ligação.

14 de fevereiro de 2015.

O pacote de Chad está sobre a mesa de centro. Ele sempre me envia um presente de aniversário. Ao abrir a caixa, eu sorrio. Dentro, há um CD. Com a letra confusa do remetente, a capa do CD diz:

> Para Aurelia.
>
> Espero que não se importe por eu ter gravado minha própria interpretação.
>
> Quando as melodias expressam mais do que as palavras
>
> Feliz Aniversário.
>
> Com amor,
>
> Chad

Pego o CD player que ele me deu há tantos anos e me deito na cama para ouvir a gravação de *Vocalise*, de Rachmaninoff.

— Rachmaninoff a compôs para orquestra e soprano — disse certa vez a Sra. Washington durante a aula de história da música.

— Mas não há texto — falou um aluno.

— Exatamente. Rachmaninoff acreditava que uma melodia poderia expressar melhor as emoções do que palavras. Ouça a peça e escreva o que vier à mente.

Ouço Chad tocando *Vocalise* como se fosse a primeira vez que escuto a peça. Fechando os olhos, eu o imagino em um quarto. Provavelmente no meio da noite, sozinho. Ouço tristeza. Angústia. Desesperança. Amor perdido.

As linhas vocais pesarosas ao longo da peça perguntam:

"Você ainda me ama?"

Sim. Sim, eu amo. Eu sempre amarei você.

19 de setembro de 2015.

— *É a Aurelia, por favor, deixe sua mensagem.* — *Bip.*

— Acabei de receber sua mensagem — Chad diz. — Você provavelmente está viajando agora. Lamento saber sobre a saúde de Priscilla. Voltar para Nova York faz sentido. Quando e onde quer que seja, estarei lá. É só me avisar. Eu amo você.

AURELIA

Novembro de 2015.

Priscilla está em um de seus estados de humor durante o jantar.

— Tem certeza de que esse pernil de cordeiro é do Ouest? — ela pergunta a mim e à sua assistente, Miranda.

— Sim — respondo. — Ficou perfeito.

— É uma porcaria.

— Priscilla, você precisa diminuir um pouco o nível de reclamação — Miranda afirma, servindo-se do prato de Priscilla. — Outra enfermeira se demitiu hoje. Essa é a quinta cuidadora neste mês.

Priscilla revira os olhos.

— Vamos sair. Eu gostaria de usar o casaco de pele.

— Estou exausta — Miranda diz.

— Como quiser. — Priscilla bebe sua segunda taça de vinho.

— Tem certeza de que está disposta para fazer isso? — pergunto, preferindo ficar em casa.

Ela está disposta e acabo levando-a pelo saguão. Está enrolada em seu casaco de pele de zibelina. Se encontrarmos um de seus vizinhos com cartão PETA, a coisa vai ficar feia.

Eu nos levo para o sul, na direção do Central Park West. Nossa rotina é descer a 75th Street, passar pelo Museu de História Natural e pela Sociedade Histórica de Nova York, seguir pela 75th até a Columbus Avenue e depois para o norte para voltar ao *Beresford.*

— Cruze a rua — orienta, na esquina da 75th.

— Não quero ir ao parque e ser assaltada hoje à noite.

— Eu também não quero. Só quero continuar indo para o sul novamente.

Seguindo sua ordem, continuo a levá-la para o sul, tremendo. Meus mamilos parecem que estão prestes a cair.

— Pare — Priscilla fala, na esquina da 72nd Street com a CPW.

Sinto dor ao ver o *Dakota* diante de mim. Chad morava aqui. Aqui eu tive um jantar normal com uma família normal. Foi a primeira vez que vi afeto genuíno entre marido e mulher. Oliver e Renna deram o exemplo do tipo de relacionamento que eu queria. Eu não queria acabar como minha mãe, sozinha, desejando o marido de outra pessoa. Não queria ser minha madrasta, mandando flores mortas para as amantes do marido.

Suspiro, porque me tornei exatamente como minha mãe, desejando o marido de outra pessoa.

— Você terá sua própria família um dia — Priscilla comenta.

— O quê?

— Quero que você seja feliz.

— Eu sou. — Apesar de Priscilla estar agasalhada como um esquimó rico, tiro um cachecol extra da minha bolsa e o amarro em seu pescoço.

— É mesmo? — Seus olhos vidrados buscam a verdade. — Eu não acho que você é.

— Você tem razão. Eu não sou. É uma merda que minha madrasta tenha câncer de mama e recuse a quimioterapia. Estou tentando entender por que você não está lutando.

Não é o vento gelado que faz minha voz tremer, mas a ideia de perder Priscilla.

— Eu tive um filho — conta, com o olhar agora concentrado em suas luvas.

Minha boca se abre.

— Um bebê chamado Yeliel. — Ela faz uma pausa, seu olhar ainda fixo nas luvas. — Ele foi meu por duas semanas.

— Meu pai nunca o mencionou.

— Yeliel não era de seu pai. — Ela levanta a cabeça, com as bochechas pálidas avermelhadas pelo vento frio. — Meu primeiro marido, James, e eu estávamos casados e felizes por dois anos quando fiquei grávida de nosso filho. Yeliel nasceu em coma. Ele nunca saiu desse estado, respirando apenas com a ajuda de um ventilador. Durante quatorze dias, eu tive um menininho.

— Após a morte de Yeliel, James e eu não podíamos mais ficar juntos. Veja bem, nós não lutamos para ficar juntos. James bebia. Eu bebia. Nós dois nos isolamos, permitindo que a dor nos separasse em vez de nos manter juntos.

— Onde está James agora? — pergunto, nervosa, temendo a resposta.

— Ele bebeu até morrer um ano depois do nosso divórcio.

— Sinto muito. — As palavras parecem tão fracas, mas são as únicas que consigo usar. Engulo com força, pensando na dor que ela deve ter suportado. Ainda suporta.

— Eu também — Priscilla afirma, solenemente. — Eu me casei com Peter pouco tempo depois.

— Você se arrepende de ter se casado com meu pai?

— Eu amo seu pai. Com ele, é diferente. Ao contrário do meu primeiro casamento, meu relacionamento com Peter é volátil. Eu precisava de alguém que brigasse comigo. Alguém que não permitisse que eu recuasse. Seu pai teve todas aquelas mulheres, mas era para mim que ele voltava. Ele poderia ter ido embora anos atrás.

— Ele ama você — digo a ela, embora as indiscrições de meu pai tenham me feito questionar o que significa amar.

— Quando se ama alguém como eu amo seu pai, você o ama por inteiro, mesmo com seus defeitos. Mesmo quando as ações dele partem seu coração e você sente que não pode continuar. — Ela fecha os olhos, como se estivesse tentando controlar suas emoções. — Nem sempre fui assim, mas, com o tempo, ou melhor, ao envelhecer e ficar doente, fiz um balanço dos erros do passado, dos arrependimentos e das oportunidades que gostaria de ter aproveitado.

— Há algo que você gostaria de ter feito diferente? — pergunto.

Ela desvia o olhar para o chão antes de levantar o rosto para o meu.

— Sim, Aurelia — responde, com os olhos baixos. — Vamos deixar isso para outra hora.

Ficamos em silêncio por alguns minutos antes de Priscilla afirmar:

— Haverá mais grandes amores em sua vida.

— E se eu não quiser outros grandes amores? — falo. — Eu só quero *o* amor. O *único*.

— Então você precisa se perguntar: o que está disposta a fazer? O que você sacrificará por esse único grande amor?

— Chad agora é casado e tem um filho que ama mais do que ninguém.

— Como deveria. — Priscilla tira as luvas e mexe os dedos. A pele de suas mãos é fina como papel, quase translúcida, com as veias roxas proeminentes. — Pensei que Deus tivesse me castigado quando você nasceu. Eu me recusei a aceitar sua existência até o dia em que a conheci. Você tinha sete anos de idade. Assustada. Sem saber da situação em que todos nós estávamos. Seus olhos eram iguais aos de Peter, o homem que eu amava e com quem me casei. Você também era minha filha, mesmo que eu não a tenha dado à luz. Entende?

Balanço a cabeça em negativa.

— Só porque estou doente, não significa que perdi a razão. Você compartilha notícias sobre Astor sempre que pode. Fica sabendo que ele está comendo alimentos sólidos e age como se ele fosse Deus. Aniversários, Páscoa, Natal, sempre que pode, você envia um livro, um brinquedo ou uma cesta para aquele menino. Você ama essa criança do jeito que eu amo você. — Ela recoloca as luvas. — Deus colocou crianças na Terra para que possamos aprender a amar incondicionalmente. Gostaria que fosse assim com os adultos. Eu amo muito seu pai e fiz o melhor que pude. Mas amá-lo também se tornou um fardo. E...

— O quê? — pergunto.

— Sinto falta de ser a mulher que eu costumava ser. Sinto falta de me importar com o fato de que seu pai tem amantes. — Ela solta um longo suspiro. — Seu pai pode ter tido todas essas amantes, mas ele tem apenas uma mulher que nunca trairia. Uma que amaria incondicionalmente. E essa mulher é você. A filha dele. Apesar de todos os seus defeitos, a única coisa que Peter fez bem na vida foi ser seu pai. — Mais um suspiro profundo. — Só estou exausta. Estou sem meu filhinho há quarenta anos. Sinto falta dele. Quero estar com ele novamente.

Todas as minhas emoções se resumem a quatro palavras: *por favor, não morra.*

Ela inclina a cabeça para o céu escuro, como se estivesse procurando algo. Um sorriso lento se forma em seu rosto — um sorriso que estava ausente há anos. Quando ela me encara, seus olhos estão claros.

— Certifique-se de ter controle sobre sua vida. Alguns a ditaram durante anos, mas, daqui para frente, seja a condutora de sua própria vida.

AURELIA

Meu pai liga na manhã seguinte, me acordando.

— Preciso que você venha aqui agora mesmo.

Se não fosse pelo identificador de chamadas, eu não teria reconhecido sua voz. Está tão alterada.

— É a Priscilla?

— Ela se foi, Aurelia — ele diz, a voz quase inaudível. — Por favor, venha para casa.

Quando entro no quarto de Priscilla, Miranda está sentada em um canto, perturbada. Seu olhar está voltado para minha madrasta — sua empregadora há mais de trinta anos. Miranda era mais do que uma assistente. Ela era o que Priscilla tinha de mais próximo de uma melhor amiga. Elas se sentavam em frente à janela com vista para o Central Park, relembrando as mesmas histórias repetidamente. Assistiam a *All My Children* nos dias de semana, discutindo sobre os personagens como se fossem pessoas de verdade. Quando a novela favorita delas terminou, há dois anos, você imaginaria que Erica Kane tivesse morrido.

Quando Miranda se casou novamente há seis anos, Priscilla chorou, insistindo: *"Ela será infeliz. Ela não foi feita para o casamento"*.

Priscilla estava certa. O casamento durou apenas cinco semanas.

Miranda me abraça, e suas lágrimas, cheias de décadas de lembranças, encharcam meu ombro.

— Há algo que eu possa fazer?

— Você pode pedir a Priscilla para voltar — respondo. — Como pode ver, ela não está me ouvindo.

— Ela nunca ouvia — sussurra, antes de me deixar sozinha com meu pai e o médico de Priscilla.

— Fui vê-la à meia-noite e ela estava acordada, disse que não conseguia dormir e perguntou se eu poderia colocar a gravação de Chad da

Eleegia, de Tubin — meu pai conta. — Fiquei lá até ela dormir e depois voltei para o meu quarto.

Na mesinha de cabeceira está o livro *A Casa dos Espíritos*, de Isabel Allende, que Priscilla vinha lendo sem parar há meses. O marcador de página está em cima do livro fechado. Ao lado dele está um frasco de vidro que deveria conter trinta pastilhas de fentanil.

Ele está vazio.

Minha madrasta não esperou que Deus a levasse. Ela tirou sua própria vida.

Assim como o livro fechado, Priscilla controlava quando e onde sua história terminaria.

Duas das coisas mais naturais da vida são o nascimento e a morte. Mas você não pode anular o conhecimento de que alguém escolheu a morte em vez da vida. O fato de saber que Priscilla morreu sozinha neste quarto frio traz uma tristeza que nunca senti antes. Tristeza que não me pertence. É a tristeza que Priscilla me emprestou quando partiu.

Fique triste por alguns minutos, mas depois fique feliz por mim, ela provavelmente diria.

Estou sem meu filhinho há quarenta anos.

Sinto falta dele. Quero estar com ele novamente.

Priscilla está com seu Yeliel agora.

— A hora da morte foi entre três e cinco da manhã — o médico de Priscilla informa, examinando o corpo sem vida da minha madrasta.

— Não toque nela. — Viro-me para meu pai. — Por favor, diga a ele para ir embora.

— Aurelia. — A voz do meu pai estremece. — Eles precisam levar o corpo dela.

— Por favor, preciso de alguns minutos a sós com ela.

— Eu documentei tudo — o médico afirma.

Papai aperta minha mão e beija minha testa.

— Estaremos na sala ao lado.

Vestida com sua camisola Hanro branca favorita, Priscilla está tranquila. Como um anjo.

Tiro meu casaco e depois meus sapatos. Ela não gostaria de ter sua bela roupa de cama molhada.

Deito-me de lado perto de Priscilla, dobrando suas mãos frias sobre seu peito.

— Você está com seu Yeliel agora — sussurro, acariciando seu cabelo grisalho.

Minha madrasta não queria nenhum tipo de serviço funerário. Ela também proibiu um memorial. Seu único desejo era ser enterrada ao lado de seu bebê. Mas ela não podia ditar a maneira como eu rezaria por ela. Portanto, estou sentada em um banco da Holy Trinity para dar meu último adeus a Priscilla Iverson Preston. Expressando todas as palavras trancadas em meu peito.

Estou com muita raiva de você. Achei que teríamos mais tempo juntas. Ainda há tanta coisa que não perguntei a você. Tanta coisa que ainda não sei sobre você. Entendo que queria ficar com seu filho, mas e quanto a mim? Eu também sou sua filha.

Os ecos de um canto gregoriano passam por minha mente, embora a igreja esteja em silêncio. O coral saiu há pouco tempo. Até mesmo o organista saiu para aproveitar o dia. Eu me sento em solidão. A tranquilidade desse espaço, com Jesus na cruz a poucos metros de distância, me lembra de que estamos aqui apenas por um curto período de tempo.

Estamos sempre fazendo alguma coisa. Trabalho, obrigações familiares, hobbies. Com que frequência passamos tempo com as pessoas que amamos? Fico triste em saber que minha última interação com Priscilla foi interrompida pela minha necessidade de voltar para um apartamento vazio e consolar meu coração partido com Bourbon. Eu era egoísta demais para ver o que estava acontecendo ao meu redor.

Recito as orações que aprendi na escola católica. Pai Nosso, Ave Maria, Glória e a Oração pelos Mortos. Aproveito o momento sagrado para agradecer a Priscilla e, ao mesmo tempo, amaldiçoá-la por ter me deixado.

O som de passos interrompe minha oração. Viro a cabeça.

— Você está aqui. — A barragem atrás de meus olhos ameaça se romper. — Como? Quando?

Pela expressão de Chad, a pergunta era inútil.

Amor, quando e onde você precisar de mim. Eu estarei lá.

Ele desliza para o banco e me envolve com um braço reconfortante. Ele está aqui. Agora mesmo. Comigo.

— Priscilla amava você — ele diz. — Por mais maluca que ela fosse, ela amava você.

AURELIA

Funcionários de limpeza contratados circulam pela casa Preston, empunhando baldes cheios de produtos de limpeza e esponjas, esfregões e dois aspiradores de pó. Embora estejam limpando há várias horas, a sensação de morte ainda paira no ar, e eu me pergunto se algum dia ela vai passar.

Estranhos andam pelos cômodos, conversando sobre o estado de degradação do apartamento. Priscilla e meu pai permitiram que sua casa desmoronasse junto com seu casamento.

— Como está seu pai? — Chad pergunta.

— Não sei. Ele não disse nada.

Meu pai é escritor. Um mestre com a palavra escrita. No entanto, sempre foi um homem quieto. Um livro fechado. Somente Priscilla abriu meu pai. Ela era a única que conseguia fazer com que ele oferecesse mais do que o mundano. E seus casos? Eram apenas isso — casos.

— Acho que meu pai não sabe o que fazer com ele mesmo. Todos esses anos, ele a traiu. E agora que ela se foi... Ele se culpa. Eu também me culpo. — *Eu poderia ter sido uma filha melhor.*

Segurando minha mão, Chad se inclina.

— Você não pode se culpar. Ela não queria mais lutar.

— Ela adorava o filme *Amigas para Sempre.* — Priscilla se sentava no sofá, com um martini na mão. Deve ter assistido ao filme mais de vinte vezes. Seus olhos permaneciam fixos na tela, como se estivesse vendo o filme pela primeira vez. — Ela queria passar seus últimos meses nos Hamptons. Isso — digo, apontando para o quarto onde Priscilla morreu. — Isso foi inesperado. Ela nem sequer deixou um bilhete.

O resultado da morte é sempre a dor e a perda. Mas o suicídio deixa o som de angústia, mágoa e perguntas sem respostas. Priscilla não apenas tirou sua vida, ela tirou a esperança e o tempo com seus entes queridos. A tristeza e a raiva assolam meu corpo. Quero jogar tudo o que está nesta sala no chão, contra as paredes e pela maldita janela. Eles precisam se despedaçar da mesma forma que despedaçaram meu coração.

— Ela sempre quis o controle — Chad lembra. — De jeito nenhum Priscilla sentaria em uma praia e esperaria pela morte. Se ela estava deixando este mundo, seria em seus próprios termos. Essa era a única maneira de ela aceitar isso. — Ele olha ao redor da sala, seu olhar pousando em uma foto emoldurada de mim e Priscilla no meu aniversário de oito anos. Ela tinha acabado de se tornar parte da minha vida. Mal sabia eu que ela pretendia ser parte integrante dela. — O que mais precisa ser feito?

— Meu Deus, eu continuo dizendo que não sei. Mas realmente não sei o que fazer em seguida.

— Como posso ajudar?

— Você estando aqui já é o suficiente — respondo, a exaustão tomando conta de mim.

Seu olho se concentra no meu rosto.

— Você parece exausta. Por que não se deita?

Concordo. Estou exausta. Mal consigo me sentar.

Em vez de me deitar, Chad e eu nos sentamos lado a lado na minha cama.

— Você está com fome? — pergunta.

Balanço a cabeça, negando.

— Que tal algo para beber?

— Não, obrigada.

— Quero te abraçar — diz, seus olhos encarando os meus em busca de uma resposta.

— Eu gostaria disso.

Chad me puxa para mais perto, e enterro minha cabeça em seu peito. Seus braços fortes me abrigam, e me sinto protegida. Baixo minha guarda, permitindo que mais lágrimas escorram.

Ele continua a me abraçar quando as pontas de nossos dedos se tocam; eu gostaria que eles estivessem presos um ao outro.

Ele pertence a outra pessoa.

Finalmente recuperando a compostura, eu lhe digo:

— Vou ficar aqui com meu pai por enquanto.

Quando eu tinha dez anos, Priscilla transformou o que antes era um quarto de hóspedes no meu quarto. Ainda assim, o cômodo parece estranho para mim. A presença de Priscilla, ou a falta dela, muda a dinâmica desta casa. Sem ela, será que algum dia parecerá um lar para mim e meu pai?

O quarto está silencioso, exceto pelo som do luto.

— Você deveria se deitar — Chad sugere, com a voz preocupada.

Eu aceito, me libertando de seu aperto.

— Como está Isabel?

Nossas correspondências têm sido poucas. Às vezes, apenas um ou dois parágrafos breves. Sempre sobre Astor, trabalho e música, deixando Chad alheio ao que acontece na minha família disfuncional.

— Minha mãe fugiu para se casar há duas semanas — digo.

— O quê?

Pela primeira vez, em um período que parece ser de anos, dou mais do que um meio-sorriso.

— Mamãe se casou com Callum Scott na prefeitura.

— Doutor Scott? O cirurgião que sempre a convidava para sair quando éramos crianças?

Sorrio de novo, me lembrando da maneira como Callum perseguiu minha mãe durante anos. Mensagens semanais em nossa secretária eletrônica. Entregas de flores. Encontros "acidentais" no Union Square Greenmarket. Quando conheci Callum, ele era um residente de medicina de 27 anos. Alto, com cabelos pretos e olhos cor de avelã, ele também era dez anos mais novo que minha mãe. Apaixonado. Implacável. Era um homem que sabia o que queria — o coração de Isabel Ramirez. A persistência obviamente valeu a pena.

— Ele mesmo — respondo, agradecida. — Ela finalmente deu uma chance a ele, e foi a melhor coisa que já fez.

— Não, ter você foi a melhor coisa que ela já fez.

— Certo, ela também acredita nisso. De qualquer forma, Callum é incrível. Ele ama muito a minha mãe. Comprou uma casa para eles na Sullivan, bem na esquina do meu estúdio. Ela está muito feliz. — Durante toda a minha vida, nunca conheci a mulher despreocupada de quem o tio Jay falava. Isto é, até que minha mãe finalmente parou de esperar por Peter Preston. — Nunca pensei que superaria meu pai, mas ela superou. Encontrou seu "felizes para sempre" com Callum.

Olho fixamente para Chad, com o coração disparado. Também está doendo, imaginando se algum dia encontrarei meu próprio final de conto de fadas.

— Minha mãe se ofereceu para encurtar a lua de mel e voltar de Istambul. Ela está preocupada com meu pai e diz que ele não pode ficar sozinho.

Pedi a ela que aproveitasse o tempo com Callum. Todo mundo tem sido muito gentil, se oferecendo para vir, mesmo que não estejamos fazendo um funeral e um memorial.

— Gabriel disse que trocaria algumas coisas no trabalho para poder estar aqui — comento, notando que Chad estremeceu. — Pedi a ele que não viesse. — *É alívio que vejo em seu rosto?* — Agnes estaria aqui em um minuto — continuo. — Mas ela está gripada. O tio Jay está em São Francisco a trabalho e também se ofereceu para vir.

— Nós amamos você, Aurelia.

Ficamos em silêncio por mais alguns minutos, com a palavra "amor" pairando no ar.

— Posso te trazer alguma coisa? — Chad pergunta. Seu toque é suave quando tira o cabelo úmido do meu rosto.

Mais tempo com Priscila.

Balanço a cabeça, chorando.

— Presumi que teria mais tempo com ela. — Engulo o que parece ser o tempo que eu deveria ter tido com minha madrasta. Tempo que ela tirou de mim.

— Talvez ela tenha pensado que era melhor assim — Chad propõe. — Talvez tenha se preocupado em ser um fardo. Ninguém quer ser um fardo. — Ele limpa as lágrimas do meu rosto com os polegares antes de levantar a bainha da sua camisa para limpar meu nariz. — Você se importa se eu me deitar ao seu lado?

— Por favor. — Eu fungo.

Sem sapatos, Chad se deita ao meu lado. Eu me aninho na dobra de seu braço, sentindo seu cheiro familiar.

— Me conte algo que você amava sobre Priscilla.

— Ela *não* tinha filtro — respondo, me lembrando de todas as vezes em que me envergonhou na frente de Chad.

— Uma vez ela me disse que eu era muito arrogante para o meu próprio bem.

Reviro os olhos.

— Ela não tinha filtro, especialmente quando se tratava de sexo.

— Lembra a vez em que ela jogou uma caixa de camisinhas em mim? Eu tinha *acabado* de conhecê-la.

— Como eu poderia esquecer aquela noite?

Nós rimos ao mesmo tempo.

— Ou que tal a noite em que ela nos obrigou a experimentar seu frango assado? Depois disso, todos fomos contaminados por algo horrível.

— Porque estava mal cozido. Tivemos sorte de não termos contraído salmonela. Ela nunca mais cozinhou.

— Nunca mais?

— Nunca mais.

— Quantas flores mortas ela encomendou ao longo dos anos?

— Milhares.

— Sabe o que eu adorava na Priscilla? — Chad pergunta.

— O quê?

— A maneira como ela amava você — diz, beijando minha testa.

Eu me inclino contra ele, seus braços se apertando ao meu redor.

— Sua madrasta a protegia ferozmente.

— O que você quer dizer com isso?

— Apesar de todos os seus defeitos, tudo o que ela fez... ela o fez para o seu bem.

Alguns longos segundos de silêncio passam antes de eu perguntar:

— Me conte sobre o meu Astor.

Chad sorri contra minha cabeça.

— Ele é um garoto tão feliz, com uma energia sem limites.

— Exatamente como o papai.

— Sua energia é alucinante. Ele acorda cedo e dorme tarde.

— Pelo menos ele dorme — brinco, antes de perguntar sobre sua esposa: — E como está Sera?

— Ela estava na África do Sul cobrindo o julgamento de Oscar Pistorius. E conseguiu uma entrevista com Amanda Knox.

— Isso é muito impressionante. Especialmente para uma jovem jornalista.

— Ajuda o fato de ela estar em uma revista on-line com muito dinheiro por trás.

— Eu li seus artigos. Ela é talentosa.

Você sente falta dela? Há quanto tempo ela está longe de Astor? Você se sente solitário?

Chad tira um iPhone do bolso da frente e toca na tela.

— Dê uma olhada. Filmei na semana passada.

Ele reproduz um vídeo de Astor, apoiado na borda do pódio de um maestro. Seus braços gordinhos balançam no ar, imitando o pai.

— Ele é adorável — falo, emocionada.

Chad olha para mim. E, assim como quando éramos adolescentes, meu coração palpita. Oscilando.

— Onde está Astor agora?

— Ele está em Munique com minha mãe. Ela estava nos visitando quando recebi a ligação sobre Priscilla.

— Quem te contou?

— Agnes. Eu dei a ela meu número para o caso de…

— O caso de quê?

— De você precisar de mim.

— Eu precisei. — Respiro fundo e sussurro: — Ainda preciso.

AURELIA

Meu pai e eu estamos sentados em um minúsculo escritório no centro de Manhattan, esperando o advogado imobiliário. Meu pai sempre foi um homem calmo, mas se tornou uma estátua desde que Priscilla faleceu. Sua postura não é mais reta. Ele está um ou dois centímetros mais baixo. Seu cabelo está branco, com o bico de viúva proeminente.

As amantes que ele teve nos últimos anos eram uma companhia para passar o tempo. Bonecas Barbie exóticas que Priscilla chamou de "fodas rápidas". Nem mesmo dignas de buquês de vadia.

Naquela altura, Priscilla mal reconhecia a presença do meu pai, muito menos o enxame de mulheres em seus contatos. Ela parou de checar suas mensagens de texto. O e-mail dele não lhe despertava mais interesse. Até parou de acessar a conta dele no Facebook.

"A Sra. Preston não faz um pedido há mais de cinco meses", disse a florista, que providenciava e enviava flores mortas para as amantes do papai. *"Aconteceu alguma coisa?"*

Definitivamente, aconteceu alguma coisa: Priscilla havia parado de lutar e de se importar com meu pai e suas infidelidades. Sua indiferença causou mais danos do que o próprio diagnóstico. Estranhamente, foi também a indiferença dela que fez com que meu pai se transformasse em um marido fiel.

— Pelo amor de Deus, me dê um pouco de espaço para respirar — Priscilla resmungou. — Não preciso que você durma comigo.

Meu pai tinha uma rotina agora. Ele tinha um objetivo. Acordar. Dar remédios para Priscilla. Tomar café da manhã juntos, mesmo que ela o ignorasse. Ler. Completar as palavras cruzadas do *Times*. Até mesmo assistir à TV com Priscilla e Miranda, algo que ele abominava há anos.

Com a ausência de Priscilla, não tenho ideia do que ele fará consigo mesmo. Faz mais de uma década que não publica um livro. Não me lembro da última vez que enviou um conto para a *The New Yorker*. Papai odeia ambientes de escritório. Adorava dar aulas, até ser pego transando com uma aluna em uma sala.

Meus pensamentos são interrompidos quando um homem bonito, com quarenta e poucos anos, entra no escritório. Vestido casualmente com jeans e uma camisa de botão com o colarinho aberto, ele tem um ar descontraído.

— Sou Edward Iverson — diz, balançando minha mão. Seu aperto é firme, confiante. — Sinto muito pela sua perda. Minha tia gostava muito de você.

— Tia? — falo, enquanto compreendo: Edward *Iverson*.

— Priscilla era casada com meu falecido tio, James. Peço desculpas, achei que você soubesse.

— Entendo. — Estou chocada com o fato de Priscilla nunca ter mencionado que tinha um sobrinho. Por que meu pai não mencionou isso? É um duro lembrete de que sou a criança que não existiu no mundo *deles*. Só fiquei sabendo do bebê dela na noite anterior à sua morte. Alguém pode amar você de todo o coração, mas não te deixar entrar completamente.

Meu estômago se contrai ao pensar no Yeliel de Priscilla.

Se ele tivesse vivido, teria se parecido com Edward?

O cabelo escuro levemente bagunçado do homem tem pontos grisalhos; os olhos verde-claros têm os cantos voltados para cima. As maçãs do rosto altas, o nariz proeminente e o maxilar quadrado bem definido me lembram de Don Draper, de *Mad Men*. Ele se senta ao meu lado na mesa, organizando a papelada. Olha para o meu pai, que ainda está encarando o espaço.

— Peter, você precisa de um minuto?

Meu pai não responde. Seus olhos estão vazios.

Quarenta anos juntos é mais do que uma vida inteira. É possível deixar de amar alguém com quem você passou uma vida inteira amando e brigando?

Quando criança, eu presumi que meu pai nunca se divorciou de Priscilla porque se sentia obrigado a cuidar dela. Aos meus olhos de criança, Priscilla era a rainha má em cadeira de rodas que impedia meus pais de se casarem. Eu queria que meus pais morassem juntos no castelo, onde eu pudesse acordar com o som da risada deles durante o café da manhã e onde pudesse dormir em paz, sabendo que minha mãe não estava sozinha à noite. Minha mãe não seria mais a outra mulher. Ela seria a *única* mulher.

Meu pai se importava com a minha mãe e tinha várias amantes. Mas ele só teve uma esposa — uma que lidou com suas indiscrições, que aprendeu a amar sua filha fora do casamento —, uma que aceitou meu pai com todos os seus defeitos.

Papai se inclina, com as duas mãos cruzadas sobre a mesa. Ele não derramou uma lágrima sequer desde que Priscilla morreu, e eu gostaria que ele chorasse. Ou gritasse. Xingasse. Qualquer coisa para extravasar sua dor.

Edward lê o testamento:

— Eu, Priscilla Iverson Preston, sendo maior de idade, com mente e memória sãs, faço, publico e declaro que este é meu Último Testamento, revogando e anulando todo e qualquer Último Testamento ou Codicilo feito por mim em qualquer momento.

"Determino que todas as minhas dívidas justas, garantidas e não garantidas, sejam pagas tão logo seja razoável após minha morte, desde que, no entanto, eu determine que meu Executor possa fazer com que qualquer dívida seja transportada, renovada e refinanciada para seu pagamento, conforme meu Executor julgar aconselhável, levando em consideração o melhor interesse dos beneficiários deste instrumento.

"A propriedade de *Beresford*, que possuo no momento de meu falecimento, eu dou, dedico e deixo em partes iguais para meu marido, Peter Preston, e minha filha, Aurelia Ramirez Preston. Caso a(s) pessoa(s) anterior(es) morra(m) antes de mim, então eu dou, dedico e deixo a referida propriedade para minha secretária, Miranda Hobbs, como beneficiária substituta.

"A 298 Elizabeth Street, que possuo no momento de meu falecimento, dou, dedico e deixo à minha filha, Aurelia Ramirez Preston. Caso a pessoa anterior morra antes de mim, então eu dou, dedico e deixo a referida propriedade para Isabel Ramirez como beneficiária substituta."

As heranças continuam. Ações da Amazon e de várias empresas de tecnologia, incluindo a que o tio Jay co-fundou. A casa de veraneio em Amagansett. Obras de arte selecionadas de Juan Gris, Edward Hopper e do pintor filipino Danny Dalena foram deixadas para mim. Valentino, Chanel, Carolina Herrera e o restante de seus vestidos de alta costura serão doados à Parsons e à FIT.

Depois de todos esses anos, presumi que Priscilla havia perdido sua fortuna durante a quebra do mercado de ações em 2008. Ela parou de participar de leilões na Christie's. Parou de fazer compras na Bergdorf. Permitiu que sua casa desmoronasse.

O último patrimônio é estranho.

— Cartas no cofre — Edward diz.

— Como? — pergunto.

— O testamento indica que as cartas no cofre pertencem a Aurelia.

Meu pai levanta a cabeça depressa. Os olhos vazios ganham vida.

— Cartas? — Até sua voz está clara.

— Sim, mas isso é tudo o que é mencionado. — Edward nos entrega cópias do testamento.

— Obrigada — falo, em voz baixa.

— Por favor, me ligue se tiver alguma dúvida — Edward pede, fechando a pasta antes de me entregar seu cartão de visita.

Meu pai e eu estamos sozinhos na sala de conferências. Em silêncio, examinamos o testamento.

Estou lendo as heranças, tentando conter as lágrimas.

Priscilla Iverson Preston era uma mulher que nunca demonstrava afeto. Posso contar o número de vezes que ela disse "eu te amo". Três. Na manhã de Natal, quando eu estava deitada na cama do hospital, sem poder fazer nada. O dia no LaGuardia Park e a última vez que a vi viva.

Mas entre as palavras e linhas do testamento, posso sentir o amor que ela tinha por mim.

Para minha filha, Aurelia.

Eu desmorono no meio da sala de conferências, na frente do meu pai.

Em casa, meu pai vai para o escritório desanimado, sem dizer uma palavra sequer. Vou direto para o meu quarto, me deito na cama e coloco um travesseiro sobre o rosto. Minha boca se abre e eu grito tão alto que minha garganta arranha. Choro pela mulher que me tratou como se eu fosse o maior erro de Deus quando eu era uma garotinha. Choro pela mulher que, com o tempo, e de sua própria maneira distorcida, me amou.

Pegando meu celular, ligo para a única pessoa no mundo com quem quero estar agora. Ele atende no primeiro toque.

— Amor.

— Ela realmente se foi. — Soluços escapam da minha boca, soando como uma criança perdida, inconsciente do que a cerca. Minha respiração estanca. Como se um regimento de elefantes tivesse estacionado no meu peito. — Eu não deveria ter ligado.

— Vou mudar meu voo. Basta dizer uma palavra e eu largo tudo.

Nunca me considerei uma pessoa egoísta, mas, neste momento, só estou pensando em mim. Não me importo que Chad tenha responsabilidades que ele negligenciou para estar aqui comigo. Não me importo se esta é sua primeira temporada como regente da Sinfônica de Munique.

Não me importo; eu o quero da pior maneira possível. Uma com o potencial de destruir a mim. Nós.

— Chad, eu…

— Estou aqui, amor.

Minha voz falha quando digo:

— Preciso de você.

Quarenta minutos depois, Chad está no *Beresford*. Enquanto tento descansar, ele se senta na beirada da cama, fazendo ligações para o empresário, o maestro assistente, o publicitário e depois para a diretoria.

Sua última ligação é para Renna.

— Como está Astor? Ótimo. Diga a ele que o papai voltará logo. Ela está descansando. Eu a avisarei. Você tem notícias de Sera? Sim. Obrigado, mãe. Eu te amo.

À noite, recebo um alerta de notícias no meu celular. Ele diz:

A Sinfônica de Munique abrirá a temporada com o lendário maestro convidado Emil von Paradis no pódio. O diretor musical Chadwick David cita motivos pessoais para cancelar sua participação na orquestra.

Já faz uma semana que Priscilla faleceu. Estou tomando café com Chad quando meu pai entra na sala de jantar. Trinta e um anos e sinto que é a primeira vez que o vejo. Solitário, com medo e sem saber o que fazer agora que sua esposa se foi. Uma esposa que ele negligenciou, traiu e, à sua maneira, amou. Sua expressão frágil olha ao redor como se *ele* nunca tivesse visto esse lugar antes.

— Não posso ficar aqui agora — meu pai avisa. — Preciso ir embora.

Presumo que ele esteja saindo para tomar um pouco de ar fresco. Então vejo a pequena mala em sua mão.

Meu pai não menciona um destino.

— Para onde está indo? — pergunto.

— Para longe.

— Mas para *onde*?

— Não sei.

Não há quantidade de perguntas ou insistência que faça meu pai me dar um destino específico. Ele simplesmente está indo. Para longe. Para qualquer lugar que *não seja aqui*.

Posso culpá-lo? Eu gostaria de fazer as malas, sair pela porta e chegar magicamente à bela terra de *Longe*.

Então me encho de tristeza, porque aprendi que *Longe* não é um lugar. Você pode dar a volta ao mundo, mas o que quer que esteja tentando fugir vem com você em sua mala. Voei para Los Angeles depois do casamento de Chad e, depois de todo esse tempo, a bagagem de lembranças continua ao meu lado.

— Não desapareça, pai — peço, com uma nova autoridade em minha voz. De repente, sou a adulta na sala. — Entendo a necessidade de ir a algum lugar... mas preciso saber onde você está. Por favor, ligue para mim hoje à noite.

— Vou tentar.

— Não, pai. Preciso que me ligue hoje à noite. Prometa.

— Prometo.

Eu o acompanho até a porta, com o peito apertado. Meu pai está perdido, e espero que encontre o que quer que esteja procurando. Nós nos abraçamos e beijo sua bochecha, com o gosto das lágrimas ainda persistente.

— Vou sentir sua falta — falo. *Vá explorar. Tenha uma aventura. Encontre-se novamente.*

A porta se fecha, deixando Chad e eu sozinhos em casa.

Esta poderia ser a nossa casa.

Encosto minha testa no batente da porta, saboreando a ideia por um segundo.

Ouço passos no piso de madeira e Chad fala atrás de mim:

— Quer que eu fique?

— Você precisa voltar ao trabalho. Seus músicos. Sua família.

Meu coração implora: *por favor, fique, por favor, deixe-me ser sua família.*

— Aurelia, pelo menos uma vez, por favor, me diga o que você quer.

— Você sabe o que eu quero? — Levanto minha voz. — Eu quero você. Quero o que deveríamos ter tido todos esses anos. Mas isso não vai acontecer. Você é casado e tem obrigações. Estou lidando com isso.

— Eu quero a gente — Chad afirma, enfatizando cada palavra.

— Você quer a gente de novo?

— Eu sempre vou querer a gente.

Eu quero a nós. Eu quero você. Quero tudo com você. Desta vez, nunca deixarei você ir.

A perda torna as pessoas vulneráveis. A necessidade de se conectar se intensifica. E a necessidade que tenho de Chad é algo que nunca conheci antes. Ela continua a crescer, apesar de tudo o que passamos.

— A morte de Priscilla me afetou muito — digo, com a exaustão me envolvendo. — Você deveria ir.

— Você não quer que eu vá.

— Não quero, mas preciso que você vá. Faça o que você faz de melhor. Fazer música e cuidar de sua família.

— Como posso ir quando ainda me falta uma parte de mim? — Ele encosta a testa na minha. — E essa parte é você.

Meu coração sobe a escada da esperança, sem pular um degrau.

Não tenho nada a perder. Não me importo com o orgulho; ele está do lado de fora desta sala. Eu me afasto um pouco, determinada a ver seus olhos quando eu revelar tudo.

— Não preciso faltar. Eu vou embora com você — falo, praticamente implorando.

— Você vem comigo?

— Sim, vou aonde você for. Porque você me ama.

— Nunca deixei de amar você.

Dou um passo à frente, com o queixo erguido. Respiro algumas vezes.

— Se divorcie de Sera.

— Não posso.

As duas palavras cortam como uma faca, mas meu coração se recusa a sangrar. Que se dane isso. Uma raiva incandescente percorre minhas veias. Dou um passo para trás.

— Você acha que vou ser como minha mãe? — indago, com os dentes cerrados. — Seguir um homem casado por anos? Ser a segunda?

— Meu Deus, não.

— Essa coisa entre nós não vai acontecer se você não deixar Sera. Eu me recuso a ser a outra mulher.

— Eu nunca pediria isso a você. Eu quero a gente, Aurelia. Mas não posso deixar Sera agora.

— O que você quer dizer com agora?

— Ela e eu temos…

— Não me importo com o que você e Sera têm.

— Não é tão simples assim.

— Sabe o que é simples? — Aponto para a porta. — Você voltar para sua vida com ela. Pare de ficar me perguntando o que pode acontecer. Você vai embora amanhã e nós vamos viver nossas vidas como temos vivido nos últimos anos.

— Olhe para mim, Aurelia.

Eu me viro lentamente para encará-lo.

— Eu nunca pediria a você para ser a outra mulher…

— Mas *está* fazendo isso — interrompo.

— Você tem sido a única mulher! — grita, me tomando em seus braços. — Eu não sou seu pai, te oferecendo falsas esperanças.

— Mas está fazendo isso — repito, mais suave desta vez. Olho para cima, esperando uma resposta.

Chad não tem resposta. Seus olhos estão vidrados. Eles perderam o brilho que eu costumava admirar. Há muita tristeza neles agora.

— Obrigada por sempre ter sido meu melhor amigo — falo, apesar do nó na garganta. — Por sempre estar lá quando preciso de você.

— Não quero estar *lá* quando você precisar de mim. — Ele me abraça com mais força. — Quero estar *aqui*, com você, para tudo. Eu amo você.

— Eu também te amo. — Afasto-me dele e abro a porta. — Sempre vou amá-lo, mas não vou esperar por você.

AURELIA

Pela primeira vez em anos, a casa dos Preston está em silêncio. *All My Children* não está passando na TV. Ninguém está discutindo sobre uma amante. Ninguém está chorando ou jogando taças de vinho. Ninguém está lutando para salvar um casamento problemático.

Para onde quer que eu me vire no apartamento silencioso, vejo Priscilla. No sofá. Na cama. Na mesa de jantar. Em frente à janela. Sentada na cadeira de rodas vazia que está no canto.

— Não posso ficar aqui, mas não quero deixar a casa sem vigilância — digo a Miranda pelo telefone. — Não sei quando meu pai voltará.

— O que você precisa que eu faça?

— Viva aqui. Tudo está pago. Priscilla amava e confiava em você. Ela iria querer isso.

Imagino Priscilla à mesa, levantando seu copo de coquetel e dizendo: *"Garota esperta"*.

Miranda concorda e, depois de desligar, eu perambulo pelos cômodos, buscando consolo no fundo de um copo. Então me lembro do último item do testamento da minha madrasta. Cartas deixadas para mim.

Dirijo-me ao quarto principal, onde o cofre se esconde atrás de um retrato a óleo de Priscilla como debutante.

Olhando para o pedaço de papel com a senha, abro o cofre e retiro o conteúdo. Primeiro, uma foto pouco nítida de Priscilla com meus pais, tirada em frente ao Metropolitan Opera House. Todos os três estão sorrindo. Eu a viro para verificar a data: 3 de fevereiro de 1982. Dois anos antes de eu nascer.

Em seguida, há um envelope endereçado a mim com a letra de Priscilla. Minhas mãos tremem. Eu o rasgo, meu coração disparando ao desdobrar a carta, datada de uma semana antes de sua morte.

26 de outubro de 2015.

Querida Aurelia,

Meu coração foi partido muitas vezes por um único homem, e eu queria poupá-la dessa mágoa. Rezei para que o fogo que você tinha por aquele garoto acabasse se apagando, mas eu já deveria saber. Você e eu somos mais parecidas do que pensa.

Seus pais não sabem das cartas que guardei durante todos esses anos. Nem sabem das coisas que fiz para manter Chadwick longe de você. Estou surpresa por ele nunca ter mencionado o que aconteceu depois que você foi para a Filadélfia.

Chadwick enviou cartas todas as semanas durante anos. Eu as mantive longe de você por amor. Temia que as cartas dele atrapalhassem seu progresso.

Por respeito, elas permaneceram fechadas. Eu pretendia entregá-las a você em algum momento. Calculamos mal o tempo. Deixamos que ele passar com a crença de que sempre teremos o amanhã.

Por favor, me perdoe.

Com amor,

Priscilla

Tudo o que resta no cofre é uma pilha de envelopes fechados. Mais de duzentos. Todos endereçados a mim.

Todos de Chad.

14 de fevereiro de 2002.

Hoje é nosso aniversário de dezoito anos, e não estamos comemorando juntos...

2 de abril de 2002.

Algumas vezes por semana, depois que todos saíram do fosso, eu me sento na sua cadeira. Talvez seja a única maneira de te sentir de novo. Ainda consigo me lembrar da forma como você franzia o rosto quando achava alguma passagem complicada. Eu ficava sentado por bons quinze minutos, esperando que você atravessasse as portas. Então me lembrava de todas as nossas apresentações juntos, sofrendo por dentro, sentindo sua falta.

Você está sentindo minha falta também?

10 de maio de 2002.

Lemos Inferno, de Dante, essa semana. Eu passaria pelos sete portões do inferno se eles me levassem até você outra vez.

22 de junho de 2002.

O baile foi esta noite. Mesmo depois do nosso término, eu me imaginei indo com você. Minha mãe alugou um smoking e pediu que eu usasse.

Sentei-me nos degraus do Lincoln Center e escutei todas as suas músicas favoritas no meu iPod. Uma em particular, Élegie, de Rachmaninoff, me acertou em cheio.

Eu chorei.

14 de fevereiro de 2003.

Um dia desses, eu estava na Tower Records. Enquanto dava uma olhada na seção pop, alguém me perguntou sobre um álbum do Justin Timberlake e juro que era você. Talvez eu esteja ficando um pouco louco de preocupação...

1 de março de 2003.

Sentei-me no fosso hoje, desolado e de coração partido. Todos já tinham ido embora para aproveitar o dia.

A Sra. Strayer se sentou ao meu lado e, surpreendentemente, segurou minha mão. Não dissemos uma palavra. Apenas ficamos sentados lá por alguns longos minutos. Ela soltou a minha mão, se levantou, colocou sua boina e foi embora.

A Sra. Strayer tem um coração, afinal.

3 de julho de 2003

Penso em você o tempo todo, porra. Eu me pergunto se você ainda gosta de usar o cabelo em um rabo de cavalo. Se ainda escuta NSYNC ou se finalmente desistiu do Justin. Eu me pergunto se você ainda gosta de transcrever músicas ou se ainda relê seus livros favoritos. Aposto que você já leu Jane Eyre pelo menos duas vezes este ano. Talvez devesse dar uma chance a outro autor.

Eu bebo café agora e me pergunto se você também bebe.

Passo tempo demais me perguntando sobre o que você está fazendo sem mim.

21 de novembro de 2003.

Hoje, ouvi Requiem, de Karl Jenkins. Você teria amado. Liguei para o seu celular de novo, sabendo que está fora de serviço. Não sei onde você está ou o que está fazendo. Faz dois anos que você foi embora. Faz dois anos desde que você partiu meu coração. Por favor, me diga se está bem e o que fiz para merecer isso e o que posso fazer para consertar.

Um dia, vamos nos encontrar de novo, e talvez você possa compartilhar a vida que continuou sem mim.

Eu gravei Chaconne, de Vitali, para você. A melodia é tão triste; reflete o que sinto desde que você foi embora.

4 de fevereiro de 2004.

O amigo da minha mãe, Jason Raize, tirou a própria vida ontem. Ela está devastada. Meu pai e eu não sabemos como confortá-la.

A morte de Jason me lembrou do tempo que passamos com ele depois de ver O Rei Leão. Também me fez pensar na solidão.

Torço para que você nunca esteja nesse lugar sombrio. E, se algum dia se encontrar lá, por favor, me permita te guiar para fora.

14 de fevereiro de 2004.

Eu apresentei as Quatro Estações em Buenos Aires esta noite. Fui transportado para o dia em que nos conhecemos.

Meu avô estava certo: certa melodia pode nos trazer lembranças ou um momento com alguém que amamos...

18 de maio de 2004.

Minha visita ao Sr. Koser hoje me trouxe de volta para a primeira vez que nos conhecemos. Achei você a garota mais linda que eu já tinha visto. Eu me imaginei beijando você naquele teatro. Segurando sua mão. Até tirando uma casquinha.

Quando você saiu para a sua audição, eu queria me chutar por não ter te chamado para sair. Mas nós só tínhamos treze anos.

Depois que me apresentei para o comitê, corri pelo lugar te procurando. E quando te vi na cafeteria lotada, eu simplesmente sabia.

Não levei anos para te ver, Aurelia. Eu sempre te vi.

Eu tinha medo demais de te perder. E agora, eu te perdi.

Sinto sua falta.

14 de fevereiro de 2005.

Fiz uma apresentação improvisada na estação Union Square

hoje, esperando que você estivesse lá. Talvez ouvindo a minha interpretação de Vocalise, de Rachmaninoff. Você se aproximaria e daria um sorriso. Então nós tomaríamos uma bebida, fazendo um brinde ao nosso aniversário de vinte e um anos.

19 de março de 2005.

Aquele primeiro olhar do outro lado do corredor.

Aquele primeiro sorriso tímido, suave e inesperado.

Aquele primeiro "oi" hesitante.

De alguma forma, todos esses primeiros momentos com você fizeram a mesma coisa.

Eles mudaram a minha vida para sempre.

1 de julho de 2005.

Ouço o coração partido de todo mundo através de canções, esperando esquecer o meu. O que você está ouvindo agora? Você pensa em mim quando escuta Coldplay?

26 de outubro de 2005.

Fui a vários encontros, e sempre as comparo a você. Penso sozinho, o sorriso dela não é contagiante como o de Aurelia. Ela não é tão engraçada e espirituosa como a minha garota. Não consegue manter minha atenção. É muito barulhenta ou muito quieta. Come como um passarinho. Não ama torta de creme de banana. Não é a garota que eu amo.

Eu te procuro nas multidões. Tento consolar meu coração dormindo com outras mulheres, só para sentir sua falta ainda mais.

Meu coração está na mesma condição em que você o deixou anos atrás. Ainda está partido.

14 de fevereiro de 2006.

Nosso amor é como as estrelas que costumávamos admirar à noite em Tanglewood. Mesmo quando estão escondidas, elas ainda são brilhantes e constantes. Sim, estou bêbado pra caralho agora. É a única forma de eu passar nosso aniversário de 22 anos sem você...

4 de março de 2006.

Pensamentos de outro homem te fodendo me assombram. Não sei onde você está ou o que está fazendo hoje à noite. Mas sei que você ainda é minha. E eu ainda sou seu.

11 de abril de 2006.

Esta é a última carta que estou escrevendo para você.

Faz quatro malditos anos e meio sem você na minha vida.

Cansei de escrever.

Cansei de mandar cartas para a casa do seu pai.

Cansei de procurar.

Cansei de esperar.

Eu te amo pra caralho. Sei que fomos feitos um para o outro.

Eu finalmente te encontrei e estou indo.

Minha mão treme enquanto releio repetidamente as palavras, *eu finalmente te encontrei e estou indo*. Olho a data. Recital do último ano na Curtis. Minha família estava lá. Gabriel também.

Estou prestes a ligar para Chad quando noto que só restam três cartas não lidas e um cartão postal na pilha. Peço que meu coração se acalme quando finalmente abro...

14 de abril de 2006.

Meu avô te encontrou e, a meu pedido, nós vimos sua apresentação do quarto ano juntos.

Você tocou Oblivion, de Piazzolla.

Ver você pela primeira vez desde que foi embora foi algo para o qual eu estava despreparado.

Durante anos, eu te vi todas as noites nos meus sonhos. Te ouvi tocando em todas as peças de música que eu escutava.

Nada se comparou a te ver de novo.

Você deixou o cabelo crescer um pouco. Perdeu alguns quilos. Mas ainda vi a garota pela qual me apaixonei. Sofri durante o tempo todo que você tocou.

Gabriel estava lá. Vocês dois pareciam felizes e algo morreu dentro de mim.

Terminar com você foi o maior erro da minha vida.

Depois da sua apresentação, eu vi Priscilla, e ela disse que você estava melhor sem mim. Que, se eu realmente me importasse com a sua felicidade, te deixaria em paz. Ela também me avisou para ficar longe de você.

Nunca parei de te amar.

Nunca vou parar de te amar.

Depois da minha apresentação, houve alguns burburinhos sobre um desentendimento. O que Priscilla fez?

26 de maio de 2006.

Meus irmãos acham que sou louco por ainda escrever para você. Mas eu tinha que escrever isso. Afinal, passamos tanto tempo conversando sobre a Juilliard.

Wynton Marsalis falou na formatura hoje. Você teria gostado do discurso dele. Ele disse: toda oportunidade que você tem de se apresentar é importante. Poderia ser em uma primária, poderia ser em um ensaio — cada pequeno detalhe é sagrado e significativo.

As apresentações mais significativas que já tive foram com você. Tocar no Carnegie Hall foi uma grande conquista, mas nem se comparou a estar no seu quarto, aprendendo a Passacaglia juntos. Ou improvisando na Times Square depois da escola. Ou nos apresentando para os idosos na sua antiga vizinhança em Forest Hills.

Era para nos formarmos juntos. Seríamos nós dois compartilhando essa ocasião memorável, prontos para dominar o mundo.

14 de junho de 2006.

Passa um pouco das duas da manhã em Copenhague. Eu acordei e senti vontade de escutar um pouco de Coldplay. Você se lembra da noite que te pedi para ouvir *Yellow* no seu quarto? Aquela foi a noite em que eu quis que você soubesse o quanto eu me importava com você, ainda me importo.

Estou sorrindo com tristeza, sabendo que as estrelas ainda brilham para você. Apenas você.

1 de julho de 2006.

Eu daria qualquer coisa para ouvir a sua voz.

AURELIA

Cada uma das cartas de Chad me despedaça. Cada palavra apunhala meu coração. As palavras escritas escorrem e borram à medida em que minhas lágrimas caem sobre o papel. A tristeza e o pesar se infiltram na minha pele, chegando ao fundo dos meus ossos.

Ele estava vindo atrás de mim. O que diabos Priscilla fez?

Uma tempestade se forma em meu interior. O sangue corre para minha cabeça e tudo ao meu redor fica vermelho. A raiva me queima por dentro.

A tempestade se transforma em um tornado furioso.

Quero destruir tudo o que Priscilla amava da mesma forma que ela destruiu minha vida. Como ela ousou esconder essas cartas de mim? Elas eram minhas.

Como minha madrasta pode ter feito isso comigo? Com Chad?

Anos perdidos e desperdiçados. Passei tanto tempo sentindo tanta perda e silêncio quando Chad estava lá o tempo todo. Me amando. Procurando por mim.

Se eu tivesse recebido essas cartas, minha vida seria diferente. Eu estaria com Chad em vez de ser a mulher que chora por ele noite após noite. Também seria a mãe de Astor em vez de sua madrinha.

Minha vida seria tudo o que eu sempre quis.

Meu corpo se inclina para a frente, cruzando os braços em volta da barriga. Eu provavelmente estaria grávida do filho de Chad agora. E então penso em nossa maior perda.

A bile surge do nada e corro para o banheiro principal, onde esvazio o conteúdo do almoço de hoje.

Alguns minutos depois, estou de volta ao quarto sufocante de Priscilla. Um choque de eletricidade me percorre. Pego seu perfume favorito — um frasco adornado da House of Sillage — e o jogo contra seu retrato. O aroma floral toma conta de todo o cômodo, me provocando.

Meu braço se arrasta pela penteadeira e a escova de cabelo, o espelho de mão e as bugigangas caem no chão.

Entro de rompante em seu closet e abro o zíper das capas que guardam seus vestidos de alta costura favoritos. Tiro cada um deles, jogando-os ao acaso em sua cama. A tesoura que Priscilla guardava no armário do banheiro me chama a atenção. *Você sabe o que fazer com os vestidos dela.*

Corto cada vestido, rasgando-os como se estivesse retalhando os anos perdidos da minha vida.

A exaustão não me impediu de pegar seu casaco favorito e arrastá-lo pelo piso de madeira. O piso estava sujo de qualquer maneira.

A lareira à lenha crepita, me atraindo para fazer o que precisa ser feito.

— Vá se foder! — grito, jogando o casaco de pele russo no fogo. Ele queima depressa, e o cheiro me obriga a abrir as portas da varanda.

O amado Central Park de Priscilla está à frente e no centro. Eu acabaria na prisão se incendiasse o local. Além disso, eu adoro esse parque.

Corro de volta para o quarto quando sua voz frágil soa em minha cabeça, me fazendo parar no caminho.

Eu queria poupá-la dessa mágoa.

Por favor, me perdoe.

Toda a minha força desaparece.

O tornado que havia se formado segundos atrás desaparece. E estou impotente.

Caio no chão.

Toda a raiva se esvai, substituída por mágoa, arrependimento e perda. Tanta perda.

Pego meu celular e pressiono a discagem rápida.

— Aurelia — Chad atende, com sua voz grogue e rouca.

Dou uma olhada na tela. *21:19 aqui. São 3:19 da manhã na Alemanha.*

— Me desculpe.

— Você está bem?

— Não. Sim. — Minhas mãos tremem. — Não, mas volte para a cama.

— Não vou desligar o celular até saber que você está bem.

Cartas, cartões postais, CDs e fotos espalhados sobre a cama — anos que perdi com Chad.

— Por que você nunca me contou? — pergunto, pegando uma carta.

— Contar o quê?

— Sobre as cartas que você me enviou. Os cartões postais. As fotos. A música que você gravou para mim. *Tudo.*

Ele pigarreia.

— Eu ia fazer isso, mas então você mencionou que estava hospitalizada. Isso me fez perceber que sua família estava te protegendo de todas as formas possíveis. De qualquer coisa ou pessoa que eles achavam que poderia machucá-la. Eu não queria reabrir velhas feridas, ainda mais quando você estava finalmente se recuperando.

— Uma carta mencionava que você estava vindo atrás de mim.

— Eu fui — ele diz, com a voz exausta. — Eu fui atrás de você.

— Não entendo. — Uma dor desconhecida em meu coração se forma, crescendo em um ritmo alarmante. — O que aconteceu?

— Fui à sua apresentação e...

— E o quê?

— Priscilla mandou me prender.

— Prender? — sussurro, atônita.

— Sim, e me ameaçou com uma ordem de restrição.

Eu me deito na beirada da cama, com as mãos trêmulas.

— Ela estava pronta para entrar com o processo na Pensilvânia — conta. — Quero que saiba que uma ordem de restrição não teria me mantido longe de você.

O choque em meu sistema me deixa sem voz.

— Foi o medo de te machucar... ou de acreditar que eu a havia mantido longe. Quando você voltou para Nova York, eu aproveitei a chance. Tinha que fazer isso. Não podia mais ficar longe de você. Você finalmente estava em casa.

— Sinto muito... — Soluço.

— Eu também — ele diz com tristeza. — Mas isso está no passado.

— Priscilla tirou tudo de mim. — Eu soluço. — Se eu soubesse, teria voltado.

— Não sei se isso é verdade. Você encontrou uma vida nova na Filadélfia. Você seguiu em frente.

— Eu nunca segui em frente, mal consegui trabalhar por quatro anos e meio. Posso ter vivido na Filadélfia, mas meu coração permaneceu em Nova York. Com você.

— Nunca houve um dia em que eu não tenha te amado. E continuará sendo assim enquanto eu estiver respirando. — Ouço um longo suspiro. — Meu Deus, eu quero a gente, Aurelia.

— Eu também quero a gente, mas não se você ainda estiver casado.

— Eu sei, e não há nada que eu possa fazer para convencê-la do contrário — declara, resignado.

Por alguns longos segundos, nós dois ficamos em silêncio, embora haja tanto para eu dizer. Para revelar.

— Você deveria dormir um pouco — sugiro, finalmente.

— Não vou desligar a menos que eu saiba que você está bem.

— Estou — respondo, de forma convincente.

— Sempre estarei aqui para você — murmura. — Eu te amo, Aurelia.

— Eu também te amo.

O passado é o passado. Não pode ser desfeito.

Chad me ama, mas é casado e tem uma família. Ele não vai deixar Sera, e eu me recuso a ser a outra mulher esperando por ele.

AURELIA

Fevereiro de 2016.

Para comemorar meu aniversário de trinta e dois anos, mamãe, Callum, papai, tio Jay, Joi e Agnes me levam para um jantar animado no Lupa's, na rua Thompson.

— Então, fui demitida depois de ser pega fumando maconha — Agnes conta.

— Ah, Agnes — todos nós falamos ao mesmo tempo.

— Ah, Agnes, o quê? — Ela vira outra taça de Pinot Noir. — Era maconha medicinal.

Todos nós balançamos a cabeça e rimos.

Eu me viro para o meu pai.

— Estou feliz por você ter voltado.

— Eu não teria perdido seu aniversário — garante, antes de beijar minha bochecha. — Tenho algumas novidades para compartilhar.

— Sério?

— A Vintage vai publicar meu novo livro.

— Eu não sabia que você estava escrevendo — afirmo, sorrindo com orgulho.

— Meu manuscrito estava acumulando poeira.

— Mal posso esperar para lê-lo.

O tempo que meu pai passou no exterior o ajudou a se concentrar no novo capítulo de sua vida. Meu pai não está mais retraído, compartilhando lentamente uma ou duas páginas de si mesmo.

Em vez de voltar para *Beresford*, ele está alugando um dos estúdios da minha mãe.

Meu pai e eu não temos coragem de vender a casa de Priscilla neste momento. Miranda não durou muito tempo em *Beresford* e se mudou para Long Island. Atualmente, estamos alugando para Edward e sua jovem família enquanto eles reformam sua casa na cidade.

Durante o jantar, minha mente se enche de pensamentos sobre Priscilla. A raiva não se acalmou. Na verdade, ela me acompanha. Eu a odeio por ter escrito sua carta de despedida e por sua confissão. Por ter tido a última palavra. Por não permitir que eu expusesse meu ódio. Minha desconfiança. Minha mágoa.

A raiva e o ódio também não me impedem de sentir sua falta. Acordei esta manhã com lágrimas escorrendo pelo rosto. É meu primeiro aniversário em vinte e quatro anos sem minha madrasta, e eu daria tudo para ouvir sua voz mais uma vez…

— Nunca tive a oportunidade de parabenizar você e Callum — meu pai comenta, com um sorriso sincero, mas triste, no rosto.

— Obrigada, Peter — mamãe agradece.

Anos de mágoas, desentendimentos, guarda compartilhada e resignação os trouxeram até onde deveriam estar — aqui, como pais, comemorando o aniversário de sua única filha. Até mesmo o fantasma de seu caso de amor de um ano já desapareceu. Silenciosamente.

— Callum e eu queremos tirar uma folga do trabalho — minha mãe revela, afagando o braço do marido.

— Sério? — tio Jay pergunta. — O que vocês vão fazer?

Ela dá de ombros.

— Viajar. Mudar de casa. Talvez entrar para os Médicos sem Fronteiras.

— O que Isabel quiser. — Callum sorri carinhosamente para minha mãe. — Contanto que façamos juntos.

— Vocês deveriam ter trazido minhas primas — digo ao tio Jay e à Joi. Fazia tempo que eu não via Jade, de sete anos, e Jessica, de quatro.

— Não, de jeito nenhum — Joi discorda. — Foi um ótimo fim de semana longe delas.

— Aurelia, quando você vai se mudar para sua nova casa? — Agnes pergunta.

— No próximo mês.

A mudança para o loft que Priscilla me deixou é agridoce. A princípio, não consegui aceitar o presente da minha madrasta, mas o tio Jay disse: *"Ela o comprou para você. Ela queria que você tivesse um lugar só seu."*

Durante o jantar e a sobremesa, fico olhando para o celular, esperando que apareça uma mensagem de Chad. Ele sempre me contatou no dia do nosso aniversário. Hoje não deveria ser diferente.

Estou desapontada.

Agnes vem para casa comigo depois do jantar.

— Se eu não viesse — começa, enrolando o cachecol no pescoço —, você ficaria deitada a noite toda ouvindo repetidamente *Yellow*, do Coldplay.

— Você tem razão, é claro.

Entramos no meu prédio e subimos pelas escadas, já que Agnes odeia elevadores. Do lado de fora do meu apartamento há duas caixas grandes da FedEx. Agnes as pega.

— As duas são dele, não são?

Ao destrancar minha porta, sorrio.

— Sim.

Quando entro, abro a primeira e encontro peônias cor-de-rosa.

— Como é que Chad mandou peônias cor-de-rosa no meio do inverno? — Agnes pergunta.

— É primavera na Argentina.

— Ele está de volta a Buenos Aires?

— Não, mas ele manda a mesma floricultura enviá-las todos os anos.

Enquanto arrumo as flores em um vaso, Agnes abre a segunda caixa.

— Essa é de Munique. — Ela inspeciona um CD. — Não tem capa.

— Ele sempre grava uma das minhas músicas favoritas no meu aniversário.

— Há quanto tempo ele faz isso?

— Desde que tínhamos quinze anos.

— Não pode ser — solta, com os olhos arregalados. — Como só estou sabendo disso agora?

Dou de ombros e coloco o CD no meu aparelho de som. Eu me preparo para o que sei que será uma bela apresentação acústica de um dos violinistas mais aclamados da minha geração.

Não se trata de uma gravação solo este ano, mas de uma orquestra. De mãos dadas, Agnes e eu nos sentamos em meu velho sofá e ouvimos Chad reger a *Pavane pour une infant défunte*, de Ravel. As gravações nunca poderiam se igualar à experiência de uma apresentação ao vivo, mas essa — um presente de Chad — é uma rara exceção.

— É uma música para uma princesa morta — digo, no final, quando ambas estamos chorando. — É para Priscilla.

Deito a cabeça no ombro de Agnes, olhando para a foto emoldurada na minha mesa: eu e Chad na LaGuardia Arts.

— Me deixe perguntar uma coisa — Agnes fala, séria. — Quando você tiver noventa anos e estiver em uma cadeira de balanço, quem vai balançar ao seu lado?

— Você. — Dou uma piscadela.

Ela revira os olhos.

— Eu estarei na cama com um garanhão — afirma. — Feche os olhos. Imagine essa pessoa. A pessoa que vai fazer você rir e ouvir suas histórias.

Não preciso expressar minha resposta.

— Chad é sua pessoa *única na vida* — Agnes opina, com compreensão. — Você o ama. Não pense, nem por um minuto, que eu acho isso errado.

Um caroço do tamanho de uma batata continua a crescer em minha garganta, e não consigo dizer uma palavra.

— Odeio o que Priscilla fez — Agnes continua. — Gostaria de ter estado lá para te ajudar a queimar as tralhas dela.

— Você estava lá quando eu liguei. Você sempre está lá por mim.

— Você também esteve lá por mim. Às vezes, precisamos de um lembrete para viver um dia de cada vez. O que você e eu passamos não é fácil de ignorar, muito menos de esquecer. Mas tentamos seguir em frente da melhor maneira possível.

— É por isso que você namora tanto?

Agnes solta um suspiro.

— Ao longo dos anos, aprendi que mesmo as melhores lembranças não são suficientes para me fazer companhia. Como alguém que a ama, quero que encontre o seu "felizes para sempre", mesmo que seja com um homem casado.

No dia seguinte, Miranda me faz uma visita inesperada.

— Por favor, entre. — Faço um gesto para ela passar.

— Não, obrigada. Só estou cumprindo minha promessa para Priscilla. — Ela pega a bolsa Hermès vintage que minha madrasta lhe deu e me entrega uma carta. — Priscilla pediu que eu te entregasse isso pessoalmente quando você completasse trinta e dois anos.

— Você sabia que ela estava nos deixando naquela noite?

Miranda olha para o chão, incapaz de me encarar, negando a cabeça.

— Você era uma boa amiga para Priscilla — digo a ela.

— Ela nunca quis te fazer mal — afirma, antes de ir embora com lágrimas nos olhos.

3 de novembro de 2015.

Aurelia,

Você acabou de fazer 32 anos e me xingou todos os dias. Eu te amo e nunca quis te magoar. Só queria te proteger.

Chadwick passou na minha casa todo santo dia depois que você foi embora para a Filadélfia. Ele não apenas deixou cartas, mas ligou sem parar. Tivemos que mudar nosso número. As ações dele eram questionáveis, e não tive escolha, a não ser ameaçá-lo com uma ordem de restrição. Seus pais não sabiam. Eles não teriam concordado com a maneira com que lidei com as coisas.

Eu odiava aquele garoto por partir seu coração. À sua própria maneira, ele havia te tirado de mim.

Na apresentação do seu último ano da faculdade, ele apareceu sem ser convidado. Minhas ameaças não o impediram de tentar ver você. Você estava nos bastidores com seus pais e Gabriel quando pedi que ele fosse embora. Ele se recusou e fez uma cena. Não tive escolha, a não ser mandar prendê-lo.

Minhas ações podem ter sido extremas, mas, por favor, entenda, você finalmente estava de volta à minha vida. Eu temia que a presença de Chadwick te magoasse, e que você tivesse uma recaída.

Depois da prisão dele, Emil me contatou e pediu que eu reconsiderasse levar seu neto a julgamento. Aceitei com uma condição:

que quando você voltasse para casa da faculdade, Emil me ajudaria de qualquer forma que ele pudesse.

O maestro é um homem de palavra. Emil e eu criamos a nova orquestra em Buenos Aires com o auxílio da minha prima, Olivia Tornquist.

Nunca perdi minha fortuna. Eu simplesmente a desviei para um propósito. Sua felicidade era o meu maior propósito.

Eu só queria o melhor para você. Queria mais para você. Queria que você seguisse seus sonhos sem Chadwick.

Nunca imaginei que as minhas ações te deixariam devastada e perdida. Com medo de superar aquele garoto. Quão errada estive em todo o tempo.

Chadwick nunca revelou o que fiz com ele. Talvez ele estivesse tentando proteger você.

Esta noite, pedi para você ser a condutora da sua própria vida. Peço desculpas por tentar orquestrar seu futuro e o de Chadwick.

Não podemos evitar amar quem amamos. Conheço esse sentimento bem demais.

Você continuará amando Chadwick, mas rezo para que ame a si mesma primeiro.

Eu gostaria de ter seguido esse conselho.

Nunca pensei que amaria uma criança como amei meu Yeliel. Você provou que eu estava errada. O fato de não ter te dado à luz nunca diminuiu meu amor por você.

Você é minha filha.

Não acredite nem por um segundo que não estou orgulhosa da mulher que você se tornou.

Organizei um fundo separado para você. Você deixou sua carreira para cuidar de mim. Quero que reivindique sua vida. Não *estou te deixando dinheiro por culpa. Estou deixando os fundos adicionais porque quero que você alce voo.*

Pegue um avião e viaje para todos os lugares que quer explorar.

Apaixone-se de novo.

Deixe seu passado para trás e siga em frente.

Faça todas as coisas que nunca tive coragem de fazer.

Com amor,

Priscilla

O sofrimento que Priscilla gerou infectou seu corpo mais do que os tumores malignos em seu seio. A culpa a consumiu.

Eu desmorono e choro.

9 de maio de 2016.

Três meses se passaram desde que queimei os pertences da minha madrasta. Nunca mencionei a última carta de Priscilla para Chad. Fazer isso mancharia seu tempo com a Orquestra Filarmônica New World. As lembranças — boas e ruins — nos moldam. Quero que ele se lembre com carinho de seu primeiro trabalho como diretor musical e regente. Quero que continue sendo o melhor.

— Parabéns — Chad fala ao telefone.

— Obrigada — respondo, olhando para uma foto nossa tirada em nosso aniversário de 25 anos. — Onde você está?

— Seul.

— Que horas são aí?

— Três.

— São três da manhã?

— É, mas quero te contar uma coisa. — Ouço uma longa inspiração. — Estou em Gangnam-Su. Mais de meio milhão de pessoas vivem nessa seção de Seul. Às duas da manhã, eu estava no meio de um cruzamento, me sentindo perdido. Naquele momento, eu não queria nada mais do que estar com você.

— Chad.

— Queria te dizer que sinto sua falta — fala.

— Eu também sinto sua falta.

— Gostaria que pudéssemos comemorar seu novo trabalho.

— Eu também.

— Sabia que você conseguiria o emprego na peça *Hamilton*. — Posso ouvi-lo sorrir. — Estou muito orgulhoso de você.

— Foi estar no lugar certo na hora certa.

— É o fato de você ser uma violoncelista incrível — ele me diz.

— Às vezes, acho que você tem mais fé em mim do que eu mesma.

— Eu acredito em você e… — Ele fica quieto por um segundo. — Eu sempre vou acreditar.

— Obrigada — digo, engasgada. — Por sempre acreditar em mim.

Há pessoas em nossas vidas que trazem à tona o que há de melhor em nós, e o homem do outro lado da linha tem feito isso ao longo dos anos.

AURELIA

Julho de 2016.

Toda vez que estou na cama com um homem, imagino que ele é Chad. São seus olhos claros buscando os meus enquanto ele declara seu amor por mim. Seu sotaque característico sussurrando: "Eu quero você", "Eu preciso de você" e "Eu sou seu".

É sempre Chad, mesmo quando outro homem me adentra.

Viver sozinha nos últimos anos intensificou a angústia. A solidão entrou no meu coração e se instalou lá. Eu acordava no meio da noite, sozinha, com a sensação de que minhas costelas estavam se partindo.

Bata. Bata. Eu implorava em lágrimas.

Estava me afogando no ritmo da solidão, com medo de nunca sobreviver. Fiz de tudo para me manter à tona.

Até mesmo sair com vários homens. Se eu fosse escrever um artigo on-line para o *BuzzFeed*, o título seria: *Dez maneiras de atrair homens loucos.*

O psicólogo Jake Calhoun chorava toda vez que me fodia por trás. Eu ainda podia sentir as lágrimas nas minhas costas.

O professor Quinn Keiser preferia sexo apenas em público. Banheiros minúsculos em pequenos restaurantes. Telhados. Capôs de carros em estacionamentos de escolas. Terminei o relacionamento depois de ser pega fazendo sexo por um guarda da escola.

O chef Adam Gayle adorava fazer sexo oral em mim. Toda vez que eu tocava em seu pau, ele dava um tapa na minha mão. Nunca tivemos relações sexuais.

O último cara com quem saí foi Geoff Spellman, um designer de roupas masculinas. Nunca me esquecerei de sua expressão de espanto quando o vi usando meia calça preta até as coxas e uma calcinha fio dental. Ele e eu também nunca fizemos sexo. Nós brincávamos e depois íamos às compras.

Infelizmente, o único cara "normal" com quem saí foi na faculdade.

Alex Wright era um violoncelista talentoso. Alto, loiro e com um senso de humor que poderia rivalizar com o de Adam Sandler. Quando ele pediu mais, lhe enviei um e-mail que começou com *Querido Alex*.

Estar com outros homens intensificou minha solidão e tristeza.

As lembranças de Chad me mantêm acordada à noite. De olhos fechados, vejo-o tocando seu violino ou simplesmente sentado à minha frente, sorrindo.

A temperatura dentro de mim aumenta, me assustando, recusando-se a deixar meu corpo. Um desejo sem fim. Uma necessidade febril que não cessa, aumentando a qualquer hora da noite.

O desejo se intensifica quando ouço uma determinada melodia. Toco minha pele, revivendo a sensação de seus dedos calejados acariciando cada centímetro do meu corpo. O som de prazer quando ele entrou em mim. A boca exuberante cantando junto com *Yellow*.

A chuva é a pior maneira de trazer as lembranças de volta à vida. Seu aroma fresco de terra me faz lembrar uma época em que Chad e eu nos deitávamos em Sheep Meadow, mesmo quando a chuva caía sobre nós. Ficávamos na grama lamacenta, rindo.

Hoje, uma chuva leve molha meu bairro em Nolita e, de alguma forma, encontro forças para seguir em frente, como Priscilla me disse, e criar uma rotina. Levantar. Tomar banho. Comer minhas verduras. Tocar no Richard Rodgers Theatre. Dar aulas de violoncelo no 3rd Street Music Settlement. Ser voluntária na fundação de música de Renna. Tocar para idosos na casa de repouso de Forest Hills. Encontrar colegas e novos amigos para tomar café e jantar.

Deixo que a chuva leve embora a saudade. As lágrimas.

Chad sempre estará na minha vida, mas ele não está mais tocando na primeira cadeira da orquestra da minha alma. Ele não é mais o concertino. A mancha que ele deixou em meu coração se desvanece dia após dia.

O tempo tem uma maneira de mudar o sonho de alguém. E um dia, o tempo se torna meu amigo.

Gabriel voltou a Nova York em uma missão; ele me convidou para sair. Recusei dois convites, mas, na terceira vez, finalmente aceitei.

"Me dê apenas uma noite", pediu, segurando um buquê de lírios azuis. *"Se, depois desta noite, você não quiser sair novamente, eu vou entender."*

Por que não? Pensei. Eu estava procurando alguém para substituir Chad e não consegui. Por que não sair com alguém que eu não apenas conhecia, mas também amava?

Depois do jantar no Il Corallo, na Prince Street, Gabriel e eu passeamos pelas ruas de paralelepípedos do SoHo em uma noite perfeita de maio. Do nada, ele me girou e me beijou, seus lábios nos meus. Bem na esquina da Prince com a Wooster, eu o beijei de volta como se finalmente fosse dele.

Depois daquele beijo, fomos até a casa dele, de mãos dadas.

Ao entrar em seu apartamento na Crosby Street, fui recebida por uma pintura a óleo em tamanho real. Era de mim, com Pablo descansando entre minhas pernas durante uma apresentação.

"Eu amo você há anos", Gabriel confessou, me puxando para perto por trás. *"Esperando que você perceba que eu sou a pessoa certa."*

Minutos depois, eu estava de joelhos, minha boca adorando o membro grosso de Gabriel.

Estou na cama com um homem e não estou transformando-o em Chad David.

— Eu amo você — Gabriel diz, descansando de lado, com seus olhos verdes e quentes cheios de um amor que finalmente estou aceitando. Um amor que estou aprendendo a retribuir. Lentamente, ele faz meu coração bater outra vez. Isso me faz acreditar que, *talvez*, eu possa me apaixonar de novo.

O amor, apesar de todo o seu valor, fez com que eu me sentisse inútil.

Neste momento, acredito que sou digna do homem ao meu lado. Ele sussurra palavras que preciso ouvir há anos:

— Meu coração bate apenas por você. Um dia, seu coração baterá apenas por mim. Até lá, vou esperar porque te amo.

Eu o amo, mas não estou pronta para dizer essas palavras.

Beijando gentilmente meus lábios trêmulos, a boca de Gabriel é macia. Convidativa. Ele já me beijou tantas vezes que conheço seu gosto. A maneira como sua língua se moverá junto com a minha. Por onde suas mãos vão passear. Os gemidos que emanarão de seus lábios.

Eu me abro para ele e nos beijamos como amantes de longa data, embora tenham se passado apenas dois meses desde o nosso primeiro encontro.

Lento e carinhoso, ele se demora comigo fisicamente. Emocionalmente. Nós nos beijamos como se tivéssemos todo o tempo do mundo. Não há pressa. Nada é tão importante quanto este momento.

O momento em que finalmente estou me libertando de Chad David.

~~O momento em que estou me permitindo amar outro homem.~~

Os lábios de Gabriel se aproximam do meu pescoço. Minha clavícula. Seus dedos longos traçam meu corpo.

E então suas mãos estão por toda parte.

Por baixo da minha camiseta.

Levantando a bainha da minha saia.

Acariciando-me sob minha calcinha.

O beijo de Gabriel me faz acreditar que sou tudo o que ele vai querer e precisar.

Ele me faz acreditar que Priscilla estava certa — eu posso e vou me apaixonar por outra pessoa.

AURELIA

Setembro de 2016.

Não estou apenas compartilhando uma xícara de café com Gabriel, estou compartilhando uma cozinha com ele em *nosso* apartamento.

Depois da primeira vez que fizemos amor, Gabriel e eu nos tornamos um casal exclusivo. Vivemos juntos há quase oito semanas. Em uma manhã de sábado, ele apareceu na minha casa com uma mala grande, duas caixas de livros, um MacBook Pro, um cavalete e seus materiais de arte.

A manteiga de girassol substituiu todos os meus lanches com amendoim, já que meu namorado é alérgico a amendoim.

Nossa casa, na Elizabeth Street, 298, fica entre a Bleecker e a Houston, a apenas alguns quarteirões da casa onde cresci.

O apartamento de dois quartos no quinto andar abrigava originalmente a Def Jam Records. É perfeito, com a exceção de que é um andar alto. O loft de 427 metros quadrados é espaçoso o suficiente para que Gabriel possa pintar em seu tempo livre, quando não está trabalhando no mesmo escritório de arquitetura que a prima de Chad, Allegra.

Dedos pegajosos puxam a manga da minha camisa.

— Eu quero o papai.

Meus olhos se abrem. Os olhos redondos de jade de uma criança, cercados por cílios grossos, me encaram. Uma pequena marca de nascença em forma de coração na testa. Covinhas profundas. Lábios cheios com um arco de Cupido arredondado.

Astor.

— Aurelia — Gabriel me chama, sua voz pesada e cansada. Encostado no batente da porta, ele parece um participante do *Survivor in the Concrete Jungle*. Barba por fazer. Bolsas sob os olhos. Uma camisa branca manchada com… molho de espaguete? — Você está de volta. — Ele passa a mão pelo cabelo que parece um ninho.

— Minha mãe e eu ficamos entediadas no spa. — Inclino a cabeça e sorrio para Astor. — Vejo que temos uma visita.

— Você não se importa que Astor fique conosco?

— Claro que não.

— Foi uma visita de última hora — justifica, olhando para a camisa manchada. — Já volto. Preciso pegar uma camisa limpa na secadora.

— Olhe só para você. — Sorrio para a criança. — Você é um menino tão grande.

Ele está quieto, com seus olhos redondos questionando.

— Eu te vi quando você era bebê. — Nos últimos dois anos e meio, tenho observado o crescimento do filho de Chad de longe. Testemunhei marcos importantes por meio de telefonemas, e-mails e vídeos. Cortesia dele. — Quer se sentar aqui em cima?

Ele não responde. Seu rosto está solene. Seus lábios tremem.

— Certo, você pode ficar aí o quanto quiser. — Eu me sento. — Mas minha cama está quente e há alguns biscoitos escondidos em algum lugar. — Estou mentindo; os biscoitos estão à vista de todos ao meu lado.

— Quero o papai — reclama, fungando.

— Onde ele está?

— Achia.

— Achia?

Gabriel volta, vestindo uma camisa de flanela limpa.

— Ásia.

Pego o saco de Oreos e mostro para Astor. Que criança diria não a eles?

— Sera disse que ele não pode comer açúcar.

— Bem, ela não está aqui. — Sorrio novamente para Astor. — Ela está?

Astor sobe na cama, com lágrimas escorrendo pelo rosto.

— Sei que você sente falta do seu papai — falo, esfregando suas costas. — A tia Relia está aqui.

Seu peito se agita. Ver um garotinho sentir falta do pai traz uma dor em meu próprio peito. Conheço muito bem a tristeza dele. Quando eu era pequena, costumava chorar toda vez que meu pai dizia “adeus”.

Astor está quieto, nervoso, puxando as orelhas.

— Você quer um Oreo?

Ele assente. Estamos chegando a algum lugar.

É interessante ver uma criancinha comer um Oreo. Ele devora cada biscoito como se também estivesse participando do *Survivor*.

Gabriel se ajeita do outro lado da cama, apoiando um antebraço na cabeça.

— Sera tinha uma pista para uma história. Chad está em turnê. Todos os avós estão fora. A babá está de férias. Quando Sera veio ontem com Astor, eu me ofereci para cuidar dele.

— Por que não me ligou?

— Você estava em um spa, relaxando. — Ele coça a mandíbula. — Não achei que cuidar de Astor seria tão cansativo.

Eu ri.

— O que é tão engraçado?

— É de se pensar que ser babá é fácil.

Há migalhas por todo o queixo do anjinho, na camisa e na minha cama.

— Astor, o que você gostaria de fazer?

Ele olha para cima e dá de ombros.

— Ouvi dizer que você gosta de animais.

Ele assente.

— Eu também amo animais. Gostaria de ir ao zoológico?

Ele balança a cabeça de novo e sorri, revelando dentes de leite cobertos com biscoitos Oreo. Ele é adorável, mas precisa aprender a mergulhar cada Oreo no leite.

— Mais um biscoito e depois vamos nos preparar para ir. Okay?

O sorriso de Astor, cheios de biscoito Oreo, encontra o meu.

— Quanto tempo ele vai ficar conosco? — pergunto, ao meu namorado exausto.

— Duas noites — Gabriel responde, bocejando.

Só que duas noites se transformam em sete.

Gabriel e eu não temos a menor ideia de como cuidar de uma criança, aprendendo ao longo do caminho. O excesso de Captain Crunch resulta em uma criança hiperativa. Longos cochilos tornam árdua a hora de dormir. Os brinquedos são indispensáveis na hora do banho. Pasta de dente com sabor de chiclete é uma dádiva de Deus.

Os Wiggles são incríveis.

Astor vê a beleza e a maravilha em tudo. Estou vendo o mundo com outros olhos.

— Macio — comenta, acariciando uma minicabra nubiana no zoológico do Bronx.

Ele ri alto quando dá cartas ao dragão gigante falante no Museu das Crianças. No Aquário do Brooklyn, está cheio de perguntas e observações incessantes.

— *Por que o tubarão é grande?*

— *O golfinho pula.*

— *Quero peixe.*

Quando Astor gosta de algo, quer fazer isso várias vezes. Andamos tanto no carrossel do Central Park que fico tonta. Ele corre para frente e para trás em frente ao Relógio Delacorte, esperando impacientemente que o bando de animais gire a cada meia hora enquanto o relógio toca uma música diferente. Em seguida, ele tenta cantar junto, com seu corpo angelical balançando de um lado para o outro.

O filho de Chad transformou minha casa na dele. Meu quarto de hóspedes agora é o quarto dele. Lego Duplos. Um piano Schoenhut. Blocos de empilhar. Livros de *Pete, O Gato*. Giz de cera jumbo e livros de colorir. Uma foto emoldurada de Astor na cômoda. O desenho de Gabriel do nosso afilhado, sorrindo, colado no espelho.

Astor também passou a morar em meu coração — um coração que ele compartilha com o pai e o padrinho.

Enquanto isso, o prêmio de Maior Mãe de Merda do Ano vai para Serafina Barnes David. Ela não atende o celular. Seu perfil nas mídias sociais está silencioso. Mensagens ignoradas. Chad ainda está em turnê pela Ásia, mas pelo menos arranja tempo para falar com o filho pelo Skype todas as noites.

— Astor — chamo, da sala de estar. — Está quase na hora de falar com o papai.

O garotinho corre descalço, carregando seu brinquedo favorito — uma boneca vermelha feia chamada "Abima". Ele tem mais energia do que todo o time dos Jets. Assim como o pai. Chad costumava acordar de madrugada e tocar seu violino ou piano antes de sair para correr pela West Side Highway ou pelo Lower Loop, dependendo de seu humor. Em algumas manhãs, ele andava de caiaque ou remava no Hudson. Fazia mais coisas antes das 7h da manhã do que a maioria das pessoas faz durante todo o dia.

Estamos cantando *Batatinha Bem Quentinha* quando Chad finalmente aparece na tela.

— Papai! — Astor grita, pressionando a palma da mão na tela do computador.

— Rapazinho — Chad diz, sem camisa, vestido com calças de pijama azul-escuras. Seu cabelo está molhado. — Você está sendo um bom menino?

— Sim.

— O que você fez hoje?

— Zoológico.

Chad inclina ligeiramente a cabeça.

— De novo?

Eu assinto, sorrindo.

— Qual foi seu animal favorito hoje?

O garotinho fica pensando por alguns longos segundos antes de dar uma risadinha.

— Macacos.

Pai e filho conversam por mais alguns minutos até que Astor boceja alto. Ele deita a cabeça em meu ombro, ficando mais pesado a cada minuto.

— Sono — Astor murmura.

Chad sorri.

— Okay, rapazinho. Eu o verei em alguns dias. Seja um bom menino. Amo você.

— Amo você. — Ele boceja.

— Vou colocá-lo na cama — digo.

— Aurelia, se você tiver tempo, eu adoraria conversar depois que você o colocar na cama.

— Volto já.

Coloco Astor em *sua* cama. Ele escolheu o jogo de cama de safári da Pottery Barn Kids na 2ª Avenida.

— Amo o zoológico — ele diz.

— Eu também.

— De novo?

— Sim. Sua vovó volta amanhã e podemos encontrá-la lá. — Dou um beijo na testa dele.

— Vamos?

— Sim, querido. — Com meu dedo indicador, faço um X em meu coração.

— Amo você, Relia — Astor fala, com olhos sonolentos.

Há algo tão especial na maneira como uma criança diz que ama você.

Não há medo. Não há hesitação. A palavra *amor* não foi manchada por promessas não cumpridas, oportunidades perdidas e arrependimentos.

— Também amo você — sussurro, me inclinando para lhe dar um beijo na testa. — Boa noite, bons sonhos.

Volto à minha mesa. Chad ainda está na tela, preenchendo a janela do navegador com seu peito, braços e tatuagens.

— Onde você está hospedado? — O quarto de hotel parece familiar.

— No Peninsula, em Xangai.

Assinto, desejando que as lembranças permaneçam adormecidas.

Há um brilho em seus olhos.

— Estou no mesmo quarto em que ficamos juntos. Quando foi aquela turnê, há sete anos?

— Oito. — O calor sobe às minhas bochechas. Nós transamos naquele quarto por setenta e duas horas. Eu teria sofrido uma concussão se não fosse pela cabeceira estofada.

Engulo com força, minha respiração acelerando.

— Eu me lembro de tudo — comenta, olhando ao seu redor. — Odeio isso.

— O quê?

— Viver com arrependimento.

— Não há nada para se arrepender, Chad. Você tem o menino mais incrível.

Longos segundos se passam, com o arrependimento persistindo na minha sala de estar.

— Por que não me disse que você e Gabriel estão morando juntos? — pergunta.

— Não sei — respondo. — Simplesmente aconteceu.

— Não aconteceu por acaso — Chad rebate. — Ele quer você desde o ensino médio.

Desvio meus olhos da tela por um segundo.

— Bem, simplesmente aconteceu comigo.

Ele se recosta na cadeira, com os braços cruzados.

— Quero que você seja feliz.

— Eu também quero que você seja feliz.

— Você me disse uma vez que o amor vai esperar — comenta. — Ainda acredita nisso?

— Por que me perguntaria isso?

— Esqueça por um momento que temos parceiros.

— Não posso ir por esse caminho. — Viajei até lá todos os dias, e é uma estrada quebrada. Uma estrada que estou aprendendo a esquecer.

— Não consigo disfarçar o quanto me dói saber que você está com ele — diz, com angústia na voz. — Deus, se eu pudesse voltar no tempo.

— Você e eu… estamos bem. — Meus olhos lacrimejam. — Acho que estamos… onde nós dois precisamos estar.

— Sinto muito, amor. — Seus lábios formam uma linha fina.

— Você precisa parar de se desculpar.

— Mas é verdade. — Ele solta um longo suspiro. — Obrigado por cuidar tão bem do meu menino. Por favor, agradeça ao Gabriel por mim.

— Eu amo seu menininho — informo-lhe. — Ele é incrível.

— É mesmo. — Chad se aproxima da tela. — Eu amo você, Aurelia.

— Eu também amo você.

Entro na ponta dos pés no quarto de hóspedes e me sento na beirada da cama. A cabeça de Astor está apoiada no travesseiro, com sua boneca feia aconchegada em seu peito. Ele se mexe em seu sono, murmurando "macaco". Não sei quanto tempo se passa até que Gabriel esteja ao meu lado.

— Como foi o trabalho? — sussurro.

— Os clientes adoraram a proposta. — Ele sorri, seu olhar alternando do meu rosto para a forma adormecida de Astor. — Você o deixou exausto.

— Ele me deixou exausta.

— Vou tomar banho — Gabriel diz, desabotoando a camisa. — Venha comigo.

— Já estou indo — respondo.

Os lábios de Gabriel se viram para cima.

Acariciando o cabelo de Astor, eu lhe digo:

— Eu amo você.

Não há motivo para sentir muito, Chad, sussurro no quarto escuro. *Seu filho é perfeito.*

AURELIA

Novembro de 2016.

Um encontro. Uma piscadela. Um "*amor*" sussurrado.

E minha nova vida, cuidadosamente construída, se inclina em seu eixo.

Chad e eu estamos em frente ao Metropolitan Opera House. Já se passaram dois meses desde nossa ligação pelo Skype com Astor. Sorrio quando percebo que ele está usando a jaqueta de couro desgastada da John Varvatos que comprei para ele há dez anos. Ela ainda se ajusta perfeitamente ao seu corpo.

— Que surpresa te encontrar aqui — diz, me dando um beijo na bochecha.

— Eu não sabia que você viria para a cidade.

— Bem, se você tivesse respondido às minhas mensagens, saberia.

— Tenho estado ocupada. — Minha desculpa é esfarrapada.

— Ai, meu Deus, Maestro? — uma voz feminina grita. — Maestro David? É você?

Nada mudou desde o ensino médio. Naquela época, eram garotas adolescentes que buscavam a atenção dele e o chamavam de "Chadwick". Agora são mulheres com os recursos para conseguir qualquer coisa, dirigindo-se a ele como um deus clássico.

Chad é rude, ignorando a mulher.

Seus olhos maliciosos nunca se desviam dos meus. Eu me remexo e ele está calmo. Meu coração dispara como se eu estivesse tentando vencer a Maratona de Nova York. Ele não se move um centímetro, nem mesmo quando a mulher se apressa para estar em sua companhia.

— Por favor, fique — move a boca para mim. Virando-se para encarar a fã, lhe dá um sorriso contido.

— Eu o vi se apresentar várias vezes.

— Obrigado — agradece, mantendo a distância.

— A última apresentação foi em Edimburgo — afirma, aproximando-se um pouco mais. Ela está um pouco perto demais de Chad; seu celular está na cara dele. — Eu adoraria tirar uma selfie com você.

— Aurelia, você se importa? — Chad pergunta.

— De jeito nenhum.

Tiro algumas fotos de Chad com sua adorável fã. O sorriso aberto da Chadnática é tão largo quanto a praça.

— Me desculpe por isso — fala, quando ela sai.

— Não tem problema. Você não consegue evitar ser notado. Especialmente no nosso playground.

— O melhor playground do mundo.

Várias lembranças me passam pela cabeça — as intermináveis tardes de sexta-feira, quando nos sentávamos lado a lado após o ensaio. O som do chafariz que ganhava vida enquanto tomávamos um milkshake ou um chocolate quente com canela. Os concertos gratuitos das quintas-feiras aos quais assistíamos quando não havia aula. A maneira como meu coração costumava implorar: *seja meu*. Ainda implora, mesmo depois de todo esse tempo.

Ficamos em silêncio por um instante, enquanto o Lincoln Center zumbe com vida. Os clientes vestidos com seus melhores trajes passam por nós. Alguns apontam. Alguns suspiram. Alguns ficam a uma distância respeitável, mas suas vozes são ouvidas.

— Aquele é o Maestro David?

— É sim!

— Ele é gostoso pra caramba.

— Eu adoraria assistir a uma de suas apresentações.

— Eu o vi há pouco tempo. Ele foi magnífico.

O fandom não distrai Chad enquanto ele me puxa para um abraço tão apertado que mal consigo respirar.

— Você poderia pelo menos me dizer o que fiz de errado desta vez — sussurra, contra meu cabelo.

— Não foi você. A vida atrapalhou.

— Nós não jogamos esse jogo. O que está acontecendo?

— Estou com Gabriel agora.

Ele assente, os lábios apertados.

— Eu realmente quero... — Olho para os nossos sapatos. Eles estão virados um para o outro. — Preciso que esse relacionamento dê certo.

— Eu entendo.

Olho para ele.

— Você entende?

— Sim, mas isso não me impede de sentir sua falta.

— Eu também senti sua falta. Mas é a vida, certo?

— Não sem você nela.

Perder Chad como amante foi como perder meu coração. Durante anos, fiquei implorando para que meu coração voltasse e, quando isso aconteceu, implorei para que ele batesse. Se eu o perdesse como meu melhor amigo, perderia metade de mim mesma.

— Olá, sou Arlene Preston — digo, estendendo minha mão. — Eu toco violoncelo. Prazer em conhecê-lo.

— Oi, eu sou Charles David. — Ele ri. — Eu toco violino.

— Então, o que está fazendo na cidade?

— Tenho uma reunião com a Sony. — Ele se inclina e sussurra: — E o Met.

— Sério?

— É — responde, com um brilho no olhar.

— Bem... me conte.

— Não há nada para contar ainda. — Ele sorri para mim como se estivéssemos compartilhando um segredo. — Mas isso pode significar voltar para cá.

A ideia de Chad voltar a morar na cidade desperta diferentes emoções em mim. À medida em que elas se instalam, a apreensão substitui a empolgação. Passaríamos tempo juntos, mas então onde estariam nossos parceiros?

Eles estariam ao nosso lado.

— O que você está fazendo? — pergunta.

— Ainda estou tocando no fosso e fazendo trabalho voluntário algumas vezes por semana.

— Obrigado por ajudar minha mãe com a fundação.

— A fundação ajuda músicos que precisam ser ouvidos.

— Você está sendo ouvida? — questiona.

— O que quer dizer com isso?

— Você está fazendo o que ama?

— Tenho um emprego em tempo integral com *o* melhor show da Broadway, férias e plano de saúde. É um ótimo trabalho.

Meu coração bate forte, e tenho certeza de que ele ouviu a incerteza em minha resposta.

— Vou dizer uma coisa — começa, com o olhar atencioso. — Acho que você precisa de uma mudança.

— Uma mudança?

— Aurelia — uma voz atrás de mim me chama.

Chad e eu olhamos ao mesmo tempo. Gabriel vem correndo em nossa direção.

— Oi, amor — Gabriel cumprimenta, colocando um braço em volta da minha cintura e se aconchegando no meu cabelo. — Espero que não tenha esperado muito tempo.

— Nem um pouco. — Coloco a mão em seu peito. — Olha quem eu encontrei.

Ele me solta e estende a mão para Chad.

— Chadwick.

— Gabriel.

Há uma força no tom de voz do meu namorado quando ele diz:

— O que o trouxe para casa?

— Ah, Chad teve uma reunião com a Sony e o Met — respondo, rápido demais.

Gabriel se vira para mim, estreitando o olhar, o maxilar cerrado.

A tensão, tão densa e fria, poderia transformar a praça na Antártica.

— Aurelia e eu estamos comemorando *nosso* aniversário de seis meses de namoro — Gabriel comenta, sua mão segurando meu quadril com tanta força que chega a doer.

Os olhos azul-claros de Chad se arregalam e as sobrancelhas se erguem.

— Aniversário?

Gabriel sorri para mim.

— Estamos namorando há seis meses. Vamos dar uma festa em *nossa* casa. Você deveria vir.

Chad dá um sorrisinho e não diz nada, ignorando o convite de Gabriel.

Ele está sendo rude de novo, como quando Gabriel me convidou para sair no ensino médio.

Dessa vez, Gabriel não está recuando. Afinal de contas, finalmente sou dele. E ele pretende manter assim.

Os dois homens estão a passos de distância, com as mãos ao lado do corpo. Punhos cerrados. A coisa pode ficar feia.

Os olhos azuis encaram os verde-floresta, nenhum deles recuando.

Ombros fortes para trás, peitos largos para fora.

Os dois homens avançam, prestes a se lançarem um contra o outro.

Isso poderia ser a Guerra Fria prestes a se tornar nuclear.

Cada um deles luta pelo meu coração, embora Chad tenha levado vantagem há quase duas décadas.

Eles são semelhantes em muitos aspectos. Bonitos. Inteligentes. Ambiciosos. Amorosos. Também são muito diferentes. Um é arquiteto, o outro é músico. Um adora ler projetos, enquanto o outro adora ler partituras e literatura.

Um me levará para casa esta noite.

O outro continuará a orquestrar o ritmo do meu coração, instruindo-o a bater somente para ele.

— *La Bohème* começará em breve. Precisamos ir — falo, agarrando a mão de Gabriel antes que os punhos comecem a se agitar. Viro-me para Chad. — Dê um grande abraço em Astor por mim.

Quando estou prestes a me afastar, Chad segura meu braço, me puxando contra seu peito como um amante faria. Minha mão escorrega da mão de Gabriel.

O abraço de Chad é caloroso e convidativo. É como voltar para casa, depois de anos de ausência.

— Você partiu meu coração de novo — sussurra, no meu ouvido.

Eu seria uma mentirosa se dissesse que estar em seus braços não me faz sentir bem; que a conexão que tivemos todos aqueles anos atrás não estava lá. Ela existe. Essa força inexplicável entre duas almas que a ciência nunca poderá explicar ainda me afeta. Voltei a ser aquela garota de dezessete anos, com o coração partido por seu primeiro amor.

— Vamos, Aurelia — Gabriel chama, um pouco alto demais.

Estou toda amarrada por dentro, incapaz de dizer qualquer coisa. Gentilmente, eu me retiro dos braços de Chad e agarro a mão do meu namorado, tentando encaixá-la na minha.

— Que porra foi essa? — Gabriel bufa.

Um abraço?

— Se Chadwick não fosse o marido da minha prima e seu melhor amigo, eu teria dado um soco naquela cara bonita dele. Você e eu estamos juntos agora. Ele precisa viver com isso — Gabriel declara, e entramos no Metropolitan Opera House.

14 de fevereiro de 2017.

— É o Chad. Feliz aniversário, amor — diz, no correio de voz. — Comemorei nosso aniversário na cama, doente em Budapeste. — Ouço-o tossindo. — Espero que tenha recebido as flores e o CD. Eu me sinto velho dizendo "CD". — Tosse outra vez. — Sinto sua falta. Me ligue. Quero ouvir a sua voz. Eu te amo.

AURELIA

Fevereiro de 2017.

Gabriel está viajando para Austin hoje. Ao entrar no carro que chamou, ele me beija e diz:

— Vamos tornar isso oficial quando eu voltar. — *Oficial?*

Eu me enrijeço, minha mente entrando em ação. Meu olho esquerdo se contrai. Minhas entranhas se agitam.

— Vejo você no final da semana — afirma, sem perceber o ataque de pânico que está borbulhando dentro de mim. — Eu te amo.

— Eu… eu também te amo.

Quando o carro sai da minha vista, volto correndo para dentro do prédio. Quando chego ao topo da escada, minha ansiedade está no auge.

Não há motivo para eu sentir que alguém está me mandando para a prisão.

Gabriel é um confidente íntimo. Um amante atencioso com um apetite voraz. Sua ambição e talento nunca deixam de me surpreender; suas pinturas a óleo e projetos são igualmente notáveis.

Ele sempre esteve ao meu lado. Meu rompimento com Chad. O colapso nervoso durante meu último ano de faculdade. Suas ligações semanais me ajudaram a superar dias e noites após o casamento de Chad e Sera.

Ele sempre esteve lá por mim. Sempre.

Embora não devesse, a palavra *oficial* me assusta.

E se isso for tudo o que posso oferecer a Gabriel? E se eu não quiser mais do que *isso*?

Nós moramos juntos. Gabriel marcou seu território no apartamento como um buldogue. Ele dorme no lado direito da nossa cama. Os lanches sem amendoim ocupam a parte superior da despensa. Seu cavalete, junto com um carrinho de tintas e pincéis, fica em um canto do loft. Nosso telhado tem canteiros de flores que ele plantou. É claro que é ele quem cuida delas. Caso contrário, todas estariam mortas.

Nosso relacionamento se tornou uma peça musical por si só, lembrando-me da *Sonata para Piano em Si bemol Maior*, de Mozart. Leve. Tranquila. Calma.

Abro as portas do nosso armário compartilhado. Minhas roupas ocupam oitenta por cento do espaço. O restante são as camisas de flanela e os jeans de Gabriel, dois ternos sob medida que ele detesta usar e sua coleção de Puma Gazelles. Empurro tudo para o lado para chegar ao pequeno cofre de parede, onde guardamos nossos passaportes, certidões de nascimento e outros documentos importantes. *Se Gabriel me desse um anel, ele estaria aqui.* Com os dedos trêmulos, mexo na combinação da fechadura.

Com o cofre aberto, meus olhos pousam em uma caixa azul. *Abra.*

Arquejo alto quando vejo a pedra.

O anel de noivado de diamante da Tiffany grita *"Me experimente"*, mas estou muito assustada, muito atordoada para tirá-lo da caixa. Eu deveria dar pulos de alegria, não ficar sentada em meu armário, tendo um ataque de pânico.

Tiro o celular do bolso e ligo para minha mãe no trabalho.

— A Sra. Ramirez-Scott está em cirurgia — a enfermeira do outro lado da linha me diz. — Gostaria de deixar uma mensagem?

— Não, obrigada.

Ligo para Agnes e recebo sua saudação concisa no correio de voz:

— *Você sabe o que fazer.*

Bip.

— Gabriel vai me pedir em casamento! — praticamente grito. — Encontrei o anel. Ligue para mim.

Meu peito se aperta quando penso em Priscilla. Se ela estivesse viva, abriria uma garrafa de Dom Pérignon e se ofereceria para pagar um casamento no Plaza Hotel. Então, a raiva cresce rapidamente dentro de mim, como um tornado. É difícil esquecer como ela interferiu em minha vida. Na vida de Chad.

O passado está sempre me assombrando, mas preciso me concentrar em meu futuro com Gabriel. Fico olhando para o anel por muito tempo. É um diamante solitário com corte princesa. *Experimente-o.*

Minha mão treme quando coloco o anel; ele é simples. Clássico. E se encaixa perfeitamente.

Não é possível que Gabriel tenha escolhido isso sem ajuda. Ele odeia fazer compras. Não é próximo de seus pais. É filho único. Quem poderia tê-lo ajudado?

Gabriel é solitário. Não tem amigos homens que vão até sua casa para assistir futebol. Não sai com seus colegas, preferindo voltar para casa logo após o trabalho. Na maioria das noites, enquanto estou tocando no teatro, ele está pintando ou criando modelos 3D.

Estou maravilhada com o anel, permitindo que a pedra brilhe contra a luz, quando o telefone da minha casa toca. Pego meu celular e está sem bateria.

O telefone residencial toca de novo. Ninguém nunca liga para ele, a menos que haja uma emergência.

Corro para atender ao telefone, quase derrubando um abajur.

— Aurelia. — A voz de Sera mudou ao longo dos anos. Quando nos conhecemos, era meiga. Com o passar dos anos, ficou azeda como leite velho. — Tenho tentado falar com Gabriel.

— Ele saiu para uma viagem de negócios.

— Quando ele volta?

— Sexta-feira.

O pânico diminui. Estou calma, admirando a pedra em meu dedo, ignorando Sera.

— Itinerário — ela diz.

— Como é?

— Eu só pedi que você o lembrasse de me enviar o itinerário dele. — Reviro os olhos. Sera é envolvida demais na vida de Gabriel. E então percebo que a única pessoa em quem ele confia está do outro lado da linha. Se alguém sabe sobre o anel e quando Gabriel planeja fazer o pedido, é Sera.

— Ele vai me pedir em casamento — deixo escapar.

— O quê? — Um ônibus sibila ao fundo. — Espere aí. Estou atravessando a rua. Não desligue.

Vou até o armário do quarto, pego a caixa de joias e a coloco sobre a cômoda.

— Tem certeza? — Sera pergunta, com descrença na voz.

— Encontrei o anel — respondo, colocando-o de volta na caixinha.

Ela fica quieta por um tempo muito longo. Seu silêncio é angustiante.

— Presumi que ele tivesse te contado porque te conta tudo — digo, indo até uma poltrona. — As coisas são estranhas entre nós, mas estou tentando. Mas você não é apenas prima do Gabriel, é a melhor amiga dele. E você é casada com *meu* melhor amigo.

— O que você vai fazer? — pergunta.

A culpa percorre minhas veias. Gabriel quer passar sua vida comigo. Por mais que eu o ame, tenho medo de não poder lhe dar o que ele quer. Uma mulher que não está mais apaixonada por seu primeiro amor.

— Você vai aceitar? — Sua voz é afiada. Poderia cortar vidro.

Eu não respondo.

— Você quer ter filhos? — insiste.

— Claro.

— Gabriel não quer.

— Claro que quer.

— Ele sempre me disse que não precisava ser pai.

— Isso é um absurdo. Ele é maravilhoso com crianças.

Uma coisa que eu adoro em Gabriel é o jeito que ele tem com os pequenos.

— Gabriel foi incrível com Astor — comento, sorrindo. — Ele tirou folga do trabalho para poder levar Astor ao zoológico e ao museu das crianças. Deve ter assistido *Toy Story* centenas de vezes com seu filho. Eles construíram estruturas com Lego Duplos. Há esboços de Astor em toda a minha casa. — Eu me sinto completamente aquecida quando digo com confiança: — Gabriel quer ter filhos.

Silêncio total na outra linha. E a lembrança da última noite de Astor na minha casa me faz sorrir outra vez. Gabriel se sentou ao lado dele e leu um livro sobre ursinhos antes de colocar nosso afilhado na cama com muito carinho. A hora de dormir terminou com um beijo na testa de Astor e um "eu te amo".

Pela primeira vez na minha vida, estou me imaginando casada com alguém que não é Chad.

Estou imaginando Gabriel e eu segurando nosso filho quando digo:

— Se ele pudesse amar nosso filho como ama Astor...

Sera me interrompe:

— Você vai dizer sim?

Gabriel nunca me deixou com nenhuma dúvida sobre seu amor por mim. Eu sou a única mulher que ele quer.

Olho em volta do quarto, para a cama onde Gabriel e eu fizemos amor hoje cedo. A cópia da *Cúpula*, de Brunelleschi, na mesa de cabeceira. Uma foto nossa na cômoda, tirada depois de uma apresentação há alguns meses. *Nós dois parecemos felizes.* Camisas de flanela recém-lavadas empilhadas em uma poltrona no canto. Um desenho a carvão emoldurado do Flatiron Building na parede de tijolos perto da janela.

Este é o nosso quarto. Meu e de Gabriel. Chad nunca esteve aqui. Não há nada dele aqui.

Mesmo assim, ele o ocupou.

— Sim — respondo a Sera. — Vou me casar com Gabriel.

Mas há algo que preciso fazer antes que ele volte.

AURELIA

Chicago, Illinois.

No dia seguinte, tomo a decisão de última hora de pegar um voo para O'Hare.

Uma tempestade de neve sobre a Cidade do Vento não impede que os frequentadores de concertos façam fila do lado de fora do Chicago Symphony Theater, na South Michigan Avenue, onde Chad está programado para apresentar o *Concerto para violino nº 1*, de Paganini.

Durante anos, eu não conseguia ouvir Paganini sem sentir dor no peito. Dominar Paganini foi um dos motivos pelos quais Chad terminou comigo no ensino médio. Agora, preciso saber se ele dominou o compositor da mesma forma que dominou a arte de partir meu coração.

Quero saber se há um novo som desde que ele se casou com Sera.

Quero saber se todo esse sacrifício valeu a pena.

Quero sentir e ouvir sua música novamente antes de seguir em frente com Gabriel. Dizer adeus à nossa sinfonia inacabada.

Este será o último concerto de Chadwick David que assistirei sem o conhecimento de Gabriel.

Estou sentada na sala de concertos, na terceira fileira do meio, em meio a seus adorados fãs. Homens. Mulheres. Jovens. Velhos. Todas as etnias. Todos eles deixaram o conforto de suas casas aconchegantes para assistir ao Adonis tatuado não apenas executar uma das composições mais exigentes tecnicamente já criadas para violino, mas também executá-la no raro violino de Guarneri, o "Vieuxtemps". Há alguns anos, o instrumento estava no mercado por incríveis US$ 18 milhões. Esta noite, Chad se juntará a violinistas famosos, como Yehudi Menuhin e Itzhak Perlman, que tocaram o infame violino.

A plateia fica em silêncio ao ser atraída pela entrada de Chad.

Ele entra no palco, sua presença preenchendo o cômodo de confiança e, ao mesmo tempo, sugando todo o oxigênio que resta em meus pulmões. As mulheres na plateia mal conseguem se conter, todas se inclinam para frente para ver melhor o lindo musicista. Ele não é apenas um violinista solo, mas um semideus. Tanto homens quanto mulheres reagem a cada passo, cada sorriso, cada gesto.

— Ele é lindo!

— Meu Deus, ele nem começou a tocar e já estou no cio.

— Eu me pergunto se ele é habilidoso assim na cama.

— Ele tem as maiores mãos que já vi.

— Eu o vi em Berlim no ano passado e ele arrasou com a *Chaconne*, de Vitali.

— Eu venderia minha alma ao diabo para tocar como ele.

— Há cartazes dele por toda parte. Nas laterais dos prédios. Postes de luz. Estações de metrô — um frequentador comenta, com a voz carregada de um sotaque que não consigo entender. — Não apenas nos Estados Unidos, mas em toda a Europa.

— Europa?

— Só neste ano, vimos o Maestro se apresentar em Budapeste, Munique, Roma, Barcelona e Londres — a mulher enfeitada com diamantes se gaba. Uma revista *Time* aparece em sua bolsa Chanel. É a edição do mês passado, com Chad na capa; a manchete diz *Deus Clássico*. — Vamos segui-lo até a América do Sul para mais alguns shows.

O casal parece ter entre vinte e poucos e trinta e poucos anos.

Eu sabia que Chad tinha fãs, só não imaginava até que ponto eles iriam para assistir às suas apresentações.

A única diferença entre Chad e um astro pop são os adolescentes que gritam e os bolsos cheios de seus fãs. A maioria dos Chadnáticos tem uma boa situação financeira e pode se dar ao luxo de viajar para assistir a suas apresentações em diferentes cidades. No caso do casal, em continentes diferentes.

Assim que Chad começa, a melodia se infiltra em mim, enviando ondas através do meu coração dolorido. Seus olhos se fecham. Seus lábios exuberantes se movem levemente quando seu violino canta. Sua expressão é de dor, como a minha. Cada nota que ele toca ataca meu coração, lembrando nossa própria sonata. Cada movimento, lembrando-me de todas as nossas sessões de prática na LaGuardia Arts.

Ouvir a apresentação de Chad pode fazer um ateu acreditar em Deus e nos céus. É uma apresentação da qual irão se lembrar do nada. Enquanto estiver sentado em um banco de praça. Preparando uma refeição. Cuidando de um jardim. Deitado na cama, olhando para o teto.

Um brilho em seu pulso capta minha atenção. Meu coração dispara como um arpejo ascendente quando vejo o relógio que dei a ele em seu aniversário de 25 anos. Noto outro relógio no outro pulso. O de seu avô. Quem mais usaria dois relógios em uma apresentação? O garoto por quem me apaixonei. Ele sempre será original, sem se importar com o convencional.

Quero pular no palco, tirar minhas luvas e tocar suas maçãs do rosto marcantes com as pontas dos dedos, deslizar ao longo das bordas de sua mandíbula poderosa e sentir cada centímetro de seu belo rosto.

Permaneço com as luvas em meu assento, atrás da barreira emocional que estou tentando manter intacta.

Fungo levemente, e o cavalheiro à minha direita me oferece um lenço de papel.

— Obrigada.

— Ele é o mestre, não é?

Se esse homem soubesse como o virtuoso no palco domina a arte de me despedaçar. Com a música que compõe e toca. Cartas que escreveu para mim. Memórias que compartilhamos. Memórias que se recusam a desaparecer.

— Sim — respondo, suavemente. — Ele certamente é.

Depois do concerto, pego um Uber para voltar ao meu hotel perto do aeroporto. Meu celular está cheio de chamadas perdidas da minha mãe, Agnes e uma mensagem de correio de voz de Chad.

— Ei, sou eu. Acabei de terminar um concerto em Chicago. O Paganini. E... eu sei que parece estranho, você vai achar que sou louco por perguntar. Mas... você estava lá? Quero dizer, você está *em* Chicago agora? — Ele ri baixinho. — Espero não estar enlouquecendo. Subi no palco esta noite e eu... eu senti você. Na plateia. Você estava comigo. Assistindo. Eu me senti como se tivesse dezessete anos. Mal posso explicar, mas foi tão real. Eu senti você. Então... toquei para você.

Uma pausa. Um longo suspiro.

— Talvez eu esteja simplesmente sentindo sua falta demais, desejando que você estivesse aqui. Ou desejando que fôssemos aqueles dois garotos de dezessete anos. Não sei. Desculpe por estar divagando. De qualquer forma. Me ligue. Eu adoraria ouvir sua voz.

Dois minutos depois, Chad deixa outra mensagem de voz.

— Sou eu de novo. Que se dane. Não estou louco. Se você estiver em

Chicago, estou no… Jesus, onde estou? — Pausa. — Certo, estou no The Langham. Quarto 1208. — Ouço uma expiração trêmula. — Porra, eu faria qualquer coisa para ver você agora mesmo.

Inclino-me para a frente e dou um tapinha no ombro do motorista.

— Me desculpe, mudança de planos. Preciso ir ao The Langham.

A porta do elevador se abre no décimo segundo andar.

Encostado na parede branca, com as pernas longas cruzadas, tatuagens aparecendo em sua camisa branca dobrada, está Chad. Vestido com um smoking. Esperando por mim.

A visão dele me enche de um desejo insuportável. Uma corda se prende ao meu coração, torcendo-o.

Os olhos azuis de Chad brilham intensamente sob as luzes do corredor, e minha garganta se contrai. Com um olhar, ele ainda faz meu mundo girar. *Você não é mais meu amante, mas sempre será meu melhor amigo.* Um sorriso largo, embora cansado, cruza seu lindo rosto. É um sorriso que conheço de todo o coração e que levarei comigo, especialmente nos dias mais sombrios.

— Eu sabia que você estava lá — Chad diz, alguns minutos depois. — Não é a primeira vez que você vai a uma apresentação sem me avisar.

Ele se senta na beirada da cama do hotel enquanto fico de pé com os joelhos trêmulos, minha garganta seca.

— Não, não é.

— Sempre posso sentir você na plateia. Mesmo assim… — Ele se levanta, seus olhos brilhantes fixos nos meus. — Por que não me conta?

— Você sabe o porquê — respondo.

— Todos aqueles momentos que poderíamos ter compartilhado.

Alguns longos segundos se passam.

Chad dá um tapinha no espaço ao seu lado.

— Venha se sentar comigo.

— Estou bem onde estou — afirmo, embora cada parte do meu corpo implore para me juntar a ele.

— Você que sabe — Chad fala, tirando o paletó e a gravata borboleta.

Quando desabotoa a camisa, minha boca fica seca. Apenas com a calça sob medida e a camiseta branca, ele parece mais jovem, mais juvenil.

Meus olhos não se desviam enquanto ele se deita de lado, com a cabeça apoiada no braço.

— Você vai ficar aí parada como se fôssemos estranhos?

— Eu deveria ir embora — digo.

Ele olha para o relógio que lhe dei.

— Já é tarde. O tempo está uma merda. Fique comigo.

— Não posso.

— Não quero você caminhando lá fora. — Ele aponta para as janelas enormes e para a tempestade de neve lá fora. — Me diga o que você quer.

Você, eu acho.

Eu ainda quero você, mesmo tendo alguém que me ama. Alguém que eu também amo.

Gabriel me deu mais do que eu jamais quis. Ele me amou incondicionalmente, com defeitos e tudo. E, no entanto, aqui estou eu, prestes a criar o caos com esse homem…

Um homem que sempre terá um pedaço do meu coração. Um homem que também pertence a outra pessoa.

Os olhos de Chad não se desviam dos meus, e cada segundo com ele aumenta o mal-estar do meu coração.

Eu quero você. Quero o que tivemos. Quero sentir como se nunca tivéssemos nos separado. Quero sentir como se você fosse o único homem que já me tocou.

Eu me tornei a filha da minha mãe. Como um elo, estamos ligadas por mais do que sangue. Estamos ligadas por nossa percepção distorcida do amor e da fidelidade.

O calor está alto no quarto do hotel e meu vestido de suéter preto gruda no meu corpo. A ideia de me desfazer de minhas roupas e me entregar a Chad faz minha cabeça doer. A dor queima tanto que chego a sentir dores físicas. Meus braços repousam ao redor da minha barriga e me inclino para frente.

— Amor — sussurra, com a mão estendida para mim.

— Não posso.

As verdades silenciosas falam mais alto do que as palavras.

Dando um tapinha no espaço da cama, ele diz "*Aurelia*" em um tom que só ele poderia usar. Um tom que permite que nosso passado ressurja. Cada ensaio. Cada toque. Cada beijo. Cada mágoa.

Seus olhos cansados são ternos. Sua voz, levemente rouca.

— Venha aqui, por favor.

Suspirando, fecho os olhos brevemente. Em vez de sair pela porta, vou até ele. Tirando minhas botas, deito-me ao lado de Chad. Deito-me ao lado do marido de outra pessoa. Deito-me ao lado de alguém que não é meu.

Estamos lado a lado. Seus olhos estão em mim, enquanto os meus encaram o teto.

— Eu nunca quero que você se sinta estranha perto de mim — Chad fala.

— Não é isso que estou sentindo.

— Você me diria se estivesse desconfortável, certo?

Assinto, meus lábios pressionados com força.

— Algo está errado.

— Eu me sinto culpada — admito.

— Por quê?

— Ninguém sabe que estou aqui. — Meu namorado que mora comigo supõe que estou no fosso.

— Não há motivo para se sentir culpada. Somos melhores amigos passando tempo juntos.

É verdade, *somos* melhores amigos passando tempo juntos. Mas há um sentimento que me atormenta por dentro: isso é mais do que amizade. Isso *sempre* será mais do que amizade.

— Como melhores amigos — Chad começa, no quarto escuro —, quero saber como você está.

— O trabalho vai bem.

— Sua família?

— Minha mãe está feliz com Callum e meu pai está se adaptando à sua nova vida — respondo.

Ele se vira de lado e me encara. A curva de seus lábios se volta para cima.

— Eu li e gostei de *Entre Estranhos.*

— O novo livro do meu pai?

— Claro.

É sempre animador passear pela Broadway e ver o romance do meu pai exposto na vitrine da Strand Bookstore. Eu li o manuscrito finalizado, mas nunca folheei a edição de capa dura que meu pai me deu.

— Amo o fato de Peter ter dedicado o livro a você.

— Ele fez isso? — Estou surpresa, lembrando a mágoa que senti depois de ler o verso da capa do romance do meu pai, ganhador do Prêmio Pulitzer, *Mayweather*. *Ele mora em Manhattan com sua esposa.*

Durante anos, fui a filha secreta bastarda, que não existia no registro social de Priscilla e Peter. Penso no peso não apenas de um reconhecimento, mas de uma dedicatória. Uma dedicação não apenas inscrita em um papel, mas imortalizada por meio de palavras. Palavras para os outros verem. *Esta é minha filha. E eu a amo.*

— Seu pai te ama — Chad diz, sorrindo.

— Levei anos para entender que meu pai tem sua própria maneira de demonstrar amor. — No quarto silencioso do hotel, nosso passado e presente se fundem como o romper da aurora. As lembranças, mesmo as dolorosas, trazem uma nova luz ao nosso relacionamento. — Agora me fale sobre meu Astor.

— Ele tem três anos e gosta de *tudo*.

Dou uma risadinha, imaginando a criança causando confusão.

— É estranho que eu tenha sentido você na plateia?

— Definitivamente. Talvez por sermos gêmeos cósmicos.

Posso senti-lo sorrir.

— Notei algo esta noite — comento.

— É?

— Você usa dois relógios de pulso.

— Você só percebeu isso agora? — Ele parece surpreso. — Eu faço isso há anos.

— Por quê?

— Bem, um informa o fuso horário em que estou. O outro indica seu fuso horário.

— O meu?

— Sim, o seu. É reconfortante saber em que fuso horário você está. Não me pergunte por que, já que eu mesmo não entendo.

Ficamos em silêncio por alguns longos segundos antes de eu dizer:

— Estou feliz por ter vindo hoje.

— Estou feliz por você estar aqui.

— Você foi incrível.

— Tenho uma confissão a fazer.

— Qual é?

— Quando estou no palco, me apresento para o público. Mas… — Ele solta um suspiro. — Eu toco para você.

— Nem sei o que dizer sobre isso.

— Só achei que você deveria saber.

— Sou uma fã sortuda — digo, com leveza, embora o ar ao redor esteja carregado de saudade. Angústia. — Você realmente dominou Paganini.

— Quando eu era mais jovem, dominar o vigésimo quarto capricho era uma obsessão minha.

— Eu me lembro. — Ele consegue ouvir a amargura na minha voz?

— Ele estragou a coisa mais importante da minha vida.

Eu me viro para encará-lo, e meu coração cede.

— Fui tão estúpido com minha ambição. Perdi você. — Ele acaricia meu rosto com os dedos. Eles são leves contra minhas bochechas, me surpreendendo com a delicadeza com que tocam minha pele.

Tudo em mim parece pesado, mas sem peso. Assim como seu toque.

— Mas veja onde você está agora — sussurro. — Você comove as pessoas com suas performances.

— Isso é tão insignificante comparado ao que sinto quando estou com você.

— E como você se sente quando está comigo?

— Quente e confuso.

— Ah, por favor.

— Sempre me sinto como se estivesse em casa quando estou com você. — A dor na voz dele transparece. — É como um nível de conforto que não pode ser igualado em lugar algum. Ou por qualquer pessoa. Eu não preciso estar presente com você.

— Presente?

— Eu sempre sou alguém para outra pessoa. Um pai. Um filho. Um neto. Um artista. Um vale-refeição. Com você, posso ser apenas eu. Essa é uma das muitas razões pelas quais eu amo você.

Mordisco meus lábios, lutando para conter as lágrimas. Há coisas na vida que não podemos controlar. Uma delas é a maneira como amamos alguém. Mais importante ainda, a maneira como alguém nos ama.

Chad se inclina para apagar a lâmpada.

— Durma um pouco.

— Quero conversar, a menos que você esteja cansado demais.

— Nunca estou cansado demais para conversar com você — responde, no escuro.

Lembro-me de todas as vezes em que ele voltava exausto de uma apresentação ou de uma turnê. Eu passava por períodos de insônia e Chad ficava acordado comigo. É claro que fazíamos amor entre as conversas.

— Quando você vai finalmente tocar com a minha orquestra? — pergunta.

— Uh, nunca.

— Nunca?

— Nunca.

— Vou ter que encontrar um projeto ao qual você não possa dizer não.

— Duvido.

— Você sabe que poderia tocar em qualquer orquestra que quisesse. Às vezes, acho que você nunca se deu crédito suficiente.

— Depois de deixar a Filarmônica de Los Angeles, meu único foco foi Priscilla.

— Ela não está mais aqui.

— De alguma forma, ela ainda está aqui entre nós. — A raiva a que me agarrei é uma pedra em meu peito. Ela se recusa a ir embora.

— Só se você deixar. — Ele pega minha mão e a leva aos lábios. — Em algum momento, terá que perdoar Priscilla.

— Você a perdoa por nos manter separados? — pergunto.

Ele nega com a cabeça.

— Mas ela te amava e achava que estava te protegendo de mim.

— Não sei se algum dia conseguirei esquecer — admito.

— Não quero que você esqueça, mas espero que um dia a perdoe — Chad declara, com a voz mais suave. — Minha mãe disse algo há alguns anos. Algo que eu nunca esquecerei.

— O que ela disse?

— O perdão é um dos maiores atos de amor.

De todas as coisas que posso fazer, perdoar Priscilla pode não ser uma delas.

— Você perdoou Emil? — pergunto.

— Sim — responde. — Porque meu avô fez tudo por amor. Você pode deixar o ressentimento crescer, mas ele não faz nada além de fazer você perder alguém que ama.

— Você parece a minha mãe.

— Isso é um elogio. Ela criou uma mulher extraordinária.

— Sinto falta de Priscilla — digo, meu peito dolorido e pesado. Meu coração ainda está partido pela traição dela. — Ainda estou com raiva... mas sinto muito a falta dela. Às vezes, me preocupo em esquecer sua voz, sua risada. Esquecê-la.

— Você não vai esquecer.

— Como pode ter tanta certeza?

— Porque ela te amava. — A voz dele é tranquilizadora. — Não conseguimos nos esquecer daqueles que realmente nos amaram e daqueles que amamos... Sei por experiência própria.

Ele está certo; nunca esquecerei o homem ao meu lado. A maneira como ele me amou durante todos esses anos. A maneira como continua a me amar — mesmo depois de tudo o que passamos.

— Priscilla só queria o que ela achava que seria melhor para você — Chad fala, voltando a se deitar de barriga para cima. — E ela gostaria que você tocasse com o melhor.

— E sua orquestra é a melhor?

— Seria a melhor se você fizesse parte dela.

— Você está dizendo todas as coisas certas.

— Estou dizendo o que sempre acreditei.

Eu me aproximo mais, encostando a cabeça em seu ombro e suspiro.

— Parece um *déjà vu*.

— Mas nunca estivemos juntos neste hotel.

— Eu sei, mas ele me faz lembrar a primeira vez em que estivemos na minha casa.

— Como assim?

Olho para cima.

— Ainda sou aquela garota nervosa de catorze anos, deitada na cama com o garoto mais lindo de todos os tempos.

Chad sorri contra a lateral do meu rosto.

— Eu também estava nervoso.

— Isso é difícil de acreditar. Você era tão cheio de confiança. Mesmo em uma idade tão jovem.

— Talvez eu estivesse confiante em nossa amizade — ele diz. — Naquela época, eu sabia o que considero verdade.

— E o que é?

— Que eu sempre quis que você estivesse na minha vida. — Agora, de lado, ele me abraça e me aconchego em seu peito. — E, depois de todos esses anos… eu ainda quero você em todos os sentidos.

Eu também quero você. Em todos os sentidos.

— Por mais que eu queira você, respeito seu relacionamento com Gabriel.

Meus olhos se arregalam.

— Respeita?

— Não quero que se arrependa de nada.

— Você acha que eu me arrependeria se fizéssemos amor hoje à noite?

— Receio que sim. Magoar Gabriel partiria seu coração.

— Ele é tão bom para mim.

— Como deveria ser.

— E Sera?

— O que tem ela?

— Você a trai?

— Não, eu e ela temos um acordo — responde.

— Acordo?

— Sera e eu somos livres para procurar outros amantes.

— Eu jamais concordaria com isso.

— Nunca seria assim conosco. — Sua voz é firme, confiante.

Conosco.

Ele beija a parte de trás da minha cabeça.

— Vá dormir, amor. — Ele me embala, cobrindo meu meio com seus braços. Nossas quatro mãos se seguram com força. Ele não diz mais nenhuma palavra, permitindo que nosso silêncio fale a verdade. Não somos mais dois adolescentes se apaixonando pela primeira vez. Mas isso, seja lá o que for… é algo. — Aurelia — sussurra. — Não se passa um minuto, um segundo sequer sem que você esteja dentro de mim.

Lágrimas adormecidas ameaçam aparecer enquanto deixo suas palavras ferverem.

— Estou fazendo o que posso para te dar espaço — afirma. — Mas é impossível quando você é a pessoa com quem eu quero compartilhar tudo.

Não respondo com minhas próprias palavras.

Para manter meu coração intacto, eu deveria me desvencilhar do agarre de Chad e ir embora. Em vez disso, eu fico.

Porque aqui na escuridão, onde nossos corações batem forte, é onde eu pertenço. Com ele.

Amanhã, continuarei a seguir em frente com Gabriel.

AURELIA

Maio de 2017.

É uma noite fria de primavera. Gabriel e eu estamos no La Mela, na Mulberry Street. Durante todo o jantar, meu namorado ficou quieto e nervoso.

Essa é a primeira vez em meses que estamos jantando juntos. Nossas agendas estão desorganizadas; quando ele finalmente chega em casa depois de viajar, estou me apresentando na Broadway ou trabalhando como substituta na Filarmônica ou no Met.

— Vamos embora daqui — finalmente diz.

— Ainda não comi a sobremesa. — Olho ao redor do restaurante, tentando localizar nosso garçom. — Vamos dividir o tiramisu.

Ele suspira.

— Okay.

— O que há de errado? — pergunto. — Você mal tocou no seu frango marsala.

— Você parece ter gostado. — Ele dá um meio-sorriso.

— Gostei. Agora preciso de algo doce.

Depois de dividirmos o tiramisu, vamos direto para casa, de mãos dadas.

— Ainda é cedo — Gabriel comenta, me guiando pela escada. — Vamos para o terraço.

Assim que ele abre a porta de saída que leva ao nosso espaço privativo ao ar livre, meu coração para. Há minilâmpadas penduradas em todo o terraço. Buquês de lírios e uma garrafa de champanhe estão sobre uma mesa redonda. Um grande quadro branco está encostado na parede, escrito "QUER SE CASAR COMIGO?" em letras pretas maiúsculas.

Eu me sinto zonza, surpresa por não ter desmaiado.

Eu não deveria estar surpresa. Vi o anel há alguns meses.

Gabriel está ajoelhado agora, com a mão segurando a caixa aberta da Tiffany.

— Eu te amo desde o último ano do ensino médio. Eu te amo agora. Vou amá-la para sempre. — Ele pega minha mão trêmula. — Você quer ser minha esposa, por favor?

Considero o homem gentil e bonito propondo casamento, prometendo o para sempre.

Amor é uma palavra que não é estranha para mim.

Eu a conheço. Já a senti. O amor vem em diferentes formas. O que tenho com Gabriel pode não ser a gloriosa sinfonia que experimentei com meu primeiro amor, mas pode ser uma bela suíte que meu frágil coração deseja ouvir.

Meu amor por Chad nunca será substituído; ele permanecerá no bolso dos primeiros amores que sempre estimarei.

Mas posso buscar algo igualmente especial com Gabriel Barnes.

— Sim — respondo, com os olhos marejados. — Sim, eu me caso com você.

Gabriel suspira de alívio.

— Vou fazer você tão feliz, Aurelia — afirma, me levantando e girando até que ambos fiquemos tontos.

CHAD

Nova York, Nova York, agosto de 2017.

Meu filho tem três anos e meio agora. Inteligente. Curioso. Artístico. Amoroso. Ele acorda todas as manhãs, corre e me cumprimenta com seu sorriso contagiante. Uma série de perguntas sobre o que vamos fazer hoje, uma energia que se espalha por toda a casa. Quando Astor me abraça, fico cheio de pura alegria. Isso me distrai da saudade de Aurelia.

Enquanto o empurro no balanço, seus cachos castanho-escuros se agitam, selvagens e livres. Seu sorriso largo é grande e desinibido.

Mesmo que minha vida em casa não seja o que imaginei para mim, sei que fiz a coisa certa.

Ainda assim…

Olho para o meu celular e ligo para *ela*.

— Charles — ela atende, parecendo surpresa. — Quanto tempo. O que você quer?

— Também senti sua falta, Arlene.

— Você sentiu tanto a minha falta que não tenho notícias suas há um ano.

— O quê? Só se passaram seis meses desde Chicago.

— O que é uma eternidade em anos de garotas.

— E o que te impedia de entrar em contato comigo?

— Você me pegou.

Dou uma risada.

— Ainda é minha rainha do drama.

— Aprendi com o melhor, Charles.

— Você está em casa?

— Quem quer saber?

— Eu. Possivelmente seu afilhado.

— Onde você está?

— No parquinho da rua Bleecker.

— Você está na cidade?

— Sim.

— Estou a apenas algumas quadras daí.

— Ótimo. Venha se juntar a nós.

— Já estou indo.

Vestida com leggings pretas, um moletom preto comprido e tênis Chucks também pretos, Aurelia parece despreocupada e mais jovem do que seus trinta e três anos. Seu cabelo castanho-claro está preso em um rabo de cavalo, com mechas douradas. Há apenas um pouco de maquiagem em seu rosto bonito, em formato de coração. Seus olhos azuis profundos encontram os meus e todo o resto se torna um borrão.

Minha nossa, ela ainda é a mulher mais bonita que já vi.

— Astor! — ela grita, correndo para tomar meu lugar, empurrando-o no balanço.

— Grande barco vermelho — cantam os dois, alto e desafinado.

Estranhos passam por mim, dão uma olhada dupla e alguns perguntam:

— Maestro?

— Chadwick David?

Nego com a cabeça, ignorando suas expressões de decepção. Quando estou com meu filho, sou apenas o papai de Astor.

Vasculho a área em busca de paparazzi. Ao longo dos anos, aprendi a lidar com o fato de eles me seguirem. Mas me recuso a deixá-los chegar perto do meu filho. A briga do mês passado com um tabloide britânico deveria deixar qualquer fotógrafo nervoso por estar perto de mim, especialmente quando Astor está ao meu lado. Estávamos caminhando pelo aeroporto de Heathrow quando um deles tirou fotos do garoto. Não só destruí a câmera dele, como também empurrei o idiota; ele caiu de costas. O desgraçado está me processando.

Aurelia para o balanço e se agacha até o nível dos olhos de Astor. Não consigo entender o que ela está dizendo a ele, mas fico maravilhado com os sorrisos, as risadas e a alegria que compartilham.

Eles também compartilham meu coração.

— Me empurre de novo — Astor pede.

— Amiguinho, você precisa fazer isso sozinho — Aurelia retruca. — Me mostre como você é um menino grande. É isso aí. Dedos do pé para cima. Calcanhares para trás. Dobre os joelhos. Você está conseguindo! — Ela inclina o queixo para mim. — Vou me sentar com seu papai.

Ela vem na minha direção, mordiscando o lábio inferior volumoso como se estivesse nervosa.

Seus quadris curvilíneos balançam de um lado para o outro e uma imagem de pegá-la por trás me passa pela cabeça. Solto um suspiro, lembrando-me do modo como sua boceta costumava agarrar meu pau com força. O som melódico de seus gemidos enche meus ouvidos. Com a boca seca, umedeço os lábios, ansiando por consumi-la. Ela sempre teve um sabor mais doce do que sua torta de creme de banana favorita.

A mulher que me deixa tão duro se acomoda ao meu lado no banco. Quando se inclina e beija meu rosto, tudo o que quero fazer é pegá-la, jogá-la sobre meu ombro e levá-la para minha cama. É segunda-feira. Eu a foderia de cem maneiras diferentes até domingo.

Faz anos que não entro nela. Faz anos que não fico tão duro.

— Astor está tão grande — comenta.

— Ele pergunta de você com frequência — falo. *Meu pau também pergunta de você com frequência.*

Remexo-me um pouco para que minha ereção implacável não fique tão dolorosa. De todos os dias para usar moletom no parque. Um cego poderia ver a barraca que estou montando agora.

Talvez ela não note.

— Ai, meu Deus, é *sério?* — fala, com o olhar fixo na minha ereção.

É claro que ela notaria.

— Só aconteceu — murmuro.

Sua voz se suaviza quando ela diz:

— Chad.

— Vai passar. Me dê um minuto. Vai ajudar se você falar sobre algo repulsivo.

Como o Gabriel. Você transou com ele ontem à noite? Descreva para mim. Fale devagar.

— Dissemos que não faríamos isso. — Ela aponta entre nós. — O que quer que tenhamos tido, acabou.

Nunca vai acabar entre nós.

— A última coisa que quero fazer é deixá-la desconfortável, mas meu pau tem vontade própria.

— Bem, diga a ele para se acalmar.

— É duro quando ele está perto de você.

— Eu posso ver isso.

Passam-se alguns minutos de silêncio constrangedor, e a lembrança de nossa última vez juntos me atinge como um trem de carga. Chicago. Aurelia e eu não fizemos nada naquela noite a não ser conversar.

O sexo como a melhor forma de intimidade é uma falácia.

Aurelia, completamente vestida e expondo suas emoções para mim, trouxe um desejo inesperado que nunca conheci. Eu sempre a desejei. Mas aquele momento dizia: *"Compartilharei uma parte de mim que ninguém jamais verá... jamais saberá"*.

Esse desejo se transformou em uma necessidade física que eu não poderia satisfazer com a mulher que estava deitada ao meu lado.

Minha ereção furiosa não se acalmava, então entrei no chuveiro e me masturbei pensando apenas na mulher que eu precisava estar dentro.

Mais tarde, sofri enquanto a observava dormir. Eu sentia dor, sabendo que ela era a única mulher com quem eu queria compartilhar minha vida.

— Fiquei surpresa ao saber que você está na cidade — Aurelia comenta. — Sera não mencionou nada quando a vi há alguns dias.

— Você viu Sera?

— Por pouco tempo. Ela estava no escritório de Gabriel.

— Ela mencionou que tivemos um susto com Astor?

— Não. O que aconteceu?

— Ele comeu um biscoito de manteiga de amendoim e teve uma reação alérgica. Felizmente, ele estava com a minha mãe.

— Onde estava Sera?

— Não com o meu filho. — Fico olhando para Astor enquanto ele troca de balanço. — Minha mãe sempre carregou uma EpiPen porque é alérgica a picadas de abelha. Ela aplicou uma injeção em Astor e o levou para o pronto-socorro. E eu peguei o primeiro voo para lá.

O olhar de Aurelia está voltado para Astor.

— Ele está bem, Chad. Mais do que bem. Ele está feliz.

Eu sorrio, observando meu filho se balançar.

— Você vai ficar aqui por um tempo? — As mãos dela se agitam e tudo o que eu quero fazer é segurá-las nas minhas.

— Não sei. — Pego suas mãos, saboreando a suavidade delas. — Tenho concertos a cumprir. — Turnê. Gravação. Imprensa. Membros da diretoria. Uma série de expectativas me acompanha. Minha ambição se tornou um fardo, pesando sobre mim. O tempo passa, e eu gostaria que ele parasse. Que me permitisse fazer uma pausa. Que me permitisse saborear este momento com as duas pessoas que mais amo.

— Você toca profissionalmente desde criança. Viaja sem parar. E se tornou a superestrela do mundo da música clássica... *o* maestro inovador. — Um sorriso lento surge no canto dos lábios dela. Quero beijar esses lábios. — Me diga outro músico clássico que tenha um exército de fãs em todas as cidades, fazendo barulho em diferentes continentes. Você tem fãs que se autodenominam *Chadnáticos*.

— Você sabe que não me importo com essas coisas.

— Eu sei que não, mas você ajudou a ressuscitar um gênero que estava morrendo lentamente.

— Eu não estava sozinho. Siems. Bell. Chen. Dudamel. Richter. Todos eles fizeram sua parte.

— Mas eles não são Chadwick David — ela diz, com carinho.

— Obrigado. — Sorrio para ela antes de olhar para Astor. — Às vezes eu acordo e quero fazer uma pausa.

— Uma pausa?

— Uma pequena pausa. — Não me lembro da última vez que fiz uma pausa no trabalho. — Meu pai está negociando meu contrato.

— Até lá, o que você vai fazer?

— Além de ficar com meu filho?

— Sim, além de brincar com o melhor garoto de todos os tempos. Você adora estar ocupado.

Ela me conhece bem demais.

— Eu tenho um projeto.

— Confesse, Charles.

— Cosima Carp está dirigindo um novo filme.

— Cosima? A mulher por quem seus irmãos brigavam quando estávamos no ensino médio?

— Bem, ela está noiva de um deles.

— O quê?

— Sim. — Balanço a cabeça em dúvida porque Cosi pode ter escolhido o irmão errado.

— Magnus ou Mercer?

— Você terá de perguntar à Cosi.

— Meu Deus, o suspense é como ler um dueto com um gancho gigante.

— Quê? — Dueto? Gancho?

Ela revira seus lindos olhos.

— Cosi perguntou se eu poderia reger a partitura. Não pude recusar. Ela vai se tornar da família em breve.

— Isso é maravilhoso — ela fala, com um sorriso contagiante. — Quem vai compor?

— Lina James.

— Ela é como uma versão feminina jovem de Ennio Morricone.

— Eu concordo. Então você se juntará a mim?

— Me juntar a você?

— Eu adoraria se você tocasse o violoncelo principal — convido, sorrindo. Eu sabia que aceitar essa oferta me daria a oportunidade de trabalhar com Aurelia novamente. Nós dois adoramos música cinematográfica.

— Bem...

— Será diferente de gravar *Hamilton* — afirmo.

— Me deixe pensar sobre isso.

— Esse filme será um divisor de águas para Lina e Cosi. — *Para nós. Finalmente poderemos trabalhar juntos de novo.*

Astor vem correndo, disparando na direção de Aurelia. Pegando-o em seus braços, ela enche meu filho de beijos.

— Por que você tem que ser tão adorável? — Beijo. — Suas bochechas são tão apetitosas... — Beijo.

Do nada, Astor murmura:

— Não quero ver minha mãe. — *Nem eu.*

Aurelia inclina a cabeça, surpresa.

— Hoje não. Vamos brincar um pouco e depois vamos voltar para casa para que você possa tirar um cochilo muito necessário.

Eu me aproximo de Aurelia, sentindo o leve aroma de peônias. Ele me transporta na mesma hora para um dos melhores momentos da minha vida. Deitados na cama, em uma tarde preguiçosa de domingo.

— Quantos filhos? — Aurelia perguntou.

— Quantos você quiser — respondi, com a cabeça apoiada em sua barriga.

— E se eu quiser dez?

— Dez é o que teremos. — Levantei-me para beijar seus lábios. Havia lágrimas em seus olhos quando ela me beijou de volta, tanto com amor quanto com tristeza.

— Quando você vai gravar? — ela pergunta.

— No próximo mês. E não consigo pensar em ninguém que eu preferiria ter do que você.

— Por que eu?

— Porque não há ninguém melhor do que você.

AURELIA

Segunda-feira é meu único dia de folga nesta semana, então alugo um carro e vou para a casa de Chad.

É o que faço de melhor.

Eu poderia ter ligado para Chad e me convidado, mas estou desesperada para testemunhar sua vida familiar em particular. Em paz. Eu não teria que manter minhas emoções escondidas atrás de uma máscara. Os terapeutas teriam um dia inteiro para me analisar.

Com a peruca ruiva encaracolada, os óculos escuros estilo anos 60 e a maquiagem completa, estou irreconhecível. A rua está tranquila. De vez em quando, um pedestre passa e olha para mim com desconfiança. Dou de ombros e mando um tchauzinho, com um biscoito na mão.

Não há nada para ver aqui, estou apenas comendo um lanche no meu carro.

São onze da manhã e já comi um pãozinho de ovo com cream cheese, um croissant de chocolate e uma fatia de torta de creme de banana. O tédio alimenta minha fome. Continuo checando meu celular, mas só há uma mensagem da Agnes:

Me avise sobre o que descobrir.
Não seja pega.

Era de se esperar que ver Chad se casar com Sera tivesse apagado esse fogo em mim. Talvez vê-los em sua casa me permitisse finalmente seguir em frente com Gabriel. A vida seria muito melhor se eu pudesse amar meu noivo sem outro homem entre nós.

Isso é ridículo. Eu sou ridícula.

Faça algo produtivo. Qualquer coisa que não seja isso. Assista a um filme. Vá ao museu. Toque Pablo.

Meu celular vibra e o nome de Sera aparece na tela.

Que merda. Será que ela sabe que estou *stalkeando* sua casa nas últimas duas horas?

— Alô?

— Onde você está? — ela pergunta.

Eu me inclino para frente, tentando ver se ela está na janela.

— Ah, estou fora. — Deslizo lentamente para o banco do motorista. — Por quê? Onde você está?

— Estou me preparando para sair, mas queria ver se você está bem.

— Estou bem. Por quê?

— Gabriel acabou de ligar e me pediu para ver como você estava. Ele está fora e…

— E o quê?

— Nada.

— Bem, já que você está na linha, Chad está aí? É sobre a trilha sonora.

O que é uma mentira — já decorei a partitura de *Disappear*. Assim que Chad me entregou, fui para casa e toquei por horas. Até transcrevi diferentes seções por diversão, fazendo anotações para o maestro. A nerd da música em mim continua viva.

— Ele está com Astor — Sera diz.

— Você está em casa?

— Estou na frente de casa, esperando meu motorista.

Ergo a cabeça, olhando para a rua. Ela não está na frente da casa dos David. Na verdade, não a vejo em lugar nenhum. Apenas uma mulher idosa com um carrinho de cachorro passa por ali.

— Onde exatamente você está?

— O carro acabou de chegar. Vou dizer ao Gabriel para não se preocupar. — Ela encerra a ligação.

Eu mesma posso dizer ao meu noivo assim que terminar minha perseguição.

Estou confusa. Não sou cega. Ainda há uma vista ininterrupta da casa de Chad.

Por que ela mentiria?

Será que eles não estão mais juntos? Eles moram em casas separadas?

Chad teria me contado se estivessem separados.

Pego uma garrafa de água e tomo um gole. Eu deveria ir embora e fazer outra coisa que não seja isso. Isso não é saudável.

Quando estou prestes a me afastar do meio-fio, eu os vejo. Astor está pendurado no ombro largo de Chad como um xale. Eles provavelmente estão indo em direção ao parquinho da Bleecker Street.

Chad está usando um short esportivo azul, camiseta e tênis de cano alto. Esse homem ainda me faz sentir como uma adolescente cheia de hormônios. Quero segui-lo, mas seria muito bizarro. Em vez disso, devolvo o carro, deixo de lado minhas tarefas e recados e pego o metrô para o Cloisters, onde me sento sozinha, no mesmo lugar em que Chad e eu nos sentávamos anos atrás. Ainda sou aquela jovem garota apaixonada por um rapaz que confessou estar namorando outra pessoa. Só que agora sou mais velha e ele é casado com outra pessoa.

O loft está escuro quando chego em casa e fico surpresa ao encontrar Gabriel no sofá.

— Você voltou. — Dou um beijo em sua bochecha e me sento ao lado dele. — Achei que só viria para casa daqui a dois dias.

— Bem, eu estava preocupado com você — justifica, me puxando para perto. Ele se aconchega em meu pescoço e sussurra: — E senti sua falta.

— Estou bem e também senti sua falta — respondo, apreciando o calor de Gabriel, a sensação de seus lábios contra minha pele.

— Estou feliz por ter chegado em casa mais cedo.

— Sera me ligou.

— Pedi a ela para ver como você estava.

Solto um suspiro profundo.

— O quê? Não posso me preocupar com minha noiva?

— Bem, você mesmo poderia ter me ligado. Não sei por que teve que pedir a ela.

— Olha, eu sei que Sera sempre será um assunto delicado para você. Espero que vocês duas possam voltar a ser amigas. Ela é da família e minha amiga mais próxima.

— É por isso que eu tentei. — O assunto Sera deixa um gosto amargo na minha boca. Eu gostaria de lavá-la com enxaguante bucal. Passam-se alguns longos segundos. — Sera ainda está morando com Chad e Astor?

Ele se afasta.

— Por que está perguntando?

— Porque ela nunca está com eles.

— Aurelia, pare já com isso. Pare com o que quer que seja com Chad. Não é saudável.

— Eu? Não sou a única que tem um relacionamento doentio! — grito mais alto do que quero e saio da sala de estar.

— Ah, não, nada disso — Gabriel fala, bem atrás de mim. — Você não vai fugir.

Eu me viro.

— Não posso agora.

— Olhe para mim — Gabriel pede. — Alguém tem que ceder.

— Você pediu para Sera me ligar quando sabe como me sinto com ela.

— Você ainda mantém contato com Chad quando sabe como me sinto com ele.

— Não sei o que fazer — admito. — Ele é meu melhor amigo.

— Ela é minha prima. — Gabriel dá um passo à frente, com a mão estendida. — E você é a mulher que eu amo. Estou tentando aqui. Preciso que faça o mesmo.

— Me diga o que quer que eu faça.

— Concentre-se em nós. — O dedo de Gabriel traça o anel de noivado que ele me deu. — E isso — ele diz. — Isso significa que farei o que for preciso para tê-la como minha esposa.

— Eu amo você — falo, colocando a mão direita sobre a dele. — Vou ser sua esposa e a mãe de seus filhos.

— Não sei sobre filhos.

— O quê? — Inclino a cabeça para trás. — Você é maravilhoso com crianças.

— Não sei se quero.

Meus músculos ficam tensos.

— Por que não?

— Com nossas carreiras, não temos tempo para eles. Além disso, já temos um afilhado.

Crianças me trazem alegria. É por isso que sou voluntária em escolas de música e acampamentos. Crianças, especialmente as mais jovens, são honestas e cheias de admiração e curiosidade. Coisas que faltam à maioria dos adultos por causa das responsabilidades.

Olho para Gabriel, desanimada.

— Aurelia, não quero dividir você com ninguém. Só quero que sejamos nós.

Sua confissão honesta demais mexe com meu coração, mas o assunto de ter filhos não é negociável.

— Eu quero ter meu próprio filho.

Longos e torturantes segundos se passam antes que Gabriel concorde.

— Então vamos ter um — afirma, como se estivéssemos encomendando um móvel extra. Pela primeira vez desde que conheço Gabriel, me sinto desconfortável. É como quando coloco minha calcinha de algodão favorita e percebo que não serve. — Nós vamos ter um — repete. Desta vez, com certeza. — Mas, neste momento, quero que sejamos apenas nós. — Ele me beija de leve nos lábios antes de murmurar novamente: — Nós.

Uma sensação de desconforto se instala sobre mim como uma nuvem escura. Tento me livrar dela.

O ajuste com Gabriel pode ser errado, mas acredito que posso tentar fazer com que funcione. Vai dar certo.

Eu sempre amarei Chad. Isso é algo verdadeiro. Algo que nunca deixarei de negar. Só preciso amá-lo de forma diferente, porque o homem à minha frente é o meu futuro.

AURELIA

Setembro de 2017.

Cinco semanas depois, estou sentada na primeira cadeira e tirando Pablo do estojo quando a mão de alguém toca meu ombro.

Olho para cima e vejo um homem com um estojo de violoncelo, obviamente prestes a ocupar a cadeira ao meu lado.

— Ai, meu Deus, Jim? — pergunto. — Jim Chang?

— O primeiro e único.

Jim não era apenas um amigo violoncelista do ensino médio, ele e eu nos sentamos lado a lado na orquestra por um ano e meio.

— Não acredito. — Coloco Pablo no chão e me levanto para abraçá-lo. — Quanto tempo se passou?

Com seu único braço livre, ele me aperta com carinho e dá um grande beijo na minha testa.

— Tanto tempo que você mal me reconheceu — aponta, rindo. — Deve ser por causa dos sete quilos a mais e do cabelo ralo.

— Pare, você está ótimo — afirmo, afastando-o. — Você pode deixar Chow Yun-fat no chinelo. Como você está? Sente-se. Conte-me tudo.

Jim me mostra uma foto.

— Esse é meu marido, Danso. Ele é pediatra.

— Ele é lindo! Ele se parece com…

— Eu sei, Idris Elba. — Jim dá uma piscadinha antes de me mostrar outra foto. — Nossas filhas, Esi e Dofi.

— Meu Deus, meninas! De onde elas são?

— Nós as adotamos de Gana, de onde Danso é originário.

— Que família linda.

— Por falar em linda, você continua linda como sempre e não envelheceu. Você é casada? Filhos?

— Não, não sou casada. Estou noiva. — Levanto a mão, revelando o diamante de um quilate e meio.

— Parabéns! Quem é o sortudo?

— Gabriel Barnes.

— Gabriel? O estudante de artes?

— O próprio. Ele agora é arquiteto.

— Quando será o grande dia?

— Ainda não tenho certeza — respondo, tirando o anel e colocando-o no bolso interno da minha bolsa. A última coisa que quero é que Chad perceba a pedra. Ainda não tive coragem de contar a ele que estou noiva de Gabriel.

— Bem, parabéns. — Jim me dá um sorriso genuíno. — Sempre me perguntei de você. — Sua voz se suaviza. — De qualquer forma, estou feliz em te ver depois de todos esses anos.

— Estou feliz por estarmos tocando juntos de novo.

— Você ainda é uma das melhores violoncelistas com quem já me apresentei, e já toquei com os melhores.

— Uau, obrigada.

— Não entendo por que você nunca fez carreira solo.

Dou de ombros.

— Prefiro estar na orquestra.

— Eu também. — Ele sorri. — Mas isso é diferente.

— Como assim?

— Bem, hoje é o ensaio. Vamos gravar amanhã — comenta. — Estou acostumado a ensaiar várias horas para uma apresentação. Leitura à primeira vista não é meu forte.

— Vai ser ótimo.

— Diz a melhor leitora à primeira vista que já conheci — retruca. — Você também tinha os melhores ouvidos. Lembro como você conseguia anotar notas musicais facilmente depois de ouvir algo uma vez só.

— Onde você estava, Jim, quando eu precisava de uma massageada no ego? — pergunto.

— Eu estou aqui agora — Jim responde. — Vamos trocar informações depois do ensaio.

Ainda estamos tentando nos atualizar quando Chad entra na sala de concertos, com o cabelo molhado e vestido como um astro do rock. Calça jeans preta, botas de combate, camiseta preta justa. Parece que ele está se preparando para tocar uma música do *My Chemical Romance* em vez de reger a trilha sonora de Lina James para *Disappear*.

O Maestro David está no pódio. Ele não diz uma palavra, mas seus olhos hipnóticos dizem: *você é minha.*

Suas mãos elegantes e seus braços tonificados pairam sobre a orquestra como se fosse magia das trevas, e ficamos instantaneamente sob seu feitiço. Intenso é uma palavra muito branda para o maestro. Sua confiança nunca vacila. Ficamos hipnotizados, inspirados. Todos nós desejamos dar a ele o nosso melhor.

A filosofia de Chad é que a música existe para fazer as pessoas sentirem. Suas apresentações no palco são lendárias. Ele já levou seu público às lágrimas. Sei disso porque já estive lá. Joanesburgo, Veneza, Cingapura. Chicago, mais recentemente. Apresentações que jamais esquecerei.

Durante todo o tempo em que estamos tocando essa trilha sonora assombrosa, sou um boneco de neve derretendo no meio de uma onda de calor. Enquanto observo Chad reger, penso na última vez em que fizemos sexo. Como Chad me levou para minha cama, impaciente. Fora de controle. Sua boca quente em meu centro. Como ele me colocou de joelhos, chupando-o. Seu pau faminto me pegando por trás, investindo contra mim com tanta força que não conseguia dar a volta no quarteirão, muito menos sentar e tocar Pablo. Tive que fingir estar doente por três dias.

Também quebramos minha cama.

É incrível que eu consiga me apresentar quando tudo o que consigo pensar, sentir e precisar é o homem diante de mim. Transei com meu noivo viril esta manhã, mas a necessidade em mim agora é de desespero. Meu desempenho aqui e agora é o melhor que já tive em anos. Estou em sintonia com a música.

Quando terminamos de ensaiar a partitura, Chad desce do pódio e vem na minha direção.

— Aurelia, preciso falar com você.

Eu estou péssima. Meus joelhos estão trêmulos. Meu corpo, totalmente leve.

Também estou encharcada entre minhas pernas. Digo a mim mesma que *foi a trilha sonora sedutora.*

Chad acena para a sala envidraçada onde vejo a compositora da trilha sonora, Lina James, recente ganhadora do prêmio Ivor Novello. Ela vem em nossa direção com um sorriso brilhante. Seu cabelo castanho-claro está preso em um coque bagunçado, seus grandes olhos verdes brilham como esmeraldas. Seu rosto não tem nenhuma maquiagem. Um vestido preto e branco está levemente solto em sua pequena estrutura.

— Olá, eu sou Lina.

— Sou Aurelia Preston. — Aperto sua mão estendida. — Sua trilha é impressionante.

— Concordo — Chad acrescenta. — A trilha é impressionante. Lina, acho que você deveria trocar o solo de oboé pelo de violoncelo. O timbre profundo conduziria melhor a cena, e Aurelia seria perfeita para executá-lo.

— Acho que você tem um ponto brilhante. Vamos tentar. Vou precisar desta noite para transcrever.

— Não é necessário. Aurelia pode fazer isso rapidamente.

— Perfeito. Tenho que ver algumas edições. Cosima e eu vamos jantar hoje à noite. Por que vocês dois não se juntam a nós?

— Isso seria maravilhoso — Chad diz, ao mesmo tempo em que falo:

— Sinto muito, mas não posso.

Lina sorri para mim.

— Bem, se você tiver uma mudança de planos, estaremos no Shun Lee às oito. — Ela se levanta na ponta dos pés para beijar a bochecha do maestro. — Obrigada. Vai ser mágico na tela.

Quando ela sai do alcance dos ouvidos, Chad solta um suspiro de alívio.

— Ela pode ser pequena, mas é uma potência. Jante conosco e, depois, podemos tomar um drinque. Podemos colocar a conversa em dia.

— Não posso. — *Não quando tenho um noivo a quem estou aprendendo a dar tudo de mim.*

Ele franze as sobrancelhas.

— Por que não?

Digo com firmeza:

— Não posso. Por favor, me mostre o manuscrito e eu o transcreverei antes de sair hoje.

— O que há de errado? Você não está sendo você mesma.

— Nada está errado.

— Eu te conheço. Alguma coisa está acontecendo.

— Gabriel me pediu em casamento — solto, com a voz embargada. Eu deveria estar emocionada. Entusiasmada. Na lua. Mas como posso estar quando a pessoa que eu ainda amo, pela qual ainda estou apaixonada, está na minha frente?

Os olhos de Chad se estreitam, com linhas profundas entre as sobrancelhas. Ele olha para minha mão.

— Você não está usando um anel de noivado.

— Sera não usava um quando vocês ficaram noivos.

— Porque eu nunca a pedi em casamento.

A resposta de Chad me assusta, e me sinto um pouco desequilibrada no momento. Na verdade, me seguro em uma das estantes de música.

Minha voz abaixa para um sussurro:

— Eu disse sim.

— Tem certeza de que quer se casar com ele? — pergunta, porém soa mais como uma acusação, como se eu tivesse feito algo errado. É uma pergunta que só quer uma resposta, mas não posso dá-la a ele.

— Tenho certeza.

Ele afasta o olhar da minha mão e volta a encarar meu rosto.

— Você só está se enganando se acha que quer se casar com ele.

Levanto meu queixo.

— Eu quero me casar com ele.

— Eu amo você, Aurelia. Nunca deixei de te amar. Nada mudou.

— Como você pode dizer isso?

— Porque é verdade.

— Nós mudamos. Nossas situações mudaram. *Tudo* mudou. Você pertence a Sera. — Olho para seu dedo anelar nu.

Ele também olha para baixo.

— Você sabe que isso é besteira.

— Você ainda é casado?

— Sou, mas... — ele fala, com a tristeza marcando seu rosto. — Eu sempre fui seu.

Essas quatro palavras me deixam sem fala por alguns segundos.

— Bem, eu não sou mais sua — rebato, acreditando que as palavras são verdadeiras.

Quando estou saindo, Chad acrescenta:

— Não pense que esqueci todos os sonhos que compartilhamos.

Olho para trás.

— Parei de sonhar assim que você disse "aceito" para outra pessoa.

AURELIA

Chad e eu ensaiamos e gravamos a trilha sonora sem nenhum drama entre nós. No entanto, a insônia toma conta do meu corpo por oito dias. Esse é o tempo que se passa desde que saí da sala de ensaio como uma diva. Estou do lado de fora da porta da frente de Chad, como a gulosa por castigo que sou. Por favor, que essa visita me traga o tão necessário sono.

Meu dedo paira sobre a campainha. Faz anos que não a vejo.

Mesmo depois de nosso rompimento em Buenos Aires, eu aparecia sem ser convidada em uma casa vazia. Usando uma de suas camisetas, eu dormia em sua cama. Era a única maneira de me sentir próxima a ele novamente.

As pessoas sempre falam sobre perder o coração depois de um rompimento, mas não mencionam a perda de um lar. O lugar onde esse coração costumava viver. Onde as memórias são armazenadas.

Depois que Sera se tornou a Sra. Chadwick David, não pude voltar à sua casa na cidade — o lugar que eu considerava um lar.

E agora, estou aqui com a necessidade de ver a vida que Chad está levando. Preciso ver se ele está mentindo quando diz que é meu.

Chad abre a porta. Os cantos de sua boca perfeita se curvam para cima.

— Que surpresa agradável.

Ele está vestindo uma calça de moletom cinza e nada mais. Engulo com força, incapaz de dizer uma palavra. *Acorde, Aurelia. Concentre-se.*

— Entre. — Ele abre a porta e, quando entro na casa, a sensação de familiaridade me abraça como meu moletom favorito da LaGuardia Arts. Aconchegante e quente. Esse era o nosso refúgio. O sofá onde costumávamos ler nossos livros favoritos... Fitzgerald, Salinger, Garcia Marquez... juntos. O cantinho onde praticávamos. O tapete perto da lareira onde ele transava comigo até tarde da noite.

— Me desculpe por ter passado por aqui — falo. — Eu... eu estava na área e... não sei... — Minhas entranhas se agitam e tudo o que quero é ir embora. Dizer adeus ao passado. Mas, quando estou prestes a me virar, Chad passa o braço em volta do meu ombro e seus lábios estão no topo da minha cabeça.

E, sem mais nem menos, eu *quero* ficar. *Preciso* ficar.

— Já faz algum tempo que você não vem aqui. — Ele sorri. — O lugar está uma bagunça. Astor está com minha irmã e Layla.

— Como elas estão?

— Elas estão bem, exceto…

— O quê?

— Layla teve um caso com um professor.

— Oh. — Eu não esperava por isso. — Ela está bem?

— Está, mas não sei quanto ao professor. Espero que seu último ano na NYU seja livre de escândalos.

— Quando te conheci, Layla tinha acabado de nascer — comento. — Meu Deus, como me sinto velha.

— Você não parece — afirma, seus olhos me absorvendo. — Você é exatamente como sua linda mãe. Nunca envelhece. — Com a mão na parte inferior das minhas costas, Chad me leva para a sala de estar, onde nos sentamos lado a lado. É um *déjà vu* outra vez. Sentamos assim quando fiquei sabendo do noivado dele. A dor diminuiu desde então?

Não, de forma alguma. Talvez seja por isso que eu precise fazer isso.

— Sera está aqui?

Ele levanta uma sobrancelha.

— Não. Somos só nós.

Nós.

— Falei com o Sr. Koser hoje — Chad comenta. — Ele vai se aposentar em breve.

— Nunca pensei que esse dia chegaria — digo. — Ele é o chefe do departamento de música há décadas. Faz parte da arquitetura. Não consigo me imaginar indo ao porão e não o vendo lá.

— O escritório dele sempre foi uma bagunça. — Ele ri. — Não sei como ele conseguia encontrar alguma coisa.

— Ele sempre encontrava tempo para conversar com a gente, no entanto. — Olho ao redor da sala; parece a Boomerang Toys. — A Sra. Strayer está na fila para assumir o cargo dele?

— Não sei. Ela foi a um dos meus concertos há alguns meses e sua presença ainda me intimidou. Lembra-se de todos os boatos malucos sobre ela? — As histórias que envolviam nossa maestrina favorita da escola eram lendárias, usando os elementos da personalidade gigante de Strayer.

— Eu realmente acreditava neles — admito.

— Eu também.

— Ela era da Resistência e pulou de um avião sobre a França, certo? — falo. — Ou foi na Itália?

— Hmm.

— O quê?

Ele dá de ombros e sorri.

— Você é adorável.

— Bem, *ela* era assustadora.

— Ela ainda é. Antes que eu me esqueça, a exibição do filme será em alguns meses. Cosima adoraria que você fosse.

— Eu vou — afirmo. — Mas só se você me disser com qual gêmeo ela vai se casar.

— Ela não vai.

— O quê?

— Ela partiu o coração dos meus dois irmãos. E ambos estão com um olho roxo.

— Mulheres — solto, zombeteira.

— Vocês sabem como nos destruir — ele diz, com um leve sorriso no rosto.

— Você pode agradecer a Eva por isso. — *Eu posso agradecer a Eva pelos pensamentos pecaminosos em minha mente.*

— Então, fico feliz por podermos trabalhar juntos em uma trilha sonora.

— Obrigada por me contratar.

— Eu não gostaria que fosse de outra forma.

— As coisas estavam estranhas...

— É, mas já passamos por coisas mais estranhas antes. — Sua mão alcança a minha e a aperta. Com os dedos unidos, me permito apreciar a sensação de sua mão aquecendo a minha. O celular sobre a mesa de centro toca. — É Noah.

— Seu advogado?

— Sim. Preciso atender.

É realmente como um *déjà vu* de novo.

— Eu vou embora. — Não estou com vontade de ver Sera.

— Por favor, fique — pede, com os olhos brilhantes. — Tenho um pouco daquele pudim de pão que você adora na geladeira.

Ele sai da sala, me dando a oportunidade de bisbilhotar. É uma pena que Agnes não esteja aqui — poderíamos cobrir mais terreno juntas.

Subo a escada na ponta dos pés.

O assoalho de madeira ainda range. Impressões em preto e branco de Piazzolla rodeiam o corredor.

A porta do banheiro está aberta e a grande banheira com pés de garra me chama a atenção. Era lá que eu costumava tomar banho enquanto Chad lia um trecho dos *Sonetos de Amor*, de Pablo Neruda. Mais tarde, ele se despia, entrava na banheira e fazíamos amor.

A porta do quarto principal está aberta.

Eu costumava dormir aqui. Todas as minhas loções Fresh favoritas ficavam no banheiro ao lado. Minha maquiagem e meu perfume ficavam alinhados na cômoda, ao lado de uma foto minha e de Chad. Meus livros repousavam sobre a mesinha de cabeceira.

Agora, esse é o quarto onde ele transa com a esposa.

O ar está cheio de seu cheiro característico — colônia Yves St. Laurent *L'Homme*. A cama king-size ainda está no mesmo lugar. Uma pilha de livros fica no canto do quarto.

Há fotos agrupadas sobre a cômoda: Astor no balanço, Chad e Renna em frente à Torre Eiffel, Astor em um carrossel, Chad no pódio em Buenos Aires.

Nenhuma foto de Sera.

Dou uma olhada por cima do ombro e abro a gaveta superior da cômoda. Roupas íntimas Calvin Klein. Dou uma risada quando vejo meias divertidas de Paul Smith — dinossauros, quebra-cabeças, listras e guepardos. E, embaixo de uma pilha de camisetas brancas, encontro duas fotos nossas. Uma em Xangai, compartilhando dumplings de sopa. Posso sentir o cheiro do restaurante; o gengibre e o óleo de gergelim enchem meus sentidos. A outra é de nós como artistas de rua adolescentes na Times Square.

Como lembranças que costumavam me trazer alegria podem provocar tanta dor física?

A porta do armário dele está entreaberta. Ao abri-la, fico surpresa ao ver que ainda tenho a parte da frente do armário. *Isso é estranho.* Os vestidos que nunca peguei ainda estão pendurados aqui. *O que a esposa dele acha disso?* Ela não deve usar minhas roupas. É pelo menos cinco centímetros mais alta do que eu.

Onde estão as roupas dela?

Sento-me na beirada da cama, sem medo de ser pega. Eu deveria me sentir como uma visitante. No entanto, embora ele seja casado com outra pessoa, este lugar ainda parece ser *minha* casa.

Minhas mãos esfregam suavemente a maciez refrescante do edredom branco que compramos juntos. Tantas lembranças felizes de nós aqui. Descansando aos domingos depois de fazer amor a noite toda. Fazendo um lanche enquanto assistíamos à série *A Escuta*. Ouvindo *Viva la Vida*, do Coldplay. Deitados na cama, com a cabeça de Chad em minha barriga, enquanto conversávamos sobre os filhos que teríamos um dia. O dia que nunca chegará.

Tirando os sapatos, me inclino para trás até ficar deitada do lado esquerdo. O lado dele. Enterrando o nariz no travesseiro, inspiro seu cheiro limpo e viril e fecho os olhos, não acordando até que Chad sussurra em meu ouvido:

— Amor?

Solto um gemido.

— Amor — sussurra de novo.

Eu me viro lentamente em sua direção, depois me dou conta de onde estou.

— Ai, meu Deus, me desculpe. — Eu me sento, tentando me recompor.

— Você caiu no sono.

— Estou tão envergonhada.

— Não precisa ficar.

Eu o olho por entre os cílios, constrangida.

— Você está bem? — pergunta.

— Eu estava cansada. — Como se fosse completamente normal se convidar para dormir na cama como a Cachinhos Dourados.

— Você está grávida? — Isso é tristeza na voz dele?

— Não — respondo. — Por quê? Eu pareço estar?

— Você está linda e... você disse que estava cansada e adormeceu...

Nós dois ficamos em silêncio, olhando um para o outro. Neste quarto, onde conversamos sobre todos os filhos que teríamos um dia.

— Pode explicar as gavetas abertas?

— Umm.

— E o que você estava fazendo no closet?

Encaro fixamente para o chão. Fui pega.

— Bisbilhotando.

— Por quê? Estava procurando algo em particular? Um brinquedo? — provoca.

Reviro os olhos.

— Isso vai parecer loucura, mas...

— O que é?

— Eu sou ciumenta pra caramba e precisava ver sua vida com ela. — Pronto, eu disse.

Ele se agacha.

— Que vida?

— Sua vida de casado. A que você tem com Sera. E um filho lindo e uma carreira ilustre.

— Qualquer que seja a noção que você tenha da minha vida, ela está incorreta.

— Não estou entendendo.

— Às vezes, a vista é melhor do que a realidade. — Ele pega minha mão, dobrando-a entre as suas. — Não faça nada precipitado. Não se case com Gabriel. Por favor, espere por mim, Aurelia.

— Esperar por você?

— Por favor. Eu preciso que você espere.

— Como pode me pedir isso?

— Porque eu amo você.

— Eu sei que você me ama.

— Não. — A tristeza envolve seus olhos azuis. — Eu te amo mais do que você *jamais* saberá.

— E você partiu meu coração mais do que jamais saberá — rebato.

— Você também partiu o meu — afirma. — Mas eu arriscaria outro coração partido se fosse você quem o partisse.

— Chad — falo, meu peito inchando e se apertando ao mesmo tempo.

— Prometo que não vou partir seu coração de novo. — A voz dele está vulnerável. — Apenas espere.

— Pare.

Devo esperar como um cachorro velho em um canil, acreditando que a pessoa certa finalmente virá depois de ter sido recusada tantas vezes? Devo seguir os passos da minha mãe? Esperando por um homem que nunca deixará sua esposa? Graças a Deus, ela teve o bom senso de abrir seu coração para Callum.

— Você fica acordado à noite pensando em mim? — pergunto.

Ele olha para mim, perplexo.

— Claro que sim. Dói saber que você está com ele.

— Agora você sabe como me senti durante todos esses anos. Demorei muito tempo para aceitar seu casamento. Eu precisava de mais confirmação de que você tem uma vida sem mim, e é por isso que estou aqui.

— Casamento? — Ele ri levemente. — Que casamento? Você arruinou outras mulheres para mim. Inclusive minha esposa. Não estou com Sera.

— Vocês estão separados?

Ele permanece em silêncio, com o olhar no chão... onde meu coração está agora.

— Não estão — digo. — Você não vai se divorciar dela. Você me disse uma vez que não poderia ir embora.

— Ainda não.

— Ainda — falo com brusquidão.

— Sinto tanto a sua falta — ele sussurra.

— Eu também sinto sua falta. — O calor se dissipa do meu peito. — Você não está feliz?

— Meu filho me traz uma alegria inequívoca. Eu amo o que faço para viver. Mas feliz? — Ele suspira. — Aprendi ao longo dos anos que sucesso não significa felicidade. Portanto, não, não sou completamente feliz. Você é?

— Ainda não cheguei lá, mas estou trabalhando nisso.

Quando decidi vir para cá, esse cenário era algo que eu nunca imaginei. Achei que Sera e Astor estariam aqui, brincando. Legos. Carros. Chad prepararia rabanada para sua família. E eu me sentaria e observaria o felizes para sempre deles enquanto tentava não vomitar.

— Você ama o Gabriel? — Chad pergunta, me surpreendendo.

— Eu amo.

— Você está apaixonada por ele?

— Sim.

Sua expressão é de descrença. E de mágoa.

— É melhor com ele?

Inclino a cabeça, confusa.

— Você é uma pessoa melhor quando está com ele?

— Sim, às vezes. — O quarto parece estar se expandindo, três palavras flutuando no ar.

O silêncio permanece enquanto Chad e eu nos sentamos neste quarto. Um que já foi meu refúgio.

— Você o ama mais do que a mim?

Meu coração vacila. De todas as perguntas que poderia ter feito, ele fez a que já sabe a resposta. Abaixo a cabeça, com medo de dizer a verdade. Isso significaria trair meu noivo.

— Não cometa um erro — pede, levantando meu queixo com o dedo indicador.

— Como você fez? — Quero retirar as palavras imediatamente. Ter seu filho não foi um erro. — Eu não quis dizer isso. Astor é a melhor coisa em sua vida. E eu não deveria ter aparecido por aqui e me sentido em casa.

— Você ainda tem suas chaves?

Assinto.

— Eu vou devolver. — Abro minha bolsa, fingindo localizar o conjunto de chaves da casa de Chad que guardei por anos. Sei exatamente onde elas estão.

— Não as quero de volta. Esta também é sua casa.

Minha casa?

— Sabe o que me deixa feliz pra caralho? Subir a escada e encontrar você dormindo na nossa cama.

— Nossa cama?

— Sim, nossa cama. — Sua voz é baixa e quente, tocando um lugar que ele já partiu tantas vezes. — Por favor, fique. Vamos jantar. Podemos pedir comida como nos velhos tempos — sugere, ignorando o fato de eu estar noiva.

O relógio do outro lado da sala revela que são cinco e quarenta e cinco. Estou atrasada.

— Eu… eu preciso ir, Gabriel está me esperando.

— Claro que está.

Meu coração bate contra o peito quando toco a bochecha de Chad com o dedo indicador.

— Estou tão orgulhosa de você. Você se tornou *o* maestro.

— Mas esse não sou eu — ele me diz. — Sou o garoto que se apaixonou por você aos treze anos, que te ama aos trinta e três e que te amará até o último suspiro.

Suas palavras me queimam por dentro, como um fogo sendo aceso. Se eu permitir que cresça, ele me consumirá.

— Eu sempre vou te amar, Chad. Mas não posso mais fazer isso — falo, me levantando. — Não posso deixar que meu coração fique balançando para frente e para trás quando se trata de você. Levei anos para acordar e não chorar por você. Anos para amar outra pessoa. Não posso esperar por você. Você está casado com Sera, e vou me casar com Gabriel. Vou amá-lo com tudo o que tenho.

O rosto de Chad está ilegível, mas vejo a angústia por trás de seus olhos. Porque é a mesma angústia que está por trás dos meus.

Eu o encaro, meu coração se dividindo em dois. Uma metade é dele. A outra pertence a Gabriel.

Se eu quiser que meu relacionamento com Gabriel dê certo, preciso dar ao meu noivo todo o meu coração.

— Tenho que lhe pedir algo que nunca pensei que faria — falo, girando meu anel de noivado.

— Me diga. — Sua voz é suave, seus olhos azuis estão marejados e suplicantes. Também sinto uma sensação de pânico.

Fechando meus olhos, não vejo mais o homem à minha frente. Em vez disso, é o homem de olhos verdes que está me esperando no meu loft. Pronto para me tornar sua esposa.

Ou eu quebro a promessa que fiz a Chad anos atrás, ou permito que a promessa quebre o que resta de mim.

Meu coração cai aos meus pés quando digo:

— Por favor, me deixe ir.

6 de dezembro de 2017.

— Aurelia, é o Chad. — Uma pequena pausa. — Todos os dias, estou tendo conversas imaginárias com você. Quando estou caminhando pela Broadway. A caminho de uma apresentação. Ou quando estou passando pelas portas do que uma vez foi o nosso lar. Hoje, na lanchonete, alguém pediu torta de creme de banana. Olhei para cima, torcendo para que fosse você. Então *I Want You Back* começou a tocar nos fundos. Tive que ir embora. — Outra pausa. — Você me pediu para te deixar ir. Acho que nunca vou chegar lá. Eu te amo. E quero que você seja feliz. Mas saiba disso: se Gabriel alguma vez te machucar, eu o mato.

NEW YORK TIMES

29 de janeiro de 2018.

Chadwick David e a Filarmônica de Munique vencem o Grammy Award de Melhor Performance Orquestral pela Sexta Sinfonia de Mahler

FORBES

7 de abril de 2018.

“Disappear” é um sucesso indie sem precendentes

AURELIA

Julho de 2018.

A tristeza permanece. Ela nunca desaparece por completo. Aparece em momentos inesperados. Quando estou lendo um livro ou ouvindo uma música, ou apenas o simples ato de abrir a porta do meu apartamento. Pego o celular, sem perceber que estou discando o número de Chad, e então me lembro de que fui eu quem pediu para ser libertada.

Ninguém nunca me disse que podemos ficar de luto pelos vivos.

Um anel de noivado de diamante repousa em meu dedo anelar direito, me lembrando de que tenho um homem maravilhoso que me ama. Gabriel Barnes é perfeito em todos os sentidos. Gentil. Atencioso. Carinhoso. Bonito. Ambicioso. Ele só não é perfeito para mim.

Nosso relacionamento se torna um ioiô ininterrupto. Para cima e para baixo, de um lado para o outro. Em um minuto, estou em êxtase, feliz da vida. No outro, estou assustada e triste.

Ficar pensando em possíveis datas de casamento não causa ansiedade. Mas é sentar com Gabriel e um planejador de casamentos que me faz querer abrir as portas de saída. Qualquer coisa que se assemelhe a um futuro real com meu noivo me assusta.

Nossas conversas diárias, que eram dominadas pelo compartilhamento de nossos dias e planos futuros, mudaram. Eu costumava contar tudo. Agora, quase não estou contando nada. Aos poucos, começo a me arrastar de volta para a concha que criei anos atrás.

Estou entorpecida, evitando constantemente qualquer conversa que ultrapasse o cotidiano. Determinada a salvar nosso relacionamento, vou a um terapeuta duas vezes por semana, mas temo estar quebrada demais para ser consertada. Que a única pessoa que pode ajudar a consertar esse coração é o homem que o destruiu.

Posso dizer a mim mesma que superei Chad há anos. Eu segui em frente. Amo outra pessoa. Estou pronta para ter uma família com Gabriel. Continuo tentando dar tudo de mim ao meu noivo.

Parei de sonhar com um futuro com Chad. Agora, se eu pudesse simplesmente parar de amá-lo.

O coração é imprevisível. Ele dá voltas e reviravoltas, me puxando para lembranças maravilhosas, me provocando, me lembrando de quando eu era mais feliz. Um sinal de que o que estou carregando desde que Chad e eu nos separamos é uma fraca impressão de felicidade.

Posso mentir para todo mundo, mas não posso mentir para o meu coração. Especialmente um coração partido que foi temporariamente enfaixado.

Terminamos a trilha sonora há dez meses, mas revivo os momentos com Chad como se tivessem acontecido ontem. A alegria de compartilhar músicas, de revisar as partituras. Todos os dias, me esforço para esquecê-lo, para esquecer suas palavras: "eu sempre fui seu".

Hoje é o quinto aniversário de casamento de Chad e Sera. Eu não deveria me importar com o aniversário de casamento deles. Mas me importo; fujo das minhas obrigações diárias, ligo um dos meus programas favoritos e planejo engolir meu sofrimento com Maker's Mark.

Uma parte de mim quer jogar a cautela ao vento, correr diretamente para a tempestade de merda de expor a situação e forçar um ultimato. Mas então penso em como meu pai partiu o coração de Priscilla várias vezes. Como a dor sempre enchia seus olhos. Lembro-me de como minha mãe continuou a amar um homem indisponível, encharcando seu travesseiro com lágrimas não correspondidas.

E então minha mente volta para Gabriel. O homem que eu amo. Ele e eu podemos fazer nosso relacionamento dar certo. *O amor duradouro leva tempo para ser construído.*

Pedi a Chad que me deixasse ir para que eu pudesse ter um futuro com Gabriel. E, no entanto, aqui estou eu, no meio de uma situação inescapável: ainda amo dois homens.

Minha mente está um caos.

Quando estou prestes a tomar o primeiro gole de bourbon, meu celular toca.

— Alô — atendo.

— Só queria ter certeza de que você está bem — Agnes diz. Sua voz está triste, reflexiva. Soa como *eu gostaria de poder te confortar*.

— Vou tirar o dia de hoje de folga.

— Algum plano?

Penso em meus planos para o dia. *Sou patética*. Não quero mais ser essa mulher.

— Eu ia me embebedar — admito.

Agnes não me repreende. Em vez disso, fica quieta, me ouvindo reclamar.

— O que há de errado comigo? Eu tenho Gabriel, e ainda assim...

— Não há nada de errado com você — interrompe. — Chad é alguém que você amou durante toda a sua vida. Só porque você ama Gabriel, não significa que pode facilmente deixar de amar Chad.

Na cômoda, há uma foto minha e de Gabriel em Porto Rico, tirada há três meses. Ele estava trabalhando sem parar e precisava de uma folga do trabalho. Eu o surpreendi com uma viagem de três dias. As férias prometem muita coisa. Uma chance de se reconectar. De solidificar um relacionamento. De deixar desejos indesejados por outra pessoa... para trás.

Descansamos na praia de Condado, bebendo piña coladas entre o sexo. Foi perfeito até voltarmos para Nova York. E então me lembrei de que a *distância* é temporária. Minha bagagem emocional retorna como uma mala enorme, desempacotando todas as minhas lembranças de Chad. Teimosa, ela se recusa a ir embora e se torna a terceira parte intrusiva no meu relacionamento com Gabriel.

— Você está aí? — Agnes pergunta, preocupada.

— Sim — respondo, empurrando a garrafa de Bourbon para longe de mim. — Não vou desperdiçar meu dia de folga.

— Saia de casa — sugere. — Faça algo que você não faz há muito tempo.

É exatamente isso que faço. Depois de nossa ligação, vou até Sheep Meadow e preparo um piquenique para uma pessoa só.

Nas duas horas seguintes, leio *Os Mortos*, de James Joyce, sentindo a saudade de outra pessoa. O coração partido de outra pessoa. E o arrependimento de outra pessoa.

— Aurelia — Gabriel me chama.

— Estou no sofá.

— Você não está no teatro?

— Tirei a noite de folga.

— Você está bem? — A pergunta diária.

— Estou bem — minto. No início, eu estava apenas triste. Depois, a tristeza se enrolou em mim e me levou para um lugar de onde não consigo sair.

Algo está errado e não sou mais só eu. Gabriel não se aproxima e me beija nos lábios. Em vez disso, ele fica a certa distância e pergunta:

— O que estamos fazendo?

— O que você quer dizer? — Passa um pouco das nove. Ele deveria ter chegado em casa há mais de uma hora. Quando Gabriel se atrasa alguns minutos, ele me manda uma mensagem. Mesmo que eu esteja no fosso.

Ele dá alguns passos hesitantes, como uma criança que se aproxima de uma fogueira. É isso o que me tornei para ele? Uma chama que o queimará?

— Fui o segundo melhor durante anos e, quando penso que você finalmente é minha, voltamos à estaca zero — declara, sentando-se à minha frente.

— Eu amo você.

— Eu sei, mas não sou a primeira pessoa com quem você quer compartilhar seus dias. Não sou a pessoa que você quer.

Suspiro, porque a verdade sempre esteve presente, mesmo quando eu me recusava a reconhecê-la.

— Eu ouço na sua voz — Gabriel continua. — Certa risada reservada para outra pessoa. Toda vez que você lê uma mensagem dele, há um sorriso em seu rosto. Um sorriso que nunca vou conseguir tirar de você. Nunca sentirei sua dor por mim. Você fica viva só de *pensar* nele, mesmo que eu tenha vivido aqui o tempo todo. Nunca entrarei em você. — Seus olhos, tristes e aflitos, se fixam nos meus. — Pensei em te dar um ultimato. Perder sua amizade com Chadwick ou me perder. Mas eu sei o que você vai fazer, mesmo que isso signifique se separar.

— Não tenho contato com Chad há meses — digo a ele.

— Isso não importa.

— Como pode dizer isso? — Minha voz chia como a de uma criança acusada de roubo. — Estou tentando fazer isso dar certo.

— Eu sei, e esse é o problema.

— Não estou entendendo.

— Você não deveria ter que tentar fazer com que as coisas funcionem entre nós.

Ele olha para frente antes de se voltar para mim. Exaustão e tristeza cobrem seu rosto.

— Eu te dei tudo. Mas você não quis.

— Eu quero. Eu quero isso com você. Há anos que isso acabou entre mim e Chad.

Ele balança a cabeça, não convencido.

— Você é o homem com quem vou me casar.

— Sou seu noivo e sou o outro homem.

— Por favor. — Não sei o que estou pedindo neste momento.

— Não quero ser um prêmio de consolação.

— Você não é. — Quero que isso seja verdade.

— Eu sou, especialmente quando você ainda se apega a lembranças com as quais nunca serei capaz de competir. Mesmo com terapia, ainda estamos onde começamos anos atrás. E estou cansado de ser o segundo melhor. Estou cansado de me perguntar se você está pensando nele quando estamos fazendo amor. Cansado de você chamar o nome dele enquanto dorme.

— Sinto muito — falo. — Eu amo você.

Ele não responde, permitindo que minhas palavras permaneçam como poeira indesejada.

— Eu amo você — repito, determinada a fazer esse relacionamento dar certo. — Eu trabalharei menos. Estarei em casa com mais frequência. Vou até aprender a cozinhar, embora isso possa ser uma causa perdida. — Olho para Gabriel e lhe dou um leve sorriso.

— Eu te amo há muito tempo, mas *isso* — ele diz, batendo no peito com o punho — dói.

— Eu não quero te machucar.

— Então não faça isso.

— Me diga o que fazer — imploro, mas meu estômago se revira de incerteza.

— Quero ter um futuro com você. — Ele se aproxima de mim e se agacha. — Você vai tocar menos? — Assinto. — Talvez tirar algum tempo de folga depois de cumprir seu contrato? — Assinto outra vez, meu coração batendo forte contra o peito. — Você fará isso por mim?

— Sim. — Adoro tocar em uma orquestra, mas preciso fazer o que for preciso para salvar meu relacionamento com Gabriel. Preciso dar a ele tudo de mim. Meu coração.

Pegando minha mão, ele está prestes a dizer algo quando seu olhar pousa na mesa ao lado.

— O que é aquilo?

Olho para *a* caixa. *Merda.*

Ele pega minhas lembranças preciosas debaixo da mesa lateral. Abre a caixa.

— Aurelia. — Há choque e amargura em sua voz. A expressão em seu rosto muda de ternura para raiva em milissegundos. — O que é isso?

Todos os artigos e recortes dobrados apresentam Chad. Programas e canhotos de concertos de Chad em todo o mundo. Apresentações das quais participei, todas sem o conhecimento de Gabriel. Ele estuda um programa antes de amassá-lo lentamente em sua mão. Um tesouro que guardei ao longo dos anos se tornou combustível para o fogo de Gabriel.

— Eles são velhos — digo.

— Vocês chegaram a se encontrar?

— Eu nunca te traí.

— Me responda.

— Nós nos encontramos uma vez. Não foi planejado.

— Quando?

— Há mais de um ano — respondo, fracamente. — Juro que não aconteceu nada. Ele respeita nosso relacionamento.

— Pelo menos alguém respeita — ele zomba.

— Gabriel…

Ele me interrompe:

— Eu queria ser a pessoa certa para você, mesmo que isso significasse compartilhar um fantasma do seu passado.

— Eu te amo, Gabriel.

— Eu sei. — Linhas profundas se formam em sua testa. — Mas eu quero mais do que suas palavras. Quero mais do que seu corpo, sua casa, sua música. Quero seu coração. — Ele engole em seco. — Você segurou nosso futuro em suas mãos e o torceu. E, ao longo dos anos, quebrou o que estávamos construindo.

Meus lábios tremem quando Gabriel continua:

— Levei mais de uma década para perceber que seu coração nunca será meu. Chad terminou com você no ensino médio, e você ainda foi com ele depois da festa. Mesmo depois que ele se casou com Sera e teve um filho com ela, você ainda manteve a esperança. E isso — ele segura o programa amassado — apenas confirmou que eu nunca serei a pessoa que você quer.

Estou sentada, incapaz de me mover. Incapaz de refutar as palavras de Gabriel. O suor desce pela lateral do meu pescoço.

Ele olha para o chão por alguns longos segundos. Percebo a hesitação. A respiração ofegante. A possibilidade de um fim para seu amor.

Estive construindo um muro ao meu redor — um muro que seria ambicioso demais para escalar. Seria preciso muita determinação e paciência para que alguém o derrubasse.

Meu peito se aperta quando Gabriel se recusa a olhar na minha direção. Ele desistiu.

— Eu te traí — revela, com a voz afiada. Com raiva.

Encaro-o fixamente, boquiaberta.

— Eu te traí — repete, desta vez mais alto.

Mordo meu lábio inferior, incapaz de responder. Eu estava pronta para lutar por nós. Pronta para me quebrar.

Suas palavras, *"eu te traí"*, são injeções de Novocaína, entorpecendo todo o meu corpo. A maioria das mulheres teria um ataque. Gritariam. Dariam socos. Queimariam roupas. Quebrariam todos os copos da casa.

Estou aliviada e em paz. Gabriel fez o que prometeu: tornou tudo mais fácil para mim.

— Okay — murmuro, pensando comigo mesma: *"que clichê"*.

— *Okay?* — Sua voz estrondosa, que eu nunca tinha ouvido antes, me assusta. — Eu fodo outra mulher e isso é tudo o que você tem a dizer?

— Sim.

— Isso é o quanto você me ama — ele fala.

Dou de ombros.

— É tudo o que posso dizer no momento. — Nunca poderemos nos recuperar disso.

— Você não se importa?

Importar? Essa é a última coisa que sinto agora. Eu o encaro com firmeza.

— Espero que tenha usado proteção.

Não sei o que é pior — o ato de trair ou o fato de eu estar aliviada.

— É só isso? Você não quer nem saber quem foi? — Ele quer me provocar. Para provar o quanto estou magoada. O quanto me importo.

— Não. — Não me importo, desde que ele tenha usado camisinha. Eu me tornei como minha madrasta. Indiferente. Mandar um buquê de vadia para a mulher com quem Gabriel transou seria um desperdício de tempo e dinheiro.

— Eu queria me sentir desejado — ele diz, com a voz mais suave. — Não importa o quanto façamos amor, nunca foi a mim que você dedicou seu coração.

— Então você foi transar com outra pessoa? — pergunto, com sarcasmo. Durante todo esse tempo, comparei nosso relacionamento a uma peça de Mozart, leve, fácil e calma. Eu não estava ouvindo a maneira como meu coração batia ao redor de Gabriel. Ou ouvindo o que nunca foi dito. Nossa música era mais parecida com uma composição de Schoenberg, sons discordantes e desarmônicos que nos recusávamos a reconhecer. Até agora.

Os olhos verdes com os quais acordei esta manhã se recusam a encontrar os meus. Limpo as palmas das mãos suadas na frente do meu vestido e me levanto. Pego a caixa com as realizações de Chad e a coloco embaixo da mesa de centro. Ela está segura e no lugar. Assim como minhas intenções. Espaço é o que preciso. Empurro meu noivo para longe e vou em direção à porta.

— Saia por aquela porta — Gabriel afirma, me parando no lugar. — E isso acaba.

Tirando o anel de noivado do dedo, coloco-o sobre a mesinha de centro. Sem olhar para trás, saio para a noite quente de verão.

Livre.

A beleza de viver em uma cidade densamente povoada é que você pode andar por aí com o coração partido e será deixado em paz. De vez em quando, alguém oferece um sorriso fechado e simpático e um aceno de cabeça.

Gabriel me traiu, e não estou com raiva.

Eu gostaria de poder identificar o momento exato em que as coisas entre Gabriel e eu mudaram. Mas não posso. A sequência de momentos se acumula, como luzes sendo amarradas ao redor de uma árvore de Natal. Juntas, elas se iluminam como a verdade que ficou escondida no escuro por muito tempo.

Ou talvez a "coisa" estivesse lá o tempo todo. Muito antes de começarmos a namorar. Com o passar do tempo, nenhum de nós queria reconhecer a pequena fissura.

O fato de Chad ter me deixado ir embora não ajudou em nada. De forma alguma. Não era ele que estava se interpondo entre mim e Gabriel. Eu é que estava me afastando de um relacionamento. Você pode entrar em um relacionamento com as melhores intenções. Mas, no final, ambos os corações precisam estar abertos. O meu nunca esteve totalmente aberto.

Se você não amar com todo o seu coração, a mágoa se tornará apenas uma dor. Uma dor incômoda que vai se dissipando, como se nunca tivéssemos amado.

Meu relacionamento com Gabriel se desviou do curso, como um veículo sem destino real. Ao longo do caminho, surgiram pequenos bloqueios. Nós nos revezávamos na direção e, quando eu estava ao volante, não me importava mais com a direção em que estávamos indo.

Na esquina da Crosby com a Houston, as luzes piscantes da rua me lembram dos momentos que passaram. É difícil não ficar remoendo momentos cheios de perda e arrependimento.

Posso seguir em frente na mesma trajetória ou posso virar e mudar o rumo da minha vida.

A estrada da vida nunca é reta e estreita. Ela é sinuosa, com obstáculos a cada curva. No entanto, vou seguir em frente, na esperança de que meu coração e minha cabeça possam me direcionar para onde preciso ir.

Estou saindo do Washington Square Park quando meu celular toca.

— Gabriel me pediu para ver como você estava — Agnes diz, pelo celular. — Ele falou que você o deixou.

— Deixei.

— Fale comigo.

— Ele fodeu uma puta.

— Não.

— Sim, ele traiu.

— Estou... estou surpresa. Você está bem?

— Estou. — Destranco a porta da frente da casa da minha mãe. — Eu nunca estive pronta para o que Gabriel queria. Precisava.

— Isso não é motivo para ele trair você. — Se Agnes estivesse aqui, machucaria Gabriel. — Acabou mesmo?

— Acabou.

Ela faz uma pausa por um momento.

— Estou orgulhosa de você.

— É?

— Sair de um relacionamento que não está funcionando é corajoso.

— Bem, ele me traiu.

— Sim, mas muitas teriam ficado. Com medo de seguir em frente.

Minha vida tem sido uma série de soluços. Até agora.

— Definitivamente estou seguindo em frente.

— Isso é bom — ela afirma. — Onde você está?

— Na casa da minha mãe.

— Isabel está aí?

— Ela está na Venezuela com Callum — digo, com tristeza. Eu realmente precisava da companhia da minha mãe agora.

— Eu posso ficar na linha — Agnes diz.

— Não, não. Vou ficar bem. Preciso de um tempo para mim.

— Tem certeza?

— Sim. Ligo para você amanhã.

— Promete?

— Prometo.

Deixo minha bolsa no balcão da cozinha da minha mãe e me sento, com o coração mal batendo. Esta não é a cozinha em que cresci. O quarto ao lado não é onde eu tocava Pablo por horas. A sala de estar não é onde mamãe e eu passávamos horas vendo álbuns de recortes.

Sem minha mãe aqui, esta é a casa de um estranho.

Em vez de conforto, sou lembrada de que não só perdi a noção de lar, como também perdi a noção de mim mesma.

Tudo o que eu quero é sentir alguma coisa. Qualquer coisa. Quero que essa dormência desapareça. Quero que meu corpo se sinta vazio agora que Gabriel e eu terminamos. Eu gostaria de acreditar que os últimos anos com ele significaram algo. Que encontrei alguma felicidade sem Chad, acreditando que o fim definitivo da solidão seria com Gabriel.

Alguém segurando você à noite, sussurrando palavras doces, não acaba com a solidão.

Um pouco depois da meia-noite, volto para o loft, com dificuldade para subir os cinco andares. Paro no topo da escada, tentando me recompor.

Recuso-me a aceitar uma vida de infelicidade.

Minha vida está uma bagunça e estou decidida a consertá-la, o que inclui pedir a Gabriel que se mude da minha casa.

O apartamento está silencioso e escuro, exceto por um brilho suave que emana da sala de estar. Gabriel está no sofá, deitado de lado, com a cabeça apoiada em uma almofada, dormindo. Pela primeira vez esta noite, tenho vontade de chorar. Ele me traiu, mas a culpa é minha. A infidelidade de Gabriel não é nada comparada à maneira como amei outro homem durante anos. Gabriel me amou da melhor maneira possível, mas eu nunca aceitei seu amor incondicional. Ele sempre foi o meu escape. Nós merecemos mais do que *isso*.

Durante todo esse tempo, pensei que estava seguindo em frente com Gabriel, mas percebi que é difícil seguir em frente quando seu coração se recusa a fazê-lo.

Existe amor e existe AMOR — o tipo de amor que consome tudo e que você *não consegue viver sem*. O amor do tipo *"não posso deixá-lo"*. Esse era o amor que eu tinha por Chad. Um amor que eu estupidamente acreditava que poderia encontrar com Gabriel.

Com passos sem pressa, vou até a beirada do sofá e me sento ao lado de Gabriel: o garoto que nunca incendiou meu coração, mas que sempre esteve ao meu lado. O estudante de artes que me acompanhou até em casa depois que Chad terminou comigo. O estudante universitário que pegava o ônibus Greyhound a cada dois finais de semana de Nova York para a Filadélfia para passar um tempo comigo. Inabalável e confiável. Durante alguns dos piores momentos da minha vida, Gabriel Barnes me abraçou com força, acariciou meu cabelo e sussurrou palavras de consolo.

O homem que ofereceu seu coração.

O homem a quem eu nunca poderia dar o meu.

Como meu pai, me tornei um livro fechado, me recusando a compartilhar minhas histórias com qualquer pessoa, exceto Chad. Eu havia perdido meu relacionamento com Gabriel para o silêncio.

Colocando a mão em seu ombro, eu o desperto do sono.

— *Baby* — ele diz, com a voz rouca de sono e remorso. — Eu sinto muito.

— Eu também.

— Acho que nós dois estávamos mais apaixonados pela ideia de nós do que pelo que realmente somos. — Finalmente, ele está dizendo as palavras que ambos precisávamos ouvir. — Sempre fomos melhores como amigos.

— Não sei como chegamos a esse ponto. — Minha voz está rouca e abalada. Gabriel é um arquiteto, sempre construindo a casa perfeita para seus clientes. Infelizmente, nunca lhe dei a oportunidade de construir uma para nós.

— Pensei que Chadwick seria seu passado e eu o seu presente e futuro.

— Ele dá uma risada triste. — Eu era apenas um pontinho. Um segundo em sua vida. Chadwick foi e sempre será a pessoa que você quer. Dói, mas vou ficar bem — ele continua, se levantando. Ele pega minhas duas mãos trêmulas e as coloca entre as suas. — Aceitei uma oferta de emprego para dirigir o escritório da Emerson em Los Angeles.

— Você odeia Los Angeles.

— Não tanto quanto odeio viver assim. Eu te desrespeitei. — Seus olhos estão cheios de lágrimas. — Eu queria machucá-la. Eu nos machuquei. Te amo, mas não posso mais te amar assim.

Choro incontrolavelmente. Meu nariz escorre. É o choro mais feio que alguém já teve. Gabriel me abraça, minhas lágrimas manchando sua camisa amassada.

Assentindo, sussurro:

— Não quero que a gente se odeie.

Ele coloca o queixo no topo da minha cabeça e posso senti-lo a movendo.

— Se vale de alguma coisa, eu nunca poderia te odiar por amar outra pessoa. Eu sabia que você era dele. Você nunca o superou e acho que nunca vai superar.

Eu amava Gabriel. Ainda o amo. Os últimos meses me fizeram perceber que nunca estive apaixonada por ele.

Posso amar dois homens, mas só posso estar apaixonada por um. E quando você se apaixona por sua alma gêmea, nunca deixa de se apaixonar.

— Quero que se lembre de uma coisa — Gabriel fala.

— Sim?

— Saiba o seu valor. Nunca se acomode, Aurelia.

SAN FRANCISCO CHRONICLE

16 de setembro de 2018.

Ontem à noite, Chadwick David abriu a Orquestra de São Francisco, primeiro tocando e depois como regente convidado em um programa completo de Tchaikovsky.

Outubro de 2018.

Tocar como violoncelista em um espetáculo da Broadway é uma grande oportunidade, mas também estou usando isso como desculpa para não seguir em frente com minha vida. Meus sonhos. Exceto pela trilha sonora de *Disappear*, de Lina James, não me apresento fora do fosso há mais de um ano, até mesmo recusando posições como substituta na Filarmônica de Nova York e no MET. A depressão jogou meus sonhos fora, e estou determinada a recuperá-los.

A única grande mudança na minha vida foi o término do meu noivado com Gabriel há três meses.

Depois do show desta noite, volto para o meu loft vazio por volta das onze horas, como de costume, tomo um banho quente e visto a camiseta velha de Chad, como de costume, e me acomodo no sofá.

Como de costume.

Nos últimos anos, tenho estado em uma sensação perpétua de *Feitiço do Tempo. Isso é ridículo.* Trinta e cinco anos de idade e solteira. Não tenho nem mesmo um gato. Nem sequer tenho plantas — os canteiros de flores em meu telhado morreram assim que Gabriel se mudou.

Se a minha pessoa de vinte e poucos anos saísse comigo agora, o que ela veria? Uma violoncelista triste e solitária.

No momento em que minha mão pega a segunda taça de vinho, meu celular toca na mesinha de centro. É Agnes. Minha outra alma gêmea.

— Como você sabia? — digo.

— Sabia o quê? — Sua voz está rouca, como se ela tivesse fumado muitos cigarros.

— Que eu precisava de uma ouvinte.

— Eu também preciso de uma — ela afirma, rindo baixinho. — Me encontre em Boston.

AURELIA

Boston, Massachusetts, abril de 2019.

Nunca me importei com um destino até me encontrar perdida.

Acontece que ser uma mulher solteira tem suas vantagens: posso sair para uma viagem rápida a qualquer momento, e foi exatamente isso o que fiz. Deixei *Hamilton* no último outono. Apresentar as mesmas músicas seis noites por semana nos últimos dois anos não era nada inspirador. Até mesmo o tom profundo de Pablo foi se apagando aos poucos. Minha vida estava estagnada. Estacionada em uma encruzilhada por anos.

Meu rompimento com Gabriel foi a receita que eu precisava para me reencontrar. Para começar do zero.

Com minhas economias e herança, estou tirando uma folga e fiz uma lista:

1. Viajar.

2. Fazer um teste em uma sinfônica para um cargo em tempo integral. Nada mais de fossos. Pelo menos não por mais um ou dois anos.

3. Gravações de álbuns.

4. Sair para encontros.

5. Ter um cachorro.

Aceitei o convite de Agnes para ir com ela a Boston. Além de ser uma das minhas cidades favoritas, ela tem uma das melhores orquestras do mundo. Uma orquestra com a qual já me apresentei várias vezes.

Fiz um mochilão pela Europa como uma universitária recém-formada, me hospedando em Airbnbs.

Participei de duas gravações lançadas este ano, a primeira um dueto de piano e violoncelo com um colega ex-aluno da Curtis. E meu caso de amor com Coldplay completou o círculo quando me apresentei no *Everyday Life.*

Também toquei com a Orquestra Sinfônica de Lucerna, dirigida por James Gaffigan, também ex-aluno da LaGuardia.

E em julho, estarei com Pablo no Lucca Summer Festival em Pisa, na Itália.

Hoje à noite, estou trabalhando no número quatro da minha lista.

Mickey Bale e eu estamos em um pub irlandês. Nós nos conhecemos enquanto corríamos ontem. Na verdade, eu não corro; estava caminhando rapidamente ao longo do Fan Pier como se estivesse fazendo um teste para as Olimpíadas.

Meu acompanhante está usando um agasalho preto e verde do Boston Celtics, semelhante ao que ele usava quando o conheci.

Mickey já bebeu vários copos de Sam Adams, o que faz com que seu sotaque sulista saia forte e claro enquanto ele conversa nervosamente.

— Você é bonita.

— Quer mais cerveja?

— Vejo que gostou do seu jantar — diz, percebendo que terminei de comer tudo o que estava no meu prato. Não sou o tipo de mulher que finge que não come.

Até o momento, a melhor coisa desse encontro é a deliciosa torta de Cottage e o violinista irlandês tocando ao fundo. Chad gostaria desse lugar.

Não fui feita para namorar, especialmente quando ainda estou pensando em Chad.

A cabeça de Mickey parece que está prestes a cair sobre a mesa. Olho em volta, tentando encontrar o garçom. Finalmente, levanto-me e vou em direção à caixa registradora, pegando meu AMEX, quando ouço alguém chamar meu nome. Em uma voz grave. Com um sotaque fraco, mas único.

— Aurelia.

Não pode ser ele.

Dezenove meses desde a última vez que o vi. Dezenove meses desde que ouvi sua voz. Por dezenove meses, meu coração tem vagado sem rumo. Chad honrou meu desejo e não entrou em contato comigo desde que pedi que me deixasse ir embora.

Ele se aproxima, diminuindo o espaço entre dois velhos amigos.

— Chad — digo, mal conseguindo sussurrar. Coloco a mão no peito. Meu coração finalmente voltou a bater. Rápido e furioso como os tambores de taiko. Estou congelada no lugar, mas imediatamente me descongelo ao sorrir amplamente. Um sorriso que ficou adormecido por muito tempo.

Estamos cercados por copos tilintando, clientes gritando obscenidades para a televisão e a música irlandesa ao fundo, mas tudo o que ouço é meu coração exclamando: “sinto sua falta”.

Chad está lindo, vestido com jeans, camiseta e uma jaqueta de couro preta de motociclista. Ele se inclina e beija minha bochecha.

— Você está aqui — atesto, incrédula. — Está mesmo aqui.

— E você está aqui.

Da mesa, Mickey chama meu nome. Chad dá uma olhada, com as sobrancelhas erguidas. Mickey está bêbado, mal conseguindo se sentar direito. Fico surpresa por ele ter mantido a cabeça fora da mesa.

— Estou em um encontro — afirmo.

— Um encontro? — Chad arregala os olhos.

Assinto, envergonhada.

— Com ele? — indaga, com um tom de ciúme e diversão.

— Não julgue.

— Como eu poderia não julgar? — O olhar de Chad ainda está fixo em Mickey. — Ele está bem?

— Ele pode ter bebido demais. — Olho para o relógio. São apenas oito horas. Meu encontro foi um fracasso. — Eu estava me preparando para pagar a conta.

— Me deixe te ajudar — Chad pede, chamando um garçom.

— Eu posso pagar, obrigada.

— Eu quis dizer com seu acompanhante. Parece que ele precisa de uma carona de Uber.

— Obrigada. — Se eu pudesse me esconder embaixo da mesa, eu o faria.

Mickey se recusa a levantar e precisamos da ajuda da equipe do restaurante para colocá-lo em um carro. A viagem até a sua casa é curta, já que ele mora a apenas alguns quarteirões de distância. Ele se senta entre mim e Chad, murmurando:

— Você vai chupar meu pau?

— Não, valeu, eu sou hétero — Chad responde, rindo. — Há *quanto* tempo você o conhece?

— Eu o conheci ontem. Meu Deus, isso é constrangedor. — Encosto a cabeça no vidro frio da janela. Lá fora, está chuviscando. Aproximando-se de Mickey, Chad pega minha mão e a aperta.

— Então, Gabriel… — começa. — Acabou mesmo?

— Acabou.

— Você está bem?

Levo alguns segundos para responder.

— Estou.

— O que aconteceu?

— É o que não aconteceu — digo, revelando a verdade. — Nunca me apaixonei por Gabriel.

— Chegamos — o motorista afirma, parando em frente a uma casa de estilo federal em uma rua bonita e arborizada. Chad sai primeiro, correndo para abrir minha porta. Assim que coloco os pés na calçada, ele me alcança. Não há constrangimento quando me envolve em seus braços. Eu me esqueço de tudo, inclusive do meu acompanhante embriagado.

— Porra — Mickey geme, quando Chad o ajuda a sair do táxi.

— Me dê suas chaves — Chad pede.

— Quem diabos é você? — Mickey pergunta. A essa altura, seu sotaque soa como se ele fosse de um país estrangeiro.

— O melhor amigo de Aurelia.

Meu acompanhante geme de novo.

— Melhor amigo? Que merda é essa? Isso significa que ela não vai me fazer um boquete?

— Ah, dá um tempo — murmuro.

Chad revira os olhos, mordendo a boca para conter a risada. Demora uns dez minutos para levar Mickey para a casa dele, onde nós três nos sentamos no sofá. Mickey imediatamente cai como um tronco no meu colo e começa a ronronar como um gatinho.

— Você é linda.

Na outra extremidade do sofá, Chad está prestes a cair. Eu nunca o vi rir tanto antes.

— Mickey? — a voz de uma mulher chama. — Você chegou cedo em casa.

Chad e eu nos encaramos, com os olhos arregalados.

No momento em que digo:

— Ele é *casado*?

Chad diz:

— Ele mora com a mãe?

Dou de ombros, incapaz de responder essa pergunta.

Uma senhora idosa vestindo um roupão rosa fofo e bobes rosa brilhantes sob uma rede de cabelo entra na sala de estar. Ela não parece surpresa ao ver dois estranhos em sua casa.

— Oh, obrigada por trazer Mickey para casa. Eu sou a Geraldine, tia do Mickey. Querem beber alguma coisa? Tenho Sam Adams na geladeira.

Chad se levanta do sofá e nos apresenta.

— Ah, minha nossa, você é Chadwick David! — exclama. — Eu o vi reger a Sinfônica de Boston como convidado no ano passado. Você foi incrível. — Ela toca primeiro o próprio peito com a palma da mão e depois o dele.

— Obrigado. — Ele gentilmente afasta a mão dela de seu coração. Tia Geraldine me ignora, decidida a fazer de Chad seu novo melhor amigo.

— Podemos fazer uma refeição juntos e eu posso lhe mostrar tudo o que Boston tem a oferecer.

— Isso é muito gentil de sua parte, mas meu tempo já está todo programado. Na verdade, Aurelia e eu precisamos ir. Precisa que eu leve Mickey para o quarto dele?

Tia Geraldine parece desapontada e dá de ombros.

Chad se encarrega de levar meu acompanhante para o quarto dele, arrastando o homem para a cama de tamanho normal.

— Vou pegar um pouco de água. Ele vai precisar.

Dou uma olhada ao redor. Pôsteres de *Guerra nas Estrelas* em uma parede. Yoda, Luke Skywalker, Han Solo e Chewbacca alinhados em sua prateleira superior. Sua mesa tem três monitores de computador e me pergunto por que ele precisa de tantos.

Pequenas estrelas e planetas cobrem as outras paredes. Apago a luz e elas brilham no escuro. De repente, sou a garota de dezesseis anos hipnotizada pelas estrelas que se iluminam no teto do meu quarto na Thompson Street.

E, assim como há dezenove anos, meu corpo inteiro sorri novamente quando penso em quem as colocou lá. Como eu estava errada ao pensar que gostaria de ter um passado limpo. Nunca quero esquecer o passado — o lado bom e o ruim — que tive com meu primeiro amor.

Chad retorna.

— Estrelas que brilham no escuro?

— É — respondo, ainda sorrindo como há tantos anos. — Astor adoraria isso.

— Ele adoraria. Ele tem cinco anos. — Chad ri levemente. — Quantos anos tem esse cara mesmo?

— Ele tem trinta e um — a tia Geraldine revela, espiando por trás do ombro de Chad, assustando-o.

— Ele tem muitos monitores — comento. — Deve ser bom em videogames.

— Mickey é um operador de mercado e um ávido colecionador de qualquer coisa relacionada a *Guerra nas Estrelas* — tia Geraldine se entusiasma. — Ele comprou esta casa para mim. E as estatuetas ali — acena para a prateleira — custam pelo menos três mil dólares cada uma. — Ela se inclina sobre o sobrinho dormindo e tira o cabelo do rosto dele. — Meu

Mickey vai fazer sucesso em alguns meses. — Um sorriso orgulhoso do tamanho do Texas ilumina seu rosto. — Seu Boba Fett com foguete vai custar seis dígitos.

— Oh. — Chad coloca um copo de água e um frasco de aspirina na mesa de cabeceira.

— Obrigada. — Ela olha para Chad como se ele fosse o Super-Homem. Ou melhor, Luke Skywalker. — Mickey tem de acordar antes das três para o mercado europeu.

Tia Geraldine faz de tudo para que façamos companhia a ela, até mesmo nos oferecendo sua famosa sopa de mariscos.

— Temos mesmo que ir — Chad insiste. Tia Geraldine o abraça como um filho que vai para a guerra, enquanto ele gentilmente afasta seus braços. Chad lhe dá um beijo na bochecha.

— Oh, Maestro — fala, dando um passo para trás e sorrindo. Essa bochecha nunca mais verá sabão.

Lá fora, acessamos o Google Maps para tentar descobrir nossa localização.

— Estou ficando com a Agnes — digo. — Ela abriu recentemente um segundo dispensário de cannabis aqui.

— Ela é a *Agnes da Cannabis*?

— A primeira e única.

— Eu não fazia ideia. Comprei isso na loja dela — afirma, tirando um pacote de gomas de cânhamo do bolso da jaqueta. — Ela é muito bem-sucedida.

— Ela é — concordo, orgulhosa da minha melhor amiga.

Estamos saboreando as gomas de cânhamo quando Chad abre um aplicativo em seu celular.

— Podemos ir por aqui — diz finalmente, apontando para o leste.

Entramos em um ritmo tranquilo, passeando pelas ruas silenciosas, conversando como se nunca tivéssemos nos separado. Esse nível de conforto é algo que jamais encontrei com outra pessoa.

Estamos conversando sobre trabalho quando Chad diz:

— Tenho alguns músicos veteranos que precisam ser inspirados. Eles perderam o fogo.

— Eu conheço essa sensação. Foi por isso que saí de Nova York.

— Você tem se saído muito bem.

Eu o encaro, confusa.

— Só porque não temos mantido contato, não significa que eu não esteja ciente do seu sucesso. Estou orgulhoso do que você fez.

— Obrigada.

— Também estou com inveja por você ter trabalhado no álbum do Coldplay.

— Vou falar bem de você — provoco.

— O que vem a seguir para você?

— Não sei.

— Talvez você precise de mais tempo. — Ele abaixa o rosto, com os olhos cheios de compreensão.

— Talvez.

— É diferente para nós. Fazemos isso desde que éramos crianças.

— Como você mantém vivo o fogo que há em você?

— Mesmo depois de todas as apresentações que fiz e conduzi, ainda tenho muito a provar — compartilha. — Talvez esse seja o meu fogo. Meu público me viu crescer. Ainda sou o jovem garoto com um violino, andando com o Maestro von Paradis.

Ouço cada palavra que ele diz enquanto meus olhos apreciam seu rosto. Ele está ainda mais bonito agora do que quando tinha vinte e três anos. As linhas de expressão estão um pouco mais profundas. Os vincos ao longo da lateral de seus olhos são mais perceptíveis. A constelação de sardas que ele tinha no nariz quando era adolescente também está nas laterais de suas bochechas esculpidas. Seus lábios estão ligeiramente vermelhos devido ao clima frio.

— Você mais do que provou seu valor — afirmo.

— Obrigado. — Ele beija o topo da minha cabeça.

— Me conte algo que Astor tenha aprendido recentemente.

— Ele aprendeu um pouco de espanhol.

— *Sí?* Ele vai tocar Piazzolla em breve?

— Bem, talvez. Ele adora piano, mas tem demonstrado grande interesse por arte. — Com isso, ouço um orgulho genuíno em sua voz. — Ele é tão curioso sobre o mundo. Tenho medo de que esteja crescendo rápido demais.

— Ah, o medo de todo pai.

— Às vezes, tenho medo de que ele não esteja feliz.

— Você está feliz?

— Estou feliz agora. Estou com você.

— Eu também estou feliz.

— Não fiquei feliz ao te ver em um encontro — Chad admite. — Se o cara não estivesse bêbado, eu teria dado uma surra nele.

— Não, você não teria feito isso — argumento.

— Eu teria, Aurelia. — O azul-claro em seus olhos é hipnótico. Intenso. Ainda me lembra da parte mais quente das chamas. — Odeio pensar em você com qualquer um.

— Qualquer um?

— Qualquer um. Principalmente Gabriel. A ideia de ele tocá-la todas as noites, sabendo que deveria ser eu. Você compartilhando seus dias e noites com ele, ele acordando ao seu lado, abraçando você, amando você. E quando vocês ficaram noivos, eu enlouqueci. Quase fui parar na cadeia por destruir um quarto de hotel. — Uma expressão de dor aparece em seu rosto. — Imaginei você segurando um filho que não era meu e sei que é hipocrisia da minha parte, mas acho que não conseguiria sobreviver ao fato de você ter um filho de outra pessoa… Mal sobrevivi ao fato de você estar com ele.

Não quero ficar com ninguém além de você.

— Então, o que aconteceu?

— Não era certo. Gabriel e eu. Decidimos continuar amigos. E estou tirando um tempo para encontrar meu caminho.

— Você finalmente está fazendo o que deveria ter feito anos atrás.

— Nunca é tarde demais, não é?

Ele sorri para mim. E esse sorriso é tão reconfortante quanto *Yellow*, do Coldplay.

— Não posso dizer que estou arrasado por você não estar mais com *ele* — diz.

— O que você teria feito se eu tivesse me casado com Gabriel?

Chad está calado.

— Chad?

Ele pigarreia.

— Pensei nisso todos os dias desde a nossa noite em Chicago. Eu me perguntava o que faria quando você se apaixonasse por alguém que não fosse eu. — Ele para por um segundo. Nega com a cabeça. Como se isso ajudasse a fazer as palavras saírem. — Mas eu te amo demais, e amar você do jeito que eu amo também significa que quero que você seja feliz. Mesmo que isso signifique te ver amar outra pessoa.

— Eu não estava feliz.

— Eu sei.

— Como você sabia?

— Porque somos um só, Aurelia. — Chad interrompe seus passos, e faço o mesmo. — Eu amo meu filho, mas ainda falta alguma coisa. Todo mundo fala de um destino e de ficar feliz quando o alcança.

— Você chegou a esse destino — digo, com admiração e tristeza.

— Nunca foi o destino. Sempre foi a jornada. E o que é uma jornada sem a pessoa que você ama?

— Você me inspirou enquanto eu crescia.

— Não quero ser alguém que a inspirou em um momento da sua vida. — Estamos frente a frente, tão perto que nossos narizes quase se tocam. — Quero ser a pessoa que te inspira todos os dias da sua vida.

— Você ainda me inspira.

— E você ainda é minha musa. Minha única musa. — Chad dá um passo para trás, pegando minha mão. Retomamos nossa caminhada, indo em direção à área do porto. — Passo tanto tempo vivendo no passado porque é lá que você está. Tirando Astor, foi lá que fui mais feliz em minha vida. Todos os elogios que recebi não significam nada se eu não puder compartilhá-los com você.

Caminhamos um pouco mais, o silêncio se estendendo entre nós. No entanto, muita coisa está sendo dita.

Sinto sua falta.

Preciso de você.

Ainda estou tão apaixonada por você.

Só por você.

A noite de Boston está repleta de anos entre nós. Eu me pergunto se ele ainda sente a energia inexplicável que sempre tivemos juntos.

— Há um buraco no meu coração desde que me casei com Sera — Chad diz. — Eu tentei preenchê-lo com concertos, turnês e gravações.

— Mas suas performances se tornaram lendárias.

Ele nega com a cabeça.

— O que foi? — pergunto.

— Você não entende?

— Entender o quê?

— Minha melhor performance foi esconder um coração partido.

Estou atônita com a confissão de Chad.

— Eu... eu não sei o que dizer — finalmente admito. — Exceto que sinto muito por tudo. Por não ter mantido contato.

— Respeitar seus desejos foi a coisa mais angustiante que já fiz.

— Eu realmente acreditava que era o melhor.

— Você estava tentando seguir em frente.

— Obviamente, eu falhei.

— Eu nunca segui em frente, Aurelia. — Ele faz uma pausa, considerando suas palavras. — Nunca desisti de nós.

Chad para e passa os dois braços ao meu redor. Inclinando-se, sussurra:

— Fomos feitos um para o outro. Sempre fomos. Sempre seremos.

A barba por fazer em sua mandíbula forte roça em meu rosto. Os lábios macios em minha orelha. Aproveito esse momento, inspirando, e digo:

— Nunca se passou um dia sem que eu pensasse em você.

— Não há um dia sequer em que eu não ame você. Quando estou tomando café da manhã com Astor, fico imaginando como seria se você se juntasse a nós. Quando estou folheando partituras, espero que concorde com minhas seleções. Mesmo quando estou no pódio, ouço sua voz na minha cabeça, me dizendo para *ir mais devagar como se estivéssemos fazendo amor.*

"Veja, Aurelia, o negócio é o seguinte. É o seu sorriso que vejo toda vez que fecho os olhos. Ouço sua risada em cada melodia tocada. — Seus olhos estão calorosos e cheios de amor. — Tem sido assim há mais de vinte anos e, não importa o que aconteça, continuarei a amá-la."

Cada parte do meu ser grita de alegria, mas estou quieta, saboreando suas palavras.

— Não quero perguntar se o amor vai esperar por nós. — Ele leva minha mão aos lábios. — Estou cansado de tentar lidar com o arrependimento. Não quero que a vida passe por nós e nos encontre sentados em algum evento, com os assentos separados, infelizes.

— E se for tarde demais para nós? — pergunto, expressando minha preocupação.

— O amor não tem limite de tempo.

— Você parece ter tanta certeza.

— Porque eu tenho.

Passeamos pela Atlantic Avenue enquanto permito que suas palavras me confortem. Acalmem este coração.

— Estamos sempre perguntando um ao outro se estamos felizes — digo. — Por quê?

— Eu considero a felicidade o fato de estarmos juntos.

O céu escuro está repleto de estrelas. É vasto. Infinito. Assim como o amor que tenho pelo homem ao meu lado.

Ao dobrar a esquina, Chad aponta para o Boston Harbor Hotel.

— Estou ficando aqui. Vamos tomar um drinque.

Ele percebe minha hesitação.

— Eu queria ligar para você todos os dias…

— Por que não ligou?

— Eu queria te dar tempo para se reencontrar. Fazer as coisas que precisava fazer. Enquanto isso, rezava para que você acabasse encontrando o caminho de volta para mim — fala, a voz carregada de saudade. — Não sei como consegui passar por aquelas turnês, porque eu mal estava funcionando.

Durante anos, fui uma sentinela do coração despedaçado. Ferido. Continuei firme, mergulhando em um relacionamento que não conseguiu curar meu coração partido.

— Você se lembra do Oscar Morto? — pergunto.

— Sua planta?

Assinto.

— Eu temia que, da mesma forma que fui com Oscar, você seria comigo — murmuro, com uma leve dor no peito. — Você se esqueceria de cuidar de mim. De me amar.

— Como você pôde pensar isso?

— Porque você me deixou ir embora, Chad. Você me deixou ir embora.

— Tenho uma confissão a fazer — afirma, com os olhos brilhantes. — Te ver no restaurante não foi coincidência. Eu… eu estava te perseguindo. Sabia que você estava em Boston e…

— O quê?

— Acontece que Agnes foi mais do que generosa ao fornecer detalhes sobre seu paradeiro… seu encontro. — Um sorriso maléfico surge em seu rosto. — Eu estava sentado naquele pub, observando você.

— Ai, meu Deus.

— Pois é.

— Você me perseguiu?

Ele assente, e o sorriso ainda não desapareceu de seu rosto.

— Eu nunca te deixei, Aurelia. Nunca. Precisava de você para descobrir o que eu sempre soube.

— Que é?

— Nós pertencemos um ao outro. E nenhum obstáculo poderá impedir nosso amor.

CHAD

Aurelia e eu caminhamos pela rotunda do lendário hotel. Uma bandeira americana está pendurada no arco de pedra acima, tremulando ao vento. O pavilhão brilha nos postes de luz. A poucos centímetros de distância, nossos pés apontam um para o outro, nossas mãos ao lado do corpo, ansiando pelo toque.

Ansiando pela pele um do outro.

Meu olhar viaja dos sapatos de Aurelia para seu casaco de lã preta, até sua boca deliciosa. Mal posso esperar para saboreá-la de novo.

O vento do porto aumenta e ela se arrepia.

— Venha. — Aceno com a cabeça para a entrada do hotel. — Vamos entrar.

Com a boca pressionada, ela balança a cabeça.

— Você está congelando.

— Não posso. — Sua voz treme. — Não é uma boa ideia.

— Eu queria esperar até que estivéssemos lá dentro para te contar.

— Contar o quê?

— Sera e eu estamos legalmente separados. Vamos nos divorciar em breve.

— Divorciar?

Assinto, dando um sorriso.

— Quando isso aconteceu?

— O tribunal aprovou — olho para o relógio — há pouco mais de cinco horas.

Ela está quieta. Pensativa.

— Eu queria finalizar meu divórcio antes de vir até você — admito. — Seu pai…

Ela interrompe:

— O que tem o meu pai?

— Vi o Peter assim que os papéis da minha separação foram redigidos. Ele me aconselhou a não entrar em contato com você até que meu divórcio fosse finalizado. Ele me garantiu que você não se casaria com Gabriel.

— Ele disse isso?

— Peter também me alertou. — Encontrar o pai de Aurelia foi mais estressante do que me preparar para uma turnê. A bênção de Peter tinha mais peso do que a aprovação de meu avô. — Ele viria atrás de mim se algum dia eu te machucasse outra vez.

Os olhos de Aurelia são como pedras luminosas de safira quando me encaram. Radiantes e esperançosos.

— Por que você não me ligou? — pergunto. — Tive que ouvir da Allegra que seu noivado havia terminado.

— Você sabe por quê — ela responde, suavemente.

— Não sei.

— Eu não podia amar Gabriel completamente por sua causa. — Ela olha ao redor da rotunda, sem virar na minha direção. — Eu havia me tornado filha da minha mãe; estava apaixonada por um homem casado.

— Estava?

Ela me olha fixamente.

— Ainda estou muito apaixonada por um homem casado.

Sua confissão percorre meu corpo como eletricidade, me sacudindo. Eu não sabia que estava vivendo em uma caverna até agora. Meu corpo parece vivo, como se estivesse em hibernação há anos. Meu coração está batendo novamente, disparado como nunca antes, porque eu amo essa mulher pra caralho.

Amor? Amor é uma palavra muito branda. O dicionário Webster não tem uma palavra que defina o anseio, a dor, as emoções envolventes que estão fluindo em mim por Aurelia Preston.

Estou preparado para me ajoelhar. Rastejar. Farei tudo o que ela quiser.

— Não quero mais ficar sem você — declaro. — Não vou a lugar nenhum sem você nunca mais. — Lutarei contra qualquer um e qualquer coisa que esteja em nosso caminho. Minha maldita espada está pronta para a batalha. Vou conquistar o coração dela.

Eu me aproximo, diminuindo a distância entre nós e os anos desperdiçados separados.

— Eu pertenço a você e somente a você. — Seguro seu queixo e nossos olhares se encontram. — Já faz tempo demais.

Não peço permissão. Simplesmente tomo seus lábios, me deleitando com a sensação de sua boca.

Nosso beijo é uma mistura de amor e luxúria, mel e especiarias.

Nossos gemidos se tornam suaves súplicas a Eros.

Nós pertencemos um ao outro.

Por um momento, sou transportado para todos os nossos primeiros momentos. Nosso primeiro beijo. Nossa primeira vez.

Quando me afasto, as linhas da testa de Aurelia desapareceram. Suas bochechas apresentam um tom rosado.

— Achei que tinha imaginado isso por anos — comento.

— Imaginado o quê? — ela pergunta, sua voz leve como o ar.

— Que beijar você faria com que eu me sentisse vivo de novo.

Ela revira os olhos.

— Me diga que você não sentiu isso.

— Senti o quê? — provoca.

Meu coração está batendo tão rápido que está prestes a saltar do meu peito. A quantidade insana de felicidade pelo fato de Aurelia estar aqui. Comigo.

— Sabe que dia é hoje? — pergunto.

— 7 de abril.

Nego com a cabeça.

— Fomos em nosso primeiro encontro há exatamente dezoito anos.

— Você se lembrou.

— Há momentos na minha vida que são preciosos demais para serem esquecidos. Nosso primeiro encontro é um deles. Sempre me lembrarei daquela noite, Aurelia. Foi a noite em que percebi que estava irremediável e irrevogavelmente apaixonado por você.

Eu a puxo novamente, prendendo-a por completo em meus braços. Não lhe dou tempo suficiente para dizer nada. Minha boca desce até a dela e, dessa vez, dou um beijo que promete mais do que uma noite. É um beijo áspero e exigente, que promete o para sempre. Depois, beijo sua testa, nariz e bochechas, sentindo o gosto do sal em sua pele.

Os adolescentes cheios de hormônios nem se comparam a nós. Nossos lábios se chocam. As mãos passeiam, subindo e descendo pelas costas um do outro. Nós nos esfregamos um contra o outro até que ela envolve suas pernas em minha cintura. Ela quer que eu a tome aqui. Agora mesmo.

Meu pau está prestes a romper minha calça jeans.

Não importa que estejamos do lado de fora e que os pedestres tenham passado por nós. Estamos agindo como se o Armagedom estivesse acontecendo. Nossos batimentos cardíacos, elevados. Nossa respiração, irregular. Somente quando um homem tosse a alguns metros de distância é que nossas bocas se afastam. Nós dois olhamos para o envergonhado carregador de malas uniformizado e rimos.

— Vamos subir — murmuro contra seus lábios. — Agora.

De mãos dadas, corremos para dentro, serpenteando pelo grande saguão de mármore, indo direto para os elevadores. Estamos a caminho do décimo sexto andar quando giro Aurelia e tomo sua boca.

Saímos pelas portas do elevador, praticamente disparando pelo corredor, tentando nos beijar e abrir a porta, deixando cair o cartão-chave, deixando-o cair de novo, finalmente conseguindo fazê-lo funcionar e batendo a porta atrás de nós.

A sala de estar da Constitution Suite está silenciosa, exceto por dois corações que batem loucamente. Tudo entre nós está diferente agora. Mais intenso. Mais emocional.

Perdi meu coração quando encontrei Aurelia. Quando a perdi, perdi a mim mesmo.

Não vou deixar este momento escapar das minhas mãos. Esperei anos por essa mulher.

Eu a beijo com tudo o que tenho.

A necessidade do meu corpo aumenta, anos de fome se intensificando. Não consigo me satisfazer. Preciso consumi-la. Possui-la inteira mais uma vez.

Aurelia se afasta para recuperar o fôlego, com a mão espalmada em meu peito. Respirando meu nome sob seus olhos nublados. Cabelo castanho-claro amarrotado. Os lábios mais bonitos que já vi. Que já beijei.

— Eu estaria mentindo se dissesse que tudo o que quero é abraçá-la esta noite — afirmo, meu pau intumescido pulsando em meu jeans.

— Ainda bem. — Ela sorri, seus olhos escurecendo. — Ser abraçada é a última coisa que quero agora.

— O que você quer? — sussurro, inalando seu cheiro familiar e perfumado.

— Você. — Ela agarra a parte da frente da minha jaqueta. — Eu quero você dentro de mim.

Tiro minha jaqueta de couro e me sento no sofá, sem tirar os olhos dela.

— Quero ver você se despir. A começar por esses sapatos.

Ela umedece os lábios, dá de ombros e os tira.

— Seu casaco também.

Ela o remove depressa, deixando-o cair no chão. Um vestido de suéter preto envolve sua figura esguia.

Inclino-me para a frente, com os cotovelos nos joelhos.

— Seu vestido.

Quando ela tira o vestido, admiro suas pernas longas. *Elas logo estarão enroladas na minha cintura.* Seus quadris curvilíneos. *Mal posso esperar para traçá-los com minha boca.* Seu abdômen macio. *Talvez eu goze sobre ele.*

O vestido se amontoa ao redor de seus tornozelos. Saltando sobre o material, Aurelia fica apenas com suas roupas de baixo.

— Seu collant.

— É uma meia-calça.

— Não me interessa o que é. Tire.

Ela rebola para tirá-la, e meu pau endurece ainda mais. Ergo as sobrancelhas para o sutiã e a calcinha de algodão simples.

— É isso que você usa em um encontro?

— Eu não planejava me dar bem esta noite.

— Você vai mais do que se dar bem esta noite. Tire-os.

O sutiã cai no meu colo, a calcinha branca em cima da minha cabeça. Eu os levo ao nariz e inspiro o doce aroma que permanece no material macio. Penso no calor de sua boca em meu pau. O calor de sua boceta.

Aurelia está completamente nua e de pé, com um dos braços cruzados sobre os seios e o outro escondendo seu centro desnudo.

— Me deixe ver você. — Começo a suar e minha boca enche d'água.

Ela solta os braços e eu a *vejo*.

Não apenas a garota por quem me apaixonei, mas a mulher que nunca consegui tirar do meu organismo.

— Você está mais linda do que nunca. — Minha língua sedenta traça o contorno dos meus lábios, ciente de que eles estarão em breve em seus seios perfeitos, sua barriga e coxas. Engulo em seco, me lembrando de quão doce era seu gosto em minha boca.

— Sua vez — ela diz.

Estendo os braços em sua direção.

— Vem cá.

Minhas mãos se acomodam em seus quadris e olho para ela, acima de mim. *Eu te amo, Aurelia.* Ela está respirando com dificuldade, seu corpo tremendo de leve. Os seios estão inchados. Os mamilos escuros intumescidos. Arrepios por toda a pele.

— Tire você — sugiro, arrancando minha camisa.

De joelhos, os dedos ansiosos começam a desabotoar meu cinto, botão da calça e o zíper. Ao libertar meu pau, ela o segura entre as mãos cálidas.

Porra.

Ela abaixa a cabeça e beija meu pau volumoso antes de tomar cada centímetro dele em sua boca quente e molhada.

Poooooorraaaaa.

Ela acaricia meu comprimento com a língua, as mãos espalmando minhas bolas, massageando do jeito que eu gosto. Em seguida, desliza meu pau úmido pelo seu rosto e de volta aos seus lábios.

Agarro um punhado de seu cabelo e observo a cabeça maravilhosa subir e descer. Ela coloca a pressão perfeita conforme chupa gostoso, lento e com vontade. O calor de sua boca, os gemidos que escapam por entre seus lábios…

Estou me esforçando ao máximo para não gozar.

— Amor — chamo, quase em um sussurro.

Ela olha para cima, os lábios carnudos e inchados cobrindo metade do meu pau dolorido.

— Eu quero gozar dentro de você.

Ela beija a cabeça do meu pau antes de afastar.

— Fique de pé — ordeno.

Sua boceta está brilhando em excitação, e a toco com a ponta do meu dedo. Ela está tão molhada, tão pronta para mim.

Meu pau lateja, louco para se enfiar dentro de seu calor. Mas minha boca tem outros planos. Estou morrendo de sede, e não é de água.

Segundos depois, estou pelado e pressionando Aurelia contra as janelas do teto ao chão, sua bunda gloriosa saudando o oceano Atlântico. Ela está ofegando, mal conseguindo respirar, as pernas longilíneas penduradas em meus ombros, completamente abertas para mim.

Aqui está. Minha. Você sempre foi minha.

Minha boca ardente está sobre seu corpo, degustando o mel saboroso em minha língua. Estou adorando essa mulher como ninguém mais poderia fazer.

Minha Afrodite.

Ela está encharcada, seu néctar escorrendo pelo meu queixo. Sua cabeça bate contra os vidros da janela conforme rebola contra a minha boca. Estou lambendo sua boceta de cima a baixo, de um lado ao outro, e adoro a sensação de tê-la se esfregando contra mim. Afasto um pouco para trás, contemplando os seios inchados, a barriga chapada, os lábios entreabertos, a cabeça inclinada para trás, os olhos semicerrados.

Meu Deus, ela é de tirar o fôlego.

Enfio meu dedo dentro dela, minha boca devorando seu clitóris, focado em lhe dar o que precisa. Ela agarra meu cabelo, puxando o couro cabeludo. Seus gemidos suaves rivalizam com as melodias mais lindas que já ouvi na vida.

Quando ela goza, agarro seus quadris com firmeza, minha boca nunca se afastando de sua boceta, faminto por mergulhar ali dentro.

Ela está murmurando palavras desconexas, mas posso ouvir o sorriso em sua voz. A gratidão em seu suspiro profundo.

Eu me levanto, limpando seu gozo no meu queixo. Quando faço com que ela levante o rosto, seus olhos azul-escuros se abrem lentamente e meu peito se aperta.

— Nada nunca mais me afastará de você — digo a ela.

Com um rápido impulso, carrego Aurelia para o quarto, pronto para reivindicá-la de uma vez por todas.

CHAD

A paciência é uma virtude.

Esperei pacientemente por Aurelia, e este momento não é diferente. Eu poderia fodê-la logo de uma vez, forte e rápido, agora mesmo, mas quero saboreá-la, cada centímetro dela.

O corpo de Aurelia é uma bela partitura. Você interpreta. Você aprecia. Mesmo conhecendo de memória, toda vez que abro, ainda encontro novas formas de admirar a obra.

Sua pele se aquece conforme levo meu tempo, depositando beijos suaves de cima a baixo pela coluna. Admiro as pequenas sardas em seu ombro. A marca de nascença do tamanho do meu polegar logo acima da nádega direita.

— Senti saudades. — Descanso a cabeça sobre a bunda macia. — Eu só quero relembrar tudo isso. — Beijo sua nádega esquerda. — Estou reivindicando você. — Beijo. — De uma vez por todas. — Outro beijo. — Para sempre.

Continuo adorando seu corpo nu, meus lábios úmidos trilhando caminhos por toda a pele maravilhosa, parando logo acima do ombro direito. Meu peito roça de leve suas costas.

— Minha — digo, enfiando um único dedo dentro, por trás.

Ela geme.

— Caralho. — Minha voz soa rouca; a boceta de Aurelia me cativa. Meus beijos continuam descendo pela bunda nua, cada nádega merecendo atenção. Com minha palma da mão contra sua barriga, gentilmente a faço erguer os quadris do colchão. Ela se equilibra com os antebraços quando agarro seus quadris. Sopro de leve a pele macia à medida que puxo a bunda exuberante contra a minha boca.

— Chad, não sei se consigo lidar com essa sua língua tão cedo.

Beijo sua boceta de leve, e ela sequer demonstra hesitação.

Ela quer minha boca sobre seu corpo novamente. O perfume intoxicante de Aurelia me envolve, e eu poderia ficar com o rosto enfiado em seu calor pela noite inteira.

E é o que farei. Escondo minha cabeça entre suas pernas, como se eu não a tivesse comido há apenas alguns minutos.

Eu me banqueteio com ela, pois essa mulher é a única refeição capaz de nutrir meu coração.

— O que você faz comigo… — ela ofega.

— Hmmm… — gemo contra seu corpo.

— Me deixa louca de tesão. — Ela estende os braços, a cabeça agora de lado contra os lençóis.

— Eu que estou com tesão — digo, encarando sua entrada doce. *Minha.* — Adoro o seu cheiro depois que você goza.

Minha língua se projeta e mergulha em seu calor, lambendo devagar sua abertura e ignorando de propósito o clitóris. Eu a fodo com a língua, então com meus dedos. Seus gemidos aumentam de volume até que ela goza outra vez, abafando um grito contra o travesseiro. Uma, duas, três investidas, circulando, seguido de uma quarta que toca seu ponto G.

O corpo dela treme diante do clímax intenso.

— Ah, meu Deus! — ela grita. — Por favor… Chad, por favor…

Como posso ignorar suas súplicas, ainda mais com sua bunda levemente erguida em boas-vindas?

Ela ainda está tremendo quando encaixo a ponta do meu comprimento grosso em sua entrada molhada.

— Assim que eu estiver dentro de você, não haverá volta — digo. — Diga que entendeu.

— Entendi.

Por mais que eu esteja desesperado para fodê-la fundo e com força, preciso desfrutar do meu tempo com ela. Memorizar cada som melódico de seus gemidos. Capturar cada espasmo, cada suspiro e cada movimento.

Sem pressa, eu me afundo em seu calor. Ela é apertada pra caralho, a ponto de eu ter que respirar fundo várias vezes para me acalmar.

— Me diga. — Deslizando mais um centímetro, expiro. A espera é uma tortura cruel. A necessidade de ouvi-la dizer as palavras aumenta a cada segundo.

— Nós… nunca mais — arqueja, tentando recuperar o fôlego. — Não… haverá volta.

Eu me acomodo entre suas pernas. Estou quase morrendo aqui, impaciente para me enterrar dentro dela.

— Eu sou sua, Chad.

Movo meus quadris bem de leve.

— Eu sempre fui seu.

Com uma estocada forte, o corpo de Aurelia chega a se deslocar à frente. Seus seios inchados pressionados contra o colchão.

Arremeto contra ela, saboreando a forma como me encaixo com perfeição. Ela arfa, suaves ofegos escapando por sua boca. Seus olhos estão fechados, e uma lágrima solitária escorre pelo rosto. Eu a recolho com o polegar quando sinto seus músculos internos contraírem ao meu redor.

— Ainda não, amor — rosno, saindo e mudando sua posição na cama. Agora ela está deitada de costas no colchão. — Esse é a apenas o prelúdio.

Estou prestes a penetrá-la mais uma vez, mas, puta merda, estou louco de vontade de comer mais um pouco de sua doçura. Ajeito suas pernas sobre meus ombros, espalmo sua bunda e a levanto para devorar minha refeição favorita.

— Eu adoro te comer — declaro, entre lambidas. — Seu gosto é bom pra caralho. Tão doce. Tão viciante.

Aurelia agarra os lençóis e cruza os tornozelos à minha nuca. Suas coxas apertam minha cabeça.

— Ai, minha nossa! — seu grito reverbera por entre as paredes.

Não consigo me fartar. Lambendo. Chupando. Possuindo essa mulher.

Lanço uma espiada por entre suas pernas. Ela parece uma mulher possuída, os olhos revirados, a boca perfeita curvada em um sorriso estonteante.

Rastejando pelo seu corpo, ladeio seus ombros com minhas mãos plantadas no colchão e encaro os olhos hipnóticos em tom azul-violeta. Balas emocionais se alojam no meu coração.

Como pudemos nos afastar dessa forma… de *nós*?

Como pudemos nos manter longe um do outro por todos esses anos?

Como eu poderia deixar de amar essa mulher?

Nunca mais vou te deixar ir embora.

Ao invés de limpar a umidade que goteja do meu queixo, seguro a cabeça de Aurelia e a beijo com vontade.

E ela retribui com fervor. Com gratidão.

— Amor — murmuro, dentro de sua boca.

Nós nos beijamos por mais alguns minutos, as batidas de nossos corações desacelerando.

— Amor. — Enterro-me dentro dela, devagar. Com gentileza. Balanço seu corpo para frente e para trás, meu olhar apreciando os cílios úmidos de seus olhos semicerrados. A pele corada de seu pescoço, colo dos seios e bochechas. As gotas de suor se formado na raiz de seu cabelo.

Se eu me olhasse no espelho, o que veria?

Um homem delirantemente feliz. Um homem grato. Um homem apaixonado.

Entro nela novamente em um movimento suave. O "por favor" que ela diz vem seguido de murmúrios incoerentes. Nossos corpos entrelaçados se movem em sincronia, como se Deus nos tivesse criado como um só ser.

Ele criou Aurelia para mim, e fui criado para ela.

Meus movimentos são constantes, meus quadris pressionando suas coxas.

— Adoro o som que você faz quando estou dentro de você.

— Adoro sentir você dentro de mim.

— Você é tão apertada.

— Você é tão grande.

— Amo ver meu pau se movendo para fora e para dentro da sua bocetinha molhada. — Seguro suas pernas, fazendo com que ela enlace minha cintura. Na mesma hora, ela agarra minha bunda, os dedos cravando com força contra minha pele.

Ela sempre me impactou de alguma forma.

Eu me afundo ainda mais, meu coração galopando contra o peito, a ponto de explodir. Pairo acima dela, sussurrando:

— Fui feito para estar com você.

Suor escorre pelo meu peito à medida que estoco com vontade, arremetendo fundo. Meu corpo entra em hiperatividade. Meu ritmo acelera, se tornando mais intenso e possessivo, cada estocada uma combinação de dor e prazer.

Eu quero vê-la acima de mim, então a puxo para cima e a coloco no meu colo, com ela sentada escarranchada. Seguro sua cintura conforme ela quica no meu pau. E, puta merda, estou prestes a perder o controle. Estou pronto para vender minha alma ao diabo só para estar com essa mulher.

Suas mãos suadas espalmam meu peito. Seu olhar se concentra na tatuagem acima do meu coração.

— Isso é o que estou pensando? — pergunta, sem fôlego.

Assinto. *Sim, é o seu nome em negrito.*

— Só você — digo. — Sempre foi você.

Tudo em mim continua a intensificar, me obrigando a diminuir o ritmo. Quero que isso dure. Abocanho um de seus mamilos e chupo gostoso.

Ela geme.

Minha língua circula seus seios inchados e mais líquido escorre por entre suas pernas. Eu me deleito com sua umidade crescente. Com suas súplicas.

— Não pare — implora, a cabeça inclinada para trás.

Essa mulher vai me matar.

— Segura firme — peço, afundando ainda mais. — Você é perfeita. — Estocada. — Eu amo o jeito que você aperta o meu pau. — Estocada. — Olha só como estou duro por você. — Estocada. — Você tem a boceta mais doce do mundo. — Estocada.

Quero ir mais fundo. Quero socar tão fundo, que ela não vai ter como saber onde termina e onde eu começo. Enlaço seu torso com o braço e a deito de costas, ainda a fodendo com vontade.

— Ah, caramba, Chad, vou gozar de novo.

Arremeto contra seu calor. Ela goza na mesma hora. Quando sinto seus músculos se apertando ao redor do meu pau outra vez, eu me retiro e deixo meu pênis sobre seu monte de vênus por um segundo. Seu suco recobre toda a pele do meu membro, e uma parte minha quer que ela me chupe nesse mesmo instante. *Próxima rodada*, penso.

— Por favor! — ela grita. — Não pare.

É isso aí, amor. Implore.

Eu me abaixo e a penetro outra vez… com a minha língua.

Lambendo.

Saboreando.

Devorando.

Senti fome por essa mulher por todos esses anos. Eu me masturbava toda noite pensando na boceta dela na minha boca e no meu pau.

Chupo seu clitóris com a quantidade certa de pressão, e enfio dois dedos em seu calor, dedilhando uma rápida melodia entre suas paredes internas.

— Goze na minha boca de novo.

Ela está se contorcendo na cama, arqueando as costas. Suas coxas tremem e eu a saboreio. Minha boca vaga mais para baixo, e minha língua lambe bem devagar a área ao redor de seu buraco virgem.

— Ai, caralho — geme, sem fôlego.

Essa bundinha vai ser minha também. Vou comer todas as partes dessa mulher quando ela estiver pronta. Giro a língua ao redor de seu buraco, dando rápidas lambidas antes de enfiar a ponta entre as pregas. Ela é a única que já senti vontade de experimentar, e adoro essa porra.

Por mais que eu queira foder sua bunda perfeita, ela não está pronta. Mas, em breve, estará. Preciso possuir cada pedacinho dela. Ela precisa se lembrar de que é minha.

— Não esqueça que te amo — faço questão de dizer.

— Não vou me esquecer.

— Ótimo. — Eu me sento sobre meus calcanhares, admirando as gotículas de suor escorrendo pelos seus seios. Ela estará encharcada em alguns minutos. — Porque vou te foder de um jeito que nunca fiz. — Mudo sua posição. — Fique de quatro.

Puta merda.

Não há nada melhor do que vê-la desse jeito, toda necessitada e pronta para mim.

Ela vira a cabeça de leve, ofegando quando meu pau desliza pelo seu calor delicioso. Nunca estive tão duro e pesado. Ela é apertada pra caralho, e leva um tempo para esticá-la. Quando me enfio por todo o caminho, me sinto em casa. Eu poderia morrer feliz enterrado dentro do calor de Aurelia.

Ela baixa a cabeça, o olhar focado no colchão.

— Aurelia?

Ela olha para trás, o rosto perfeito corado. Então respira fundo e assente.

Isso é tudo o que preciso da minha garota, e arremeto contra ela.

Fundo. *Porque amo você pra caralho.*

Implacável. *Como você poderia sequer considerar a possibilidade de outro homem te amar?*

Imperdoável. *Passei anos demais longe de você.*

Estou pouco me fodendo para os anos separados. Agora somos só nós dois de novo. Aurelia estremece com cada investida. Mal conseguindo se manter na posição, seu corpo lânguido se afunda no colchão. A cabeça está virada de lado. Os olhos estão semicerrados. Seus braços ao lado, com os cotovelos erguidos e palmas contra os lençóis.

Avanço mais um pouco, meu agarre em seus quadris apertando. Sou incapaz de parar, acelerando os movimentos a cada estocada.

Um coro de "oh, céus" reverbera pelo quarto.

Nossos corpos estão escorregadios de suor, como se estivéssemos em uma sauna.

— Você gozou na minha boca — rosno. — Agora goze por todo o meu pau de novo.

— Chad… — solta, com a voz rouca mais sexy ainda.

— Você consegue — instigo. — Recubra meu pau com a sua porra.

— Não consigo.

— Então vou parar de te foder até que você esteja pingando com o que é *meu*.

Êxtase se alastra desde os meus dedos dos pés até as pontas dos dedos das mãos. Minhas bolas se contraem e uma sensação de formigamento percorre minha coluna. Tudo em mim retesa — meu abdômen, músculos das costas e peitoral.

Cansaço e satisfação dominam meus membros, mas, ainda assim, continuo arremetendo, subindo mais alto em busca do clímax. Fecho os olhos, e tudo o que vejo é uma luz branca. O paraíso está ao meu alcance. Aurelia é o anjo pelo qual tenho esperado. Inclino a cabeça para trás conforme meu corpo estremece, estocando uma… duas… três vezes, antes de me derramar dentro dela.

Meus braços e pernas adormecem. Minha cabeça está flutuando quando meu peito suado desaba contra suas costas.

Segundos depois, sinto seu sorriso.

Nós nos viramos, agora deitados de lado, ainda sem fôlego.

— Aurelia — chamo, contra sua boca. — Minha música. Meu coração. Meu tudo. — Ergo sua mão e deposito um beijo. — Nunca me senti mais feliz.

Ela sorri e olha para mim.

— Não quero viver no passado mais. A partir de agora, somos só nós. Outra vez. E vamos fazer uma coisa que devíamos ter feito anos atrás — afirmo, beijando cada um de seus dedos.

— E o que seria isso?

— Vamos acordar um ao lado do outro. — Beijo sua palma. — Pelo resto das nossas vidas.

Enquanto permanecemos deitados, imóveis, eu duelo com diferentes emoções. Os anos em que estivemos afastados foram repletos de amargura e sofrimento. Mesmo assim, sou grato pelas lembranças, ainda que insuportáveis. Posso ter me casado com outra mulher, mas nunca amei outra como amo Aurelia.

A vida é uma série de relacionamentos, mas apenas uma mulher pode guiar este meu coração.

Aurelia.

E sempre fui e sempre serei dela.

AURELIA

São Francisco, Califórnia, maio de 2019.

Os tempos mudaram desde que eu era adolescente. Por mais que eu ame a sensação de ter uma fotografia em mãos, as fotos digitais facilitam a organização de um álbum. Com o clique de um mouse, podemos enviar um álbum para qualquer pessoa em qualquer lugar do mundo. Enquanto Chad visita o Louise M. Davies Symphony Hall com sua mãe e seu empresário, Astor e eu criamos um.

Sentamos em frente à tela do laptop, olhando mais de cem fotos, com Astor fazendo uma curadoria cuidadosa.

— Aquela. — Ele aponta para uma selfie minha e de Chad tirada no dia 7 de abril, a noite em que nos tornamos um casal novamente.

Há uma foto de Astor com Renna e seu tio Magnus no SARM Studios, em Londres, tirada no dia 12 de abril. Outra foto com todo o clã David depois de assistir à produção de *Cinderela* do English National Ballet no Royal Albert Hall na noite seguinte.

— Sua mamãe — Astor diz, com o dedo traçando a imagem da minha mãe.

Eu sorrio, me lembrando da época em que Chad, Astor e eu viajamos para Manila para conhecer a família da minha mãe pela primeira vez. Se minha mãe conseguiu fazer as pazes com os pais dela, eu também poderia tentar com meu *Lolo* e minha *Lola*.

30 de abril de 2019: Agnes e seu novo namorado brasileiro, Cristiano, em São Paulo. Chad e eu nos apresentamos duas noites na Sala São Paulo.

Mais fotos de Xangai, Dubai, Londres e algumas cidades dos EUA.

O projeto cansou Astor, de cinco anos. Arrastando os pés, ele cambaleia até o sofá e cai no sono. Estou salvando todas as fotos e legendas no Shutterfly quando meu celular toca.

— Estávamos brincando de pega-pega telefônico — Agnes zomba, do outro lado da linha. — Sinto sua falta.

— Eu também sinto sua falta. Tem sido uma loucura desde que me juntei à orquestra de Chad. — Foi um momento perfeito tanto para mim quanto para o violoncelista que se aposentou. — Esqueci de te agradecer.

— Pelo quê?

— Por ajudar Chad a me perseguir.

— É para isso que servem as melhores amigas. — A risada suave na linha me faz sorrir. — Mesmo que eu não tivesse ajudado, ele teria encontrado o caminho de volta para você.

Absorvo suas palavras e as aperto com força contra meu peito.

— Você está em São Francisco? — Agnes pergunta.

— Sim, Chad vai ser o regente convidado esta noite. Onde *você* está?

— No meio do nada, evitando a civilização.

— Você desapareceu. E deixa mensagens enigmáticas.

Ela suspira.

— Aprendi com a melhor.

— Agnes — digo, severamente.

— Estou de mau humor. Não deveria ter ligado.

— O que está acontecendo?

— Eu só precisava ouvir sua voz.

— Você está bem?

— Estou.

— Não parece.

— Estou bem. Agora me conte tudo o que está acontecendo com você. Não deixe nenhum detalhe de fora.

Eu suspiro.

— Nada a relatar desde a última vez que a vi com seu namorado.

— Ex.

— É por isso que você está deprimida?

— Não, de forma alguma. Cristiano foi ótimo, mas…

— Mas o quê?

— Ele queria que eu fosse morar com ele.

— Você tem medo de se apaixonar por alguém que a ame?

Ela fica quieta por um momento.

— Não tenho medo. Só acho que ainda não cheguei lá. O que você tem com Chad é extraordinário. Só vocês dois poderiam levar a vida que estão levando e serem felizes.

— Nós temos nossos momentos. — Solto um suspiro pesado. — Discutimos ontem à noite.

— O que aconteceu?

— Sei que não sou uma amante, mas, caramba, eu me sinto uma. Saber que outra mulher é a Sra. Chadwick David é uma droga. Às vezes, me preocupo em ser como minha mãe, esperando por algo que nunca acontecerá.

— Você precisa parar com isso. O que você e Chad têm não é nada parecido com o relacionamento de seus pais. Nada. Eu adoro seu pai, mas vamos ser realistas. Ele trocava de amante como se trocasse de meias. Chad não é nada assim.

— Você tem razão — concordo. — Não é o Chad. É a Sera. Ela ainda não assinou os papéis do divórcio.

— Ela é uma vadia.

— É mesmo. — Solto um longo suspiro frustrado, enquanto Agnes permanece em silêncio na outra linha. Estamos a milhares de quilômetros de distância, mas posso sentir a tristeza dela como se fosse a minha. — Agnes.

— O quê?

— Você me diria se houvesse algo errado?

— Sim — responde, mas não estou convencida.

— Não só você é linda e gentil, como também é a mulher mais inteligente que conheço — falo. — Eu me preocupo com você.

— Sua professora de violoncelo disse uma vez: "O amor é uma sinfonia", certo?

— Ela disse.

— Receio que minha própria sinfonia tenha terminado quando eu tinha 18 anos. Embora tenha sido curta, foi mais do que eu jamais poderia ter pedido — conta, suavemente, com palavras delicadas. — Mais do que eu merecia.

Fico quieta, desejando poder estar com ela agora.

— Ele era perfeito — ela relembra. — E ele se foi.

Eu fungo, limpando o nariz com a manga da camisa. Nunca conheci o primeiro e único amor de Agnes, Avery.

Diagnosticado com leucemia, um dos médicos de Avery sugeriu tratar sua dor com cannabis. Essa é a razão pela qual Agnes é uma defensora da maconha medicinal. É também a razão pela qual ela está empenhada em torná-la legal em todos os estados.

Ao longo dos anos, ela compartilhou histórias dos dois. Histórias que poderiam facilmente rivalizar com os livros de romance que minha mãe e eu lemos.

— É assim mesmo — ela diz, com a dor transparecendo na fala.

— Eu quero que você se apaixone. Quero que encontre o amor outra vez.

O choro dela do outro lado da linha aperta meu peito.

— Precisamos conversar sobre outra coisa.

— Agnes.

— Por favor, Aurelia. Agora me diga, como está Astor?

— Na verdade, ele está tirando um cochilo agora. — Olho para Astor dormindo, e meu coração se preenche. Rezo para que o coração de Agnes se sinta repleto novamente.

Ela fica quieta por um momento.

— Você já contou tudo ao Chad?

— Não. Não há motivo para tocar no assunto.

— Ele pode querer saber.

— Ele pensaria que a culpa é dele e...

— Mesmo assim.

— Eu sei que você está preocupada, mas não posso falar sobre isso agora. — Eu me dirijo ao sofá, sentindo a necessidade de estar perto do filho de Chad.

— Me desculpe. Eu não deveria ter falado sobre isso.

— Está tudo bem. — A dor, enterrada sob meu coração, lateja.

— Então, eu preciso machucar a vadia? — provoca, mudando de assunto.

— Chad vai se encontrar com Sera em Nova York em algumas semanas, com os papéis do divórcio em mãos.

— Já estava na hora, porra.

— Estava mesmo — respondo, acariciando o cabelo de Astor.

Boston, MA.

Algumas semanas depois, após uma apresentação no Symphony Hall de Boston, Chad está arrumando a mala quando diz:

— Gostaria que você viesse para casa comigo.

— Eu sei, mas prometi ao meu pai que o acompanharia na festa de arrecadação de fundos. — Em todos esses anos, essa será a primeira vez que irei a uma festa beneficente com meu pai. — Estarei em casa antes que você perceba.

— Um casamento no inverno parece bom — comenta, fechando a mala.

— Casamento?

— Sim. — Ele se senta na cama, e fico entre suas pernas, com suas mãos na minha cintura. — Vamos nos casar em fevereiro.

— Casar?

Ele assente, dando um sorriso que não posso deixar de retribuir.

— Eu quero tudo com você. Amor, casamento, filhos.

— Você nem sequer me pediu em casamento.

— Aurelia. — Sua voz é baixa e rouca. — Eu te peço em casamento toda vez que estou dentro de você.

NY DAILY NEWS

31 de maio de 2019.

Alunos e ex-alunos da Escola Fama se concentram para protestar contra o perceptível foco na área acadêmica em vez das artes

CHAD

Nova York, Nova York, junho de 2019.

Minha casa na cidade é perfeita. Embora tenha mais de cento e cinquenta anos, seu alicerce é forte. Ao contrário daquele sobre o qual construí meu casamento.

Meu casamento foi construído com base em um acordo.

— Estou grávida — Sera disse.

Fiquei boquiaberto diante de uma mulher que mal conhecia, atônito.

— É seu, Chadwick — ela afirmou, tirando uma foto do ultrassom de sua bolsa. — Não estive com ninguém além de você.

Eu estava tão bêbado. Aquela noite com Sera foi um borrão. Fomos jantar depois que ela me entrevistou para um artigo de divulgação. Nós bebemos. Ela disse que seu primo Gabriel passou a noite com Aurelia. Talvez eu tenha bebido o bar inteiro.

Acordei na manhã seguinte em um quarto de hotel com a pior ressaca de todas.

Nu.

Então Sera apareceu, semanas depois, virando meu mundo de cabeça para baixo.

— Não posso ter esse filho se eu for solteira — justificou. — Ele é seu. Não posso criá-lo sozinha. Ou você se casa comigo ou não terei escolha a não ser fazer um aborto. Minha família me rejeitaria se eu tivesse um filho fora do casamento. Tenho um fundo fiduciário e, quando fizer trinta e três anos, poderei ter acesso a ele se estiver casada.

— Quando será isso?

— Em seis anos — respondeu.

— Seis anos...

— Nós podemos nos casar apenas no papel. Continuaremos a viver separados.

Uma babá em tempo integral poderá levar nosso filho em turnê com você. Não quero desistir da minha carreira. Quando eu fizer trinta e três anos, lhe concederei o divórcio e a custódia exclusiva. Tudo o que peço é que eu veja nosso filho de vez em quando.

Atordoado com as notícias de Sera, eu tinha apenas duas preocupações: o bem-estar do meu filho ainda não nascido e como eu estaria partindo o coração de Aurelia novamente. Nunca havia pensado muito sobre o aborto, mas teria feito qualquer coisa para manter aquela criança, mesmo que isso significasse me casar com alguém que eu mal conhecia. Seis anos de casamento. Não era muito tempo se isso significasse manter meu filho. Aurelia entenderia. E eu imploraria para ela esperar.

— Você não pode revelar nosso acordo a ninguém — Sera falou, de imediato. — Eu perderei tudo se alguém souber do nosso acordo.

— O quê? Todo mundo veria que esse casamento é uma farsa — afirmei, de repente me sentindo fisicamente doente.

— Minha família precisa acreditar que é real. Que estamos apaixonados. Eles não podem saber que estou grávida. Por favor. Eu vou perder meu fundo de garantia. Preciso da sua palavra, ou não terei escolha a não ser abortar nosso filho — implorou e, naquele momento, tudo o que vi foi a mulher carregando meu filho.

Houve momentos em que liguei para Aurelia, desesperado para compartilhar o acordo que tinha com Sera.

Mas a palavra de um homem é sagrada.

E eu dei a minha a Sera. Tudo para garantir a segurança do meu filho ainda não nascido.

Não tenho ideia de quem seja Sera. Não sei como ela toma seu café. Não sei que música ela ouve. Ou seu filme favorito. Se alguém me perguntasse sobre o gosto de sua boceta, eu não saberia dizer nada. Só transei com ela uma vez, e foi na noite em que a engravidei. Não a toquei, não dormi com ela, nem mesmo a desejei.

Sem o conhecimento de ninguém, incluindo minha família, Sera e eu nunca moramos juntos. Casas separadas faziam parte do acordo de casamento. Assim como um casamento aberto, nós dois éramos livres para procurar outros amantes.

Com nossas carreiras, era fácil vivermos separados sem escrutínio.

Casas separadas com guarda conjunta de Astor também faziam parte do acordo, embora "conjunta" seja um termo vago, já que Astor vive comigo em tempo integral.

Ele está com sua mãe hoje. Ela está atrasada para trazê-lo de volta e os ouço nos degraus do lado de fora.

— Pelo amor de Deus, Astor — Sera diz. — Pare.

Quando abro a porta, os olhos de Astor estão vermelhos. A expressão de Sera é de irritação, embora ela esteja vestida para matar. Lábios vermelhos brilhantes. Cabelo escovado. Vestido justo. Salto alto.

— Não entendo por que não pudemos nos encontrar em meu apartamento — reclama.

Pego Astor no colo, abraçando seu corpo magro. Ele perdeu um quilo esta semana.

— Por que isso não podia esperar? — Sera pergunta. — Eu tenho planos. Astor está brigando comigo a manhã toda e preciso de um descanso.

— Só vai levar alguns minutos.

— Meu amigo está esperando.

Amigo. É assim que ela chama as pessoas que entretém. Entretenimento é o que ela chama de transar. Ela tinha uma amiga que nos convidou para um ménage à trois durante a festa de três anos de Astor. Eu recusei, mas Sera e sua nova companheira transaram no outro cômodo, enquanto meu filho e seus amiguinhos brincavam.

A babá de Astor chega alguns minutos depois, aparecendo na porta.

— Olá, Sr. David.

— Oi, Lacey.

Ela estende a mão para Astor.

— Vamos lá. Está começando a chover. Vamos encontrar sua avó no museu.

Beijo o topo da cabeça dele.

— Amo você. Vou buscá-lo na casa da vovó mais tarde.

Enquanto ele se dirige para fora, é fácil ver a ansiedade de Astor aumentar; ele puxa o lóbulo da orelha e enruga o nariz.

Sera interrompe meus pensamentos.

— Onde estávamos?

— Você ainda não assinou os papéis do divórcio.

— Mudei de ideia.

— O que você quer dizer com isso?

Ela suspira.

— Nós temos uma boa relação. Astor mora com você. Pode foder quem quiser. Estamos legalmente separados.

— Temos um acordo.

— Por que precisamos mudar alguma coisa?

— Não preciso de um motivo. Nós dois concordamos que esse casamento seria temporário.

— Tudo está perfeito como está. Nosso acordo funciona. Você pode fazer o que quiser.

— Você sabe muito bem que o motivo é Aurelia.

— Aurelia. — Seu rosto se enruga, como se ela tivesse chupado um limão inteiro.

— Você sabia que eu a amava quando nos conhecemos. Sabia que, quando nos casamos, eu pretendia ficar com ela novamente.

— Pode transar com ela o quanto quiser.

— Eu quero mais com Aurelia. — Encaro Sera, sem piscar. — Quero me casar com ela.

— Entendo. — Seus olhos ficam frios. — Onde Astor se encaixa?

— Ele fica comigo. Aurelia o ama.

— Eu tenho voz sobre a vida do meu filho.

— *Nosso* filho.

Em frente à janela que dá para a Bank Street, ela olha para a frente, recusando-se a virar na minha direção.

— E se eu não quiser te dar o divórcio?

— Nós temos um contrato. Só precisaríamos estar casados por seis anos para que você pudesse ter acesso ao seu fundo fiduciário. Seis anos e eu poderia ter a custódia exclusiva do nosso filho. Bem, já se passaram seis anos, Sera. Seis. Se você voltar atrás, eu vou lutar. Vou lutar com tudo o que tenho e você não terá nada quando eu terminar.

Ela se vira, com os olhos cor de oliva cheios de raiva.

— Você não terá nada.

— O que, acha que não vou lutar pelo meu filho?

— Ele não é seu filho.

— Vá se foder.

— *Você* não é o pai dele.

— Que porra você quer dizer com isso?

— Você não é o pai de Astor. Ele não é seu filho.

Suas palavras me param no lugar. Minhas pernas parecem que estão prestes a ceder. Eu me agarro ao móvel mais próximo para me segurar. Com a cabeça baixa, olho para o chão por alguns longos segundos antes de levantar a cabeça.

— É verdade. Astor não é seu filho.

A sala inteira gira depressa, como um brinquedo de parque de diversões fora de controle. Demora alguns longos segundos para eu me recompor.

— Isso não é possível.

— Eu estava desesperada — ela diz. — E eu sabia que você seria um bom pai.

— Astor *é* meu filho.

— Olhe para ele, Chad. — Sua voz está determinada. — Há um motivo pelo qual ele não se parece com você. Não há um traço de seu sangue no garoto. Ele não é seu filho.

— Ele sempre será *meu* filho.

Estou sendo confrontado por uma bruxa. Uma maldita bruxa mentirosa. Uma mulher com quem me casei pelas razões erradas, apenas para descobrir que era tudo mentira. Vivi minha vida sem Aurelia por causa de uma mentira. Uma mentira que corta cada um dos ossos do meu corpo.

Seis anos.

Não é meu filho.

Sera dá mais um passo à frente para me tocar, e levanto a palma da mão.

— Não.

— Sinto muito. — Sua voz agora é mais suave, arrependida.

— Sente muito? Você entende o que fez? Não me importo, ele ainda é meu filho.

O sangue, nesse caso, não é mais grosso que a água. Sou o único pai que Astor conheceu. Continuarei sendo seu pai.

— Somos um pacote, Chadwick — ela continua. — Se eu for, Astor também vai.

— Quem é o doador de esperma?

— Faz alguma diferença?

— Eu quero saber.

— Não é importante.

Sera tem sorte de não ser um homem, senão eu a teria jogado pela janela.

— Me fale agora — ordeno, levantando minha voz.

— Depois de todo esse tempo, quer dizer que não conseguiu perceber? — ela zomba. — A marca de nascença dele. Sua pele cor de oliva. Seus cachos escuros. Ele não te faz lembrar alguém?

Gabriel.

O amor por um filho pode impedir um pai de ver a verdade. Sinais que até Aurelia percebeu.

Astor tem as mesmas alergias que Gabriel. Acho que ele também está pegando alguns dos maneirismos de Gabriel. Ele puxa as orelhas quando está nervoso.

Sera levanta o queixo desafiadoramente.

— Meu primo é o pai de Astor. — Ela suspira, obviamente aliviada por sua confissão. Os segredos que carregamos por muito tempo se tornam um fardo para nossas almas.

O fardo dela se tornou o meu.

Ela se afunda na cadeira, aliviada.

— Ele sabe? — pergunto, tentando controlar a raiva dentro de mim.

Ela não responde, mas sua expressão séria revela que Gabriel não está ciente. Isso funciona a meu favor.

— Se as pessoas descobrissem, isso destruiria minha família.

— Família! — grito, cambaleando para trás. — A família é a maldita razão pela qual você destruiu a minha vida!

Lágrimas escorrem pelas bochechas de Sera. Finalmente estou vendo quem ela realmente é: uma mulher desesperada que me fez de bobo para salvar a sua reputação e de sua família.

— Eu amo você — declara, me surpreendendo. — Naquela época, não amava. Mas agora eu amo.

— Me ama? — Dou uma risada. — Você mal me conhece. Não consigo nem me lembrar da última vez que tivemos uma conversa que não fosse sobre Astor. Nunca vivemos sob o mesmo teto. Nós nunca nem transamos!

Não tenho mais palavras. Nada pode trazer de volta os últimos seis anos da minha vida. Se não fosse por Sera, eu estaria casado com a única mulher que já amei.

Mas não posso esquecer minha maior alegria. Astor. Meu filho. Um filho que não é meu.

Vou até o bar e me sirvo de um copo de Bourbon, tentando diminuir a dor. A chuva cai lá fora, batendo no parapeito da janela. Bebo outra dose antes de olhar para a mulher que arruinou minha vida.

A verdade, porém, é que fiz isso comigo mesmo. Conduzi sinfonias durante anos, me esquecendo de que precisava conduzir minha própria vida. Nunca pensei em fazer um teste de paternidade porque, assim que Astor nasceu, ele se tornou meu filho.

— Ou você perde Astor ou perde ela — Sera diz. — A decisão é sua.

Eu adoraria rir do absurdo da situação. Aurelia e eu estamos finalmente juntos. Meu casamento é o único obstáculo.

Que direitos eu tenho se Astor não é meu? E se ficar casado com essa vadia for a única maneira de manter meu filho?

Estou pronto para uma batalha.

— Você assinou um contrato — eu a lembro. — Quero a custódia exclusiva de Astor. Vou te enviar uma pensão alimentícia adicional. O que você quiser.

— Ele não é seu filho.

— Ele é *meu* filho. — *Preciso ver um advogado o mais rápido possível.* — Astor sempre será meu filho. Entende isso?

Ela franze os lábios.

— Se não aderir ao nosso acordo original, vou te enfrentar no tribunal.

— Você não se atreveria.

— Tenho cara de quem está brincando?

— Não vou te dar o divórcio.

— Por que você quer estar casada comigo? A única coisa que temos em comum é Astor.

— *Porque eu não permitirei que ela tenha tudo!*

Dou um passo para trás, surpreso com sua explosão.

— Ela tinha Gabriel — Sera diz. — Ele a amava. *Ela.* Ela nunca o mereceu e que se dane se ela acha que vai ter tudo!

Suas palavras estão carregadas de ciúme e ódio. A mulher com quem me casei é uma mentirosa louca e patética.

— Isso tudo foi por causa de… — minha voz esmorece.

— Gabriel me trocou por ela e ela nunca o mereceu. Agora ele está do outro lado do país por causa dela. Não permitirei que ela tenha tudo.

O copo de cristal na minha mão voa pela sala, quebrando-se enquanto ela continua a proferir mais palavras de ódio. Ela não pode ficar com Astor.

— Ele é meu filho e de Gabriel — cospe. — Se você prosseguir com o divórcio, perderá Astor.

As intenções são inesquecíveis, e suas palavras odiosas também são permanentes. A inveja é uma manipuladora cruel e calculista. E seu domínio sobre a mulher diante de mim arruinou a vida dela e a minha.

O ciúme de Sera é infindável.

— Astor é *meu* filho! — grito. — Que Deus me ajude.

A sala está me sufocando. Preciso de ar. Preciso me afastar de Sera, o mais longe possível de uma vida que tem sido uma mentira.

Pego minha jaqueta e as chaves do carro.

— Para onde está indo?

— Preciso sair daqui antes que eu faça algo de que me arrependa.

Astor sempre será meu filho.

Bato a porta com tanta força que ela vibra, descendo a escada depressa, desesperado para fugir. Preciso ver meu filho. Preciso que Astor entenda que sempre serei seu pai, independente das circunstâncias. Preciso ver Aurelia. Preciso ligar para meu pai e meu advogado. Não quero arrastar meu filho para o tribunal. *Ele não é seu filho.*

A chuva está caindo, mal consigo enxergar. Pegando minhas chaves, finalmente localizo meu carro estacionado em outro quarteirão. Quando entro, coloco meu celular no suporte e ligo para Aurelia. A chamada vai para o correio de voz.

— Sou eu — digo, minha voz embargada. — Estou indo buscar Astor. Eu amo você.

Preciso ir até Astor.

Ligo e deixo uma mensagem para meu advogado.

— Noah, é Chadwick David. Sei que você está fora da cidade. Sera está ameaçando tomar meu filho se eu prosseguir com o divórcio. Biologicamente, ele não é meu. Preciso que faça o que for preciso para que eu fique com Astor.

Eu me afasto rapidamente do meio-fio e desço a Bank Street, em direção ao leste.

Ele não é seu filho.

A raiva, junto com as duas doses de Bourbon, agita meu corpo. *Seis malditos anos de mentiras.*

Eu teria desistido de tudo por Aurelia. Minha carreira. Dinheiro. Herança. Fama. Mas não poderia desistir do meu filho. Preciso dela agora.

Ele não é seu filho.

Sera nunca tirará meu filho de mim.

A chuva torrencial distorce minha visão. Não consigo ver...

Uma criança surge do nada, atravessando a rua. A mãe a persegue.

Estou indo rápido demais. Cedo demais. Merda.

Giro o volante para a esquerda para evitar atingi-los. O carro derrapa.

Ele não é seu filho.

A buzina do caminhão de entrega dispara enquanto uma luz branca ofuscante invade meu carro. Naquela luz, vejo Aurelia abraçando Astor.

E então, nada além de escuridão.

"Quando eu queria cantar amor, se voltou para a tristeza. E quando eu queria cantar tristeza, se transformou em amor para mim."

- Franz Schubert.

AURELIA

Boston, Massachusetts.

Balanço a cabeça de um lado para o outro, me recusando a acreditar nas palavras exibidas na televisão:

O célebre Maestro Chadwick David se envolve em um acidente de carro

Uma onda de náusea me percorre ao me ver incapaz de desviar o olhar do Porsche destruído.

— Aurelia — Sera diz, sua voz fria. Distante.

— Por favor — falo, agarrando o celular com força. — Por favor, me diga que não é verdade.

— Um avião está esperando por você no Logan International — responde.

A linha fica muda.

Nova York, Nova York.

Meu pai me encontra no aeroporto, me abraçando com força. Ficamos quietos durante toda a viagem, correndo para o Presbyterian Lower Manhattan Hospital, onde os pais de Chad estão esperando.

Eles não são os únicos que estão aguardando: um enxame de paparazzi está do lado de fora da William Street, bloqueando a entrada do hospital. Eles são agressivos, desesperados por uma palavra, uma foto, qualquer coisa. As câmeras piscam.

— Devíamos ter passado pela entrada da Gold Street — papai fala, tentando me proteger dos repórteres.

Quando abrimos caminho em meio à densa multidão, a mão de alguém firme agarra meu antebraço. Mais luzes piscando.

— Senhorita Preston! — uma voz estrondosa grita por trás, me assustando. Flash. — Eu vi você e o Maestro se apresentarem há alguns meses. Sinto muito por sua perda.

Perda?

Olho para o meu pai em choque. Colocando um braço em volta do meu ombro, ele diz:

— Chadwick está vivo. Aquele idiota só estava tentando te irritar.

As portas eletrônicas se abrem. Mamãe e Callum correm para o meu lado. Os olhos inchados dela refletem os meus.

— Aurelia.

— Como ele está? — pergunto à minha mãe, que me abraça. — Onde ele está?

— Estamos aguardando notícias — minha mãe responde, nervosa. — Eles estão fazendo mais exames. Os pais de Chad estão na sala de espera.

Meus pais me levam até onde Renna e Oliver estão reunidos. Eles se levantam e abrem os braços para mim.

— Chad vai ficar bem — tento dizer, com confiança.

A voz de Renna estremece quando ela responde:

— Ele vai ficar.

— Onde está Sera? — Olho por sobre seu ombro. — Ela providenciou meu voo.

Renna parece surpresa.

— Não conseguimos entrar em contato com ela.

Tudo é um borrão. Figuras fantasmagóricas entram e saem das salas, carregando o peso da vida de alguém em seus ombros. Portas abrem e fecham. Telefones tocam. Anúncios são feitos pelos alto-falantes. A mistura de alvejante e antisséptico envolve o hospital. Conversas sussurradas flutuam ao redor. De vez em quando, ouvimos o som angustiante de alguém chorando. E depois há o som constante de máquinas apitando, um lembrete de que alguém ainda está respirando ou perdeu o último suspiro. *Por favor, Chad, continue respirando.*

— Sr. e Sra. David — uma voz feminina com sotaque semelhante ao da minha mãe chama.

Dois médicos em vestes brancas vêm em nossa direção, ambos com uma expressão sombria. Renna e Oliver se levantam de seus assentos, com uma postura fraca, os dois segurando um ao outro. Nós também nos levantamos.

— Esta é a Dra. Ocampo — Oliver indica a médica com uma mecha rosa no cabelo —, a médica que atende a emergência.

Ela assente a cabeça e nos apresenta a um senhor muito alto e magro à sua direita.

— Este é um de nossos neurocirurgiões, Dr. Mellon.

Meus joelhos parecem canudos de plástico. Mal conseguindo ficar de pé, meu pai coloca um braço em volta do meu ombro, com a intenção de ser meu apoio. Mamãe está do outro lado, agarrada à minha mão. Nunca me senti tão grata por ter meus pais comigo. Eles podem ter tido um relacionamento não convencional e complicado, mas sempre me apoiaram. E estão aqui, literalmente me segurando.

— A tomografia computadorizada revela que o Sr. David desenvolveu um hematoma subdural direito — Dra. Ocampo explica. — Há um sangramento próximo ao cérebro dele.

— Precisarei fazer um furo em seu crânio para drenar o sangue — Dr. Mellon acrescenta. — E para aliviar a pressão sobre o cérebro. — Em sua mão, há uma papelada presa a uma prancheta. Ele dá uma breve olhada para baixo e ergue o rosto, examinando nosso pequeno grupo. — A Srta. Aurelia Preston está aqui?

Soltando-me de meus pais, respondo:

— Eu sou Aurelia Preston — falo, dando um passo à frente.

— Senhorita Preston, o hospital precisa do seu consentimento para prosseguir com a cirurgia.

— Consentimento?

— Sim, Srta. Preston.

— Você está enganado — digo a ele. — Não sou esposa dele. Ela... *— Está em outro lugar. Desaparecida.*

— Aurelia — Oliver interrompe. — Chad designou você como sua agente de saúde e lhe deu procuração legal.

— Eu?

— Achei que você soubesse. Ela foi escrita logo após o nascimento de Astor. Caso algo acontecesse com ele, Chad depositou sua confiança em você.

Os olhos lacrimejantes de Renna se encontram com os meus. Seu rosto normalmente impecável está manchado e inchado.

— Meu filho sabia que você faria a coisa certa.

Confio minha vida a você, Chad disse, no dia em que concordei em ser a madrinha de Astor.

— Precisamos fazer a cirurgia o mais rápido possível — Dr. Mellon aconselha. — Mas não podemos prosseguir sem o seu consentimento.

— Sim — respondo. — O que tiver de ser feito.

— Preciso avisá-la sobre possíveis complicações.

Assinto, pressionando os lábios, desesperada para permanecer forte por Chad e sua família. Meus batimentos cardíacos disparam quando o Dr. Mellon continua:

— Pode haver complicações decorrentes da anestesia geral. Pode ocorrer a formação de um coágulo sanguíneo. Hemorragia pós-operatória e infecção. Uma convulsão durante a cirurgia, inchaço cerebral e coma. — Sua expressão é séria. — Como em qualquer cirurgia de grande porte, há sempre o risco de morte. — O medo de perder Chad ameaça me estrangular.

Não pense em morte. Pense em salvar Chad.

— Se o sangramento no cérebro continuar — Dr. Mellon diz —, ele não sobreviverá.

— O que eu preciso fazer?

— Tenho a papelada que precisa da sua assinatura.

Pego a prancheta e a caneta.

— Faça o que for preciso para salvá-lo — imploro, assinando os papéis.

O tempo passa. Não sei o que é mais torturante — a espera ou a sensação de impotência.

O relógio da parede me provoca; o ponteiro longo que se move em um minuto parece um dia longo. Em vez de avançar, eu gostaria que ele se movesse no sentido anti-horário, voltando ao dia de ontem, quando Chad e eu estávamos deitados na cama, lendo e ouvindo Vivaldi.

Um momento pode mudar tudo. Ao raiar do dia, Chad e eu estávamos fazendo amor…

E agora, temo que nunca mais possa sentir o batimento de seu coração junto ao meu.

Ele vai conseguir.

Antes do meu padrasto se aposentar, Callum era otorrinolaringologista no Lenox Hill. Nós o ouvimos enquanto ele explica o procedimento cirúrgico que está sendo realizado em Chad. Pergunta após pergunta. E Callum responde a cada uma delas, tentando nos convencer de que Chad está nas melhores mãos.

— Ele é jovem e saudável. O resultado está a seu favor.

Minha mãe abre sua bolsa. Em sua mão, há um cartão plastificado com a foto do Padre Pio e uma oração de cura no verso. Eu cresci ouvindo histórias de curas milagrosas do santo.

— Pegue isso — orienta. — Lembre-se do poder da oração. Callum e eu estamos indo para a Capela de São Paulo para rezar.

Papai fica ao meu lado, me segurando enquanto suplico a Deus sentada em minha cadeira. Alguns segundos depois, meu pai está pronunciando o "Pai Nosso". Acho que nunca vi ou ouvi Peter Preston rezar antes.

Magnus e Mercer chegam de Los Angeles e se revezam para checar o sobrinho, que está com a babá. Sua irmã, Tori, está a caminho vindo de Londres. A prima de Chad, Allegra, chega com sua sobrinha, Layla.

Quando finalmente tenho coragem de ligar para Astor, ele está chorando, perguntando pelo "papai". Sera é que deveria contar a ele que seu pai está em cirurgia. Ela é que deveria estar tentando consolar o filho.

As horas passam e ficamos olhando em silêncio. Esperando. Estamos nadando no mar da incerteza, tentando nos manter à tona. Somente o cirurgião pode nos dar a tábua de salvação.

Finalmente, o Dr. Mellon, vestido com uma bata cirúrgica azul-escura, passa pelas portas duplas. Quando ele tira a máscara cirúrgica, ficamos de pé, prendendo a respiração.

— A cirurgia foi bem-sucedida — informa. — O Sr. David está em estado crítico, mas estável. As próximas horas serão cruciais.

— Quando poderemos vê-lo? — A voz de Renna treme.

— Não agora, por enquanto. Ele está em recuperação no momento e depois o levaremos para a UTI.

Uma sensação de alívio toma conta do rosto de todos. Nós nos abraçamos, todos proferindo palavras de gratidão.

Eu me afasto para verificar meu celular e ligo para Gabriel.

— Como está Chadwick? — pergunta.

— Ele conseguiu sobreviver à cirurgia.

— Graças a Deus.

— Você tem notícias de Sera? — pergunto. — Ninguém consegue entrar em contato com ela.

— Estou com ela na cidade. — Ele parece exausto. — Ela estava histérica. Seu médico teve que sedá-la. Ela está dormindo.

— O marido dela sofreu um acidente de carro e ela está dormindo?

— Por favor, não a julgue. Ela literalmente desmoronou.

— Tanto faz — murmuro, baixinho.

— O que precisa que eu faça?

— Diga à Sera que Astor precisa dela.

Encerro a ligação.

Chad foi transferido para a UTI e está respirando com a ajuda de um ventilador.

Meus pais se recusam a deixar o hospital, perguntando a cada quinze minutos se preciso de alguma coisa.

Sim, preciso que Chad sobreviva. Preciso que ele lute por sua vida.

Ao amanhecer, tio Jay e Joi chegam da Filadélfia, exaustos. Pouco tempo depois, Agnes aparece na sala de espera, depois de voar do Peru.

— Esse homem vai conseguir. — Ela me abraça, com sua voz suave. — Você sabe por quê?

Balanço a cabeça, negando.

— Porque ele tem a intenção de ter todos aqueles bebês com você.

— Eu desistiria do sonho de ter filhos contanto que Chad fique vivo — falo, percebendo que meus pais mal estão conseguindo permanecer sentados. Mamãe está imprensada entre seu ex-amante e seu marido. Ela se apoia no braço de Callum, mas sua mão segura a de meu pai.

— Por favor, vão para casa — peço a eles.

— Não queremos te deixar — minha mãe responde.

— Eu sei, mas, por favor, descansem um pouco.

— Eu ficarei com Aurelia — Agnes promete à minha família.

Joi, grávida de seis meses de seu terceiro filho, cochila no ombro do tio Jay.

— Por favor, leve-a para a minha casa. — Entrego a ele minhas chaves.

— Se houver qualquer mudança — meu tio diz, com a mão direita em meu ombro —, ligue para mim.

Uma lembrança surge. Tio Jay provocando Chad na primeira vez que saímos juntos. *Não faça nenhuma besteira. Mantenha suas mãos para si mesmo. Ou nós dois levaremos uma surra.* Esse ainda é um dos melhores dias de minha vida.

Ao sair, Joi tira um batom de sua bolsa.

— Passe isso antes de vê-lo. — Ela dá uma piscadela. — Você não quer assustá-lo. — Abraço a mulher que me ensinou a me maquiar, que me levou a bodegas para comprar poções do amor e que me levou para buscar anticoncepcionais.

Minha família vai embora, enquanto Agnes e eu ficamos com os David.

Olho para o lado e me lembro da primeira vez que jantei com Renna e Oliver. Quase vinte e um anos atrás. O orgulho em suas vozes quando falavam sobre Chad. O amor incondicional por seus filhos e netos. Eles sempre me fizeram sentir bem-vinda e amada, mesmo depois do meu rompimento com o filho deles.

— Eu me lembro do primeiro concerto de Chad — Magnus comenta. — Ele tinha acabado de fazer nove anos. Subiu no palco e tocou aquele violino como um profissional.

— Ele sempre foi destemido — Mercer acrescenta. — Não havia nada que não pudesse fazer.

Afastados nos últimos anos por causa de uma mulher, os gêmeos colocam suas diferenças de lado, às vezes até sorrindo um para o outro.

Todos nós entramos na conversa, relembrando.

— Ele ficou de castigo tantas vezes por sair de fininho no meio da noite, pegando o trem para o centro da cidade — Oliver diz.

— Eu também fiquei de castigo — acrescento, me lembrando de como implorei à minha mãe para não contar ao meu pai.

— O que vocês faziam?

— Nós corríamos para o Bleecker Bob's — respondo, com a nostalgia se intensificando. Enquanto a maioria dos nossos colegas estava dormindo, Chad e eu folheávamos fileiras e mais fileiras de vinis na loja de discos até fechar. Uma da manhã nas noites de semana. Três da manhã nos finais de semana. Chad vasculhava as caixas como um cientista forense. Ainda consigo ver o entusiasmo em seus olhos quando ele descobria um novo artista. Uma nova gravação. Voltávamos para minha casa, segurando os discos como se fossem feitos de vidro. No conforto do meu quarto minúsculo, do tamanho de um armário, nós nos deitávamos lado a lado e nos deliciávamos com a música. Assim como ler poesia e histórias, ouvir música é uma experiência única para todos. No entanto, toda vez que Chad e eu ouvíamos uma música ou uma composição clássica, eu sabia que nossos corações tinham o mesmo sentimento.

— Chad tinha treze, talvez quatorze anos. Ele se apresentou na festa de um vizinho para poder comprar um Discman para você. — Renna pega minha mão e a aperta.

— Aurelia ainda tem aquele Discman. — Agnes sorri para mim. — Ela não deixa ninguém chegar perto dele.

Às oito da manhã, finalmente somos autorizados a visitar Chad na UTI.

— Só dois de cada vez — o médico aconselha. — E apenas por alguns minutos. Ele precisa descansar.

Por mais que eu esteja desesperada para ver Chad, faço um gesto para que os pais dele entrem primeiro. Renna parece destruída. Espero que ver Chad a ajude a recuperar um pouco de vida.

O restante da família de Chad, Agnes e eu ficamos na sala de espera, com uma dúzia de outras pessoas rezando para que um ente querido lute por sua vida.

AURELIA

Do lado de fora do quarto de Chad, estou sozinha e atordoada, com os olhos entreabertos, quando Sera e Gabriel finalmente chegam.

Meu ex-noivo me abraça com força.

— Como ele está?

— Está estável.

— Onde está a família dele? — Gabriel olha em volta, com os braços ainda me mantendo perto. — Astor?

— Renna e Oliver foram vê-lo. O restante voltará em breve.

Afasto-me de Gabriel e olho para Sera. Ela está uma bagunça. Há olheiras escuras sob seus olhos. O rosto inchado. Seu traje está completamente desarrumado.

— Sera.

— Aurelia. — Sua voz ainda me dá arrepios.

Sera não é mais a mulher de quem eu me ressentia nos últimos anos. A possibilidade de perder alguém muda nossa visão da vida. As coisas negativas que guardamos por anos se tornam insignificantes quando sua alma gêmea está lutando pela vida.

Abraço a esposa de Chad.

Meu abraço não é retribuído. Sera permanece ali, congelada. Um braço cheio de neve seria mais quente.

Ela cheira a cigarro e uísque. E um coração amargo.

Sera foi um momento de fraqueza. Eu sou a força vitalícia de Chad.

— Vá vê-lo — sugiro, apontando para o quarto do marido distante.

— Está uma loucura lá fora — Gabriel comenta, tirando o gorro.

— Os paparazzi?

— Eles não; há uma vigília ao longo da Beekman Street — ele me conta. — Velas. Flores. Fotos de Chad. Estudantes tocando violinos. Um grupo de cantores gospel cantou *Amazing Grace* enquanto tentávamos subir a rampa. Juro que os últimos quinze anos da LaGuardia Arts estão lá fora.

— Sério?

Gabriel assente. Sua expressão não é de inveja, mas de gratidão e compreensão.

— Quando estávamos crescendo, todos sabíamos que ele seria bem-sucedido. O que ele conquistou foi…

— Extraordinário — termino sua frase.

Ficamos sentados em silêncio enquanto as pessoas do mundo da música clássica discutem o destino do maestro durante as refeições, durante coquetéis em uma festa beneficente e em auditórios de concertos.

— Chadwick vai se recuperar — garante, segurando minha mão.

— Ele vai.

— Você está bem? — Mesmo depois de todo esse tempo, Gabriel ainda pergunta se *eu* estou bem.

— Estou bem. — A verdade é que não sei o que significa bem neste momento.

— Agnes está aqui?

Assinto.

— Ela saiu há alguns minutos para tomar banho.

Pacientemente, observamos enfermeiras, médicos e visitantes entrarem e saírem dos quartos.

Alguns minutos depois, pergunto o que está em minha mente desde o acidente.

— Por que Sera não veio mais cedo? Ela me ligou. Arranjou meu voo.

— Ela se culpa — Gabriel afirma. — Acredita que o acidente é culpa dela.

— Por quê?

— Ela me disse que Chad tinha saído bravo de casa durante uma discussão — responde. — Ela ainda está abalada com isso.

— Sobre o que eles teriam discutido? Ela sabe que Chad e eu queremos nos casar. — Logo que falo, me arrependo de ter dito ao meu ex-noivo. — Desculpe. Foi falta de consideração da minha parte.

— Agora é minha vez de dizer que *eu estou bem.* — Ele dá um pequeno sorriso, mas muito necessário. — Estou mesmo, Aurelia.

— Obrigada por estar aqui. — Eu o beijo no rosto.

— Sempre — diz, pegando minha mão.

— Sinto muito por toda a dor que te causei.

— Eu também sinto muito. — Ele abaixa a cabeça, com o olhar fixo no chão. — Preciso te contar uma coisa.

— O que é?

Ele ergue a cabeça e encara à frente. Inspira. Expira.

— O quê? — pergunto outra vez.

Gabriel pigarreia.

— Chadwick e Sera nunca tiveram um casamento de verdade.

— Bem, não nos últimos dois anos — digo.

— Foi um acordo.

— Não estou entendendo.

— Eles eram casados apenas no papel. — Nossas mãos unidas se apertam. — Eles viveram vidas separadas desde o dia em que se casaram.

— Então, eles nunca viveram juntos como marido e mulher?

— Nunca.

Deixo o "*nunca*" entrar na minha cabeça. Meu estômago se revira, me lembrando de todas as vezes em que Chad me pediu para esperar por ele. Para ficar com ele. *Por que ele não me contou?*

Como se estivesse lendo minha mente, Gabriel diz:

— Legalmente, Chad não podia contar a ninguém sobre o contrato entre ele e Sera.

— Contrato?

— Seis anos de casamento.

Eu nunca pediria a você para ser a outra mulher, Chad disse, depois que Priscilla faleceu. *Não posso deixar Sera agora. Ela e eu temos...* Chad tentou me dizer, mas o orgulho ficou no caminho e eu me recusei a ouvir. Não queria ser uma mulher esperando por um homem casado. Não queria ser a outra, como minha mãe havia sido durante anos. *Você tem sido a única mulher.*

— Mas *você* sabia? — pergunto.

Gabriel assente.

— Há quanto tempo você sabe? — questiono, sem fazer contato visual. Não consigo olhar para ele neste momento.

O ar ao nosso redor muda. Essa traição é mais grave do que a infidelidade dele.

— Gabriel. — Minha voz fica mais aguda e afasto minha mão da sua. — Quanto tempo?

— Eu sempre soube — responde. — Sinto muito.

— Sente muito? — Eu me inclino um pouco para trás e olho para ele. Nosso primeiro encontro passa pela minha mente. Depois do jantar, saímos para um passeio noturno. *Eu amo você há anos, esperando que você perceba que eu sou a pessoa certa*, ele confessou. Durante alguns anos, menti para mim mesma, acreditando que ele era a pessoa certa. Mesmo depois do nosso término, ainda o considerava um amigo íntimo. E agora, tudo o que vejo é um estranho.

— Sente muito? — repito. Dessa vez, com anos de angústia engarrafada em meu interior. Anos de tempo perdido. Anos que jamais recuperarei.

Sento-me em silêncio, imóvel. Mas minhas entranhas estão emaranhadas, implacáveis. Meu coração está doendo e cheio de mágoa. Uma dor semelhante àquela que Priscilla me infligiu com sua traição.

— Me escute — Gabriel implora.

Fechando os olhos, tento afastá-lo.

Ele não vai embora. Em vez disso, permanece ao meu lado. De olhos fechados, sinto a necessidade de Gabriel de se confessar, como um pecador desesperado por salvação. E eu sou a única que pode absolvê-lo.

— Aurelia, olhe para mim.

Abro os olhos; arrependimento nubla o rosto de Gabriel.

— Sera me disse que Chadwick a engravidou — explica, seus olhos fixos nos meus. *Você consegue ver a mágoa neles?* — Você sabe que minha família é religiosa e a teria deserdado se ela tivesse um filho fora do casamento. Perder seu fundo de garantia nunca foi uma opção para Sera. Ela não é como nós. Ela quer esse dinheiro. Precisa dele para montar um negócio… uma revista on-line. Eu a incentivei a considerar outras opções. — Ele olha para baixo, envergonhado. — Mas Chadwick queria aquela criança.

O momento em que Chad admitiu que queria aquele bebê está gravado em meu coração, meus músculos, meus ossos. Sua intenção partiu meu coração, mas também fez com que eu o amasse ainda mais. Ele jamais daria as costas à sua família. Scu filho ainda não nascido.

— A única maneira de manter o bebê era casar com ele e fazer com que a família dela acreditasse que o relacionamento deles era genuíno — continua. — Era um segredo escondido de todos.

— Mas você sabia — falo. — Você também tinha alguma obrigação legal?

— Não. — Ele engole com dificuldade. — Escondi isso de você porque eu te amava. Eu sabia que, se te contasse sobre o acordo deles, nunca teria tido uma chance. Eu te amava, Aurelia. Eu queria você. Eu queria a nós. É por isso.

Fico calada. *Eu queria a nós.*

— Aurelia?

Nego com a cabeça, incapaz de expressar minha mágoa. E então a raiva vem à tona. Meu corpo treme. Aperto meus lábios, segurando as palavras que nunca poderei retirar.

— Eu nunca quis te magoar. — Os olhos verdes de Gabriel estão tristes e cheios de remorso. — Eu só queria uma chance de amá-la. De estar com você.

Penso no amor e em tudo o que fiz por causa dele. Para tê-lo. Para senti-lo. Parti meu coração junto com uma série de outros. Menti. Enganei a mim mesma quanto à felicidade. Desempenhei um papel durante anos para proteger aqueles que amo. E sou *a* mulher que Gabriel costumava amar.

Por um momento, tudo o que poderia ter sido envolve a minha mente. Será que as coisas teriam sido diferentes se eu soubesse? Eu teria ido com Chad? Teria esperado como ele havia pedido? Perguntas sem resposta. Incertezas pairam no ar. Mas no final do corredor está o que sempre tive certeza: eu amo Chad.

Meu corpo não treme mais, mas minha mente leva alguns longos segundos para acompanhar, para parar de andar em círculos.

— Você me odeia? — Gabriel pergunta.

O ódio pode aprisionar a alma; ele aprisionou a de Priscilla por anos. Recuso-me a ter minha alma aprisionada.

Balanço a cabeça em negativa.

— Mas estou magoada — murmuro, limpando o nariz com minha camisa. — Eu confiei em você.

— Eu sei. — Ele abaixa a cabeça.

Cometi tantos erros e danos na minha vida — muitos dos quais me foram perdoados. Agarro meu coração e penso no homem ao meu lado. Um homem que me deu seu coração, mas nunca o aceitei totalmente. Depois de todos esses anos, ele ainda está aqui por mim, ainda é meu amigo.

— Vai levar algum tempo — falo, com a respiração entrecortada. — Mas eu entendo por que você fez o que fez.

— Você me perdoa?

— Não — digo, com tristeza. — Mas perdoarei com o tempo.

Sem dizer nada, ele segura minha mão. Aperta-a. O peso de seu segredo foi retirado.

Meu queixo se inclina na direção do quarto de hospital de Chad.

— Ele vai ficar bem — afirmo, mudando o assunto para o que e em quem preciso gastar toda a minha energia. Não posso fazer nada em relação ao passado, mas posso tentar conduzir meu futuro com Chad na direção certa.

— Ele vai. Agora me diga o que posso fazer para ajudar.

— Astor.

— Onde ele está?

— A família de Chad e sua babá estão cuidando dele. — Lembro-me do som dele chorando ao telefone, implorando para ficar com o pai. — Ele está assustado. Não entende o que está acontecendo. — Solto um suspiro frustrado. — Ele nem sequer viu ou teve notícias de sua mãe.

— Sera não está no estado mental certo para ficar com Astor — Gabriel admite. — Ela sabe que ele está em boas mãos.

— Ele ainda precisa da mãe — retruco.

Gabriel vira o corpo para me encarar.

— Confie em mim, por favor.

— Os pais de Sera não entraram em contato com a família de Chad.

— Eles não se importam agora que Chad pediu o divórcio.

Abro a boca, mas não sai nada.

— Por favor, não submeta Astor a isso — ele diz, os olhos suplicantes. — Eles levam o termo "idiotas" a um nível totalmente novo.

Dou uma risadinha. Gabriel ri também. E, sem mais nem menos, estamos recuperando a confiança entre nós. Com o braço em volta de mim, Gabriel diz:

— Eu amo você, Aurelia.

— Eu também amo você — respondo, silenciosamente tentando perdoá-lo.

Estamos conversando um pouco quando Sera sai correndo do quarto.

— Não posso fazer isso agora — choraminga, indo em direção aos elevadores.

— Vá com ela — falo para Gabriel. — Apenas diga a ela que Astor está bem.

Quando ele segue a prima, já estou a um passo do quarto de Chad.

O homem que eu amo está deitado na cama, irreconhecível. Cobertores de hospital cobrem metade de seu corpo de 1,90 m, escondendo discretamente seus ossos quebrados. Sua cabeça está envolta em um curativo branco, sua pele, uma mistura de amarelo e roxo-azulado.

Por baixo da máscara do ventilador, dos curativos e dos hematomas está o homem que conquistou meu coração desde que eu tinha treze anos de idade.

Com os braços pesados e as pernas bambas, afundo no chão. Não estou preparada para vê-lo assim. Puxando os joelhos para junto do peito, enrolo os braços em volta deles e me desfaço em lágrimas.

A porta se abre.

— *Mahal ko?*

Mãe.

Ela fecha a porta com cuidado antes de se agachar.

— É muito difícil vê-lo assim — digo, com a voz embargada pelas lágrimas. — Ele sempre foi tão cheio de vida. Não sei o que acontecerá a seguir.

— Eu sei, meu amor. Eu sei. — Ela vira a cabeça para Chad brevemente e depois me encara. Com compaixão em seus olhos castanhos, me lembra: — Ele passou por uma cirurgia exaustiva. Seus sinais vitais estão bons. A jornada que temos pela frente será longa, mas Chad vai conseguir. — Mamãe levanta meu queixo com o dedo indicador. — Porque ele tem você, *mahal ko*. Você.

Com a ajuda da minha mãe, levanto do chão. Abraçando-me com força, ela sussurra:

— Acredite nele.

— Eu acredito — sussurro de volta. — Só precisava chorar um pouco.

— Você precisa descansar. Vou ficar com ele até que Renna e Oliver voltem — minha mãe fala. — Por favor, vá para casa e durma um pouco.

Afastando-me, balanço a cabeça em negativa.

— Estou bem. — Com a manga do meu suéter, limpo o rosto. — Quero estar aqui quando ele acordar. Vá para casa com Callum e te vejo amanhã.

— Não vou te deixar sozinha — minha mãe insiste.

— Não estou sozinha — respondo, olhando para Chad enquanto dorme.

A última vez em que vi o Maestro Emil von Paradis foi há mais de seis anos, quando suas esperanças e sonhos estavam se esvaindo porque Chad estava decidido a ser pai, disposto a recusar cargos em várias sinfonias de renome mundial.

O mesmo homem que uma vez disse que eu não era digna de seu neto veio ao meu apartamento e implorou pela minha ajuda, o que recusei.

Agora, estamos sentados lado a lado no quarto particular de Chad, mais impotentes do que o homem deitado na cama que depende de um ventilador para respirar.

Ver Chad desamparado é surreal. Ele sempre foi o mais forte. O garoto que correu sessenta quarteirões no centro da cidade para me encontrar no dia 11/9. O músico que corria depois de um concerto e pegava um voo de onze horas só para me beijar. O homem que lutou para que ficássemos juntos.

— Ele é tudo o que eu nunca poderia ser — Emil diz, enxugando os olhos com um lenço. — Eu o pressionei tanto para que fosse o melhor, porque eu não era.

O ressentimento é uma fera mal-humorada. Eu poderia deixar que ela permanecesse nas minhas veias e vomitasse palavras de ódio para o homem que arruinou vários anos da minha vida e ajudou a roubar um futuro que deveria ter sido meu.

Ou posso perdoar.

"O perdão é um dos maiores atos de amor", Chad disse uma noite em Chicago. Sua capacidade de perdoar é incomensurável. Se ele conseguiu perdoar seu avô, eu também consigo.

O venerado octogenário está quebrado e curvado, chorando baixinho.

Não amo Emil, mas ele é alguém que Chad ama muito. E, por Chad, eu perdoarei.

Aproximo minha cadeira de Emil e pego sua mão com cuidado. Anos atrás, sua mão tocou a minha com desdém. Neste momento, sua mão treme, com medo.

— Chad não seria quem ele é sem o senhor — digo a Emil.

Ele aperta minha mão com ternura. Quando encaro seus olhos azul-claros, eles estão cheios de um suave pedido de desculpas.

Sento-me ao lado da cama de Chad, acariciando gentilmente sua mão direita, que está engessada. Traço meus dedos ao longo do gesso branco e oro. *Por favor, deixe-o tocar novamente.*

Vários enfermeiros do hospital frequentam o quarto com a eficiência de ninjas, observando qualquer alteração em sua frequência cardíaca. A cada duas horas, eles reposicionam seu corpo, evitando escaras.

Todos eles têm sido maravilhosos, respondendo a todas as minhas perguntas e nunca deixando de me manter atualizada sobre a condição de Chad.

— Como está o coração dele? — pergunto, nervosa.

— Sua frequência cardíaca está normal.

Quando sua febre aumenta, oro em voz alta para que a infecção desapareça.

— Ele não pegou uma infecção — Cameel, a linda enfermeira afro-americana, me corrige. — Você sequer dormiu?

Balanço a cabeça negativamente, observando o peito de Chad subir e descer.

— Como está a respiração dele?

— Está estável — responde.

— E sua cabeça?

— Está se recuperando bem.

Chad não se move e me pergunto se ele pode me ouvir chorar.

Será que ele sente meu coração doer? Será que consegue ouvir as orações que faço a cada meia hora?

— Nunca amei ninguém como amo você — digo a ele, passando a mão por baixo do cobertor. A sensação de seu corpo quente é reconfortante. — Ninguém nunca me fez sentir amada como você. Ninguém jamais o fará.

Minutos depois, pego o celular na bolsa e reproduzo uma das últimas mensagens que Chad deixou em meu correio de voz.

"Você é tão essencial quanto o ar que respiro, a água que bebo e a música que toco. Sem você, mal consigo respirar. Mal existo. Eu me recuso a ficar sem você."

— Eu também me recuso a ficar sem você — sussurro.

Minha cabeça repousa ao lado da dele. Desmorono ao me lembrar *daquele* momento. O primeiro "oi". O brilho em seus olhos azul-claros. A empolgação em sua voz. A maneira como ele se balançou ao som de *Invierno*, de Piazzolla. As palavras de incentivo que deu à garota que acabara de conhecer.

O momento em que conheci o rapaz que mudaria minha vida.

AURELIA

— A cirurgia no cérebro foi bem-sucedida — Dr. Mellon afirma para nós. — Mas recomendo colocar Chad em coma induzido.

— Coma? — pergunto, preocupada.

— Isso pode dar ao cérebro tempo para se recuperar — explica. — Ele tomará um coquetel de medicamentos para manter a pressão sanguínea alta e o bombeamento do coração. Tudo isso enquanto protege o cérebro.

— Isso vai machucá-lo?

— Não, é administrado por uma bomba de infusão. Nosso anestesista o colocará para dormir pela via intravenosa. Ele será intubado em seguida. Levará alguns segundos para o Sr. David adormecer. Ele não sentirá nada.

— Por quanto tempo? — Renna pergunta, olhando para o corpo imóvel do filho.

— Alguns dias. Suas funções superiores serão reprimidas, mas o tronco cerebral e as funções vitais permanecerão intactas. Vamos monitorar sua atividade cerebral por meio de eletroencefalografia, medindo as ondas cerebrais.

— Há algo que possamos fazer enquanto ele estiver em coma? — pergunto.

— Vocês podem conversar com ele — o Dr. Mellon responde. — Ouvir a voz de um ente querido. Histórias familiares. Isso pode ajudar os pacientes a se recuperarem.

Renna, Oliver e eu concordamos com o Dr. Mellon e, ansiosa, assino os formulários de consentimento.

Com um travesseiro e um cobertor, me acomodo em uma cadeira perto de Chad.

— Por favor, Aurelia, vá para casa e durma um pouco — Oliver aconselha.

— Você está exausta — Renna complementa.

— Estou bem. — Meu corpo está prestes a se dobrar e endireito as costas. — Por favor, vão ver o Astor.

Não vou sair do lado de Chad, esperando que ele sinta minha presença.

— Ele pode te ouvir — diz uma voz suave atrás de mim. É Lisa, a bonita enfermeira filipina-australiana que está cuidando de Chad. Ela verifica os seus sinais vitais. — Os sinais vitais do Sr. David mudam para melhor quando você está no quarto.

Eu lhe dou um sorriso de agradecimento quando ela me deixa sozinha com Chad.

— Estou aqui — falo.

Meus dedos pairam sobre seu rosto machucado, traçando suas sobrancelhas castanho-claras.

Fale com ele.

— Tio Jay trouxe Pablo — comento, antes de tirar meu violoncelo do estojo. Pablo está afinado e aninhado entre minhas pernas, com meu arco colocado na corda A aberta. Este momento aqui precisa ser a melhor apresentação que Pablo e eu faremos.

Fechando meus olhos, vejo os de Chad, brilhantes e penetrantes. Lembro-me da empolgação que emitiram quando ele me incentivou a tocar essa peça em minha audição. Ele disse para tocar a música que eu amo e tocar para mim mesma.

Olho para Chad, tranquilo. *Estou tocando a música que amo, mas, desta vez, estou tocando para você. O homem que eu amo.*

Uma avalanche de lágrimas escorre pelo meu rosto enquanto toco a *Élégie*, de Rachmaninoff. Cada nota me faz me lembrar dele — do nosso amor. A maravilha do primeiro amor, o coração partido inesperado, a perda e, acima de tudo, a beleza da dor.

Quando toco essa melodia, estou vulnerável, me expondo. A melodia expressa: "*Não posso ficar sem você. Recuso-me a ficar sem você*".

Dou tudo de mim na apresentação, rezando para que ela ajude Chad a se curar.

A última nota ressoa. Com Pablo em seu estojo, volto para a poltrona ao lado dele.

— Você amou? — pergunto. — Tenho a sensação de que sim.

Chad permanece imóvel, e meu coração implora: *por favor, deixe-o voltar para mim.*

Fale com ele.

— Me desculpe por nunca ter te contado a verdade sobre minha internação no hospital. Achei que deixá-lo na Argentina era a única maneira de ajudá-lo a realizar seus sonhos. — Tento conter a dor que se forma em meu peito. — Isso parece tão idiota agora. Não é? Nunca me apaixonei por ninguém além de você. — Estar apaixonada por Chad aos dezessete anos, ouvindo *Is This Love?* naquela noite quente de abril, tornou impossível que eu me apaixonasse por outra pessoa. — Mal posso esperar para ver o brilho em seus olhos novamente. Para ouvir sua voz. Rezo para sempre fazer o que é certo por você. — Meu olhar dispara do monitor de volta para o rosto de Chad. — Seu filho e eu precisamos de você.

Pego uma foto emoldurada de Astor e a coloco na mesa de cabeceira.

— O Dr. Mellon aconselhou Astor a ficar em casa. Ele temia que, se Astor chorasse, você ouviria a angústia e isso o perturbaria. Talvez até atrasasse sua recuperação.

Fale com ele.

— Enquanto vasculhava sua sala, vi esta foto minha segurando Astor no dia em que ele nasceu. Eu sabia que amaria seu filho, só não sabia o quanto o amaria. Trouxe alguns dos desenhos dele para você. São muito bons. Este é de um buldogue — conto, colocando-o na parede com fita adesiva. — Astor perguntou se poderia ter um. Espero que você não se importe por eu ter dito a ele: "é claro". Toda criança precisa de um filhotinho, e filhotes de buldogue são tão fofos. Vamos até comprar um buldogue inglês. Com baba e tudo.

Eu bocejo. *Continue falando com ele.*

— Todo mundo, inclusive a Agnes, está te bajulando. — Dou uma risada suave. — Ela tem sido incrível, se certificando de que eu não me esqueça de comer e tomar banho. Ela me traz comida e roupas limpas. Tem lido *O Alquimista*, de Paulo Coelho, para você enquanto tomo banho no banheiro do hospital. — Olho para a minha roupa. Estou usando o moletom favorito dele da LaGuardia Arts. Há um buraco em uma manga e uma pequena mancha de café na bainha. Aproximo a manga do nariz e inspiro o tecido macio de algodão, grata por ainda conter o cheiro característico de Chad. Tem cheiro de lar.

Na extremidade mais distante do quarto há um conjunto de alto-falantes sem fio.

— Meu pai trouxe os alto-falantes Bose. Acredita que ele os conectou para que eu possa tocar música para você? Sim, meu pai, o homem com problemas tecnológicos — digo, lembrando-me do orgulho no rosto do meu pai. — O que você gostaria de ouvir?

Meus olhos se concentram na máquina, observando qualquer mudança antes de voltarem para as pálpebras fechadas de Chad. *Seus sinais vitais ainda estão iguais.*

— Vamos ver. — Percorrendo o Spotify, abro minha playlist *Charles e Arlene.* — Talvez eu precise tocar um pouco de NSYNC para fazer você se animar. — Bocejo de novo, sabendo que a sedação não o deixará fazer nada. Um flashback do grupo de coral da LaGuardia cantando uma versão a cappella de *I Want You Back* traz um sorriso triste ao meu rosto.

Minha cabeça se move de um lado para o outro.

Continue falando com ele.

— Minha mãe passou por aqui e trouxe um dos meus álbuns de recortes. Há uma foto nossa vestidos como o Coringa e a Mulher-Gato. — Dou uma risadinha. — Foi no Halloween do primeiro ano. Como é que eu consegui usar aquela fantasia? Meu pai estaria na prisão agora mesmo se tivesse visto aquela roupa. Nós pensamos que estávamos tão descolados até aparecermos na escola. Quem poderia imaginar que as pessoas passavam meses criando suas fantasias?

"No segundo ano, estávamos determinados a criar algo memorável. De quem foi a ideia de formar uma equipe com alguns garotos da aula de teoria musical? De qualquer forma, a sugestão da sua mãe de nos vestirmos como o elenco de *O Mágico de Oz* foi brilhante. Ficamos em segundo lugar. Você era o Homem de Lata, e eu, o Espantalho. De todos os personagens para se vestir, o Homem de Lata não combinava com você. Você não só tem um coração, como tem o maior que já conheci."

Olho para o quadro branco. *5 de junho de 2019.*

— Você sabe por que eu sempre odiei as férias de verão? — pergunto, imaginando se ele saberia a resposta. — Porque você estava sempre ausente.

Eu odiava ficar longe de você. Não posso ficar longe de você.

As primeiras notas da *Passacaglia*, de Handel-Halvorsen, se infiltram nos alto-falantes.

— Você se lembra disso? — pergunto, olhando para o rosto inchado de Chad. — Esse foi o primeiro dueto que tocamos juntos.

É claro que ele não responde. Mas meu coração espera que possa ouvir todas as sonatas, concertos e músicas que inundam o quarto.

Amor.

Somos apenas eu e Chad, sozinhos no quarto. Minha voz, tentando confortá-lo. Minhas histórias, na esperança de que restaurem as lembranças que ele perdeu. Meus olhos estão tão cansados que mal consigo mantê-los abertos.

Continue falando com ele.

Pego minha bolsa e retiro várias cartas. Todas do homem deitado na cama.

— *Alguns vezes por semana, depois que todos saíram do fosso, eu me sento na sua cadeira. Talvez seja a única maneira de te sentir de novo... Então eu me lembro de todas as nossas apresentações juntos, sentindo sua falta. Você também está sentindo minha falta?*

Dobro a carta com cuidado.

— Sentindo sua falta? Foi mais do que sentir sua falta. Eu estava morta por dentro há anos. — Uma lágrima rola lentamente pela minha bochecha enquanto vasculho mais cartas.

Sinto dores por toda parte e preciso de todas as minhas forças para me sentar. *Continue lendo para ele.*

— *Fiz uma apresentação improvisada na estação da Union Square hoje, esperando que você estivesse lá... Nós deveríamos estar embriagados juntos na cama agora. Em vez disso, enchi a cara, fiquei totalmente chapado e fodi uma garota com a qual não me importo. Pedi para ela sair da minha cama...*

— Espero que você tenha queimado os lençóis — provoco, colocando a gravação de Chad de *Somewhere*, de Bernstein. — Preciso te confessar uma coisa. — Inclino-me. — Eu também enchi a cara no dia do nosso aniversário. Não só transei com um cara com quem não me importava, como também chamei seu nome enquanto ele me fodia. — *Seus olhos acabaram de se agitar?*

— Suas letras, sua música... elas me sustentam. — As palavras e as melodias têm peso; elas são essenciais para minha existência.

Bocejo outra vez e pego meu café americano. Tomo um gole e ele está morno.

— Você balançaria a cabeça agora mesmo se provasse o que acabei de beber. — Levo o copo ao nariz. — O cheiro não é bom. Eu gostaria de poder acender algumas velas com aroma de canela para você. Assim que você acordar e estiver pronto para comer, vou trazer um Cinnabon e um pudim. Além disso, uma xícara do seu café de olla favorito.

A exaustão pesa sobre minhas pálpebras, e meus braços parecem chumbo. Começo a relaxar, balançando um pouco.

Continue falando com ele.

— Estou aqui — murmuro. — Sei que você vai acordar logo. E quando estiver acordado e fora deste lugar, vamos trabalhar para ter todos aqueles bebês.

Meu coração está pesado, mas parece que minha alma está se esvaindo. Uma dor ardente me atravessa.

A playlist que criei para Chad termina. Não há mais música. Não há mais conversas. O silêncio é o único som na sala, exceto o que eu preciso ouvir — uma sinfonia de ruídos que emanam das máquinas.

Whoosh. Whoosh.

Bip. Bip. Bip.

— Eu amo você para sempre — falo, antes de bocejar.

Bip. Bip. Bip.

Sua frequência cardíaca está irregular. 100. 110. 120. 112. 135. 145. 120.

Aumento da pressão arterial. 142/95. 164/110. 150/100.

Os olhos de Chad se agitam novamente.

Sua mão aperta a minha.

— Você está acordando? — Não pode ser. Ele está sob efeito de sedativos. — Estou aqui, Chad!

Bip, bip. Bip, bip.

A frequência cardíaca aumenta. 150. 155. 162. 169.

Bip, bip, bip. Bip, bip, bip, bip.

Aperto o botão para chamar a enfermeira antes de correr para a porta.

— Preciso de ajuda. Por favor!

Volto para o lado de Chad e seguro sua mão.

— Eu amo você. Não posso ficar sem você. — Choro. — Volte para mim!

Uma enfermeira entra correndo.

— Ele está sofrendo uma parada cardíaca!

Bip, bip, bip, bip, bip, bip, bip, bip, bip, biiiiiiiiiiiiiiiiiiiiiiiip.

AURELIA

Eu me recuso a sair do lado de Chad. Mesmo quando sua mão fica fria na minha, entrelaço nossos dedos. Eu me agarro aos dedos que nunca mais tocarão. As mãos que nunca mais me segurarão. Sua pele é um tom mais escuro do que o travesseiro em que sua cabeça repousa pacificamente. Os lábios perfeitos que me deram meu primeiro beijo são de um cinza-claro. Eu os beijo com toda a força que tenho.

O Dr. Mellon nos garante que Chad não sentiu nenhuma dor enquanto tenta me afastar de seu corpo sem vida. Meu coração se parte novamente, mas, desta vez, ele nunca será reparado.

— Oh, Deus! — Renna chora do lado de fora do quarto de hospital de Chad. É um gemido gutural desconhecido e insuportável. Minha cabeça se levanta e meu olhar se volta para a mãe de Chad, que cai no chão.

Oliver dá um soco na parede e o vidro de uma foto da família David se estilhaça.

O quarto treme. A luz do teto pisca. Uma rachadura grossa se forma ao longo do piso de ladrilhos de vinil.

Amor.

Então o cômodo gira. De repente, estou em outro lugar. Não consigo entender. Onde estou?

— Há cinco tipos de corações partidos — a Sra. Luz me diz, seu arco percorrendo a corda C aberta.

— O primeiro é quando um rapaz lhe diz que não pode mais sair com você por causa da ambição — Renna sussurra, tocando uma harpa.

— O segundo é quando um homem lhe diz que vai se casar com outra pessoa — Sera fala, escrevendo em seu caderno.

— O terceiro é quando você se apaixona pelo filho de outra pessoa — Gabriel diz, desenhando um retrato de Astor.

— O quarto é quando você vê seu amor deixar este mundo — minha mãe chora e seu dedo delicado vira a página de um livro.

— E depois há o quinto, quando seu coração sabe que é hora de deixá-lo ir embora — o Maestro von Paradis fala ao fechar o estojo do violino antes de se aproximar do pódio.

Amor.

Coloco Pablo de lado e me levanto do meu assento, passando correndo pela cadeira vazia de Chad, onde está seu violino. Disparando pelo corredor do Little Flower Theatre, irrompo pelas portas de saída.

A neve cai em pedaços. Estranhos com lágrimas nos olhos passam, cantando: "Vida Longa ao Maestro", subindo da estação da 66th Street.

Milhares de Chadnáticos fazem fila para se despedir do "Messias da Música".

Os músicos afinam seus instrumentos. O Maestro von Paradis está em um pódio lendo a partitura, depois se vira para mim.

— Eu te disse que você o arruinaria — ele move a boca.

Estou hipnotizada por Chad enquanto ele repousa pacificamente. Seu corpo esticado no caixão, o Sony Discman dobrado entre as mãos. Fones de ouvido em volta do pescoço. Seu Stradivarius e a batuta ao lado. Um pacote de chicletes Big Red aparecendo no bolso da jaqueta de couro preta.

E pressiono meus lábios contra os dele uma última vez.

A praça gira como se eu estivesse sentada no meio de um carrossel.

Amor.

A cidade de Nova York está silenciosa, tendo perdido seus batimentos cardíacos esta noite. Deito-me na cama de Chad e afundo em uma banheira cheia de bolhas. Deslizando sob a água morna, ouço uma versão de *Touch Her Soft Lips and Part*, de Sir Walton.

Ondas de três notas ascendentes de uma canção de ninar me agitam, fazendo com que eu levante a cabeça.

Sentada na banheira, enterro o rosto nas mãos e me desmorono completamente. Meu corpo estremece e o ar frio toma conta de mim.

Amor.

Flores mortas espalhadas. Anos do que eu acreditava que estaria conosco se foram.

Suas palavras de *amor, casamento* e *filhos* ecoam.

Seus olhos cheios d'água. Sua voz trêmula. Sua verdade. Nossa verdade.

"Sempre haverá nós."

Amor.

A luz do sol entra pela varanda aberta. O som de um tango de

Piazzolla me atrai, enquanto o mercado da Defensa Street, lá embaixo, zumbe com vida.

Estou em Buenos Aires. No antigo bairro de Chad, San Telmo, onde agora estou correndo descalça pela rua de paralelepípedos.

Tropeço e caio, meus joelhos se chocando em um lance de escadas.

Alguém se abaixa para me ajudar. Pego sua mão, agradecida.

Jason Raize, de *O Rei Leão*, sorri para mim e me leva ao seu camarim.

— Se algum dia você estiver em um lugar sombrio — sussurra, antes de me entregar a jaqueta de couro favorita de Chad. Eu a seguro junto ao peito, balançando a cabeça.

— Não estou em um lugar sombrio — digo.

— Mas você não está? — pergunta uma garota.

Meu corpo congela. Estou no saguão do New Amsterdam Theatre. Libby March, a garota do meu antigo bairro, está no meio do corredor com suas amigas. Elas espalham um punhado de cinzas enquanto Jason nos faz uma serenata com *Noite sem fim*.

— Essa foi a melhor noite da sua vida — Libby diz, com tristeza. Desvencilhando-se de seu grupo, ela me oferece a mão.

Eu a pego, percebendo a sensação familiar das mãos cobertas por luvas hospitalares.

— Mãe? — murmuro baixinho.

— *Mahal ko* — sussurra, me guiando por um corredor cheio de bonecos quebrados, partituras espalhadas e cartas de amor rasgadas. Passamos correndo pelo saguão e nos dirigimos para a saída.

A porta se abre para o Lincoln Center.

Os alunos da LaGuardia e da Juilliard cercam a área, com seus fones de ouvido conectados à música. O céu azul se torna escuro como breu, iminente. As estrelas brilham.

Tudo é amarelo.

— Elas brilham por você e por Chad — mamãe sussurra, em tagalo, enquanto a procissão fúnebre de centenas de pessoas continua a crescer.

Em frente ao David Geffen Hall está a New World Filarmônica. A primeira orquestra de Chad. O violinista e o violoncelista tocam repetidamente a introdução de *Viva La Vida*, do Coldplay. Do outro lado da praça, o Harlem Gospel Choir canta: "Oh, oh, oh, oh". Eles são acompanhados pelos tímpanos, cortesia do irmão de Chad, Magnus. A música aumenta continuamente e a multidão chora.

É um funeral digno do príncipe herdeiro da música clássica.

Puxando a bainha do meu vestido branco está Astor, cuja mão pequena segura a minha.

Caímos juntos no chão, onde imploro a Deus por mais uma chance. Para voltar no tempo, para que eu possa sussurrar as palavras que guardei por tanto tempo. Palavras que pertencem somente ao Chad.

— Confio em você com meu coração. Não preciso de mais nada. Só preciso de você.

A multidão se aproxima, seus corações se partindo junto com o meu.

Uma procissão de atores de *O Rei Leão* em bonecos e fantasias em tamanho real dança ao redor da praça.

O coro que canta "Oh, oh, oh" diminui, quase chegando a um sussurro.

Em seguida, os jatos da Revson Fountain disparam para o alto, formando uma linha de baixo rítmica.

Um ruído de apito.

Um caminhão de lixo dá ré. Um ônibus logo atrás dele.

O tráfego ao longo da Broadway recua em uma sinfonia de bipes que competem com as ondas oceânicas da fonte.

Renna atravessa o Dante Park, combinando com o tom de um dos bipes, cantando *Amor* no tom de dó perfeito.

Oliver harmoniza com um Mi. Um a um, Mercer e Allegra se juntam a eles, cantando a palavra "amor".

O som dos bipes e dos zumbidos aumenta.

"Amor" continua a se desenvolver enquanto a própria orquestra de Chad toca, o som dos tímpanos de Magnus lentamente abafando todos.

Astor toca o triângulo.

Tink. Tink. Tink lentamente se torna…

Bip. Bip. Bip.

— *Amor.*

AURELIA

— Amor. — Uma voz me assusta.

Não consigo me mexer. Tornei-me uma estátua de mármore, enraizada no lugar.

Abro os olhos e examino minhas mãos. Elas estão inchadas.

O ar no cômodo está quase gelado, mas o suor se forma em minha testa e na lateral das minhas bochechas.

— Amor. — Ouço novamente e, desta vez, está mais claro.

Levanto a cabeça. As flores adornam o quarto. As persianas brancas estão abertas, permitindo a entrada do sol. As paredes brancas estão vazias, exceto por um quadro onde se lê a programação do paciente: medicamentos, nomes das enfermeiras, frequência cardíaca.

Frequência cardíaca.

Por favor, que isso seja real.

Bip. Bip. Bip. Whoosh. Whoosh. Whoosh.

Uma sinfonia de bipes agudos e fortes.

Amor.

O monitor cardíaco emite bipes no tom de dó, refletindo nas superfícies lisas do quarto, acompanhado pelo som estridente dos sapatos dos enfermeiros e de outros passos. Vozes abafadas ao longe.

Bip. Bip. Bip.

Sob as luzes fluorescentes estão os pais de Chad, a apenas alguns passos de mim.

— Amor? — A voz de Renna é apenas um sussurro.

Não consigo falar por medo de que o pesadelo seja real.

— Você não se lembra?

Balanço a cabeça, confusa.

— Depois de estabilizarem Chad, você adormeceu na poltrona reclinável — ela me conta. — Você estava tão exausta que não queríamos incomodá-la.

— Estabilizarem? Ele está... ele está bem? — Minha voz embarga.

Ela assente, com os lábios apertados em um sorriso suave, os olhos claros e bonitos em lágrimas. Ela funga, limpando o nariz com um lenço de papel. Oliver está ao lado dela, com um braço em volta do ombro da esposa. Seus olhos também estão molhados de lágrimas.

— Ele está vivo — sussurro, confusa. Meu olhar se volta para Chad. Ele ainda está imóvel, mas não está mais conectado ao respirador.

— Sim, vivo — eles dizem, suas vozes cheias de emoção.

Levanto-me lentamente de meu pesadelo e congelo ao vê-lo preso em sua cama.

— Ele está amarrado.

— O médico assistente disse que a contenção é normal — Renna explica. — O primeiro instinto do paciente é puxar o tubo para fora.

— Puxar?

— Sim — ela responde. — Ele vai acordar em breve.

Corro para o lado de Chad, meus olhos observando seu rosto. Seus olhos se agitam, entreabertos.

Toco sua perna, seu braço, seu ombro, sua testa; o calor irradia de seu corpo. *Ele está vivo. Foi apenas um sonho ruim.*

Mesmo com a cabeça raspada, a bochecha machucada e os lábios secos e rachados, ele ainda é o ser humano mais bonito que já vi.

Dr. Mellon chega, com as enfermeiras Lisa e Cameel ao seu lado. Os três estão sorrindo.

— Não entendo, o coração dele? — pergunto, ainda afetada pelo meu pesadelo. — Pensei que ele tivesse tido uma parada cardíaca.

— Os ferimentos do acidente de carro causaram uma contusão. — O olhar do Dr. Mellon se volta do rosto de Chad para o meu. — Um hematoma no músculo cardíaco. É doloroso e muito semelhante a um ataque cardíaco.

— Ele está bem? — Renna questiona.

— Sim, os sinais vitais do Sr. David estão bons — Dr. Mellon afirma, com um sorriso confiante. — Ele está saindo da sedação; pode levar de alguns minutos a várias horas para ele acordar. Talvez até amanhã.

Meu semblante preocupado cede.

— Para algumas pessoas, leva algum tempo para deixar de tomar sedativos. Continuaremos a monitorá-lo de perto, observando se há alguma complicação — ele diz enquanto faz anotações em um tablet. — Vocês têm alguma pergunta?

— Imagino que haja um milhão delas — Renna responde, olhando para o filho. — Mas, agora, estamos muito gratos.

Oliver se aproxima de sua esposa e eles se abraçam, com soluços suaves escapando da boca de ambos.

— No momento, não — falo, sem tirar os olhos do rosto de Chad. — Obrigada.

— Voltarei em breve — Dr. Mellon diz. — Vocês estão em excelentes mãos com Lisa e Cameel.

Alguns minutos depois, Oliver se afasta do quarto para ligar para a família. Renna vai logo atrás, enxugando as lágrimas de seus olhos.

Somos apenas Chad e eu. Juntos.

Inclino-me e sussurro em seu ouvido:

— Eu te amo.

Ele não está apenas aqui. Ele está vivo.

A esperança inunda o quarto cheio de luz.

— Sabe onde está, Sr. David? — pergunta o Dr. Mellon, depois de verificar o pulso e os olhos de Chad.

Renna, Oliver e eu estamos no quarto, não muito longe da cama. Nossas famílias estão na sala de espera. Todos nós estamos prendendo a respiração, esperando. Nos últimos dias, estivemos todos perdidos, nossos horários foram ditados pelo paciente inconsciente pelo qual estávamos rezando.

Chad observa lentamente a sala, inconsciente do que o cerca, com uma expressão vazia.

Ele olha para o Dr. Mellon com desconfiança antes de virar a cabeça para a bolsa de soro transparente pendurada em um suporte ao lado da cama. Seu olhar então se volta para seu corpo coberto. Ele tenta se sentar, mas sem sucesso.

— O senhor sofreu um acidente, Sr. David — Dr. Mellon informa. — Você esteve em coma induzido.

Os olhos de Chad se arregalam. O azul de seus olhos é como bolinhas de gude. Ele abre um pouco a boca, mas não sai nada.

Oliver e Renna se aproximam do filho.

— Querido. — A voz de Renna é suave e carinhosa quando ela se inclina. — É a mamãe. — Seus dedos traçam o rosto machucado e ele estremece.

Inclinando a cabeça levemente e com os olhos entrecerrados, Chad estuda a mãe. O canto da boca dela se vira para baixo, como se estivesse tentando conter a decepção. Suprimindo suas lágrimas.

— Ele não sabe quem eu sou.

Oliver coloca uma mão reconfortante no ombro de Renna, com a cabeça ligeiramente inclinada para a frente. Seu sorriso é fraco, mas grato.

— Olá, filho.

Ainda não há sinal de reconhecimento no rosto de Chad.

— Confusão é normal. — A voz do Dr. Mellon é firme e tranquilizadora. — É temporário.

Estou aos pés da cama, imóvel. Um caleidoscópio de lembranças me atinge. *Eu quero tudo com você, Aurelia. Amor, casamento, filhos.* Ainda posso sentir o roçar de seus lábios na lateral do meu pescoço. A maneira como descansamos nossas cabeças em lados opostos e ouvimos Piazzolla na cama.

— Amor — Chad chama, com a voz fraca e rouca por causa da intubação.

Renna, Oliver e Dr. Mellon se voltam para mim e acenam com a cabeça. Ando nervosa com a respiração acelerada e minhas mãos tremem levemente.

Lágrimas brotam em meus olhos ao ver os olhos abertos de Chad e seus lábios ligeiramente separados e rachados.

— Estou aqui. — Inclino-me para a frente, pegando com cuidado sua mão não ferida. Ela é quente e reconfortante. Sempre como um lar.

Ele agarra meus dedos, com fraqueza. Seus olhos pálidos estudam meu rosto, como uma partitura de Paganini que ele sabe de cor.

— Au… re…

— Sim, sou eu — engasgo-me entre as palavras. — Aurelia.

Na semana seguinte, Chad está em seu quarto particular de hospital, meio apoiado na cama, assistindo à CNN.

— Você acordou. — Beijo seus lábios antes de colocar girassóis frescos no parapeito da janela. — Como está se sentindo?

— Esgotado.

— Volte a dormir — sugiro, tirando um exemplar de *Pachinko* da minha bolsa. — Eu vou ler.

Ele nega com a cabeça.

— Converse comigo.

Sento-me em uma cadeira ao lado da cama de Chad e o atualizo sobre as atividades de Astor, as cartas dos fãs e os acontecimentos atuais.

— Os protestos estudantis na LaGuardia Arts funcionaram.

— Protesto?

— Sim, é aquele do qual você participou. Parece que a diretora, Lisa Mars, vai se demitir. — Olho para ele, que está calado.

— A Apple vai fechar o iTunes — continuo. — E substituí-lo por três aplicativos diferentes. E veja só. A Forbes nomeou Jay-Z como o primeiro bilionário do mundo do hip-hop.

— Jigga? — ele pergunta.

— É. — Dou uma risada, agradecida por sua memória estar melhorando. — Ah, tem uma filmagem antiga que alguém colocou no YouTube hoje de manhã. É de nós tocando juntos na Times Square durante nosso primeiro ano. Você gostaria de vê-la agora?

— Mais tarde. — Com a mão esquerda, ele coça a mandíbula; sua barba que costuma ser curta está crescendo depressa.

— Está coçando? — pergunto, pegando um protetor labial.

Ele assente.

— Que pena, esse novo visual está começando a me agradar — provoco, passando protetor labial em seus lábios ligeiramente rachados. — Trouxe pudim de canela para você.

— Você… que fez? — Não há como disfarçar a apreensão em sua voz. De todas as coisas para se lembrar, ele lembra que não sei cozinhar merda nenhuma.

— Não. — Tiro a Tupperware da minha bolsa, abro a tampa e pego uma colherada da sobremesa favorita de Chad. — Minha mãe fez para você.

É a primeira vez em mais de uma semana que Chad está desfrutando de uma refeição. Ou melhor, uma sobremesa. Entre uma mordida e outra, eu o beijo, saboreando o gosto de seus lábios suculentos e a calda doce que permanece neles.

Quando estou prestes a voltar para minha cadeira, ele diz:

— Por favor, sente… ao meu lado.

Deslizo para perto dele em sua cama, com metade do corpo para fora e a outra metade aninhada ao seu lado. Mesmo com o cheiro de antisséptico persistente, ainda posso sentir seu perfume característico. Com minha bochecha encostada em seu peito, seu queixo repousa no topo da minha cabeça. Ele solta um longo suspiro.

— Eu não… me lembro… de muita coisa. — Sua fala está mais lenta do que o normal, algo que os médicos disseram que aconteceria.

— Pode levar algum tempo para recuperar sua memória completamente.

— Uma mulher. — Ele ofega. — Uma criança.

— Elas estão bem — tranquilizo-o.

— Eu não…

— Todos estão bem — asseguro a ele, e lentamente saio da cama. — A mulher chamou a ambulância. Você precisa descansar.

Chad fecha os olhos e cerra a mandíbula.

— Você está com dor?

Ele assente, com os lábios tão pressionados que quase ficam brancos.

— Quer que eu chame a enfermeira?

Ele balança a cabeça, negando.

Acaricio levemente sua bochecha com o polegar.

— Se estiver insuportável, por favor, me avise.

— Meu braço… não consigo sentir nada.

— Vamos ver o Dr. Mellon esta semana. — Encaro o braço de Chad, enfaixado. — Ele vai fazer outros exames.

— E se… — A incerteza em sua voz é aguda, penetrante.

— É temporário — afirmo, com a voz fraca. A tristeza percorre todo o meu corpo antes de chegar sorrateiramente ao meu coração. *Querido Deus, por favor, deixe que o braço e a mão dele se curem direito.*

Ele fica em silêncio por alguns longos segundos antes de dizer:

— Meu advogado.

— Noah o visitou enquanto você estava sedado. Precisa que eu ligue para ele?

Linhas profundas se forma em sua testa.

— Sera… e eu… brigamos.

Não quero que ele fique estressado pensando em sua esposa distante.

— Chad, por favor, descanse.

Ele balança a cabeça e continua a contar o que aconteceu entre ele e Sera. Se eles se divorciassem, ele perderia a custódia de Astor.

— Ela não pode fazer isso — falo. — Astor é seu filho.

Ele fixa os olhos em sua mão.

— Chad?

Ele permanece em silêncio, pensando profundamente.

— Quero que se concentre em melhorar — peço.

— Não é meu — sussurra, virando a cabeça para longe de mim. — Astor não… é… meu.

— Astor é *seu* filho.

Chad balança a cabeça.

— Sera… mentiu.

Longos segundos se passam enquanto tento processar.

— *Sera mentiu.*

E então fico boquiaberta, minha palma pressionada contra o peito, meu coração pesado.

— Eu não sou… o pai… de Astor — Chad mal consegue dizer. Ele fica olhando para o espaço enquanto espero que continue. Quatro segundos passam. — Gabriel.

Mais silêncio se instala entre nós. Mas eu posso ouvir, gritando, *Gabriel é o pai de Astor.*

É mais fácil manter os olhos fechados para as coisas de que temos medo. Já tive dúvidas sobre a linhagem paterna de Astor no passado. Chame isso de intuição ou talvez paranoia. Mas a ideia era *absurda.* No entanto, sempre achei fascinantes os maneirismos semelhantes de Gabriel e Astor. Eles puxam as orelhas quando estão nervosos. A maneira como seguram um lápis. Até mesmo a risada deles, um som estrondoso que sacode seus corpos.

As semelhanças entre eles são significativas: as mesmas alergias a amendoim, a pequena marca de nascença em forma de coração e, acima de tudo, o amor em comum por desenhar.

Atribuí a similaridade ao fato de Astor passar muito tempo comigo e com seu padrinho.

Deixei todas essas dúvidas de lado porque a ideia de Astor não ser filho de Chad era absurda. Ele é filho de Chad. Ponto final.

"Sera me contou que Chadwick a engravidou", Gabriel disse.

Como ele poderia não saber que tem um filho?

— Não posso... perder Astor — Chad afirma, interrompendo meus pensamentos.

— Você não vai perder — falo. — *Você é* o pai dele.

— Preciso... — Eu me inclino para baixo porque mal consigo ouvi-lo. — Preciso do meu... advogado.

— Vou chamar o Noah para você.

— Também não posso perder... você — sussurra, antes de adormecer.

— Você não perderá nenhum de nós. — Beijo seus lábios. — Eu prometo.

Depois da minha visita ao hospital, contato o advogado de Chad, já que tenho procuração sobre seus negócios legais e financeiros. Então deixo uma mensagem para o assistente do meu advogado.

— *Aqui é Aurelia Preston. Eu gostaria de marcar uma reunião com Edward acerca do testamento da minha madrasta. Obrigada.*

AURELIA

— O plexo braquial é um feixe de nervos que envia sinais da sua medula espinhal para o ombro, o braço e a mão. — Dr. Mellon aponta para um diagrama na tela. — Esses nervos controlam os movimentos, permitindo que você segure o arco, toque as escalas em um piano.

Pigarreando, Chad pergunta:

— Conduza?

Dr. Mellon se vira para Chad e assente.

— O nervo musculocutâneo é o ramo terminal do cordão lateral do plexo braquial. E este músculo aqui — continua, voltando à tela — é o braquial. É o músculo que controla o bíceps. Sem um bom controle desse músculo, você não conseguirá dobrar o cotovelo. Todos eles estão relacionados.

— Não consigo usar meu braço direito — Chad diz a ele. — Não consigo fazer nada com esse braço. Não consigo sentir nada.

Desde o acidente, Chad precisa de ajuda com suas habilidades diárias — se barbear, tomar banho, se vestir e cortar suas refeições.

— Durante o acidente, um nervo foi esticado e rompido. — Dr. Mellon gira sua cadeira para ficar de frente para nós. — Uma lesão em qualquer parte dos nervos pode interromper os sinais de e para o cérebro, causando perda de sensibilidade na área. Você precisará de cirurgia.

— Outra cirurgia? — A voz de Chad diminui.

— Sim, a cirurgia é a única maneira de tratar uma ruptura de nervo — Dr. Mellon explica, antes de continuar a nos informar sobre os diferentes procedimentos —, enxerto de nervo, transferência de nervo, transferência de tendão, transferência de músculo. Estou fazendo anotações, desejando ter pedido ao meu padrasto para se juntar a nós. — Olhando para o local da ruptura, tenho certeza de que você terá uma recuperação quase completa.

— No entanto, mesmo depois de uma cirurgia bem-sucedida, pode levar de seis meses a um ano para que a melhora seja completa. Talvez mais tempo.

Pego a mão esquerda de Chad e a seguro com força, rezando para que não tenha ouvido meu coração se partir por ele.

— Um ano — Chad murmura, com os olhos fixos em seu braço direito. Para Chad, um dia sem praticar seu violino é como um ano inteiro para um músico comum. Provavelmente, parece que faz uma década que seus dedos não tocam a escala curva de seu Stradivarius. Esse é o homem que toca violino por mais de cinco horas por dia desde criança. O mesmo homem que executou o épico Quarteto de Cordas nº 2 de Morton Feldman — um movimento musical surpreendente, que se estendeu por seis horas sem pausa — com seu quarteto e orgulho no rosto. Chad passou anos fortalecendo seu braço não dominante para aperfeiçoar suas técnicas de arco no violino.

A técnica de arco influencia o som do violino; ela pode produzir diferentes tons e vibrações dinâmicas por meio da velocidade e do peso. O arco pode separar um bom músico de cordas de um deus da música.

— Os nervos se regeneram a uma taxa de 2,5 cm por mês — Dr. Mellon diz.

Olho para Chad, seu rosto abatido.

O silêncio permeia o consultório como uma nuvem espessa e obscura. É difícil ser otimista em meio a uma névoa de incertezas.

— O que ele precisa? — Olho para o rosto aflito de Chad. — O que *nós* precisamos fazer?

— Recomendo que o Sr. David faça uma cirurgia de transferência de nervo. Há mais chances de os tecidos nervosos se reconectarem. Conversem sobre isso. E se quiser uma segunda opinião, eu o encaminharei a outros neurocirurgiões e cirurgiões ortopédicos. Devemos fazer a cirurgia dentro de seis meses. Até lá, preciso enfatizar que a fisioterapia e a terapia ocupacional são fundamentais. — Ele se vira para Chad. — Você precisa manter as articulações e os músculos funcionando adequadamente para evitar a atrofia muscular. Isso também garantirá uma recuperação mais rápida após a cirurgia.

— E a cirurgia no cérebro? — pergunto.

— Foi simplesmente para remover o coágulo.

A atividade cerebral foi levemente afetada; ele ainda leva vários minutos para ler um parágrafo, e ainda mais para entender uma partitura. Às vezes, ele se esquece.

— Minha fala — Chad menciona.

— Está mais lenta, mas continuará a melhorar com o tempo. — Dr. Mellon ajusta os óculos em seu nariz. — O senhor está se recuperando bem, Sr. David.

— Eu vou...... tocar... e reger... novamente. — Chad endireita as costas, com a voz confiante.

— Não posso prometer nada — o médico acrescenta. — Mas tenho esperança.

— Ele precisa de cirurgia dentro de seis meses? — questiono.

— Isso mesmo — Dr. Mellon responde.

— Quero seguir com a cirurgia agora — Chad afirma, seus joelhos balançando. Impaciente.

— Seu corpo precisa se recuperar.

— Estou pronto agora — Chad argumenta, e ouço a urgência em sua voz. O desespero para voltar a ser ele mesmo.

— Receio que não. Seu corpo ainda está se recuperando da cirurgia no cérebro — discorda o doutor. — Queremos que esteja o mais saudável possível para a cirurgia. Espere mais algumas semanas. Até lá, você continuará com a fisioterapia.

— Quero que isso seja feito o mais rápido possível.

— Eu entendo, Sr. David. — O outro homem nos dá um sorriso tranquilizador. — Farei tudo o que puder para ajudá-lo a se recuperar totalmente.

Estamos saindo do consultório quando noto um programa aparecendo em uma pilha de livros. É da apresentação de Chad com a Filarmônica de Nova York há dois anos.

Janeiro de 2020.

"O homem que você ama pode ficar irreconhecível às vezes", minha mãe me avisou, após a cirurgia de transferência de nervos de Chad. *"Haverá dias em que nem mesmo a voz dele será a sua própria. Você será a pessoa que dará a ele a força para continuar."*

Como sempre, mamãe está certa.

Já se passaram mais de sete meses desde a cirurgia cerebral de Chad. Um pouco mais de cinco desde a cirurgia de transferência de nervo. Ele recupera lentamente o movimento do braço direito.

Sessões de fisioterapia três dias por semana, durante uma hora. Os exercícios e alongamentos são feitos de forma independente, várias vezes ao dia.

Com quase seis anos de idade, Astor segue seu pai como uma sombra. Ele também tornou uma missão ajudar Chad, com sua voz carinhosa encorajando: "Você consegue, papai!".

Aos olhos de Chad, é um processo lento e torturante, mas o médico e os terapeutas discordam.

— Sr. David, você está fazendo um progresso notável, mas não exagere. Permita que seu corpo leve o tempo necessário para se recuperar.

A busca pelo desempenho perfeito pode levar os músicos a lesões tão graves quanto as dos atletas. Com o tempo, os músculos das mãos se enfraquecem, resultando em uma tendinite dolorosa. Movimentos extremos, como deslizar o braço do arco para frente e para trás durante apresentações que duram horas, causam lesões por estresse repetitivo. Como uma máquina usada em excesso, nossas peças começam a se deteriorar, causando um enorme impacto no corpo. Anos atrás, minha professora de violoncelo, a Sra. Luz, usava fita adesiva do ombro ao pulso. Essa era a única maneira de ela descansar o braço quando não estava se apresentando.

Ao contrário do acidente de Chad, que foi instantâneo, a lesão de um musicista é um declínio gradual. Uma dor aguda sobe e desce pelo braço. Os dedos se dobram na palma da mão. Todos os sinais são de repouso. Com tempo, terapia e cuidados suficientes, dedos, pulsos, braços e ombros muito desgastados podem ser persuadidos a se curar.

A determinação de Chad em recuperar sua vida é prejudicial à recuperação do braço. Na maioria das vezes, ele se recusa a receber ajuda quando precisa. Nós discutimos quando tento ajudá-lo.

— Pare de me tratar como uma criança! — esbraveja, enquanto eu o ajudo a abotoar a camisa.

— Pare de agir como uma criança — retruco. — Me deixe te ajudar.

— Odeio me sentir assim — confessa, frustrado. — Você, meus pais, Mercer, Magnus…

Nos primeiros meses, seus irmãos gêmeos se revezavam para ficar conosco na casa da cidade. Ficar no hospital por semanas enfraqueceu o corpo de Chad. Às vezes, ele mal conseguia se levantar da cama sem ajuda.

— Tempo, Chad — falo, como se fosse uma promessa. — Tempo.

Quando ele se senta ao piano, só consegue usar a mão boa para tocar uma melodia. A frustração toma conta de sua criatividade e ele joga o livro de manuscritos do outro lado da sala.

Dois violinos — um Stradivarius e um Guadagnini — estão escondidos em um cofre de seu proprietário. Um terceiro, um presente de um luthier de Cremona, na Itália, está escondido no armário. Tenho medo de que ele o estrague. O medo de não poder tocar o violino novamente está causando mais danos do que o próprio acidente. Semelhante à maneira como minha madrasta viveu os últimos anos de sua vida.

Um violino barato permanece em um estojo, não muito longe do Steinway, esperando que a mão de seu dono se cure.

Há momentos em que Chad fica deitado no sofá, com fones de ouvido, escutando uma de suas gravações. Mesmo com seus olhos fechados, ainda consigo ver a dor que ele não consegue esconder. A angústia que carrega se recusa a sair de seu lado. Em um estado de melancolia e desesperança, ele olha silenciosamente para o teto até tarde da noite.

Seu espírito está quebrado, e estou determinada a trazer o homem que amo de volta à vida.

Adiei minha carreira e deixei a orquestra de Chad sem hesitar. Também recusei ofertas das principais filarmônicas do país e da Europa. Filarmônicas com as quais eu sonhava tocar.

Alugando meu loft, levo meus pertences para a casa da Bank Street. Em meus quase trinta e seis anos de vida, aprendi que lar não é um lugar físico. É uma sensação de abrigo. De estar cercado não por objetos, mas por amor. Meu lar sempre esteve com Chad, e agora inclui outro morador. Astor.

Com seus cabelos escuros, olhos verdes e pele cor de oliva, Astor se parece com Gabriel, mas ele é Chad na maneira como sorri para cada estranho que passa. A maneira como oferece um pedaço de seu biscoito de canela antes de mordê-lo. Como ele revira os olhos quando discorda de mim. Até mesmo na maneira como bate na porta antes de entrar.

Astor volta da Little Red School House e conta seu dia para nós. São esses minutos com seu filho que dão vida aos olhos de Chad. Ele é todo ouvidos, sua atenção voltada apenas para o garotinho que teme perder.

No dia em que Chad voltou para casa depois de sua última cirurgia, ele envolveu o braço que não estava ferido ao redor do filho, abraçando-o com força. O medo em seus olhos. A ameaça de Sera não só de acabar com a vida de Astor, mas também de afastá-lo do único pai que ele já conheceu. Noites sem dormir cheias de incertezas. Noites em que ele ia na ponta dos pés até o quarto do filho, acomodava-se na poltrona ao lado da cama e observava Astor dormir. Durante semanas, Astor nunca saiu da vista de Chad. Depois de várias discussões, Chad finalmente cedeu e concordou em deixar o filho frequentar a escola. Foram redigidos documentos legais proibindo Sera de tirar Astor de lá.

Eu não menciono *casamento*. Não menciono *divórcio*.

Sera ainda é a Sra. Chadwick David, mas eu sou a mulher que acorda ao lado dele, esperando que seu espírito retorne. Um pedaço de papel jamais poderá definir o vínculo que Chad e eu compartilhamos.

Abandono todas as noções de uma vida perfeita, esquecendo a ideia de "mais" quando tudo o que quero e preciso neste mundo são Chad e Astor.

Ninguém nunca diz: "estou feliz por ser a outra mulher", mas é aqui que quero estar. A carreira do meu pai como um mulherengo desregrado não deixou uma marquinha na maneira como eu via os relacionamentos. Deixou um rombo. Um rombo que finalmente foi consertado. Foi necessária uma conversa com meu pai para que eu percebesse que não sou a outra mulher. Eu *sou* a única mulher que Chad já amou.

Meu tempo, esforço e foco são gastos na reabilitação. Levo Chad a todas as suas consultas e sessões de terapia. Vasculho a Internet, lendo as últimas pesquisas sobre lesões do plexo braquial. Entrei em fóruns de bate-papo com outros cuidadores como eu. Também entrei em contato com músicos lesionados que generosamente compartilharam suas jornadas milagrosas comigo.

Atrás das portas da casa da Bank Street está minha vida. Não sou apenas a cuidadora, defensora, confidente e amante de Chad, sou também uma mãe para seu filho.

Legalmente, Sera é a mãe de Astor, mas sou eu quem o cumprimenta de manhã cedo, espalha beijos por todo o seu rosto, prepara seu mingau de aveia e leva-o a pé pelos doze quarteirões para a escola e vice-versa. E sou eu que leio e brinco com ele, que o ensino a tocar piano e que o coloco na cama todas as noites. Sera pode ter lhe dado à luz, mas sou eu quem está amando esse garotinho.

Sera viaja sem parar a trabalho. Astor viu sua mãe duas vezes desde o acidente de Chad, ambas as visitas duraram algumas horas. Esta semana, deixei mensagens para falar sobre o próximo aniversário do menino, sem sucesso.

Planejo a festa de aniversário na escola dele com a habilidade de uma profissional. Cupcakes e outras guloseimas da Magnolia Bakery são embalados e colocados em cima da mesa de jantar. Sacolas com livros de colorir, giz de cera e pequenos conjuntos de Lego estão prontas para serem abertas pelas mãozinhas. No fim de semana, faremos uma pequena comemoração em casa com a família e Gabriel. Tudo sem Sera. Sua ausência faz com que seja fácil esquecê-la, juntamente com suas ameaças de tirar Astor de Chad.

"O estresse mental e físico", disse uma vez o Dr. Mellon, *"pode inibir a recuperação"*.

Não falo sobre a paternidade de Astor por medo de que isso atrase o progresso de Chad. O assunto permanece intocado, assim como os papéis do divórcio não assinados. E Gabriel? Ele se tornou o elefante invisível que habita nossa casa.

Esta noite, Astor e eu nos aconchegamos em sua cama, lendo *O Urso e o Piano*.

— O urso é como o papai — Astor diz.

— Por quê?

— Bem... ele deu a volta ao mundo tocando música. — Ele sorri para mim, revelando um dente da frente que está faltando. A Fada dos Dentes precisa visitá-lo esta noite. Seu coração jovem e inocente deve acreditar em todas as coisas belas. — Mas papai tocava violino — continua, bocejando.

— Ele tocava. — Beijo sua testa. — E vai tocar de novo.

— Amo você, Relia — murmura, entrando debaixo das cobertas e se aconchegando em sua boneca feia, Abima. Abima precisa de uma boa limpeza.

Inclinando-me, pressiono a ponta do meu nariz contra o seu pequenininho.

— Você não vai me deixar.

— Não vou te deixar nunca.

— Aqui estão os papéis — Edward Iverson diz, no dia seguinte. — Você não precisa fazer isso.

— Eu sei. — Leio e concordo silenciosamente com as estipulações escritas nos documentos.

— A lei do Estado de Nova York protege os direitos de Chadwick — ele me lembra.

— Isso é para proteger os meus *direitos* — respondo, assinando a última página.

AURELIA

— Como Chadwick está? — Gabriel pergunta, pelo telefone.

— Ele está chegando lá aos poucos. Alguns dias são melhores do que outros. — Do outro lado da sala, Chad olha pela janela. Depressão profunda, uma companheira constante. — Preciso ver Sera.

Duas horas depois, estou no número 760 da Park Avenue, olhando para a porta do apartamento 908.

Gabriel me recebe com um sorriso de desculpas e um casaco pendurado no braço esquerdo. Abraçando-me com o direito, diz:

— Vou deixar vocês sozinhas.

O apartamento alugado me lembra de um quarto de hotel recém-limpo. Não há brinquedos espalhados em cestos e caixas. Não há giz de cera, lápis e papel sobre as mesas. Não há bichos de pelúcia. Nenhum vestígio de que uma criança tenha pisado nesse apartamento.

A cadela residente está sentada em um sofá de cor creme. Nove quilos desapareceram de seu corpo já magro. O suéter azul-marinho e a calça combinando a engolem. A pele envelhecida revela muito tempo passado ao ar livre. Sera parece mais velha do que seus trinta e quatro anos. *É isso que viver com uma mentira faz com uma pessoa?*

Ela não me cumprimenta. Nenhum convite para me sentar.

— Você sabe por que estou aqui — falo.

Ela assente, com o rosto inexpressivo. No entanto, anos de mentiras estão gravados em suas bochechas pálidas.

— Por que está fazendo isso? — Sento-me na poltrona de frente para ela. — Por que não quer assinar os papéis do divórcio?

Ainda não disse uma palavra. Sua expressão é tão vazia quanto as paredes atrás dela. Não há fotos emolduradas de Astor e suas obras de arte. Nenhuma foto de família.

— O que aconteceu com *você*? — Olho para suas mãos, inquietas. — Quando a conheci, você era diferente. Era cheia de vida. *Você era gentil.*

— O amor pode trazer à tona o que há de pior em nós — finalmente fala.

— Amor?

— Sim, amor. — Ela pega um maço de cigarros na mesa de centro e sacode um. — Mas você sabe tudo sobre isso.

— Por favor, não fume.

— Se vou te ouvir reclamar, eu vou fumar.

Sem permissão, me levanto e abro uma de suas janelas. *Pena que não posso jogar Sera pela janela.*

Volto para a poltrona.

— O que eu sei é que você tinha tudo o que eu sempre quis. Chad e o filho dele.

— *Meu* filho — ela diz, acendendo o cigarro e balançando-o entre os dedos.

— Você tem um menininho extraordinário…

Ela me interrompe:

— Mas você teve Gabriel — sibila. — Eu o amei a vida inteira, e ele amou você. Ainda ama você.

— Do que está falando?

— É tão típico de você nem se importar — ela bufa. — A porra da vida dele girava ao seu redor, Aurelia.

— Você está enganada.

— Eu gostaria de estar — rebate, com a fumaça saindo de sua boca. — Você nunca o mereceu.

— Você está certa — admito, tentando não inalar a fumaça do cigarro. — Eu nunca mereci Gabriel. Mas não vou me desculpar pelo que nós tivemos. — Sera e eu poderíamos discutir isso por anos, mas odeio ficar perto dela. Mesmo com a janela aberta, a fumaça enche a sala, lembrando um bar clandestino. — Gabriel sabe que é o pai de Astor?

— Chad te contou?

— Claro que sim.

— Não quero que Gabriel saiba — ela diz, em tom de zombaria.

— Ele tem o direito de saber.

— Se ele descobrisse, isso romperia nosso relacionamento.

— Como ele poderia não saber? — pergunto. Gabriel não é estúpido. Se tivesse alguma noção de que Astor é seu filho, teria assumido a responsabilidade.

Ela não responde.

Estou pronta para dar um tapa nessa mulher.

— Você é uma figura, não é?

Ela apaga o cigarro.

— Fiz o que precisava fazer para manter minha família intacta.

— O que *exatamente* você fez? — questiono, olhando para alguém que cheira a desespero.

Sera se recusa a responder, e vejo isso em seus olhos cor de jade. Segredos. Desolação.

Encaro Sera, longa e intensamente. *Ela não poderia ter feito isso.* Já ouvi histórias — mulheres estuprando um homem intoxicado não é algo inédito. Uma mulher pode facilmente usar ecstasy líquido ou outras drogas. Uma das revistas médicas do meu padrasto trazia uma história sobre um homem de 70 anos que foi violentado sexualmente enquanto tomava midazolam. Agnes certa vez compartilhou um artigo sobre um homem com uma ereção persistente após ter recebido uma injeção de propofol.

— Sera, o que você fez com Gabriel? — Estou determinada a saber a verdade.

— Nada. — *Mentirosa.*

— Você está delirando — digo a Sera. Ela está mais do que delirando. É uma criminosa. *Mantenha a calma, Aurelia.*

— Eu o amo — ela finalmente admite. — Gabriel tem sido tudo para mim desde que consigo respirar. Era a única maneira de tê-lo. — Seu olhar se volta para baixo. — Foi só daquela vez. Eu queria senti-lo. Estar com ele. Fingir que ele me amava como amava você. — Essa é a primeira vez que ouço a verdade sair de sua boca.

A mulher que está diante de mim causou estragos na minha vida e, estranhamente, agora sinto pena dela. Eu conheço o amor. Conheço o desespero. Sei como é não estar com a pessoa que amo.

Mas o que Sera fez não foi apenas um ato criminoso; ela destruiu vidas.

— Isso não explica por que você se recusa a deixar que todos nós sigamos em frente. — Tiro os documentos legais da minha bolsa e os empurro sobre a mesa de centro. — Obviamente, você não conhece as leis do Estado de Nova York sobre paternidade. No momento em que você e Chad se casaram, ele imediatamente se tornou o pai do seu filho.

— Ele não é o pai de Astor.

— Ele é, de acordo com a lei do Estado de Nova York — rebato, me lembrando do meu encontro com Edward Iverson.

Ela levanta a cabeça, com os olhos arregalados de pânico. Parece não ter palavras.

— Veja com seu advogado. — Minha atenção se volta de Sera para a papelada em suas mãos. — Os termos são mais do que generosos. Acho que seu advogado concordaria.

— Chadwick receberá a custódia total de Astor — Sera lê em voz alta. — E quanto ao direito de visita?

— Atualmente, você tem um mês por ano.

— Acho que sim.

— Você acha que sim? Bem, serão duas semanas por ano. — Reviro os olhos e solto um suspiro profundo enquanto Sera continua lendo.

— Acordo pré-nupcial, sem contestação.

A vadia está recebendo um bom acordo.

— Acordo de divórcio assinado até 13 de fevereiro de 2020.

Eu assinto.

— Isso não me dá muito tempo — comenta, pegando outro cigarro.

— Você teve seis anos, Sera. Não brinque comigo.

Ela dá mais duas tragadas antes de voltar aos documentos.

— Não há testes de paternidade.

— Isso mesmo — respondo. — Nenhum.

— O imóvel da Bank Street permanecerá com Chadwick — ela lê. — Tudo bem. Eu nunca morei lá mesmo.

— E nunca vai morar.

— Você acabou de me dizer que não posso tirar Astor de Chad. — Ela gesticula para o documento. — Por que está fazendo isso?

— Não quero que ninguém se interponha entre Chad e o filho *dele* de novo — respondo. — Não quero mais ameaças. Depois de assinar os papéis, você estará legalmente obrigada a deixar minha família em paz.

— Você realmente os ama.

— Eles são tudo para mim. — Levanto o queixo. — Eles são *minha* família.

Suas mãos agarram os documentos.

— Vou precisar de um tempo para pensar sobre isso.

Pego um papel e uma caneta, escrevo *5ª Avenida, 910* e deslizo a folha pela mesinha de centro.

— Não estou entendendo.

— Você está alugando este lugar. — Examino a sala estéril. — No ritmo em que está gastando dinheiro, vai acabar com seu fundo em um ou dois anos.

Seu silêncio confirma o que eu suspeitava.

— O apartamento fica na 72nd Street, de frente para o parque. Não é tão elegante quanto este, mas tem dois quartos. É seu se você concordar com todos os termos. A taxa de manutenção mensal será paga nos próximos dois anos.

Procuro em minha bolsa o envelope que minha mãe me deu. Ele contém todos os documentos referentes ao apartamento.

"Acrescente isso aos termos se ela não ceder", mamãe disse ontem à tarde.

"Mas ele é seu", choraminguei. A venda de casas em Greenwich Village e no centro do Brooklyn ajudou minha mãe a se tornar uma investidora imobiliária de sucesso. Essa é a mesma mulher que costumava trabalhar em turnos duplos para que eu pudesse ter mais aulas de música. A mulher que caía de bruços na cama depois de um turno noturno, mas nunca deixava de se sentar e me ver tocar. A mulher que comparecia a todas as minhas apresentações de violoncelo. A mulher que abriu mão de sua família para que eu nascesse. A mulher que me ensinou sobre o amor incondicional e a graça do perdão.

Quando eu era mais jovem, temia me tornar como minha mãe, desperdiçando os anos ansiando por um homem casado que nunca deixaria sua esposa. Agora, eu faria qualquer coisa para ser como ela. Forte. Resiliente. Amorosa.

"Não, é seu, mahal ko". Ela me abraçou com força. *"Faça o que precisa ser feito. O que for preciso. Faça com que aquela mulher assine os papéis do divórcio e que renuncie a seus direitos sobre* meu *neto"*.

Entregando as informações a Sera, eu digo:

— Eu quero adotar Astor.

— Ele é meu filho.

— Não dava para saber olhando para este lugar. — Observo o tapete branco impecável, as paredes nuas e as fotos inexistentes da criança que amo. — Não quero que Astor pergunte por uma mãe que nunca vai aparecer.

— Eu estava de serviço.

— Você poderia ter ligado. — A decepção no rosto de Astor quando sua mãe se esqueceu de ligar para ele em seu sexto aniversário é difícil de esquecer. Assim como o som das lágrimas abafadas. — Nunca quero que ele não se sinta amado.

A boca de Sera se abre, mas não sai nada. Ela sabe que tem sido uma mãe ausente.

— Se você ama seu filho — começo, de forma não conflituosa. É importante que Sera ouça a sinceridade em minha voz. — Então é para o bem dele que eu o adote. — Não quero apenas que Astor me chame de "mamãe", também não quero que ninguém, inclusive a mulher à minha frente, o tire de sua família. E me recuso a ter Astor sendo levado de um lado para o outro como um brinquedo emprestado. — Vamos cumprir o acordo de visitação, onde você continuará a vê-lo duas semanas por ano. Mas — eu me aproximo — as visitas serão acompanhadas até que ele complete treze anos.

Sera coloca os papéis no sofá ao lado dela e permanece em silêncio. Pensei bastante sobre a situação em questão e acredito que esta seja a melhor solução para o menino.

— Você entende o que acabei de te oferecer? — pergunto, pronta para excluir essa mulher da vida de Chad como um e-mail de spam. Eu gostaria de poder excluí-la da vida de Astor também, mas ela é a mulher que ajudou a trazê-lo a este mundo. — Você pode começar uma revista on-line com o que esta proposta. — Gabriel havia mencionado ao longo dos anos que era isso o que Sera queria fazer. — Meu pai concordou em fazer uma entrevista exclusiva com você.

— Seu pai? O *próprio* P.K. Preston?

Meu pai nunca dá entrevistas, tendo recusado o *60 Minutes*, o *Time* e o *The Oprah Conversation* há pouco tempo. Isso daria uma vantagem à revista on-line de Sera.

— E se eu não concordar com nada disso? — Ela se levanta da cadeira e vem em minha direção. Seu andar é lento, sem pressa.

— Por que você está se agarrando a um casamento que nunca existiu? Você provavelmente passou o quê, um ou dois meses com seu filho nesses últimos anos?

Com os documentos na mão, Sera está diante de mim. Não há nenhum vestígio da jovem que conheci anos atrás; ela não existe mais.

— Você é uma tola, Aurelia — cospe.

— E você é uma vadia mentirosa e calculista — retruco, olhando para cima. — Não é de se admirar que Gabriel tenha me escolhido.

A mão de Sera voa na direção da minha bochecha. De alguma forma, pego seu pulso, giro-o e dou um tapa em seu rosto com a outra mão.

— Sente-se, Sera. — Eu a encaro incisivamente. — Você está se envergonhando.

— Eu vou te torturar da mesma forma que você me torturou todos esses anos.

— Me torturar?

— Você vai perder tudo — ameaça, esfregando a bochecha avermelhada. — Chad. Astor.

— Quer jogar pesado? — Minha voz fica mais afiada. — Tudo o que tenho que fazer é contar ao Gabriel o que você fez. Você o estuprou. Mentiu. — A raiva se espreme entre minhas palavras. Minhas mãos tremem. Estou surpresa que elas não tenham atingido o rosto dela de novo.

— Ele é a única pessoa que já amei — declara.

— Vou contar a Gabriel que ele é o pai de Astor e como você o afastou do filho. É você quem perderá tudo.

— Você não se atreveria — desdenha. — Gabriel pode lutar por Astor.

— Talvez. É um risco que estou disposta a correr. — Levanto o queixo. — Mas de uma coisa eu sei.

Sera cruza os braços com força, parecendo que pode se quebrar a qualquer momento. As rachaduras estão começando a aparecer.

— Você nunca mais veria Gabriel. — Atiro a caneta nela. — Nunca mais. Lembre-se de assinar até o dia treze de fevereiro.

AURELIA

Fevereiro de 2020.

Nesta época, no ano passado, Chadwick David fez um trabalho duplo no David Geffen Hall, tocando o *Concerto para violino em Ré menor,* de Sibelius, com a Filarmônica de Nova York antes de subir ao pódio, regendo como convidado a *Sinfonia nº 1*, de Rachmaninoff. Ele era irrefreável, uma força musical que mudou a cara da música clássica.

Chad é o maestro mais célebre da nossa geração, mas, nesta manhã de terça-feira, ele está irreconhecível. Outra pessoa ocupa seu corpo.

Chad se retrai. No início, é uma retração gradual. Como o sol desaparecendo lentamente durante um longo e quente mês de verão. A cada dia que passa, ele se retira como um soldado incapaz de lutar por mais tempo.

O Dr. Mellon, juntamente com alguns dos melhores médicos do mundo, continua confiante de que Chad recuperará todas as funções de seu braço. No entanto, ele ainda está perdendo as esperanças. Não ajuda o fato de muitos céticos terem opinado que ele nunca mais tocará violino, que as chances de o Maestro David voltar a reger são mínimas.

Muitos escreveram que isso é uma farsa.

Chad pode estar respirando. Seu coração pode estar batendo. Mas ele mal está vivendo. O acidente não ceifou a vida de Chad, mas tirou a vida dele. E todos os dias me faço a mesma pergunta: como posso trazê-lo de volta?

Todas as manhãs, sem palavras, eu lhe digo que estarei ao seu lado. Nunca mais o deixarei.

Todas as manhãs, verifico a gaveta trancada da escrivaninha com a agenda da turnê cancelada de Chad. Ela permanece escondida sob uma pilha de contas. Havia mais de quarenta concertos programados como violinista. Quinze como maestro convidado.

O homem mais generoso que conheço tornou-se mesquinho com suas palavras, seu afeto.

Fizemos amor três vezes desde sua cirurgia de transferência de nervos. A última vez que tivemos intimidade física foi no início de dezembro.

Todas as manhãs, assim que Astor sai para a escola, o silêncio se instala em nossa casa como uma igreja vazia. Nem mesmo as *Quatro Estações em Buenos Aires* consegue arrancar um pio de Chad.

Todas as manhãs, depois de um café da manhã com torradas de canela, frutas e café de olla, vamos juntos a todas as suas consultas. É durante essas poucas horas da manhã que Chad está empenhado, determinado a recuperar suas forças. Ele trabalha duro, se esforçando ao máximo.

No início da tarde, voltamos para a casa da cidade e seus olhos brilhantes e esperançosos se apagam depressa. Ele geralmente se dirige à sua poltrona favorita perto da janela, que dá para uma das ruas mais pacatas de West Village. Ela também tem vista para o prédio branco onde John Lennon morou. Seu olhar se fixa no mundo exterior, permitindo que várias horas da luz do dia se passem. O mesmo homem que costumava fazer mais antes das sete da manhã do que a maioria faz em uma semana. A pessoa mais engajada que conheço se torna um recluso, afundando em um lugar que continua a consumi-lo. Sozinho em seus pensamentos. Perdido em depressão.

Há momentos em que vejo esperança. Ele tamborila os dedos em seu colo. Uma melodia sai de sua boca. De vez em quando, sai de seu lugar e se senta em frente ao piano de cauda. Com a mão boa, toca uma melodia assombrosa e desconhecida. Muito depois de terminar a peça, ele permanece sentado no banco, com os olhos nas teclas de marfim, como se estivesse buscando uma resposta. A resposta está ali, dentro dele. Só precisa de tempo para se revelar.

Um pouco depois das nove da noite, verifico como Astor está enquanto dorme tranquilamente.

Com passos apáticos, Chad se retira para o nosso quarto e liga o aparelho de som. Seu último álbum, *Quatro Estações Recomposta* por Max Richter, de Vivaldi, inunda o cômodo. Acomodando-se em nossa cama, inclina-se contra a cabeceira e fecha os olhos. Um violino ao seu lado. Tranquilo, ouve a gravação que ganhou um Grammy de Melhor Solo Instrumental Clássico em 26 de janeiro. Estou encostada no batente, vendo a dor estampada em seu rosto.

Seu futuro sempre esteve em suas mãos.

Sua paixão não era o estrelato. Ou o dinheiro. Era simples, mas profunda. Era e sempre será... música.

Ele abre os olhos e permanece imóvel, com a expressão vazia. Os olhos que costumavam brilhar tão intensamente com otimismo fitam a distância. Estou determinada a fazer com que voltem para mim.

Meu coração dispara quando Chad se levanta da nossa cama e pega o violino.

— Você não quer um retrocesso — aconselhou o terapeuta dele, há pouco tempo. — Toque alguns minutos por dia. Não em períodos de uma hora. — Ficar limitado a alguns minutos por dia frustra Chad. Tive que garantir que ele seguisse o conselho de seu terapeuta.

Colocado sob o queixo, o arco de Chad desliza pela corda D aberta. Um arpejo simples usando semínimas e semicolcheias. A melodia é familiar; é a mesma que ele vinha compondo no piano nos últimos dias. Embora simples, é possível detectar a inquietação na execução de Chad.

No início, é um tom agradável, que aos poucos vai se transformando em um tom amargo.

Não apenas eu noto isso, mas Chad também. Seu rosto bonito se enche de frustração.

Parando no meio do quinto compasso, ele solta um suspiro amargurado. Permanece ali, frio. No entanto, a raiva que está se formando dentro dele ressoa por todo o quarto.

Durante anos, observei Chad ensaiar e se apresentar. Conheci suas explosões, especialmente quando ele não conseguia aperfeiçoar uma determinada peça. Ele sempre foi perfeccionista. Afinal de contas, aperfeiçoar Paganini foi o motivo pelo qual terminou comigo no ensino médio.

Isso é mais do que tentar aperfeiçoar uma apresentação. É simplesmente tentar tocar uma melodia da maneira que ele quer que ela seja ouvida.

O arco cai no chão.

Não mais preso sob seu queixo, o violino pende debilmente ao seu lado. Sem vida e mudo. Ele continua a segurar o braço com firmeza. Balançando-o lentamente para frente e para trás. Para frente e para trás. Ele olha para o instrumento como um pai decepcionado com seu filho.

Ele vira o rosto para o lado e, de repente, seus olhos azul-claros escurecem para um azul-cobalto. E então vejo seus companheiros constantes. Derrota. Medo. Raiva. Sinto-me como uma intrusa. Eu não deveria estar aqui.

Meu coração dispara; o chão me engole por inteiro quando Chad joga o violino na parede, quebrando uma foto emoldurada de nós tocando um dueto.

Cacos de vidro e fragmentos de madeira se espalham pelo quarto como peças abandonadas de um quebra-cabeça, inacabado.

Astor corre para o nosso quarto, segurando sua boneca feia, Abima. Seu cabelo castanho está bagunçado por causa do sono, enquanto os grandes olhos verdes estão repletos de medo e sua boca está aberta, sem voz. Um filete de lágrimas escorre por seu queixo.

— Saiam daqui! — Chad grita. — Vocês dois. Me deixem em paz.

Encaro-o com incredulidade; Chad nunca havia levantado a voz para o filho antes.

Astor corre de volta para o seu quarto, comigo logo atrás.

— Seu papai não quis gritar com você — falo, abraçando-o com força enquanto ele soluça. — Ele está muito triste e não sabe como lidar com o ferimento. Apenas saiba que ele te ama muito. — Debaixo das cobertas, Astor funga. Passo as mãos pelo seu cabelo úmido, esperando que adormeça.

No silêncio do nosso quarto, ouço a angústia do coração de Chad quando ele se senta em nossa cama.

— Saia, Aurelia — pede, de costas para mim. Por mais que eu ame a tinta em suas costas, é difícil apreciar a arte intrincada quando isso é tudo o que tenho visto de Chad ultimamente. — Por favor, me deixe em paz.

— Não. — Minha voz é firme, inflexível. — Não vou a lugar nenhum.

Eu me sento ao seu lado; calor irradia dele. A dor sob sua expiração. Mesmo com apenas um ou dois centímetros de espaço entre nós, ele poderia muito bem estar na sala ao lado.

Virando-me para ele, nossos joelhos se tocam. O tapete macio sob nossos pés prende nossa atenção. Meus dedos dos pés se enrolam no material trançado, buscando conforto, enquanto os olhos dele permanecem no tapete, como se buscasse consolo nos padrões.

Com a ponta do meu polegar, roço suavemente a lateral de sua bochecha.

— Olhe para mim.

Seu olhar permanece no tapete.

— Por favor.

Levantando a cabeça devagar, ele se vira para mim. Seus olhos cristalinos não brilham mais. Seus lábios cheios não se curvam mais em um sorriso caloroso. Ele se tornou um fantasma; até sua pele está mais transparente.

Ele me encara como se estivesse olhando para o seu passado. Um passado do qual sente falta. Em um minuto, Chad tem o mundo na ponta dos dedos — tocando solos em concertos com ingressos esgotados. Regendo as melhores orquestras. No minuto seguinte, não consegue conciliar o homem que conheceu com o homem que se tornou.

Chad pegou seu talento dado por Deus, fez com que ele tivesse vida própria, apenas para vê-lo desaparecer.

Será que a vida seria melhor para Chad se ele nunca tivesse experimentado a grandeza?

As lembranças se tornam bagagem. Nós as carregamos de um lugar para outro, mesmo quando estamos desesperados para deixá-las. E há lembranças que desejamos manter; um lembrete constante de quem já fomos. Quem desejamos ser novamente.

Olho para Chad, procurando o homem que amo. Ele está *lá* dentro.

— Estou preocupada em te perder outra vez — confesso.

Chad permanece em silêncio. Mas a raiva e a dor que ele carrega dentro de si gritam, implorando para serem libertadas.

— Eu me recuso a vê-lo desistir — prossigo, acariciando o braço que está se curando lentamente.

— Como posso desistir de algo que já perdi? — Sua voz é dolorosa.

— Você não perdeu — respondo, com confiança. — Deixe seu braço e sua mão se curarem completamente. Você não está se dando tempo suficiente.

— Você não consegue entender isso.

Chad tem razão. Não sei pelo que ele está passando. Mas sei tudo sobre perda; perder um pedaço de si mesmo.

— Por favor, me deixe te ajudar.

— Me ajudar?

— Sim.

— Me ajude me deixando em paz. — Sua voz se eleva, a raiva dentro dele é evidente. — Você não entende esse tipo de perda.

— Mas eu entendo — digo, piscando para conter as lágrimas.

Ele inclina a cabeça, mas não diz nada. Porém, se seus olhos pudessem falar, eles diriam: *Não sei quem sou sem minha música.*

— Já perdemos tanto. — Uma pausa, mais longa que uma respiração. — E eu me recuso a perder você.

— Do que você… está falando? — O rosto dele se contrai, com os lábios curvados para baixo. — O que *nós* perdemos?

Com os olhos bem fechados, tento encontrar algum tipo de controle. Mesmo depois de todos esses anos, nosso amor ainda é uma ferida recente. Bruto. Doloroso. Visceral.

— Chad, apenas saiba… — gaguejo, as palavras tentando encontrar seu caminho.

— O que nós perdemos, Aurelia? — Ele parece agitado, impaciente. O homem à minha frente é um ser mais sombrio que nunca conheci antes. Quanto mais retraído ele fica, mais eu temo que nunca se recupere. Eu o perderei de novo, mas temo que desta vez seja para sempre.

Não posso permitir que esse momento escape de nós. *Diga a ele*, meu coração aconselha. *Conte tudo a ele.*

Uma lembrança dolorosa que enterrei por anos vem à tona lentamente.

Nova York, Nova York, 10 de dezembro de 2001.

O reflexo que me olhava de volta era o de outra jovem de dezessete anos. Meus olhos azuis haviam perdido a vitalidade, sendo substituídos por um tom opaco. A tonalidade dourada da minha pele cor de oliva estava pálida. A fartura das minhas bochechas desapareceu. Parecia que eu tinha envelhecido uns dez anos. Nos últimos meses, eu culpava a iluminação forte do banheiro pela minha aparência.

O cabelo não lavado emaranhado em um rabo de cavalo. A tesoura no armário de remédios pedia para ser usada. Cortei as pontas, sem me importar com a aparência.

— Relia? — alguém me chamou.

Tio Jay.

Deixei cair a tesoura e agarrei a borda da pia quando me virei para meu tio.

Seus olhos castanhos estavam arregalados, cheios de medo, e a boca estava fechada. A preocupação tomou conta de seu rosto quando ele correu para o meu lado.

— Você parece estar morta.

Minha cabeça, meus braços e minhas pernas estavam pesados como pedras, me puxando para baixo. Eu desabei, meus joelhos se chocando contra o azulejo frio.

Tio Jay me pegou e me levou correndo para o sofá.

— Jesus. Você está com febre — ele disse, as costas de sua mão pousando na minha testa. — Fique aqui, vou pegar um pouco de água e Tylenol para você.

Eu estava mais desgastada do que o sofá desgastado em que estava deitada. Eu gemi, não tanto por causa da dor física, mas por causa da preocupação com a prova de teoria musical pela manhã. Não podia perder um ensaio à tarde para o musical do feriado. Sentar exigia força — algo que me faltava.

Quando fiz força para frente, minha cabeça caiu para trás em uma almofada. A sensação foi muito boa. Fechando os olhos, implorei para que a dor fosse embora. Minha mente era um borrão. Arrepios percorreram todo o meu corpo. Meu corpo estava congelado até os ossos, como se alguém tivesse me colocado dentro de um freezer e me deixado lá. Meu corpo e meu coração estavam desistindo.

A voz preocupada do tio Jay me acordou.

— Parece que um caminhão passou por cima dela… algumas vezes. Sim, vou levá-la ao hospital. Isabel está no trabalho, mas deve sair da cirurgia em breve… Bernie está a apenas alguns quarteirões daqui? Okay. Nós vamos descer. Obrigado, Priscilla.

Como é que eu não percebi que estava grávida? Fiz essa pergunta a mim mesma várias vezes. E depois de algum tipo de alívio, continuei a me perguntar de novo.

Enquanto estava no St. Vincent's, algumas frases se destacaram.

— O escape geralmente é confundido com menstruação.

— Gravidez enigmática.

— Ela é jovem e inexperiente.

Minha menstruação nunca foi regular e, em vez de ganhar peso, perdi mais de cinco quilos. Nunca apresentei sinais de gravidez, exceto enjoos matinais, atribuindo-os ao coração partido. Uma próxima audição na Juilliard. Os recitais solo de fim de semestre. O musical de fim de ano. Todos eles causavam grande ansiedade.

Os sinais físicos eram inexistentes. Não havia inchaço abdominal. Nenhum desejo de comer.

O médico assistente, com um olhar compreensivo, explicou a situação.

— Ela pode ter ficado tão estressada que estar grávida era uma ideia insondável.

— Ela tem estado deprimida e sem dormir — minha mãe falou, com a voz trêmula e cheia de tristeza. Seus olhos se encheram de angústia enquanto as lágrimas escorriam pelo seu rosto. Meu pai estava ao lado da minha mãe, chorando. Algo que ele nunca havia feito na minha presença.

Todos estavam chorando. Meus pais, Priscilla e tio Jay. Com o coração partido, me viam sofrendo por uma criança que eu nunca veria crescer. E embora eu ainda fosse uma criança, perdi minha juventude naquele dia.

— Podemos marcar uma D&C — informou o médico a uma enfermeira e à minha família. Permaneci na cama como uma espectadora, me recusando a reconhecer o que estava acontecendo comigo.

Dilatação e curetagem é o procedimento que eles realizaram para o meu aborto espontâneo; rasparam as paredes do útero para remover a placenta e o feto. O bebê que eu havia carregado, sem saber, morreu dentro de mim. No entanto, o feto permaneceu em meu útero, como se meu corpo se recusasse a deixá-lo ir embora. Envolvi minha barriga, não permitindo que ninguém se aproximasse de mim. Eu estava grávida e, de repente, não estava mais. No entanto, meu bebê ainda estava dentro de mim. Nunca fui de gritar, mas encontrei minha voz naquele dia.

— Não me toque, porra!

O delírio me dominou, e os médicos me sedaram.

No meio da noite, quando a totalidade do que perdi me consumiu, arranquei a pulseira e o soro do hospital.

Libertando-me, corri pelo quarto com os pés descalços, usando a bata do hospital, antes que uma enfermeira me pegasse.

Caí no chão, chutando e gritando. A exaustão tomou conta de mim.

Meu bebê. O bebê de Chad.

Uma jovem de cabelos loiros e olhos azuis apareceu em meus sonhos. Ela estava sentada na beira do palco de um concerto. Sorriu para mim, revelando um sorriso semelhante ao de seu pai.

Com seu violino, ela tocou Emmanuel*, de Colombier. A música era muito triste; ela continha minha tristeza. Michel Colombier havia escrito a peça após o falecimento de seu filho pequeno. Enrolei-me em posição fetal, permitindo que a melodia me confortasse. Chorei até dormir, dizendo adeus ao meu bebê.*

Todos entraram em modo avião, fazendo de tudo para garantir minha recuperação.

O Natal foi realizado em um campus de 214 acres com um lindo paisagismo, fora da cidade. Arquitetonicamente, os prédios históricos pareciam um campus universitário, mas os interiores estavam longe disso. Eram estéreis e brancos.

A primeira semana de janeiro passou voando. Enquanto meus colegas começavam seu primeiro dia na LaGuardia após as férias de Natal, eu me sentava com um psiquiatra.

Os dias eram longos. As noites ainda mais longas.

O tempo mal passa quando outra pessoa está controlando como você come, dorme, anda e fala.

Eu, juntamente com vários pacientes, chorava até dormir. Os gritos eram incessantes e muito comuns. Às vezes, ainda consigo ouvi-los. O som de cabeças batendo contra as paredes e o lamento interminável é algo que eu gostaria de esquecer.

O mesmo acontece com o som de cadeiras sendo jogadas.

Eles injetaram tantos medicamentos em meu corpo que eu não conseguia distinguir a esquerda da direita, o alto do baixo, muito menos os dias. Todos eles se fundiram em um só.

Os limites entre receber ajuda e sentir-se desamparado ficaram embaçados.

Eu chamava o nome de Chad a cada poucas horas, esperando que ele me ouvisse. Minhas roupas e fronhas estavam encharcadas pelo dilúvio de lágrimas intermináveis.

Os antidepressivos falharam. A terapia não funcionou. Eu me recusava a me abrir com estranhos que não sabiam nada sobre mim.

Eles recomendaram a terapia eletroconvulsiva — um procedimento em que são aplicadas correntes elétricas leves no cérebro. Meus pais discordaram e se recusaram a dar o consentimento. Nove dias depois de eu ter iniciado o programa, mais de 50 mil dólares gastos em tratamento de concierge, minha madrasta, juntamente com um de seus advogados e com o consentimento de meus pais, me deu alta.

— Isso não está funcionando para você — Priscilla disse. — Vamos dar o fora daqui.

Enquanto descíamos a interestadual em direção ao sul, rumo à Pensilvânia, onde meus pais me esperavam, minha madrasta me perguntou:

— Você confia em mim? Em seus pais?

— Sim — respondi, finalmente pegando no sono.

Todos concordaram que uma mudança de cenário seria benéfica para meu estado mental. Uma nova vida. Um novo começo.

Meu colapso mental não afetou apenas a mim, mas também àqueles que amo. Mamãe. Papai. Priscilla. Foi como se eles tivessem perdido uma filha e não soubessem como seguir em frente.

Durante anos, meus pais e Priscilla ficaram em um impasse em seu relacionamento. Quem poderia imaginar que meu colapso os uniria? Os três, e também com a ajuda do tio Jay, consultaram os melhores terapeutas que puderam encontrar.

Passei o último semestre do meu último ano estudando em casa com Gunther Schuyler, um professor alemão. Morei com o tio Jay e Joi no subúrbio da Filadélfia enquanto esperava minha mãe se juntar a mim.

Minha mãe deixou seu emprego na Manhattan Eye, Ear & Throat e alugou nossa casa, deixando sua vida em Nova York para ficar comigo.

Minhas refeições de domingo a quarta-feira à noite com meu pai e Priscilla pararam, aumentando a distância entre eles.

Algumas semanas depois do meu colapso, Agnes, a garota do hospital de quem fiquei amiga, me ligou. Ela foi a única coisa boa que resultou daquela experiência.

— Vamos superar isso, porque é a única coisa a fazer. Quero que pense nas coisas que te trouxeram alegria — ela falou. — Apegue-se a isso. Eu mesma estou aprendendo a fazer isso.

Dei ouvidos à Agnes, a melhor amiga que alguém poderia desejar.

Acordei na manhã seguinte e pensei na minha vida. Pensei no namorado de Agnes, Avery. Ele tinha acabado de completar dezessete anos quando perdeu sua batalha contra a leucemia.

Em uma semana, eu faria dezoito anos. Apesar de ter perdido tanto, ainda estava viva.

Estava respirando.

Meu coração estava partido, mas ainda batia.

Eu tinha uma família que me amava além da conta.

Eu também tinha Pablo.

Meu violoncelo ficou intocado por quase dois meses, e eu ansiava por senti-lo, por ouvi-lo.

Pablo estava em seu estojo, aninhado em um canto esquecido. Chamando por mim. Ao tirá-lo do estojo, meu coração acelerou. Meu velho amigo, esperando pacientemente.

Sentei-me na cadeira com Pablo entre minhas pernas.

E, assim como quando eu era uma garotinha, de repente eu tinha um público de uma só pessoa. Minha mãe. Comecei a tocar a Élégie, de Fauré, e dei tudo de mim para Pablo.

A melodia ainda estava dentro de mim, se recusando a me abandonar. Lutei para manter viva a música em mim. Era o tom mais belo e profundo que Pablo já havia carregado. Ele também cantava:

— Você ficará bem.

Senti a beleza na dor.

Chorei, me permitindo libertar.

Libertei o bebê que perdi.

Libertei meu primeiro amor.

AURELIA

— Perdemos uma criança — digo, com a voz trêmula, vacilante. — Uma filha.

Chad pisca os olhos. Fico esperando que ele diga algo. Qualquer coisa. Mas a notícia o deixou sem palavras.

— Uma filha — ele fala finalmente.

— Charlotte Isabel.

— Charlotte Isabel — repete, com uma voz fraca e tão suave que mal consigo ouvi-lo.

— E ela faria dezoito anos em junho deste ano se tivesse sobrevivido.

— Dezoito.

Ficamos em silêncio. Chad pega minhas mãos trêmulas, seus olhos preocupados nunca abandonam meu rosto.

— O que aconteceu?

Fico quieta por alguns instantes, me preparando para finalmente revelar o que guardei em meu coração durante todos esses anos. As palavras estão na minha garganta, se recusando a sair de seu casulo.

A mão dele, que não soltou a minha, parece uma combinação de conforto e dor.

— Por favor, Aurelia. — Seu tom é tão sombrio que rivaliza com a melodia mais melancólica que já ouvi.

Levanto a cabeça e tudo o que vejo é a criança que perdi. A criança que nós perdemos.

— Por favor, me diga...

A lembrança dolorosa repousa em meu peito, trancada há anos. Pela primeira vez, estou abrindo a porta. Segurando as lágrimas, conto sobre a perda do nosso bebê, o tempo que passei no hospital e como Charlotte me visitava em meus sonhos. O vazio nos olhos de Chad se enche de compaixão.

— Eu desmoronei. Fiquei louca. Acredito que o termo correto seja *delírio pós-parto.* — A visão de mim chutando e gritando, sendo sedada, lampeja na minha mente. Anos atrás, eu me retraía, desesperada para enterrar o fato. Agora, encaro a memória de frente, lembrando-me de que *eu sobrevivi à minha maior perda.*

— Me perdoe — sussurra, mas consigo ouvir a dor. — Eu não sabia.

— Não há nada a perdoar. — É mais fácil perdoar os outros do que perdoar a nós mesmos. Demorou anos para que eu percebesse que não havia nada que eu pudesse ter feito. Uma guerra entre meu coração e minha cabeça se perguntava constantemente sobre os "e se". Outros vários anos se passaram até que eu me perdoasse. O perdão finalmente me trouxe uma sensação de paz, acalmando a pontada no meu coração quando eu pensava em Charlotte.

— Por que você não me contou? — Não há como não perceber a mágoa em sua pergunta.

— Eu acreditava… — Meu peito se agita. — Durante anos, achei que a perda da nossa filha era culpa minha. Que se eu tivesse me cuidado melhor… Se eu tivesse simplesmente parado e percebido o que estava acontecendo em meu corpo, ela estaria viva… Eu temia que você me odiasse também.

— Odiar você? Eu odeio não ter estado com você. — Ele suspira devagar. — Não foi sua culpa, Aurelia.

— Eu não sabia disso naquela época. — Encaro a porta aberta de onde saíram todos os meus segredos. — Você tem todas as minhas primeiras experiências. Mas eu não pude compartilhar minha primeira perda com você.

Chad está quieto, seus olhos estão perscrutando.

— Não foi apenas a sua perda — ele diz, com a voz um pouco trêmula. — Ela também era minha bebê.

— Eu sei, mas eu sabia o que isso faria com você — falo.

— Eu teria ficado ao seu lado. — Sua voz está fraca de melancolia. — Teria sofrido com você. Chorado com você. Abraçado você.

— Não, você precisava estar onde estava — respondo, me lembrando de como chamei o nome dele repetidamente na noite em que perdi Charlotte. — Meus pais também queriam que eu esquecesse o que havia acontecido. É claro que eu nunca esqueceria. — Durante anos, eu não conseguia olhar para as crianças sem pensar na nossa bebê e em como ela teria sido. Eu via a nossa menina usando um tutu rosa e tocando o seu violino. — Com as pálpebras fechadas, eu me agarrava a essa imagem, mesmo que por um momento. — Mesmo depois do seu casamento, ainda acreditava que teríamos outro filho juntos, um que poderíamos ver crescer.

Ele inclina a cabeça ligeiramente para trás, seus olhos nos meus. E então ele soluça. Um soluço apologético e inesquecível enquanto seu corpo treme.

O ar da sala transborda com o som da perda. Uma perda indescritível.

Perda é uma palavra tão curta, mas seus efeitos são tremendos. O tempo não cura a perda. Ele apenas a altera.

Minutos. Horas. O tempo fica parado. Nós dois choramos, agarrados um ao outro. Choramos por nossa filha. Choramos por nunca termos tido a chance de vê-la sorrir. De ouvir sua voz. De segurar sua mão enquanto ela corre para seu primeiro dia de aula. De vivenciar sua angústia adolescente ao refletir sobre sua primeira paixão. De enchê-la de amor.

A tristeza que carregamos não pode ser contida. Encontro consolo nos braços de Chad, que me embala para dormir, o colchão absorvendo nossas lágrimas.

Passa um pouco das onze horas quando abro meus olhos novamente. O quarto está escuro e desolado, com uma pequena luz vinda do corredor. Chad está deitado ao meu lado, acordado. Sua cabeça está apoiada em um travesseiro de lado, de frente para mim. Observando.

— Há quanto tempo você está acordado? — pergunto, com a voz rouca por causa do choro.

— Um tempo.

— Então, você estava deitado aqui, me observando dormir?

Ele assente, seu rosto coberto de cansaço.

— Você estava exausta — atesta. — Eu também precisava de algum tempo para processar tudo sem sair do seu lado. — Ele se aproxima. — Você teve dezoito anos para chorar pela nossa filha… — Pegando minha mão, entrelaça nossos dedos. — Eu nunca amei e chorei por alguém que nunca conheci. Eu só… não consigo nem descrever o que estou sentindo agora.

— Eu sei. — Inclino-me para a frente, encostando minha testa na dele, onde as lágrimas brotam em seus olhos.

— Dói muito saber que perdemos nossa bebê. — Ele se acalma, como se estivesse tentando encontrar as palavras certas. Mas não há palavras que possam descrever a perda de um filho. Não há nem mesmo um termo para isso. — E você… você estava sozinha.

— Eu não estava sozinha — eu o corrijo. — Minha mãe, meu pai, Priscilla, tio Jay… todos eles estavam lá por mim.

— Mas eu não estava lá por você. — Ele enxuga as lágrimas que escorrem pelo meu rosto e depois enxuga as dele.

— Você está aqui agora — respondo, me posicionando em um ninho nos braços de Chad. Seu cheiro característico se mistura com a dor. — Comigo.

Um silêncio tranquilo recai sobre nós, com o único som de nossas respirações e nossos corações tentando se recuperar. É todo esse silêncio que me permite lembrar tudo o que éramos. Tudo o que somos.

Eu me afasto um pouco e meus olhos se fixam nos dele.

— Quando perdi uma parte de você, parecia que minha vida tinha acabado. Houve dias em que implorei a Deus que me levasse. Mas o tempo... o tempo é uma dádiva, especialmente para quem está com o coração partido. Para aqueles que perderam. Deixei o tempo ser uma dádiva.

Chad não diz uma palavra, mas seus olhos vermelhos estão vivos.

— É um presente que foi dado a você — continuo. — Preciso que o aceite.

Ele abaixa a cabeça sem dizer nada.

— Você me prometeu que nunca mais partiria meu coração — lembro a ele.

— Não quero que você tenha pena de mim. — Sua voz é vulnerável, inquieta.

Pego um lenço de papel de uma caixa e enxugo meus olhos.

— Você já partiu meu coração tantas vezes, mas desta vez... suas palavras... a maneira como você se vê... está despedaçando o que resta do meu coração. Estou perdendo você, tanto o garoto que eu amava quanto o homem com quem estou agora. Não consigo imaginar o que você está passando, mas preciso que volte para mim.

— E se eu não puder? — Sua voz estremece. — E se eu não for nada mais do que um músico quebrado...

— Ser uma criança prodígio não te definiu quando o conheci. Ser o violinista mais aclamado da nossa geração não te definiu. Ser o maestro mais famoso não te definiu. Seu talento não define sua vida ou quando ela terminará. A música sempre viverá dentro de você. Só porque não está tocando violino nem regendo, não significa que ela não esteja em você.

— Eu me sinto vazio — responde.

— Então, me deixe ajudá-lo a preencher esse vazio.

— E se eu não for mais a pessoa por quem você se apaixonou? — A voz de Chad está distante. — Eu não tenho minha música.

— Sim, eu me apaixonei por uma criança prodígio. Um virtuoso que me surpreendeu com seu brilhantismo musical. Também me apaixonei por um garoto que acreditava em mim. Em nós. Eu me apaixonei por um homem que continuou a me amar mesmo depois de eu ter partido seu coração. Um homem que partiu seu próprio coração para ficar com seu filho. Você é e sempre será mais do que um violinista e maestro de renome mundial. Não estou pedindo que desista da música. Estou pedindo que veja quem eu vejo. — Colocando minha mão em seu peito, aprecio a ascensão e a queda da vida. — O homem que sempre amarei.

"Uma vez você me disse que não queria ser alguém que me inspirasse em um momento da minha vida. *Você* me inspira diariamente. Você não sabe? O que importa é quem você é como homem. Como supera os obstáculos, por mais devastadores que sejam. Estou sendo egoísta aqui porque eu... tentei viver sem você e me recuso a fazer isso de novo... Astor e eu precisamos de você.

— Eu também preciso de você.

— Eu te amarei em meio a tudo isso — afirmo. — Mas não vou deixar que parta meu coração novamente.

— Me desculpe. — Ele leva minhas mãos aos lábios e as beija com ternura. — Por ter sido tão idiota nesses últimos meses...

— Desculpas aceitas.

— Estou preparado para perder minha carreira, minha música, tudo o que tenho — garante, olhando ao redor do quarto antes de voltar a observar meu rosto. — Mas não posso nunca perder você.

— Então lute, Chad — insisto. — Lute contra o que quer que esteja dentro de você que não te permite seguir em frente. Permita-se curar completamente. Lembre-se da criança que perdemos. E pense no garotinho que está no outro quarto, esperando o retorno do pai.

Coloco meus lábios nos dele, com o gosto de lágrimas dolorosas perdurando.

— Vou precisar que lute comigo quando eu estiver desistindo. Quando eu não for mais eu mesmo. Por você. — A dúvida em sua voz se insinua quando ele diz: — Por Astor.

— Seu filho.

— Estou pronto para lutar contra Sera — Chad compartilha. — Posso não ser o pai biológico de Astor, mas ninguém jamais o tirará de mim. E isso inclui a mãe dele.

Soltando minha mão da dele, acendo o abajur, levanto e caminho até a cômoda. Abrindo a gaveta, pego os documentos assinados que recebi hoje cedo. Finalmente assinados por Sera.

— Isso é para você — digo, entregando-os a Chad enquanto ele se senta. Ao folhear os papéis, seus olhos se arregalam ao ler as palavras.

— Eu sou legalmente o pai de Astor? Tenho a custódia total?

— Sim, e sim — respondo.

— Não entendo. — Seu olhar não se desviou dos documentos. — Eu não sou o pai biológico dele.

— Edward explicou melhor — começo, quando Chad finalmente ergue o rosto. — O casamento com Sera, quando Astor nasceu, tornou você legalmente o pai dele.

Chad me lança um olhar de *"você só pode estar brincando comigo"* e então seu rosto se suaviza.

— Astor é *meu* filho, mas Gabriel tem o direito de saber. — Ele engole em seco. — Ele também tem um filho.

— Ele saberá quando for a hora certa. — Não sei se haverá uma hora certa. — E acredito que ele fará o certo por Astor.

Chad revisa novamente os termos assinados, como se quisesse confirmar o que eu havia compartilhado com ele.

— Sera abriu mão de todos os seus direitos sobre o filho dela.

— Seu filho — digo a ele. — Astor é seu filho.

— Como você conseguiu isso? — Os olhos arregalados de Chad permanecem nos documentos, com as mãos firmes no lugar. E, pela primeira vez em meses, há um sorriso que se forma lentamente em seu rosto e que faz meu coração disparar.

Dou de ombros e sorrio de volta.

Ele coloca os papéis ao seu lado antes de sair da nossa cama. Ajoelhado diante de mim, ficamos na mesma altura dos olhos. Vários segundos depois, ele gentilmente segura meu rosto com as mãos mais bonitas que Deus já criou. Mãos que meu coração sabe que tocarão novamente.

— Obrigado, amor.

— Eu te amo.

— Não consigo me lembrar de um momento em que não tenha amado você — afirma, suavemente. — Você é a única mulher que já amei. E que sempre amarei.

O tempo me ensinou que a vida é cheia de impermanências. Dinheiro. Fama. Relacionamentos. Pessoas queridas. Mas o amor que Chad e eu compartilhamos é permanente; uma constante ao longo de duas décadas.

— Eu sempre vou te amar — murmuro de volta.

Nos limites do nosso quarto, nos tornamos um só novamente. Alheios ao mundo exterior.

Ele se inclina e me beija profundamente com um anseio e um carinho que nunca senti antes.

Uma promessa de que ele voltou para mim. Para sempre.

A última carta de Priscilla me vem à mente, junto com a confiança que ela deixou e suas palavras de despedida.

Voe. Apaixone-se novamente. Deixe seu passado para trás e siga em frente.

Eu alcei voo, abri minhas asas e toquei com algumas das melhores sinfonias do mundo.

Eu me apaixonei novamente pelo meu primeiro e único amor.

Deixei o passado para trás quando pedi a Edward para redigir os documentos legais.

Sigo em frente todos os dias, ajudando o homem que amo a recuperar suas forças.

Priscilla me lembrou de que o amor pode superar até mesmo a traição mais devastadora. Embora ela tivesse reservas em relação a Chad, meu coração confia que ela concordaria com minhas decisões.

Nossas mãos se apertam. Quando nossas testas se tocam, ambos soltamos um suspiro.

— Dizem que eu conquistei o coração do mundo — Chad solta. — Eu só queria conquistar o seu. — A expressão distante que ele exibe há meses desaparece. Eu sorrio, não só por causa das palavras de Chad, mas também porque sua fala está melhorando.

— Você o conquistou quando tínhamos treze anos. — Dou uma risadinha. — Você o possui desde então.

— Você e Astor compartilham meu coração — Chad afirma.

— Bem, ele e eu precisaremos dividi-lo com outra pessoa.

— O quê?

— Astor nos deu um ponto de partida.

Ele arqueia a sobrancelha.

— Aurelia?

— Não foi à toa que me empanturrei de torta de creme de banana — provoco, antes de levar sua mão esquerda à minha barriga. — Temos um quarto músico se juntando a nós.

Mais cor aparece nas bochechas de Chad, e seu olhar se volta para minha barriga, que está crescendo.

— Nosso filho? — Sua voz é suave, esperançosa.

A oração que fiz desde que perdemos nossa primeira filha está finalmente sendo atendida.

— Sim — respondo, enquanto a alegria vem com força.

— Nosso filho — Chad repete. Quando encaro seus olhos, brilhantes e azuis, eles estão dançando. Vivos.

— Relia? — Astor espreita pela porta, pairando na soleira do nosso quarto, como um filhote assustado.

— Meu bem, você teve um sonho ruim? — pergunto.

Ele assente, com um leve tremor nos lábios.

Chad se vira e estende a mão esquerda para o filho.

— Está tudo bem. Eu prometo.

Depois de uns segundos de hesitação, Astor dá alguns passos lentos em nossa direção, com as mãos ligeiramente trêmulas.

— Me desculpe por ter gritado antes — Chad sussurra, cruzando o braço esquerdo com força ao redor do filho. — Temos uma coisa para te contar. — Ele se vira para mim; um sorriso surge em seu rosto quando dá uma piscadinha.

Eu pisco de volta, com as mãos na barriga.

Astor está fungando, com o peito arfando. Inconsciente de seu futuro papel.

— Você vai ser um irmão mais velho! — Chad e eu falamos ao mesmo tempo.

AURELIA

Na *perda*, há *esperança*.

Durante anos, a tristeza, o arrependimento e a raiva acompanharam minha perda. A dor nunca diminui. Ela é permanente. Mas, a cada dia que passa, a perda se torna uma parte de nós. Aprendemos a conviver com ela.

E o que é a vida sem esperança?

Faz dois meses e meio desde que Chad e eu tivemos intimidade física. Nós fazemos amor. Nossos corpos se encontram como se fosse a primeira vez que estivéssemos juntos, explorando um ao outro de uma forma que nunca fizemos antes. No início, somos gentis. Seu toque é suave. Sem pressa. Envolvendo um ao outro como uma esfera de milagres. Estar aqui com Chad, depois de tudo o que passamos, é uma dádiva.

Não há mais segredos entre nós.

Estamos tão próximos como sempre estivemos. Mentalmente. Fisicamente. Nós nos agarramos um ao outro enquanto deixamos de lado nossa mágoa. Eu me entrego a Chad de todas as formas possíveis; com necessidade e sem reservas.

E sinto seu perfume, a calidez da canela e das especiarias. O cheiro que me faz me lembrar de casa. De pertencimento.

De manhã cedo, estou enrolada contra Chad, saboreando a inspiração. A expiração. A batida de seu coração. O coração que me pertence.

Anos atrás, Chad me salvou. Desta vez, eu sou a salvadora.

— Feliz aniversário — deseja, me beijando com ternura nos lábios.

— Feliz aniversário — respondo, antes de me soltar de seus braços. — Tenho um presente para você. — Pulo da nossa cama e corro para o quarto ao lado.

Estou parada na porta, admirando Chad. Ele anota algo em seu caderno Moleskine antes de colocá-lo de volta na mesa de cabeceira. Não me lembro da última vez que abriu o caderno.

Volto para a cama e lhe entrego uma caixa.

— Vá em frente — insisto. — Abra.

— Não gravei... Não tenho um presente...

Coloco minha mão em seu antebraço tatuado.

— A primeira vez que você me deu um presente, você disse: *Eu não dou presentes esperando algo em troca.* De qualquer forma, acho que já está na hora de eu finalmente te dar um presente de aniversário.

Seus olhos brilham enquanto o canto esquerdo de sua boca se curva para cima.

— Você me deu mais do que eu jamais poderia esperar — afirma, olhando para a minha barriga que está crescendo.

— Você terá que esperar mais alguns meses — provoco. — Mas este aqui está pronto. Abra-o. — Meu peito se enche de esperança. Minha respiração se acelera com a expectativa. Estou sorrindo tanto que é difícil disfarçar meu orgulho.

Com as sobrancelhas erguidas, ele abre o presente. Seus olhos brilhantes se alternam para encarar o presente e meu rosto.

Eu me aproximo de Chad e pego a peça que passei a semana passada transcrevendo a partir da melodia que ele compôs no piano. Das gravações de vídeo que fiz sem seu conhecimento.

Ele estuda a partitura intitulada *Sinfonia de Amor em Lá*, com uma expressão ilegível. Alguns longos segundos passam.

— Você fez isso?

— Para você. — Pego sua mão machucada. — Você sempre terá música em você.

Pego meu celular na mesinha de cabeceira, deslizo o dedo na tela para localizar uma gravação específica e pressiono play.

A música foi gravada em uma única tomada, arranjada e conduzida por mim, produzida e mixada por Magnus. Um ex-colega de classe da LaGuardia Arts fez a masterização no final da noite passada e enviou um arquivo hoje de manhã.

Na primeira nota, os olhos de Chad brilham. Ele inclina ligeiramente a cabeça, olhando através de mim. Sua expressão é serena, relaxada e grata. Ele fecha os olhos, com os cílios grossos tremulando. E, assim como na primeira vez em que nos conhecemos, ele está completamente perdido na música. *Sua* música.

A seção de baixo toca uma melodia de duas notas, imitando os batimentos cardíacos — o bloco de construção da composição. Camadas e mais camadas de cordas se formam. Um solo de violoncelo entra suavemente, um solo que eu mesma executei. A peça é muito triste, mas esperançosa. Esse é o som da esperança. Etéreo. Simples. Tons agradáveis. A beleza dolorosa que só a música pode expressar. Uma mudança de acorde, de Lá menor para Lá maior. O meio passo que não sabíamos que precisávamos em nossa vida. E é aí que nós dois a ouvimos. Nossa história.

Sinfonia de Amor conta a história de duas pessoas que lutam por seu "felizes para sempre". A melodia assombrosa me faz lembrar o nosso primeiro beijo, o nosso coração partido, tudo com meu primeiro e único amor.

A sinfonia foi originalmente composta em torno de um elenco de personagens — o destruidor de corações e o que teve o coração destruído. Com o tempo, os movimentos mudaram seu curso musical porque a vida é imprevisível.

Felizmente, o último movimento salta de volta para o familiar. Nós.

Só podemos seguir em frente quando aceitamos nosso passado. Nossos erros. Nossos arrependimentos. Todas essas lembranças, por mais dolorosas que sejam às vezes, são um presente. Elas moldaram nossos corações.

— Em uma de suas cartas, você mencionou que, se eu me encontrasse em um lugar sombrio, você me guiaria para fora — digo, com meus olhos fixos nos dele. — Quando você estiver em um lugar sombrio, eu sempre serei a pessoa que o guiará para fora.

Chad coloca sua mão na minha e a beija. Nós dois avançamos, encostando nossas testas, os narizes se tocando.

— Quando e onde quer que seja, sempre estarei ao seu lado — sussurra, palavras que são verdadeiras entre nós há anos. Para sempre.

Ele se inclina para trás, com os olhos radiantes. Seu sorriso é afetuoso. Não vejo apenas o garoto de treze anos por quem me apaixonei pela primeira vez, vejo o homem que continua a compartilhar uma parte de si mesmo comigo.

— Eu sempre estarei ao seu lado também — sussurro, porque nunca vou deixar Chad ir embora. Nunca. Com o passar dos anos, aprendi que, quando enfrentamos adversidades, o amor é o que sempre nos mantém.

É pelo amor que Chad e eu sempre lutaremos.

— O amor é uma sinfonia — minha professora de violoncelo, Sra. Luz, uma vez disse. — Os movimentos espelham a progressão de um caso de amor. Desde a abertura da forma sonata, algo inesperado lhe atinge. É novo, bruto, emocionante. Repleto de esperança e promessas. No segundo e terceiro movimento, vocês estão consumidos um pelo outro. É apaixonante e arrasador. Uma montanha-russa de emoções nos preparando para o quarto movimento. O final, o que aguardamos segurando o fôlego, pode ser glorioso ou trágico.

E a sinfonia de amor que Chad e eu compusemos e tocamos?

Ela continua a ter um final glorioso.

NPR.ORG

13 de outubro de 2020.

Lendas do lockdown! Como a dupla inspiradora de violino e violoncelo nos uniram em um ano complicado.

NEW YORK TIMES

2 de abril de 2021.

Em perfeita harmonia: como a nova transcrição da violoncelista atraiu o maestro de volta para o violino.

ROLLING STONE

28 de janeiro de 2022.

Chadwick David: como o violinista e maestro britânico abalou o mundo da música clássica.

TIME

~~1 de maio de 2023.~~

~~**O retorno extraordinário do príncipe da música clássica**~~

THE GUARDIAN

7 de julho de 2024.

O maestro reflete sobre o triunfo de seu Chaconne… e sua recuperação

BILLBOARD

15 de fevereiro de 2025.

De Vivaldi a Coldplay: Chadwick David continua unindo nossas grandes culturas da música

WASHINGTON POST

23 de setembro de 2026.

Como o maestro visionário revitalizou o cenário clássico

THE NEW YORKER

24 de junho de 2027.

Chadwick David retorna a Paganini. 10 anos mais velho. E talvez mais sábio

CNN

20 de outubro de 2028.

"Como o amor e a música me salvaram".
O violinista recluso em sua jornada inspiradora de um angustiante acidente.

VANITY FAIR

14 de dezembro de 2029.

Chadwick David relembra sua carreira brilhante

CHAD

Little Flower Theatre, LaGuardia Arts, Nova York, Nova York, dez anos depois...

Para alguns, o primeiro amor é uma faísca fugaz que anuncia os grandes amores que virão. Para outros, o primeiro amor é o único amor. O maior amor.

Às vezes, leva-se anos para viajar, procurar e encontrar o que se está buscando, apenas para retornar ao lugar onde tudo começou.

A primeira vez que entrei neste teatro foi há trinta e três anos. As antigas poltronas cor de framboesa foram substituídas recentemente. As paredes foram revestidas com tinta fresca. Mas as marcas de arranhões que ziguezagueiam pelo piso são as mesmas de sempre, um lembrete dos artistas e convidados, do passado e do presente, que agraciaram este salão.

O mesmo salão onde conheci meu maior amor.

Aurelia.

O público — uma mistura de alunos, membros do corpo docente, patrocinadores e pais — conversa entre si. Vários ex-alunos ilustres também estão aqui para apoiar uma causa — arrecadar dinheiro para novos instrumentos. Eles também estão presentes para dedicar a apresentação desta noite à Sra. Strayer. Ela se aposentará no final do ano. Talvez até se junte a uma nova resistência.

Por trás, pequenos braços se enroscam em minha perna direita, me surpreendendo. Olho para a garotinha com um sorriso travesso.

— Abelhinha — digo.

Minha filha de quatro anos, usando seu vestido amarelo e preto favorito, dá um passo para trás e olha para mim. Seus olhos azul-escuros estão maravilhados.

— Papai!

Agacho-me, pego-a no colo e aproximo-a.

— Pia — falo, contra as cascatas de cabelo cor de mel que caem sobre seus ombros. Uma onda de alegria me invade quando sinto o seu cheiro. Ela tem cheiro de canela e açúcar mascavo.

Pia dá uma risada alta e sem controle.

— Estou me escondendo — revela, agora quase como um sussurro.

— Escondendo?

— Uh-huh. — Ela assente e seu rosto exibe outro sorriso. — Do *Lolo* Peter.

Não posso deixar de sorrir de volta para ela. A alegria de Pia é contagiante.

— Encontrei você — Peter fala, caminhando de mãos dadas com a mãe de Aurelia, Isabel. Sua esposa há sete anos. Após o falecimento de Callum em 2022, Peter persuadiu Isabel a ter fé nele. Neles. Depois de ler tantos romances, Isabel decidiu escrever o seu próprio. Recentemente, a Apple TV adquiriu seu livro de estreia, *Um Caso*.

— Pia — Isabel chama, com um sorriso terno no rosto. — Por favor, vá com o *Lolo*. O concerto vai começar daqui a pouco.

Coloco minha filha no chão. Pia cruza os braços em volta de si mesma e faz um beicinho.

— Eu também toco.

E ela toca mesmo. Minha pequena musicista toca piano, acordando de madrugada para aperfeiçoar suas escalas e aprender o Prelúdio em dó de Bach.

Depois de um pouco de persuasão minha e de seus avós, Pia finalmente concorda e desce os degraus correndo, pulando alegremente para o salão principal, com Peter a seguindo.

Isabel e eu estamos conversando sobre uma próxima turnê de livros quando minha família aparece.

Minha mãe e meu pai caminham como recém-casados, com o braço dela entrelaçado ao dele. Meus irmãos gêmeos seguem alguns passos atrás. Alguns cumprimentos e nos revezamos para abraçar uns aos outros.

— Alguém viu minha esposa? — meu irmão pergunta, a mão segurando um grande copo de café. — Ela ficou acordada até tarde editando. Vai precisar desse terceiro copo para acompanhar os alunos.

— Cosima está na sala de controle — digo a ele —, ajudando os garotos com a iluminação e o som. — Vários estudantes técnicos passam, carregando equipamentos como se fossem operadores de câmera experientes. — Siga-os e você a encontrará.

O evento desta noite será sobre o documentário de Cosima Carp, *Maestro e Sua Musa*.

Assim como quando eram adolescentes, Magnus e Mercer, agora com quarenta anos, saem em busca de Cosima… sua Helena de Troia. A mulher que instigou várias guerras entre eles.

— Por que você não está no camarim? — meu pai pergunta.

— Eu amo a energia daqui — respondo, apreciando a cena diante de mim. Vários garotos trazem cadeiras e suportes de música, prontos para montar o palco. Dois adolescentes grunhem enquanto se esforçam para colocar o pódio portátil do regente em posição. Uma garota com um moicano roxo cantarola, colocando as partituras em cima de um suporte de música com cuidado.

Por um breve segundo, espio por cima do ombro da minha mãe, procurando meu avô. Fico triste quando me lembro de que ele não está mais conosco.

A idade finalmente colocou os pés de Emil no chão. Três anos depois de aposentar sua batuta, ele recebeu um convite para reger a comemoração do 225° aniversário de Strauss em Viena. Seus médicos pessoais desaconselharam a viagem, mas nada impediria o velho de reger a Filarmônica de Viena como convidado. O Maestro von Paradis seguiu em frente, comandando seus músicos favoritos para o que ele chamaria de "a celebração de todas as celebrações".

Naquela noite, depois de fazer sua melhor apresentação em décadas, um dos maiores maestros de nosso tempo faleceu pacificamente enquanto dormia.

Naquela noite, aos noventa e quatro anos, o homem que eu amava e odiava igualmente se desvaneceu como todas as estrelas antes dele.

Naquela noite, minha esposa me abraçou, enquanto eu chorava pelo homem que me ajudou a me tornar o homem que sou hoje.

— Está quase na hora — minha mãe afirma, seus olhos preocupados examinando meu rosto. — Pronto?

— Como sempre estarei.

— Chadwick, seu avô ficaria muito orgulhoso de você. — Ela me beija no rosto. — Todos nós estamos muito orgulhosos de você.

Ouvir o orgulho na voz da minha mãe nunca é demais.

— Obrigado, mãe.

— Vamos procurar nossos lugares e comemoraremos depois — minha mãe convida, virada para mim e Isabel, com exaustão em seus olhos gentis. Ela saiu da aposentadoria no ano passado, trabalhando incansavelmente como diretora da gravadora de música de Magnus. Meu pai se aposentou anos atrás, mas passa alguns dias da semana na MusiCares, uma organização sem fins lucrativos que ajuda músicos necessitados.

Meus pais saem, e ficamos só eu e Isabel.

— Gabriel e sua família acabaram de chegar — Isabel avisa. — Eles estão sentados ao lado de Agnes e o marido. — Ela examina o teatro. — Onde está Astor?

— Ele está ajudando Ines.

— Ele é um irmão mais velho maravilhoso. — Isabel suspira, feliz. — Vou mandar uma mensagem para ele avisando que o pai está aqui.

Essas palavras, "o pai de Astor", ainda machucam. Ainda estou aprendendo a aceitar a situação; meu filho tem dois pais.

Gabriel é "pai". Eu sou "papai".

— Obrigado — digo, beijando o topo da cabeça de Isabel. — Esperemos que Pia esteja se comportando bem com Peter.

— Duvido. — Ela ri, enrugando a pele ao redor de seus olhos castanho-claros. — Eu deveria dar uma olhada nela.

Minha sogra se afasta, praticamente deslizando. Feliz e despreocupada, Isabel está vivendo seu conto de fadas.

Eu admiro o público.

A casa está cheia.

Amigos e familiares estão todos aqui.

Pia se senta no colo de Peter. Os dois estão rindo enquanto o avô dela aponta para o palco. O conquistador envelheceu com o passar dos anos, mas ter netos o revitalizou. E minha caçula é a favorita de Peter.

Ao lado deles, vejo Jay e Joi sem seus cinco filhos. Quando conheci o tio de Aurelia, ele era um estudante da Universidade de Nova York em dificuldades. Três décadas depois, ele é um empresário de tecnologia ávido e eminente. Além de fazer parceria com o investidor de risco Julian Caine, Jay também está ajudando Joi com sua linha de produtos de beleza. A linha "Simply Joi" fará sua estreia na Sephora no próximo ano.

Meu celular toca. É uma mensagem de texto da Agnes:

Agnes: Quer fumar?

Reviro os olhos. Só Agnes para me perguntar se eu gostaria de fumar maconha logo antes de um concerto. Normalmente, eu diria sim, mas estou no auditório de uma escola de ensino médio.

Eu: Há crianças aqui.

Agnes: Você sabe que eles também fumam. Mais tarde.

Seu império, *Agnes da Cannabis*, é uma cadeia líder de dispensários de maconha nos EUA e no Canadá. Agnes também encontrou o amor, casando-se com um homem muito mais jovem. Ela costuma se referir a Cristiano como "bonitão". Seu filho adotivo, Marley, é o melhor amigo da minha filha, Ines.

Um grupo de garotas dá risada e diz:

— Ele é tão gostoso.

Eu me viro. Um grupo de adolescentes cheios de hormônios aponta para o garoto de 1,88 m que se eleva sobre elas. Outro coro de adoração se segue quando Astor vem na minha direção. Seu cabelo escuro e ondulado aparece por baixo de seu boné favorito, os olhos verde-claros se escondendo atrás dos óculos estilo Buddy Holly. A calça jeans escura pende baixa em seu corpo magro.

— A mamãe vai arrebentar — afirma, com voz grave e confiante.

— Como sempre. — Coloco um braço em volta de seu ombro. — Então, qual delas é a Severine?

Astor não responde. Tirando o boné, passa a mão no cabelo.

Vasculho a área, tentando localizar a garota com quem ele conversa todas as noites. Não sei nada sobre ela, mas a simples menção de "Severine" o deixa em silêncio. Meu filho trata sua vida amorosa como se fosse um agente do MI6; ele tem conversas em voz baixa em seu quarto e seus aparelhos eletrônicos estão sempre guardados. Os fins de semana são passados com uma "amiga".

Os olhos de Astor desviam do meu rosto para os músicos que se movem pelo palco, localizando seus assentos.

Um suspiro audível escapa de seus lábios. Um olhar de relance me permite ver o leve suor que se forma em sua testa; ele não consegue tirar os olhos de uma determinada garota.

— Ela é bonita — falo, notando a garota de rosto novo, pele cor de oliva clara e lábios vermelhos. Seu cabelo cor de ébano está solto, ligeiramente ondulado e repartido para o lado. Severine ergue o rosto, com seus olhos castanho-escuros brilhando sob a luz da lâmpada. Olhando para a frente, ela dirige um sorriso enorme para o meu filho. Ele sorri de volta. Por alguns longos segundos, seus olhares permanecem fixos um no outro como se o mundo ao redor não existisse. Um ou dois segundos se passam antes que Severine volte sua atenção para seu instrumento.

— Uma violoncelista — comento, soltando um longo suspiro.

— Uh-huh.

— É preciso ter cuidado com violoncelistas — falo, devagar. — Elas são um problema.

— É, problema — Astor repete, depois de mim, com os olhos fixos nela, incapaz de desviar o olhar.

— Eu gostaria de conhecê-la.

Sem resposta.

— Vou tentar não te constranger — provoco.

— Só não jogue uma caixa de camisinhas em nós — rebate, com um sorrisinho no rosto.

— Não acredito que sua mãe contou isso pra você — reclamo, pensando na noite em que conheci Priscilla. Aquela mulher ainda me assombra até hoje.

Ficamos em silêncio por um instante, observando os músicos se prepararem. Eu me viro para Astor.

— Você deveria convidar Severine para jantar com a família.

— Talvez.

Uma pequena pausa.

— Seu pai está aqui.

— Legal — Astor fala, casualmente. — Fico feliz que ele tenha vindo.

Lembro-me do dia em que Gabriel e eu ficamos na lateral do campo, assistindo Astor, de oito anos, jogar futebol em North Meadow.

— Ele ama desenhar — conto a Gabriel, compartilhando fotos dos desenhos de Astor no meu celular. — Ele também ama o novo conjunto de Lego que você comprou para ele.

— Ele é talentoso.

E então lhe mostro uma foto tirada no primeiro dia de aula. Um Astor nervoso está na frente da sala, puxando a orelha esquerda e torcendo o nariz.

Estou colocando meu celular de volta na jaqueta quando Gabriel pergunta:

— Posso ver de novo?

Observo Gabriel estudando a foto como se estivesse vendo Astor pela primeira vez, percebendo algo.

— O que é? — pergunto, notando a linha profunda marcada entre suas sobrancelhas.

Ele então se vira para mim, com uma expressão de descrença.

— Não sei como, mas acho que Astor é meu filho.

Um peso se acumula em meu peito e só posso responder:

— Ele é.

Dois anos depois, Aurelia, Gabriel e eu nos sentamos com Astor, então com dez anos, e finalmente lhe contamos a verdade. Como adultos, mal estávamos conseguindo lidar com aquilo. Ninguém poderia ter nos preparado para os anos tumultuados que a verdade criaria. O garoto cheio de energia e com um sorriso incessante ficou mudo. Desanimado. Raivoso. Seus olhos brilhantes ficaram opacos e endurecidos como pedras. Depois de incontáveis anos de terapia, Astor percebeu que a família existe em todas as formas. A nossa não é convencional, mas ele sabe que o amamos incondicionalmente.

Às vezes, é melhor não dizer parte de uma verdade. Astor sabe que Gabriel é seu pai biológico, mas nunca saberá do erro ou do crime de Sera. É uma decisão tomada para o bem do nosso filho. Gabriel nunca apresentará queixa de estupro contra Sera, mas cortou todos os laços com ela. É a melhor sentença de prisão que poderia ter sido dada a ela.

Sera abriu mão de seus direitos parentais, permitindo que Aurelia adotasse Astor, e permaneceu fora de nossas vidas.

— Vou procurar meu lugar — Astor avisa, inclinando o queixo em direção ao salão onde Gabriel se senta. — Vejo você depois do concerto.

Eu aceno com a cabeça.

Ele dá vários passos à frente, faz uma pausa e depois se vira. Voltando para mim, me abraça.

Não há palavras entre nós, porque não são necessárias.

Observo meu filho se afastar, com as mãos nos bolsos. Ele passa pelos colegas de classe e balança a cabeça.

De longe, Gabriel se levanta de seu assento e abraça Astor. Não posso deixar de sentir nada além de gratidão.

Gratidão ao homem que ajudou a trazer Astor a este mundo. Por respeitar o acordo domiciliar de Astor comigo e com Aurelia. E, acima de tudo, por amar nosso filho de forma altruísta, garantindo a felicidade de Astor acima de tudo.

Com quase dezessete anos, Astor estuda arte aqui na LaGuardia. Quer cursar a Escola de Artes e Arquitetura da UCLA, onde Gabriel é professor titular. Para a formatura, Astor pediu que ajudássemos a financiar sua viagem a Ruanda, onde passará o verão aprendendo sobre arquitetura voltada para a comunidade, ajudando Gabriel e Allegra a construirem um novo hospital. Estou orgulhoso do homem que Astor está se tornando.

As luzes piscam. Estamos prestes a começar.

Há um silêncio abafado.

Essa é a minha deixa.

Subo no palco. O público bate palmas e grita: *Maestro*! Os músicos seguram seus instrumentos, batendo os pés como uma debandada de elefantes. É bom saber que algumas coisas nunca mudam.

— Obrigado por se juntarem a mim. — Examino a plateia. Rostos familiares aparecem. Allegra. Layla. A antiga professora de violoncelo de Aurelia, a Sra. Luz. — É maravilhoso estar de volta! Ouvi a orquestra ensaiar ontem e logo ficarei desempregado.

Risadas ecoam pelo teatro.

— Eu me apresentei neste palco décadas atrás com a mulher a quem estamos dedicando a apresentação de hoje. Obrigado, Sra. Strayer, por nos assustar e nos fazer dar o nosso melhor.

Mais uma rodada de risadas e palmas se segue quando a Sra. Strayer, sentada na primeira fila e usando sua boina vermelha favorita, balança a cabeça com diversão.

— Eu seria negligente se não mencionasse o lindo cenário aqui. — Aponto para o mural, meu peito se enchendo de orgulho. — Meu filho Astor o pintou. — O mural é uma cena de dois amantes abraçados junto à Fonte Revson. Astor disse que uma antiga foto minha e de Aurelia no ensino médio o inspirou.

Mais aplausos enchem o auditório. Mais passadas sacodem o palco.

— Juntando-se a nós esta noite está minha filha, Ines, que espero que um dia venha a frequentar esse lugar mágico.

Meu prodígio de nove anos entra com meu antigo violino na mão. É o violino que meu falecido avô me deu em meu décimo aniversário.

A violinista que o *New York Times* aclamou como o "prodígio da música clássica" atravessa o palco, pronta para assumir a orquestra. Ela tem a intenção de ser a melhor. Fico preocupado que sua infância esteja se perdendo. Sua agenda de concertos está lotada para os próximos dois anos. No mês que vem, ela se apresentará comigo e com sua mãe na próxima comemoração do Kennedy Center Honors.

O rabo de cavalo loiro de Ines balança de um lado para o outro, um doce lembrete de que ela ainda é minha garotinha. Um sorriso, semelhante ao de Aurelia, ilumina seu rosto em formato de coração.

A vida é feita de escolhas. Robert Frost refletiu sobre isso quando escreveu *"The Road Not Taken"*. Como seria minha vida com Aurelia se tivéssemos seguido o caminho mais simples? Renunciando aos sacrifícios. Abandonando os anos de separação. Eu seria o marido de Aurelia? Eu seria o pai de três filhos extraordinários?

As escolhas que Aurelia e eu fizemos nos definiram. Nosso amor. Seguimos um caminho que somente ela e eu poderíamos ter pavimentado. Um caminho cheio de mágoas e arrependimentos.

Anos que eu jamais mudaria porque me levaram até onde estou hoje. Com meu maior amor.

Não podemos escapar do passado, mas podemos aprender com ele enquanto seguimos em frente.

O que aprendi ao longo dos anos é que o amor continua a se transformar. É como ouvir uma bela sinfonia pela primeira vez. A conexão é instantânea. E, à medida em que você a ouve repetidamente, sua apreciação não diminui. Em vez disso, se torna mais profunda. Há uma nova descoberta, um novo significado e uma nova compreensão.

Notas unidas em uma melodia perfeita. A melodia progride, seu tom subindo e descendo em ondas. Com o tempo, a melodia gradualmente se torna parte de um movimento. Cada movimento, uma passagem de tempo.

Momentos — nossa passagem de tempo — passam diante dos meus olhos.

A primeira vez que a garota mais bonita com olhos azul-escuros sorriu para mim. Como se tivéssemos nos conhecido a vida inteira. Sentamos lado a lado, nossos joelhos se tocando, nossos corpos balançando ao som das *Quatro Estações em Buenos Aires*.

Nosso primeiro beijo no chão do meu quarto. Eu já havia beijado outras garotas antes, mas nenhuma delas havia me tirado o fôlego, jamais havia feito eu me apaixonar... até ela.

Aurelia e eu nos abraçamos em um dos dias mais sombrios da América. E a noite em que chorei por alguém que eu amava, mas que nunca havia conhecido. Aprendi naquela noite o verdadeiro significado de perda.

Em meio a tudo isso — a perda, a interferência de Priscilla e do meu avô, o acidente de carro e, mais recentemente, outro aborto espontâneo —, nosso amor perdura.

O arrependimento é uma experiência incessantemente dolorosa. Uma experiência com a qual me recuso a viver.

Minhas composições, concertos e prêmios são realizações cobiçadas por Emil von Paradis. O legado foi pago às minhas custas. Mas sei, sem dúvida, que o que estou admirando é minha maior realização. Conquistar o amor da garota por quem me apaixonei todos aqueles anos atrás e ser pai de Astor, Ines e Pia.

O restante da orquestra está em posição, pronto para dar ao público tudo o que tem. Todos eles têm menos de dezessete anos. Têm a vida inteira pela frente. Apenas alguns terão uma carreira musical de sucesso. Mas aqui e agora, todos são estrelas, brilhando com promessas.

O oboísta principal toca um Lá, ajudando a orquestra a se afinar. Esse é o som que eu amo; os instrumentos acordam, enchendo o grande auditório. Cada um deles está desesperado para ser ouvido.

— Esta noite, a Orquestra Oito apresentará a estreia da *Sinfonia de Amor em Lá* — digo à plateia. — É com orgulho que digo que essa peça foi um trabalho de amor no sentido literal. Essa composição está sendo elaborada há décadas. Comecei a compô-la em um dia de novembro neste teatro. Trinta e três anos atrás. — Faço uma pausa e sorrio. — Eu tinha treze anos na época e, pela primeira vez na vida, me senti inspirado a escrever uma melodia. Por quê? Porque naquele momento me apaixonei por uma garota que tinha acabado de conhecer. Alguns talvez a conheçam agora como a principal violoncelista da Filarmônica de Nova York. Talvez já a tenham visto tocar sozinha em um show do Coldplay. Ou talvez vocês a tenham visto andando pelos corredores da escola que ambos amamos.

Uma cacofonia de aplausos, palmas e passadas nos cerca.

Eu me viro para a direita. Lá está ela. *Ela.*

O cabelo castanho de Aurelia tem traços grisalhos e está preso em um coque simples. Seus olhos azul-violetas brilham. Luminosos. Grandes. Seu sorriso genuíno é ainda maior.

Usando um vestido rosa-claro simples e esvoaçante, atravessa o palco e meu coração bate três vezes mais rápido. Ao contrário da garota tímida que conheci na adolescência, a mulher que está subindo ao pódio é forte e confiante. Uma maravilha aos meus olhos.

A heroína de todas as heroínas.

Com minha mão direita, a que levou anos para se curar, eu a alcanço. Os cantos de sua boca se erguem em um sorriso confiante.

Diante do público animado, pressiono meus lábios contra os de Aurelia. Seu aroma de peônia e baunilha me aquece. Os adolescentes gritam e assobiam, erguendo os punhos fechados no ar. Quando nossos lábios se separam, as bochechas de Aurelia estão em um tom de rosa intenso. Como lichia doce.

Você consegue.

Sei que ela pode sentir essa verdade enquanto a conduzo ao pódio.

A multidão a aclama, esperando pela estreia da *Sinfonia de Amor em Lá*. Mudei a estrutura de um concerto para violino para uma sinfonia. É uma jornada musical em que cada movimento conta nossa história. O desenrolar da amizade. O fim da inocência. As tragédias e os triunfos silenciosos. A graça do perdão. Acrescentei um solo de violino ao primeiro movimento no dia em que Ines nasceu. Um solo que minha filha apresentará.

Você vai se apresentar hoje à noite, Chadwick?

Esta noite não, vô.

Porque esta noite, não estou aqui como um virtuoso do violino. Nem estou aqui como maestro.

Estou aqui entre entes queridos e convidados como Chad David.

Marido e pai.

Beijo a mão da minha esposa e depois me viro para nossa filha.

— Arrase — sussurro para Ines, antes de sair do palco.

Sinfonia de Amor em Lá nunca foi apresentada ao vivo. Até agora. É minha obra-prima. Para ser regida pela única pessoa em quem confio.

Meu primeiro e único amor.

Minha musa.

A Maestra Aurelia Preston David está no pódio.

Destemida.

No entanto, uma expressão calma se instala em seu belo rosto.

Todos os olhos estão voltados para ela, hipnotizados. Ela olha para cima e fecha os seus próprios por alguns longos segundos. O ritual de Aurelia antes de cada apresentação é parecido com o meu.

Uma oração silenciosa para nossa primeira filha.

— Sei que você está aí em cima ouvindo, Charlotte — sussurro.

Ines e Aurelia se viram uma para a outra, sorrindo ao mesmo tempo.

O sorriso da minha filha diz que ela está pronta para tocar.

As luzes do palco iluminam minha esposa e minha filha.

Com a graça de um cisne, Aurelia ergue seus braços elegantes e esbeltos como se fossem asas. Uma pedra de safira brilha em seu dedo anelar direito.

O tempo dá origem a mais melodias. E que melhor maneira de criar e compartilhar melodias do que com aqueles que amamos?

Com uma leve curva dos pulsos da Maestra, o público se aquieta.

E assim começa a sinfonia…

O Maestro David foi mencionado pela primeira vez em *Interlude*, mas a semente para a história de Chad e Aurelia brotou durante uma refeição com uma amiga querida.

Obrigado, SueBee, por me convencer a escrever *Maestro*. Por ter sido uma líder de torcida e apoiadora feroz durante alguns dos momentos mais difíceis pelos quais passei, ao mesmo tempo em que passava por seus próprios momentos.

Carla Kay VanZandt, por ler o primeiro rascunho de *Maestro*. Suas palavras de incentivo me fizeram continuar. Obrigada por nunca ter tido medo de me dizer se eu estava no caminho errado. Por ser não apenas uma leitora alfa e beta (editora também), mas por ser uma maravilha aos meus olhos.

Você é uma inspiração, Mara White. Seus *Maldeamores* me influenciaram a escrever YA maduro. Participar de sua antologia *Flesh Fiction* e criar *Peep* me reanimou. E obrigada por me apresentar aos meus "Editores Extraordinários".

Suanne Laqueur, houve momentos em que você me levou às lágrimas. Vezes em que amaldiçoei seu nome como um marinheiro bêbado. *"Cave fundo"*, você sugeriu. Bem, talvez eu tenha cavado um buraco que me levou de volta a Manila. Nossa aventura pode ter terminado no meio do caminho, mas você ajudou a trazer à tona o melhor de mim.

Leanne Rabesa, a médica literária que salvou meu manuscrito de uma morte lenta. Adoro seu coração opinativo, todos os seus comentários do tipo "isso está muito bom", "precisa reescrever" e por descobrir os erros mais obscuros. O destino entrou em cena quando ela me apresentou a um colega músico clássico. Adorei trocar histórias musicais com você.

Virginia Tesi Carey, obrigada por seus olhos de águia e por ser uma estrela brilhante em nossa comunidade.

Michelle Lancaster e Chad Hurst, por essa incrível foto personalizada.

Sofie Hartley, suas capas representam minhas histórias perfeitamente.

A talentosa Cat Imb por seus belos gráficos em camadas.

Minha fada madrinha sagaz. Minha supernova. Minha ARC e CEO da equipe de rua. Meu braço direito, Annette Brignac. Uma chefe como nenhuma outra. Sua energia contagiante não tem limites. Suas habilidades de filtragem são inigualáveis. Sua crença em mim não tem preço. É difícil descrever o quanto você significa para mim.

Michelle Clay, você está comigo desde o início. Tirou-me daquele canto há cinco anos e incentivou-me a clicar em "publicar". Sinto sua falta e não vejo a hora de você voltar ao mundo dos livros.

O *Auden's Green Room* teria sido desativado há muito tempo se não fosse por Isabel Baiao e suas postagens lindas e divertidas. Eu te amo, minha amiga.

Soumaya Dhifiaoui, minha linda irmã de alma, por ser a segunda pessoa a se apaixonar por Chad. Por ser você. *Je t'aime mon ami.*

Os leitores beta são preciosos para os escritores. E eu encontrei ouro com Emma Aldridge, Michelle Clay e Kim Svetlin.

Se você viu *Maestro* em todos os lugares, foi graças à melhor equipe de rua de todos os tempos! Bex Arvieux, Michalina Janczak, Nicole Kellman, Maria Angie Mendoza, Geynar Perez, Chayo Ramon, Stephanie Starkel e Rhonda Ziglar. Obrigada por me apoiarem e pela sua amizade!

Obrigada a Jo, Alicia e Kylie da Give Me Books. Obrigada por me manterem organizada. Minha amiga, Candi Kane, e sua equipe de relações públicas! Estou muito feliz por termos trabalhado juntas dessa vez. Obrigada, Nina Grinstead, por todos os seus bons conselhos.

Dizem que se pode saber muito sobre uma mulher pelas companhias que ela mantém. Donna Alam, Aubrey Bondurant, Autumn Grey, Amie Knight, Nelle L'Amour, Leigh Lennon e Cassandra Robbins... Obrigada por todo o apoio e pelos conselhos generosos que vocês me deram ao longo dos anos.

Uma das melhores partes dessa jornada foi me tornar uma boa amiga dos leitores. Sei que estou esquecendo alguém, então, por favor, me perdoem. Marta Ambrosi, Alexis Alexandris-Bernreuter, Azalia Cruz Marquez, Kelly Green, Melanie Madrigal, Michelle Veccia Klimovich, Tina Snider, Cat Wright, Christine Yates e Hayfaah Zafiirah.

Meus membros do *Green Room*. Obrigada por me darem um motivo para permanecer na comunidade de escritores. Sempre responderei a suas publicações e mensagens. Vocês são o combustível que mantém o fogo aceso. Um agradecimento especial para Bev Baglione, Elizabeth Clinton, Laura Dalton, Fran Leatherwood, Jennifer McKim e Tanya Oemig.

Annmarie Barajas e Regina Clouse, minhas companheiras de sessão de autógrafos! Amo vocês, senhoras.

Obrigada a todos os blogueiros, booktagrammers e leitores dos primeiros ARCs por me ajudarem a colocar *Maestro* nas mãos dos leitores! Keza Campbell, Rumi Khan, Sophie Ruthven, Paramita Patra do *PP's Bookshelf*, Tammy Tootle do *But First, Let's Read*, Marla do *@Marla_0519*, Mali Mor do *The Romantic Blogger*, Melissa Teo do grupo *B.A.N.G.* e Elsa Gomes do *BookishAurora* pelo amor extra por *Maestro*.

A enfermeira Cameel Love e a enfermeira Lisa Lacson, por responderem a algumas de minhas perguntas médicas e por torcerem por mim. Por todas as mensagens maravilhosas que trocamos ao longo dos anos. Por sua amizade.

Minha talentosa e humilde Kuya Mel, pela linda pintura em aquarela do Lincoln Center. Eu não poderia ter pedido uma capa de livro ilustrada mais bonita. Obrigada pela sua generosidade e amor.

Aaron B, meu parceiro de crítica de escrita. Seus textos e gifs tarde da noite foram os melhores! Obrigada por todo o seu apoio. Termine *Head Games*.

Meu life coach, Reef. Você entrou na minha vida quando eu estava me afundando. Obrigada pela sua orientação e amizade.

Meus colegas da LaGuardia Arts. Obrigada pelas maravilhosas e inesquecíveis lembranças do ensino médio. Ao Sr. Kosakoff, por fazer da LaGuardia um lugar tão especial.

Aos meus leitores, por me darem a oportunidade de compartilhar minhas histórias com vocês. Com amor e gratidão. Sempre.

Aos quinze anos, sofri minha primeira perda significativa. O falecimento da minha prima de 26 anos. Poucos meses depois de seu concerto de violino no Carnegie Hall, Anne foi diagnosticada com câncer no pâncreas. Algumas vezes por semana, depois da escola, eu a visitava no hospital. Sempre penso naqueles poucos meses, agradecida.

Sempre me lembrarei das risadas de Anne. Suas histórias de viagens ao exterior. Sua música. Mas o que sempre lembrarei são suas palavras: "Meu maior arrependimento foi não ter me apaixonado mais cedo". Ela me encorajou a me divertir. A flertar. A beijar estranhos. A namorar. A fazer todas as coisas que ela não fez quando era adolescente.

Segui o conselho de Anne e me apaixonei aos dezesseis anos. John, obrigada por me fazer prometer que sempre seríamos amigos. Obrigada por guardar todas aquelas cartas e histórias. Por me chamar de escritora na época do ensino médio. Por estar sempre ao meu lado.

Jason Raize, você sempre será o meu Rei Leão. Espero que esteja cantando no céu.

Avery Thompson, por me inspirar a fazer cada dia valer a pena.

A brilhante e reverenciada Jill Sinclair, por inspirar a personagem de Renna e por ser uma mentora incrível. A indústria da música não é mais a mesma desde sua morte.

Minhas primas, Emma, Christine e Gee! Obrigada por não revelarem meu segredo e por seu amor e apoio.

Pai, sinto muito a sua falta.

Minha madrasta. Há muito de você nesta história. Sinto sua falta.

Minhas irmãs, eu as amo mais do que vocês jamais saberão.

Meu sogro e minha sogra, por fazerem de mim a nora mais sortuda do mundo. Por me apoiarem em cada passo do caminho.

Jessica, por ser a melhor cunhada de todas! Por ler um rascunho inicial de *Maestro* e me dizer que a história era especial.

Monty e Max, a mamãe sente muito a falta de vocês.

Garotinho, você é minha obra-prima. Meu coração. Minha alegria. Minha vida.

"Alma gêmea" era apenas uma palavra até eu conhecer meu marido. Brilhante e confiante, mas muito humilde, eu não poderia ter criado um homem melhor do que aquele com quem me casei. Quem mais se daria ao trabalho de ler e reler 600 páginas quando solicitado? Sem resmungar, mas com cuidado e deliberação atenciosa. Você me incentivou a reescrever páginas e capítulos, sabendo que eu poderia fazer melhor porque acreditava na história. Você acreditou em mim. Tudo o que há de maravilhoso em Chadwick é graças a você. Você é o jovem que enfrentou o 11 de setembro para chegar até mim. O homem que me confortou em meio a tantas perdas — minha avó, tia, tio, amigos de faculdade, Max e nosso bebê nascituro — enquanto escrevia essa história. O genro que me incentivou a compartilhar mais lembranças agradáveis da minha mãe em *Maestro*. O pai amoroso do nosso filho peculiar. Você é meu combatente. Meu herói. Meu amor. Meu para sempre.

Em 2014, perdi uma parte do meu coração quando minha mãe faleceu.

Esse pedaço do meu coração nunca mais voltará, e isso é algo que estou aprendendo a aceitar aos poucos. Escrever *Maestro* me trouxe algum conforto, permitindo que eu ficasse de luto.

Grande parte da tristeza de Chad e Aurelia tem origem na tristeza da minha mãe.

Mãe, sei que você está no céu, finalmente sendo feliz para sempre com seu primeiro e único amor verdadeiro.

Teddy, espero que esteja cuidando bem da minha mãe e do coração dela.

Auden Dar sempre seguiu suas paixões. Paixões que a levaram aos mundos da música, filosofia e romance. Paixões que a levaram a NYC, onde ela frequentou a Escola Fama e se tornou uma clássica musicista qualificada.

O amor pelos livros a fez ir em busca de uma graduação em filosofia e literatura. Em seu primeiro emprego depois da faculdade, ela foi *copywriter* de uma das maiores editoras independentes dos EUA. Mas sua primeira paixão, a música, a levou para o Universal Music Group, onde ela transformou um trabalho temporário como recepcionista em uma carreira de sucesso como uma musicista executiva de A&R e um membro votante da Recording Academy.

Quando seu marido trouxe *Cinquenta Tons de Cinza* para casa como presente, uma nova paixão surgiu e tudo mudou. Suas estantes e o Kindle, repletos de clássicos, agora incluíam namorados literários do mundo do romance indie. Logo depois, ela começou a escrever uma história que queria ler.

Auden traz todas essas paixões, experiências e amor pela pesquisa para suas histórias.

Quando não está aspirando escrever o namorado literário perfeitamente imperfeito, Auden está saciando seu próprio hábito romântico, organizando playlists, maratonando K-dramas, *stalkeando* bulldogs, ou passando tempo com suas maiores paixões — seu marido heróico e o filho excêntrico em Venice, Califórnia.

A The Gift Box é uma editora brasileira, com publicações de autores nacionais e estrangeiros, que surgiu no mercado em janeiro de 2018. Nossos livros estão sempre entre os mais vendidos da Amazon e já receberam diversos destaques em blogs literários e na própria Amazon.

Somos uma empresa jovem, cheia de energia e paixão pela literatura de romance e queremos incentivar cada vez mais a leitura e o crescimento de nossos autores e parceiros.

Acompanhe a The Gift Box nas redes sociais para ficar por dentro de todas as novidades.

 www.thegiftboxbr.com

 /thegiftboxbr.com

 @thegiftboxbr

 @GiftBoxEditora